www.bbulmedia.com

인
하
트

DAHYANG ROMANCE STORY

in
Heart

인 하트

이예인
장편 소설

c o n t e n t s

1장

오늘은 진짜 재수 옴 붙은 날이다.

어젯밤 직원들과 회식 겸 단합대회에서 그녀는 술잔을 받아 놓고 눈치만 보고 있었다. 감기 기운이 있는 데다 며칠 동안 늦게까지 일을 하는 바람에 몸살이 났는지 영 몸 상태가 좋지 않았다.

그녀는 직원들의 말에 대충 맞장구를 치면서 어느 정도 시간을 때운 뒤 자리를 뜰 생각이었다. 그런데 팀에 합류한 지 얼마 안 된 막내 진우가 갑자기 그녀의 팔을 붙잡고 징징거리며 하소연을 하기 시작했다.

일이 너무 힘들다, 돈 벌기 어렵다는 식의 푸념이 시작되자 그녀는 진우의 뒤통수를 후려쳐 주고 일어나려 했다. 그런데…… 느닷없이 시골에 계신 부모님 얘기가 나오자 주춤, 급기야 몇 달 전 헤어진 여친 얘기에 그만 자리에 주저앉고 말았다. 게다가 앞에 놓여 있던 술잔을 들어 원샷까지 해 버렸으니.

진우와 주거니 받거니 마신 술만도 한 말은 넘을 것이요, 그동안 흘러간 시간은 또 얼마던가. 결국 반쯤 정신을 차리고 게슴츠레해진 눈으로 주변을 훑어보니 직원들은 모두 자리를 떠났고 고주망태가 된 그녀

7

와 진우만 달랑 남아 있었다.

이럴 수가…… 도대체 지금 몇 시인 거야?

벽에 걸린 시계에 시선을 주니 새벽 2시 40분. 그만 집으로 돌아가야겠다는 생각을 한 때부터 거의 3시간도 넘게 퍼질러 앉아 술을 마신 거였다.

에이고, 술이 술을 마신다는 게 이런 거구나. 처음 한 잔을 입에 대지 말았어야 했는데.

후회는 아무리 빨리 해 봐야 늦은 법. 그녀는 탁자 위에 엎어져 막 잠이 들려 하는 진우를 끌고 술집을 나왔다. 찬바람을 맞고 조금 정신을 차린 진우를 택시에 태워 보낸 후, 그녀도 서둘러 집으로 돌아와 잠자리에 들었다. 그때가 벌써 새벽 3시가 넘은 시간이었다.

베개를 끌어안고 단잠에 빠졌던 그녀의 눈을 번쩍 뜨게 한 건 요란한 전화벨 소리였다.

이건 뭐여? 뭔 소리야?

잠이 덜 깬 상태에서 잠시 멍하니 있던 그녀는 창밖이 훤하게 밝아진 걸 보고 깜짝 놀라 벌떡 몸을 일으켰다. 아직은 추운 겨울이었다. 이 정도로 날이 밝으려면 8시가 넘어야 했다.

오 마이 갓! 설마 내가 늦잠을 잔 건 아니겠지?

침대 옆 협탁에 놓인 자명종 시계를 들어 올린 순간 설마가 사람 잡았다. 시계의 작은 바늘은 이미 9자 옆으로 한참이나 이동을 한 후였다.

어젯밤 아니, 오늘 새벽 술에 취한 채 들어와 자명종을 맞추지 않고 잠이 들었던 거였다.

이런 젠장. 제기랄. 우라질.

머릿속에 떠오르는 욕을 있는 대로 퍼부어 대고 그녀는 욕실로 달려 들어가 이를 닦고 세수를 했다. 얼굴의 물기도 제대로 닦지 못한 채 소파에 던져 놓았던 가방을 어깨에 메고 허둥지둥 아파트 문을 나섰다.

엘리베이터를 타고 지하 1층으로 내려와 차 앞에 다다라서야 그녀는 가방 안에 차 키가 없다는 걸 알아챘다.

어이구, 재수 없는 인간은 뒤로 넘어져도 코가 깨진다더니. 내가 그 짝 났네.

투덜투덜거리면서 집으로 돌아간 그녀가 침대 옆에 떨어져 있는 외투에서 차 키를 꺼내 드는데 거실에서 전화벨 소리가 울렸다.

나 바쁘다. 전화 받을 시간도 없어.

방을 나서며 여전히 울려 대는 전화를 힐끔 노려보고, 그녀는 이내 현관으로 향했다.

정 급하시면 핸드폰으로 다시 하시던지. 핸드폰이라면 움직이면서도 받을 수 있으니까, 라는 생각을 하면서 현관문을 열던 아름은 발길을 멈췄다.

핸드폰?

그 자리에 선 채 주머니에 손을 넣었다. 아무것도 잡히는 게 없자 가방 안도 들여다봤다. 방으로 다시 들어가 침대 위에 올려놓았던 외투 주머니도 뒤져 보았다. 하지만 핸드폰은 찾지 못했다.

옷을 그대로 입고 잤으니까 혹시? 하는 생각에 이불을 들추고 침대 위도 살펴봤지만 보이지 않았다. 밑으로 떨어졌나 싶어 침대 밑도 뒤져 봤지만 없었다.

내 핸드폰, 어디로 간 거야?

급하고 답답한 마음에 거실로 달려가 이제는 조용해진 전화의 수화 기를 집어 들었다. 자신의 핸드폰으로 전화를 해 보니 '지금은 고객님 의 전원이 꺼져 있사오니…….' 어쩌구, 저쩌구 하는 여자의 음성이 들려올 뿐이었다.

어젯밤 술집에다 두고 왔나? 아니면…….

퍼뜩 떠오르는 생각에 집을 나서 지하 1층으로 내려온 그녀는 차 문을 열고 뒷좌석부터 살폈다. 차 안 구석구석을 꼼꼼히 살핀 그녀는 한참이 지나서야 앞좌석 밑에 끼여 있던 핸드폰을 찾아냈다.

다행이다. 다행이야.

안도의 한숨을 내쉰 것도 잠시, 시동을 켜고 핸드폰에 차량용 충전기를 연결한 뒤 전원을 켜자 띠리링, 띠리링 하는 알림 음이 한동안 울렸다.

히엑― 9통?

무슨 급한 일이라도 생긴 건지 사무실에서 걸려온 전화가 무려 9통이었다.

난리 났네, 난리 났어.

그녀는 잔뜩 긴장을 한 채, 과속 딱지를 떼도 어쩔 수 없다는 생각으로 속도를 올린 채 사무실로 향했다.

사무실 안으로 들어선 그녀는 꾸벅 고개를 숙이며 사죄의 인사를 했다.

"늦어서 죄송합니다."

돌아오는 대답이 없어 이상하다는 생각에 슬쩍 고개를 들다 그녀는 성질 더러운 김 실장과 그만 눈이 딱 마주쳐 버렸다.

"지금이 몇 시야?"

퉁명스러운 말투에 그녀는 아무 대답도 못하고 계면쩍은 웃음만 날렸다.

"죄송합니다. 몸이 좀 안 좋아서요."

"술을 하도 퍼마셔서 몸이 안 좋은 거겠지."

툭 하니 쏘아붙이는 말투로 보아 김 실장의 심기가 상당히 안 좋은 듯 보였다.

"그러게 어제 내가 뭐랬어? 회식은 금요일이나 토요일 날 하라고 했지. 주중에 회식은 무슨 얼어 죽을 회식을 한다고들……."

궁시렁거리던 김 실장은 입을 꾹 다물고 서 있는 그녀를 노려보다 대뜸 **빽** 소리를 쳤다.

"그리고 핸드폰은 왜 안 받은 거야?"

"차에 놓고 내려서요. 정말 죄송합니다."

"아주 가지가지 해요. 어휴, 저거 사장님 낙하산만 아니라면 확 그냥 짤라 버리는 건데……."

슬슬 열이 오른다. 한 마디만 더하면 안 참고 같이 쏘아붙여 주겠다 마음을 먹은 찰나, 구세주처럼 전화벨이 울렸다.

전화를 받은 김 실장은 심각한 표정으로 상대방과 통화를 마치더니 말 한 마디 없이 휙 하니 사무실을 나가 버렸다.

텅 빈 사무실이 울리도록 한숨을 푹 내쉰 그녀는 자신의 자리에 가방을 놓고 탕비실로 향했다. 뜨겁고 진하게 커피를 타서 한 모금 마시자 지끈거리던 머리가 조금은 가라앉는 듯했다. 숙취로 인해 부글부글 끓는 속은 여전했지만.

그런데 사무실에서는 왜 그렇게 전화를 많이 한 거지?

잠시 시간이 지나자 슬그머니 궁금증이 생겨났다. 단지 출근시간에 맞춰 출근을 안 했다고 전화를 하기에 9통은 과했다.

무슨 일일까?

커피 잔을 든 채, 책상으로 온 그녀는 진우에게 전화를 했다.

오늘 일에 대한 원인제공은 분명 진우가 한 거였다. 어젯밤 집으로 가려는 그녀를 붙잡고 신세한탄을 하지만 않았어도, 이렇게 늦잠을 자고 지각을 하지는 않았을 테니까.

— 여보세요.

통화음이 뚝 끊기고 진우의 목소리가 들려오자 아름은 짓궂게 입술을 실룩였다.

"야. 송진우……."

개 XX, 소 XX 찾아가면서 한바탕 난리를 쳐야겠다 마음먹고 있던 아름이었다. 그런데…….

— 누나, 사무실 나오셨네요. 몸은 괜찮아요? 어제 술 많이 마셨는데 속 쓰리지 않아요?

떠벌떠벌 떠들어 대는 진우의 말에 그녀는 입 밖으로 튀어나오려던 말을 꿀꺽 삼키고 어정쩡한 대꾸만 하고 말았다.

"어…… 괜찮아."

— 속 아프거나 머리 아프면 얘기해요. 오늘 일 일찍 끝날 것 같으니까 들어가면서 약 사 가지고 갈게요.

그녀가 아무리 못된 성격을 갖고 있다 하더라도 자신을 걱정해 주는 진우에게 욕을 퍼부을 수는 없는 일이었다.

"괜찮다니까. 나 멀쩡해."

— 다행이네요. 누나 사무실에 안 나오시길래 많이 아픈 줄 알고 걱정했어요. 어제 내가 괜히 누나 붙잡아서…… 미안해요, 누나.

걱정에 사과까지 하니 진우에 대해 쌓였던 불만이 눈 녹듯 녹아 버렸다.

"아니야. 그냥 좀…… 늦잠을 잔 것뿐이니까 너무 걱정하지 말고. 그런데 너 어디 간 거야? 오늘 내근 아니었어?"

— 여기 평택이에요. 저번에 신사동에서 찾아 달라던 사람 흔적이 발견되었다고 해서요. 실장님이 누나 보내려고 계속 연락하다가 안 된다고 성질부리길래 내가 지원해서 왔어요.

오호라. 그래서 그렇게 전화를 많이 한 거였구만.

그제야 의문이 풀린 아름은 만족감에 고개를 끄덕였다.

— 몇 가지만 확인하고 올라갈 거니까 누나, 사무실에서 봬요.

"어. 알았어. 그런데 너…… 차 없지 않아?"

문득 든 생각에 그녀가 걱정스러운 기색으로 물었다.

— 들려야 할 데가 가까운 곳에 붙어 있어서 버스 타도 돼요.

"그래…… 나 대신 일 떠맡아서 네가 고생이 많다."

— 괜찮아요. 헤헤…….

전화를 끊고 그녀는 한 손으로 머리를 짚었다.

기분이 푹 가라앉는다. 요새는 제대로 되는 일이 한 가지도 없다. 늘 실수를 하고 일도 제대로 하지 못하고. 왜 그러는 걸까? 마가 꼈나. 굿판이라도 벌여야 하나.

그런 생각들을 하고 있는데 사무실 문이 열렸다가 쾅 소리가 나며 닫혔다.

"강 대리, 일어나. 외근이다."

"네?"

"돈을 벌려면 일을 해야지, 일을. 안 그러나?"

"그, 그렇죠……."

다혈질에 성격 급한 한 부장. 겉모습은 온화한 중년 아저씨인데 속은 도깨비 같은 인물이었다. 사람들 말로는 예전에 한 주먹 하는 건달이었다고도 한다.

"그런데 어딜 가시려고요?"

"가 보면 안다. 차 키 챙겨 갖고 나와."

차 키를 챙기라고? 뭐냐, 그럼. 결론은 날 자기 운전기사로 써 먹겠다 이거 아냐. 아니, 자기 차는 어쩌고?

표정 가득 물음표를 잔뜩 떠올린 채 그녀는 엉거주춤한 태도로 자리에서 일어났다. 선뜻 따라나서지 않고 정말이지 진심으로 내키지 않는다는 태도로 그녀가 어물쩡거리고 있자 한 부장의 이마에 슬쩍 주름살이 생겨났다.

"출근길에 접촉사고가 생겨서 내 차 병원 갔다."

"아, 네."

물음표(???)가 느낌표(!!!)에서 울음표(ㅠ.ㅠ)로 바뀌었다.

아무리 그렇다 해도 이 회사에 차 있는 사람이 나 하나냐? 왜 날 끌고 나가려고 들어? 오늘 컨디션도 진짜 별로인데…… . 내가 부려 먹기 딱 좋게 생겨서? 만만해서?

속으로만 궁시렁 궁시렁거리며 그녀는 뻣뻣한 동작으로 벗어 놓았던 외투를 집어 들었다.

"시간 별로 없으니까 후딱 나와. 오늘 일 잘되면 특별보너스 챙겨 줄 테니까."

특별보너스?

순식간에 그녀의 얼굴에 화색이 돌았다.

"진심이세요?"

"내가 언제 헛소리하는 거 봤나?"

사실 그랬다. 한 부장은 쪼잔한 김 실장과 달리 쓸 땐 쓸 줄 아는 호쾌남이었다. 성질 더러운 건 비슷했지만…… . 전에도 여러 번, 일 잘 풀렸다고 회식비를 건네주고는 했었다.

특별보너스다, 특별보너스. 그 생각에 그녀는 룰루랄라 한 부장을 따라나섰다.

아주 잠깐 기사노릇만 해 주면 특별보너스를 받게 된다는 생각에 신이 나 있던 그녀는 곧 그 생각이 잘못되었음을 깨달았다.

처음에 한 부장이 건네준 주소에 있는 건물에 도착한 것까지는 좋았다. 한 부장의 볼일이 끝나면 바로 사무실로 돌아갈 거라 생각했으니까.

그런데 한 부장은 건물에서 나와 또 다른 주소를 알려 줬고 그녀는 발끈했지만 '특별보너스' 생각에 묵묵히 운전을 했다. 그리고 그곳에서 다른 곳으로. 또 다른 곳으로.

점심도 못 먹고 계속 서울 시내를 뱅뱅 돌기를 몇 시간 째. 그녀의 인내심은 드디어 한계에 다다랐다.

"부장님. 저 계속 끌고 다니실 거예요?"

다소 쌀쌀맞은 말투로 그녀가 묻자 핸드폰을 들여다보고 있던 한 부장이 뭔 소리를 하냐는 표정을 했다.

"최소한 일을 시키시려면 밥은 먹여 주셔야죠. 저 배고파서 운전할 기운도 없어요."

"어, 벌써 시간이 이렇게 됐나?"

그제야 깨달았다는 듯, 한 부장은 시간을 확인하고 머쓱한 표정을 지었다.

"강 대리. 아침밥 안 먹고 나왔나?"

"네. 안 먹었어요."

"왜?"

그렇게 물어보니 할 말이 없다. 자명종이 안 울리는 바람에 늦게 일어나 아침은커녕 커피 한 잔 제대로 마시지 못했는데…….. 그렇다고 지각하는 바람에 밥을 못 먹었다고 이실직고할 수도 없는 노릇이고.

"강 대리도 다이어트 하나?"

절대 그건 아니었지만 달리 뭐라 대꾸하기가 뭐해서 그녀는 그냥 베실거리고 웃고 말았다.

"왜 아침밥을 안 먹고 그러나? 강 대리는 다이어트 같은 건 안 해도 될 것 같은데 말야. 살도 안 쪘고 몸매도 괜찮으니까 끼니때마다 밥은 꼬박꼬박 챙겨 먹고 다니라고."

기가 막혀라. 몸매 괜찮다는 말은 참으로 고맙지만 지금 현재 밥을 못 챙겨 먹은 건 한 부장, 당신 때문이라고!!!

"두세 군데만 더 들리면 되니까 끝내고 밥 먹는 건 어때? 강 대리, 내가 근사한 데서 한턱 쏠게."

지금까지의 경로로 보면 한군데서 보낸 시간이 거의 30분 이상이었다. 그런데 두세 군데를 더 들린다면 족히 두 시간 이상은 걸릴 게 뻔했다. 지금도 뱃속에서 밥 달라고 아우성인데 두 시간이나 더 기다려야 한다고? 차라리 날 죽이세요, 부장님.

　핸들을 붙잡은 손이 부들부들 떨리고 눈앞이 노랗게 변했다. 게다가 어젯밤 마신 술 때문에 속이 쓰라리고, 뭣보다도 해장국 생각이 간절했다. 당장에라도 한 부장의 멱살을 움켜쥐고 '당장 밥 내놔! 내게 밥을 달란 말이다!' 라고 소리치고 싶었다.

　하지만 상사에게 그런 짓을 했다가는 당장 모가지 형에 처하게 될 터이니 아니꼬워도 참고, 서러워도 참아야지 별수 있겠는가.

　"알겠습니다."

　아름은 인내심을 총동원해서 간신히 고개를 끄덕였다.

　다행스럽게도 한 부장이 지시한 곳은 상점가가 밀집한 곳이었다. 차에서 내린 한 부장이 들어간 건물 1층에 편의점이 보이자 그녀의 눈이 번쩍 떠졌다.

　오, 신이시여. 당신은 날 버리지 않으셨나이다.

　재빠른 동작으로 편의점 안으로 뛰어들어 간 아름은 종류별로 죽 늘어선 컵라면 앞에서 잠시 고민에 빠졌다. 숙취로 인해 쓰리고 아픈 뱃속을 생각한다면 얼큰한 국물이 있는 라면을 먹고 싶었다.

　하지만 한 부장이 언제 일을 끝내고 밖으로 나올지 알 수 없는 상황에 뜨거운 물을 붓고 3분이나 기다려야 되는 라면을 먹기는 무리였다. 최대한 빠른 시간 내에 뱃속을 채우고 한 부장에게 들키지 말아야 했다.

　컵라면에서 미련이 가득 담긴 눈길을 돌린 그녀는 잠시 도시락을 멍하니 보다가 이내 삼각김밥에 눈길을 줬다.

　이게 제일 낫겠다. 간편하기도 하고.

삼각김밥과 우유 그리고 한 부장에게 뇌물로 바칠 음료수까지 챙겨 든 그녀는 계산을 마치고 차로 돌아왔다.

좀 적은 양이긴 하지만 이 정도면 밥 먹기 전 두 시간 정도는 충분히 버틸 수 있으리라.

그런 생각으로 삼각김밥을 뜯은 그녀는 한껏 입을 벌려 한 입 베어 물고 감격스러운 표정을 지었다. 평소 편의점에서 파는 도시락이나 김밥 등을 즐겨 먹지 않는 그녀였지만, 한참 배가 고팠을 때 먹는 음식은 정말이지 꿀맛이었다. 그 무엇과도 비교할 수 없을 정도로.

황홀한 표정으로 삼각김밥을 한 입 더 베어 물었을 때, 핸드폰에서 드드드드 진동소리가 울렸다.

뭐냐? 도대체. 밥 먹을 땐 개도 안 건드린다는데. 오늘은 어째 이리 번번이 태클이 걸리는 거냐고! 편안하게 밥 한 번, 아니 김밥 하나 먹으면 안 되는 거냐고!

그녀는 계속해서 김밥을 먹으며 열심히 드드드드거리며 몸을 떨어대는 핸드폰 액정에 눈길을 줬다. 송진우. 세 글자를 보며 그녀는 고개를 갸웃거렸다.

이 인간이 왜 전화를 했을까나? 벌써 사무실에 돌아왔나? 그래서 내가 없으니까 전화를 한 거 아닐까?

이런저런 생각을 하며 마지막 김밥 한 조각을 입안에 쑤셔 넣고 그녀는 여전히 부들부들 떨고 있는 핸드폰의 스크린에 손가락을 가져다 댔다.

"네……."

입안 가득 밥알이 들어 있어 그녀는 짧게 대꾸만 했다.

— 찾았어요! 누나, 드디어 찾았다고요.

진우의 흥분한 음성에 그녀는 깜짝 놀라 이마를 찡그렸다. 막 삼키려던 밥알이 목에 걸려 사레가 들릴 것만 같았다. 간신히 꿀꺽 삼키고

서 그녀는 가볍게 한숨을 토해 냈다.

"뭘 찾았는데? 차분히 말을 해야 알지. 네가 찾으러 간 사람 찾았다는 거야?"

— 그게 아니라 김명훈이요. 그 인간을 찾았다고요.

"뭐? 정말이야?"

— 전에 내가 친구 놈들한테 그놈 사진을 쫙 뿌렸거든요. 보게 되면 연락하라고. 그랬는데 친구가 명동에서 그놈을 봤대요. 호프집에 배달하러 갔는데 그놈이 들어오더래요. 자리 잡고 앉아 생맥주를 시켰대요. 누굴 기다리는 것 같다고 하던데…… 그 자식 딴 데로 튀기 전에 잡아야 되잖아요. 누나 지금 어디에요?

지금 있는 곳에서 명동까지면 차로 달려도 2시간은 걸리는 거리였다.

"아무리 빨리 가도 2시간은 더 걸려. 게다가 지금 쉽게 움직일 상황도 아니야. 넌 어딘데?"

— 전 아직 평택이에요. 일 아직 안 끝났어요.

"아, 젠장. 미치겠다."

두 번 정도 잡을 뻔하다가 놓친 뒤, 한 달도 넘게 수소문하던 김명훈의 행적을 알아낸 게 하필 오늘이라니.

"알았으니까 일단 그 호프집 이름하고 주소 찍어 줘."

— 알았어요.

"그리고…… 고맙다. 알아봐 줘서."

— 고맙긴요, 뭘. 우리 사이에…… 헤헤. 나중에 일 잘 되면 밥이나 사 주세요.

"그래. 알았어."

김명훈, dog baby 같은 놈. 시장통에서 나물 팔며 어렵게 사는 할머니의 금쪽같은 쌈짓돈을 사기 쳐서 달아난 놈.

18

이제 겨우 스물댓 살밖에 안 먹은 놈이 할 짓이 없어 그런 짓을 저지르고 다니는 건지. 것도 모자라 붙잡히자 잘못했다는 소리 한 번 없이 오히려 그녀의 옆구리에 주먹을 날리고 달아난 놈이었다. 씹어 먹어도 시원치 않을 놈.

사기 쳐서 꿀꺽한 돈은 회수하지 못한다 하더라도 그놈을 꼭 잡아서 할머니 앞에 무릎을 꿇고 사죄하게 만들겠다고 다짐했던 그녀였다. 붙잡게만 된다면 진우에게 밥 한 끼 사는 것 정도는 아까울 것도 없었다. 그러나 정작 문제는 지금 이 자리에서 탈출하는 일이었다.

어떻게 하지. 당장 달려가야 하는데…….

명훈을 잡아 달라는 건 그녀가 할머니에게서 개인적으로 부탁받은 일이었다. 그렇기에 한 부장에게 회사에 다른 일이 생겼다는 핑계를 댈 수는 없었다.

띠리링하는 소리가 호프집 이름과 주소가 카톡으로 전송되었음을 알려 왔다. 아름은 핸드폰을 만지작거리다가 사무실 사람들을 목표로 단체 톡을 보냈다.

[여긴 서울. 지금 시간 되는 사람?]

누구라도 시켜서 명훈을 감시하게 할 생각이었다. 또한 힘 좀 쓰는 남자가 있다면 자신 혼자 명훈을 상대하는 것보다 훨씬 나을 게 분명했다.

몇 초 지나지 않아 우루루 답이 왔다.

[바쁜데요.]

[오늘은 잠복.]

[여긴 전라도 광주. 가고 싶어도 못 가요.]

[교대시간 아직 멀었어요.]

전부 다 시간 없다는 답변뿐이었다.

젠장. 개똥도 약에 쓰려면 없다더니.

뒷골이 땅기면서 혈압이 팍 오르는 느낌에 그녀는 입술을 꼭 깨문 채, 한 부장이 들어간 건물을 노려보았다.

어쩌면 좋지. 어떻게 해야만 하지. 이대로 그냥 쌩하니 도망을 칠 수도 없고. 어쩔 줄을 몰라 안절부절못하던 아름의 눈에 건물에서 나오는 한 부장의 모습이 보였다. 그녀는 급한 마음에 후다닥 차에서 내려 한 부장의 옆으로 달려갔다.

"저, 부장님……."

죄송하지만 제가 바빠서…… 아니, 급한 일이 생겨서…… 어쩌구, 저쩌구를 하려 했는데 그녀를 본 한 부장이 아주 즐거운 표정으로 먼저 말을 꺼냈다.

"어이. 강 대리. 오늘 일 다 끝났다. 밥 먹으러 가자."

"네? 정말이세요?"

"그래. 한 두어 군데 더 들려야 될 줄 알았는데 여기서 다행히 일이 잘 마무리됐어. 그러니까 밥이나 먹고 사무실로 들어가자구."

지화자. 경사 났네. 그녀는 희소식에 얼굴 가득 미소를 띠었다.

"밥은 나중에 사 주세요, 부장님."

조금, 아주 조금은 미안한 표정을 지으며 그녀가 말했다.

"제가 갑자기 가 봐야 할 곳이 생겨서요. 부장님 사무실에 모셔다 드리고 바로 가 봐야 할 것 같아요."

"어? 그래? 이거 지금까지 밥도 못 먹고 운전하느라 고생했는데 미안해서 어쩌지?"

한 부장은 일이 잘 해결돼서 엄청나게 기분이 좋은 듯했다. 미안하다는 안 하던 소리까지 하다니.

"아니에요, 부장님. 사 주신다는 걸 제가 못 먹게 된 건데요."

"그럼 다음에 기회 되면 식사 한 번 하자구, 강 대리."

"네. 부장님."

다소곳한 표정으로 대꾸를 하고 아름은 한 부장이 차에 타는 모습을 봤다. 문이 닫히는 걸 확인하고 차를 돌아 운전석으로 온 그녀는 다소 급하게 차를 출발시켰다. 그나마 사무실이 명동으로 향하는 길 중간에 있음을 감사하면서.

주차장으로 향하지 않고 사무실이 있는 건물 앞에서 차를 세운 그녀는 한 부장이 내리자마자 다시 급하게 차를 출발시켰다. 목적지는 명동의 호프집. 오늘은 기어코 명훈을 잡아야 한다는 생각에 그녀는 결심을 단단히 굳히며 입술을 깨물었다.

명동으로 진입하면서 그녀는 내비게이션에 호프집 주소를 입력했다. 안내대로 차를 몰고 간 그녀는 복잡한 명동 뒷골목에서 주차할 곳을 찾지 못해 한참 애를 먹었다.

간신히 공영 주차장의 빈자리 하나를 차지한 뒤, 혹시라도 명훈이 자리를 떴으면 어쩌나 하는 생각에 조바심을 치며 호프집을 향해 달려갔다.

다행스럽게도 호프집은 입구 쪽이 유리로 되어 있어 안쪽이 훤히 비쳐 보였다. 저녁 무렵이라 불을 켜서인지 내부가 더 잘 보였다. 그녀는 안에서 보이지 않도록 사각지대로 움직이며 자리에 앉은 손님들을 살펴봤다.

창 쪽으로는 없고, 어디 더 안쪽에 있나?

아무래도 몸을 숨긴 채 살펴보려니 가게 안쪽까지는 제대로 볼 수가 없었다.

안으로 들어가야 하나?

안으로 들어가면 그녀가 100% 불리했다. 하지만 그렇다고 명훈이 가게 안에 있는지 없는지도 모르는 상황에 마냥 기다리고 있을 수만도 없었다.

나도 모르겠다. 죽기 아니면 까무러치기지 뭐.

내심 마음을 굳힌 그녀는 어깨에 있는 대로 힘을 주고 출입문을 열고 들어섰다.

"어서 오세요!"

밝은 표정으로 인사하는 종업원의 입을 막아 버리고 싶은 충동을 꾹 참으며 그녀는 안쪽에서 쉽게 볼 수 없도록 카운터의 구석진 곳으로 붙어 섰다.

"누구 찾으세요?"

가까이 다가온 종업원이 묻자 그녀는 대뜸 검지 손가락을 입에 대며 조용히 하라는 표시를 했다.

"네……. 애인이 바람이 난 것 같아서요."

그녀는 종업원의 귀에 대고 작은 목소리로 속닥거렸다.

"여기 온 걸 누가 봤다고 연락을 해 줬거든요."

"아, 네……."

누굴 만나러 왔다고 해도 되겠지만 아무래도 몸을 움츠린 채, 살금살금 사람들을 살피고 다닌다면 종업원이 이상하게 생각할 게 뻔했다. 그러니 이런 식으로 핑계를 대는 수밖에 없었다.

순식간에 바람난 애인 뒤나 쫓아다니는 못난 여자가 되었지만, 그딴 건 아무래도 좋았다. 무사히, 아무 탈 없이 명훈만 잡을 수 있다면.

"잠깐 손님들 좀 살펴볼게요."

"그러세요."

선뜻 종업원은 고개를 끄덕였고, 그녀는 최대한 얼굴을 가린 채 통로를 걸어갔다. 밖에서 확인했던 창 쪽에 앉은 사람들을 다시 한 번 훑어보고 안쪽으로 향하려 발을 옮겼을 때였다. 굳이 안쪽 깊숙이 들어갈 필요도 없이 그녀의 눈길에 명훈이 딱 걸려들었다.

명훈은 쫓기는 사람답게 계속해서 고개를 돌려 주변을 살피고는 했다. 유유자적한 태도로 술을 마시며 웃고 떠들고 있는 사람들 사이에서 그런 명훈의 모습은 유난히 튀어 보였다.

네놈이 그러면 그렇지. 그런 식으로 도망쳐서 어디에선들 편안하게 살 수 있을 줄 알았냐?

새삼 고소한 기분을 느끼며 그녀는 명훈이 앉은 자리와 조금 거리가 있는 탁자 앞 의자에 살짝 걸터앉았다.

명훈을 확인한 순간 아름은 새삼 갈등에 빠졌다. 명훈이 자신을 먼저 본다면 총알처럼 도망갈 게 분명했다. 게다가 바로 덮친다고 해도 명훈의 앞에 앉아 있는 험상궂은 얼굴의 두 사람이 어찌 나올지도 알 수 없었다. 만약 명훈과 한 패라면 혼자인 그녀가 불리했다.

이대로 밖으로 나갔다가 입구에서 나오는 걸 잡아채는 게 더 낫지 않을까 하는 생각을 할 때였다. 가게를 나갈 생각인지 명훈이 남은 술을 마저 비우고 자리에서 일어났다.

지금 가면 안 되지. 난 아직 어떻게 할 건지 결정을 못 했단 말이다. 급한 마음에 몸을 일으키던 그녀와 계속해서 주변을 두리번거리던 명훈의 눈이 딱 마주쳐 버렸다.

"어, 어?"

명훈의 눈이 놀라 크게 떠지는 순간, 아름은 재빠르게 일어나 앞으로 뛰쳐나갔다.

"어딜 가시려고?"

그녀는 있는 힘을 다해 명훈을 자리 안쪽으로 밀어 넣었다. 그리고 턱 하니 탁자와 의자 사이를 가로막고 섰다.

"어떻게 여길……."

의자 위에 거의 반쯤 나자빠져 있는 명훈은 본 척도 하지 않고, 그녀는 앞에 앉아 있던 남자들에게 생긋 웃으며 말을 건넸다.

"죄송하지만 얘기 끝나셨으면 그만 가 보셔도 되는데요. 전 이분하고 볼일이 있어서요."

갑작스러운 그녀의 등장에 반쯤 일어서다 만 남자들이 의문이 가득 담긴 눈빛으로 명훈을 봤다.

"걱정 마세요. 이 남자가 바람을 피운다고 제 친구가 그래서 얘기 좀 하려는 거니까요. 아주 개인적인 얘기요."

"바람은 무슨……."

명훈이 펄쩍 뛰며 입을 열자 아름은 두 눈에 쌍심지를 켰다.

"입 다무셔. 안 그러면 지금 여기서 네가 무슨 짓을 하고 다녔는지 마이크에 대고 다 불어 버릴 테니까."

그녀가 이를 바드득 갈며 말을 하자 명훈의 낯빛이 새파랗게 변했다.

"그럼, 연락드리겠습니다."

"다음에 또 뵙겠습니다."

퍽이나 정중한 투로 인사말을 건네고 두 남자는 황급히 자리를 떴다.

"이제 우리 할 얘기를 할까?"

"난 할 말 없어."

"나한테야 없겠지. 하지만 할머니한테는 하실 말씀이 있잖아?"

명훈의 안면이 일그러지는 걸 보면서도 아름은 냉정한 어투로 말을 이었다.

"끝낼 건 끝내야지. 언제까지 이런 식으로 도망 다닐 건데."

"난 돈 없어. 그 돈 다 써 버렸단 말야."

그게 자랑이라고 지금 큰 소리로 떠드냐?

아름은 있는 대로 인상을 팍팍 쓰면서 명훈의 멱살을 움켜잡았다.

"누가 너보고 지금 돈 내놓으라고 했냐? 이 양심 상실한 인간아. 우선은 할머니한테 가서 잘못했다고 사죄를 하고 용서를 구해야 할 것 아냐! 이 배은망덕한 놈아."

"할머니한테는 내가 나중에 따로……."

"나중에? 놀고 있네. 나중에 언제? 할머니 너 때문에 홧병 나서 지금도 앓아누워 계시는데, 할머니 돌아가시고 난 다음에 무덤 찾아가서 용서 빌래? 장난질 치지 말고 퍼뜩 일어나라. 나 지금 엄청나게 심기가 안 좋으니까 자꾸 성질 건드리지 말고."

"아이 씨! 이거 놓고 말해. 왜 사람 멱살은 잡고 난리야!"

X 싼 놈이 성낸다고, 지가 꿀리자 명훈은 버럭거리며 인상을 써 댔다.

"이 싸가지가 반항이야? 야! 네가 뭘 잘했다고 앙탈을 부려. 거지처럼 배곯고 시장바닥 돌아다니는 놈 불쌍하다고 밥 먹여 주고 집에서 며칠 재워 줬더만, 그 은혜도 모르고 할머니 금쪽같은 쌈짓돈 사기 쳐서 달아난 놈이 멱살 한 번 잡혔다고 생지랄이야?"

"사기 친 거 아니라고!"

그래도 잘났다고 명훈은 눈에 힘을 줘 가며 소리쳤다.

"처음부터 돈만 들고 튈 생각은 없었어. 진짜 일만 잘 됐으면 두 배, 아니 세 배로 돌려줄 수 있었단 말야. 나도 일 잘못돼서 속상해 죽겠는데……."

"어휴, 진짜 가지가지 하세요."

명훈의 말도 안 되는 변명에 황당함을 느끼며 아름은 한숨을 푹푹 내쉬었다.

"알았으니까 할머니 앞에 가서 그렇게 말하라고. 죄송하다고 말씀도 드리고."

"나중에 갈 거라니까!"

"썩은 호박에 칼도 안 들어갈 소리는 하지도 말고 일어나. 지금 당장 가자고!"

그녀는 멱살을 잡은 손에 힘을 줘 명훈을 일으켜 세우고 다른 한 손

25

으로 명훈의 허리춤을 움켜잡았다.

"알았으니까 이거 놓고 가."

"안 돼."

"사람들 다 보는데 창피하게 이게 뭐야?"

"사람들 눈 창피한 거 아시는 분이 그런 짓을 했나?"

그래도 조금은 너무하다 싶은 생각에 아름은 명훈의 멱살을 잡은 손은 놨다. 대신 허리춤을 움켜잡은 손에 힘을 잔뜩 주고 한쪽 팔을 붙잡아 빠져나가지 못하도록 했다.

"도망치지 않을 테니까 놓고 나가자고."

"어림도 없는 소리 하지 마라. 저번에도 그랬다가 그대로 줄행랑을 쳐 놓고서는……."

그녀는 그때의 일이 생각나 새삼 잡은 손에 있는 힘껏 힘을 줬다. 그녀의 다부진 손길에 명훈은 흠칫 놀라며 힘없이 고개를 저었다.

"이번에는 정말이라니까!"

계속해서 티격태격하면서 카운터 앞까지 온 그녀는 빤히 바라다보는 종업원에게 미소를 지어 보이며 살짝 고개를 숙였다. 종업원은 한 손을 들어 올리며 입모양만으로 '화이팅'을 외쳤다. 아마도 아름이 바람난 애인이 어쩌고저쩌고 한 말을 철석같이 믿은 모양이었다.

호프집을 나오자마자 명훈이 걸음을 멈추자, 그녀는 허리춤을 잡은 손을 밀어 대며 재촉했다.

"창피할 테니까 빨리 가자고."

"잠깐 기다려 봐. 다리가 저려서 그래."

"또 무슨 꼼수를 부리려고……. 으악!"

갑작스럽게 명훈이 휘청대며 넘어져 버리자 그의 허리춤을 붙잡고 있던 그녀까지도 바닥으로 넘어져 버렸다.

"아이고, 아야!"

손목이 확 꺾이는 바람에 그녀는 명훈을 잡고 있던 손을 놓쳐 버렸다. 극심한 통증에 인상을 팍 쓰는 그녀의 앞으로 벌떡 일어난 명훈이 달려가는 모습이 보였다.

　"거기 안 서! 야! 김명훈! 거기 서!"

　바락바락 소리를 지르며 그녀 또한 벌떡 일어나 명훈의 뒤를 쫓아 달렸다. 손목이 시큰거리고 아팠지만 돌볼 사이도 없었다. 혹여라도 명훈을 놓칠까 봐 그녀는 숨이 턱에 닿도록 전력질주를 했다.

　"김명훈! 거기 서라고! 너 이렇게 해서 좋을 거 하나도 없어. 야!"

　"내가 미쳤다고 서냐? 누구 좋으라고. 헹! 웃기지 말라고!"

　그냥 도망을 쳐도 열 받아 죽겠는 판국에 명훈은 염장을 지르는 말을 퍼부어 대면서 그녀의 약을 올렸다.

　"저게 정말! 너 잡히면 아주 죽었어."

　사람들을 헤치고 아슬아슬하게 도망을 치던 명훈이 갑자기 방향을 획 바꿔 골목 안쪽으로 뛰어들었다.

　"확 막다른 골목이나 나와라. 이 못된 놈아."

　그녀가 골목으로 뛰어들자 반대편 골목으로 달려가는 명훈의 뒷모습이 보였다.

　"거기 안 서! 야, 이 자식아! 거기 서라고!"

　버럭 소리를 지르고 반대편 골목으로 달려 들어간 그녀는 마주 보이는 건물 안쪽으로 뛰어들었다. 명훈의 모습을 보지는 못했지만 그녀는 분명 명훈이 건물 안으로 들어갔을 거라 여겼다. 평소에도 그녀는 도망치거나 숨는 사람들의 심리를 잘 알 수 있었고, 그 덕분에 사람 찾는 일에 도가 튼 정도였다.

　현관 안쪽으로 들어간 그녀는 엘리베이터의 숫자판을 쳐다봤다. 1층에 불이 켜진 채인 걸 보면 명훈은 엘리베이터를 이용하지 않았다. 그 사실을 증명하기라도 하듯 비상계단 쪽에서 투덕거리는 발소리가 들려왔다.

"네가 뛰어야 벼룩이지. 흥!"

소리가 나도록 코웃음을 친 그녀는 최대한 소리가 나지 않도록 발걸음에 신경을 쓰며 비상계단 쪽으로 향했다.

비상계단에서는 계속해서 투덕거리는 발소리가 들려왔다.

힘들어 죽겠는데 어디까지 올라가는 거야?

그녀는 발뒤꿈치를 들고 한 발을 계단에 올렸다. 귀를 쫑긋 세운 채 다시 한 발을 계단에 얹었다. 소리 없이 살금살금 계단을 오르며 투덕거리는 발걸음의 숫자를 셌다. 한 층에 계단이 8개. 층계참을 지나 또 8개. 합이 16개니까…… 지금 저놈이 오르고 있는 건 3층.

그녀가 막 계산을 마쳤을 무렵 투덕거리던 발걸음 소리가 멈췄다. 조용한 비상계단에는 정적만이 흐를 뿐, 아무런 소리도 들리지 않았다. 그녀는 기척을 있는 대로 죽이고 살며시 층계참을 돌아 위층으로 향했다. 2층을 지나 막 3층으로 올라갔을 무렵, 밑쪽을 쳐다보고 있었는지 명훈이 화들짝 놀라 욕설을 내뱉으며 비상문을 열어젖혔다.

"이런, 젠장!"

"거기 서, 이 나쁜 자식아!"

후다닥 계단을 뛰어오른 그녀는 있는 힘껏 비상문을 열고 복도로 향했다. 텅 빈 복도를 보며 온갖 감각을 총동원해 명훈을 추적하려 애썼다. 발소리도 들리지 않았고 숨소리도 안 들리는 걸 보면 어딘가에 숨은 게 분명했다.

"어디 숨어 있는지 다 아니까 좋게 말로 할 때 나와!"

물론 뻥이었지만…….

"진짜 시끄럽게 굴면 경찰 부를 거야. 그러니까 그 전에 조용히 가자고."

열이 올라 소리를 친 그녀는 가장 가까이에 있는 사무실의 문고리를 잡고 슬쩍 돌렸다. 잠겨 있다는 걸 확인하고 그녀는 이마를 잔뜩 찌푸렸다.

"진짜 빨리 안 나와?"

그녀의 목소리가 조용한 복도에 울려 퍼지자 기괴한 느낌마저 들었다. 저녁 무렵이라 사람들이 퇴근을 하고 대부분의 사무실이 비어 있는 게 천만다행이었다. 그렇지 않았다면 소음공해로 경찰에게 끌려가는 건 그녀였을지도 모르는 일이었다.

혹시라도 명훈이 움직이는 소리가 들리지 않을까 숨을 죽인 채, 가만히 서 있기만 하자 머리 위의 센서 등이 꺼지며 주변이 어두움에 휩싸였다. 칠흑 같은 어둠 속에서 감각은 한층 더 또렷해지고 온몸에 긴장감이 느껴졌다.

그때, 뒤쪽에서 문이 열리는 소리가 들린 듯했다. 그녀가 몸을 돌리려는데 머리 위쪽의 센서 등에 불이 들어와 주변이 잠시 환해졌다.

뭐야? 난 움직이지도 않았는데.

누군가 다가오는 기척을 느끼지 못한 그녀는 잠시 당황했다.

뒤쪽이다! 그런 생각에 서둘러 몸을 돌리려는 순간이었다.

목이 졸리며 커다란 손으로 입이 막혔다.

"허억!"

누……누구야? 김명훈?

강한 힘에 질질 끌려가면서 그녀는 벗어나려 발버둥을 쳤다. 목을 조이고 있는 팔을 두 손으로 있는 힘껏 떼어 내려 했지만, 팔은 마치 강철과도 같아서 꿈쩍도 하지 않았다.

불이 꺼진 어두운 사무실로 끌려들어간 그녀는 입을 막은 손과 목을 조르는 팔 힘에 숨이 막혀 온몸에서 기운이 쪽 빠지는 걸 느꼈다.

"우읍……. 읍!"

숨이 막힌다는 걸 알리기 위해 그녀는 두 손으로 목을 조르고 있는

팔을 쳤다. 그녀의 뜻을 알아차렸는지 목을 조르던 팔 힘은 조금 늦춰
졌지만 입을 막고 있는 손은 여전했다.

"읍읍읍, 읍?"

손 좀 놓으라고 말하려 했지만 얼마나 꽉 막혔는지 읍읍거리는 소리
밖에 나오지 않았다. 명훈을 잡기는 고사하고 이러다 내가 그냥 당하고
마는 게 아닌가 하는 생각이 들 때였다.

"쉿! 조용히 해."

귓가에 울리는 낮은 목소리. 엄청난 저음에 어쩐지 음산한 기운이
가득한 목소리를 듣자 그녀의 등에 소름이 쭉 끼치면서 머리카락이 일
제히 곤두섰다. 전혀 낯선 목소리, 한 번도 들어 본 적 없는 목소리는
그녀를 공격한 사람이 명훈이 아니라는 걸 알려 주고 있었다.

누구지? 이 사람은 누구야?

그녀는 상대가 명훈일 거라 생각하고 있었기에 두려움이 없었다. 명
훈이라면 어떤 식으로 나오든 적절하게 대처할 수 있을 거라 자신하고
있던 그녀였다.

하지만 명훈이 아니라면…….

생각지도 못한 상황에 그녀는 공포심을 느꼈다. 그러고 보니 뒤쪽에
서 그녀를 붙잡고 있는 남자는 명훈보다도 훨씬 키가 컸다. 그녀보다도
훨씬 더 컸고 힘도 셌다.

"소리 지르지 마. 조용히…….”

낮은 목소리가 또다시 들려오자 그녀는 다급하게 고개를 끄덕였다.
이 사람이 누구고, 무엇을 하려 하든 간에 일단은 고분고분 말을 잘 듣
는 게 좋을 것 같았다.

"시키는 대로만 하면 다칠 일은 없어. 알았지?"

온몸을 긴장시킨 채 그녀는 또 고개를 끄덕였다.

그러자 목을 조르던 팔에 조금씩 힘이 빠졌고, 천천히 어깨 쪽을 향

해 움직였다. 남자의 팔이 어깨를 어루만지고 지나가 슬쩍 가슴을 스치자 또다시 온몸에 소름이 돋아, 아름은 두 눈을 질끈 감고 입술을 깨물었다.

남자의 팔이 그녀의 팔과 허리를 동시에 감싸 안았다.

그녀는 입술을 꼭 깨문 채, 남자의 손에서 빠져나갈 기회만 노리고 있었다.

"이제 손을 놓을 테니까 소리 지르면 안 돼!"

귓가에 바짝 대고 소곤거리는 통에 남자의 숨결이 목덜미에 느껴져 온몸의 솜털이 일시에 곤두서며 비명을 질러 댔다.

으아. 징그러워, 징그러워.

입을 막았던 손이 떨어지며 어깨를 감싸 안자 덕분에 그녀는 원하지 않음에도 불구하고 남자의 몸을 온몸으로 느껴야만 했다.

이, 이런…… 내 생애 첫 '백허그'를 이런 변태 치한과 하다니.

"이런 짓!"

그녀는 작은 목소리로 중얼거리듯 말하며 남자의 팔 한쪽을 두 손으로 잡은 채 발뒤꿈치에 힘을 주어 남자의 발을 밟았다.

"윽!"

남자의 몸이 순간적으로 흐트러졌다.

그녀는 남자의 팔을 잡은 채 몸을 돌리며 있는 힘껏 뒤로 꺾었다.

"어흑!"

남자의 입에서 짧은 비명소리가 흘러나왔다.

"하지 말라고!"

버럭 소리를 지른 그녀는 어깨를 감싼 채 몸을 숙인 남자의 중심부를 향해 무릎을 올렸다.

퍽!

"으윽……."

폐부를 깊숙이 도려내는 것만 같은 신음소리가 남자의 입을 뚫고 흘러나왔다. 타격음이 아주 요란하게 울리는 걸 보니 그녀의 무릎이 정통으로 남자의 급소를 올려 찬 게 분명했다.

허리를 팍 꺾으면서 남자가 바닥으로 뒹구는 모습을 보면서 아름은 이를 뿌드득 갈았다.

"네 뜻대로 다 될 줄 알았어? 이 변태 치한 자식아!"

"너, 너…… 으윽! 젠장……."

고통이 심한 듯 남자는 웅크린 채 고개만 들어올렸다.

창밖에서 비쳐 들어오는 빛밖에 없는 사무실은 꽤 어두웠기에 창을 등지고 있는 남자의 얼굴은 알아볼 수가 없었다. 그녀는 남자의 멱살을 움켜잡아서라도 얼굴을 확인할까 하는 생각을 했다. 아니, 재차 공격을 감행해 곤죽으로 만들어 놓은 뒤, 테이프 같은 걸로 꽁꽁 묶어 놓고 경찰을 부를까 하는 생각도 했다.

하지만 비록 급소를 공격당해 고통에 몸부림치고 있긴 해도 남자의 체격은 상당히 큰 편이었다. 생각보다 회복이 빨리 돼, 금세 벌떡 일어나 맞서 싸우게 된다면 그녀는 상대도 되지 못할 게 뻔했다.

그리고 지금 그녀는 남자의 처리보다도 더 급한 일이 있었다. '나 잡아 봐라' 하는 식으로 약을 올리고 달아난 명훈을 뒤쫓아야만 했다. 얼마 시간이 걸리지 않았으니 명훈은 아직도 건물 안에 있을 확률이 컸다.

"당신 오늘 운 좋은 줄 알아!"

씹어뱉듯이 말을 내뱉고 그녀는 휙 몸을 돌려 사무실 문을 열고 밖으로 나왔다. 복도를 달려 비상계단 쪽으로 향한 그녀는 계단을 달려 내려가 층계참에서 멈춰 섰다.

어디선가 발자국 소리가 들리는 듯했다. 그리고 수상쩍은 수군거림도. 그 소리를 따라 움직이려던 그녀는 이상한 촉이 느껴져 복도 창을 열고 머리를 바깥으로 내밀었다. 아니나 다를까 두리번거리던 그녀의 눈길에 달음박질치는 명훈의 뒷모습이 보였다.

"야 이 자식아! 너, 거기 안 서?!"

버럭 소리를 지른 그녀는 그대로 충계를 달려 1층으로 향했다.

♡ ♥ ♡ ♥

하늘이 노랗게 변한다는 게 이런 거구나!

생각지도 못했던 여자의 기습에 속수무책으로 당한 그는 자신의 중심부를 두 손으로 감싸 쥔 채 끙끙거렸다. 범인들과 몸싸움을 한 적도 많았고 다친 적도 많았다. 하지만 이런 식으로 급소를 공격당한 건 처음이었다. 상상도 못할 정도의 고통이 온몸으로 퍼져 나가 일어서기는 커녕 꼬부라진 허리를 펼 수조차 없을 정도였다.

"이런, 젠장. 제기랄."

이를 악물고 끙끙거리면서 그는 고통이 사그라들기만 기다렸다. 여자를 쫓아가 잡아야겠다는 생각은 없었다. 처음부터 여자를 붙잡은 것도 건물 내에서 소리를 지르지 못하게 하기 위해서였으니까.

하지만 변태 치한이라니. 젠장. 내가 어딜 봐서 변태 치한이냐고!

그는 새삼스럽게 떠오르는 억울한 누명에 이를 갈았다.

어느 정도 고통이 사라지자 그는 천천히 몸을 일으켰다. 아직까지도 머리가 어질어질해 그는 두어 걸음 걷다 휘청이며 옆 책상에 손을 짚었다.

"으윽."

책상을 짚은 팔에서 어깨부분으로 찌르르 하는 통증이 전해졌다.

그래. 맞아. 그 여자가 급소만 가격한 게 아니지. 어깨도 빼 놓았지.

슬쩍 어깨를 움직여 보자 뼛속까지 찌르르한 고통이 퍼져 나갔다.

그리고 여자의 발에 밟힌 발등도 욱신거리고 아파 오기 시작했다.

젠장. 아주 골고루 다 아프구만. 도대체 뭐하는 여자인데 이런 기술을 쓰는 거야!

자신이 두 팔로 꼭 감싸고 있는 상태였는데도 교묘하게 움직여 빠져나가다니. 것도 그냥 빠져나가기만 했다면 아무 말도 안 하겠다만, 온갖 통증에 부상까지 입혀 가면서.

으드득! 그는 다시 한 번 이를 갈아 대며 시간을 확인했다. 여자를 붙잡고 씨름을 한 건 몇 분 되지 않았지만 그 뒤로, 아픔에 끙끙거리느라 시간을 꽤 허비했다. 무엇보다도 일이 어떻게 되었는지 궁금한 마음에 그는 다급히 사무실 문을 열고 밖으로 나왔다.

빠른 걸음으로 복도를 걸어 엘리베이터 앞으로 다가간 그는 버튼을 눌렀다. 마침 엘리베이터는 올라오던 참이라 얼마 기다리지 않아 문이 열렸다.

"아! 그렇잖아도 어디 계신가 했습니다."

엘리베이터를 타고 있던 장 형사가 가쁜 숨을 몰아대며 그를 반겼다. 장 형사는 더운 날씨도 아닌데 땀을 뻘뻘 흘리고 있었다.

"어떻게 됐습니까?"

한 손으로 다친 어깨를 움켜잡은 채 그가 물었다.

"무슨 일이십니까? 다치셨어요?"

"아니. 그냥 좀 일이 있었습니다. 그보다 권형우는 어떻게 됐습니까?"

그가 정색을 하고 다시 묻자 장 형사의 표정이 굳어졌다.

"놓쳤습니다."

"놓쳤다고요?"

"예. 분명 건물 안으로 들어온 것까지는 확인했는데……. 낌새가 이상하다는 걸 눈치챘는지 잽싸게 도망가더군요. 바로 뒤쫓아 갔는데 눈

깜짝할 새에 사라져 버리고 말았습니다."

권형우를 쫓아다니느라 장 형사는 숨을 몰아쉬며 시근덕거리고 있었던 거였다.

그 짧은 시간에 이런 일이 생기다니.

"이런, 젠장!"

거친 욕설을 내뱉으며 그는 인상을 팍 썼다.

"강소연 씨는요? 지금 어디 있습니까?"

"아직 옥상에서 기다리고 있을 겁니다."

때마침 엘리베이터가 5층에서 멈춰 섰고 그는 장 형사와 함께 복도를 걸어 옥상으로 향하는 비상문을 열었다.

그와 장 형사가 나타나자 기다리고 있던 듯 소연이 다가왔다.

"어떻게 된 거예요? 권형우는 왜 안 와요?"

"이번 일은 실패한 것 같습니다."

그는 침통한 표정으로 말했다.

소연은 그의 말을 제대로 알아듣지 못한 듯 눈만 동그랗게 떴다.

"실패라뇨? 권형우가 안 온 거예요?"

뭐라고 설명을 해야 할지 알 수 없어 그가 머뭇거리자 장 형사가 대신 말을 꺼냈다.

"왔는데 작은 사고가 있어 도망가 버렸어요."

"그럼 앞으로 어떻게 되는 거죠?"

"수고스러우시겠지만 강소연 씨가 한 번 더 권형우를 유인해 주셔야겠습니다."

그의 말에 파랗게 질린 얼굴로 소연이 고개를 가로저었다.

"아뇨. 싫어요."

"강소연 씨."

"전 못 해요. 이번 일도 전 하기 싫었다고요. 만약에 내가 경찰하고 짜고서 자길 잡으려고 하는 걸 권형우가 알게 되면…….”

생각만으로도 끔직하다는 표정으로 소연은 벌벌 떨었다.

“날 죽일 거예요, 분명히.”

“그런 일이 생기지 않도록 저희가 보호를 해 드리겠습니다.”

그가 강한 어조로 말했지만 믿지 못하겠다는 듯 소연은 계속해서 고
개를 젓기만 했다.

“아니, 싫어요. 안 할 거예요. 다시 이런 일로 저한테 연락하지 마세
요.”

소연은 고집스럽게 말한 뒤, 그에게서 몸을 돌렸다.

“댁까지 바래다 드리겠습니다. 강소연 씨.”

“저 혼자 가겠어요. 형사님하고 같이 있는 모습 보이고 싶지 않으니
까 따라오지 마세요.”

쌀쌀맞게 쏘아붙인 소연은 뒤도 안 돌아보고 계단을 향해 빠르게 걸
었다.

“강소연 씨!”

장 형사가 뒤따라가려는 걸 그가 팔을 잡아 막았다.

“그대로 두세요. 잔뜩 겁을 먹었어요. 지금 말해 봤자 아무 소용없
을 겁니다.”

“그 뽕쟁이 새끼 잡으려면 저 여자가 협조를 해 줘야 하는데…….”

장 형사는 못내 아쉽다는 듯 입맛을 쩝쩝 다셨다.

소연은 강남에서도 꽤 이름 있는 술집의 종업원이었다. 오랜만에 친
구들을 만나 한잔하는 자리에서 그는 소연을 만났다. 한 잔, 두 잔 술
을 마시다 소연은 우연찮게 마약하는 손님을 만났다는 말을 했다. 술에
취했어도 소연의 그 말은 그의 귀를 쫑긋하게 만들었고, 순식간에 정신
이 번쩍 들었다.

이리저리 말을 돌리며 물어본 결과 그 손님은 원하면 마약을 대 주

겠다고 술집 아가씨들을 꼬드겼다고 했다.

소 뒷걸음질에 쥐 잡는다고, 놀러 왔다가 큰 건수를 잡았다고 혹한 그는 그 뒤로 소연의 환심을 사기 위해 몇 달이나 공을 들였다.

개인적으로도 일주일에 두어 번 정도 술집에 들려 돈을 썼고, 직원 회식이나 친구들의 모임도 모두 그 술집을 이용했다. 그렇게 애를 쓴 결과 소연에게서 손님의 이름이 권형우라는 것을 알아냈다.

권형우는 아직까지 법망에 걸린 적이 없는지 마약전과가 없었다. 이 럴 경우에는 검거한다고 해도 판매사범이 아닌 단순한 투약사범으로 분류돼 집행유예로 풀려날 수도 있고, 확실한 증거가 없으므로 병원치 료를 받는 걸로 마무리되는 수도 있었다.

그렇기에 그는 소연에게 협조를 부탁했다. 소연이 마약을 사겠다는 식으로 권형우를 끌어내 마약을 판매하는 현장을 덮치려고 한 거였다. 그런데 모든 일이 다 어긋나 버린 것이다.

"그보다 이번 일 잘못돼서 타격이 꽤 크겠는데요."

장 형사의 말에 그의 입에서 자연스럽게 한숨이 튀어나왔다.

"아 씨. 젠장. 다 된 밥에 코 빠뜨리는 것도 유분수지. 왜 하필 그때 정신 나간 것들이 뛰어 들어오고 난리야, 난리가. 에이, 시발."

걸죽하니 욕설을 퍼부은 뒤, 장 형사는 바닥에 침을 탁 뱉었다.

성질이 나는 건 그도 마찬가지였다. 몇 달이나 온갖 정성을 쏟으며 공들여 온 일이 제대로 시작해 보기도 전에 허무하게 실패한 것도 열 받는 일인데, 무엇보다도 권형우를 꼭 잡아 오겠다고 큰소리를 뻥뻥 친 게 마음에 걸렸다.

사실 상부에서는 투약사범으로라도 권형우를 잡아넣어 연관되어 있 는 사람들을 알아내자고 했었다. 그런데 그것만으로는 만족할 수 없 던 그가 우겨 가면서 이번 작전을 세운 거였다. 그랬는데 일이 더럽게 꼬이고 만 것이다.

행여나 불상사가 생기면 자신이 다 책임지겠다고 호언장담을 했었는데, 이렇게 되어 버렸으니 이제 옷 벗을 일만 남은 건가.

허탈한 표정으로 하늘을 올려다보며 그는 후— 긴 한숨만 내뱉었다.

잠시 후, 투닥거리는 발소리와 함께 장 형사의 짝꿍인 유 형사가 경찰 두 명과 옥상으로 왔다.

"에이, 그 썩을 놈. 발은 겁나 빨라 갖고……."

그와 장 형사가 들으라는 듯 큰 소리로 투덜거리는 폼이 유 형사도 권형우를 놓친 듯했다.

"이제 어쩌죠?"

유 형사가 조심스럽게 묻자 그는 별수 없다는 표정으로 어깨를 으쓱였다.

"뭘 어쩌겠습니까? 다음 기회를 노려야죠."

"그건 그렇지만 강소연 씨가 저러고 갔으니 또 협조를 해 주려고 할까요?"

그가 가장 걱정하는 일도 그런 거였다. 한 번에 성공을 했어야 하는데 일이 그렇게 되질 못했으니, 잔뜩 겁을 먹은 소연은 더 이상 움직이려 하지 않을 게 뻔했다.

"다른 방법을 알아봐야죠."

침울한 표정으로 그는 장 형사와 유 형사를 번갈아 쳐다봤다.

"일이야 잘 안 됐지만 어쨌든 오늘 고생하셨습니다."

"저희야 항상 하는 일인데 고생은 무슨……. 그런데, 정말 어디 다치신 거 아닙니까? 안색이 별로 안 좋은데."

일만 잘 됐다면 이 정도 고통쯤이야 아무것도 아니었을 텐데……. 그는 이마를 잔뜩 구긴 채로 고개를 저었다.

"아닙니다. 신경 쓰지 않으셔도 됩니다. 그보다 늦었는데 다들 그만 돌아가도록 하죠."

"그러죠."

장 형사가 앞서 걸음을 옮겼고 눈치만 보고 있던 유 형사와 경찰들도 움직이기 시작했다.

잠시 그는 옥상 난간 쪽으로 다가가 큰길가를 바라보며 한숨을 푹 내쉬었다.

저기 어딘가에 권형우가 있다. 그리고 자신에게 상해를 입힌 그 여자도.

반드시 둘 다 잡아 버리겠어.

빠드득— 소리 나게 이를 갈면서 그는 주먹을 꼭 움켜쥐었다. 불빛으로 빛나는 서울 도심 한복판을 무서운 눈빛으로 쏘아보면서.

2장

[나 케이크 먹고 싶어.]

액정에 선명하게 뜬 문자를 노려보며 아름은 한숨을 푹 쉬었다.

이 아줌마가 케이크가 먹고 싶으면 자기 남편한테 말을 할 것이지 왜 나한테 문자를 보내는 거야?

이를 뽀드득 갈다가 그녀는 며칠 전 승빈이 지방출장을 갔다는 걸 떠올렸다.

뭐야? 간 지 한 사나흘 된 거 같은데 아직도 안 온 거야? 아니, 아무리 중요한 일이라 해도 그렇지 곧 애 아빠가 될 인간이 오랫동안 지방에 가 있으면 어쩌라는 거야? 자기 부인 걱정도 안 되나? 혹시, 바람이라도 난 겨?

그런 생각이 들자마자 그녀는 고개를 획획 저었다.

아니지, 아니야. 내가 뭔 생각을 하는 거야. 결혼한 뒤부터 지금까지 계속 아주 계속해서 신혼인 양 알콩달콩 깨를 볶아 대고 있는데.

[케이크 좀 사 주라? 응?]

그녀가 답장을 안 하자 또다시 '카톡' 소리가 울리며 메시지가 들어

왔다.

내가 지금 케이크 사 들고 거길 찾아갈 기운이 없다고요.

어제도 좁은 차 안에서 밤을 새 가며 잠복근무를 한 탓에 온몸이 쑤시고 아팠다. 게다가 교대하고 오전에 겨우 두어 시간 정도 눈을 붙인 게 다였다. 잠에 취해 오후 일을 어떻게 했는지 기억도 나지 않을 정도였다.

피곤에 절어 또다시 땅이 꺼져라 한숨을 내쉬는데 '카톡' 소리가 또 울렸다.

"아, 답 없으면 바쁜 줄 알고 그만 좀 할 것이지."

버럭 성질을 부리며 확인한 메시지는 '우리 주니어가 케이크가 먹고 싶다네. 아가씨?' 였다.

오, 마이 갓.

결국 아름은 항복을 외치며 전화를 하고 말았다.

"누가 뭘 먹고 싶다고?"

— 임산부가 원하는 음식은 전부 아기가 원하는 거라잖아. 호호.

"애 핑계 대고 지금 나 부려 먹으려고 그러는 거, 내가 모를 줄 알어?"

— 어머, 그건 절대 아니거든.

얄밉게 대꾸하는 제니퍼의 음성에 아름은 시근덕거리면서 소리쳤다.

"애 아빠는 도대체 어딜 간 거야? 아직도 지방출장에서 안 온 거야?"

— 아니. 어제 왔는데 오늘은 늦게까지 회의를 해야 한다네. 출장 갔던 일이 잘 안 풀렸나 봐.

"그럼 들어올 때 사 오라고 해. 괜히 나 고생시키지 말고. 여기서 거기까지 가려면 얼마나 힘든 줄 알아?"

—오늘 못 들어올지도 모른다고 했거든. 너무 늦으면 잠깐 눈 붙이

고 회사로 바로 간다고 했어. 그런데 난 지금 당장 케이크가 먹고 싶은 걸 어쩌라고.

끝까지 뜻을 굽히지 않고 얄미운 소리만 해 대는 제니퍼를 아름은 한 대 팍 후려쳐 주고 싶은 기분이었다.

"그럼 일하는 아줌마한테 사다 달라고 하던지. 거, 일하는 아줌마 아직 안 갔을 거 아냐!"

— 오늘 일 있다고 해서 일찍 들어가시라고 했어.

가는 날이 장날이라고 하필 일하는 아주머니도 일찍 들어간 날 제니 퍼는 케이크를 먹고 싶다고 칭얼대고 있는 거였다.

"그럼 직접 사다 드시던지."

— 나도 그러고 싶지만 지금 내가 먹고 싶은 케이크는 근처에서 파는 게 아니거든.

"그건 또 무슨 소리야?"

— 왜 전에 시누이가 사 온 케이크 있잖아. 승빈 씨 생일날 사 온 거. 무슨 전문점에서 만들었다던.

아, 그 케이크.

제니퍼가 말하는 케이크는 사무실이 있는 건물 옆 시장통에 새로 개 업한 케이크 전문점에서 구입한 거였다.

— 맛이 아주 독특하더라구. 나 단 거 좋아해서 주변 제과점에서 한 번씩은 케이크를 사 먹어 봤는데, 그 맛이 안 나던데.

당연한 일이다. 그 케이크는 전문점이 아닌 곳에서는 판매하지 않으 니까.

케이크만을 전문적으로 만드는 제빵사가 자신만의 독특한 방식으로 만들었다고 자랑하는 걸 들은 적이 있었다. 그래서였는지 일반적인 맛 과는 좀 다른, 독특하면서도 환상적인 맛이 느껴지고는 했다. 그런데 지금 이 시간에 제니퍼는 케이크를, 그것도 하필 그 케이크를 원하고 있는 거였다.

— 내가 이 무거운 몸을 이끌고 그 먼 곳까지 케이크를 사러 갔다 왔다고 하면 아마도 승빈 씨는……

제니퍼의 다음 말은 들으나마나 뻔했다. 만일 그런 일이 벌어진다면 승빈은 그녀에게 너무한다느니 서운하다느니 하면서 투덜거릴 게 뻔했다. 다른 사람은 몰라도 승빈이 그런 말을 하는 건 참을 수가 없었다. 그녀는 최대한 승빈에게 잘하고 싶었기에 두 말 없이 백기를 들고 말았다.

"스톱! 알았어. 알았다고!"

그녀는 퇴근하자마자 집으로 달려가 손만 씻고 잠부터 자야겠다고 생각하고 있었다. 저녁도 생략할 정도로 잠이 절실히 필요했다. 그런데 제니퍼의 느닷없는 케이크 심부름으로 인해 잠조차 편히 잘 수 없는 상황이 되어 버렸다.

그녀는 마구 내리감기는 눈꺼풀을 손등으로 문지르며 시큰둥한 어조로 답했다.

"케이크 집에 가 보고 있으면 사 가지고 갈게."

— 고마워. 내 맘 알아주는 건 역시 시누이밖에 없어.

제니퍼의 애교 가득한 목소리가 그녀의 심사를 더욱 꼬이게 만들었다.

"허구한 날 말로만 그러면서 잔뜩 부려 먹기만 하지."

— 이번에는 아냐. 수고비 왕창 챙겨 줄게.

수고비? 그 말에 내리 감기던 아름의 눈이 번쩍 떠졌다.

"그 말 정말이지?"

— 그럼, 정말이야. 여태까지 못 준 거 합해서 다 줄게. 왕창!

그렇다면야 케이크 아니라 더한 것도 기쁜 마음으로 배달해 줄 수 있지.

순식간에 기분이 업 된 그녀는 벌떡 자리에서 일어났다.

"지금 바로 갈게."

전화를 끊자마자 그녀는 외투와 가방을 집어 들었다. 사무실을 휙 둘러봤지만 아무도 없다. 말이라도 전하고 퇴근을 해야 하는가 하는 생각이 들었다. 하지만 김 실장이나 다른 직원이 언제 사무실로 돌아올지 알 수 없는 상황인 데다 퇴근시간까지는 겨우 10여 분 정도밖에 남지 않은 터였다.

나가다가 마주치면 인사하지 뭐.

그런 생각으로 아름은 사무실을 나왔다. 단숨에 케이크 전문점에 도착한 그녀는 손바닥만 한 작은 케이크를 하나 사 들고 청담동으로 향했다.

"어머나, 빨리 왔네."

문을 열어 주며 제니퍼는 반가운 미소를 지었다.

"수고비 받을 생각에 날아왔거든. 자, 여기 케이크."

그녀가 내미는 케이크를 받아 들고 제니퍼는 살며시 이마를 찌푸렸다.

"수고비 때문에 온 거라고?"

"그럼 내가 뭣 때문에 왔겠어? 올케 걱정돼서? 솔직히 그건 아니지."

거실로 들어가 소파에 털썩 주저앉으며 아름은 과장된 동작으로 손사래를 쳤다.

"아니라니? 뭐야, 내 걱정은 하나도 안 했다는 소리야?"

잔뜩 삐졌다는 표시로 입술을 쭉 내미는 제니퍼를 흘끗 보고 그녀는 흥 소리가 나도록 콧방귀를 뀌었다.

"오빠가 통화할 때마다 제니퍼가 어쩌고저쩌고, 주니어가 어쩌고저쩌고. 얼마나 말이 많은지 알아? 하도 자세히 말을 해서 어떨 때는 내가 올케를 옆에서 지켜보고 있는 것 같은 기분이 들 때도 있다고. 그런 데 뭐가 걱정이 되겠어?"

"그래도 사람 일은 모르는 거야. 하룻밤 사이에 무슨 일이 생길지도 모른다고. 게다가 난 홀몸도 아니잖아. 솔직히 아가씨, 그렇게 말할 때 보면 정말 정 떨어져."

가져온 케이크를 상자에서 꺼내 자르며 제니퍼는 서운하다는 기색을 있는 대로 내보였다.

"그런 소리 하지 마. 내가 남처럼 굴면서 겉도는 게 **오빠**나 올케한 테 더 이로운 일일걸?"

"왜?"

"왜라니? 당연하잖아. 내가 두 사람 사이에 껴들어서 시시콜콜 간섭 하고 트집 잡으면 좋겠어?"

"그런 건 좀 별로지."

케이크와 음료수가 담긴 쟁반을 들고 제니퍼가 다가오자 아름은 벌 떡 일어나 쟁반을 받아 들었다. 탁자 위에 올려놓고 제니퍼가 소파에 앉는 걸 지켜본 그녀는 고개를 살짝 기울여 볼록해진 배를 들여다보았 다.

"우리 주니어 잘 크고 있나 보네. 저번에 봤을 때보다 배가 한참 더 나왔어."

"맞아. 이제 정말 남산만 해진 거 있지. 허리를 숙이지도 못하고 누 웠다가 일어날 때도 힘들어. 게다가 갑자기 발로 차기라도 하면 엄청 놀란다니까. 정말 심장이 멎어 버릴 정도야."

제니퍼는 이마를 살짝 찌푸리기는 했지만 진심으로 싫은 기색은 아 니었다.

"주니어가 건강하다는 표시겠지. 병원에서는 뭐래?"

음료수를 홀짝거리면서 그녀가 묻자 제니퍼의 입가에 부드러운 미소가 생겨났다.

"아무 탈 없이 잘 크고 있대. 그리고 '예쁜 따님이네요.' 라고 하던 걸."

"딸이라고? 그걸 병원에서 알려 줬단 말야?"

"응. 벌써 8개월이나 되었으니까."

"진짜 날짜 빨리도 지나간다. 애기 가졌다는 말 듣고 좋아하던 게 엊그제 같은데 벌써 8개월이나 됐다니…….."

"그러게. 세월이 화살처럼 빠르다더니 정말 그러네. 내 배는 남산만 해져서 8개월이나 되었고, 누구는 나이 앞자리 숫자를 갈아 치웠고."

"흐읍, 켁!"

갑작스러운 제니퍼의 공격에 아름은 음료수를 마시다 사레가 걸려 켁켁거렸다.

"뭐야? 여기서 그 말이 왜 나와?"

인상을 써 대며 말하는 그녀를 제니퍼는 싸늘한 눈빛으로 노려보았다.

"말이 안 나오게 생겼어? 내가 아주 요새 아가씨 때문에 잠을 제대로 못 잘 정도인데."

"나 때문에 잠을 못 자다니, 그게 무슨 소리야?"

포크로 케이크 한쪽을 찍어 입안에 넣은 제니퍼가 탁자 밑에서 사진 한 장을 꺼내 내밀었다.

"이게 뭐야?"

제니퍼가 엄청 무서운 물건이라도 내민 양 그녀는 몸을 한껏 뒤로 뺐다.

"선보시라고. 내가 특별히 빼내 온 거야."

탁자 위에 사진을 올려놓은 제니퍼가 그녀를 뚫어져라 바라봤다.

"무슨 말도 안 되는 소리를 하고 있어? 선이라니? 내가 선을 왜 봐?"

"아가씨 올해 나이가 30이야. 난 26살에 결혼하고 2년이나 주부로 자리매김하고 있는데, 아가씨는 그동안 애인 한 명 제대로 사귀지도 못 했잖아."

"못 한 게 아니라 안 한 거지. 연애할 시간도 없을 정도로 바쁘다 고."

"그러니까 선보시라고."

"됐으니까 사진 치워. 난 맞선 같은 건 딱 질색이란 말야."

아름은 여전히 징그러운 물건을 보듯 탁자 위의 사진을 흘깃 보고 고개를 휙 돌려 버렸다.

"아가씨는 자기 생각만 하고 오빠 생각은 전혀 안 하시네요."

정색을 한 채 느닷없이 극존칭으로 말을 건네는 제니퍼의 행동에 아 름은 순간 흠칫 놀랐다.

"뭐?"

"오빠는 자나 깨나 아가씨 걱정뿐이던데, 아가씨는 그거 알기나 하 세요?"

"당연히 알죠. 그걸 내가 왜 모르겠어요."

지금 제니퍼의 모습에서는 조금의 애정도 엿볼 수 없었다. 마치 잘 못한 학생을 훈계하는 선생님처럼 딱딱한 표정과 엄한 말투로 그녀를 대하고 있었다. 갑작스럽게 만만하게만 생각했던 제니퍼가 새삼 자신 보다 윗사람이란 걸 느낀 아름은 저도 모르게 기가 죽어 얌전한 투로 존댓말까지 써 가며 대답했다.

"그렇다면 오빠 걱정을 조금은 덜어 줘야겠다는 생각은 안 해 봤어 요?"

"생각은 했지만 그게 그렇게 쉬운 일은 아니잖아요."

"오빠는 아가씨가 위험한 일 그만두고 결혼해서 안정을 찾았으면 해 요. 그런데 아가씨는 그런 오빠 마음을 뻔히 알면서 노력은 전혀 안 하잖아요."

답답하다는 투로 제니퍼는 한숨을 푹 내쉬었다.

"최소한 사귀는 남자라도 있으면 오빠 걱정도 덜할 텐데요. 여태까지 그 나이 먹도록 남자 한 명 못 사귀고 뭘 한 거예요?"

"남잘 못 사귄 게 아니고 안 사귄 거죠. 너무 바빠서 그럴 시간이 없었다고요."

"뭘 하시느라 그렇게 바쁘신데요?"

"뭘 하다니…… 그걸 몰라서 물어요? 일하느라 바쁜 거지."

"하, 참. 기가 막혀서! 누가 보면 엄청 대단한 일 하는 줄 알겠네요."

정말 기가 막힌다는 투로 제니퍼가 코웃음을 치자 아름은 발끈해서 턱을 치켜들었다.

"올케. 말이 좀 심하다는……."

"심해요? 심하긴 뭐가 심해요?"

두 눈에 쌍심지를 켜면서 인상을 써 댄 제니퍼가 팔짱을 턱 꼈다.

"나가서 길을 막고 지나가는 사람들 다 잡고 물어봐요. 아가씨 하는 일, 일일이 설명하고 '이게 30살이나 먹은 여자가 하고 있는 일이다'라고 하면 잘한다고 칭찬해 줄 사람이 몇이나 있는가."

"그래도 고맙다는 소리 많이 듣는다고요."

억울하다는 투로 그녀가 펄쩍 뛰자 제니퍼는 더욱 이마를 찌푸렸다.

"아가씨가 도와준 사람들이야 그렇겠죠. 하지만 가족들 입장은 생각 안 해요? 매일같이 위험한 범죄자들 뒤나 쫓아다니고 못된 짓 저지르는 사람들 상대나 하고, 뻑 하면 잠복근무한다고 길바닥에서 밤샘하고 그러는데, 그런 모습 좋아할 가족들이 있겠냐고요."

말을 하면 할수록 슬슬 열이 오르는지 제니퍼는 팔까지 걷어붙이고 씩씩거렸다.

"아가씨가 경찰이나 형사라면 또 사명감 때문에 그런다고 이해를 하겠어요. 그런데 아가씨는 그저 심부름센터 직원일 뿐이잖아요."

"심부름센터라니요? 우리 회사는 엄연히 컨설팅 회사예요. AD컨설팅 회사요."

"좋게 말해서 그런 거죠. 오빠나 내 눈에는 심부름센터나 흥신소 이상으로는 안 보인다고요! 아가씨 처음 그 회사 들어갈 때도 오빠는 반대했다면서요?"

승빈이 위험한 일이라면서 반대한 건 사실이었다. 사설 경호업체에서 보디가드 일을 하다가 사소한 다툼에 휘말려 팔이 부러진 뒤라서 승빈은 더욱 적극적으로 반대를 했었다.

승빈의 동의 없이 입사를 할 수도 있었지만 만일 그렇게 했다면 승빈은 팔을 걷어붙이고 나서서 그녀가 일을 할 수 없도록 만들었을 게 뻔한 일이었다. 그녀가 위험한 일을 하는 걸 두 눈 뜨고 멀쩡히 지켜보고만 있을 승빈이 아니었으므로.

그랬기에 그녀는 자신이 간절히 원하는 일이라는 말과 함께 절대로 위험한 일에는 뛰어들지 않겠다고 승빈과 약속을 하고 동의를 받아 내었다.

"뭐, 그래도 그동안 별 탈 없이 지냈잖아요. 큰 사고도 없었고…… 그러니까 앞으로도 별 탈 없이 지낼 수 있을 거예요."

"지금 아가씨가 앞으로 계속 그 일을 하느냐 마느냐 하는 말을 하는 거 아니잖아요. 나나 오빠가 원하는 건 아가씨가 제대로 된 남자 만나서 안정된 가정을 꾸리는 거라고요."

누가 그걸 몰라서 딴소리를 하고 있겠는가.

아름은 제니퍼의 말에 뭐라 반박할 말이 없어 입을 꾹 다물었다.

이런 상황이 벌어진 건 분명 승빈 자신이 결혼을 한 뒤, 남들 부러울 정도로 행복한 생활을 하고 있기 때문일 것이다. 그렇기에 그녀도 결혼을 하고 나면 자신처럼 행복해질 거라는 기대감을 갖게 된 게 분명했다.

그렇다고 해서 승빈이 불행한 결혼생활을 하길 바랄 수도 없는 노릇이고……. 이래저래 속이 타는 건 그녀뿐이었다.

"지금 당장 아가씨한테 결혼할 남자를 데려오라고 하는 건 아니에요. 그렇다면야 더 바랄 게 없겠지만요. 그러니까 최소한 결혼할 생각이 있는 것처럼은 행동해야죠."

"그래서 선을 보라는 거예요?"

"솔직히 이런 일은 어머님이 나서서 하셔야 하는 건데……. 아가씨도 잘 알고 있겠지만 어머님은 아가씨가 결혼을 하던 말던 아무 관심이 없으시잖아요."

맞는 말이다. 아마도 정 여사는 그녀가 서른 살이 되었다는 것도 모를 터였다. 매달 일정액의 생활비를 보내 주고 생일이나 명절 때 값비싼 선물과 현금봉투만 안겨 준다면 그녀가 결혼을 하던지, 남자와 동거를 하던지, 애를 낳던지 신경도 쓰지 않을 게 뻔했다.

"그렇다고 해서 오빠나 나까지 아가씨 일에 무관심해질 수는 없잖아요."

아니. 내가 원하는 게 그거야, 무관심. 제발 내 일에 관심가지지 마. 관심 갖고 이러쿵저러쿵하지 마. 난 10살 먹은 어린애가 아니라고. 내 일은 내가 알아서 할 수 있단 말이야. 그러니까 내가 결혼을 하던지, 동거를 하던지, 혼자 애를 낳던지 신경 끄라고! 라고 하면서 벅벅 소리를 지르고 싶었지만, 그랬다가는 제니퍼가 뒷목을 잡고 뒤로 넘어갈 것 같았기에 그녀는 하고 싶은 말 모두를 가슴속에 꾹 묻어 두고 말았다.

평소에 애들처럼 투닥거리면서 다투고 싸우며 찡찡거리긴 해도 제니퍼는 엄연히 그녀의 오빠와 결혼한 '새언니'였고 윗사람이었다. 게다가 홀몸도 아니고 지금 뱃속에 금쪽같은 '주니어'가 곤히 자고 있지 않은가.

"최소한 아가씨가 선을 봤다고 하면 오빠도 조금은 안심을 할 거예요. 그리고 또 알아요? 선봤다가 잘 돼서 정말 결혼이라도 하게 될지."

그런 일은 기대조차 하지 마시죠. 세상 일, 생각한 대로 그렇게 잘 된다면 그동안 선을 본 그 많은 사람들이 왜 아직까지도 솔로인 채로 계속해서 선을 보러 다니고 있겠수?

아름은 기대감이 가득한 초롱초롱한 제니퍼의 눈빛 공격에 두 손을 들고 말았다. 자신의 생활에 일일이 간섭하는 건 못마땅했지만 그런 일들이 자신을 걱정하고 염려해서라는 걸 알기에 그녀는 싫다는 내색을 하지 않았다.

자신에게 무관심한 정 여사를 제외하고 그녀에게 가족은 승빈과 제니퍼밖에 없으므로. 아차, 주니어도 있구나.

"알았어요. 선볼게요."

"잘 생각했어. 시간은 다음 주 일요일 6시. 장소는 노보텔 앰배서더 강남의 로비라운지야."

그녀가 승낙하자마자 제니퍼는 탁자에 놓여 있던 사진을 냉큼 집어 건넸다. 여태까지 사용하던 존댓말도 똑 떼어 버리고.

"하필이면 호텔이야?"

그녀 또한 말을 내리면서 내키지 않는다는 투로 투덜거렸다.

"맞선의 명소라고 적극 추천하던데."

"누가?"

"아가씨 맞선 상대 추천해 주신 분께서."

"그게 누군데?"

그녀가 꼬치꼬치 따지고 들자 제니퍼는 생글거리며 미소를 지었다.

"누구라고 말해도 아가씨는 잘 모를걸. 뭐, 그냥 대충 얘기를 하자면 그 댁 따님이 뉴욕에서 우리 '다이내믹 스쿨'에 다녔어. 그래서 알게 된 분이지."

결론은 엄청나게 잘나가는 집안이라는 뜻이다. 제니퍼의 '다이내믹 스쿨'은 회원을 가려 받기로 유명하니까.

"우리 스쿨의 프로그램 덕분에 따님께서 효과를 많이 봤다고 고마워 하시더라고. 그래서 옆구리를 슬쩍 찔렀지. 우리 아가씨가 아직 혼자인 데 정말 괜찮은 상대 있으면 추천해 주시라고."

"뭐라고? 그럼 내가 오빠 동생이라고 말했단 말이야?"

"응. 왜? 그게 뭐 비밀이라고?"

당연한 거 아니냐는 제니퍼의 반응에 아름은 할 말을 잃었다.

"그리고 제대로 된 괜찮은 집안의 남자를 소개받으려면 이쪽도 만만 치 않은 집안이라는 걸 알려 둘 필요가 있지 않겠어? 그냥 내가 잘 아 는 사람이라고 하는 것보다 승빈 씨 친동생이라는 걸 밝히는 게 훨씬 더 약발이 먹히잖아. 그래야 그쪽에서도 아가씨한테 함부로 못 할 테 고. 안 그래?"

그녀는 잠시 제니퍼가 어떤 여자라는 사실을 잊고 있었다. 사업적인 수완이 남다르다고 소문이 난 데는 그만한 이유가 있는 거였다.

제니퍼는 순하고 약해 보이지만 자신에게 조금이라도 손해 날 일은 하지 않는 약삭빠르고 치밀한 면을 갖추고 있는 마녀였다. 그런 여자가 어설프게 맞선을 진행할 리가 없었다. 벌써 손익계산이 다 끝난 일이란 얘기였다.

"솔직히 말해 봐, 올케."

"솔직히 말하라니, 뭘?"

뻔뻔스러운 표정 뒤에 숨겨진 어떤 기색을 눈치채고 그녀는 눈을 가 늘게 떴다.

"이 집하고 뭐가 얽혀 있는 거야?"

그녀가 사진을 흔들면서 말하자 제니퍼는 갑작스럽게 한 손으로 부채질을 하는 척하며 딴청을 피웠다.

"아, 덥다. 왜 이렇게 갑자기 열이 나지? 우리 주니어가 깼나?"

"이보세요. 주니어 엄마 되실 분. 제대로 말 안 하면 나 선 안 볼 거야."

"아유, 참. 알았어. 말하면 될 거 아냐?"

얄밉다는 표정으로 그녀를 째려본 제니퍼가 입가에 미소를 띤 채 말을 이었다.

"아가씨가 맞선 볼 상대 직업이 검사야. 그 부친은 정치가고. 잘만 된다면 이쪽 집안이나 그쪽 집안에 이득이 되면 됐지, 손해날 일은 없잖아?"

"잘만 된다면 이득이 된다고? 그건 또 뭔 뜻이래?"

"알면서 뭘 묻고 그래? 기업가와 정치가는 떼려야 뗄 수 없는 관계잖아. 그 집 아들하고 아가씨가 좋게 지내면 아무래도 서로 뒤도 봐줄 수 있고. 좋은 게 좋은 거잖아."

"올케, 너……."

"너무 펄쩍 뛰지 마. 나 혼자 꿍수 부리는 거 아니니까. 아버님도 허락하신 일이라고."

"아버님? 강 회장님 말야?"

생글거리고 웃으면서 제니퍼가 고개를 끄덕이자 아름의 얼굴에서 핏기가 싹 가셨다.

그녀가 강 회장을 만난 건 두어 번 정도밖에 없었다. 목적을 위해서라면 수단과 방법을 가리지 않고 행할 사람. 그녀가 강 회장에게서 받은 인상은 그게 다였다.

"그…… 그러니까 뭐야. 올케 말은…… 내가 맞선 보는 걸 강 회장님도 아신다는 거지?"

"그렇다니까."

"오빠 친동생이라고 하고 맞선 보는 걸 아신다고?"

믿을 수 없다는 표정으로 그녀가 재차 묻자 제니퍼가 고개를 끄덕였다.

"그래. 안다고."

"그럼 저쪽 집에다 우리 상황 다 이야기했어? 어, 그러니까 오빠하고 나하고 피가 반밖에 안 섞였다는 뭐 그런 얘기 말야."

"아니. 굳이 그런 말을 뭐 하러 해?"

"뭐 하러 하냐니? 그럼 강 회장님은? 사실대로 말하라고 안 해?"

"그런 말씀 없으셨는데, 왜? 도대체 뭐가 문젠데?"

"승빈 오빠 친동생이라고 했으면 그쪽 사람들은 당연히 내가 강 회장님 딸인 걸로 알 거 아냐. 나중에 사실을 알게 돼서 사기를 쳤네, 어쨌네 하면 어쩌려고 그래?"

"말을 안 한 것뿐이지, 무슨 사기를 쳐? 그리고 아가씨가 승빈 씨 친여동생인 건 맞는 거잖아. 뭐, 사실을 알게 된다고 해도 어차피 아버님 돌아가시고 나면 실세는 승빈 씨가 될 텐데, 나중을 생각한다면 그쪽 집안에서도 이러쿵저러쿵 하지는 못할 걸?"

와, 진짜 다시 보인다, 제니퍼 모튼. 어떻게 저런 생각을 할 수가 있을까.

그녀는 기가 막혀 더는 말도 못하고 고개만 절레절레 저었다.

"어차피 서로 좋자고 하는 일이야. 아까 내가 말했잖아. 기업가와 정치가는 공생관계이고 잃는 것보다 서로 얻는 게 더 많다고."

"그래서 오빠는 뭐라고 하는데?"

"승빈 씨는 아직 모르는데……."

뭐라고라?

제니퍼의 행동이 점차 도를 넘어선다는 생각에 그녀의 머릿속에서 경고등이 켜졌다.

"강 회장님하고 쿵짝거리면서 말을 맞춰 놓고, 오빠한테는 아직 얘기도 하지 않았다고?"

"나중에 아가씨 선 잘 되면 그때 얘기하려고."

어이상실.

결국 승빈이 걱정을 하네 어쩌네 하면서 떠들던 제니퍼의 말은 다 거짓이었다. 그녀는 완전히 제니퍼의 수작에 놀아난 셈이었다.

아름은 팩 삐져서 들고 있던 사진을 탁자 위로 집어 던졌다.

"나 선 안 봐!"

"뭐야? 왜 한 입 갖고 두말을 해?"

"이런 비리와 음모에 얽히고 싶은 마음 없다고!"

"비리와 음모? 이게 무슨 비리와 음모야?"

조금은 흥분한 듯 제니퍼는 들고 있던 포크를 휘두르며 소리쳤다.

"난 단지 선볼 때 아가씨가 집안 때문에 위축되는 거 싫어서 승빈 씨 동생이라고 밝힌 것뿐이야. 그리고 혹여라도 말이 새 나가서 아버님이 아시면 노하실까 봐 미리 말씀드린 거고. 그게 뭐 잘못된 거야? 아니, 그럼 아가씨는 아가씨 일로 오빠가 아버님께 혼나는 게 좋겠어?"

"그건 아니지만……."

"아니면 입 꾹 다물고 선이나 잘 보세요. 실수하지 말고."

"설마, 선 잘못됐다고 강 회장님이 오빠 혼내거나 그러는 건 아니겠지?"

"잘못될 수도 있는 일인데 승빈 씨를 혼내기야 하겠어? 그래도 기대하시는 눈치던데 잘 안 되면 실망이야 하시겠지. 놓치기에는 꽤 아까운 집안이니까."

그렇잖아도 선본다는 사실만으로도 부담스러웠는데 갑자기 부담이 백배가 되었다.

재물을 탐하는 자, 재물로 망한다더니.

수고비 준다는 말에 좋아서 달려왔다가 수고비는커녕 숙제만 잔뜩 받은 느낌이었다.

♡ ♥ ♥ ♥

현관 안쪽으로 들어서며 그는 분위기가 이상하다는 걸 느꼈다. 어딘가 모를 묘한 긴장감이 집 안 전체에 깔려 있었다. 뒷덜미가 섬칫해질 정도의 냉기와 함께.

"다녀왔습니다."

그가 들어오길 기다리고 있던 어머니 김 여사의 안색도 좋지 않았다. 평소보다 얼굴이 더 창백했고 불안한 표정이었다. 두 손을 맞잡은 채 고개를 끄덕이며 미소를 지어 보이긴 하지만 왠지 어색했다.

"어서 와라. 좀 늦었구나."

"네. 일이 좀 많아서요."

"저녁은?"

"들어오기 전에 직원들과 같이 먹었습니다. 그보다 할머니는 주무세요?"

그의 질문에 김 여사는 한숨부터 내쉬었다.

"아니. 아직 안 주무셔."

"그럼 할머니께 먼저 인사를 드려야겠군요."

소파 위에 가방을 놓은 뒤, 그가 할머니의 방으로 향하려 할 때였다.

"승호야."

"네."

김 여사의 부름에 그는 걸음을 멈추고 뒤돌아보았다.

"오늘 할머니 기분이 많이 안 좋으시다."

"무슨 일 있으셨어요?"

"너, 어제 할머니가 선보라고 하시는데 싫다고 했다면서?"

"네. 아직은 너무 이른 얘기라는 생각이 들어서요."

긴 한숨을 내뱉는 김 여사의 표정이 어두워지는 걸 보면서 그도 내심 좋은 기분은 아니었다.

"할머니께서 그 일 때문에 언짢아하시는 건가요?"

"그것뿐만이 아니야. 오전에 할머니 친구분께서 전화를 했는데 그 댁 손주가 이 달 말에 결혼을 한다더구나. 그 말씀을 들으시더니 속이 안 좋다면서 점심때부터 아무것도 안 드셨어."

"식사를 안 하셨다고요?"

"그래. 물도 한 모금 안 드시더라."

오호라. 그러니까 단식투쟁을 하신다 이 말이로군. 젊은 사람도 아니고 80살이나 된 할머니가 단식투쟁이라니. 그러다 건강에 큰 문제라도 생기면 어쩌려고.

그는 이마에 잔뜩 주름을 잡고 땅이 꺼져라 깊은 한숨을 내뱉었다.

"그러니까 네가 들어가서 말씀 좀 잘 드려."

"무슨 말을 하라고요."

어린애 같은 할머니의 행동에 은근히 짜증이 난 그가 볼멘소리를 했다.

"할머니가 듣고 싶은 말을 해야지. 선을 보겠다던지……."

"어머니!"

"나한테 소리 지를 거 없다. 이게 다 애당초 네가 여자한테 무관심해서 생긴 일이잖니. 결혼은 둘째 치고 하다못해 연애라도 잘 해서 사귀는 여자라고 데려와 인사라도 시키면, 할머니가 왜 선을 보라고 저렇게 성화를 하시겠어?"

"여자 데려다가 소개시키면 선보라는 소리 대신에 빨리 결혼하라는 소리를 하시겠죠."

"나이가 서른도 넘은 자식한테 결혼하라는 말이 그렇게 잘못된 거니?"

이제는 대놓고 서운하다는 기색을 팍팍 풍기면서 김 여사는 구박모드로 말을 이어 갔다.

"너 할머니 최대 소원이 뭔지 알면서 그런 말을 해?"

그도 잘 알고 있다. 할머니의 최대 소원. 그가 결혼해서 떡하니 증손자를 품에 안아 보는 것. 그리고 그 사실을 친구는 물론 동네방네 자랑하는 것.

"잔말 말고 들어가서 무조건 선본다고 해."

"어머니. 정말 전 선볼 생각 없어요."

"너보고 선봐서 당장 결혼하라는 게 아니야. 선만 보라고."

"선보고 나면 뻔하잖아요. 언제 결혼할 거냐고 닦달하실 게 분명한 일입니다."

"그럼 여자를 데려오던지."

"지금 사귀는 여자가 있어야 데려오던지 말던지 하죠."

"그럼 하루 빨리 여자를 사귀면 될 것 아니니."

별문제도 아니라는 투로 말하는 김 여사를 그는 뜨악한 표정으로 봤다.

"어머니는 그게 말처럼 그렇게 쉬운 일이라고 생각하세요?"

그가 정색을 하고 말하자 김 여사는 어깨를 으쓱였다.

"오죽 답답하면 내가 다 큰 아들 앞에서 이런 소릴 다하겠니? 난 지금 할머니하고 너 사이에 껴서 아주 죽을 맛이다. 넌 할머니는 그렇게 위하면서 이 엄마 입장은 생각도 안 하니?"

무척이나 서운했었던 듯 김 여사의 눈가에 슬며시 물기가 고였다.

"알았습니다, 어머니."

당장에라도 눈물을 뚝뚝 흘릴 것 같은 김 여사의 모습에 그는 체념

한 표정으로 고개를 끄덕였다.

"여자를 데려오든 선을 보든, 어쨌든 할머니가 원하시는 대로 해 드리고 어머니 불편하지 않게 할 테니까 마음 놓으세요."

"정말이니?"

"네."

"약속한 거다?"

안심이 되지 않는 듯 김 여사는 재차 확인을 하며 그의 안색을 살펴보았다.

"네. 약속했습니다, 어머니. 저 할머니 뵙고 나오겠습니다."

김 여사가 마음을 놓게끔 다짐을 해 두고 그는 할머니의 방 쪽으로 걸음을 옮겼다.

똑똑— 노크를 하고 문을 열자 작은 앉은뱅이 탁자를 앞에 두고 꼿꼿한 표정으로 보료 위에 앉아 있던 할머니가 그를 쳐다보았다.

냉기를 가득 담은 싸늘한 눈빛. 눈에서 아주 레이저가 뿜어 나올 것만 같았다.

"저 다녀왔습니다."

"왜 이렇게 늦은 게야?"

할머니는 대뜸 역정을 내시면서 버럭 소리를 질렀다.

귀청 떨어지겠네. 두 끼나 굶었다면서 소리 지르시는 거 보니 아주 펄펄 날아다니시겠네.

그는 잔뜩 삐뚤어지려는 입꼬리를 단속하며 할머니 앞에 앉았다.

"할머니. 식사도 안 하셨다면서요?"

은근한 말투로 물어보자 할머니의 이마에 대번에 깊은 주름이 새겨졌다.

"내가 지금 밥이 목구멍으로 넘어가겠냐?"

"식사를 안 하시면 건강에 안 좋으세요."

"오래 살아 뭐하려고? 뭐 좋은 일이 있어야 잘 먹고 오래 살든가 하지."

이젠 대놓고 생꼬장이다.

"좋은 일 만들어 드릴게요. 그러니까 식사부터 하세요."

"좋은 일? 어떤 거? 당장 결혼이라도 할텨?"

우물에서 숭늉 찾는다고. 성질 급한 할머니의 말에 그는 참지 못하고 피식 헛웃음을 짓고 말았다.

"이놈이 실없이 왜 웃고 그래?"

노기가 잔뜩 서린 말투에 그는 재빨리 표정을 수습했다.

"제가 당장 어떻게 결혼을 해요? 여자도 없는데."

"그려. 서른도 넘은 사내놈이 사귀는 여자 하나 없는 게 자랑이다, 이놈아."

"그거야 일이 바빠서 그렇죠."

"허구헌 날 일 핑계는…… 일은 네놈 혼자서 다 해? 아니 검찰청에 검사가 네놈 하나밖에 없어? 네놈이 이렇게 나올 줄 알았으면 검사한다고 했을 때부터 이 할미가 도시락 싸 들고 다니면서 말렸을 거여."

구박도 이런 구박이 없다. 언제는 검사 됐다면서 얼씨구나 좋다고 어깨춤을 추시던 분이. 입은 삐뚤어졌어도 말은 바로 하랬다고, 그가 결혼을 안 하는 게 검사가 되었기 때문은 아니지 않은가.

하고 싶은 말은 산더미처럼 많았지만 그렇다고 이러쿵저러쿵 따질 수도 없는 노릇이었기에 그는 그저 꾹 참았다.

"그래서 뭘 어떻게 하겠다고?"

"어제 할머니가 말씀하셨던 맞선, 보겠습니다."

"정말이여?"

김 여사처럼 재차 확인을 하는 할머니의 질문에 그는 고개를 끄덕였다.

"네. 할머니."

"꼬장 안 부리고 제대로 볼 거지?"

꼬장은 할머니가 부리시는 거죠! 그는 부글부글 끓어오르는 속을 달래며 또다시 고개를 끄덕였다.

"네. 제대로 볼게요."

"그려. 그렇다면 이제 안심이네. 이제 한시름 놨어."

노크 소리가 들리고 때를 맞춘 듯 김 여사가 작은 밥상을 들고 안으로 들어섰다. 상 위에 놓인 죽 그릇을 본 그가 부드러운 표정을 지으며 할머니에게 말을 건넸다.

"이제 식사 좀 하세요. 할머니."

"좀 드셔 보세요. 어머니 좋아하시는 전복죽이에요."

다소곳한 표정으로 말을 건네며 김 여사는 밥상을 할머니 앞으로 밀어 놓았다.

"그려. 먹어야지. 우리 승호가 선도 보고 결혼도 한다는데 내 먹고 힘을 내야지."

선은 본다고 했지만 결혼한다는 말은 안 했는데.

뭐라 말을 하려는 그의 옆구리를 김 여사가 쿡 찔렀다. 눈을 부릅뜨며 인상을 쓰는 그에게 김 여사도 그 못지않게 인상을 썼다.

"피곤할 텐데 승호 넌 그만 방으로 올라가거라. 할머니 편하게 식사하시게."

어머니, 저 아직 할 말 남았다고요.

그런 표정으로 바라보자 김 여사는 매서운 눈길로 그를 노려보며 턱짓으로 방문을 가리켰다.

"그려. 승호 넌 나가 봐."

수저를 들어 죽을 한 입 떠먹으며 할머니가 말하자 그는 어쩔 수 없이 몸을 일으켜야만 했다.

"그럼, 할머니. 많이 드세요."

"오냐."

고개를 꾸벅 숙여 보이고 그는 방을 나설 수밖에 없었다.

내가 저 두 노인네들 때문에 제 명에 못 살지.

방으로 돌아와 목을 조였던 갑갑한 넥타이를 풀며 그는 연신 한숨을 내쉬었다.

3장

정확히 7시 5분 전에 그는 약속장소에 도착했다.

맞선을 본다는 사실이 내키지는 않았지만 약속을 했으므로 어쩔 수
없는 일이었다. 또한 그는 약속 시간은 칼같이 지켜야 한다는 생각을
갖고 있었다. 그랬기에 5분 전에 맞선 자리에 나가 앉아 상대방을 기
다렸다.

그러면서도 단 5분도 시간을 허비할 수 없다는 생각에 가방 안에서
사건 파일을 꺼내 훑어보았다. 차분히 읽어 보기 시작하다가 뭔가 꼬인
부분을 발견한 그의 이마가 살짝 찌푸려졌을 때였다.

"저……."

가느다란 목소리가 들려오자 그는 고개를 들었다.

"주승호 씨인가요?"

"아! 네."

고개를 끄덕이며 대답한 그는 앞좌석을 손으로 가리켰다.

"앉으세요."

그는 파일을 접어 가방 안에 넣고 앞에 앉은 여자를 물끄러미 봤다.

차분하고 지적이다. 그가 여자에게서 받은 첫인상이었다. 여성스러움의 상징이라고 할 수 있는 검은색의 생머리가 등까지 닿아 있었고, 진하지 않은 화장에 단정한 얼굴이 가냘퍼 보여 남성의 보호본능을 자극하는 모습이었다.

"안녕하세요? 김선영입니다."

수줍은 표정으로 고개를 숙이며 인사를 하는 여자의 목소리가 그의 귓가를 자극했다.

"네, 반갑습니다."

마주 인사를 건네는 그의 눈길이 슬며시 손목시계의 바늘에 가 닿았다. 시계의 큰 바늘은 막 5자를 지나 6자를 향해 움직이고 있었다.

평소 그는 자신이 약속 시간에 철저하듯 다른 사람들도 그럴 거라 여겼다. 간혹 약속을 해 놓고 제대로 지키지 못하는 친구들이나 직장동료들에게 신랄하게 따지며 불벼락을 내리고는 했었다.

지금도 은근히 심기가 좋지 않았지만 여긴 다른 곳도 아닌 맞선을 보는 장소였다. 그랬기에 그는 약속 시간을 지키지 않은 상대방에게 한마디 해 주고 싶은 것을 애써 참았다.

"제가 좀 늦었죠? 죄송해요."

그가 시계를 보면서 불쾌한 표정을 짓는 걸 본 선영이 부드러운 어투로 사과의 말을 건넸다.

"아니, 괜찮습니다."

"차가 많이 막혀서요. 제가 생각했던 것보다 시내에 차량이 많더라고요."

보통 때였다면 '지금 그걸 변명이라고 하냐! 차가 막힐 걸 예상해서 그보다 더 빨리 나왔어야 하는 거 아니냐! 나와서 기다리는 게 싫어서 일부러 늦게 나오고 차가 막혀서 어쩌고 하는 소리나 해 대냐. 이 귀차니즘에 푹 절은 인간아!' 라고 고래고래 소리를 질렀겠지만…….

"네. 일요일인데 생각보다 차가 많더군요."

그는 그냥 그렇게 대답하고 말았다. 그리고 잠시 침묵의 시간 동안 그는 다시 한 번 앞에 앉은 선영을 유심히 살펴보았다.

귀한 집에서 제대로 교육받은 반듯한 아가씨라고 할머니가 입이 닳도록 칭찬한 여자였다. 그 말대로 선영의 겉모습은 반듯해 보였다. 가녀리고 연약해 보이는 모습까지도 귀한 집 아가씨라는 인상을 팍팍 풍겼다.

그런데 어딘지 모르게 선영은 많이 불안해 보였다. 마치 도살장에 끌려나온 소라도 된 것처럼 커다란 눈망울에는 두려움이 가득 담겨 있었고, 슬며시 주변을 둘러보며 안절부절못하는 모습이 굉장히 눈에 거슬렸다.

"많이 불편해 보이는데……. 무슨 문제라도 있는 겁니까?"

좌불안석. 편안해 보이지 않은 선영의 태도에 그마저도 자리가 불편해져, 고개를 살짝 기울이며 그는 최대한 따뜻한 음성으로 말을 걸었다.

"저…… 사실은……."

마른침만 삼키며 말을 주저하는 그녀의 모습에 그는 작게 한숨을 내쉬었다.

정말 보호본능을 자극하는 여자로군.

"무슨 말이든 괜찮으니까 해 봐요. 편한 마음으로."

"저…… 애인이 있어요."

결심을 한 듯 입술을 꼭 깨문 뒤 툭 말을 뱉어 내는 선영을 그는 잠시 멍한 눈빛으로 봤다. 그는 선영에게서 '전 맞선 보는 게 처음이라서요.' 또는 '정말 많이 떨려서요.' 또는 '제가 좀 소심한 성격이라서요.' 등등의 말이 나올 거라 예상하고 있었다. 그런데 대뜸 한다는 말이 '애인이 있어요.' 라니.

"흠."

그는 말문이 막혀 한 손을 턱에 괴며 의미를 알 수 없는 짧은 소리만 내뱉고 말았다. 맞선 자리에서 상대로 나온 여자가 애인이 있다는데 도대체 뭐라고 해야 하는 걸까.

"그 사람 지금 사법고시를 준비하고 있어요."

사법고시? 뭐야? 합격하면 내 후배가 되는 건가? 그는 지금 상황을 심각하게 받아들이지 않았다. 그랬기에 그녀의 말에 별 반응을 하지 않고 이런 생각이나 하고 앉아 있을 수 있는 거였다.

"두 번 정도 떨어졌고, 로스쿨에도 입학하려 했지만 잘 되지 않았어요. 처음에는 그 사람이 사법고시에 합격해서 연수원에 들어가면 부모님께 말하려고 했는데, 시험만 보면 자꾸 떨어지니까……."

"이 자리에 나온 걸 보니 부모님 반대가 심한가 보군요."

"네. 집안도 부유한 편이 아니거든요. 그리고 홀어머니만 계셔서……."

반대할 만도 하구만. 홀어머니에 가난뱅이 고시생이라. 완전 불행 3종 세트네.

"부모님 허락을 받으려면 많이 힘들겠군요."

그가 슬쩍 고개를 끄덕이며 동조를 하자 선영은 풀죽은 표정을 내보였다.

"네. 저희 집은 아버지가 엄하셔서요. 그 사람 얘기도 못 꺼내게 하고 만나지도 못하게 하시거든요. 전에도 한 번 몰래 만났다가 그 사람이 많이 다쳤어요."

못마땅하다는 투로 투덜거리던 그녀가 문득 뭔가를 깨달은 듯 눈을 동그랗게 떴다. 그리고 이내 그의 눈치를 슬쩍 보며 말을 이었다.

"그렇다고 해서 저희 아버지가 누굴 시켜 때리고 그런 건 아니에요."

"전 그런 생각 안 했습니다만……."

"그래도 검사라고 들어서요."

자라 보고 놀란 가슴 솥뚜껑 보고도 놀란다더니. 그가 검사라는 것만으로도 그녀는 자기 아버지가 해를 입을까 걱정을 하고 있었다.

"오늘 맞선 본다는 거, 선영 씨 애인분도 알고 있습니까?"

"네. 사실은 밖에서 기다리고 있어요."

헐! 이건 정말 예상 밖의 일이다. 애인을 밖에서 기다리게 해 놓고 맞선을 보러 오다니.

과연 이 여자가 아무것도 모르는 정말 엄청나게 순진한 여자인 건지 아니면 간이 배 밖으로 나온 대담한 여자인 건지 그는 분간할 수가 없었다.

"그래서…… 저…… 부탁 좀 드리려고요."

"뭘 말입니까?"

애인이 밖에서 기다린다는 선영의 말을 듣고 나니 좀 전까지 아무렇지도 않았던 기분이 슬슬 나빠지기 시작했다. 자신도 모르게 삐딱한 말투로 묻자 대번에 선영의 얼굴이 딱딱하게 굳었다.

두 손을 꼭 맞잡은 채 어쩔 줄을 몰라 하는 선영의 태도를 보자 그는 자신이 큰 잘못이라도 한 것 같은 느낌을 받았다. 그리고 그 느낌은 그의 기분을 더 엉망으로 만들었다. 정말이지 기분이 더러웠다.

"말씀해 보세요. 부담 갖지 말고."

마음을 비우자. 내 여자도 아닌데 내가 기분 나쁠 일이 뭐가 있냐? 선심 한 번 쓰고 좋은 인간 되자.

그런 마음으로 더러워져 가는 기분을 다스린 그가 입가에 슬쩍 미소까지 띠워 가며 말을 건넸다.

여전히 우물쭈물하던 선영은 그의 눈치를 슬쩍 보다 입을 열었다.

"한두 시간 정도만 같이 있던 걸로 해 주세요."

"애인 만나려고요?"

"네. 지금이 아니면 또 언제 만날 수 있을지 알 수 없어서요. 부탁이에요."

"그러죠."

그가 선뜻 응하자 선영의 얼굴이 화사하게 밝아졌다.

"그리고 맞선 본 거는요. 제가 마음에 안 들었다고 말씀해 주세요."

"차라리 마음에 들었다고 하고 앞으로도 계속 만나는 게 더 낫지 않습니까?"

"네?"

"그래야 선영 씨 부모님도 더는 맞선 보라는 말을 안 할 텐데요."

우리 할머니도 그렇고.

"그리고 또 부모님께 절 만난다고 말하면 따로 애인분 만나는 것도 편할 테고요."

그는 나름대로 머리를 굴려 앞으로 맞선을 보게 되는 일을 피하고자 의견을 제시하면서 그녀의 입장 또한 생각해 주는 척 얘기를 한 거였다. 그런데 뜻밖에도 선영이 단호한 표정으로 고개를 저었다.

"아니에요. 전 부모님께 계속 거짓말하고 싶지 않아요. 그리고 그렇게 해서 만나게 되면 그 사람도 싫어할 거구요. 그 사람, 고지식하고 정직한 사람이거든요."

그럼 난 정직하지 않은 사람이라는 거냐?

꾹 눌러 두었던 더러운 기분이 또다시 스멀스멀 새어 나오려 했다.

이 여자는 어떻게 된 게 말 한마디, 한마디 할 때마다 이렇게 내 상상을 비껴 가는 걸까. 아니 비껴 가는 것만이 아니라 아주 황당하게 만드는구만.

그가 조금은 기분 나쁘다는 투로 바라보자 선영의 볼이 발갛게 물들었다.

"저, 부모님께 꼭 허락받을 거예요. 그리고 그럴 자신도 있구요."

선영은 두 손을 포개어 소중하게 배를 감쌌다. 그녀의 얼굴에 떠오른 온화하면서도 사랑이 가득한 표정을 보는 순간, 그는 무언가가 강하게 뒤통수를 후려치는 듯한 느낌을 받았다.

"이런 질문 실례되지만 혹시……."

그의 눈길이 두 손에 감싸인 배로 향하자 선영의 뺨이 더욱 붉어졌다.

"네, 맞아요. 저 그 사람 아이 가졌어요. 그거 확인하느라고 오늘 늦은 거구요."

정말로 할 말이 없다.

그가 입을 꾹 다물고 가만히 있자 선영이 핸드백을 들고 자리에서 일어섰다.

"그럼, 저 그만 가 볼게요. 오늘 정말 감사합니다."

"네."

그는 아직까지도 충격이 가시지 않아 어정쩡한 어투로 대답했다.

입가에 미소를 짓고 그에게 목례를 보낸 뒤 선영은 걸음을 옮겼다. 요조숙녀처럼 얌전한 걸음걸이로 걸어가는 선영의 뒷모습을 보면서 그는 절레절레 고개를 저었다.

귀한 집안에서 반듯한 교육을 받고 자란 아가씨라고? 그런 아가씨가 결혼도 하기 전에, 아니 부모님이 교제하는 걸 허락하기도 전에 임신을 했다고? 얌전한 고양이가 부뚜막에 먼저 올라간다더니.

꿀꿀한 기분을 어떻게 풀어야 할까 생각하며 고개를 돌리던 그는 옆 테이블에 앉아 있는 여자를 흘깃 보고 눈을 가늘게 떴다.

어디서 본 얼굴인데……. 퍼뜩 떠오르지가 않았다. 분명 기억에 있는 얼굴인데 가물가물 생각이 날 듯 말 듯 해 짜증이 솟구치려 했다. 검사 생활을 하면서 많은 사람들을 만나니까 일일이 다 기억을 할 수 없는 것도 당연한 일이었다.

그런데 이상하게도 이 여자만큼은 꼭 기억을 해내야 할 것 같은 느낌이 들었다.

도대체 누구인 거야? 어디서 만난 거지? 도대체 왜 기억이 안 나는 거냐고!

답답함에 여자를 뚫어져라 바라보던 그는 갑자기 섬광처럼 어떤 기억이 머릿속을 뚫고 들어오자 눈을 크게 떴다.

그 여자다! 내 어깨를 빼 놓고 급소를 올려 차고 달아난 여자! '이제야 생각이 났다'라는 안도감에 슬쩍 한쪽 입꼬리를 비틀며 미소 짓던 그는 살짝 고개를 돌린 여자의 옆얼굴을 보고 다시 고개를 갸우뚱거렸다.

아니, 아닌 것 같은데.

사실 그때 사무실 안은 어두운 편이었다. 급소를 가격당하고 주저앉은 채, 사무실 창밖에서 들어오는 빛만으로 본 얼굴이었기에 100% 확실하지 않았다. 게다가 여자의 차림새가 너무 많이 틀려 그는 그때의 그 여자라고 쉽사리 단정을 지을 수가 없었다.

그렇다면 확인을 해 보는 수밖에 없지.

그런 생각으로 그는 자리에서 벌떡 일어섰다. 그가 다가갔을 때 그녀도 막 자리에서 일어서던 참이었다.

적당히 살기를 띤 표정으로 입술을 깨문 여자의 얼굴을 정면으로 본 그의 입가에 예의 미소가 떠올랐다.

"뭐, 뭐예요?"

갑자기 앞을 턱 하니 막아서는 남자의 모습에 아름은 깜짝 놀랐다. 혹시나 맞선 상대가 이제야 나타난 건가 하는 생각에 뚫어져라 바라봤지만, 앞을 막아선 남자는 사진에서 본 것과는 전혀 다른 인물이었다.

"뭐긴 뭐야? 너한테 볼일이 있는 사람이지."

"헐……."

다짜고짜 반말에 '너'라는 호칭을 들은 그녀는 기가 막힌다는 표정을 지었다.

"당신, 나 아세요?"

"당연히 알지. 모르는데 앞을 막아섰을까 봐?"

아름은 남자의 대답에 뜨악한 기분이 들었다. 타의 추종을 불허하는 그녀의 기억력은 한 번 본 사람은 절대 잊어버리지 않았다. 그런데 그런 그녀의 기억 속에 남자의 얼굴은 존재하지 않았다.

이게 도대체 무슨 일이야? 그녀가 생각을 정리하기도 전에 남자가 도전적인 태도로 입을 열었다.

"그런 식으로 사람을 후려쳐 놓고 어디로 도망을 갔나 했더니 이런 데서 다 보는군 그래."

후려쳐? 도망을 가? 누가? 내가? 아니, 언제?

여전히 머릿속이 정리가 되지 않아 그녀는 일단은 후퇴를 해야겠다는 생각으로 다소곳하게 말을 꺼냈다.

"죄송하지만 사람을 잘못 보신 것 같은데요."

"사람을 잘못 봤다고?"

그는 그녀를 머리끝에서 발끝까지 주욱 훑어보았다. 다시 시선을 올려 그녀와 눈을 마주쳤다. 그리고 얼굴을 가까이 대고 흠! 하는 소리를 내며 숨을 들이마셨다.

"뭐하는 짓이에요?"

그의 숨결이 귀 옆에서 느껴져 그녀는 화들짝 놀랐다. 펄쩍 뛰며 한 발 뒤로 물러서자 그의 입가에 또다시 비꼬는 듯한 미소가 떠올랐다.

"아니. 내가 잘못 본 게 아니야. 얼굴도 맞고 냄새도 맞다고."

내, 냄새? 뭔 냄새? 노골적인 어투에 강심장인 그녀도 여자인지라 어쩔 수 없이 얼굴이 빨갛게 달아올랐다.

"당신 뭐야? 뭔데 그런 이상한 소릴 하면서⋯⋯."

당황한 그녀는 들고 있던 핸드백을 휘두르며 빽 하니 소리를 질렀다.

"하! 자기가 불리하면 손발부터 휘두르는 그 행동은 여전하네. 그래. 여기서도 마구 두들겨 패 놓고 그냥 도망가시려고, 이 폭력녀야!"

폭력녀! 난생처음 듣는 말에 아름은 말 그대로 꼭지가 확 돌았다.

"내가 무슨 폭력을 썼다고 그런 말을 하는 거에요? 증거 있어요? 지금 증거 있어서 날 폭력녀니 뭐니 하면서 몰아붙이는 거냐고요!"

시근덕거리면서 그녀가 달려들자 그의 입가에 떠오른 미소가 더욱 짙어졌다.

"증거! 어, 그래. 말 잘했다. 증거 있지. 바로 너한테 얻어맞은 내 몸이 증거지. 어깨 빠져서 일주일이 넘도록 물리치료 받았으니까. 왜, 못 믿겠어? 진단서라도 끊어다 줄까?"

어깨가 빠졌다는 말에 그녀는 뭔가가 떠올라 바로 대꾸를 하지 못했다.

"그것뿐이면 내가 말을 안 해. 네 무릎 때문에 난 남자구실 못 할 뻔했다고!"

그가 작은 목소리로 윽박지르듯 말을 하자 그녀는 그제야 무슨 일이 일어난 건지 알아챌 수 있었다.

"당신이었어?"

"뭐?"

"그때 그 건물에서 날 붙잡은 게 당신이었냐고!"

살기를 풀풀 날리며 따지는 그녀의 말에 그는 이마를 잔뜩 찌푸렸다.

"그래. 나였다."

"이⋯⋯이⋯⋯."

갑자기 주먹을 움켜쥐고 부들부들 떨면서 그녀는 이를 악물었다.

"나쁜 놈. 너 때문에 다 잡은 명훈이 놈을 놓쳐서 내가 얼마나 고생한 줄 알아?! 이 변태 치한아!"

허걱! 그는 거의 반사적인 동작으로 여자의 입을 막았다.

"변태 치한이라니. 이 여자가 못하는 말이 없어!"

그는 재빨리 고개를 돌려 주변을 살펴보았다.

멀리 있는 테이블의 사람들은 자신들만의 이야기를 하느라 그들에게 시선을 주지 않았지만, 가까이에 있는 사람들은 궁금증이 가득 담긴 눈빛으로 흘끔거리며 그들을 보고 있었다.

"이거 놔!"

있는 힘껏 그의 팔을 떼어 내며 그녀가 또다시 소리를 질렀다.

"같이 좀 나가지."

"싫어."

기다렸다는 듯 그녀가 거절의 말을 내뱉었다.

"밖으로 가자구. 따라 나와."

"내가 당신을 왜 따라 나가?"

"조용한 데 가서 얘기 좀 하자니까."

"미쳤어? 내가 당신하고 조용한 데를 왜 가? 무슨 짓을 할 줄 알고?"

"그럼 여기서 멱살 잡고 큰 소리로 한바탕할까?"

그가 낮은 어조로 으르렁거리며 말을 이었다.

"맞선의 명소에서?"

아참! 나 여기 맞선 보러 온 거였지?

그제야 제정신을 차린 그녀는 한숨을 푹 내쉬고 의자에 주저앉았다.

"나가자는데 왜 앉아?"

눈을 부라리며 윽박지르는 그를 그녀는 싸늘한 눈빛으로 노려보았다.

"지금 못 나가요. 맞선 상대 기다려야 돼요."

"아까부터 한참 앉아 있던데, 약속한 시간이 몇 시인데?"

그녀는 그를 다시 한 번 노려보고 입술을 잘근 깨물었다.

"몇 시냐니까?"

답답하다는 표정으로 그가 다시 윽박지르자 그녀는 입술을 삐죽거렸다.

"6시."

6시? 7시도 아니고 6시? 그는 손목시계를 들여다보고 어이없다는 표정을 지었다.

"이봐. 지금 7시 반이야."

"나도 알고 있으니까 재차 확인하지 마요."

"맞선 상대 안 오니까 나가자고."

"올지 안 올지 당신이 어떻게 안다고 그런 말을 해요?"

"너 바보야? 아무리 늦어도 한 시간 반이나 늦게 오겠어? 그리고 피치 못할 사정이 있어서 늦게 올 것 같으면 그렇다고 연락을 했을 거 아냐. 무슨 연락 있었어?"

"아뇨."

그녀는 분해 죽겠다는 표정으로 씹어뱉듯이 말을 했다.

"그렇다면 안 봐도 뻔한 거 아냐. 안 온다고."

그녀도 알고 있었다. 6시에서 10분이나 지난 때부터 그녀는 느끼고 있었다. 맞선 상대는 오지 않을 거라는 걸. 그러면서도 계속 앉아 기다린 건 자신이 맞선을 망칠 수 없다는 생각 때문이었다. 만약 맞선을 망치게 되면 그녀뿐만 아니라 승빈과 제니퍼에게 피해가 갈지도 모르는 일이었기에.

"10분만 더 기다려 보고…… 아야!"

그의 손이 자신의 팔을 잡고 끌어당기자 아픔이 느껴져 그녀는 이마를 잔뜩 찌푸렸다. 날카로운 비명소리를 울리면서.

"여기서 더 이상 구경거리 되고 싶지 않으니까, 좋게 말할 때 일어나."

나지막한 목소리에 담긴 알 수 없는 힘이 그녀의 몸을 움직이게 했다. 정말 그의 말대로 하지 않으면 안 좋은 일이 생길 것만 같은 예감이 들었다.

"알았으니까 이 팔이나 좀 놔요!"

"왜 놓으면 또 그때처럼 잽싸게 도망가려고?"

손에 힘을 더 줬는지 잡힌 팔에 아픔이 더해졌다.

"아프니까 하는 말이잖아요. 그리고 도망은 누가 도망을 쳤다고 자꾸 그래요? 그땐 명훈이 자식 잡으려고 쫓아가다 보니까 그렇게 된 거죠."

그의 손을 떨쳐 내려고 팔에 힘을 줘 뿌리쳐 봤지만 공연한 헛수고일 뿐이었다. 오히려 잡힌 팔만 아팠다.

"그땐 엉겁결에 당했지만…… 지금은 어림도 없으니까 공연히 반항할 생각은 하지도 말라고. 알았어?"

이를 악문 채 윽박지르듯 으르렁거리는 그의 말투에 그녀는 새초롬한 표정으로 코웃음을 쳤다.

"흥! 내가 가려고 마음만 먹으면 당신 떨쳐 내고 갈 수 있거든요? 한 번 시험해 보실래요?"

뭐냐, 이 같잖은 자신감은!

승호는 자신보다 머리 하나가 더 작은 그녀를 내려다보며 슬며시 비꼬는 표정을 지었다.

"그래? 어떻게 할 건데?"

그가 그녀 쪽으로 고개를 숙였다.

"이렇게 꽉 붙잡고 있는데 어떻게 도망을 치겠다는 거야? 엉뚱한 짓

하다가는 팔이 부러질지도 몰라."

그가 너무 꽉 움켜잡은 바람에 피가 통하지 않는지, 이젠 아프지도 않고 아무런 감각도 느껴지지 않았다. 게다가 그가 너무 가까이 얼굴을 들이대서 말을 할 때마다 입김이 느껴졌다.

전처럼 소름 끼친 느낌은 아니었지만 뭐라 단정 지을 수 없는 이상한 느낌이 들어, 그녀는 그의 행동이 달갑지 않았다.

"내 팔이 부러질지 아니면 그쪽 다리가 부러질지 내기할까요?"

"뭐?"

무슨 소리인가 싶어 그가 그녀의 눈을 정면으로 쏘아보는 순간이었다.

눈이 마주치자 생긋 미소를 날린 그녀가 발을 힘껏 뻗어 그의 정강이를 걷어찼다.

"윽!"

정강이에 부러진 것처럼 격렬한 통증이 느껴져 그는 이를 악물며 그녀의 팔을 잡은 손에 힘을 더 주었다.

"너……."

그가 막 눈을 부라리며 소리치려 할 때였다.

"나쁜 놈, 못된 놈! 어떻게 나한테 이럴 수가 있어?"

아름이 빽 소리를 쳤다.

"나만 사랑한다더니 맞선을 보러 나와? 정말, 어쩜…… 이럴 수 있는 거야? 난 자길 믿었는데……."

이게…… 무슨 개 풀 뜯어 먹는 소리야? 그는 두 눈이 휘둥그레져서 잠시 정강이에서 느껴지는 아픔도 잊었다.

"난 어떻게 하라고, 이 나쁜 놈아. 흑흑."

이젠 눈물까지 글썽거리며 그녀는 울먹이고 있었다.

"야! 너, 이게 무슨 짓이야?"

갑작스러운 사태에 당황한 그가 그녀의 팔을 잡은 손을 흔들었다. 온몸에 힘을 뺀 채, 그가 흔드는 대로 나뭇잎처럼 흔들린 그녀가 한껏 가련한 표정으로 입을 열었다. 여전히 눈물을 글썽거리면서.

"이거 놔요! 이젠 당신하고 아무 말도 하고 싶지 않아. 우리 사인 이제 정말 끝이야."

"이 여자가 정말……."

그가 이를 박박 갈아 댈 때였다. 주변의 공기가 이상하게 느껴져 그는 슬쩍 눈을 돌렸다. 아니나 다를까. 사람들의 시선이 온통 그들을 향해 쏠려 있었다. 그것뿐이면 말을 안 하겠지만, 한결같이 그를 무슨 범죄자 보듯이 보고 있는 거였다. 남자 여자 할 것 없이 모두 다.

이런, 제장. 그는 쓴웃음을 머금은 채, 한시라도 빨리 그녀를 끌고 밖으로 나가야겠다는 생각을 했다. 그런데 그의 그런 생각은 아랑곳없다는 듯 그녀는 벌써 다음 작업을 시도하고 있었다.

"정말 이런 식으로 헤어지고 싶지 않았는데…… 흑흑……."

그녀가 한쪽 팔을 뻗어 그의 허리를 안았다.

헉! 갑작스러운 그녀의 행동에 놀란 그는 헛바람을 들이켰다. 가슴 팍에 얼굴을 비비면서 마구 품 안으로 파고드는 바람에 그는 그만 그녀의 팔을 잡고 있던 손을 놓아야만 했다.

"그만하라고!"

그가 팍 성질을 부리자 그녀가 반짝 고개를 들었다.

"정말 너무해요. 자긴 그 여자랑 결혼해서 잘 살 생각이었군요. 나 같은 건 잊어버리고."

"이젠 됐으니까 그만하라고!"

사정없이 쏟아져 박히는 사람들의 따가운 눈총에 얼굴이 다 벌겋게 달아오를 정도였다. 게다가 팔을 놓았는데도 불구하고 계속해서 그를 꼭 끌어안은 채 부비부비를 하고 있는 그녀의 행동에 참으로 난감할

따름이었다.

"당신이 정 그렇게 원한다면……."

고개를 반짝 쳐든 그녀가 그의 눈을 빤히 바라보았다. 왠지 모르게 불길한 기분이 들었다.

이 여자가 또 뭔 짓을 하려고 저런 눈빛을 하는 거야. 막 그런 생각을 할 때였다.

"내가 물러나야겠죠. 그럼 항상 행복하세요."

그 말을 하자마자 그녀는 두 손으로 그의 어깨를 밀어내고 쏜살같이 몸을 돌려 입구를 향해 뛰어가 버렸다.

그녀의 돌연한 행동에 잠시 멍해져 있던 그는 눈을 몇 번 깜박이고 정신을 차렸다.

저게 또 도망을 가? 어느새 그녀의 뒷모습은 로비 라운지의 입구를 벗어나고 있었다.

내가 또 당할 줄 알고? 이번에는 어림도 없다.

그런 생각으로 그도 빠른 걸음으로 로비 라운지를 벗어나려 할 때였다.

"손님."

유니폼을 입은 여직원이 앞을 막아섰다. 짜증이 폭발할 것 같아 '당신 뭐야!' 라고 소리를 지르며 여직원을 밀어 내려던 그가 움찔 멈춰 섰다.

사나운 눈길로 자신을 쏘아보는 여직원과 뒤통수에 와 닿는 따가운 눈길. 그는 잠시 호흡을 가다듬고 침착함을 가장한 채 입을 열었다.

"뭡니까?"

"계산을 안 하셨어요."

그것도 모르고 물어보냐는 표정으로 여직원이 말하자 순식간에 그의 얼굴이 벌겋게 달아올랐다.

"아, 미안합니다."

정중하게 사과를 한 그는 카운터로 향했다.

"86,500원입니다."

어째서? 음료 두 잔에 웬 86,500원? 그의 눈썹이 위로 솟구치는 모양새를 본 여직원이 상냥한 표정으로 친절하게 설명을 했다.

"조금 전에 나가신 여자분 계산도 같이 했습니다."

뭐라고? 그가 어이없다는 표정으로 바라보자 여직원의 입가에 다소 비꼬는 듯한 미소가 생겨났다.

"여자분께서 계산을 안 하고 나가셔서요. 그리고 제가 보기에 두 분이 아시는 사이인 듯해서요."

커다란 망치로 머리를 가격당한 것 같은 충격에 그가 아무 말도 못하고 있자, 여직원의 표정에 슬슬 짜증이 어리기 시작했다.

좀 전에 그 난리를 쳐 놓고 여기서 '전혀 모르는 여자다'라고 했다가는 그는 100% 불한당으로 낙인이 찍힐 게 뻔했다.

돈 몇만 원이 아까운 게 아니었다. 다만 어이없게도 여자의 꼼수에 넘어가 사나운 눈총에 시달리고 돈까지 뜯기는 게 기분 더러울 뿐.

카드로 계산을 하고 로비 라운지를 나서면서 그는 속이 부글부글 끓어올라 참을 수가 없었다. 맞선도 엉망이 되어 버리고, 다 잡았던 여자도 놓쳐 버리고, 그것도 모자라 사귀던 여자 걷어차고 맞선이나 보는 파렴치한 놈이라는 이미지까지 부여받다니. 일이 이 지경이 된 것에 그는 혈압이 올라 폭발할 것만 같았다.

인상을 박박 쓰면서 로비를 지나 회전문을 열고 나왔을 때였다. 두어 걸음도 채 걷지 않아 누군가가 그의 앞을 막아섰다.

생글생글 웃고 있는 여자를 본 순간, 그는 기운이 쭉 빠졌다.

"너……."

"음료수 잘 마셨어요. 감사합니다."

본격적으로 약을 올리겠다고 작정을 한 듯 여자는 고개까지 꾸벅 숙이며 그에게 인사를 건넸다.

"하!"

그는 이제 화를 낼 기운도 없었다. 당돌하면서도 아니꼬운 여자의 행동에 뭐라 대응을 해야 할지 알 수가 없었다.

"왜 여기 있는 거야?"

"기다리고 있었어요."

"왜? 계산까지 미루고 도망쳤으면 그대로 사라져야지, 왜 내 앞에 나타나는 거냐고. 지금 누구 염장 지르려고 작정을 했어?"

"아까 말했잖아요. 난 충분히 당신한테서 벗어날 수 있다고."

"그래서?"

"당신이 못 믿어하길래 보여 준 거뿐이에요. 그리고 도망간 게 아니니까 다시 당신 앞에 나선 것뿐이고요."

생각 같아서는 꽁꽁 묶어서 취조실로 끌고 가고 싶었다. 어두컴컴한 취조실 의자에 앉혀 놓고 공포 분위기 조성해 가면서 그녀가 얼마나 못된 짓을 태연자약하게 저질렀는지 알게 해 주고 싶었다.

"그래서?"

그는 또다시 같은 말을 반복했다. 그녀가 조금은 뚱한 얼굴로 고개를 갸웃거렸다.

"조용한 데로 가자면서요?"

"그럴 마음 없어졌어."

그는 툭하니 말을 내뱉고 긴 다리를 움직여 걷기 시작했다.

"나한테 할 얘기 있는 거 아니었어요?"

"됐어."

그가 또다시 내던지듯 말을 내뱉었다.

"그냥 똥 밟았다고 생각하고 말지."

더는 상대하지 않겠다는 식으로 그는 계속 걸음을 옮겼다. 그의 뒷모습을 멍한 표정으로 보던 그녀가 재빨리 뒤를 쫓아갔다.

"이보세요!"

그녀는 손을 뻗어 그의 팔을 잡았다.

"얘기 좀 해요."

그녀를 쏘아보는 그의 눈빛이 무섭게 번뜩였다.

"됐다니까 왜 이래!"

짜증이 가득한 어조에 그녀도 슬슬 화가 나기 시작했다.

"뭐예요? 가만히 있는 사람 붙잡고 할 말 있다면서 끌고 나가려고 할 때는 언제고 이제 와서 됐다니요? 되긴 뭐가 돼요?"

잔뜩 흥분해서 볼까지 발갛게 달아오른 채로 그녀는 그를 향해 씩씩거렸다.

"내가 왜 당신한테 똥 취급을 받아야 하는데요."

"왜 똥 취급을 받아야 하냐고?"

그는 이마를 찌푸리면서 그녀가 한 말을 그대로 옮겨 말했다.

"그래요. 내가 뭘 잘못했다고 그런 말을 들어야 하냐고요."

"자신이 무슨 짓을 했는지 몰라서 그런 질문을 하나? 좀 전에 한 행동을 벌써 잊어버렸어? 너 치매야?"

그가 인상을 쓰면서 으르렁거리자 그녀는 조금은 머쓱한 표정을 했다.

"그야 뭐…… 당신이 너무 우격다짐으로 날 끌고 나가려고 하니까 그런 거죠. 그리고 먼저 도전을 한 건 당신이잖아요."

"뭐? 도전?"

"그래요. 당신이 그랬잖아요. 내가 아무것도 하지 못할 거라고. 그래서 그런 거예요."

그녀가 변명처럼 중얼거리다가 문득 약이 오르는지 입술을 꼭 깨물고 다시 말을 이었다.

"그래도 뺨을 후려치지 않은 것만도 다행으로 아세요."

마음은 굴뚝이었지만. 그녀는 그 말을 입 밖으로 내지 않기 위해 또다시 입술을 깨물어야만 했다.

"뭐가 어째?"

그가 기가 막힌다는 듯 헛웃음을 웃자 그녀는 미안하다는 표정을 지었다.

"어차피 저기 있는 사람들 다 모르는 사람들이잖아요. 금세 오늘 일은 다 잊어버릴 거예요. 그러니까 신경 쓰지 말고……."

"그러니까 신경 쓰지 말아라, 바닥으로 곤두박질친 내 인격은 알 거 없다. 뭐 그런 뜻인가?"

"인격이요? 어머! 변태 치한한테도 인격이 있다니……."

"이 여자가 정말! 말이면 다인 줄 알아? 누가 변태고 누가 치한이라는 거야?"

엄청나게 화가 났구나. 그녀는 자신이 한 말과 행동이 너무 극적이었다는 자책감이 들었다.

처음엔 그가 정말 변태 치한일지도 모른다는 생각에 멋대로 행동한 것도 사실이었다. 하지만 일이 일어난 뒤 그의 행동을 보면 그녀가 오해를 한 부분도 있는 것 같았다.

그녀는 살면서 자신과 한 번이라도 안면이 있는 사람들에게 나쁜 인상을 심어 주고 싶지 않았다. 직업상 여러 곳을 다니면서 여러 사람들을 만나기 때문에 더욱 그런 일엔 예민했다. 또한 그가 전에 왜 그런 일을 벌인 건지 궁금한 마음이 들기도 했다. 그랬기에 그를 만나 다시 대화를 시도하기로 마음먹은 거였다.

"진짜 미안해요. 좀 전에는 나도 조금 열이 받아서 그런 거거든요. 달리 다른 방법이 생각이 안 나서요."

살그머니 미소를 지으면서 그녀는 잡고 있던 그의 팔을 살짝 흔들었다.

"그냥 잊고 할 얘기만 하면 안 될까요? 아, 아니면 내가 들어가서 다 쇼였다고 해명할까요? 그 왜 영화 찍기 전에 리허설 한 거라고 변명이라도……."

"됐어."

퉁명스러운 어조로 말한 뒤, 그는 날카로운 눈빛으로 그녀를 쏘아보았다.

"이미 엎질러진 물을 뭐 어쩌겠다는 거야? 됐으니까 이 팔이나 놓지."

고개를 들고 그를 바라보던 그녀의 눈에 또다시 물기가 어렸다. 그녀의 얼굴을 똑바로 바라보고 있던 그는 눈물이 그득한 눈을 보고 순간 움찔했다.

뭐야, 이 여자? 또 무슨 짓을 저지르려고……. 그런 생각이 먼저 들어 은근히 겁이 나기까지 했다.

"미안해요. 정말 미안합니다. 제가 나빴어요."

진심으로 미안한 마음을 그대로 내보이며 그녀는 사과를 했다.

"아무리 약이 올랐어도 그런 짓 하면 안 되는 거였는데……. 죄송해요."

"이봐……."

어찌 이리도 황당한 경우가. 카멜레온처럼 이랬다저랬다 모습을 바꾸는 그녀의 행동에 그는 어떻게 대처해야 할지 알 수가 없었다.

솔직히 그는 그녀의 사과를 흔쾌히 받아들일 수가 없었다. 이러다가 또 갑자기 독 오른 표정으로 변해 박박 소리를 지르며 달려들지 알 수 없는 일이었다.

그녀는 사뭇 가련한 눈빛으로 그를 바라보고 있다.

젠장. 이런 상황에서 도대체 뭐라고 해야 하는 거야? 그냥 확 밀쳐 버리고 싶은데 그랬다가는 바닥에 주저앉아 엉엉 울지도 모르는 일이다. 그렇게 되면 정말 사태가 걷잡을 수 없는 지경에 이를 것이다.

그가 속을 끓이며 어떻게 해야 할까 고심하는 사이, 그녀가 팔을 뻗어 허리를 안으며 또다시 그의 가슴에 폭 안겨 왔다.

"뭐……. 뭐야."

놀란 그가 두 손으로 그녀의 양쪽 팔을 잡았을 때였다.

"잠깐만요. 조금만 기댈게요."

그 말에 그녀를 밀쳐내지는 않았지만.

이게 기대는 폼이냐? 누가 봐도 포옹을 하고 있는 거지. 두 팔로 자신의 허리를 끌어안고, 가슴과 어깨에 걸쳐 얼굴을 묻고 부비부비를 하고 있는 여자의 행동에 그는 고개를 절레절레 흔들며 깊은 한숨을 내쉬었다.

길 한복판에서, 그것도 사람들 왕래가 많은 호텔 앞에서 이게 도대체 뭐하자는 플레이냐고.

연신 한숨만 푹푹 내쉬던 그가 그녀의 얼굴 쪽으로 고개를 돌렸을 때였다. 코끝에 살짝 맡아지는 알코올 향에 그가 이마를 찌푸렸다.

"너 술 마셨냐?"

그러고 보니 조금 전 자신의 팔을 잡을 때도 그녀는 조금 휘청거린 듯했다. 그리고 지금 자신에게 기대고 있는 몸에서도 힘이 빠진 듯 체중이 잔뜩 실려 있었다.

"조금요."

마시긴 마셨다는 소리다. 그렇다면 내가 계산한 그 금액이 음료수 값이 아닌 술값이었다고?

은근히 열이 받는다.

"정신 좀 차리지. 설마 여기서 그대로 쓰러져 버릴 생각은 아니겠지?"

"설마요."

대답하는 폼이 어설프다. 기운이 하나도 없는 듯하고, 조금 더 시간이 지난다면 분명 혼수상태로 돌입할 것만 같은 상황이다. 그러기 전에 어떻게든 처리를 해야겠다는 생각에 그는 한 팔로 그녀의 허리를 감싸 축 늘어지려는 몸을 힘주어 잡았다.

"똑바로 걸어. 안 그러면 여기 호텔에다 방 잡는다."

그의 말에 깜짝 놀란 아름이 눈에 힘을 주고 그를 노려보았다.

"말 진짜 이쁘게 하시네요."

"너 생각해서 하는 말이거든. 아니면 그냥 길바닥에 팽개쳐 버리고 갈까?"

"차라리 그게 더 낫겠네요."

그러면서도 그녀는 혹시나 하는 생각에 그의 허리를 잡은 팔에 힘을 주었다.

그녀의 허리를 바짝 끌어안은 채 그는 마침 옆에 있는 기둥 쪽으로 걸음을 옮겼다. 도로 쪽에서 보이지 않도록 안쪽으로 향한 그는 기둥에 등을 대고 섰다.

이게 지금 도대체 뭔 꼴이야? 이러다 아는 사람이라도 만나면 어떻게 되는 거야? 그런 생각이 들었지만 축 늘어져 있는 그녀를 당장 어떻게 해야 할지 감도 잡히지 않았다.

"너 겁나 무거운 거 알고 있냐?"

투덜거리는 그의 말에 그녀가 피식 웃었다.

"알아요."

"도대체 정신이 있는 거야, 없는 거야? 무슨 여자가 맞선 장소에서 술을 마셔?"

"상대가 안 나왔잖아요."

그가 비난조로 말하자 그녀가 변명처럼 중얼거렸다.

"1시간도 넘게 기다리는데 얼마나 약 오르고 열 받는지 알아요? 그래서 마셨죠."

그녀의 심정도 충분히 이해가 가기는 한다. 기대하고 나온 맞선에서 상대가 나오지 않았으니 얼마나 자존심이 상했겠는가.

그래도 나보다는 낫다. 난 10분 만에 퇴짜를 맞았으니까. 그런 생각에 푹 한숨을 쉬다가 그는 어이가 없어 피식 웃고 말았다.

"그래서 홧김에 술 마시고 이렇게 뻗어 버리셨다고? 이길 자신 없으면 술을 마시지 말아야지. 이게 뭐하자는 거야? 정말 너, 오늘 아주 가지가지 한다."

"나 술 쎄요. 평소에는 잘 마신다고요."

"그런 사람이 왜 이러고 있는데?"

주르르 몸이 미끄러질 것 같아 양팔을 퍼득거리며 그에게 기댄 그녀는 이마를 팍 찌푸렸다. 사실 지금 상황이 이해가 안 가는 건 그녀도 마찬가지였다. 술이라고 해도 겨우 와인 두 잔을 마셨을 뿐인데 마치 고량주를 몇 병이나 들이마신 것보다 더 몸을 가누기가 힘들었다.

혹시 그 술에 약이라도 탔나? 그런 생각이 들 정도였다.

"배가 고파요."

"뭐?"

"배고프다고요."

그러고 보니 오늘 그녀는 거의 음식을 먹지 못했다. 아니, 가만히 생각해 보니 오늘뿐만 아니라 어제도 못 먹은 것이나 마찬가지였다.

그녀가 다니는 회사는 격주휴무라 토요일에도 2주에 한 번은 출근을 해야 했다. 마침 어제는 쉬는 토요일이라 그동안 밀린 잠이나 늘어지게 자야겠다고 생각을 했었다. 그런데 그녀가 쉬는 걸 아니꼬워하는 누구라도 있는지, 회사에서 긴급출동 명령이 날아왔다.

월급 받고 일하는 그녀로서는 불평을 할 수는 있어도 반항을 할 수는 없었다. 짤리기 싫으면 하라는 대로 해야 하는 게 월급쟁이들의 비애였으니까.

갑작스러운 연락에 자다 깬 그녀는 아침은 물론이요 점심도 거른 채 투덜거리면서 현장으로 향했다.

일의 내용인즉슨 지방의 유명인사 부인께서 휴일을 맞아 곱게 차려입고 친구들과 함께 하는 서울나들이에 혹여 일어날지도 모르는 불상사를 미연에 방지하는 일이었다. 일종의 보디가드였는데 문제는 그녀가 쫓아다닌다는 걸 그 부인이 알아채서는 안 된다는 거였다.

때문에 그녀는 숨죽여 가면서 부인을 미행했다. 자신이 따라다닌다는 걸 모르도록 열심히 쫓아다니느라 저녁도 못 먹었다.

배 속에서는 먹을 걸 넣어 달라고 꼬르륵 꼬르륵 난리를 치는데, 도무지 밥 먹을 찬스를 잡을 수가 없었다. 배가 고파 아사하기 직전 그녀는 교대를 부탁했지만 그마저도 거절당했다. 교대해 줄 인원이 없다나, 어쨌다나.

어쩔 수 없이 차 안에 놔뒀던 초콜릿 몇 조각으로 허기를 잠재울 수밖에 없었다.

부인이 친구들과 함께 호텔로 들어가고 나면 일도 끝. 일이 끝나면 밥을 먹어야겠다고 생각했는데, 정말 어이없게도 부인은 도대체 호텔로 돌아갈 생각을 안 하는 거였다.

시계 바늘은 새벽 2시를 넘어 3시를 향해 가고 있는데 카페 안으로 들어간 부인과 그 친구들은 나올 생각을 안 했다. 차 안에서 카페의 입구를 노려보며 그녀는 죄 없는 자신의 입술만 잘근잘근 씹었다.

그냥 확 안으로 들어가? 그래서 부인이 있는 자리를 눈여겨보면서 뭐라도 먹어? 아니지. 그랬다가 혹시라도 부인이 눈치채면 여태까지 고생한 게 다 말짱 도루묵이 되어 버리지.

어디 편의점에라도 가서 김밥이라도 사 올까? 그런 생각에 거리를 훑어봤지만 하필 그 흔한 편의점도 눈에 띄지 않았다.

너무 멀리 있는 곳까지 갈 수는 없었다. 그 사이에 부인과 그 일행이 카페에서 나와 어디론가 사라지면 큰일이니까. 그런 생각에 잠도 못 자고 밥도 못 먹고…….

어쨌거나 4시가 지나서야 부인이 안전하게 호텔로 들어가는 걸 확인하고 그녀는 간신히 자신의 집으로 돌아왔다.

뭔가를 먹어야 하는데 도무지 기운도 없고 마구마구 잠이 쏟아져 그녀는 싱크대 찬장 안에 방치되어 있던 컵라면, 아주 작은 사이즈의 누들면 하나를 먹고 옷도 갈아입지 못한 채 그냥 침대에 쓰러져 버렸다.

잠이 들기 전 맞선 생각을 했다. 저녁 6시니까 푹 자고 오후 3시나 4시쯤 일어나서 밥을 먹고 준비를 한 뒤 가도 늦지 않겠지. 그렇게 생각을 했었는데…….

"뭐야? 아직까지 자고 있는 거야?"

요란스럽게도 제니퍼가 등장했다. 밤을 꼴딱 샌 그녀는 잠에 취한 눈으로 정신을 차리지 못한 채 침대 머리맡에 있는 시계를 봤다. 9시. 뭐? 9시? 혹시 저녁 9시인거야?

그녀는 여전히 멍한 정신으로 허리에 두 손을 걸치고 버티고 서 있는 제니퍼를 바라봤다.

설마 내가 계속 잠을 자느라 맞선 장소에 못 나간 건가? 그래서 맞선 펑크 냈다는 소리를 듣고 제니퍼가 열 받아 쫓아온 거야?

그런 생각이 들어 당황한 그녀가 화들짝 놀라 침대에서 벌떡 몸을 일으켰다. 그리고 고개를 돌렸는데 창밖이 훤했다. 저녁 9시라면 분명 창밖이 깜깜해야 하는데. 결론은 저녁 9시가 아니라 아침 9시라는 거였다.

"제니퍼."

놀랐던 마음이 진정이 되자 기운이 쭉 빠지고 몸에 힘이 하나도 없었다. 그녀는 다시 풀썩 침대에 엎어져 버렸다.

"웬일이야?"

"웬일이냐니? 오늘 맞선 보는 날이야. 잊었어?"

"아니."

"그런데 아직 이러고 있어?"

"맞선은 6시잖아. 아직 9시밖에 안 됐다고."

"무슨 소리야? 아직 9시밖에 안 된 게 아니고 벌써 9시나 된 거지."

제니퍼는 엎어져 있는 그녀의 등을 손바닥으로 가볍게 쳤다.

"얼른 일어나. 지금부터 준비해도 시간 빠듯하다고."

"아이 씨. 준비는 무슨 준비를 한다고 그래?"

"그럼 선보러 가는데 아무런 준비도 안 하겠다는 거야? 그건 상대에 대한 예의가 아니지. 그리고 내가 분명히 말했지. 이번 맞선, 엄청 중요한 거라고. 그러니까 얼른 일어나. 내가 최고의 코스로 준비를 해 놨으니까."

"어우, 올케."

그녀는 팔을 잡아끄는 제니퍼의 손을 떼어 내려 안간힘을 쓰며 투덜거렸다.

"나 지금 죽을 것 같아. 잠도 몇 시간 못 잤단 말야. 그러니까 제발 나 좀 살려 주라. 응?"

버티며 조금이라도 더 자려고 애를 써 봤지만 소용없는 일이었다.

"얼른 안 일어나? 내가 이 무거운 몸을 끌고 여기까지 왔는데 계속 잠만 자겠다고? 그러다가 맞선 망치면 진짜 나 실망할 거야. 아가씨, 오빠가 만약 이런 사실을 알게 되면……."

"알았어. 알았다고."

제니퍼가 또 승빈을 들먹거리자 그녀는 잠을 포기하고 벌떡 일어나 앉았다.

"호호호. 생각 잘 했어. 후딱 세수만 하고 나와."

이 못된 마녀 같으니라고. 사람 약점 공격하는데 탁월한 능력을 가졌다니까.

득의만만한 표정으로 웃고 있는 제니퍼를 노려보고 그녀는 어깨가 축 처진 채 욕실로 향했다. 그로부터 맞선 시간인 6시까지 그녀는 제니퍼의 OK 사인이 떨어질 때까지 마사지 숍이며 네일 숍, 미용실과 의상실을 차례로 들렀다.

덕분에 겉모습은 부잣집 외동딸 같은 귀티 나는 모습으로 변했지만 속은 허기가 지고 정신은 오락가락하는 지경에 이르게 되었다.

제니퍼와 같이 한 점심도 최악이었다. 맞선 상대와 식사를 하게 되면 최대한 기품 있는 모습을 보여야 한다면서 제니퍼는 잔소리를 늘어놓기 시작했다. 스프를 먹을 때는 어쩌고저쩌고, 샐러드는 이렇게 먹어야 한다는 등, 스테이크를 자를 때는 어쩌고저쩌고.

마치 가정실습 교육을 받는 고등학생이 된 기분이었다. 게다가 말할 때마다 맞선상대에게 좋은 인상을 심어 주어야 한다는 제니퍼의 말에 잔뜩 긴장해 수프를 두어 스푼 떠먹고 스테이크 두 조각 정도 먹는 걸로 식사를 마쳤다.

그 뒤로 약속 시간인 6시부터 7시까지 장장 1시간 동안이나 도대체 어떤 사람이 나올까, 어떤 얘기를 해야 할까 안절부절못하느라 마음만 고달팠다. 그리고 곧이어 덩치가 산만하고 무지막지한 남자와 붙잡고 씨름을 했으니.

신경줄이 바이올린 줄보다 더 바짝 당겨져 긴장을 하고 있다가 갑자기 스르르 풀어져 버려 다리에 힘이 빠지는 게 어찌 보면 당연한 일이었다. 거기다 맞선 상대를 기다리면서 마신 술도 한몫했고.

"어떤 아줌마 등살에 밥도 못 먹고, 잠도 못 자고."

"어떤 아줌마? 그게 누군데?"

"누구긴 누구겠어요? 맞선 주선자죠. 오늘 맞선 잘 돼야 한다고 아침부터 쳐들어와서 얼마나 사람을 달달 볶던지……. 하루 종일 정신이 하나도 없었다고요. 그런데 이렇게 되어 버렸으니. 에휴……."

땅이 꺼져라 한숨을 내쉬는 그녀의 마음도 십분 이해가 간다. 그도 현재 마찬가지 심정이었으니까.

"지금도 머리가 뱅뱅 돌고 하늘이 노랗고. 나 정말 죽을 것 같다고요."

"차라리 그냥 죽어 버리지. 여러 사람 편하게……."

퍽! 그녀는 주먹을 꼭 움켜쥐고 그의 어깨를 쳤다.

"이 인정머리 없는 인간. 변태 치한에 합……."

그는 커다란 손으로 그녀의 입을 막아 버렸다. 그때처럼.

"그 변태 치한 소리 한 번만 더 해 봐. 진짜로 이 세상 하직하게 만들어 줄 테니까."

심각한 표정으로 으르렁거린 그가 손을 움직여 그녀의 뺨을 슬쩍 쓰다듬었다.

"더 이상 험한 소리 못하게 하려면 우선은 배부터 채워야겠어."

또다시 주르르 미끄러지려는 그녀의 몸을 그가 힘주어 안았다.

"쓰러지기 일보직전이라 멀리는 못 가겠고. 이쪽으로 다시 들어가는 수밖에 없겠군. 그래."

"로비 라운지로 가겠다고요?"

그녀가 눈을 동그랗게 뜨고 묻자 그가 고개를 가로저었다.

"아니. 일식."

그의 가슴에 머리를 얹은 채 거의 엎어져 있다시피 하던 몸을 일으키던 그녀는 잠시 휘청거렸다.

"아우, 어지러워."

뻗은 손이 하필 그의 가슴에 닿았다. 단단한 느낌이 들어 그녀는 순간 작은 안도감이 들었다 살짝 풍겨나는 그녀의 향기에 그의 온몸이 긴장했다.

"미안해요."

그녀의 목소리가 가볍게 떨렸다.

"다리에 힘이 풀려서요."

변명처럼 말하고 그녀는 그의 팔을 잡았다. 한 걸음 뒤로 물러나 똑바로 선 그녀는 그의 팔을 잡은 채로 고개를 들었다. 의도하지 않았는데도 그와 눈이 마주치자 뺨이 발갛게 달아올랐다.

"부축해 줄 거죠?"

그녀가 배시시 웃으며 말하자 그가 이마를 잔뜩 찌푸렸다.

"환자야?"

조금 전 느꼈던 자신의 상태가 못마땅해 그는 무뚝뚝하게 말을 내뱉었다.

"나 환자 맞아요. 배고픔에 절은 환자."

또다시 상큼한 미소를 지으며 그녀는 그의 팔에 팔짱을 꼈다.

4장

한 사흘은 굶은 인간처럼 정말 잘도 먹는다.

그는 탁자 위에 쌓여 가는 접시를 보고 한숨을 폭 내쉬었다. 그나마 호텔 지하 1층에 위치한 일식집 순미(Shunmi)가 뷔페이길 다행이다. 만일 회전 초밥 집이었거나 일반적인 일식집이었다면 밥값 내는 사람 거지 만들기 딱 좋을 상황이었다.

"진짜 잘 먹는구만."

또 한 접시의 초밥을 먹고 있는 그녀를 바라다보면서 그가 감탄 섞인 말을 내뱉었다. 그는 이미 식사를 끝내고 디저트를 앞에 두고 있었다.

"당신도 이틀만 굶어 봐요. 나처럼 안 먹나."

초밥 하나를 간장에 찍어 입에 넣고 우물우물 씹은 뒤 꿀꺽 삼킨 그녀가 만족스러운 표정을 지었다.

"그리고 내 신조가 '먹을 수 있을 때 충분히 많이 먹어 두자'예요. 이런 기회가 그리 쉽게 오는 게 아니거든요."

"그래서 오늘 내 주머니를 털겠다 이거야? 나 네가 생각하는 것처럼 그렇게 부자 아니야."

"에이, 척 보아하니 살 만한 집 자제분 같으신데. 왜 그렇게 약한 말씀을 하세요?"

접시에 남아 있던 마지막 초밥을 입안에 쏙 집어넣은 그녀가 입술을 꾹 다물고 입꼬리를 올리며 웃었다.

"살 만한 집 자제? 내가 어딜 봐서 그렇게 보이는데?"

"음. 우선은요."

입을 가리고 초밥을 씹어 삼킨 그녀가 물 잔을 들며 말했다.

"입은 옷만 봐도 턱하니 견적이 나오잖아요. 그 옷, 보세 아니죠?"

"이건 우리 할머니가 맞선 나가서 꿀리지 말라고 모처럼 큰맘 먹고 장만해 주신 거거든. 이때까지 모아 두신 할머니 쌈짓돈 털어서."

"그래요? 그럼 아까 그 카드는 뭐예요?"

"카드? 무슨 카드?"

그가 뭔 소릴 하냐는 표정으로 눈썹을 치켜 올렸다. 물을 마시고 물 잔을 내려놓은 뒤 포크를 든 그녀가 그를 보고 씩 웃었다.

"아까 로비 라운지에서 계산할 때 내민 카드요. 그거 골드던데."

"호오, 나한테 바가지 씌워 놓고 그걸 보고 있었다고?"

"당신이 어떻게 나오나 궁금해서요. 내가 생각한 대로 변태 치한이면 그냥 순순히 계산할 것 같지는 않았거든요."

"거, 변태 치한 소리 하지 말라고 했지."

기분 나쁜 듯 그가 인상을 쓰면서 말하자 그녀는 한 손으로 입을 가리고 웃었다.

"어머나, 호호. 실수. 앞으로 조심할게요. 아무튼 그때 봤다고요. 골드 카드."

"착각하지 마셔. 한도 150만 원짜리 색깔만 금색인 카드거든?"

"내 눈이 해태 눈인지 알아요? 색깔만 금색인 카드와 진짜 한도 무제한 골드카드도 구별 못 하게? 그거 안 먹을 거죠?"

야멸차게 쏘아붙인 그녀는 초롱초롱한 눈빛으로 그의 접시 위에 놓인 조각 케이크를 탐냈다.

"내가 다 먹을 거니까 먹고 싶으면 가져다 먹어. 왜 남의 음식을 탐내?"

"하나만 줘요. 맛만 보게. 지금은 너무 먹어서 그런지 꼼짝도 하기 싫다고요."

그녀가 포크를 들이밀자 그도 포크를 들어 막았다.

"가져다 먹으라고."

"아, 진짜. 치사하게. 하나만 먹자니까요?"

그녀가 또 포크로 조각 케이크를 노리자 그도 포크로 반격을 하며 접시를 휙 집어 들었다.

"치사해? 지금 이 음식값을 누가 낼 건데 치사하다는 말을 해?"

"정말 먹는 거 갖고 사람 구박하는 거 아니거든요?"

"누가 먹지 말라고 했어? 저기 많이 있잖아. 가져다 먹으라고."

"난 그 접시에 있는 걸 먹고 싶다고요."

"그러니까 왜 내 걸 탐내냐고!"

"그게 훨씬 더 맛있어 보이니까요."

그녀는 뻔한 걸 왜 묻느냐는 표정으로 대꾸했다.

"졌다, 그래. 내가 졌어. 먹어. 계속 먹어. 아주 열심히 먹으라고."

"감사합니다."

비꼬는 그의 말투에도 아랑곳없이 그녀는 넙죽 대답하며 그가 내려놓은 접시 위의 조각 케이크를 포크로 푹 찍었다. 입안에 쏙 집어넣고 맛있게도 냠냠 먹은 그녀가 또다시 포크를 들어 접시 위에 놓인 과일까지 찍었다.

"아웅, 행복해."

빵빵한 배를 쓰다듬으며 그녀는 고양이처럼 가르랑거렸다.

"일할 때는 제시간에 밥 먹기가 힘들거든요. 그래서 한 번 먹을 때마다 폭식을 하게 되더라고요."

변명처럼 하는 말에 그는 건성으로 고개를 끄덕였다.

"알았으니까 많이 먹으라고."

"그런데 그날은 무슨 일이었어요?"

참 빨리도 묻는다. 그는 정말 희귀동물을 보는 듯한 눈빛으로 그녀를 바라봤다.

"그걸 내가 설명을 해야 되는 건가?"

"당연히 하셔야죠."

"어째서?"

그가 되묻자 그녀는 고개를 갸우뚱거렸다.

"하기 싫으세요?"

그를 빤히 바라다보며 그녀는 어깨를 으쓱거렸다.

"정 하기 싫으시면 하지 마시던지요. 그럼 뭐 저도 계속 그냥 꾸준하게 변태 치한이라고 불러 드리는 수밖에요."

"너 진짜 사람 성질 어지간히 긁는다."

그가 이를 박박 갈아 대며 말하자 그녀는 눈을 동그랗게 뜨며 배시시 웃었다.

"어머! 저 그런 말 엄청 많이 들어요. 그래서 별로 상처받지도 않아요."

그녀의 얄미운 태도에 그는 자신의 한계를 느꼈다.

"그때 일에 대해 알고 싶으면 폭력녀께서 먼저 얘길 해야 하는 거 아닌가? 사람을 마구 두드려 패 놓고 달아났으니까."

"그거야 정당방위죠. 당신이 날 먼저 공격했으니까 내가 반격을 한 거 아니겠어요?"

"그러니까 내 말은 왜 내가 공격을 하게끔 그렇게 소리를 지르면서 복도를 뛰어다녔냐는 말이야. 그 시간에 아무도 없는 텅 빈 복도를!"

"아무도 없긴요. 어떤 놈 하나가 그쪽으로 뛰어갔는데. 난 그놈 잡으려고 그런 것뿐이에요."

"뛰어 들어온 놈 못 봤는데?"

그가 이상하다는 표정으로 그녀를 뚫어져라 바라봤다. 혹시라도 그녀가 뻔한 거짓말을 하는 건 아닌지 살피려고 하는 것 같았다.

"분명히 뛰어 들어갔어요. 내가 밖에서부터 쫓아 들어가다가 봤다고요. 그놈이 그 복도로 달려가는 걸. 그래서 나도 거기 서라고 소리 지르면서 달려 들어간 거죠. 아니면 내가 뭐 머리에 꽃 꽂은 애도 아닌데, 그런 데서 소리 지르며 난리를 치고 있었겠어요? 그런데 당신은 거기서 뭐하고 있었어요? 그리고 왜 내 입을 막은 거예요?"

"왜 입을 막았냐고? 그걸 질문이라고 해? 당연히 소리를 지르니까 못 지르게 하느라 막은 거지."

"뭐하고 있었는데요?"

"나쁜 놈 잡으려고 함정 파고 기다리고 있었다."

그의 말에 그녀는 눈을 동그랗게 뜨며 놀라워했다.

"혹시, 형사세요?"

"아니."

"그럼, 경찰?"

"아니거든."

쌀쌀맞기만 한 그의 대답에 그녀는 의아한 기분이었다.

형사도 아니고 경찰도 아닌데 나쁜 놈을 잡으려고 했다니……. 혹시 이 인간 우리 경쟁업체 직원 아냐? 그런 생각이 들자 갑작스럽게 경계심이 들어 그녀는 비스듬히 시선을 내리깔고 그를 보며 물었다.

"그럼 뭐 하는 사람인데요?"

그가 돌연 양복 안쪽에서 지갑을 꺼내 명함 한 장을 내밀었다.

"검사입니다."

뜨헉! 그의 말에 깜짝 놀란 아름은 받아 든 명함을 봤다.

서울지방검찰청 특수부 검사 주승호

뚫어져라 명함을 바라보던 그녀가 그의 얼굴을 봤다. 그리고 다시 시선을 내려 들고 있는 명함을 봤다. 그리고 다시 그를 바라보는 그녀의 얼굴에는 믿을 수 없다는 기색이 역력했다.

"정말 검사세요?"

"네. 어쩌다 보니 제가 검사가 되어 있더군요."

"이거 확실한 거죠? 확인해 봐도 되는 거죠?"

그녀가 명함을 팔랑팔랑 흔들며 짐짓 그를 떠봤다.

"확인을 해 보시던지 마시던지."

별 상관없다는 태도로 그는 어깨를 으쓱였다.

진짜 검사 맞는 것 같다. 그녀는 최대한 빨리 이 자리를 벗어날 수 있는 방법이 뭐가 있을까 열심히 궁리하기 시작했다.

직업상 그녀는 검사와 그리 친한 사이가 될 수 없었다. 그녀와 같은 직종의 사람들은 교묘하게 위법을 행하는 일—특히, 사람들의 뒷조사를 하거나 몰카를 찍거나 하는 등의 행동—도 있었기에 검사나 형사들과 가까워질래야 가까워질 수 없는 사이였다.

그랬기에 그녀는 특별히 잘못한 일이 없음에도 불구하고 은근히 찔려, 앉아 있는 자리가 가시방석처럼 느껴지기 시작했다.

"어머나, 그래서 그러셨구나. 제가 떠들어서 나쁜 놈이 달아날까 봐. 호호호."

과장되게 소리 높여 웃으며 아름이 유난을 떨자 그는 눈을 가늘게 떴다.

"그동안 궁금했었는데 사건의 진실을 알았으니까 이제 됐네요. 그럼 저, 가 볼게요. 식사 정말 맛있었구요. 아까 음료 사 주신 것도 고마웠어요. 다음에 또 기회가 되면……."

그녀가 한 손으로 핸드백을 집으며 엉덩이를 의자에서 떼자마자 그가 낮은 어조로 말했다.

"앉아."

"저기, 제가 갑자기 급한 일이 생각나서 그만 가 봐야……."

그녀의 말이 끝나기도 전에 그가 날카로운 어투로 말했다.

"앉으라고."

아름은 쏜살같이 이 자리에서 도망을 가야 할지 그의 말대로 앉아야 할지 결정을 내리지 못하고 엉거주춤한 포즈를 취하고 있었다.

"갈 땐 가더라도 줄 건 주고 가야지."

"네?"

그의 말에 의문부호를 던지며 그녀는 슬며시 의자에 엉덩이를 다시 붙였다.

"뭘 달라는 말씀이신지……."

그가 그녀를 향해 손을 내밀었다.

"왜 내 것만 받고 입을 싹 닦아. 너도 내놔야지, 명함."

"아, 명함! 명함이요. 드려야죠. 물론 드려야 되는데……."

그녀는 최대한 자신에 대해서 그에게 알리지 않고 이 자리를 벗어나고 싶었다. 그래서 말도 안 되는 핑계를 댔는데…….

"저 회사에 들어간 지 얼마 안 돼서요. 명함이 없어요."

"뒤져서 나오면……."

그가 커다란 손을 들어 올리더니 그녀의 눈을 뚫어져라 보면서 손가락을 하나씩 접어 주먹을 쥐었다.

"이걸로 맞는다!"

허걱! 놀란 그녀는 당황한 표정으로 핸드백을 열었다. 지갑에서 명함을 꺼내 공손히 두 손으로 받쳐 들고 그에게 내밀었다.

"어디서 꼼수를 쓰고 있어. 쯧!"

기분 나쁘다는 표정을 있는 대로 내보이며 혀를 찬 그가 명함을 쓱 훑어보았다.

"AD컨설팅? 뭐야? 너 여기 직원이야?"

그 말인즉슨 그가 아름이 다니는 회사를 알고 있다는 뜻이었다. 그래도 매사 무슨 일이든 확인사살은 기본인지라, 그녀는 얼굴 가득 미소를 띠우며 질문을 던졌다.

"네. 직원이에요. 우리 회사 아세요?"

"어. 알아."

"어떻게요? 혹시 전에 같이 일을 했다거나……."

혹시나 친분이 두텁지 않을까 하는 기대를 하며 물어보았건만.

"그렇게까지 훈훈한 사이는 아니고."

돌아오는 대답은 참으로 야멸차고 쌀쌀맞았다.

"거기 한 부장님을 좀 알아."

"한 부장님을 안다고요?"

"어. 한 부장님이, 예전에 형사였잖아."

"정말이에요?"

이건 또 웬 굿뉴스야?

그녀는 새롭게 알게 된 사실에 흥분해 목소리를 높였다.

"회사에서는 예전에 한 주먹 하는 건달이었다는 소문이 있던데요."

"그렇다고 볼 수도 있지. 범인이고 용의자고 가리지 않고 취조실에 끌려 들어오면 선빵부터 날렸으니까. 그래서 별명이 건달이었어. 하는 짓이 건달하고 똑같다고."

"그런데 어쩌다 그런 분이 우리 회사에 와 있대요?"

"글쎄, 어떤 사건에 연루돼서 형사생활 접었다는 말만 들었지. 그 일은 내가 햇병아리 때 일어나서 자세히는 모르겠고, 한 부장님도 그 일은 말하기 싫어하시던데……."

"그랬구나. 어쩐지 포스가 남다르시다 했더니."

회사에 일거리가 생기면 한 부장은 거의 천재적인 능력으로 정보를 수집해 오곤 했다. 어떨 때는 도대체 저런 정보를 어디서 물어 오는 걸까 하며 궁금해한 적도 있었다.

이제 보니 그게 다 형사 시절의 **빽**과 인맥을 동원한 결과였던 거였다. 아무튼 우리나라는 **빽**과 인맥 없으면 안 된다니까.

"그것보다 지금 우리가 한 부장 얘길 할 때인가?"

드디어 본론이 시작되었다는 걸 직감한 아름이 두 주먹을 꼭 움켜쥐고 턱을 **뻣뻣**이 들었다.

검사를 조심해야 하는 건 사실이지만 그렇다고 무작정 쫄려서 덜덜 떨 필요는 없었다. 그녀가 아직 법을 어기지 않은 한은. 그런 생각으로 조금은 과감해진 그녀가 그에게 건방진 말투로 물었다.

"무슨 얘길 하고 싶으신 건데요?"

"일단은 사과부터 받아야겠지?"

"무슨 일에 대한 사과요?"

"내가 일일이 말을 해야 아나? 그날 네가 한 일을 떠올리면 주르륵 죄목이 나오지 않아?"

"뭔 소릴 하시는 거래요? 뭔 죄목이요? 아니, 내가 뭔 죄를 지었는데요?"

닭 잡아먹고 오리발 내민다고, 그녀는 펄쩍 뛰면서 자신의 죄를 부인했다.

"그날 너 때문에 그놈이 그냥 튀어 버렸거든. 그리고 그것뿐이면 내가 말도 안 해. 그때 미끼 역할을 했던 여자도 사라져 버렸다고."

"여자한테 미끼 역할을 맡겼다고요? 아니 도대체 어떤 놈을 잡겠다고 여자를 미끼로 쓰기까지 했대요?"

"마약판매책이었어, 그 나쁜 놈. 미끼 역할을 맡은 여자는 그놈이 잘 다니는 술집 여 종업원이었고. 마약을 사겠다고 그놈을 유인해서 판매하는 현장을 덮치려고 작전을 짰던 건데……."

헐! 그녀는 그의 설명에 할 말을 잃어 입만 딱 벌렸다.

"그 작전 실패하는 바람에 난 옷 벗을 뻔했거든. 너 때문에!"

"그게 왜 나 때문이에요? 내가 뭐 그날 거기서 그런 일이 있는 거 알기나 했나요?"

억울하다는 표정을 얼굴 가득 깔고 그녀는 반항을 시도했다.

"당연히 몰랐겠지. 몰랐으면 내가 조용히 하라고 했을 때 조용히 했어야지."

"하! 말도 안 돼요. 누가 그런 상황에서 변태…… 앗! 죄송합니다. 아무튼 조용히 말을 듣겠어요. 차라리 입 틀어막지 말고 상황 설명을 하지 그랬어요?"

"그 급박한 상황에서 설명을 하라고? 그것도 방방 뛰면서 소리 지르고 있는 여자한테 '저 서울지검 검사입니다. 지금 이 건물에서 나쁜 놈을 검거하려고 하오니 최대한 조용히 해 주시기 바랍니다.' 그러라고? 그러다 그놈이 그 말을 듣고 그대로 튀면 어쩔 건데?"

"작전 다 망치는 거겠죠."

"그리고 또 내가 그렇게 말했으면 넌 '어머, 그러세요. 잘 알겠습니다.' 그러면서 조용히 했을 것 같아?"

당근 그건 절대 아니다. 그때 당시 그녀는 명훈을 잡는 데 혈안이 되어 있었으므로 그가 다가와 무슨 말을 해도 제대로 듣지 않았을 게 뻔했다. 아마도 '웬 미친놈이 헛소릴 하고 난리야.' 라는 식으로 씹어 버리고 말았을 거다.

"아니, 그러면 최소한 입 틀어막고 난 뒤라도 말 좀 예쁘게 하시지 그랬어요?"

"뭐?"

"당신 그때 나한테 뭐라고 한 줄 알아요? '소리 지르지 마.', '시키는 대로만 하면 다칠 일은 없어.' 아마도 그렇게 말했죠?"

"그게 뭐?"

그가 뻔뻔한 표정으로 반문하자 그녀는 어이가 없었다.

"그게 뭐라뇨? 그렇게 <u>으스스</u>한 목소리로 그런 소리를 하는데 겁먹지 않을 여자가 어디 있어요? 그것도 목 졸라 가면서. 입을 막았다 쳐도 목은 조르지 말던가. 아니면 존댓말로 정중하게 부탁을 하던가. 그랬으면 오해를 안 했을 거 아니냐고요."

"그거야 뭐, 네가 학생처럼 보여서 그랬던 거지."

"내가 학생처럼 보였다고요?"

그 말인즉슨 그녀가 나이보다 어려 보였다는 뜻이다.

학교 다닐 때는 빨리 나이 먹고 어른이 되었으면 하는 생각을 했지만 정작 나이 먹고 어른이 되자 다시 학창 시절로 돌아가고 싶었다. 하지만 세월을 거꾸로 돌릴 수는 없는 법. 그런데 그에게서 학생처럼 보였다는 말을 듣자 왠지 모르게 기쁜 마음이 들었다.

30살이나 되어서 20대 때도 듣지 못했던 말을 들으니 저도 모르게 그녀의 얼굴 가득 미소가 떠올랐다.

"그 말, 정말이에요?"

약간의 기대감을 가지고 그녀가 다시 묻자 그가 공연히 헛기침을 했다.

"복도가 어두워서 그렇게 보였다는 거지. 옷 입은 것도 그렇고 몸집도 작고. 그리고 안았을 때 그…… 볼륨감이 좀……."

콰콰콰쾅! 콰콰콰쾅! 아름의 머릿속에서 베토벤의 '운명 교향곡'이 울려 퍼졌다.

그러니까 뭐야, 이 남자 말은. 내가 쭉쭉빵빵 글래머러스한 미녀가 아니라서 학생인 줄 알았다, 뭐 그런 소리야? 오, 마이 갓! 지금 이 말! 완전 인신공격 맞지?

그녀의 표정이 싸늘하게 굳는 걸 본 그는 갑작스럽게 자신의 목을 조르는 것만 같은 살기를 느꼈다.

그녀는 입을 꾹 다문 채, 팔짱을 끼고 날카로운 눈빛으로 그를 쏘아보고 있었다.

"아니. 물론 지금은 그렇게 보이지 않지만……."

바로 수습에 돌입했지만 이미 버스는 떠난 뒤였다. 굳은 그녀의 표정은 좀처럼 풀어질 생각을 안 했고, 말투 또한 딱딱하고 쌀쌀맞았다.

"그래서 반말을 찍찍 하셨다구요. 그래요, 좋아요. 그땐 그랬다고 쳐요. 그런데 아까 다시 만나서도 줄곧, 계속, 반말하시던데요."

적의감을 있는 대로 내보이며 그녀는 그를 공격했다.

"왜요? 지금도 제가 학생처럼 보여서 그러신 건가요? 아니면 제 몸에 볼륨감이 없어서?"

고개를 삐딱하게 꼬고 어깨를 으쓱인 뒤 그녀는 연신 비꼬는 어조로 말을 했다.

"제가 생각해도 제가 좀 볼륨감이 떨어지긴 하죠. 삐쩍 말라서 나무 꼬챙이 같다는 소릴 자주 들으니까. 그래도 이 몸이 나올 덴 다 나오고 들어갈 덴 다 들어간 몸이거든요?"

물론 간혹 안 나와도 될 데가 나오긴 하지만.

"이봐. 그건……."

승호는 자신이 생각해도 큰 실수를 했다는 생각이 문득 들었다. 다 큰 성인 여자를 앞에 두고 볼륨감이 어쩌고 했으니……. 잘 나가다가 말 한마디로 꼬투리를 잡혀 순식간에 궁지에 빠지고 말았다. 그는 이 사태를 어찌 수습해야 할까 하는 생각에 때아닌 난처함을 느꼈다.

"그건 나도 알아. 조금 전에 안아 봤을 때 분명히 느꼈으니까."

"뭐가 어째요?"

쿵! 탁자를 두 손으로 짚으며 그녀가 벌떡 일어섰다. 분노 게이지가 마구 상승해 부글부글 끓어오르고 있었다. 조금만 더 지난다면 아마 화산처럼 폭발해 용암이 되어 마구 흘러넘칠 것만 같았다.

그는 벌겋게 달아오른 얼굴로 시근덕거리는 그녀를 슥 올려다보고 쓴웃음을 짓고 말았다. 엄청나게 일이 꼬인다. 오늘따라 왜 이렇게 말이 어긋나는지.

"흥분하지 말고 앉아."

"당신하고 더는 얘기하고 싶지 않아요."

"이봐……."

"보긴 뭘 봐요. 저 그만 가 볼게요."

그녀의 말이 떨어짐과 동시에 벌떡 일어난 그가 손을 뻗어 그녀의 팔을 잡았다.

"내 얘기 아직 안 끝났어."

강한 손힘에 놀란 그녀가 눈을 동그랗게 떴다. 뿌리치려 했지만 꼭 잡은 손은 끄떡도 하지 않았다.

"한 번 더 맞아 보실래요?"

그녀의 말에 그는 또다시 쓴웃음을 지었다.

"미안. 내가 말이 심했어."

그가 사과를 하자 그나마 기분이 조금은 풀린 듯했다.

"나 엄청 기분 나쁘다고요."

"미안하다니까. 일단 같이 나가자고."

"뭘 같이 나가요?"

"집까지 바래다줄게."

평소 같으면 '저도 차 있거든요.'라고 말했을 텐데, 오늘은 차를 가지고 나오지 않았다. 호텔 앞까지 태워다 주면서 제니퍼는 맞선 상대가 집까지 데려다줄 테니 걱정할 필요 없다고 말했다. 그 맞선 상대가 자리에 안 나올 거라는 예상은 전혀 못한 채.

자존심 세우기와 편안함. 두 가지를 놓고 저울질하다가 그녀는 결국 편안함 쪽을 선택하고 말았다. 어차피 그가 사과를 했으므로 더 이상 자존심을 세우겠다고 화를 내는 일도 무의미하게 느껴졌으니까.

호텔 밖으로 나온 그녀는 뺨을 후려치는 강한 바람에 어깨를 움츠렸다. 저녁까지도 멀쩡했던 날씨가 변덕을 부려 삽시간에 을씨년스럽게 변해 있었다.

잔뜩 멋 낸다고 투피스 위에 얇은 코트 하나만 걸친 그녀는 추위를 느꼈다.

"추워?"

어깨를 잔뜩 움츠린 그녀를 본 그가 물었다.

"아뇨, 괜찮아요."

씩씩한 척 말은 했지만 옷 속으로 파고드는 찬바람은 몸을 꽁꽁 얼어붙게 만들 정도였다.

"밤부터 추워지고 비 온다던데."

혼잣말을 하듯 중얼거리는 그의 말을 듣고 그녀는 뜨악했다.

비! 비가 온다고? 거기다 추워지기까지? 아우, 제니퍼. 왜 이렇게 얇은 옷을 입혀 놓은 거야? 치마도 짧아서 허벅지며 종아리도 시렵고…… 오늘 날씨 검색도 안 했냐? 맞선 보다가 나 얼어 죽겠다. 아니, 사실은 제대로 맞선을 본 것도 아니지만.

"잠깐 서 봐."

그래도 용감하고 씩씩하게 걸음을 옮기려던 그녀의 어깨를 그가 두 손으로 잡았다. '왜요?' 하는 표정으로 올려다보자 그가 그녀를 세워 놓고 코트를 벗었다. 그리고 그녀의 어깨에 턱하니 걸쳐 주었다.

"아, 저…… 괜찮은데요."

조금은 뻘쭘한 느낌에 그녀는 작은 소리로 말했다.

"얼굴이 파랗게 변했어. 잠깐만 기다려. 차 가지고 올 테니까."

그녀가 아무 말도 못하고 있는 사이 그는 휙 몸을 돌려 걸어가기 시작했다. 어깨에 덮힌 코트에서 따뜻한 온기가 느껴졌다. 그리고 좋은 향기도.

몸 쪽으로 코트를 꼭 여미고 얼굴까지 푹 파묻은 채 그가 남긴 온기를 느끼고 있을 때 검은색 차 한 대가 스르르 미끄러지듯 앞에 멈춰 섰다. 운전석에서 내린 그는 차를 돌아 그녀 앞으로 다가왔다.

"가자구."

"네."

얌전히 대답한 그녀는 그를 따라 차 앞으로 다가갔다. 매너 있게 조수석 문을 열어 준 그는 그녀에게 타라는 듯 손짓을 했다.

"저, 이거……."

그녀는 코트를 벗어 그에게 건네줬다. 몸을 후려치는 찬바람에 벗고 싶지 않았지만.

그녀가 좌석에 앉자 그는 코트를 입는 대신 그녀의 무릎 위에 덮어줬다. 그리고 조수석 문을 닫았다.

내가 이런 대접을 받아 본 게 얼마만이지? 아니, 처음인가?

그녀는 조금은 멍한 표정으로 차 앞을 걸어가는 그를 바라봤다. 운전석에 앉은 그가 그녀를 돌아보고 싱긋 웃었다.

"벨트 매."

"네."

또다시 얌전하게 대꾸한 그녀가 안전벨트를 채웠다. 차를 출발시킨 뒤 얼마 지나지 않아 그가 물었다.

"집이 어디야?"

"당신은 집이 어딘데요?"

"연희동."

연희동이면 우리 집까지 왔다가 가면……. 차가 안 막힌다 해도 한 시간 반은 너끈히 걸리는 거리였다. 만약 차가 막힌다면 그는 오늘 밤 안에 집에 들어갈 수 없을지도 모르는 일이었다. 그렇다면……. 그녀는 곰곰이 생각하다 입을 열었다.

"영등포쯤에서 내려줘요."

"집이 그쪽인가?"

그렇다고 말할 수도 있었지만 거짓말은 하기 싫었다.

"아뇨."

"그런데 왜? 그쪽에 무슨 볼일이라도 있나?"

그녀는 아무 대답 없이 창밖으로 시선을 돌렸다.

늦은 밤이었다. 불이 환히 켜진 시가지가 차창 밖으로 흘러간다.

그녀는 옆에 나란히 있는 버스를 올려다봤다. 창에 머리를 기댄 채 잠이 든 젊은 여자의 모습이 보였다. 꽤 피곤한지 덜컹거리면서 버스가 달리고 있는데도 여자는 곤히 잠에 빠져 있었다.

신호에 걸려 차가 멈춰 서자 여자의 고개가 앞으로 푹 숙여졌다. 아마도 버스가 브레이크를 밟아 그 충격에 의해 그런 것일 듯.

그 모습을 보고 있던 그녀는 저도 모르게 아슬아슬한 기분이 느껴졌다.

잠시 놀란 듯 눈을 뜨고 두리번거리던 여자가 다시 눈을 감고 창에 머리를 기댔다.

또 자려는 걸까? 그런 생각을 하다가 그녀는 그만 피식 웃고 말았다.

"왜 웃어?"

슬쩍 그녀를 바라본 그가 물었다.

"아니에요. 아무것도."

그 여자의 모습이 예전의 자신의 모습과 닮아서, 그녀는 그래서 웃었던 거였다. 그녀도 전에는 매일같이 만원 버스나 콩나물시루 같은 지하철을 타고 출근했다.

지금 있는 회사로 옮기고 나서야 그녀는 차를 구입했다. 좀 더 손쉽게 일을 하기 위해 기동력이 필요했기 때문이다. 차도 연식 오래된 중고차라, 겉모양만 그럴 듯했지 삑 하면 고장이 나고는 했다. 그런 그녀가 지금은 잘사는 남자를 만나서 고급 승용차를 타고 집으로 돌아가고 있는 거였다.

여자 팔자는 뒤웅박 팔자라는 옛 속담도 있다더니. 젊은 여자들이 재벌집 남자를 만나 결혼하고 싶은 마음도 십분 이해가 되었다. 하루아침에 팔자가 바뀌어 손가락에 물 한 방울 묻히지 않고 편한 사모님 신세가 될 수 있으니까.

그런 점 때문에 제니퍼도 억지로라도 그녀를 강 회장님과 엮어 놓고, 좀 산다는 집안의 자제들과 맞선을 보라고 부추기고 있는 것 아닐까.

이런저런 생각들로 가슴이 답답하고 무거워져 그녀는 한숨을 푹 내쉬었다.

"왜 그래?"

그녀의 한숨 소리를 들었는지 그가 물었다.

"그냥 좀…… 답답해서요."

"그럼 바람이나 좀 쏘일까? 마침 강변 옆인데."

"아니에요."

그녀는 화들짝 놀라 말했다.

"괜찮아요. 그리고 지금은 너무 늦었어요."

"흠. 그렇다면 다음 기회에 가 보도록 하지."

다음 기회. 그녀는 앞 도로에 시선을 주고 있는 그를 가만히 바라보았다.

다음 기회가 또 있을까.

그의 옆모습은 꽤 단정했다. 일반적인 사람들의 눈으로 보면 잘생겼다. 눈빛이 조금 매섭게 느껴져 훈남 이미지는 아니었지만, 여자들에게 인기는 많을 것 같았다.

말하는 건 좀 싸가지 없어 보이지만, 조금 전 자신에게 코트를 덮어 주고 차 문을 열어 주는 걸 보면 기본적인 매너는 갖춘 듯했다. 그리고 잠깐 안아 본 그의 몸은……

생각만으로도 얼굴이 발갛게 달아올라 그녀는 그에게서 시선을 돌렸다.

"그쪽에는 왜 가는데?"

"네?"

그녀는 미처 대답할 말을 찾지 못했다.

"급한 일 아니면 다음으로 미루는 게 어때? 밤도 늦었는데."

"잠시 들리기만 할 거라서요."

"그럼 내가 기다렸다가……"

"아뇨. 아니에요."

그가 말을 끝내기도 전에 그녀가 강한 어조로 말했다.

"그럴 것까지는 없어요."

갑자기 선영이 밖에서 애인이 기다린다는 말을 했던 게 생각났다.

혹시 이 여자도 애인을 만나려는 걸까. 맞선이 어떻게 되었는지 보고하기 위해 밤늦은 시간이라는 것도 아랑곳없이 찾아가는 걸까. 그런 생각이 들자 그는 약간 복잡한 기분이 되었다.

왜 그녀에게 그리 신경을 쓰는 건지 그 자신도 알지 못했지만 그저 나 몰라라 하고 버려두고 싶지는 않았다. 그리고 검사로서의 촉이 그녀가 무언가 숨기고 있는 것 같다고 알려 주고 있었다.

핸들을 움켜쥔 손에 힘을 주고 그는 가속페달을 밟으며 아무렇지도 않다는 어조로 말을 건넸다.

"누구 만나려고 가는 건가?"

"웬 관심이세요?"

톡 하니 쏘는 목소리. 기분 나쁘다는 투가 고스란히 묻어나고 있었다.

"이상하잖아. 다 늦은 밤에 집도 아닌 곳에 간다는 게."

"이상하던 말던 당신이 신경 쓸 일은 아니잖아요."

"혹시 알아? 범죄에 연루된 어떤 행동을 할지."

"범죄요?"

"거기 우범지대거든. 오밤중에 사건 많이 나기로 유명한 곳."

그녀가 가고자 하는 곳은 영등포 지하철역이었다. 그곳에서 지하철을 타고 집으로 갈 생각이었다. 그런데 무슨 우범지대가 어쩌고 저쩌고 하는 걸까.

"검사님. 너무 직업의식을 발동시키고 있는 것 같네요. 그런 일 없으니까 쓸데없는 걱정하지 마시죠."

"내가 걱정하는 건 네가 만나는 상대지. 나처럼 두드려 맞지 않을까 싶어서."

"장난하세요?"

"하하. 그냥 보내기 걱정돼서 그러잖아. 집 앞까지 데려다주고 안으로 들어가는 거 확인하고 싶어서."

진심인 걸까? 그녀는 또다시 운전에 집중하고 있는 그의 얼굴을 가만히 바라봤다. 그리고 시선이 무릎 위에 덮인 코트에 가 닿았다. 이 사람…… 생긴 거나 행동하는 것과 달리 마음은 따뜻한 사람인 걸까?

"정말, 내가 걱정돼서 그러는 거예요?"

"응. 안전하게 모셔다 드리고 가야 마음이 놓일 것 같아."

진지한 말투가 그녀의 마음에 작은 파문을 일으켰다.

"당신이 정 마음에 걸리면…… 그냥 집으로 바로 갈게요."

그의 얼굴에 슬며시 미소가 생겨났다. 자신의 뜻대로 돼서 좋아서 웃는 걸까? 그런 생각도 잠깐 들었지만 그의 미소가 보기 좋아 그녀는 아무 말 없이 마냥 바라보기만 했다.

그에게 집주소를 말해 준 뒤, 그녀는 좌석에 몸을 푹 파묻었다. 차 안에는 부드러운 음악이 흐르고, 히터를 켜 놓았는지 따뜻했다. 그리고 그녀가 생각했던 것보다 훨씬 더 그는 운전을 잘했다. 마치 얼음 위를 미끄러져 가듯이 차는 별 진동 없이 앞으로 달려 나가고 있었다.

처음 차를 탔을 때 조금 불안한 심정이었던 그녀도 지금은 마음을 놓고 창밖으로 눈길을 돌렸다. 눈꺼풀이 무겁게 느껴지고 그녀는 어느새 얕은 잠에 빠져들었다. 자다 깨다를 반복하던 그녀는 귓가에 '톡, 톡' 하는 소리가 들리자 실눈을 떴다.

차창에 물방울이 생겨나고 와이퍼가 슥 움직여 그 물방울들을 닦아 낸다. 그리고 또다시 물방울이 생겨나고. 반복적으로 계속되는 모습을 멍하니 보던 그녀가 입을 열었다.

"비 와요?"

"음. 요새 일기예보는 아주 정확하네. 비도 온다는 시간에 딱 맞춰서 오고."

"나, 우산 없는데."

당장 비를 맞지 않을까 하는 걱정에 그녀의 이마가 살짝 찌푸러 들었다.

"걱정할 거 없어. 비 안 맞도록 아파트 주차장까지 바로 모셔다 드릴 테니까."

"비 오면 운전하기 힘들죠?"

걱정되는 마음에 그녀가 작은 목소리로 묻자 그의 입가에 또다시 보기 좋은 미소가 생겨났다.

"괜찮아. 난 운전하는 거 좋아해서 비가 오든, 눈이 오든 그런 거 개의치 않으니까."

그녀는 생각했다. 나하고는 정반대구나. 그녀는 차를 가지고 다녔지만 운전하는 걸 즐기지는 않았다. 그저 필요하니까 어쩔 수 없이 하는 것뿐이었다.

전에는 그래도 그럭저럭 견뎠는데 요새는 장시간 운전을 하면 무릎도 아프고, 허리도 아팠다. 나이를 먹어서 그러나……. 그런 생각에 씁쓸한 기분을 느끼고 있는데 별안간 핸드백 안에서 벨소리가 들려왔다.

깜짝 놀란 그녀는 핸드백을 열고 핸드폰을 꺼냈다. 액정에 표시된 '마녀' 두 글자를 보자 피식 실소가 흘러나왔다.

어쩐지 조용하다 했더니 그냥 넘어갈 일이 없지. 맞선이 어찌 됐는지 궁금해서 전화한 게 분명했다. 내일 전화해도 될 것을 하루도 못 참고 이 늦은 밤에 전화를 하다니. 성질 급한 건 승빈이나 제니퍼나 똑같았다.

"전화 안 받아?"

벨소리를 줄여 놓고 어떻게 할까 잠시 고민하고 있는 사이 그가 물었다. 핸드폰을 들여다보기만 하고 받지 않으니 이상한 생각이 들었나 보다.

그녀는 마음을 다잡아먹고 전화를 받았다.

"여보세요?"

— 어떻게 됐어?

대뜸 본격적인 질문부터 던진다.

"뭐가 어떻게 돼?"

그녀는 뾰로통하니 대꾸했다. 그리고 눈치를 보듯 그의 얼굴을 슬쩍 바라다보았다.

― 맞선 말야. 어떻게 됐냐고. 잘 됐어?

귓가에 들려오는 제니퍼의 음성보다 의미를 알 수 없는 미소를 짓고 있는 그가 더 신경 쓰였다.

이 남자. 뭐야? 어째 은근히 즐기고 있는 것처럼 느껴지는 건 내 착각인 건가? 아름은 공연히 신경질이 솟구쳐 빽 소리를 지르고 말았다.

"잘 되긴 뭐가 잘 돼? 상대가 나왔어야 뭐가 잘 되던지 말던지 할 거 아냐!"

― 무슨 말이야? 맞선 상대가 안 나왔다는 말야?

"그래. 안 나왔어. 아예 코빼기도 못 봤다고."

씩씩거리면서 말한 그녀의 눈길이 또다시 자연스레 그에게로 향했다.

― 어떻게 된 거지. 그럴 리가 없는데.

"그럴 리가 없긴 뭐가 그럴 리가 없어. 어쨌든 이건 내 잘못 아니야. 분명히 알아 둬."

― 얼마나 기다렸는데? 금방 일어난 거 아냐?

"한 시간하고도 반이나 기다렸거든."

이를 반쯤 악물고 씹어뱉듯이 그녀가 말을 하자 그가 쿡쿡 소리를 내며 웃었다.

뭐야? 이 인간이 왜 웃고 그래? 지금 고소하다고 웃은 거 맞지?

그녀는 살짝 약이 올라 주먹으로 그의 팔을 툭 쳤다. 그가 그녀를 획 돌아보고 입 모양만으로 '아야' 소리를 냈다. 그런 그의 얼굴 앞에 그녀는 주먹을 꼭 쥐고 들어 보였다.

― 분명 무슨 일이 있었을 거야. 그래. 피치 못할 사정 때문에 못 나온 거겠지.

"그랬으면 미리 연락이라도 했어야지. 전화는 무슨 국 끓여 먹을 때

쓰라고 있는 건 줄 알아?"

새삼 한 시간 반 동안이나 맞선 상대를 기다리고 있었을 때의 심정
이 되살아나 그녀는 또다시 주먹으로 그의 팔을 쳤다. 그가 이번에는
인상을 쓰면서 '왜'라는 입 모양을 해 보였다.

— 난 아가씨가 연락이 없길래 잘 되고 있는 줄 알았지. 미리 전화
를 하지 그랬어. 지금 어디야? 집이야?

그녀는 핸드폰을 귀에 댄 채 승호를 똑바로 바라보았다.

"그게 저기…… 집은 아니고."

마른침을 꿀꺽 삼키고 그녀는 재빠르게 말을 이었다.

"아는 사람을 좀 만나서…… 지금 집에 가는 길이야."

— 아는 사람 누구? 남자야?

흥미 가득한 제니퍼의 음성에 그녀는 질끈 눈을 감았다. '여자거든'
이라고 소리치고 싶었지만 그랬다가는 옆에 있는 남자가 난리를 칠 것
이 분명하므로 아름은 은근슬쩍 말을 돌렸다.

"신경 끄셔. 뭘 그렇게 꼬치꼬치 캐묻고 그래?"

— 반응을 보니 남자 맞구나. 그렇지?

"나 지금 기분 무지 안 좋거든. 그러니까 전화 끊어."

말을 끝내고 그녀는 잽싸게 전원 버튼을 눌러 핸드폰을 꺼 버렸다.

"맞선 주선한 사람 전화 같은데, 그렇게 받아도 되는 건가?"

그가 실실 웃으면서 말을 건네자 그녀는 도끼눈을 해보였다.

"당신도 신경 끄세요. 아까 일 생각나서 진짜로 기분 안 좋으니까."

"아, 예. 알겠습니다."

능청스럽게 대꾸한 그는 입을 꾹 다물었다. 그리고 아파트 앞에 도
착할 때까지 정말로 한 마디도 하지 않았다.

"자, 도착했습니다."

주차장에 차를 세우고 그가 시동을 끄려 하자 그녀는 그의 팔을 잡

있다.

"설마 집 앞까지 같이 갈 생각은 아니죠?"

"그럴 생각인데?"

"됐어요. 엘리베이터만 타면 되는데 그럴 거 없어요."

그가 살짝 이마를 찌푸리는 걸 보고 그녀는 입가에 미소를 지었다.

"늦은 시간이잖아요. 집까지 가려면 오래 걸릴 텐데, 그냥 가요. 설마 집이 코앞인데 여기서 무슨 일 있겠어요?"

그녀는 가볍게 말을 했지만, 그의 생각은 다른 듯했다.

"그 설마가 사람 잡는다는 말 못 들어 봤어?"

"걱정 놓으세요. 혹여 누가 달려들던가 하면 바로 집어 던져 버릴 테니까요."

그가 장난스러운 미소를 지으며 말했다.

"그러니까…… 그 달려드는 인간이 걱정돼서 그런다니까."

"어우, 정말!"

그녀는 다시 주먹을 꼭 움켜쥐고 그의 팔을 툭 쳤다.

"말끝마다 매를 부르시네요."

"엘리베이터 타는 것만 볼게."

그는 손을 뻗어 버튼을 눌러 시동을 껐다. 고집을 꺾지 않는 그의 행동에 그녀는 어쩔 수 없다는 듯 고개를 끄덕였다.

"알았어요."

차 문을 열고 나오기 전 그녀는 무릎 위에 덮고 있던 코트를 얌전히 접어 좌석에 내려놓았다. 따뜻하게 몸을 감싸고 있던 코트가 사라지자 드러난 맨다리가 더 춥게 느껴졌다.

"오늘 고마웠어요. 여러 가지 의미로."

엘리베이터를 향해 걸어가며 그녀는 중얼대듯 말했다.

"흠!"

들려오는 소리에 그녀는 바짝 고개를 쳐들었다.

"무슨 뜻이에요? 그 '흠!' 은?"

"별로 고맙게 느껴질 만한 행동을 한 것 같지 않아서."

"충분히 고마웠어요."

엘리베이터 앞에 멈춰 서자 그는 손을 뻗어 버튼을 눌렀다. 그리고 심각한 표정으로 입을 열었다.

"정말 그렇게 생각해?"

왜 그런 질문을 하는 걸까. 의아한 생각에 그녀가 그를 향해 돌아서려 할 때였다. 그의 손이 그녀의 어깨를 잡고 확 자신 쪽으로 끌어당겼다.

"엄마야!"

작은 외침과 함께 그녀의 몸이 그의 품 안에 갇혀 버렸다. 그의 커다란 손이 그녀의 머리를 감쌌다. 그리고 쓰다듬듯이 어루만졌다.

"오늘 맞선 본 일은 잊어버려. 사람이 살다 보면 이런 일도 있고, 저런 일도 있는 거니까."

그는 그녀를 위로하고 있었다. 아무 말 없이 그의 어깨에 얼굴을 댄 채, 그녀는 침만 꼴깍 삼켰다.

"너무 마음에 담아 두지 마."

그는 말을 하며 자신도 그럴 거라 생각했다. 애인이 있다면서 맞선에 나온 여자 따위. 기억에서 다 지워 버리고 불쾌했던 기분마저도 없애 버릴 것이다.

그래도 그는 맞선을 보러 나온 덕에 한 가지 수확은 올렸다고 여겼다. 그녀를 만났으니까. 불행 중 다행이라는 생각이 들었다. 그녀는 반대로 생각하고 있을지도 모르겠지만.

"나도 알아요."

그가 팔을 풀자 한 걸음 뒤로 물러선 그녀는 어색하게 미소를 지었다. '딩동' 하는 소리와 함께 엘리베이터가 도착하고 그녀는 안쪽으로 향했다.

"안녕히 가세요. 운전 조심하시고요."

"또 만나."

그가 한 손을 들어 올리면서 말했다. 문이 닫히고 엘리베이터가 움직이기 시작하자 그녀는 고개를 갸우뚱거렸다.

'또 만나.' 그는 그렇게 말했다. 분명히. 그녀가 잘못 들은 건 아니었다.

또 만나자고? 갑자기 심장이 벌렁거리면서 콩닥콩닥 뛰기 시작했다. 지금이라도 엘리베이터를 멈추고 달려 내려가 그를 붙잡고 물어보고 싶었다. 날 다시 만날 생각이냐고.

핸드백을 꼭 움켜잡고 입술을 깨문 그녀는 눈을 꼭 감았다. 잠시 마구 뛰어 대는 심장을 진정시킨 그녀는 벨소리와 함께 엘리베이터가 멈추자 밖으로 나왔다.

현관문 앞에 서서 그녀는 잠시 망설였다.

지금이라도 내려가 볼까? 아니면 전화를 해 볼까? 핸드백을 열고 그가 준 명함을 꺼냈다.

"주승호……."

명함에 찍힌 그의 이름을 가만히 불러 봤다.

"하아—"

크게 한숨을 내쉰 그녀는 갈팡질팡 마구 어지러워지는 마음을 가라앉히려 애썼다. 그리고 비밀번호를 누르고 현관문을 열었다. 거실 소파 위에 앉으면서 그녀는 탁자 위에 명함을 놔두었다. 그리고 기운이 다빠진 듯 힘없이 몸을 옆으로 뉘였다.

두장

　가끔 그가 생각났다. 인상을 쓰면서 화를 내는 모습도. 미소를 지으며 웃는 모습도.

　바쁘게 뛰어다니다 잠깐 한숨 돌리게 되면 여지없이 그가 생각났다. 특히 지금처럼 한가할 때는 더욱더 그가 생각났다.

　커피 잔을 들고 창가에 선 채 그녀는 작게 한숨을 내쉬었다. 급한 일을 끝내 놓고 그녀는 오랜만에 한가한 시간을 즐기고 있었다. 지난주까지 썼던 경비의 영수증과 거래명세서 등의 서류만 처리하고 나면 정말 주말다운 주말을 보낼 수 있을 것 같았다.

　그를 만난 뒤로 벌써 2주나 지난 뒤였지만 그녀는 아직까지도 그의 생각에서 헤어 나오지 못하고 있었다.

　반쯤 식어 버린 커피를 마신 뒤, 그녀는 또다시 깊은 한숨을 내쉬었다.

　전화라도 해 볼까? 그냥 안부전화. 잘 있었냐고 물으면 그는 뭐라고 할까.

　그런저런 생각들로 머리가 복잡해져 그녀는 창에 이마를 기댔다. 뜨거위진 머리를 식히기라도 하려는 듯.

끼익— 문소리가 나고 경리과의 지현이 들어왔다.

"강 대리님."

밝은 미소를 지으며 가까이 다가온 지현이 종이 한 장을 내밀었다.

"드디어 나왔습니다, 월급명세서."

"땡큐!"

지현에게서 월급명세서를 받아 든 그녀는 재빨리 총액부터 확인했다. 과연 이번 달에는 실적 수당이 얼마나 될까? 금액을 확인한 그녀는 놀라는 표정으로 지현을 봤다.

"꽤 많죠?"

"그러네. 이게 웬일이야? 우리 짠돌이 사장님께서 드디어 개과천선을 하셨나?"

"호호호."

그녀의 말에 지현이 소리 내어 웃었다.

"아니에요. 그거 한 부장님이 넣으라고 하셨어요. 저번에 강 대리님 고생하셨다면서."

맞다! 특별보너스. 그 뒤로 아무 말이 없기에 그녀는 사실 속으로 꿍하고 있던 참이었다. 그런데 한 부장은 잊지 않고 챙겨 주었던 거였다.

"나중에 만나면 고맙다는 인사라도 해야겠네. 덕분에 이번 달은 아주 넉넉하게 지내겠어."

"좋으시겠어요. 아, 참. 그리고 밖에 누가 강 대리님 찾던데요?"

"날? 누가?"

"아주 잘생긴 남자에요."

지현의 말에 그녀는 뭔 소리냐는 표정으로 눈을 동그랗게 떴다.

"잘생긴 남자?"

"네. 스타일이 근사하던데요."

뭔가 꺼림칙한 기분이 들었다.

"누구냐고 안 물어봤어?"

"당연히 물어봤죠. 그런데 대답은 안 하고 웃기만 하던걸요. 미소가 진짜 끝내주게 멋있는 거 있죠."

온갖 찬사를 다 갖다 붙이며 지현은 호들갑을 떨었다.

"그리고 바로 전화를 받으시길래 전 그냥 들어온 거예요."

미소가 멋있는 잘생긴 남자라. 이 주변에서 그런 남자라면 시장통 정육점의 천수와 진미통닭에서 배달 일을 하는 민규밖에 없을 텐데. 하지만 둘 다 지현이 알고 있는 사람이었다.

혹시 짜고 치는 고스톱처럼 두 사람 중 한 명과 지현이 그녀를 놀리려고 장난을 치는 건 아닐까, 그런 생각도 들었지만…….

"나가 보세요."

화사하게 웃는 지현에게서 장난기라고는 눈곱만큼도 엿보이지 않았다.

"알았어."

지현이 실장실로 향하는 걸 보고 그녀는 문을 열고 나왔다. 과연 누가 날 찾는 걸까 궁금해하며.

문을 열고 나서자마자 엘리베이터 옆 창가에 서 있는 남자를 보고 아름은 숨이 턱 막히는 기분을 느꼈다. 핸드폰을 들고 통화를 하고 있는 남자. 그는 주승호였다.

미소가 멋있는 잘생긴 남자. 지현의 말대로 미소를 지으면서 그녀를 향해 한 손을 들어 올리는 그는 심장이 두근거릴 정도로 멋있었다. 특히 짙은 색 정장을 빼입은 모습이.

"우선은 사소한 것부터 질문을 해. ……변호사 불러 달라고 하면 그렇게 하고. 공연히 꼬투리 잡힐 만한 말은 아예 하지 마."

그녀는 가만히 옆으로 다가가 통화가 끝나길 기다렸다.

"여기 일 끝내고 바로 들어갈 테니까 그때까지만 시간 좀 끌고 있어. 알았어. ……그래."

그가 핸드폰을 안쪽 주머니에 넣는 걸 보고 그녀는 살짝 고개를 끄덕였다.

"안녕하셨어요?"

"어. 안녕!"

"여긴 어쩐 일이세요?"

문득 얼마 전 그가 떠났을 때 했던 말이 떠올랐다. '또 만나.' 라고 했었지. 그 말을 지키려고 찾아온 걸까.

"한 부장님 만날 일이 있어서 왔다가 잠깐 들러 봤어."

"한 부장님요? 왜요? 무슨 일 있어요?"

"아니. 전에 뭘 좀 부탁한 일이 있어서. 그거 받으려고 왔지."

그가 턱짓으로 창턱을 가리켰다. 그의 시선을 따라가 보니 창턱 위에 서류철이 놓여 있는 게 보였다.

"그랬군요."

나 만나러 온 줄 알고 괜히 좋아했네. 조금은 머쓱한 기분에 그녀는 아무 말도 할 수 없었다. 전에 봤을 때는 이런저런 복잡한 심정에 술도 한잔했기에 스스럼없이 그를 대할 수 있었지만, 지금은 좀 달랐다.

그를 다시 만나고 나니 무슨 말을 어떻게 해야 할지 알 수 없었다. 왠지 어색한 기분이 들었다.

"그런데 전 왜 찾은……."

땡— 요란한 소리와 함께 엘리베이터의 문이 열렸다. 그리고 호랑이도 제 말 하면 나타난다고 한 부장이 쓱 모습을 드러냈다.

"여— 주검. 아직 안 갔나?"

걸죽한 한 부장의 목소리에 그가 어깨를 으쓱였다.

"네. 잠깐 일이 남아서요."

"그래?"

한 부장의 시선이 그에게서 그녀에게로 돌려졌다.

"마침 잘 만났네. 강 대리. 김 실장 만나면 어제 거기로 오라고 전해 줘."

"어제 거기요?"

"그렇게 말하면 알 거야."

"네. 알겠습니다."

그녀가 고개를 숙이며 대답하자 한 부장이 승호를 향해 손을 들어올렸다.

"볼일 보고 가게."

그가 고개를 끄덕이고 한 부장은 엘리베이터를 타고 사라졌다.

"주검이요?"

"아! 검찰청 내에서는 그렇게 부르거든. 저 양반도 형사 시절 버릇이 남아서 그런지 계속 그렇게 부르더군."

주검. 주검이란 말이지. 흐흐흐. 퍼뜩 떠오르는 생각에 그녀는 실없이 웃음을 흘렸다.

"뭘 그렇게 웃어?"

"아니에요, 아무것도. 그런데 난 왜 보자고 했어요?"

"할 얘기가 있어서."

진지모드로 돌변한 그의 모습에 그녀는 순간 긴장했다. 뭔가 좋지 않은 소리가 마구 나올 것만 같았다.

"이 사람들 좀 찾아 줘야겠어."

아니나 다를까. 그는 창턱 위에 놓아두었던 파일 중 하나를 들어 그녀에게 내밀었다.

"의뢰예요?"

그녀는 파일을 받아 들며 대수롭지 않게 물었다. 그런데…….

"아니."

그의 대답에 눈꼬리가 하늘 높은 줄 모르고 솟구쳐 올라갔다.

"아니라뇨? 사람 찾아 달라면서요?"

"내가 의뢰를 한다고 하면 수수료를 내라고 할 거 아냐."

"그거야 당연한 거죠."

"그러니까 의뢰 아니라고."

그녀는 눈에 힘을 줘 그를 노려보았다.

"뭐예요? 지금 공짜로 날 부려 먹겠다 그거에요?"

"공짜는 아니지. 너 나한테 빚진 거 있잖아."

심장이 뜨끔했다. 그는 분명 지난 일을 얘기하고 있는 거였다. 그녀 때문에 나쁜 놈들을 놓친 거에 대해서. 뻔히 알고 있었지만 그녀는 모르는 척 시치미를 뗐다.

"내가 무슨 빚을 졌다고 그래요?"

"어허. 그때 나한테 폭력을 행사해 놓고 모른 척하시겠다?"

"정당방위였다고 했잖아요."

그녀가 매몰차게 쏘아붙이자 그가 이마를 확 찌푸렸다.

"아무리 정당방위였다고 해도 정도가 있는 거지. 그때 빠진 어깨가 아직도 욱신거린다구. 비만 오면 쑤시고 아퍼."

"엄살 부리지 마세요."

"그뿐인 줄 알아?"

그가 그녀 앞으로 한 발 다가섰다. 그리고 비밀 얘기라도 하려는 듯 고개를 숙이며 그녀의 귀 가까이 입을 댔다. 순간적으로 훅 끼쳐 오는 그의 체취에 그녀의 눈빛이 멍해졌다.

"네 무릎 때문에 이상이 생긴 것 같다고."

"뭐……뭐라고요?"

"확인해 보지는 않았지만 아침이 전 같지 않은 게 아무래도 성기능에 장애가……."

"뭔 소릴 하는 거예요?"

그녀는 그의 말을 끊으며 펄쩍 뛰었다. 혹시라도 누가 주위에 있는 건 아닌지 그녀는 서둘러 주변을 두리번거렸다. 다행히도 복도에는 아무도 없었지만, 그녀는 뺨이 발갛게 변한 채 씩씩거렸다.

"어떻게 여자인 나한테 그런 소릴 아무렇지도 않게 해요?"

"난 지금 진실을 말하고 있는 거야. 이게 남자한테 얼마나 중요한 일인 줄 알아? 장래 결혼생활에 심각한 지장을 줄 수도 있는 일이라고."

뻔뻔스럽게 웃어 가면서 그런 말을 하는 그를 그녀는 확 집어 던져 버리고 싶었다. 그녀는 들고 있던 파일을 창턱 위에 도로 올려놓았다.

"좋아요. 정 그렇게 억울하면 진단서 첨부해서 청구하세요!"

그녀가 쌀쌀맞게 쏘아붙이자 그의 미소가 사라졌다.

"지금 이 일이 진단서 어쩌고 해서 해결이 되는 일이 아닐 텐데."

"왜 아니에요? 병원 가서 치료 받으면 되잖아요."

"마음의 상처가 더 깊어서 말야."

"마음의 상처요?"

이건 또 무슨 억지야? 그녀는 약이 올라 시근덕거리며 주먹을 꼭 움켜쥐었다. 여차하면 그의 안면에 한 방 날려 줄 생각이었다. 이래 치료비 무나 저래 치료비 무나 어차피 마찬가지인 일이니까.

"생각을 해 봐. 나처럼 덩치 큰 남자가 어깨밖에 안 오는 여자한테 당했는데, 마음에 상처를 안 입겠어?"

"자존심을 다치셨다고요? 그래서요?"

"합의 안 해 줄 거야."

"아우, 정말!"

그녀는 참지 못하고 꼭 쥔 주먹을 날렸고 그 주먹은 그의 커다란 손에 잡혀 버렸다.

"이것 봐. 틈만 나면 폭력을 휘두른단 말이지."

그녀의 주먹을 한 손으로 움켜쥐고 악수를 하듯 위아래로 흔들며 그가 중얼거렸다.

"너, 나 검사인 거 알면서 지금 대드는 거지?"

싱글싱글 웃는 폼이 정말 얄미웠다.

"내가 맘먹고 엮어 넣으려고 들면 너한테 씌울 죄목이 한두 가지가 아니거든."

"이건 분명 협박이죠? 이 손 좀 놔요."

그녀의 발악에 그가 또다시 그녀의 손을 잡고 위아래로 흔들었다.

"협박이라니. 정확히 있는 사실만 말하는 건데. 들어 봐. 우선 우리 작전 다 망쳐 났으니까 공무집행 방해죄에다가 그대로 튀었으니까 도주죄. 그리고 날 두드려 팼으니까 폭력죄에 합의 안 해 줄 거니까 상해죄 추가. 그리고 또……."

퍽! 아름은 호텔 로비 라운지에서 했던 것처럼 발을 올려 그의 정강이를 후려 찼다.

"윽!"

그는 잡았던 그녀의 손을 놓고 자신의 정강이를 감싸 쥐었다.

"폭력죄 하나 더 추가요. 열 받으면 고소하세요."

"넌 사람 패는 게 취미냐?"

그가 인상을 찌푸리면서 물었지만 그녀는 코웃음을 칠 뿐이었다.

"당신 하는 짓이 아니꼬워서 손발이 제멋대로 뛰쳐나가네요."

"커피 사 줄게."

느닷없이 웬 뇌물 작전? 그녀는 싸늘한 눈빛으로 그를 노려보며 턱을 치켜들었다.

"됐네요. 조금 전에 머그컵 가득 마셨네요."

"그럼 초밥!"

"됐거든요."

"꽃등심은 어때?"

"내가 돼지인 줄 아세요? 요새는 바쁜 일 없어 꼬박꼬박 밥 잘 챙겨 먹고 있거든요. 꽃등심 아니라 꽃등심 할아버지를 갖다 바쳐도 관심 없네요."

그가 한 손으로 흐트러진 머리카락을 쓸어 올리며 한숨을 내쉬었다.

"내 발등에 불이 떨어졌다고."

"당신 발등에 불이 떨어졌건 말건 내가 무슨 상관이에요? 나만 멀쩡하면 그만이지."

"그놈 못 잡으면 이번에는 정말 옷 벗어야 할지도 모른다니까."

그가 슬슬 짜증을 내기 시작했다.

"그렇다면 열심히 잡으러 쫓아다니시지 왜 여길 와서 아까운 시간 다 버리고 계세요?"

"너 사람 귀신같이 잘 찾는다면서!"

어디서 또 그런 쓰잘데기 없는 소릴 듣고 와서. 그녀는 소문의 출처가 한 부장이 분명할 거라 여겼다.

"내가 귀신같던지 아니던지, 어쨌든 그건 주 검사님하고 아무런 상관도 없는 일이라고요."

"정말 이런 식으로 나올 거야? 우리 사이에 이만한 일도 못 해 준다고?"

그의 말에 그녀는 기가 막혀 입을 딱 벌렸다.

"우리 사이라뇨? 무슨 말을 그렇게 막 해요?"

그녀가 펄펄 뛰는 건 아랑곳없이 그는 손을 내밀어 그녀의 팔을 잡았다. 그리고 악 소리를 낼 사이도 없이 휙 잡아당겨 그녀를 끌어안았다.

"왜 이래요?"

밀어내려 안간힘을 썼지만 그는 끄덕도 하지 않았다. 그의 단단한 몸에 부딪힌 연약한 살결들이 비명을 지르고 있었다.

"이거 놔요!"

그녀는 주먹으로 그의 어깨를 쳤다.

"또 올려 차기 전에 빨리 놔요!"

그 말을 한 게 잘못이었는지. 그가 팔을 뻗어 그녀의 허리를 더 꼭 끌어안았다. 그런 상태로 아무 말도 없이 그가 가만히 안고만 있자 펄펄 끓어올랐던 분노가 서서히 가라앉기 시작했다.

최대한 마음을 가라앉힌 그녀는 그의 가슴에 얼굴을 묻고 중얼거렸다.

"여기 회사예요. 이런 데서 이러고 있다가 걸리면, 일 안 하고 놀고 있다고 나 짤릴지도 모른다고요."

그와 포옹을 하고 있는 게 편해졌다. 따스한 온기가 느껴지고 부드러운 느낌도 들었다. 회사만 아니라면……. 그런 생각이 들 정도였다.

귓가에 와 닿는 그의 숨결도 그녀의 심장을 두근거리게 만들기에 충분했다. 천천히 두 팔을 올려 그녀는 그의 허리를 안았다.

작게 한숨을 내쉬는데 관자놀이에 그의 입술이 와 닿는 게 느껴졌다. 아니, 짧게, 정말 짧게 스치고 지나가 정말 닿았는지도 확실하지가 않았다. 하지만 감각적인 그 무엇이 남아 그녀의 얼굴이 벌겋게 달아올랐다. 또다시 벌렁 벌렁거리고 뛰어 대는 심장을 다스리면서 그녀가 다소 어색하게 입을 열었다.

"부탁을 하세요."

"뭘 하라고?"

머리 위에서 그의 낮은 목소리가 들려왔다. 잔뜩 가라앉은 목소리에 조금은 불쾌하다는 기색이 담겨 있었다.

"부탁하라고요. 수수료도 안 내고 일 시키면서 부탁한다는 말 한마디 못 해요?"

그의 손이 그녀의 머리카락을 어루만졌다. 그리고 살짝 몸을 떼고 그녀의 뺨으로 손길을 옮겼다.

"몸으로 때우면 안 될까?"

"한 천 대쯤 맞으시려고요?"

"아니. 공권력 필요한 일에 힘을 실어 주겠다는 거지."

순간 명훈에 관한 일이 머릿속을 스치고 지나갔다. 일정한 거주지도 없이 이리저리 옮겨 다니는 놈을 잡으려면 경찰의 힘이 필요하긴 했다. 사기로 고소를 해 놨지만 증거자료가 없어 흐지부지되어 버린 사건에 그가 나서 준다면 한결 힘이 되는 건 사실이었다. 하지만 그녀는 그런 식으로 그에게 빚을 지고 싶지 않았다.

"전요. 검사님한테 청탁 같은 거 하고 싶지 않거든요."

쌀쌀맞게 쏘아붙이고 그녀는 그의 팔 안에서 빠져나왔다.

"어쨌든 신경 좀 써 줘."

그가 손목을 올려 시계를 들여다봤다.

"늦어서 가 봐야 돼."

"그러세요."

"연락할 거지?"

"아마도요."

창턱 위에 남아 있던 파일을 집어 든 그는 싱긋 미소를 남기고 몸을 돌렸다. 엘리베이터 앞에서 버튼을 누른 뒤 그는 그녀를 바라보며 손을 들어올렸다.

"잘 지내."

그녀는 건방진 투로 고개만 까닥였다.

땡— 소리와 함께 엘리베이터 문이 열리고 그의 모습이 사라졌다.

'잘 지내.'라고? 전에 헤어질 때는 '또 만나.'라고 하고서는 이번에는 '잘 지내.'라고? 그렇다면 날 다시 만날 생각이 없다는 건가?

가슴속으로 찬바람이 스쳐 지나가는 것만 같았다.

그녀는 그가 서 있던 자리에 서서 창밖을 바라보았다. 주차장에서 큰길 쪽으로 그의 검은색 차가 빠져나가는 모습이 보였다.

"에휴……."

한숨을 푹 내쉰 그녀는 남겨진 파일을 집어 들었다. 그에게는 매몰차게 신경도 안 쓸 것처럼 말했지만 살짝 호기심이 생겨났다. 그의 옷을 벗길 정도로 중요한 인물이 누구인지.

파일 안 서류에는 반듯하게 잘생긴 남자의 사진과 이름이 있었다. 권형우. 36세. 적혀 있는 인적사항을 대충 훑어본 그녀의 이마에 주름이 잔뜩 생겨났다.

마약판매 사범으로 추정됨? 이게 뭐야?

서류 뒷장에는 예쁘장한 여자 사진이 붙어 있고, 앞장과 마찬가지로 인적사항이 적혀 있었다. 강소연 25세. 강남 소재 룸살롱 '태양'의 여종업원.

'마약판매책이었어, 그 나쁜 놈이. 미끼 역할을 맡은 여자는 그놈이 잘 다니는 술집 여 종업원이었고.'

승호가 했던 말이 떠올랐다. 결국 그는 아직까지도 그 사건을 포기하지 못하고 있었던 거였다.

"하! 이게 뭐야? 나 때문에 놓쳤다고 펄펄 뛰더니, 결국 나보고 찾아오라는 거잖아."

심통이 난다. 화가 난다.

그녀는 '에이, 이까짓 것.' 하면서 파일을 던져 버리려고 했다. 그때 핸드폰에서 '카톡' 하는 소리가 울렸다.

기분도 더럽고 심난해 죽겠구만, 누구야!

짜증이 잔뜩 섞인 몸짓으로 그녀는 핸드폰 액정에 손가락을 가져다 댔다.

[부탁해.]

간단하게 적힌 세 글자를 보고 그녀는 피식 웃고 말았다. 말로 하기 자존심 상하니까 문자를 보낸다 이거군. 정말 귀염 돋는다. 막 메시지를 무시해 버리고 핸드폰을 주머니에 넣으려는 찰나 또다시 '카톡' 소리가 울렸다.

[다음에 너 먹고 싶은 거 다 사 줄게. 카드 한도 그대로 남아 있다.]

"푸훗—"

그녀는 그만 웃음을 터트리고 말았다.

한도 무제한 골드 카드를 들고 한도 150만 원짜리 색깔만 금색인 카드라고 박박 우기는 남자. 그 카드 한도대로 먹을 걸 사 주겠다고? 평생 배 터지게 먹고 살겠네.

아름은 실실 웃었다. 그리고 전화번호부에서 '주승호 검사'라고 저장해 놓은 목록을 편집으로 돌렸다. 입가에 맴도는 미소를 지우지 못한 채 그녀는 버튼을 딩딩 소리 나게 눌러 다른 이름으로 저장을 했다. 그리고 집어 던지려던 파일을 챙겨 들고 사무실로 향했다.

어차피 할 일이면 하루라도 빨리 시작하는 게 낫겠다. 그런 생각으로 그녀는 책상 위에 파일을 펼쳐 놓고 이런저런 사항들을 체크하기 시작했다.

"우선은 그쪽 지역 유흥가를 샅샅이 살펴봐야 하는데…… 범위가 너무 넓단 말이지."

"그게 무슨 말이에요?"

중얼, 중얼거리던 그녀는 머리 위에서 들려오는 소리에 고개를 들었다.

"송진우? 너 잘 왔다."

그녀가 유난히 반색을 하자 진우는 뜨악한 표정을 했다.

"누나. 또 나한테 일 시키려고 그러죠."

벌써 감을 잡고 진우는 슬며시 엉덩이를 뒤로 빼며 도망갈 태세를 갖추고 있었다.

"너 맡은 일은 다 끝냈어?"

"예. 일단은 끝냈는데……."

"그렇다면 어디 보자. 당분간 새로운 일은 없고, 한가할 테니 이거 들고 강남이나 한 바퀴 휙 돌고 와라."

그녀는 복사해 둔 권형우와 강소연의 사진을 진우에게 내밀었다.

"누나……."

무슨 일인지 눈치를 채고 진우가 죽을상을 했다.

"밥 사 줄게. 술도 사 주고."

"이번 주말에 약속 있단 말이에요."

진우는 대놓고 징징거리며 어떻게든 일을 피해 보려 안달을 했다.

"누가 너보고 약속 깨라고 했어? 사진 복사해서 시간 날 때마다 너 아는 가게하고 애들한테 골고루 뿌리라고. 특히 술집 쪽을 집중적으로 파고들어 봐. 뭐라도 하나 건지면 얘기하고."

"술집요?"

"응. 강남의 고급 룸살롱. 나쁜 놈이 또 그런 쪽 취향이라네. 거기 여자분은 룸살롱 종업원이었대. 제 버릇 개 못 준다고 자릴 옮겨도 비슷한 곳으로 갔을 거 아냐. 너 술집이나 나이트에 술 배달하는 애들 많이 알잖아. 이번 기회에 힘 좀 써 줘."

명동의 호프집에서 명훈을 찾은 것도 배달 일을 하는 진우의 친구 덕분이었다. 눈썰미 좋고 기동력 좋은 진우의 친구들은 그녀가 하는 일에 많은 보탬을 주고 있었다.

"나도 다음 한 주 동안은 바쁜 일 없으니까 이 사람들 찾는 데 전력을 다할 거야."

그녀가 '나도 열심히 일할 거야.' 라는 식으로 말을 하자 진우는 어깨를 으쓱이고 자신의 자리로 돌아갔다.

책상 앞 의자에 앉으며 궁시렁거리는 진우를 곁눈으로 노려보고 그녀는 마침 사무실 문을 열고 들어오는 민철을 불렀다.

"어이, 민철 군. 나 좀 볼까?"

어정쩡한 폼으로 다가오는 민철에게도 그녀는 복사한 사진을 내밀고 진우에게 한 것처럼 일을 시켰다. 그런 식으로 하나 둘 사무실에 복귀하는 직원들에게 사진을 떠안긴 그녀는 중요한 정보를 물고 오는 사람에게 밥은 물론이요, 술까지 사겠다고 약속을 했다.

그 뒤로 계속해서 그녀는 강남의 룸살롱이나 나이트 등의 업소를 집중적으로 파고 다녔다. 이미 경찰들이 탐문수사를 했겠지만 음지의 사람들이라면 형사들에게 말하지 않은 사실도 꽤 있을 터였다. 자신들도 같이 얽혀 들어갈까 두려워 발설하지 않은 내용들을 캐치하기 위해 그녀는 매일같이 발품을 팔고 다녔다.

그나마 회사 일을 하면서 사람을 찾으러 많이 다녔기에 꽤 많은 업소의 지배인들이나 직원들과 안면이 있는 편이었다. 덕분에 그녀는 조금은 심적으로 편하게 이런저런 부탁을 할 수 있었다.

사람을 찾는다는 건 쉬운 일이 아니었다. 인내와 끈기를 갖고 오랜 시간을 소비해야 간신히 찾을 수 있을까 말까 한 일이었다. 더군다나 작심하고 숨어 버린 사람을 찾는 건 더 어려웠다.

그래도 그녀는 그들을 찾아내지 못했다 하더라도, 뭔가 자그마한 단서라도 알아내 승호에게 알려 주고 싶었다.

'내가 당신을 위해 이렇게 애를 쓰고 있다.' 라며 큰 소리를 치고 싶은…… . 일종의 생색내기랄까.

한 주를 별 수확 없이 보내고 또다시 주말이 다가오자 조금은 답답한 마음이 들었다. '지금쯤이면 뭔가 연락이 올 법도 한데.' 하는 생각이 들어서였다.

그런 그녀의 기대를 저버리지 않겠다는 듯 일요일 낮 시간에 같은 사무실 직원인 인규에게서 연락이 왔다. 2주 전쯤 용산에서 강소연을 봤다는 제보였다. 2주 전이라면 막 승호가 그녀에게 그들을 찾아 달라고 부탁했을 때였다.

그녀는 만사 제쳐 두고 용산으로 향했다. 유흥업소들이 밀집한 골목에서 제법 번듯하니 자리 잡은 술집을 찾아 들어간 그녀는 지배인을 만나 소연에 대한 얘길 들을 수 있었다.

술집에서 일하던 아가씨가 고향 친구라면서 소연을 소개시켰었고, 한 일주일 정도 일을 했다고 한다. 그리고 갑자기 아무런 연락도 없이 일을 나오지 않았다고 했다. 소연을 소개시켜 준 아가씨까지도.

둘이 함께 더 대우 좋은 업소로 옮긴 것 같다고 지배인은 말했다. 그곳이 어딘지는 알 수 없었지만.

조금 일찍 알았더라면 소연을 만날 수 있지 않았을까 하는 생각이 들었다. 아쉽지만 어쩔 수 없는 일이었기에 그녀는 지배인에게 부탁해 소연을 소개시켜 준 아가씨의 이름—물론 가명이겠지만—과 전화번호, 그리고 주소를 받아 들고 술집을 나왔다.

주차해 둔 차 안에 앉아서 전화를 하니 없는 번호라는 안내음성이 흘러나왔다. 벌써 사용하던 전화를 해지시킨 게 분명했다. 그래도 전화번호와 주소를 알아낸 것만 해도 큰 수확이었다. 전화번호를 추적하면 사용자에 대한 단서를 잡을 수 있으니까.

하지만 그런 일은 그녀가 쉽게 할 수 있는 일은 아니었다. 물론 아예 못하는 건 아니지만 불법적인 일이었기에, 그녀는 자신이 하는 것보다는 승호에게 맡기는 게 더 낫겠다고 생각했다.

일단 집으로 돌아가야지, 그런 생각으로 차에 시동을 거는데 요란스럽게 전화벨이 울렸다.

액정을 바라본 그녀의 얼굴이 잔뜩 굳었다. 헛기침을 하고 목을 가다듬은 그녀는 화면을 손가락으로 문지른 뒤 최대한 고운 목소리로 전화를 받았다.

"네. 저예요."

— 너, 언제 올 거니?

'잘 있었냐.', '밥은 먹었냐.', '건강은 어떠냐.' 등등 온갖 인사말은 생략한 채, 정 여사는 대뜸 짜증 섞인 어조로 물었다.

"죄송해요, 엄마. 요즘 회사에 일이 좀 많아서요."

— 아무리 일이 많아도 그렇지. 엄마 혼자 집에 있는데 한 달에 한 번은 들여다봐야 하지 않니?

한 달에 한 번이라니. 경주가 무슨 옆 동네도 아니고 서울에서 회사에 얽매여 일하는 사람이 어떻게 한 달에 한 번씩 꼬박꼬박 가 볼 수가 있단 말인가.

반항 섞인 대꾸를 하고 싶은 마음은 굴뚝같았지만 그녀는 정 여사에게 언제나 착하고 여린 딸이어야만 했다.

"정말 죄송해요. 저도 가고 싶긴 하지만 도저히 짬을 낼 수가 없어서요."

— 봄이 돼서 꽃구경 한 번 가려고 해도 입을 옷도 없고…… 정말 요새 내가 스트레스 받아서 살 수가 없다.

결론은 놀러 가야 하니 옷 살 돈을 보내라는 소리다. 옷 방 가득 걸려 있는 옷은 전부 옷이 아닌 천조각인 건지. 봄바람이 살랑살랑 불기 시작하니 정 여사의 낭비벽이 더 심해지기 시작하는 듯했다.

"알았어요. 엄마. 바로 송금해 드릴게요."

— 좀 넉넉하니 보내거라. 옷 사면 가방이며 구두도 맞춰서 사야 하

니까.

"그럴게요. 그보다 엄마, 건강은 어떠세요? 어디 편찮으신 데는 없죠?"

미우나 고우나 그래도 부모였기에 그녀는 정 여사의 건강을 염려했다.

— 요즘은 괜찮다. 네가 보내 준 한약도 잘 받는 것 같고 전보다는 많이 좋아졌어.

"다행이에요. 한약 다 드시면 얘기하세요. 제가 또 지어서 보내 드릴게요."

— 그래. 알았다.

인정머리 없게도 정 여사는 잘 지내라는 말 한마디 없이 전화를 뚝 끊어 버렸다.

서늘한 칼바람이 가슴을 마구 휘젓고 간 느낌에 그녀는 한숨을 푹 내쉬었다. 이미 끊어져 버린 전화를 가만히 바라다보는 그녀의 눈가에 슬며시 물기가 차올랐다.

정 여사는 잔정이 없어 승빈과 그녀를 애틋하게 대하지 않았다. 어떨 때는 정말 남보다도 못하다는 생각이 들 때도 많았다. 상황이 좋을 때는 연락 한 번 하지 않다가 꼭 필요한 것이 생기거나 안 좋은 일이 생길 때만 전화하는 것도 정 여사의 특기였다.

그녀도 어떨 때는 승빈처럼 매몰차게 굴면서 화를 내고 싶을 때도 있었다. 하지만 아무리 미워도 엄마는 엄마였다. 그녀를 낳아서 키워 준. 사실은 정 여사보다도 승빈이 키웠다는 말이 더 맞겠지만.

정 여사는 분명 그녀가 월급을 받았다는 사실을 알고 있었다. 그녀가 먼저 연락을 하지 않으면 이런 식으로 전화를 해서 요구사항을 말하고는 했다.

정말 단 한 번도 잊은 적이 없었다. 아마도 달력에 빨간색으로 동그라미를 쳐 놓고 그날만 기다리고 있는 건지도 몰랐다. 승빈과 그녀의 생일은 번번이 까먹으면서.

우울함이 깊어지면서 눈물이 차올랐다. 매정하고 야속한 정 여사 때문에 서글퍼지기까지 했다. 전부터 정 여사 때문에 마음 상하지 말자고 다짐했는데도 불구하고 마음이 아픈 건 어쩔 수 없는 일이었다.

이게 다 주승호 그 인간 때문이야.

분노의 화살이 그에게로 날아가 꽂혔다.

그 인간이 이상한 일만 시키지 않았어도 어제 경주에 갔었을 텐데.

선물을 잔뜩 안고 갔으면 지금처럼 속상하게 하는 말은 듣지 않았을 터였다.

일 시켜 놓고 어디서 뭐하고 있길래 연락 한 번 없는 거야?

짜증이 난 그녀는 두 번 생각하지도 않고 그에게 전화를 했다.

따르릉— 따르릉— 연결음을 들으며 그녀는 입술을 삐죽였다.

듣기 좋은 컬러링도 째고 쨌는데 웬 고전적인 전화벨 소리? 게다가 왜 안 받는 거야?

입술을 잘근잘근 깨물고 있는데 벨 소리가 멈췄다. 그리고…….

— 어.

어? 어, 라고? 아니, 전화를 받았으면 '여보세요.' 라고 하거나 '주승호입니다.' 라고 하거나 최소한 '나야.' 라고 해야 정상이지. '어' 라니? 그것도 탐탁치 않아 하는 목소리로 귀찮다는 듯이.

화가 난 데다 화가 더해져 그녀는 최대한 쌀쌀맞은 음성으로 말했다.

"지금 어디에요?"

— 호텔.

호텔? 호텔이라고?

슬그머니 머릿속으로 호텔 룸의 영상이 떠올랐다. 킹사이즈 침대에서 부둥켜안고 있는 그와 글래머러스한 몸매의 아름다운 여인의 모습이.

아니지, 아니야. 지금 시간이 몇 시인데 호텔 방에서 그러고 있겠어. 그건 아닐 거야.

머리를 도리도리 젓자 이번에는 스카이라운지의 광경이 떠올랐다. 야경을 바라보며 그와 아름다운 여인이 와인 잔을 부딪히는 모습.

에이, 씨. 뭐야. 왜 꼭 그의 옆에 아름다운 여인이 붙어 있는 거냐고. 부록이냐?

퉁퉁 볼이 부어 그녀는 빽 소리를 질렀다.

"도대체 거기서 뭐하고 있는 건데요?"

― 전에 거기야.

낮은 음성으로 조용히, 속삭이는 것처럼 그가 말했다.

이게 무슨 동문서답이야. 뭐하고 있냐고 물었더니 전에 거기라니. 전에 거기가 어딘데?

팍 짜증을 내려던 그녀는 뭔가가 떠오르자 침을 꿀꺽 삼켰다.

"전에 거기라뇨? 혹시 노보텔 앰버서더 강남 로비 라운지 말하는 거예요?"

― 어.

"그럼, 지금 맞선 보고 있어요?"

― 어.

또다시 들려오는 단답형의 말에 그녀는 튀어나오려는 웃음을 참았다.

어쩐지 말하는 폼이 엄청나게 어색하다 했더니. 그런데 상대가 별로 마음에 안 드는 모양이네. 목소리가 별로인 게.

그런 생각을 하면서도 한편으로는 약이 오르기도 했다. 누군 일하느라 고생하는데 누군 팔자 편하게 호텔 로비 라운지에 앉아서 맞선을 보고 있다니.

"지금 용산에 왔는데 일 끝나서 저녁이나 같이 할까 하고 전화한 거였거든요. 그런데 맞선을 보고 계시다니 안 되겠네요. 다음에 다시 연락드릴게요."

— 알았어.

전화를 끊으려던 그녀는 그의 말에 이마를 찌푸렸다.

알았다니. 알긴 뭘 알았다는 거야, 이 나쁜 놈아.

전화를 끊은 그녀는 그대로 핸드폰을 옆 좌석으로 휙 집어 던져 버렸다. 정 여사의 전화를 받았을 때보다도 더 속이 상했다. 그리고 공연히 전화를 했다는 생각이 들었다.

그대로 차를 몰아 집으로 돌아온 그녀는 소파 위에 벌러덩 누워 눈을 감았다. 몸에 힘이 다 빠지고 피곤했다. 배가 고프다고 꼬르륵 소리를 내고 있었지만 입맛도 없었다.

어떤 여자일까? 갑자기 궁금했다. 승호 정도 되는 남자라면 맞선 상대로 잘나가는 집안의 여자가 나왔을 게 분명했다.

지금 뭐하고 있을까? 서로 죽이 맞아 호호 하하 웃고 떠들면서 밥을 먹고 있을지도 모른다. 아니면 분위기 좋은 바에서 와인을 마시거나 그도 아니면 시원한 밤바람을 맞으며 산책을 할지도······.

혹시 알아? 강변도로로 드라이브를 갔을지도 모르지. 그는 운전하는 걸 좋아하니까.

"정말 마음에 안 들어."

그녀는 그에 대해 생각하고 있는 자신이 싫었다. 두 손을 포개어 가슴 위에 얹고 눈을 감은 채 그녀는 아무 생각도 하지 말자고 스스로를 세뇌시켰다.

골치 아픈 일은 다 잊고 잠시만 쉬자. 그런 생각을 하고 있는데 '카톡' 소리와 함께 메시지가 왔다.

[저녁 먹었어?]

맞선 보신다는 분이 남이사, 저녁을 먹었건 안 먹었건 뭔 상관이래?

아직까지도 승호에 대한 불만이 남아 그녀는 볼이 잔뜩 부은 채 답장을 보냈다.

[안 먹었다면 어쩌시려고요?]

[지금 갈게.]

응? 이게 뭔 소리래? 지금 여길 오겠다고?

그녀의 시선이 벽에 걸린 시계에 가 닿았다. 8시 30분. 맞선을 끝내기에는 이른 시간이었다. 하지만 그건 그녀의 생각일 뿐, 일찍 만나서 할 거 다 하고 그만 헤어지는 걸 수도 있는 일이다.

그녀는 벌떡 일어나 방으로 들어갔다. 창문을 확 열고 깔끔하게 정리되어 있는 침대를 다시 한 번 정리했다. 덮여 있던 이불도 털어서 다시 반듯하게 해 놓고 화장대 위의 물건들도 정리를 했다.

어렸을 때부터 그녀는 청소며 정리정돈을 잘했다. 집안일에 신경을 쓰지 않는 정 여사를 대신해 승빈과 그녀가 집안일을 하다 생긴 습관이었다. 집 안을 깔끔하게 유지하는 방법으로 첫 번째는 최대한 물건들을 어지르질 않는 것이다. 쓰고 나면 항상 있던 자리에 놔두어야만 했다. 그래야 여기저기 흩어져 있지도 않고 다음에 다시 찾아 쓰기도 편하니까.

그리고 틈날 때마다 조금씩이라도 지저분하게 보이는 곳을 치웠다. 대청소를 하듯 날 잡아 한 번에 다 하려면 힘이 드니까.

옷장 안도 꼼꼼히 살펴본 그녀는 '이 정도면 됐다.' 라는 생각에 고개를 끄덕이고 방을 나왔다. 화장실로 달려가 휴지는 제대로 있는지, 수건걸이에 수건은 걸려 있는지 확인하고 마지막으로 향기 좋은 방향제를 뿌렸다.

이런 행동들이 전부 승호가 온다는 문자를 보내서였다. 물론 집 앞에서 만나 잠깐 얘기만 하고 갈 수도 있겠지만 사람 일은 모르는 거였다. 그가 집 안으로 들어오게 될지도 모르니까.

마지막으로 주방의 냉장고와 싱크대를 점검하고 그녀가 안도의 한숨을 내쉬는데 때를 맞춘 듯 전화벨이 울렸다.

"네, 여보세요."

— 나야.

"알아요."

그의 목소리를 듣는 것만으로도 심장이 쿵쿵 뛰었다. 왜 이럴까? 반가워서 그런 걸까?

— 몇 층이야?

그가 대뜸 묻는다.

"왜요?"

그의 전화를 받고 유난스럽다 싶을 정도로 반가워하고 있는 자신의 상태에 불만스러워져 그녀는 조금은 심드렁한 말투로 물었다.

— 초밥 사 왔어.

초밥. 벌써부터 입안에 침이 고인다. 확실히 그녀는 자타가 공인하는 먹보임에 틀림없었다. 하지만 아주 잠깐 이상하다는 생각도 들었다.

맞선을 본다던 남자가 이 시간에 여기까지 온 것도 이상한 일인데 초밥까지 사들고 오다니. 잠시 고개를 갸우뚱하던 그녀가 말을 했다.

"정말이에요?"

— 보면 알잖아.

어쩌째 대꾸하는 폼이 엄청 기분 나빠 하는 듯했다.

"5층이에요."

— 알았어.

현관문을 열고 밖으로 나간 그녀는 문을 열어 둔 채 엘리베이터의 숫자판을 바라보았다. 3층, 4층, 곧 5층으로 바뀌며 땡— 하는 소리와 함께 문이 열렸다.

"주 검사님."

"안녕."

엘리베이터에서 내린 그가 한 손을 살짝 들어 올리며 인사를 했다. 그리고 들고 있던 종이가방을 앞으로 내밀었다.

"저녁 안 먹었다고 해서 사 왔어."

그녀는 초밥 집 로고가 새겨진 종이가방을 흘깃 보고 물었다.

"당신은요? 저녁 먹었어요?"

"먹긴 했는데……."

말끝을 흐리며 어깨를 으쓱거리는 그의 표정이 이상했다. 무슨 일이 있었던 걸까? 솟구치는 궁금증을 잠시 접고 그녀는 그에게서 종이가방을 받아 안쪽을 들여다봤다. 얌전히 놓여진 2개의 초밥상자를 본 그녀가 의문이 가득한 눈길로 그를 바라봤다.

"2인분이네요. 이거 나 혼자 다 먹으라고 사 온 거 아니죠?"

"혼자 먹으라고 사 온 거 맞는데."

빙긋 미소를 지으며 하는 그의 말에 그녀는 눈꼬리를 치켜 올렸다.

이 양반이 누굴 돼지로 아나. 아무리 내가 많이 먹는다지만 2인분은 좀 과하잖아.

"혼자 다 먹기에는 버거운 양인데요. 들어가서 같이 먹을래요?"

예의상 한 말이었는데…….

"그러지."

그가 선뜻 고개를 끄덕였다.

안으로 들어간 그녀는 앞장서서 거실 소파로 다가갔다. 종이가방을 탁자 위에 올려놓고 안의 내용물을 하나씩 꺼내며 그녀는 그에게 말했다.

"편히 앉으세요."

가벼운 눈길로 거실을 휙 돌아본 그가 양복 웃옷을 벗은 뒤, 소파에 앉았다.

"다른 가족들은 없어?"

"네. 혼자 살아요."

그는 넥타이의 매듭을 느슨하게 하고 갑갑하게 목을 조이던 셔츠의 맨 위 단추를 풀어냈다.

"혼자 살기에는 좀 커 보이는데…….."

그의 말처럼 방 2개에 큼지막한 거실까지 있는 아파트는 그녀가 살기에는 좀 큰 편이었다.

"오빠가 마련해 준 거예요. 난 원룸으로 해 달라고 했는데 오빠가 굳이 아파트로 구했더라고요. 이쪽이 더 안전하다고 하면서요."

그가 또다시 셔츠의 단추 하나를 더 풀어내는 바람에 그녀의 눈길이 그의 목덜미에 가 닿았다. 갑작스럽게 숨이 턱 막혔다. 목이 따끔거리면서 입안이 바짝 마르는 느낌에 그녀는 침을 꼴깍 삼키고 소파에서 벌떡 몸을 일으켰다.

"물 가져올게요. 먼저 드세요."

그녀는 주방으로 향했다.

진정하자, 진정해. 그가 내 앞에서 홀라당 옷을 다 벗은 것도 아닌데 왜 이렇게 심장이 뛰는 거냐고! 아무래도 오랜 금욕생활로 인해 내 성적기능에도 장애가 생긴 건 아닌지…….

고개를 절레절레 저은 그녀는 쟁반에 컵 두 개를 얹은 뒤, 생수병을 들고 거실로 나왔다. 그녀가 소파에 앉자 그가 나무젓가락을 건네줬다.

"초밥은 손으로 먹는 게 더 맛있다던데…….."

"잘 먹겠습니다."

그의 말은 들은 척도 안 하고 그녀는 젓가락으로 초밥을 집어 간장을 찍은 뒤 한 입에 넣고 오물오물 씹었다.

"와! 맛있다."

한창 배가 고플 때 먹어서 그런지 평소보다도 더 맛있게 느껴졌다. 아니면 그가 사갖고 와서 그런지도.

"맞선, 별로였어요?"

"말하고 싶지도 않아."

"상대가 어땠는데요?"

그는 인상을 쓰며 대답을 하지 않았다. 그래서인지 더 궁금했다.

"예뻤어요?"

"예쁘더군."

그가 예쁘다고 말할 정도면 분명 글래머러스한 미인일 게 분명했다.

"성격은요?"

아무렇지도 않다는 식으로 물어보고 슬쩍 그를 바라보니 눈매가 평소보다 더 날카로워져 있다.

"뭐가 그렇게 궁금한 건데?"

이제는 노골적으로 싫은 티를 팍팍 낸다.

"당신이 어떤 여자를 만나서 무슨 얘길 했는지 그게 궁금해요."

"그게 왜 궁금해?"

"당신 행동 때문에요."

"내 행동이 뭐가 어때서?"

정말 몰라서 물어보는 걸까. 아름은 가볍게 한숨을 내쉬었다.

"아까 전화 받을 때부터 이상했어요. 목소리가 꼭 무슨 도살장에 끌려 나간 황소마냥 풀이 팍 죽어서는……."

슬쩍 곁눈질로 그의 안색을 살펴보자, 아니나 다를까 인상을 팍 쓰고 있다.

"이 시간에 초밥 사 들고 이 먼 곳까지 왔다는 것도 이상하고요."

"이상하긴 뭐가 이상해. 네가 저녁을 안 먹었다고 하니까 사 갖고

144

온 거지."

"그건 고마운데요. 선보면서 밥만 먹고 헤어졌다니까 상대가 도대체 어떤 사람이었길래 그랬을까~ 궁금함이 생겨난다는 거죠."

"전에는 밥도 안 먹고 헤어졌거든?"

"아예 밥도 안 먹고 헤어졌으면 영 아니었나 보다 하고 말았을 텐데, 최소한 밥은 먹었다면서요? 그러니까 더 궁금하다고요. 애프터 신청도 안 했을 게 분명하고. 어땠는데 그래요? 예뻤다면서요?"

그가 그녀의 얼굴을 빤히 바라보다가 한숨을 푹 내쉬었다.

"예쁜 걸로도 감당이 안 되는 사람이었다고나 할까……."

애매모호한 그의 대꾸에 그녀는 더욱 궁금증이 생겨났다.

"왜요? 어쨌길래 그래요? 얘기 좀 해 봐요."

"28살. 피아노 학원 원장. 스타일은 근사한데 완전 자뻑녀야. 한 달 수입이 500은 된다면서 은근히 날 깔아뭉개더군."

"깔아뭉갰다고요?"

"그래. 생활은 자기 혼자서도 충분히 책임질 수 있으니까 난 소신 있게 검사직에 임하면 된다고 하더군. 검사 월급 안 봐도 뻔한 거 아니냐면서."

오호라. 그래서 자존심이 팍 상하셨구만.

"그게 뭐 어때서요? 오히려 더 잘된 거 아니에요?"

그녀는 별걸 다 갖고 화를 낸다는 식으로 어깨를 으쓱이며 말했다.

"더 잘된 거라고?"

"맞선 볼 때 다들 상대방 경제력을 따지잖아요. 그래서 그 여자도 자랑을 한 거겠죠."

"흥! 가재는 게 편이라더니 너도 여자라고 여자 편을 드는군."

심히 기분 상한다는 듯 그는 코웃음을 쳤다.

"원래 '사' 자 직업 가진 남자와 결혼하려면 열쇠 세 개는 기본이래잖아요. 그 여자는 그런 기본뿐만이 아니라 차후의 일까지 다 책임지겠다고 하는 거잖아요. 남자 쪽에서 보면 정말 좋은 일인 거죠. 다른 남자들 같으면 봉 잡았다고 좋아했겠네요."

"다른 남자들이야 어떨지 모르겠지만 난 아니거든."

생각하는 것만으로도 기분이 나빠져 그는 여전히 퉁명스러운 태도로 툴툴거렸다.

"그럼 당신이 생각하는 바람직한 결혼 상대는 어떤 사람인데요?"

"마음이 먼저 움직이는 사람."

막 젓가락으로 초밥을 들어 올리던 그녀가 그의 대답에 그대로 굳어 버렸다.

"뭐가 먼저 움직여요?"

"마음. 이런저런 조건보다 딱 봤을 때 내 여자다, 라는 그런 감정이 생겨야 한다고."

그를 어이없다는 눈길로 바라보던 그녀가 그만 피식— 헛웃음을 웃고 말았다.

"처음 보고 그걸 어떻게 알아요?"

들고 있던 초밥을 입에 넣고 오물오물 씹어 먹으며 아름은 고개를 갸우뚱거렸다.

"최소한 몇 번은 만나 봐야 마음에 드는지 아닌지 알 수 있는 거 아닌가 싶은데요."

"한 번 봤을 때 싫은 사람은 두 번 봐도 싫은 거야. 여러 번 본다고 좋아지기라도 하나?"

무뚝뚝한 표정으로 딱 잘라 단언하는 그를 멀뚱하니 보던 그녀가 고개를 도리도리 저었다.

"그런 생각이면 평생 맞선을 봐도 결혼할 상대 만나기는 힘들겠네요."

"내 생각도 그래."

"생각이 그렇다면서 계속 맞선을 보는 이유는 뭐에요? 설마 한눈에 마음에 딱 드는 여자를 찾으려고요? 그건 정말 어려운 일일 텐데요. 그러다 좋은 세월, 맞선만 보다가 말겠네요."

가볍게 한숨을 내쉰 그가 초밥 하나를 집어 간장을 푹 찍었다.

"내가 좋아서 맞선 보는 거면 왜 이러고 있겠어? 안 보면 그만이지."

"누가 보라고 했는데요?"

"우리 할머니."

초밥을 입에 넣고 씹는 순간 그는 이마를 팍 찌푸렸다. 으, 짜다.

"단식투쟁을 하시더라고. 건강도 안 좋으신 노인네가. 내가 맞선 안 보면 그냥 계속 굶으시겠다는데 어쩌겠어? 아무리 싫어도 보는 수밖에."

그녀도 그의 심정을 충분히 이해할 수 있었다. 그녀 또한 제니퍼의 압력에 굴복해 싫은 맞선을 봐야 했으므로.

"부모님한테라도 잘 말씀드리지 그랬어요?"

"어머니는 완전 할머니 편이야. 두 분이 아주 손발이 척척 맞더라고. 그리고 아버지는 안 계셔."

"돌아가셨어요?"

그녀는 자신과 처지가 비슷한 그에게 새로운 동지의식을 느꼈다.

"음. 내가 고3 때. 교통사고를 당하셨지."

"우리 아버지도 나 어릴 때 돌아가셨는데……."

그녀의 말에 그는 의외라는 표정을 했다.

"그래? 그럼 어머니는?"

"엄마는 지방에 계세요."

"지방이라……. 농사를 지으시나?"

농사라니, 이런 황당한 질문을 받게 되다니.

"큭!"

그녀는 씹어 삼키려던 초밥이 목에 걸린 느낌에 황급히 손을 들어 입을 막았다.

"아뇨. 콜록! 그런 건 아니…… 콜록, 콜록!"

사레가 들려 콜록거리자 그가 물 잔을 건네주었다. 물을 마시고 난 뒤 그녀는 크게 한숨을 내쉬었다.

"안 뺏어 먹을 테니까 천천히 먹어."

놀리는 것만 같은 어조에 그녀는 그를 옆 눈으로 살짝 흘겨보았다.

"당신이 갑자기 이상한 소릴 하니까 그렇죠."

"그게 왜 이상한 소리야?"

"아무튼 나한테는 이상한 소리로 들리니까 그런 말 하지 말아요."

정 여사에 대한 말을 해 봤자 좋은 말이 나올 리 없었다. 승호 앞에서 정 여사에 대한 험담은 하고 싶지 않아 그녀는 겸연쩍어하는 표정으로 말을 돌렸다.

"그래서 앞으로 또 맞선 볼 거예요?"

그는 대답 없이 한숨만 푹 내쉬었다.

"아무래도 내 생각에는 당신이 상대방을 걷어차니까 계속 맞선을 보게 하는 것 같아요. 그러니까 이번에는 이상한 짓이라도 해서 한 번 걸어 채여 보시죠."

"그건 또 무슨 궤변이야?"

"여자들한테 인기 없는 남자라고 소문나면 맞선은 더 이상 안 들어올지도 모른다는 거죠."

"맞선 보기 싫다고 집안 어른들 얼굴에 먹칠을 하라고? 그게 말이 되는 소리야?"

"왜 화를 내고 그런대요? 그냥 그런 방법도 있다, 라고 말하는 거잖아요."

짜증을 내는 그를 향해 얄밉게 쏘아붙인 그녀는 이내 미안하다는 생각에 부드러운 어조로 말했다.

"초밥 맛있게 먹었어요. 커피 드실래요?"

"음. 고마워."

"금방 가져올게요. 그런데…… 지금 뭐하는 거예요?"

소파에 등을 대고 눕는 그를 그녀는 멍한 표정으로 바라봤다.

"조금만 쉴게. 너무 피곤해서 그래."

피곤하기도 할 터였다. 신경 바짝 곤두세우고 맞선을 보셨으니.

그가 한 팔을 이마에 올리고 눈을 감는 모습을 가만히 바라보던 그녀는 큰 소리 내지 않으려 조심하면서 탁자 위를 정리했다.

그녀가 주방에서 커피를 끓여 나올 때까지도 그는 그 자세를 그대로 유지하고 있었다.

"커피 가져왔어요."

아무 대답도 없었다. 움직이지도 않는 것이 잠이 든 것 같았다.

에이, 설마. 그 짧은 시간에 잠이 들었을까. 하지만 엄청 피곤해 보였는데. 많이 피곤하면 깜빡 선잠을 잘 수도 있는 거잖아. 그런 생각을 하면서 그녀는 그를 가만히 바라보았다.

"주 검사님. 나 할 얘기 있는데요."

그녀는 오늘 올린 성과에 대해 그에게 자랑하고 싶었다. 그도 큰 수확이라면서 기뻐할 게 분명했으니까.

"진짜 잠들었나 봐."

늦은 시간이었다. 새벽같이 일어나는 사람들이라면 벌써 잠자리에 들었을 시간.

그녀는 어떻게 해야 할까 잠시 고민하면서 커피를 마셨다.

그의 자리 쪽으로 놓아둔 커피가 식어 가고 있었다. 그가 계속 잠을

자게 둘 수는 없었다. 아름은 어쩔 수 없다는 식으로 어깨를 으쓱이고
그의 옆으로 다가갔다.

소파 밑에 무릎을 꿇고 그녀는 그의 얼굴을 들여다봤다.

"주 검사님."

작은 소리로 불러봤지만 그에게서 아무 대답이 없었다.

"주 검사님. 승호 씨?"

여전히 그가 움직이질 않자 그녀는 마음을 단단히 먹었다. 살며시
팔을 뻗어 손끝으로 그의 어깨를 톡톡 두드렸다.

"주승호 씨?"

갑자기 그가 눈을 번쩍 떴다.

엄마야! 자기가 깨워 놓고도 그녀는 호러 영화의 한 장면 같은 상황
에 깜짝 놀라 눈을 크게 떴다. 그리고 미처 놀란 마음을 진정시키기도
전에 그의 손이 뻗어 와 뒷목을 움켜잡는 걸 느꼈다.

"앗!"

엄청난 힘에 끌려 그녀의 얼굴이 앞으로 숙여졌다. 그리고 그의 입
술이 그녀의 입술에 닿았다. 그녀는 눈만 동그랗게 뜬 채 놀란 마음을
진정시키지 못했다.

그는 그녀의 입술을 쪽 소리가 날 정도로 빨아들인 뒤, 입가에 씩
미소를 지었다.

"설마 첫 키스는 아니겠지?"

낮게 가라앉은 목소리에 그녀는 멍한 표정을 했다.

물론 첫 키스는 아니었다. 그녀는 나이가 벌써 30살이었으므로 키스
만이 아닌 이런저런 일도 했고, 그렇고 저런 일도 다 해 봤다. 하도 오
래전 일이라서 기억이 가물가물하긴 하지만.

그렇다고 해도 그와는 처음이었다. 그런데 그와 처음 하는 키스를
이런 식으로 하다니. 마치 뭔가 소중한 것을 도둑맞은 것 같은 심정에

그녀는 억울함을 느꼈다.

"하긴, 이건 키스라고 할 수도 없지."

뒤이어 들려오는 그의 말에 그녀는 한층 더 어이없음을 느꼈다. 그리고 자신의 목을 짚고 있는 그의 손에 또다시 힘이 들어가는 걸 느꼈다.

안 돼! 벗어나야 돼. 손을 떨쳐 버리고……. 생각만 했을 뿐 이미 그녀는 그의 손힘에 끌려가고 있었다.

"진짜 키스는 이런 거지."

허스키해진 낮은 음성으로 중얼거린 그가 그녀의 입술에 입술을 댔다. 이번에는 좀 전처럼 가벼운 키스가 아니었다. 그녀의 입술을 빨고, 입 안쪽으로 혀를 밀어 넣으며, 그는 강한 힘으로 그녀를 압박해 갔다.

그를 밀어내려고 들어 올린 손도 그의 손에 잡혀 가슴에 얌전히 놓여졌다. 쿵쿵쿵쿵. 그의 심장박동이 그녀의 손바닥으로 고스란히 전해졌다.

어깨를 뒤흔들며 버둥거리던 그녀의 움직임이 조금씩 잦아들자 그의 손길도 입술도 부드러워졌다. 뒷목을 잡았던 손도 어느새 힘을 빼고 그녀의 뺨과 목덜미를 어루만지고 있었다.

점점 더 키스가 깊어졌다. 그녀가 숨을 쉴 수 없을 정도로. 그는 꽤 많은 것을 요구하며 그녀의 입안 구석구석을 점령하고 있었다. 수줍게 움츠러들어 있는 그녀의 혀를 빨아들인 뒤, 조금씩 부어오르는 입술도 소리 내어 빨았다.

심장이 격하게 뛰고 머릿속이 안개라도 낀 것처럼 몽롱해졌다.

"하아……."

그가 잠시 입술을 뗀 사이 그녀는 가쁜 숨을 내쉬었다. 그에게서 벗어나려고 어깨에 힘을 주는데 다시 그의 입술이 그녀의 입술에 닿았다. 이번에는 가볍게 입술만 살짝 빨아들인다.

"그⋯⋯그만. 하지 말아요."

그의 가슴 위에 놓인 손에 힘을 주고 밀쳐내면서 그 반동으로 그녀는 윗몸을 일으켰다.

"왜 제멋대로⋯⋯."

꽥 소리를 지르며 일어서려는데 순간 휘청하면서 그녀는 그대로 바닥에 주저앉고 말았다.

생각했던 것보다 충격이 컸다. 게다가 당황함으로 인해 그녀는 제 몸을 가눌 수가 없었다. 다리에 힘도 쭉 풀리고, 심장은 여전히 벌렁벌렁거리면서 뛰고, 온몸이 덜덜 떨려오는 것만 같았다.

그가 몸을 일으켜 소파에 앉았다. 두 발을 그녀의 양옆으로 내려놓으며 윗몸을 숙인 채 팔을 뻗어 그녀의 어깨를 감싸 안았다.

"화났어?"

낮은 목소리가 귓가에 들렸다. 그리고 그의 입김이 목덜미에 느껴졌다. 또다시 등줄기로 짜릿한 무언가가 느껴졌다.

제발, 이제 그만해. 그의 행동보다도 자신의 반응이 더 짜증스럽게 느껴져, 그녀는 어깨를 가볍게 뒤척였다. 어깨를 안은 그의 팔이 풀리길 바라면서. 하지만 그의 팔은 더욱 힘을 주어 그녀의 어깨를 꼭 안아왔다.

"미안해. 먼저 허락을 얻었어야 하는데."

말투의 진지함이 진심인 것 같았다. 이럴 땐 뭐라고 대답해야 하나. 왜 허락을 얻지 않았냐고 따져야 하는 건가. 아니면 다음부터는 이런 식으로 하지 말라고 해야 하는 건가. 답답함에 그녀는 한숨을 푹 내쉬었다.

"내가 성급했어. 하지만 네 입술이 움직일 때마다 키스하고 싶은 마음이 생겨나서 참을 수가 없었어. 어떤 맛이 느껴질지. 어떤 느낌일지 알고 싶어서."

이 남자…… 어떻게 이런 간지러운 말을 할 수 있는 거야. 손발이 마구 오글거린다.

그의 손이 그녀의 뺨을 어루만졌다. 그리고 고개를 숙이며 그녀의 뺨에 자신의 얼굴을 댔다. 천천히 고개를 돌려 그녀의 보드라운 뺨에 입술을 댔다.

"하지 말아요."

싸늘한 말투에 그의 몸이 굳었다. 그녀의 뺨에 입술을 댄 채 그는 꼼짝도 하지 않았다. 그녀가 고개를 돌려 입술을 피하려 하자 그는 그녀의 뺨을 감싼 손에 힘을 줘 움직이지 못하게 했다.

"입술 떼요!"

그녀의 말에 그는 오히려 반항이라도 하듯 쪽 소리를 내며 그녀의 뺨에 입을 맞췄다.

"아, 진짜! 입술 저리 치우라니까요!"

"싫어."

또 볼에서 쪽 하는 소리가 들린다. 그의 고집스러운 행동에 슬슬 열이 올라 그녀는 두 팔을 휘저으려 했다. 하지만 어깨를 꼭 끌어안긴 채로는 맘대로 움직일 수가 없었다.

"이 씨. 정말……."

짜증을 내며 바르작거리는 그녀의 허리를 그가 한 팔로 감싸 안았다. 그리고 가볍게 아주 가볍게 그녀를 번쩍 안아 소파 위로 올렸다.

"어……엄마야."

순식간에 그녀는 그의 다리 사이에 앉은 꼴이 되어 버렸다. 등에 와 닿는 그의 가슴, 목덜미에 얹힌 그의 얼굴. 몸의 세포 하나하나가 예민하게 그를 느끼고 있었다. 그녀의 얼굴이 점점 벌겋게 달아올랐다.

"왜, 왜 그래요?"

잔뜩 긴장을 한 탓인지 목소리도 제대로 나오지 않았다.

"그냥……."

그냥? 무슨 대답이 이래?

적잖이 당황한 그녀와 달리 그는 꽤 침착한 듯했다. 목소리도 차분했고 무엇보다 등 뒤에서 느껴지는 그의 심장의 울림이 일정했으니까.

"안고 싶어서."

그가 또 그녀의 목덜미에 입술을 비볐다.

"꼭 끌어안고 있고 싶어서."

"승호 씨."

"그것뿐이야. 그러니까 잠깐만 이대로 있게 해 줘. 아주 잠깐만."

그가 이렇게까지 말하는데 안 된다고 할 수 없었다. 단지 안고 있는 것뿐이라면 괜찮을 것 같다는 생각에 그녀는 아무 말도 하지 않고 가만히 있었다.

시간이 흐르자 그녀의 몸에서 긴장이 사라져 갔다. 조금은 편하게 그의 가슴에 등을 기댄 채, 그녀는 살며시 눈을 감았다. 얼어붙어 있던 마음이 풀리자 포근한 느낌이 온몸을 감쌌다. 허리와 어깨를 감싸고 있는 팔에서도 든든함이 느껴졌다. 목덜미에 닿아 있는 그의 얼굴은 좀 무겁게 느껴졌지만.

"설마, 이러고 자는 건 아니겠죠?"

혹시 하는 생각에 그녀는 살짝 그의 얼굴 쪽으로 고개를 돌렸다.

"음. 안 자."

"그만 놔요."

슬슬 몸이 뜨거워지려고 하고 있었다.

"여기서 또 싫다고 하면 뭔가가 날아오겠지?"

쿡쿡거리며 웃는 소리가 귓가에 들려오자 그녀는 심술 사납게 입술을 삐죽였다.

"당연히 날아가겠죠."

그가 팔을 풀고 그녀의 손을 잡았다. 다리에 힘을 주고 몸을 일으킨 그녀는 그의 얼굴을 똑바로 볼 수 없었다. 발갛게 달아오른 자신의 얼굴을 보여 주고 싶지도 않았다. 슬며시 몸을 돌리려 하는데 그가 붙잡았던 손을 잡아끈다.

"왜요?"

다소 신경질적인 소리를 내뱉자 일어선 그가 그녀의 어깨를 살짝 안았다.

"갈게."

어깨를 토닥거리며 두드린 후, 그가 한 걸음 뒤로 물러섰다.

"빨리 가 버려요!"

마음은 그렇지 않은데 공연히 못된 소리만 입을 뚫고 나왔다.

"전화할게."

"안 해도 돼요."

또다시 그가 쿡쿡거리며 웃었다.

몸을 돌려 슈트 상의를 집어 든 그가 뒤돌아보지도 않고 현관을 향해 걸어갔다.

승호 씨……. 그녀는 입을 뚫고 나오려는 말을 꿀꺽 삼키고 입술을 깨물었다. 현관문이 열리고 그의 모습이 사라졌다.

그렇다고 잘 가란 소리도 안 해? 운전 조심하라는 말도 안 하고? 늦은 시간에 저녁까지 사 들고 여기까지 왔는데? 천사 날개를 단 선한 아름이 머릿속에서 툭 튀어나와 그녀를 나무랐다.

그래. 아무리 못된 짓을 했어도 인사 정도는 해야지. 그런 생각에 그녀는 현관으로 달려가 문을 벌컥 열었다. 하지만 엘리베이터 앞에는 아무도 없었다. 표시창에 B1이라고 떠 있는 걸 보니 그는 이미 주차장에 도착한 모양이었다.

후— 긴 한숨을 내쉰 그녀는 다시 집으로 들어와 베란다 문을 열었다. 아파트 앞 차도에 그의 검은색 차가 지나가고 있었다.

"잘 가요. 운전 조심하고요."

그가 듣지 못할 것을 알면서도 그녀는 말했다. 그리고 그가 보지 못할 걸 알면서도 손을 들어 살짝 흔들었다. 그의 차가 큰 도로로 나서 안 보일 때까지 서 있던 그녀는 베란다 문을 닫고 방으로 왔다. 긴장이 풀리고 기운이 쭉 빠져 그녀는 침대에 털썩 엎어져 버렸다.

날 이렇게나 당황하게 만들다니. 가만 안 둘 거야. 그녀는 입술을 꼭 깨물고 씩씩거리다 눈을 감았다. 다음에 그를 만나면 이 빚을 꼭 갚아 줄 거라 맹세하면서.

6장

왜 전화가 안 올까? 전화한다고 해 놓고서.

그녀는 책상 앞에 턱을 받치고 앉아서 얌전하기만 한 핸드폰을 노려봤다.

그가 가고 난 뒤부터 그녀는 계속 그의 전화를 기다렸다. 잘 도착했다는 전화가 올지도 모른다는 생각에서였다. 그런데 그는 전화는커녕 문자도 보내지 않았다.

잘 들어갔을까? 별일 없겠지?

늦은 밤 꽤 먼 거리를 운전을 하고 가야 했으므로 무사히 집에 도착했는지 궁금했다.

전화라도 해 볼까. 문자라도 보내 볼까. 그런 생각이 들었다. 잘 도착했느냐는 안부 전화를 하는 것뿐이라면 상관없지 않을까 하는 생각도 들었지만 그녀는 이내 포기해 버렸다. 쌀쌀맞은 어투로 잔뜩 화를 내 놓고 그새를 못 참아 전화를 한다는 게 어쩐지 자존심 상하고 속보이는 행동 같아서였다.

월요일에 출근을 하고 나서야 그녀는 그동안 조사했던 사실을 그에게 전하지 않았다는 걸 깨달았다. 말을 하려고 했을 때, 그가 느닷없이 키스를 하는 바람에 당황하기도 하고, 조금은 혼란스러운 기분이 들기도 해서 그만 잊어버리고 말았다.

지금이라도 늦지 않았어. 빨리 알려 줘야지.

그녀는 핸드폰을 들어 그에게 전화를 하려다가 마음을 바꿨다. 전화해서 목소리를 듣고 싶은 마음도 있었지만 한편으로는 망설여지기도 해서 그녀는 문자를 보냈다.

[강소연 고향 친구라는 사람 전화번호하고 주소 보내요.]

문자를 보내고 잠시 후, 그에게서 답장이 왔다.

[OK.]

이게 다야? 그녀는 어이가 없어서 한참 동안 핸드폰을 손에서 놓지 못했다. 혹시나 또 문자가 올지도 모른다는 생각에. 하지만 그 뒤로 이틀 동안 그에게서는 연락 한 통 없었다.

바빠서 그럴까? 그렇다면 간단한 문자라도 보내면 되잖아. 정보를 줬는데 고맙다는 말도 한마디 없어? 아니, 뭐…… 내가 꼭 고맙다는 인사를 받아야겠다는 건 아니지만, 그건 예의 아니냐고. 그리고 최소한 진행상황이나 결과가 어떻게 되었다는 것 정도는 알려 줘야 하는 거 아냐?

이런저런 생각을 하자니 우울한 기분이 들었다.

혹시…… 전화 안 해도 된다는 내 말 때문에 그러는 걸까? 그런 생각이 들자 한층 더 우울해졌다.

"강 대리!"

핸드폰을 노려보면서 전화를 할까 말까 고민하던 그녀는 너무 생각에 집중한 탓인지 한 부장이 책상 앞으로 다가와 서는 것도 몰랐다.

"강 대리!"

또다시 한 부장이 묵직한 목소리로 부르자 그녀는 번뜩 정신을 차렸다.

"네? 네. 부장님."

"뭔 생각을 그리 열심히 하기에 불러도 몰라?"

"아, 네."

그녀가 겸연쩍은 표정으로 웃기만 하자 한 부장이 그녀 쪽으로 고개를 숙였다.

"애인 생각했나? 강 대리, 요새 연애해?"

적중률 100%. 정통으로 심장에 화살이 꽂히는 것만 같은 느낌에 아름은 눈을 동그랗게 떴다. 그리고 벌겋게 달아오른 얼굴로 열심히 고개를 저었다.

"아니에요, 한 부장님. 그런 거 절대 아닙니다."

한 부장이 의심쩍다는 표정으로 바라보자 그녀는 양손을 들어 마구 흔들기까지 했다.

"믿어 주세요. 한 부장님. 저 연애 안 해요."

"아니, 뭐. 강 대리도 나이가 있는데 연애 좀 한다고 누가 뭐라고 하겠어? 뭘 그렇게 정색을 하고 수선을 떠나."

"네?"

"강 대리가 연애를 한다고 하면 오히려 격려를 해 줘야지. 사실 강 대리는 지금 연애를 시작해도 늦은 나이잖나."

"그……그렇죠. 제가 나이가 좀 있긴 하죠."

어쩐지 입맛이 씁쓸했다.

"이제야 연애 시작해서 언제 결혼하고 또 애는 언제 낳나. 여자는 일찍 결혼해서 일찍 애를 낳아야 좋다던데. 원 요즘 젊은 사람들은 도통 결혼할 생각들은 안 한단 말야. 여자 나이 서른이면 예전에는 학부모였는데 말야."

"크윽……."

눈물이 절로 난다. 노처녀의 비애를 이런 식으로 느껴야 하다니.

"그건 그렇고 강 대리, 내 심부름 하나 해 줘야겠어."

"심부름이요?"

"그래. 검찰청 조사부에 김문일 검사한테 이 자료만 전해 주면 돼."

검찰청. 왜 하필이면 검찰청이야? 심부름을 시켜도 꼭······.

그녀는 마땅치 않아 하는 눈빛으로 한 부장을 봤다.

"원래는 내가 가려고 했는데 말야. 갑자기 일이 생겼지 뭐야. 전화 통화 했으니까 그냥 갖다 주기만 해."

못마땅해하는 그녀의 태도는 아랑곳없이 한 부장은 자기가 하고 싶은 말만 했다.

"아, 그리고 혹시라도 안 받겠다고 해도 꼭 전해 줘야 돼, 강 대리. 우격다짐으로라도 맡기고 와야 한다고. 알았지?"

한 부장은 말을 하면서 슬쩍 주먹을 쥐어 보였다.

그 제스처는 뭡니까? 부장님. 지금 저보고 경찰청에 가서 주먹을 쓰고 오라 그 얘기입니까? 그것도 검사한테요? 아니, 이 양반이 누굴 잡으시려고.

뜨악한 표정으로 그녀가 올려다보자 한 부장은 껄껄 웃으며 그녀의 어깨를 툭툭 쳤다.

"그럼 부탁해. 난 강 대리만 믿어."

믿지 마세요! 절대! 절대로 믿지 마시라고요!

그녀는 한 부장이 책상 위에 내려놓고 간 파일을 한참 동안이나 노려보았다. 안 받으려하는 파일을 전해 주는 것도 문제겠지만, 그것보다 더 큰 문제는 검찰청에 가야 한다는 거였다.

검찰청. 주승호 검사가 있는 곳. 정말 가고 싶지 않았다. 이런 기분에 그를 만나고 싶지는 않았지만 상황을 바꿀 수도 없었다.

사무실에 놀고 있는 인간이 하나라도 있다면 대신 일을 떠맡길 텐데. 아무리 둘러봐도 성질 고약한 김 실장 말고는 아무도 없었다.

에휴, 어쩔 수 없지. 죽으나 사나 내가 가야지. 그녀는 어쩔 수 없이, 정말 어쩔 수 없이 파일을 들고 검찰청으로 향할 수밖에 없었다.

주차장에 차를 세운 뒤 그녀는 파일을 들고 건물 쪽으로 걸음을 옮겼다. 조사부 김문일 검사한테 전해 주라고 했지. 그런데…… 잠깐만. 김문일이라고? 귀에 익은 이름이었다. 가만히 기억을 더듬어 보니 그녀와 맞선을 보기로 했던 상대방의 이름이 김문일이었다.

에이, 설마. 하지만 그 상대방도 직업이 검사라고 했는데. 혹시 동명이인? 그런 생각으로 복도를 걷던 그녀는 문득 앞을 바라보다 걸음을 멈추고 말았다.

그녀의 앞쪽에 그가 있었다. 주승호.

그는 심각한 이야기를 하는 중인지 살짝 이마를 찌푸리고 있었다. 항상 보아 오던 정장차림인데 오늘따라 유난히 멋있어 보인다. 검찰청 내에서 봐서 그럴까?

"또 언제 말을 바꿀지 모르니까 확실하게 다짐을 받아 놔야. 이번에는 그냥 어설프게 넘어가면 안 돼."

"네, 검사님. 그럼 가 보겠습니다."

옆에 서 있던 사람이 몸을 돌려 걷기 시작하자 그도 고개를 돌렸다. 그리고 그제야 그녀를 본 듯 그의 눈이 가늘게 뜨여졌다. 그가 그녀 앞으로 가까이 다가왔다.

"여긴 어쩐 일이야? 나 만나려고 왔나?"

"착각도 자유세요. 내가 검사님 만나러 여기까지 오겠어요?"

그녀는 들고 있던 파일을 살짝 내보였다.

"한 부장님 심부름 왔네요."

"무슨 심부름?"

"그걸 일일이 보고해야 해요? 정 궁금하시면 직접 한 부장님한테 물어보시죠."

그녀가 얄밉게 톡 쏘아붙이고 걸음을 떼려는 찰나 그의 손이 휙 움직였다. 눈 깜짝할 사이에 아름이 들고 있던 파일을 낚아채 간 그가 표지를 휙 넘겼다.

"뭐하는 거에요? 왜 남의 파일을 함부로 보고……."

"이거 누구한테 주러 가는 거야?"

그가 낮은 어조로 물었다. 뭔 상관이냐고 큰 소리를 치려던 그녀는 그의 안색이 심각하게 변하자 눈을 동그랗게 떴다.

"왜, 왜요?"

그녀는 파일 내용을 보지 않았다. 직장 상사가 부탁한 일이기에 내용까지 살펴보는 건 옳지 못한 일이라 생각해서였다. 그런데 그의 행동을 보아하니 갑작스럽게 의심이 들었다. 뭔가 정당하지 못한 일을 하고 있는 것 같은 느낌이 들었다고나 할까.

"설마 불법적인 거에요?"

그는 여전히 심각한 안색으로 대꾸했다.

"누구한테 건네주느냐에 따라 다르지."

"조사부 김문일 검사님한테 전해 주라고 하던데요."

"그래? 그럼 괜찮겠군."

파일을 탁 접어 그녀에게 돌려주며 그가 고개를 끄덕였다.

"그럼 일 잘 보고 가."

"뭐에요? 무슨 내용인데 그래요?"

"궁금하면 직접 보던가."

그 말을 남기고 그는 휙 몸을 돌렸다.

뭐야? 이 남자. 무슨 반응이 이따구야?

좋다고 붙잡고 키스까지 해 놓고서. 며칠 동안 연락 한 번 제대로 안 해 놓고서. 반가운 척은커녕 아는 척 한 번 한 걸로 볼일 다 봤다는 식이잖아.

게다가 뭐? 궁금하면 직접 보라고? 댁은 상사 심부름으로 받은 파일을 허락 없이 봐도 된다고 생각하시는 겁니까요? 아, 물론 절대 보면 안 된다고 한 건 아니지만.

살짝 볼까? 그랬다가 정말 큰일 날 내용이면? 그냥 모른 척하고 말아?

아이 씨, 짜증나. 공연히 파일은 들춰 봐서 사람 궁금하게만 만들어 놓고.

억울한 기분이 들었다. 화도 나고.

그녀는 그의 뒤통수를 눈이 째져라 노려보면서 겉으로 내색은 못하고 속으로만 씨근덕거렸다. 입술을 깨물고 파일을 꼭 움켜쥔 채 부르르 떨던 그녀는 이내 소리가 나도록 휙 몸을 돌려 조사부로 향했다.

뒤통수 따가워 죽겠네.

그는 몇 걸음 걷다 마주 오는 사람과 인사를 하면서 슬쩍 그녀 쪽을 봤다. 이를 바드득 갈아 대면서 파일을 꼭 움켜쥐는 폼이 아무래도 화가 난 듯 보였다.

내가 좀 심했나? 그런 생각이 문득 들었다. 하지만 그녀를 봤을 때, 순간적으로 주책없이 심장이 쿵쾅거리면서 뛰어 대 무슨 말을 어떻게 해야 되는 건지 알 수 없었다. 그녀는 여전히 예뻤고, 매력적이었으며 반항기 가득한 모습이었다.

이렇듯 갑자기 예상치도 못한 곳에서 마주쳤는데도 반가운 기색 하나 없이 쌀쌀맞게 구는 그녀가 얄미웠다. 생각 같아서는 아무도 없는 곳으로 끌고 가서 숨도 못 쉴 정도로 키스를 퍼부어 주고 싶었는데. 마음만 굴뚝이었지 현실로 옮길 수 없는 상상일 뿐이었다.

조사부의 김문일 검사를 만난다고? 그가 기억하기로 김문일 검사는 이제 막 햇병아리를 벗어난 신참 검사였다. 입만 열면 자신이 헌팅한 여자들에 대해 자랑을 쏟아 놓는 덜떨어진 인간이기도 했다.

그는 한숨을 푹 내쉬고 발길을 돌려 조사부로 향했다. 그럴 일은 없겠지만 혹여라도 그녀가 김문일의 마수에 걸려들지 않을까 걱정이 되었다.

아니나 다를까. 그가 막 조사실로 들어서자 점입가경의 진풍경이 펼쳐지고 있었다. 뭐가 그렇게도 좋은지 문일은 연신 헤벌쭉 웃고 있었고 그녀마저도 입가에 한가득 미소를 띠고 있었다.

"정말로 그때 저하고 맞선 보기로 하신 분이 검사님이셨던 거예요?"

"그렇다니까요. 이렇게 아름 씨 같은 매력적인 분이 맞선 상대였다니. 그 자리에 못 나간 게 한이 될 정도입니다. 하하."

맞선 상대? 승호의 머릿속으로 노보텔 앰버서더 강남 로비 라운지에서의 일이 휙 하고 스쳐 지나갔다.

오호라, 그러니까 그날 그녀를 바람맞힌 놈이 너였구나.

그는 날카로운 눈빛으로 김문일과 그녀를 번갈아봤다.

그가 들어온 것도 모르고 문일과 그녀는 호호 하하, 이야기에 정신이 팔려 있었다.

"그래도 이렇게라도 만난 게 어딥니까. 아무래도 우린 인연이 있나 봅니다."

"아, 네. 저도 그렇게 생각해요."

뭐가 '저도 그렇게 생각해요.' 야? 너 그때 저놈 한 시간 반이나 기다렸어. 기다리다가 열 받는다고 술까지 마셨고. 속상하다고 펄펄 뛰고 난리를 쳐 놓고, 그새 그 사실을 잊어버리기라도 한 것처럼 마주 보고 웃고 있어?

기가 막히다 못해 코까지 막힐 상황에 승호는 그저 쓰디쓴 미소만
지을 뿐이었다.

"사실 그날 제가 긴급출동을 나갔습니다. 아무래도 나랏일하는 사람
이라 그런지 휴일도 제대로 못 챙기고 그럽니다."

"네. 많이 바쁘실 거예요."

살살 녹아드는 솜사탕 같은 달콤한 목소리와 봄바람에 하느작거리는
버들가지 같은 몸짓. 그녀는 지금껏 승호가 알고 있던 강아름이 아니었
다.

자신 앞에서는 이리 뛰고 저리 뛰고 완전 선머슴 같은 모습만 보여
줬던 그녀였다. 그런데 지금 그녀는 웃을 때도 한 손으로 입을 막고 요
조숙녀처럼 얌전히 웃고, 눈웃음까지 치면서 마주 선 남자의 애간장을
녹여 대고 있었다.

저 엉덩이에 꼬리 좀 봐라. 9개도 넘어 90개는 되겠다. 저렇게 꼬리
를 살살 흔들어 대니 문일이 제정신을 못 차리고 있는 것 아니겠는가.

"아름 씨를 만나게 될 줄 알았으면 나랏일이고 뭐고 다 집어치우고
달려가는 건데 그랬습니다."

"어머, 호호. 그래도 그러면 안 되죠."

"당연히 안 되지. 여자한테 홀려서 대충 일했다가는 언제 옷 벗을지
모르니까. 검사직이라는 게 그렇게 만만한 게 아니거든."

그가 툭 끼어들자 문일도 그녀도 뜨악한 표정을 했다.

"선배님. 언제 오셨어요?"

"주 검사님."

문일이 그와 그녀를 번갈아 보며 물었다.

"두 분이 아시는 사이세요?"

"음. 좀 아는 사이지. 그건 그렇고 자네 그날 친구들하고 양평으로
놀러 갔다 왔다고 하지 않았나?"

"네?"

"그다음 날 자네가 휴게실에서 큰 소리로 떠들어 댔잖아. 양평에 놀러 갔었는데 물 좋았다고. 여대생들 헌팅해서 오랜만에 재미있게 놀았다고 말하는 걸 내가 똑똑히 들었는데."

그녀가 눈을 동그랗게 뜨고 그를 보다 문일을 쳐다봤다.

그녀의 눈길을 받은 문일이 다급한 표정으로 손을 저었다.

"아닙니다, 아름 씨. 선배님이 잠시 착각을 하신 겁니다. 하하."

문일은 그녀를 향해 변명을 늘어 놨다.

"친구들하고 양평에 가긴 갔었죠. 하지만 그건 맞선 보기로 한 날이 아니라 다른 날입니다. 그리고 친구들이 하도 보채서 같은 펜션에 놀러 온 여대생들한테 같이 얘기를 하자고 제가 먼저 말하긴 했습니다. 친구들이 숫기가 없어서인지 그런 일은 죄다 저한테 떠맡기더군요. 제가 검사이다 보니 아무래도 여자들한테 잘 보이기도 쉽고요. 아름 씨, 이해하시죠?"

그녀는 조금은 얼떨떨한 표정으로 승호를 슬쩍 바라봤다.

그는 아름의 표정을 보고 문일을 향해 코웃음을 쳤다.

난 이해 못 한다. 이놈이 어디서 뻔한 거짓말을!

"분명히 맞선 보기로 한 날이었어."

"선배님. 덮어씌우지 마세요. 제가 맞선 보기로 한 날이 언제인지도 모르시면서……."

"잘 알지. 그날 나도 맞선을 봤으니까."

그가 딱 잘라 말하자 문일의 표정이 어두워졌다.

"선배님도 맞선을 보셨다고요?"

"그래. 노보텔 앰버서더 강남 로비 라운지에서. 그것도 공교롭게 이분 옆자리였지."

그가 그녀를 턱짓으로 가리켰다.

"그때, 혼자 기다리고 있던 걸 내 두 눈으로 똑똑히 봤어. 그러니까 김검, 어설픈 변명은 그만두지?"

"그게…… 그러니까……."

문일은 똥 씹은 표정이 돼서 어쩔 줄을 몰라 했다.

"그리고 변명을 하려거든 말이 되는 변명을 해야지. 조사부 직원이 무슨 긴급출동을 하나? 그것도 휴일에. 여태까지 그런 일은 없었다고 알고 있어. 게다가……."

"그만하세요."

생각지도 못했던 일이 벌어졌다. 그녀가 승호를 비난하는 눈빛으로 바라보며 말을 막았다.

승호는 흠칫 놀랐고 문일은 가슴을 쓸어내리며 안도의 한숨을 내쉬었다.

"어쨌든 지나간 일이잖아요. 누구 잘못이라고 들춰내서 다시 문제 삼을 일은 아니라고 생각해요. 나름대로 사정이 있는 거니까요."

그녀가 문일의 편을 들었다.

"그렇죠. 제가 생각해도 그렇습니다. 아름 씨는 모습만 아름다우신 게 아니라 마음씨도 정말 아름다우시군요."

"아니에요. 그렇게 자꾸 비행기 태우지 마세요. 그러다 떨어지겠어요."

"하하. 걱정 마세요. 아름 씨가 떨어지면 제가 달려가서 받아 드릴 테니까요."

놀고들 있네. 승호의 눈에서 화르륵 불길이 치솟았다.

"그런데…… 주 검사님은 여기 왜 오셨어요? 좀 전에 반대편으로 가시지 않았어요?"

그를 빤히 바라다보며 그녀가 여전히 매혹적인 목소리로 말을 했다. 하지만 눈빛만은 날카로웠고 분노와 뒤섞인 미움의 감정이 담겨 있었다. 아마도 문일과의 달짝지근한 대화를 방해했다고 화가 난 듯 보였다.

그렇다면 오히려 내가 더 훼방을 놔 주마. 남 잘 되는 꼴은 절대 못 본다는 못된 심보로 무장한 그가 심술궂은 미소를 입가에 띠었다.

"할 얘기가 있어서. 잠깐 나오지."

"기다리세요. 저도 일 끝마쳐야 하니까요."

그녀가 다소 쌀쌀맞게 대꾸하고 문일 쪽으로 몸을 돌렸다.

그렇게 떠들어 대고서 아직도 볼일이 남았다고? 문일을 보면서 상냥한 미소를 짓는 그녀의 모습에 그는 심장이 타들어 가는 것만 같았다. 당장에라도 그녀를 끌고 나가고 싶어 손이 근질거렸다.

"이거…… 한 부장님이 전해 드리라고 하셔서요."

"네."

그녀가 파일을 내밀자 문일은 감사장이라도 받듯이 두 손으로 공손히 받아 들었다.

"한 부장님은 김 검사님이 안 받을지도 모른다고 걱정하시던데……"

으……. 정말 뒷골 당긴다. 말꼬리를 흐리면서 연약한 척 가녀린 몸짓을 하는 그녀를 보고 승호는 뒷목을 손으로 잡았다.

"그런 걱정은 하지 마세요, 아름 씨. 한 부장님이 직접 가져오셨다면 또 모르지만 아름 씨가 부탁하시는 건데 제가 거절할 수가 있나요. 하하."

선심 쓴다는 듯한 문일의 태도에 그는 부드득 이를 갈았다. 아주 세트로 사람 염장을 긁어 대는구만.

"정말 고맙습니다."

깍듯하게 고개를 숙이며 인사하는 아름.

"별말씀을요."

마주 인사를 하며 흐뭇한 표정을 짓는 문일.

두 사람을 번갈아 바라보던 승호는 제대로 빈정이 상해 휙 몸을 돌렸다. 이대로 두 사람이 하는 행동을 보고 있다가는 십년 전에 먹은 칼국수가 뱃속에서 춤을 춰 댈 것만 같았다. 그가 막 사무실 문을 열려고 할 때였다.

"언제 저녁 같이하시는 건 어때요? 아름 씨."

드디어 문일이 작업을 걸기 시작했다.

그는 고개를 휙 돌려 그녀의 뒤통수를 노려봤다.

안 된다고 해. 절대 안 된다고 말하라고.

"네. 그럴게요."

그의 바람을 저버리고 그녀가 승낙의 뜻을 내비쳤다.

쾨쾅! 머릿속에서 천둥이 치고 번개가 쉴 새 없이 내리꽂히는 느낌이었다. 그는 이를 악문 채 한결 눈에 힘을 주고 그녀를 노려보았다.

"그럼 쇠뿔도 단김에 빼랬다고 오늘 저녁은 어떨까요?"

뭐야? 저놈이 드디어 미쳤나? 확 눈이 돌아 그가 한 발짝 앞으로 나서려고 할 때였다.

"죄송합니다. 오늘은 제가 선약이 있어서요."

다정한 어투로 그녀가 말하자 문일의 표정에 실망의 기색이 스쳐 지나갔다.

"요즘 회사 일로 많이 바빠서요. 제가 따로 연락을 드릴게요."

"아, 네."

떨떠름하게 대꾸하는 문일을 보자 그나마 속이 좀 시원해지는 느낌이었다.

"저 그럼 이만 가 볼게요."

"네. 꼭 연락 주세요. 아름 씨."

좀 전의 말이 거절이라는 걸 눈치채지 못한 것처럼 문일은 여전히 헤벌쭉 웃으면서 말을 건넸다.

"네."

살짝 고개를 숙여 인사를 한 그녀가 몸을 돌렸다. 그리고 문 앞에 서 있는 그를 보자 눈썹을 살짝 찡그렸다. '왜 아직도 거기 있냐' 라는 뜻을 담고서.

그녀가 가까이 다가오자 그는 문을 열었다. 매서운 눈길로 그를 쓱 훑어본 그녀가 고개를 빳빳이 들고 옆을 스쳐 지나갔다.

도대체 뭐 때문에 저렇게 성질이 잔뜩 난 거야? 쌀쌀맞은 걸 넘어서 북풍한설이 몰아치는 것처럼 차디찬 그녀의 행동에 기분이 언짢았다.

"할 얘기가 뭔데요?"

대뜸 묻는 그녀의 말에 그는 어깨를 으쓱였다.

"여기서 하라고?"

"하세요."

그녀는 턱에 힘을 주고 그를 노려보았다.

"조용한 데로 가지. 그렇게 간단한 얘기가 아니니까……."

"회사 들어가 봐야 돼요."

그는 팔짱을 낀 채 지긋이 그녀를 바라봤다. 그녀는 여전히 쌀쌀맞 았고, 그는 여전히 기분이 좋지 않았다.

"저 파일에 대한 답을 제대로 받고 싶다면 내 말 듣는 게 좋을 텐데."

강압적이고 싶지 않았지만 그녀가 자꾸 자극을 해 대니 어쩔 수 없는 일이었다.

"협박이세요?"

"어."

별거 아니라는 투로 그가 대답하자 그녀가 피식 실소를 흘렸다.

"좋아요. 가죠, 조용한 데로."

그녀는 휙 몸을 돌려 걸음을 옮겼다. 그런 그녀의 뒷모습을 보면서 그는 어이없다는 게 어떤 건지 확실하게 알 수 있었다.

건물을 나와 방문객들을 위해 마련되어진 휴식 공간으로 나온 그녀는 도전적인 자세로 그를 쏘아보았다.

"이제 말씀해 보세요."

"왜 표정이 그래?"

"무슨 표정요?"

"예쁘다, 아름답다, 매력적이다. 그런 소리 잔뜩 들어놓고 왜 똥 밟은 표정이냐고."

주승호. 이 인간은 다시 한 번 생각해 봐도 '똥' 엄청 좋아하는 것 같다. 어째 비유를 할 때마다 번번이 '똥' 소리를 하는 걸까?

"그 말이 죄다 입에 발린 소리라는 걸 뻔히 아는데 마냥 기분 좋기만 하겠어요?"

"입에 발린 소리인 줄 알면서 그 앞에서 이리저리 몸 배배 꼬아 대면서 좋은 척을 했다는 거야?"

"배배 꼬지는 않았거든요."

그녀가 날카로운 말투로 쏘아붙이자 그는 소리 나게 코웃음을 쳤다.

"흥! 내가 봤을 때, 충분히 배배 꼬았거든."

"그럼 어쩌라고요? 한 부장님이 저 파일 떠안기고 오라고 했는데. 그런 식으로라도 기분 맞춰 줘야 할 거 아니에요."

"꼭 그렇게 해서 기분을 맞춰 줘야 하나?"

"안 그러면요?"

그녀가 슬쩍 주먹을 들어 보였다.

"과감하게 주먹으로 해결했어야 된다는 거예요?"

"무슨 그런 큰일 날 소리를…… 내 말은 꼭 그런 식으로 하지 않아도 되는 방법이 있다는 거지. 예를 들면 나한테 먼저 말을 하든가……."

그의 말을 뚝 끊으며 그녀가 쌀쌀맞게 소리쳤다.

"내가 왜요?"

"뭐?"

"내가 왜 굳이 당신한테 아쉬운 소릴 해야 하냐고요."

그는 꿀 먹은 벙어리가 되어 한참 동안 그녀를 바라보기만 했다. 조금 전 사무실에서 문일에게 상냥하게 대하던 그녀가 그립게 느껴졌다.

"나한테 뭐 화난 거 있나?"

그걸 말이라고 하냐?

화나는 일이야 많았지만 그렇다고 그걸 자신의 입으로 말하고 싶지 않았다. 어쩐지 치사하고 자존심 왕창 상하는 그런 느낌이 들어 그녀는 입술을 꼭 깨물고 고개를 샥 돌려 버렸다.

"말해 봐. 내가 서운하게 한 거 있냐고."

"할 얘기가 그거였어요?"

그녀가 톡 쏘아붙이자 그는 잠시 멍한 표정을 했다.

"없어요. 당신한테 화난 것도 없고 서운한 것도 없어요. 이제 됐죠? 그럼 그만 갈게요."

그는 손을 뻗어 돌아서려는 그녀의 팔을 잡았다.

"왜 그래?"

"뭘 왜 그래요?"

"내가 전화 안 해서 그러는 거야?"

숨이 콱 막혔다. 그렇다고 할 수도, 아니라고 할 수도 없는 상황에 그녀는 답답함을 느꼈다.

정신 차려, 강아름! 언제부터 이렇게 소심해진 거야? 다시는 바보처럼 굴지 않겠다고 마음먹었잖아. 전처럼 말도 못하고 어리석게 행동하지 않겠다고 스스로에게 맹세하지 않았어?

그녀는 크게 숨을 들이마셨다가 내뱉고는 팔에 힘을 줘 그의 손을 떨쳐내려고 했다.

"단지 전화를 안 해서 화가 난 건 아니죠."

힘껏 뿌리쳤지만 그의 손은 여전히 그녀의 팔을 꼭 움켜잡고 있었다.

"예의가 없잖아요."

"내가?"

"여기 당신 말고 누가 또 있어요?"

"내가 어떤 면에서 그런데?"

"최소한 정보를 제공했으면 그에 대한 말이 있어야 하는 거 아니에요? 왜 아무 연락이 없어요? 궁금해하다가 제 풀에 지쳐 고꾸라지라고 일부러 연락 안 하는 거예요?"

잔뜩 토라진 티를 있는 대로 내면서 그녀가 말을 이었다.

"나 당신 일 말고도 하는 일 많고 바쁜 사람이에요. 계속 그 일에만 매달려 있을 수 없다고요. 그런데 제대로 연락도 안 해 주면 나보고 어쩌라는 거예요? 일을 계속 하라는 거예요, 아님 말라는 거예요?"

"그래서 화가 났다고?"

"그래요."

"그거 아직 결과 안 나왔어. 오늘 오후쯤 나온다고 하던데."

그래서 전화를 안 했다고? 일 얘기 아니면 나한테 연락할 필요 없다는 거야?

내심 서운한 마음이 더해져 그녀는 이마를 찌푸렸다.

"아, 그러세요. 그러면 결과 나오면 알려 주세요. 이만 가 볼게요."

쌀쌀맞은 어투로 종알거리듯 말을 내뱉은 그녀가 그의 팔을 뿌리친 뒤, 휙 몸을 돌렸을 때였다.

"어딜 자꾸 간다고 그래?"

"저 바쁜 사람이라고 조금 전에 말씀드렸던 거 같은데요. 회사에 들어가 봐야 한다고요. 그러니까 자꾸…… 엄마야!"

말을 하던 그녀는 갑자기 그가 턱 끌어안자 엉겁결에 비명을 지르고 말았다.

"뭐 하는 거에요?"

"오후에 결과 나오면 회사로 찾아가려고 했었어."

"그 말을 나보고 믿으라고요?"

"정말이야. 갑자기 '짠!' 하고 나타나서 놀래켜 주려고 했었다고. 그런데 오히려 네가 나타나서 내가 더 놀랬어."

사뭇 기분이 상했다는 투로 그는 투덜거렸다.

"한 부장은 꼭 심부름을 시켜도 오늘 시킬 게 뭐냐고! 타이밍 안 맞게."

"공연히 한 부장님 탓하지 말아요. 일 빨리 진행시키지 못한 주 검사님 책임이 더 크죠."

"개인정보 조회하는 게 쉬운 줄 알아? 이것저것 챙겨야 될 서류만도 산더미야. 그리고 나도 바쁜 사람이야. 그 일에만 매달려 있는 거 아니라고."

"알았으니까 일단 이것 좀 놔주시겠어요?"

그녀는 어깨를 뒤채며 그의 품에서 빠져나오려고 했다.

"그리고 그렇게 바쁘면 가서 일이나 하시지 조사부에는 뭐 하러 쫓아와요?"

"행여나 김검이 너한테 수작을 부릴까 싶어 쫓아갔지."

"수작을 부리고 말고 할 일도 없었으니까 이것 좀 놓으시라고요."

"수작을 안 부렸다고? 하! 그게 수작이 아니면 뭔데?"

못마땅하다는 투로 소리 나게 콧방귀를 뀌어 댄 그가 오히려 그녀를 안은 팔에 더욱 힘을 줬다.

"핑계 댄다고 거짓말이나 줄줄 늘어놓고 예쁘다, 매력 있다 온갖 찬사를 다 쏟아붓고, 결국엔 같이 밥 먹자고 작업 걸었잖아."

"아, 정말!"

바쁜 걸음으로 지나가던 사람이 흘끗 쳐다보자 아름의 얼굴이 벌겋게 달아올랐다.

"수작을 부리던 어쨌던 넘어가지만 않았으면 된 거잖아요. 그러니까 이제 좀 그만 놔주라고요."

"거의 넘어갈 뻔했잖아!"

그의 말에 그녀는 억울하다는 표정으로 소리쳤다.

"내가 언제요?"

"저녁 같이하자는 말에 덥석 그런다고 대답했잖아. 연락한다며?"

"그거야 예의상 하는 소리였죠."

"그래서 연락할 거야?"

"안 해요!"

다시 한 번 그의 품에서 벗어나려 바르작거리며 그녀가 이어 말했다.

"이제 궁금증 풀리셨으면 이것 좀 놔요."

"왜 자꾸 도망가려고 그래?"

"정말 주 검사님은 공공장소에서 이러고 싶으세요?"

"뭐가 어때서?"

"사람들 눈도 좀 의식하셔야죠. 이거 엄연히 풍기문란이거든요. 아니, 대한민국 검사씩이나 돼서 이런 기본적인 질서도 지키지 않는다는 게 말이 되는 일이냐고요."

"가볍게 끌어안은 것뿐이구만 풍기문란은 무슨……."

가당치도 않다는 투로 말한 그가 이마를 슬쩍 찌푸렸다.

"검사면 모범적인 행동을 해야죠. 당장 놔요! 안 놓으면 정강이 뼈 작살날 줄 알아요!"

눈에 힘을 잔뜩 준 채, 그녀가 으름장을 놓자 못마땅하다는 표정으로 그는 입술을 실룩였다.

"뽀뽀 한 번 하자고 덤볐다가는 맞아 죽겠네."

"잘 아시네요."

"그런다고 내가 못 할 거 같지?"

"네? 그게 무슨……!"

그는 두 손으로 그녀의 양 뺨을 감싸 쥐었다. 그리고 놀라 눈을 동그랗게 뜨는 그녀의 작은 입술에 자신의 입술을 댔다. 빠르면서도 강하게 그녀의 입술에 키스를 한 후, 그는 만족스러운 미소를 입가에 띠운 채, 서둘러 한 걸음 뒤로 물러났다.

뭔가가 날아올지도 모른다는 생각에 공격 범위에서 벗어나고자 한 행동이었다. 그리고 그의 예상이 맞았다는 듯 눈앞으로 작은 주먹이 휙 하니 지나갔다.

"어이쿠! 심장 떨려라."

과장된 몸짓으로 가슴을 쓸어내리면서 그는 두어 걸음 더 뒤로 물러났다.

회심의 일격이 실패하자 분하다는 표정으로 두 주먹을 움켜쥔 채 그녀가 빽 소리를 질렀다.

"주 검사님!"

"흥분하지 말라고. 릴렉스, 릴렉스……."

릴렉스 같은 소리 하고 있네. 그녀는 시근덕거리면서 그를 노려보았다.

"자꾸 이러면 저 다시는 주 검사님 안 볼 거예요."

그녀의 말에 그가 자못 심각한 표정을 했다.

"그러면 좀 곤란한데."

"곤란할 게 뭐가 있어요? 안 보면 그만인 거지."

"일 좀 부탁하려고 했거든."

"일요? 또 무슨 일을 부탁하겠다는 거에요?"

자라 보고 놀란 가슴 솥뚜껑 보고 놀란다는 속담이 꼭 들어맞는다. 그녀는 그의 말을 듣기도 전에 눈을 동그랗게 뜨면서 고개를 절레절레 저었다.

"되도록 저한테 일 얘기는 하지 마세요. 저 엄청 바쁜 사람이라고 말씀드렸잖아요."

"정식 의뢰는 아니지만 수고비 줄게."

수고비 소리에 그녀의 표정이 변했다. 전생에 돈 못 벌어 죽은 귀신이 붙었는지 그녀는 '돈' 소리에 꽤나 민감한 반응을 보였다.

"얼마나 주실 건데요?"

"일만 잘 되면 네가 달라는 대로 줄 수 있어."

"아뇨. 됐어요. 사양할래요."

뜻밖의 말에 그가 눈살을 찌푸렸다.

"무슨 소리야? 달라는 대로 다 준다는데 무슨 일인지 들어 보지도 않고 거절을 해?"

"들어 보나 마나죠. 주 검사님처럼 짠돌이 기질이 다분하신 분이 달라는 대로 다 준다고 하면서 시키는 일이야 뻔하잖아요. 정말 목숨을 걸어야 하는 일인 거죠? 저 보이는 것보다 더 연약한 사람이거든요. 그런 일 겁나서 못 해요."

"생각하는 거 하고는……."

그는 그녀의 얼굴을 빤히 쳐다보며 쯧쯧 소리 내어 혀를 찼다.

"내가 아무렴 너한테 목숨까지 걸 정도로 위험한 일을 시키겠어?"

"그런 거 아니면 무슨 일인데요?"

그녀가 관심을 보이자 그제야 그가 어깨를 으쓱이며 한숨을 내쉬었다.

"역할 대행."

"역할 대행이요? 무슨……. 설마 애인인 척 하라던가 뭐, 그런 거 맡기려고 하는 거예요?"

"정답!"

또다시 그녀가 고개를 저었다.

"싫어요."

"왜?"

생각대로라면 '전 정말 그런 거 잘 못하거든요?' 라면서 계면쩍은 웃음을 날려야 하는 거였지만 그녀는 심각한 안색으로 고개를 숙여 버리고 말았다.

그녀는 자신의 마음이 어느 정도 그에게 향해 있음을 느꼈다. 아닌 척해 봐야 소용없었다. 시간이 지날수록 그에 대해 궁금했고, 보고 싶었다. 만나서 이런저런 얘기를 하며 그와 함께 웃고 싶었다.

정말 내 애인이었으면 하는 생각이 들게 하는 남자인데, 그런 남자가 애인인 척을 해 달라고 부탁을 하고 있다. 이런 상황에 어떻게 아무렇지도 않다는 듯 태연하게 웃을 수가 있을까?

"그냥…… 내키지 않아서요."

두루뭉술하게 대답을 하며 그녀는 그의 시선을 피했다. 그의 부탁대로 할 수도 있겠지만 그녀는 그러다가 자신의 속마음이 들통 나게 될까 두려웠다. 조금이라도 그런 상황은 피하고 싶었다.

"잘할 자신도 없고요."

"어른들께 인사 한 번만 하면 되는 일이야."

그는 답답하다는 듯한 표정으로 그녀를 설득하려 애썼다.

"그렇게 어려운 일도 아니고 크게 문제될 것도 없어."

당신 생각이야 그렇지. 아름은 입술을 삐죽이며 또다시 고개를 저었다.

"친한 친구 집에 놀러가서 부모님께 인사하는 것처럼만 하면 돼."

그 친구가 당신이라면 얘기가 달라진다니까.

그녀는 한숨을 푹 내쉬고 그의 눈을 뚫어져라 보며 입을 열었다.

"역할 대행만 전문적으로 하는 회사 소개시켜 드릴게요."

"그런 회사 찾아가서 얼굴 한 번 본 적 없는 사람하고 애인인 척 하라고?"

"거기 있는 분들 배우 뺨치게 연기 잘해요. 그리고 미리 만나서 몇 번 얘기 나누고 나면 한 3년은 사귄 애인처럼 친근감 느끼게 될 거예요."

"그런 걸 몰라서 내가 너한테 이런 이야길 하고 있겠어?"

기분 나쁘다는 표정을 풀지 못한 채 그가 딱딱한 어투로 말했다.

"서로 돕자고. 어차피 너도 가만히 있으면 또 맞선 봐야 될 거 아냐. 그럴 때 서로 애인 역할 해 주면 누이 좋고 매부 좋은 일 아냐?"

"그냥 맞선 보기 싫다고 솔직하게 말씀드리세요."

"말을 안 했겠어? 통하질 않으니까 그렇지. 전에 내가 얘기했잖아. 할머니가 단식투쟁을 하시더라고. 젠장. 연세도 많은 분이시라 계속 굶으시면 정말 큰일이 날지도 모른다고."

할머니를 들먹이자 그제야 한 풀 꺾인 음성으로 그녀가 물었다.

"집에 가서 인사만 하면 되는 거예요?"

승호는 금세 환해진 표정으로 고개를 끄덕였다.

"우선 사귀는 사람이 있다고 하면 최소한 맞선 보는 건 면할 수 있으니까."

"그러다가 결혼하라고 압력 들어오면 어쩌려고요."

"그렇게 되면 결혼해야지, 뭐."

그의 말에 그녀의 심장이 쿵 소리를 내며 바닥으로 떨어져 내렸다.

"당장 결혼할 상황은 되고요? 그러니까…… 결혼할 여자는 있어요?"

바들바들 떨리는 심장을 간신히 부여잡고 하는 질문에 그는 어이없다는 표정으로 대답했다.

"말이 되는 질문을 해. 그런 여자가 있으면 왜 내가 너한테 이런 부탁을 하겠어?"

"그런데 어떻게 결혼을 하겠다는 말을 해요? 그것도 그렇게 쉽게. 설마…… 나보고 결혼하자는 소리하려는 건 아니겠죠?"

"글쎄……."

어정쩡하게 말끝을 흐리는 그를 빤히 쳐다보던 그녀가 진지한 표정을 했다.

"주 검사님!"

"계약 결혼…… 그런 건 안 되나?"

"계약 결혼이요?"

"어. 그것도 일종의 역할 대행이나 마찬가지잖아. 그러니까……."

그녀가 또다시 그의 말을 뚝 끊었다.

"주 검사님!"

"쉽게 생각하면 그럴 수도 있다는 거잖아."

안쓰럽다는 기색을 얼굴 가득 깔고 그녀가 중얼거리듯 물었다.

"그 정도로 급하세요?"

"다음 주에 또 선보라고 하시더라. 사진까지 들이밀던데."

"벌써요? 저번 주에도 봤잖아요."

"너한테 말을 안 해서 그렇지. 초밥 사 갔던 날, 그 전에도 선봤어."

그가 이제는 기운이 다 빠진다는 듯 땅이 꺼져라 한숨을 내쉬었다.

"잘될 때까지 주말마다 맞선 보라고 들볶을 텐데 그걸 계속 견딜 수 있겠어? 언젠가 눈이 확 돌아가서 더 이상 선 안 본다고 난리를 치겠지. 그렇게 되면 할머니는 또 단식투쟁을 하실 테고. 나만 불효막심한 놈이 되는 거고."

산 너머 산이구나. 그런 생각에 그녀도 한숨을 푹 내쉬고 말았다.

"다행히 서너 번 선보고 마음에 드는 여자를 만나게 되면 모르겠지만 지금 상황에는 그럴 일도 없을 것 같고."

"그건 모르는 일이잖아요."

그녀의 말에 그가 피식 웃었다.

선 자리에서 어떤 여자를 만나도 그는 마음이 동하지 않을 거라는 걸 스스로 알고 있었다. 그의 마음에는 이미 강아름이라는 여자가 자리를 잡고 있었으니까.

자신의 감정에 대해 그는 설마했었다. 첫 만남이 좋은 것도 아니었고 몇 번 만나지도 않았기에 그럴 리 없다 생각했다. 그다지 깊은 관계로 발전한 것도 아니었으니까. 그런데도 그는 항상 아름을 생각하고 있는 자신을 발견했다.

일 관계로 여자를 만날 때도 그녀를 떠올렸고 선 자리에 나가서도 상대 여자를 아름과 비교하고는 했다. 그런 자신의 모습을 깨닫고 기겁을 하며 놀란 적도 한두 번이 아니었다.

거리를 두고 냉정한 마음으로 살펴보자는 생각에 그녀에게 일부러 연락을 하지 않은 것도 사실이었다. 하지만 그런 행동도 다 헛일이었다. 그녀를 보자마자 심장이 미친 것처럼 뛰고 온몸이 흥분으로 가득 찼으니까.

"어느 세월에 그런 일이 일어나냐고. 내가 이 나이에 계속 맞선만 보고 다녀야겠어? 할 일도 많고 바쁜 일투성이인데."

"그럼 계약 결혼 어쩌고 하는 건 없던 말로 하고요. 집에 인사드리는 것만 할게요."

"좋았어. 쇠뿔도 단김에 빼랬다고 이번 주 일요일에 하는 걸로 하지."

"너무 빠른 거 아니에요?"

"내가 마음이 급해서 그런다니까."

혹여 그녀의 마음이 바뀔까 봐 그는 되도록 빠른 시일 안에 일을 시작해야겠다 생각하고 있었다.

"하지만 이것저것 준비해야 될 것도 많은데……."

"그렇게 신경 쓸 것 없다니까. 넌 그냥 조신하고 참한 모습만 보여주면 된다고."

"그래도……."

여전히 내키지 않는다는 태도로 그녀가 머뭇거리자 그가 눈에 힘을 팍 주었다.

"어허. 어울리지도 않게 웬 약한 모습을 보이고 그래."

그의 말에 그녀의 눈꼬리가 하늘 높은 줄 모르고 치솟았다.

"저 보기보다 연약한 사람이라고 했잖아요. 어쨌든 빨리 하길 원하시면 그렇게 하죠. 따로 얘기 맞추고 할 것도 있을 테니까 약속 시간 전에 만나는 게 좋을 것 같아요. 집 근처에 괜찮은 데 있으면 말씀하세요. 시간 정하면 제가 그쪽으로 움직일게요."

"그건 아니지. 내가 데리러 갈게."

"굳이 그럴 필요 없어요. 어차피 당신 집으로 다시 갈 건데 뭐 하러 우리 집까지 와요? 그건 괜한 시간 낭비라고요."

"시간 낭비가 됐던 어쨌던 내가 직접 모시고 와야 마음이 놓이니까 그렇지."

그는 다른 말은 듣기 싫다는 듯 엄한 표정으로 말을 이었다.

"딴소리하지 말고 집에서 얌전히 기다리고 있으라고."

그의 고집에 진 그녀가 고개를 끄덕였다.

"알았어요."

그가 손을 내밀어 그녀의 뺨을 어루만졌다. 사람들이 없는 공간이었다면…… 그녀와 단둘뿐이었다면…… 힘껏 끌어안고 진하게 키스를 퍼부었을 텐데. 아쉬운 마음에 그가 슬며시 눈살을 찌푸렸다.

무언가 이상한 기분에 휩싸여 그녀는 떨리는 목소리로 말을 하며 슬며시 몸을 틀었다.

"저 이만 가 볼게요."

"잠깐만······."

그가 그녀의 한쪽 팔을 잡고 가볍게 어깨를 끌어안았다.

"다시 한 번 말하지만 너무 심각하게 생각하지 마."

그의 손이 그녀의 등을 토닥거리듯 두드렸다.

"스트레스 받지 말고."

단순한 행동이었지만 그녀에게는 큰 위로가 되었다. 자신을 생각해 주는 그의 마음을 느낀 것만 같아 마음이 따뜻해졌다.

"전화할게. 조심해서 가."

"네. 그럼······."

살짝 고개를 숙여 보이고 그녀는 재빨리 몸을 돌렸다. 그리고 주차장을 향해 빠르게 걸었다. 차 옆까지 가서야 걸음을 멈춘 그녀는 가빠지는 호흡을 다스리며 한 손을 가슴에 얹었다. 심장이 마구 뛰고 있었다. 맥박도 빠르고.

빨리 걸어서 그래. 너무 빨리 걸어서 그런 거야.

그녀는 그렇게 중얼거려 봤지만 자신의 상태가 걸음과는 아무런 상관이 없다는 걸 알고 있다. 그리고······ 그녀는 느낄 수 있었다. 심장이 그에게 반응해 빠른 속도로 뛰어 댄 거라는 걸.

7장

초인종 소리가 들렸다.

누구야, 졸려 죽겠는데.

이불 속에서 꼼지락거리며 그녀는 순간, 문을 열어야 할지 말아야 할지 고민했다. 문을 열었다가 만일 '도를 믿습니까?' 또는 '주님의 사랑이 어쩌구…….' 하는 말을 들으면 머리가 홱 돌아서 상대방을 묵사발로 만들어 놓을지도 모를 상황이었다.

또다시 초인종 소리가 들리자 짜증이 솟구쳤다.

도대체 누가 아침부터, 그것도 일요일인데 초인종을 누르고 난리냐고!

어기적거리면서 간신히 몸을 일으킨 그녀는 잔뜩 헝클어진 머리에 잠이 덜 깬 눈을 하고 문을 열었다.

"누구세……."

앗! 주승호다!

문 앞에 서 있는 남자를 본 순간, 머리가 멍해졌다.

"웬일이에요? 아침 일찍부터……."

"아침 일찍? 지금 점심때가 다 되어 가는데 뭔 소릴 하고 있는 거야? 그리고 왜 전화를 안 받아?"

"전화……했었어요?"

"여러 번."

말이 짧아진 것을 보니 그도 꽤 좋은 기분은 아닌 듯했다.

"일단…… 들어오세요."

흐느적거리는 그녀의 모양새를 본 그가 고개를 절레절레 저었다. 해가 중천에 떴건만 아직까지도 잠에 취해 저러고 있다니. 못마땅하다는 생각도 약간 들었지만 곰돌이가 그려진 아기 같은 면 잠옷에 흐트러진 모습이 묘하게 매력적이기도 했다. 그대로 확 끌어안고 침대로 뛰어들고 싶을 정도로.

"어제 늦게 잤어?"

"밤샜어요."

한 손으로 입을 가리고 하품을 하면서 대답한 그녀가 방문을 열고 안으로 들어갔다.

"왜 밤을 새?"

그가 뒤따라 방으로 들어가며 묻자 그녀는 침대에 털썩 주저앉았다.

"어떤 놈이 어쭙잖은 핑계를 대고 도망을 갔거든요. 대신 보초 서느라고요."

또다시 하품을 한 그녀가 아주 지극히 자연스러운 포즈로 침대에 누우며 발치에 밀려 있던 이불을 끌어다 덮었다.

"계속 자려고?"

"10분만요……."

이 여자가 도통 위기감이라는 게 없군. 자신이 옆에 있는데도 무방비 상태로 침대에 눕는 그녀를 그는 이해할 수가 없었다. 내가 남자로서 매력이 없나? 아니면 아예 날 남자로 생각하지 않는 건가? 별의별 생각이 다 들었다.

"핸드폰은 어떻게 된 거야?"

아무 대답도 없이 이불 밖으로 팔 하나가 쓱 나오더니 손가락을 펴서 한쪽을 가리킨다.

뭐냐? 말하기도 귀찮으니까 알아서 찾아봐라 이거야?

이마를 찌푸린 채 그는 그녀의 손가락이 가리킨 방향으로 고개를 돌렸다. 슥 훑어보자 옷장 옆 화장대 위에 놓인 핸드폰이 보였다.

저런 데다 두니까 전화를 해도 안 받지. 잠을 자더라도 핸드폰이 울리자마자 바로 받을 수 있도록 옆에 끼고 자야 하는 거 아냐. 설마 푹 자겠다고 꺼 놓은 건 아니겠지?

투덜거리며 핸드폰을 들어 버튼을 눌러 보니 화면이 켜졌다. 잠금장치가 되어 있지 않은 걸 확인한 그가 손가락을 움직여 액정을 터치하자 부재중 통화가 5통이나 떴다.

그가 전화한 건 3통뿐이었다. 그렇다면 나머지 2통은 누가 한 걸까? 궁금증이 생겨났다. 일요일 오전에 그녀에게 전화한 사람이 누구인지.

예의가 아니라는 건 알고 있지만 호기심에 그는 슬쩍 통화 내역을 열어 봤다. 그리고…….

이게 뭐야?

시체. 승빈러브♥ ♥. 시체. 시체. 승빈러브♥ ♥.

승빈러브라니? 승빈은 누구야? 누구길래 이름 옆에 러브를 붙여 놓은 거냐고. 게다가 하트 두 개는 뭐야? 하나도 아니고 두 개씩이나. 그리고 이 시체는…….

나인 거냐? 내 이름을 이따구로 저장을 해 놓은 거냐고?

열이 확 솟구쳐 머리에서 김이 뿜어져 나올 것만 같았다.

그는 핸드폰을 손에 든 채 침대에 엉덩이를 걸치고 앉았다.

"일어나 봐."

그는 새근거리면서 자고 있는 아름의 어깨를 흔들었다.

"10분만요…… 아니, 5분만."

"일어나 보라니까……."

그가 다시 어깨를 흔들자 아름이 더욱 몸을 움츠렸다.

"아아…… 정말 졸려서 죽을 것 같다고요."

그녀가 이불을 끌어당겨 머리까지 푹 덮어 쓰자 그의 입가에 피식 미소가 생겨났다. 윗몸을 앞으로 굽힌 그는 그녀의 귓가에 대고 낮은 어조로 조용히 말했다.

"지금 당장 벌떡 안 일어나면 확 덮쳐 버린다."

가까이 붙어 있는 탓에 그녀의 어깨가 움찔 떨리는 게 느껴졌다.

"농……농담이죠?"

이불 속에서 들려오는 웅얼거리는 말에 그의 미소가 한결 짙어졌다.

"농담으로 들려?"

그가 다시 어깨에 손을 얹자 그녀가 빽 소리를 쳤다.

"스, 스톱!"

머리까지 덮어 썼던 이불이 내려가고 그녀가 빼꼼히 고개를 내밀었다.

"알았어요. 일어나요. 일어난다고요."

마지못한 듯 그녀는 몸을 일으켜 앉았다.

"무슨 일인데 잠도 못 자게 그러는 거예요? 어디 불이라도 났대요?"

여전히 미련이 남아 이불을 꼭 움켜잡고 투덜거리는 그녀 앞으로 핸드폰이 쑥 내밀어졌다.

"이거 뭐야?"

"핸드폰이잖아요."

"핸드폰인 거 누가 몰라? 이 안에 있는 거. 이게 뭐냐고 묻고 있는 거잖아."

그녀는 그가 무슨 소릴 하나 싶어 얼떨떨한 표정으로 답했다.

"안에 뭐가 있는데요? 별다른 거 없는데……."

"별다른 게 없어?"

그가 화면을 터치 해 통화 목록을 연 뒤 그녀의 얼굴 앞에 들이댔다.

"너, 내 이름 뭐라고 저장해 놨어?"

허걱! 패턴 그리기 귀찮아서 잠금장치를 풀어 놨는데 그가 봤구나.

"아, 왜 남의 전화를 맘대로 보고 그래요?"

뺏으려고 하는 그녀의 손을 그가 덥석 움켜잡았다.

"너, 내가 시체로 보여?"

"시체로는 안 보이죠. 멀쩡하게 살아서 걸어 다니는데. 난 그냥 딱 떠오르는 말로 저장을 해 놓은 거뿐이라고요."

그가 잡은 손을 팩 뿌리치며 그녀가 쌀쌀맞게 대꾸했다.

"날 보고 딱 떠오르는 게 시체라고?"

"주검이라면서요? 주검이 시체지. 뭐 다른 말 있어요?"

"그래, 좋아. 그건 그렇다고 쳐. 그럼 이건 또 뭐야?"

"또 뭘요?"

그는 팔짱을 끼고 노려보는 그녀의 눈앞에 핸드폰을 내밀어 보였다.

승빈러브♥ ♥

"승빈이 누구야? 누군데 러브를 달고, 그것도 모자라 하트가 두 개나 돼?"

어머, 오빠도 전화를 했었네? 그 생각을 하느라 그녀는 그의 질문에 답을 하지 못했다.

"누구냐고!"

그가 버럭 소리를 지르자 그녀는 매섭게 눈을 치켜떴다.

"앗! 깜짝이야. 왜 소리를 지르고 그래요?"

"말해."

그가 이를 악문 채 으르렁거렸다.

"러브에 하트 달린 거 보면 몰라요? 당연히 내가 사랑하는 사람이죠."

아무렇지도 않다는 표정으로 그녀가 말하자 그의 이마가 잔뜩 찌푸려졌다.

"사랑하는 사람이라고?"

"네."

새초롬한 표정으로 대꾸하고 그녀는 슬쩍 그를 바라보았다.

허락도 없이 자신의 핸드폰을 마구 뒤져 본 그에게 화가 나 그녀는 사실을 밝히고 싶은 마음이 생기지 않았다. 당장은 그가 오해를 하던 말던 아무 상관도 없다는 생각도 들었다.

그런데 얼굴을 굳힌 채 심각한 표정으로 인상을 쓰는 그를 보자 금세 후회가 됐다.

내가 좀 심했나?

"저기, 주 검사님?"

아무런 대답도 없이 그는 핸드폰을 열심히 주무르고 있을 뿐이다.

뭘 하길래 저리도 심각한 거야?

"뭐 하는 거예요?"

그녀가 손을 뻗어 핸드폰을 뺏으려 하자 그가 나지막하게 으르렁거렸다.

"건드리지 마."

"내 핸드폰인데……."

"다시 고쳤다가는 죽을 줄 알아."

핸드폰을 침대 위로 툭 던져 놓으며 그가 싸늘한 음성으로 말을 내뱉었다. 그가 하도 살벌하게 말을 하는 통에 그녀는 아무런 대꾸도 하지 못하고 멍한 표정으로 바라보기만 했다.

"밥 먹고 집에 갈 거니까 준비해."

벌떡 몸을 일으킨 그가 방문 쪽으로 향했다.

"주승호 씨."

그는 대답 없이 방문을 열고 밖으로 나가 버렸다.

"뭘 고치지 말라는 거야."

핸드폰을 들어 통화 목록을 열어 본 그녀는 어이가 없어 피식 웃음을 흘렸다.

"아놔……."

목록에 그녀가 저장해 놨던 '시체' 대신에 찍혀 있는 건, '승호러브러브♥♥♥'였다.

"이게 뭐야……. 초딩도 아니고 정말 유치하게스리."

기가 막혀 웃음밖에 안 나왔다. 이렇게 바꿔 놓고 고치면 죽을 줄 알라고 엄포를 놓다니.

진짜 화가 많이 난 건가? 슬쩍 걱정이 되기도 했다. 제대로 승빈이 오빠라고 말할 것을 그랬다는 후회도 생겨났다. 하지만 순간적으로 당황한 것도 사실이었고, 그에게 화가 난 것도 사실이었다.

그의 부탁—사실은 강요나 마찬가지였지만—에 밀려 덥석 인사를 가겠다고 말해 놓고 그녀는 금세 후회를 했다.

내가 왜 그랬을까. 뭘 어쩌겠다고 그런 약속을 해 버린 걸까. 지금이라도 안 되겠다고 취소하자고 할까?

고민이 쌓이자 밥맛도 없고 일도 제대로 손에 잡히지 않았다. 그리고 토요일 저녁이 되자 부담감이 잔뜩 밀려 와 위가 꼬이는 것만 같았다.

뭘 입고 가야 하지? 머리는 어떻게 하고? 실수라도 하면 어떻게 하지?

이런저런 생각들이 밀려오자 뇌가 멈추는 것만 같았다. 그런 상황에 갑자기 근무 명령이 떨어졌다. 그것도 거의 밤을 새워야 할지도 모르는 일이.

한숨만 푹푹 내쉬던 그녀는 차라리 잘됐다고 생각했다. 집에 혼자 틀어박혀서 고민해 봤자 제대로 된 답이 나올 것도 아니었으니 일에 집중하는 편이 더 나을 것 같았기 때문이었다.

하지만 그것도 희망사항이었을 뿐. 일도 제대로 못하고 그냥 어영부영 시간만 때우다 들어왔다. 그리고 자려고 누웠는데…… 잠이 오지 않았다.

정말 미치는 줄 알았다. 누웠다가 일어나고, 다시 누웠다가 일어나고를 반복하다 어느새 희끄무레하게 새벽이 다가오는 걸 창밖으로 보고 난 후에야 간신히 잠이 들었었는데…….

그런 상황에 대해 전혀 알 리 없는 못된 주승호가 막무가내 쳐들어 온 거였다. 물론 전화를 받지 않았으니 왜 연락도 안 하고 쳐들어 왔냐고 따질 수도 없는 입장이 되었다.

에휴. 내가 내 무덤을 팠지.

천장이 무너질 정도로 크게 한숨을 내쉰 그녀는 침대를 벗어나 방문 앞으로 갔다. 방문을 살짝 연 채, 고개만 빼꼼히 내밀고 살펴보니 그의 모습이 보이지 않았다.

어? 어떻게 된 거야? 화가 나서 그냥 간 건가?

어리둥절해진 그녀는 방 밖으로 나와 주위를 휙 돌아보았다. 그리고 곧 베란다에 있는 그를 발견했다. 무슨 깊은 생각에라도 빠져 있는지 그는 뒷모습만을 보인 채 꼼짝도 하지 않았다.

차라리 잘됐다. 빨리 준비나 하자. 그런 생각으로 그녀는 후닥닥 욕실로 뛰어 들어갔다.

등 뒤로 방문이 열리는 소리를 들었다. 그리고 멀리나마 그녀의 기척도 느꼈다. 그럼에도 그는 꼼짝도 하지 않은 채 창밖에만 시선을 주었다.

별로 볼 만한 것은 없다. 여느 아파트 단지가 그렇듯 건물과 도로, 그 너머로 놀이터가 보일 뿐이었다.

그는 조금 전 그녀의 말을 생각하고 있었다.

사랑하는 사람이라……. 어떤 의미일까. 말 그대로 하자면 애인이 있다는 소리고, 포괄적으로 따지자면 가까이 지내는 모든 사람을 뜻하겠지. 그렇다면 그녀는 과연 어느 쪽일까?

그가 봤을 때 아름은 따로 애인이 있는 것 같지는 않았다. 하지만 그건 단지 그의 생각일 뿐이었다. 그녀와 만난 지도 얼마 되지 않았고, 매일같이 붙어 있을 정도로 가깝게 지낸 것도 아니었기에 그는 그녀의 생활에 대해 잘 몰랐다.

따로 애인이 있다 해도 알 수 없는 일이었다. 게다가 그녀는 구미호보다도 더 여우 같은 것도 사실이었다. 문일에게 하던 행동만 봐도 쉽게 짐작할 수 있는 일이다. 상황에 맞춰 청순가련한 여인이 되기도 하고 폭력난무한 무법자가 되기도 하니까.

역할 대행을 해 달라고 말했을 때 그녀의 반응을 떠올려 보면 애인이 있을 수도 있다는 생각이 들었다. 그때 그녀는 분명 누군가를 염두에 두는 듯 망설이는 태도를 보였었다.

갑자기 머리가 복잡해졌다.

가만히 생각해 보면 그녀가 먼저 그에게 만나자 연락한 적은 없었다. 아니, 만나자고 하기는커녕 개인적인 일로 전화 한 통 한 적도 없었다. 일에 대해 얘기할 때도 카톡을 보냈을 뿐이니까.

그녀가 자신을 좋아하는지 그렇지 않은지도 그는 확실히 알지 못했다. 그저 끌어안고 키스할 때 크게 거부반응을 보이지 않았다고 해서

192

단지 자신을 좋아할 수도 있다고 지레짐작한 것뿐일 수도 있는 일이었다.

지금 와서야 미리 애인이 있냐고 물어볼 걸 그랬다는 생각이 들었다. 그랬다면 공연히 이런 일로 머리 아파하고 있을 필요가 없었을 텐데. 아니, 그녀에게 애인이 있다는 걸 알았다면 처음부터 시작도 하지 않았을 터였다. 그녀를 마음에 담아 두는 일 같은 건.

"젠장."

작은 소리로 욕설을 내뱉으며 그가 깊게 한숨을 내쉬었을 때였다.

"뭘 그렇게 보고 있어요?"

뒤에서 그녀의 목소리가 들렸다.

"별로⋯⋯."

몸을 돌리던 그가 말끝을 흐렸다.

그녀는 정장차림이었다. 검은색 재킷 때문인지 흰색 블라우스가 더욱 하얗게 보였다. 더군다나 치마 또한 검은색. 머리까지 위로 틀어 올려 마치 기숙사 사감처럼 딱딱해 보였다.

"어디 장례식장 가나?"

불편스러운 마음을 고스란히 드러내며 그가 툭 쏘아붙였다.

"너무 딱딱해 보이는데."

"그⋯⋯ 그래요? 난 단정해 보일 것 같아서 입은 건데⋯⋯."

그녀의 얼굴이 벌겋게 달아올랐다.

"이런 일 해 본 적이 없어서 어떤 옷을 입어야 하는 건지 잘 모르겠어서⋯⋯."

너무 정곡을 찔렀다. 무안해하는 그녀의 표정을 보는 순간 그는 자신의 실수를 깨닫고 가볍게 헛기침을 했다.

"사귀는 사람 집에 인사하러 간 적이 없다고?"

"네⋯⋯."

"한 번도?"

그녀는 뭘 큰 죄라도 지은 것처럼 얼굴이 빨개져서 고개를 푹 숙였다.

"네. 아직 한 번도……."

그렇다면 지금 사귀는 사람이 없는 거냐 묻고 싶었다. 조금 전에 말했던 사랑하는 사람은 누구를 말한 거냐고 묻고 싶었다. 하지만 너무 속 보이는 느낌에 승호는 또다시 가볍게 헛기침만 하고 말았다.

"전에 맞선 볼 때 입었던 것처럼 입으면 될 것 같은데."

맞선 볼 때 입을 옷을 골라 준 건 제니퍼였다. 옷뿐만 아니라 머리부터 장신구까지 올 코디를 해 줬었다. 그렇잖아도 제니퍼에게 자문을 구할까 생각하기도 했었다.

하지만 그런 질문을 하려면 전후사정을 다 밝혀야 하기 때문에, 그녀는 생각만 했을 뿐 실행에 옮기지는 못했다. 잘못하다가는 제니퍼에게 코가 꿰어 승호까지 피해를 입을지도 모르는 일이었으니까.

"그건 너무 가벼워 보이지 않나요?"

가슴도 푹 파이고, 허벅지도 훤히 드러나는 원피스를 떠올린 그녀가 살풋 이마를 찌푸렸다.

"요즘 아가씨들 거의 다 그렇게 입고 다니잖아."

"어른들은 별로 좋아하실 것 같지가 않은데요."

"흠. 하긴 어머니는 모르겠지만 할머니 취향은 좀 아니지. 그렇다 해도 지금 옷은 정말 별로야."

그녀의 머리부터 발끝까지 죽 훑어본 그가 고개를 저었다.

"다른 옷으로 갈아입는 게 낫겠어."

"알겠어요."

생각보다 까다롭다고 느끼며 그녀는 방으로 향했다.

옷장 문을 열고 한참을 보던 그녀의 입에서 자연스럽게 한숨이 튀어

나왔다. 어째 있는 옷이라고 전부 짙은 색 정장에 청바지뿐이더냐. 그동안 힘들어서 번 돈으로 다 뭘 했기에 입을 옷 하나 제대로 장만해 놓은 것이 없을까.

정 여사 집 옷장에 걸려 있는 많은 옷들이 떠오르자 한숨이 더욱 깊어졌다.

그래. 맞다. 내 돈이 다 거기에 가 있었지. 이럴 줄 알았다면 집에 갈 때마다 엄마가 안 입는 옷 한두 벌씩 가져오는 건데.

"옷은 골랐어?"

갑자기 들려온 소리에 그녀는 펄쩍 뛰며 놀랐다.

"앗! 깜짝이야."

"뭘 그렇게 놀래?"

깜짝 놀라는 그녀를 이상하다는 표정으로 바라보던 그가 손을 내밀어 걸려 있는 옷들을 하나씩 훑어보았다.

"나 있는 거 몰랐던 것도 아닌데 심하게 놀라니까 내가 더 이상한 기분이 들잖아."

"이상한 기분이요?"

"음. 확 덮치려고 했던 것 같은…… 뭐, 그런 기분?"

말도 안 돼. 그런 생각에 피식 웃은 그녀가 고개를 들어 그를 바라봤을 때였다. 갑자기, 아주 갑자기 입안이 바짝 말라왔다. 심장도 쿵쿵 요란하게 뛰고.

넓은 그의 어깨가, 굵직한 목덜미가, 반듯한 턱 선이 눈에 들어오는 순간 맥박이 요동을 치면서 뛰어 댔다.

미……미쳤나 봐. 정말 나 미친 거 아냐? 가쁜 호흡을 감추기 위해 한 손으로 입을 막고 그녀는 한 걸음 뒤로 물러섰다.

"이게 괜찮을 것 같은데."

그가 옷 한 벌을 꺼내 들고 그녀를 돌아봤다. 그리고…….

195

"왜 그래?"

하얗게 질려 가는 그녀의 얼굴을 본 그가 눈을 크게 떴다.

"어디 아픈 거야?"

"네? 아……아뇨. 아니에요."

위장이 꼬인다. 속이 마구 울렁거리고.

"안색이 안 좋잖아. 어디 봐 봐."

옷을 내려놓은 그가 두 손으로 그녀의 양 뺨을 감쌌다. 그의 손에서 따스한 기운이 느껴졌다.

"그게…… 긴장을 해서요."

어색하게 웃으며 그녀는 그의 눈길을 피했다.

"긴장할 것 없다니까……."

느릿하니 말을 꺼내던 그가 돌연 그녀의 입술에 쪽 소리가 나게 키스를 했다.

갑작스러운 그의 행동에 놀란 그녀가 눈을 동그랗게 뜨며 빽 소리를 질렀다.

"주 검사님!"

"으흠. 이제야 안색이 돌아왔군."

그가 손가락으로 가볍게 그녀의 볼을 두드렸다.

"또 긴장되면 말하라고. 내가 단번에 풀어 줄 테니까."

자랑스럽게 중얼거리는 말에 그녀는 대꾸도 못하고 어이없다는 표정만 지을 뿐이었다.

"어쨌든 옷은 이걸로 입어 봐. 어떤가 한 번 보게."

그에게서 옷을 건네받은 그녀는 방문을 손가락으로 가리켰다.

"나가세요."

"안 나가면 안 될까?"

장난기 가득한 그의 말에 그녀가 이마를 왕창 찌푸렸다.

"주 검사님 앞에서 스트립쇼 할 생각 없거든요. 얼른 나가세요."

"알았어. 알았다고."

두 손을 들어 올리며 항복했다는 포즈를 취한 그가 방을 나갔다.

"하아……."

크게 숨을 내쉰 그녀는 화장대 앞 의자에 앉아 손으로 머리를 짚었다.

지금이라도 그만둔다고 할까? 그런 생각이 들었다. 그는 화를 내겠지? 나한테 실망할 거고.

쓸데없는 생각이 떠오르자 고개를 저은 그녀는 정장을 벗고 그가 고른 옷으로 갈아입었다. 그리고 방문을 열고 거실로 나갔다.

소파에 앉아 있던 승호는 그녀의 모습을 보고 눈을 가늘게 떴다.

물방울무늬가 들어 있는 연한 회색빛 티셔츠에 적당한 길이의 아이보리색 치마가 잘 어울렸다. 평소보다도 더 귀엽고 어리게 보였다.

그녀를 차분한 눈길로 바라보던 그가 벌떡 일어나 가까이 다가왔다.

"머리는 그냥 자연스럽게 풀어놓는 게 더 나을 것 같군."

그는 손을 움직여 머리카락을 고정시켜 놓았던 커다란 머리핀을 빼내었다. 어깨 위로 흘러내리는 머리카락을 손으로 어루만지고 그제야 만족스러운 미소를 입가에 띄웠다.

"어디 미인대회라도 나가는 것 같네요."

그녀는 어깨를 으쓱이며 피곤한 음성으로 말했다.

"복잡하고 힘들어요."

"뭐 미인대회는 아니더라도 예쁜지 안 예쁜지 선보이는 건 마찬가지일 텐데."

"이럴 거면서 부담 갖지 말라고 한 건 뭐에요? 그거 다 공수표였죠?"

투덜거리는 그녀의 뺨을 손가락으로 쓸며 그는 달래는 듯한 어조로 말했다.

"네가 예쁘게 보여야 나도 뿌듯한 마음이 들지 않겠어?"

"그래서 지금은 뿌듯하세요?"

"음. 아주 만족해. 집까지 오겠다고 한 게 다행이지. 중간에 만났으면 어쩔 뻔했어?"

그러고 보니 이런 일이 생길 수도 있겠다 예상을 못 했던 건 분명 그녀의 실수였다.

"그러게요."

그녀가 어색하게 중얼거리자 분위기를 바꿀 셈으로 그는 화제를 돌렸다.

"그보다 밥 먹으러 가야지."

"글쎄요. 전 지금은 밥 생각이 없는데요."

"난 뱃가죽이 등가죽에 달라붙기 일보직전이라고. 새벽에 일어난 데다 아침도 제대로 못 먹었어."

그가 이마를 찌푸리면서 투덜거렸다.

"일요일인데 왜 새벽에 일어나요? 무슨 일 있었어요?"

"어, 그냥 좀……."

그는 어물쩍 말을 흐려 버렸다. 오늘의 만남이 기대되어서 밤늦게까지 잠들지 못했고 동트기도 전에 번쩍 눈이 떠졌다는 말은 하고 싶지 않았다.

사실상 오늘은 그녀와의 첫 데이트나 마찬가지였다. 그의 기억으로는 한 번도 제대로 된 만남을 가진 적이 없었으니까.

그랬기에 그는 집에 인사를 가기 전에 그녀와 만나 밥을 먹고, 영화도 보고, 산책도 하는 이른바 평범한 데이트를 계획했다. 그랬는데……지금은 뭔가가 어긋난 것 같은 기분이다.

원래 데이트라는 건 전화 통화를 하고 시간 약속을 정한 뒤 만나는 게 정상. 외출할 준비를 다 한 그녀를 만나게 되면 예쁘다고 칭찬을 해주고, 팔짱을 끼거나 손을 잡고 식사를 하러 가는 게 다음 순서였다.

그런데 전화 통화부터 되지 않았다. 아침부터 시간을 두고 3번이나 전화를 했지만 그녀는 받지 않았고, 그는 그동안 별의별 상상을 다했다.

무슨 일이 생긴 건 아닐까? 어디 아픈 걸까? 혹시 오늘 약속을 지킬 수 없어 피하는 건가? 어디 도망이라도 간 걸까?

결국 통화를 하지 못한 채 그는 여기까지 달려오고 말았다. 운전을 하고 오면서도 계속 이런저런 잡다한 생각에 속을 끓이면서.

그녀가 어디로 사라져 버린 것도 아니고 아무 탈 없이 잘 있다는 걸 확인하고 그나마 안심이 되었지만 그다음에 일어난 일은 더욱 그의 머리를 아프게 했다.

생각하지 말자고 스스로 되뇌이면서도 아직까지 뇌의 한쪽 구석에 자리 잡고 앉아 있는 골칫덩어리.

그녀가 사랑한다는 사람은 과연 누굴까?

더 이상 떠오르는 생각을 막아 보고자 고개를 저은 그가 별일 아니라는 표정으로 어깨를 으쓱였다.

"요새 골치 아픈 일이 좀 늘어나서 잠 잘 시간도 부족하고, 제대로 밥 먹을 시간도 없어."

"검사님 일이나 제 일이나 평범한 일은 아니니까 이해합니다."

뭘 이해한다는 거냐? 그는 아니꼬운 감정이 잔뜩 담긴 눈길로 그녀를 쏘아봤다. 그가 골치 아프다고 생각하는 일의 주범은 바로 그녀였다. 아무 때나 뜬금없이 불쑥 생각나 그의 심기를 어지럽히는 여자.

"그럼 우선 밥부터 먹어야겠네요."

"그래야지. 뭐 먹고 싶어?"

부글부글 끓어오르는 속마음을 제쳐 두고 그는 평범하게 대꾸하며 그녀의 손을 잡았다.

"주 검사님은 뭐 드시고 싶은데요?"

현관을 향해 걸음을 옮기며 그녀가 하는 말에 그가 이마를 찌푸렸다.

"계속 그렇게 부를 거야?"

"왜요?"

"호칭을 좀 통일하라고. 이름 부르다 말고 난데없이 주 검사님 하니까 헷갈리잖아."

현관문을 열고나서며 그가 퉁명스럽게 중얼거리자 그녀의 입가에 생긋 미소가 생겨났다.

"통일하라고요? 그럼 저도 '주검'이라고 부를게요."

여전히 생글거리면서 웃는 그녀에게 눈을 부라리며 그가 윽박지르듯 말했다.

"나 놀리니까 재밌냐?"

"'주검'이 뭐 어때서 그래요?"

"경찰청 내에서 그렇게 불리는 것만도 끔찍스러워 죽겠는데, 밖에 나와서 그것도 애인한테까지 그런 식으로 불려야겠어?"

"애인이요?"

그녀가 눈을 동그랗게 뜨고 묻자 그의 표정이 진지하게 변했다.

"어. 애인!"

그가 손을 뻗어 엘리베이터의 버튼을 눌렀다.

"오늘 내 애인하기로 했잖아. 틀려?"

"아, 아뇨. 맞아요."

무척이나 떨떠름해 보이는 그녀의 표정이 마음에 들지 않자 그가 인상을 팍 쓰며 물었다.

"그런데 표정이 왜 그래?"

"제 표정이 뭐 어때서요?"

"꼭 도살장에 끌려가는 소 같거든. 커다란 눈 이래 뜨고 꿈벅꿈벅. 당장이라도 눈물 쏟게 생겼다고."

눈을 크게 뜨며 흉내를 내는 그의 표정이 우스워 그녀는 저도 모르게 입 밖으로 웃음소리를 내고 말았다.

"푸훗! 그러지 말아요."

얼굴 가득 환한 미소를 지으며 그녀가 타이르듯 상냥한 어조로 말했다.

"정말 이상해 보인단 말이에요. 그리고 검사님 소리 듣기 좋지 않아요? 뭔가 있어 보이고."

"있어 보이긴 뭐가 있어 보여? 난 그렇게 우월의식 충만한 사람 아니니까 앞으로는 검사님 소리 자제해달라고."

땡― 알림음과 함께 엘리베이터가 도착했다. 그는 여전히 그녀의 손을 잡은 채로 엘리베이터 안으로 들어갔다. 그가 지하 1층 버튼을 누르자 그녀는 잡힌 손을 빼내려 손가락을 꼼지락거리며 움직였다.

뭐 하는 거냐는 표정으로 그가 돌아보자 그녀는 작은 목소리로 속삭거리듯 말했다.

"여기 CCTV 있어요."

"그래서?"

"평범하게 가자고요."

또다시 손을 빼내려 하자 그는 오히려 더 힘껏 움켜잡았다.

"손 잡는 게 뭐 어때서?"

"동네에 소문 돌아요."

"무슨 소문? 503호 아가씨 외간 남자하고 바람났다는 소문?"

"푸흐흡!"

참지 못하고 이상한 웃음소리를 내는데 그가 그녀의 잡은 손을 끌어당겨 입가로 가져갔다.

"뭐 하는……."

그의 입술이 손등에 닿자 그녀는 하던 말을 삼키고 입술을 꼭 깨물 었다.

"이왕 소문나는 거 화끈하게 하자고. 내친 김에 키스는 어때? 아주 진하게."

눈에 힘을 잔뜩 준 채 그를 노려보던 그녀가 손을 들어 올렸다.

"이쪽 손도 있다는 걸 염두에 두셨어죠. 검! 사! 님!"

표독스럽게 외친 그녀는 손에 힘을 줘 그의 어깨를 후려쳤다.

"앗! 따거워라."

기겁을 하고 소리친 그가 눈을 힘껏 부릅떴다.

"뭐야? 내가 폭력 쓰지 말라고 했어, 안 했어?"

"하는 말마다 맞을 말만 하잖아요."

"내가 언제?"

"오늘 얼굴 볼 때부터 지금까지 계속 그랬거든요?"

"내가 무슨 소릴 어떻게 했다고 그러는 건데?"

'땡! 지하 1층입니다. 문이 열립니다.'

안내 멘트와 함께 엘리베이터의 문이 스르륵 열렸다. 한껏 독이 오른 표정으로 쏘아붙이려던 그녀는 열리는 문 사이로 사람들 모습이 보이자 입을 꾹 다물었다. 그리고 손에 힘을 줘 그에게 잡힌 자신의 손을 빼내었다.

성큼 한 발 먼저 엘리베이터 밖으로 나온 그녀가 뒤따라 걸어오는 그를 향해 휙 몸을 돌렸다. 사람들이 엘리베이터에 타고 문이 닫히는 걸 확인 한 그녀가 그를 향해 소리쳤다.

"주 검사님 진짜 못된 사람인 거 알아요?"

지하여서인지 그녀의 목소리가 울리며 넓은 주차장으로 퍼져 나갔다. 소리를 친 그녀도 그 소리에 깜짝 놀라 어깨를 움츠리고 목소리를 작게 해 속닥거리듯 말을 이었다.

"일부러 그러는 거죠?"

"뭘?"

"여자들은 대부분 그런 쪽으로 민감하다고요. 남자들처럼 아무렇게나 막 떠벌리고 그러지 않는단 말이에요."

"그러니까 그런 쪽이 뭔데? 뭘 말하는지 확실하게 얘길 해야 알 거 아냐."

그녀가 팩 고개를 돌렸다.

"됐네요. 됐어요. 당신한테 정상적인 걸 바란 내가 잘못이죠."

"그건 또 무슨 소리야? 내가 상당히 비정상적이다 뭐, 그런 말이야?"

"제가 한 말뜻은 알아서 생각하시고요. 점심은 뭘로 먹을 거예요?"

"생각 같아서는······."

슬쩍 훑어보는 그의 눈길에 그녀가 잔뜩 긴장을 했다.

또 뭔 소릴 하려고 표정이 저런 거야?

"널 한입에 꿀꺽 삼켜 버렸으면 싶은데······."

헐! 그녀는 어이없다는 표정으로 그를 빤히 바라보았다.

"심하게 배가 고프신가 보군요, 주 검사님. 절 식재료 취급을 하시다니요."

그가 어떤 뜻으로 그런 말을 했는지 깊이 생각하지 않기로 했다. 그저 농담으로 치부해 버리면 그만인 거다.

묘하게 열정적으로 변한 그의 눈빛을 외면하며 그녀는 딴소리를 했다.

"게다가 먹을 거나 뭐 있겠어요? 저야말로 날씬 그 자체인데······."

턱을 치켜 올리며 다소 뻔뻔스러운 표정으로 그녀가 말하자 그의 표정이 묘하게 변했다.

"글쎄……."

평가하는 것만 같은 눈길로 그가 그녀의 머리 위부터 발끝까지 죽 훑어보았다. 꼼꼼하면서도 세심한 눈길에 그녀의 몸이 후끈 달아올랐다. 저절로 볼도 붉어지고. 하지만 이내 그가 심각한 표정으로 고개를 설레설레 젓자 그녀는 눈꼬리에 힘을 주었다.

"뭡니까? 그 표정은?"

"흠. 날씬하다고 하기에는 뭔가 좀 있어 보이고……."

그녀의 표정이 살짝 변하는 것도 아랑곳하지 않고 그는 말을 이었다.

"그렇다고 글래머러스하다고 하기에는 뭔가 좀 부족한 듯한…… 어이쿠!"

말을 하다 말고 그는 눈앞으로 휙 날아드는 주먹을 턱 움켜쥐며 장난스럽게 신음성을 내뱉었다.

"아주 매를 벌어요."

샐쭉하니 토라진 표정으로 그녀는 그의 손에 잡힌 손을 빼내려 애를 썼다.

"왜 자꾸 주먹을 쓰고 그래?"

"자꾸 날 놀리니까 그렇잖아요. 주 검사님은 그런 말을 아무렇지도 않게 하고 싶어요?"

"농담한 거잖아. 뭘 그렇게 화를 내고 그래? 그리고 내가 주 검사라고 하지 말랬지."

그녀는 잔뜩 토라진 척 입술까지 비죽이 내밀고서 그의 말을 맞받아쳤다.

"흥! 내 맘이거든요. 내가 내 입으로 주 검사님이라고 부르겠다는데 당신이 뭔 상관이에요?"

"듣는 주 검사가 괴로우니까 그렇지."

그 또한 눈에 힘을 주며 엄한 어조로 말했다.

"자꾸 그렇게 부르면 그 입! 확 틀어막아 버린다."

"할 수 있으면 한번 해 보시죠. 그랬다가 주 검사님 안면에 다섯 손가락 자국 찐하게 나도 난 책임 못 지니까."

눈에 힘을 잔뜩 주고 그녀가 노려보자 그가 이마를 슬쩍 찌푸렸다.

"지금부터 앞으로 폭력은 절대 쓰지 않기로 하지."

"생각 좀 해 보고요."

"생각하고 말고 할 게 뭐 있어? 사실 이건 너무 불공평한 거잖아."

그가 툴툴거리자 무슨 소리를 하냐는 표정으로 그녀가 눈을 치켜떴다.

"불공평하다뇨? 뭐가 불공평해요?"

"너야 내키는 대로 주먹질하고 발길질한다지만 난 그게 안 되잖아."

"풋!"

무슨 말을 하나 하는 표정으로 그를 바라보던 그녀가 돌연 웃음을 터트렸다.

"아하하. 아이고, 웃겨라. 그게 그렇게도 마음에 안 드셨어요? 그럼 주 검사님도 주먹질하고 발길질하세요. 그럼 되겠네."

"장난하냐?"

"장난 아닙니다."

그녀가 도전적인 어투로 말했다.

"충분히 방어할 만한 능력되니까 하시라고요."

"허, 참! 뭐가 그렇게 자신 있는지 모르겠지만 나도 한 폭력 하거든? 너 정도는 쉽게 한 방에 보낼 수 있다고."

그가 턱 하니 주먹을 쥐어 그녀의 눈앞으로 들이밀었다. 그녀와는 비교도 되지 않을 정도로 크고 강한, 제대로 한 방 맞으면 뼈가 으스러져 버릴 정도로 다부져 보이는 주먹이었다.

그렇다고 해서 그녀가 겁을 먹은 건 아니었다. 체육학과를 나와 온갖 운동은 다 해 봤고, 경호업체 일을 하면서 무술도 배웠다. 게다가 지금 회사에 다니면서 불량배들과의 싸움에도 익숙해졌다.

그리고 무엇보다도 그가 자신에게 폭력을 사용하지 않을 거라는 믿음에 그녀는 자신감을 잃지 않았다. 그녀는 과하다 싶을 정도로 목소리를 높였다.

"어머나!"

어깨를 잔뜩 움츠리고 호들갑을 떨면서 그녀는 그의 앞으로 바짝 얼굴을 들이밀며 속눈썹을 깜박거렸다.

"설마 그 주먹으로 제 안면을 강타하실 생각은 아니시겠죠? 네?"

"어휴, 정말……."

그가 주먹 쥔 손을 부르르 떨었다.

"생각 같아서는 확 후려치고 싶다만……."

그가 손을 뻗어 그녀의 볼을 살짝 꼬집었다.

"성격 좋은 내가 참고 만다."

"치― 이런 것도 폭력이라고요."

그가 꼬집은 볼을 손으로 문지르며 그녀가 투덜거렸다.

"이것 봐. 자기는 주먹으로 후려패고 발로 걸어차고 별짓을 다 해놓고, 볼 한 번 꼬집었다고 금세 폭력이 어쩌고저쩌고 한다니까."

"솔직히 내가 때려 봐야 얼마나 아프다고 그래요? 주먹도 요렇게 작은데."

절대 그렇지 않다는 걸 누구보다도 잘 알고 있는 그녀였지만, 시침을 뚝 떼고 중얼거렸다. 한껏 연약한 표정을 짓는 것도 잊지 않고. 그에게 주먹질과 발길질을 할 때도 평소보다 훨씬 약하게 했으므로, 그다지 양심에 찔리지는 않았다. 물론 처음 만났을 때 빼고는 말이다.

"내가 너네 회사 한 부장님하고 잘 아는 사이라고 했지?"

"네? ……그랬죠."

다혈질 한 부장이 왜 여기서 등장하는지 그녀는 조금은 어리둥절해했다.

"그렇다면 딱 감이 잡히지 않나?"

"무슨 말을 하는 거예요?"

"한 부장님 만나면 회사 직원들 얘기 곧잘 하거든."

"아……!"

뜻밖의 복병이 가까운 데 있었다.

한 부장이 직원에 관한 말을 한다면 그녀 얘기가 70%는 차지할 게 뻔했다. 회사 내 떠도는 소문의 대부분은 그녀를 중심으로 생겨난 것들이니까.

결론은 그녀에 대해 이런저런 평범하지 않은 말을 들어 온 그의 앞에서는 내숭을 떨어 봤자 소용없다는 뜻이었다.

"한 부장님이 하시는 말씀들…… 99%는 뻥인 거 알죠?"

어떻게든 연약하고 청순한 이미지를 고수하고자 그녀가 태연함을 가장하며 말했다.

"우리 회사 직원들 실력 좋다, 라고 자랑하려고 일부러 막 부풀려서 말씀하시는……."

"후훗."

그의 입에서 웃음소리가 흘러나오자 그녀는 말을 멈추고 새침한 표정을 지었다.

"한 부장님이 전에 그러시더라. 직원 중에 특출 난 인재가 한 명 있다고. 사장이 실력에 반해서 스카웃 해 왔다더군. 여자인데도 웬만한 장정 서넛은 거뜬히 때려잡는다고 하시던데."

그럴 거라 예상은 했지만, 직접 그의 입을 통해 듣고 보니 그다지 좋은 뜻으로 와 닿지는 않는다. 말이 좋아 특출 난 인재지 까놓고 말하면 완전 싸움꾼이라는 소리밖에 더 되겠는가. 장군의 아들이 활약하던 시대라면 또 모를까 지금 같은 때에 그런 말들은 칭찬이 아닌 욕이나 다름없었다.

"그게 엄청나게 과장된 거라니까요. 그러니까 믿을 필요 없어요."

"난 직접 몸으로 겪어 봐서 그런지 지금 네 말이 그리 크게 와 닿지를 않는데. 오히려 한 부장님 말이 더 설득력 있다고 생각해."

"아, 정말. 내가 때려 봤자 얼마나 때렸다고……."

"지금이라도 진단서 끊어다 줄까? 병원에 기록 남아 있으니까 어려운 일은 아니거든. 그리고 아침마다 허리 아랫부분이 영 예전 같지 않은 게……."

그녀는 척 하니 팔을 들어 올려 그의 입을 손으로 막았다.

"알았어요. 알았어. 휴전해요. 앞으로 절대 다시는 주 검사님께 폭력을 쓰지 않겠다고……."

말을 하던 그녀는 손바닥에 와 닿는 이상한 느낌에 입술을 꼭 깨물었다. 손을 움츠리며 떼어 내려고 할 때 그의 손이 그녀의 손목을 잡았다. 그리고 손바닥 안쪽 예민한 부분에 입술을 댔다.

부드럽게 닿아 움직이는 그의 입술은 묘한 감각을 남겼다. 연약한 살결이 그의 입 안쪽으로 빨려 들어가는 듯한 느낌에 흠칫 놀란 그녀의 이마가 살풋 찌푸려졌다.

"……맹세하려고 했는데 안 할래요."

"흠. 그럴 줄 알았지."

별것 아니라는 투로 중얼거리며 그는 그녀의 손목 안쪽으로 입술을 옮겼다.

"주 검사님!"

손을 빼려 힘을 주며 그녀가 소리쳤다.

"주 검사님의 이런 돌발적인 행동 때문에 제가 마음을 고쳐먹을 수 없는 거거든요. 하지 마요. 간지럽다고요."

간신히 그에게서 팔을 빼내 그녀는 등 뒤로 손을 감췄다. 그의 입술에 닿았던 손목이 불이라도 붙은 듯 화끈거렸다.

"한 부장님이 뭐라고 하셨든 다 잊어 주세요. 정말 진실이 아닌 말도 막 진짜인 것처럼 말씀하시니까요. 알았죠?"

"흠. 생각 좀 해 보고."

"아니, 생각하고 말고 할 게 뭐 있어요. 당사자인 내가 아니라고 하면 아닌 거죠."

말을 하면서 어쩐지 이상한 느낌이 들어 그녀는 고개를 갸웃거렸다.

뭐야, 지금 이 상황. 좀 전과 똑같잖아. 서로 입장만 바뀌었을 뿐, 똑같은 말을 주고받으면서 티격태격거리고 있다니……

그녀처럼 그도 뭔가를 느낀 듯 모양 좋은 입가에 미소가 띄워져 있다.

"그만해요. 이러다 밥도 못 먹고 계속 여기서 말씨름만 하고 있겠네요."

"이렇게 되면 비긴 건가?"

싱긋 웃으며 그가 하는 말에 그녀는 어쩔 수 없다는 표정으로 어깨를 으쓱였다.

"그러네요. 어쨌든 밥부터 먹어요. 배고프다면서요?"

음식을 섭취하는 것보다도 그녀를 안고 싶은 마음이 더 컸지만 그는 고개를 끄덕였다.

"음. 먹어야지."

그가 다시금 그녀의 손을 잡고 차 쪽을 향해 걸음을 옮겼다.

"뭘 먹을까?"

혼잣말처럼 중얼거린 그가 고개를 숙여 그녀를 바라봤다.

"먹고 싶은 거 있어?"

"글쎄요. 당장 생각나는 건 없는데. 검사님은 어떤 걸 원하시는데요?"

"음…… 나는 음식보다도 분위기가 괜찮은 곳이었으면 하는데."

"분위기요?"

"되도록 조용한 곳이었으면 좋겠어. 식사하면서 얘기도 할 수 있게."

그녀는 잠시 생각에 잠겼다. 식사하면서 얘기를 할 수 있게 조용한 곳이라면……. 적당한 곳이 한 곳 떠오르자 그녀가 미소를 지으며 말했다.

"여기서 거리가 좀 있는데 가도 될까요?"

"별로 상관없을 것 같은데. 어차피 저녁때까지는 시간이 있으니까."

나란히 차 앞에 서자 그가 조수석 문을 열어 주며 싱긋 웃었다.

"그렇다고 지방으로 뛰자고 하면 안 되고."

"지방은 아니에요. 오히려 당신 집 쪽에 가까울 거에요."

"어디 생각나는 곳이라도 있는 거야?"

조수석에 냉큼 올라탄 그녀가 생긋 웃으며 말했다.

"네. 있어요. 분위기도 조용하고 음식도 맛있는 집."

그녀가 떠올린 곳은 이름을 대면 알 만한 사람들은 다 아는 음식 맛이 좋기로 유명한 곳이었다. 하지만 셰프가 추천하는 정식 코스요리는 가격이 엄청나게 비쌌다. 그랬기에 서민적인 월급쟁이들이 쉽게 찾아갈 수 있는 곳은 아니었다.

하지만 어차피 비싼 음식 값도 그의 '색깔만 금색인 카드'가 해결해 줄 테니까 별문제는 없을 것 같았다. 자신은 부자가 아니라고 엄살을 떠는 그를 그런 곳으로 끌고 간다는 사실이 조금 양심에 찔리기는 했지만.

매번 찾아오는 것도 아니므로 이번 기회에 그녀는 고급스러운 음식으로 자신의 피폐해진 위장이나 달랠 생각이었다.

"기대해 봐야겠군."

조수석 문을 닫은 그가 차 앞을 돌아 운전석 쪽으로 왔다. 의자에 앉아 문을 닫은 그는 그녀를 보고 피식 웃었다.

"벨트 매야지."

그가 손을 뻗어 안전벨트를 잡아당겨 끼워 주었다.

"뭐 하는 집인데?"

시동을 켠 그가 말을 이었다.

"무슨 호랑이라도 한 마리 잡아서 요리해 주나?"

"그런 건 아니고요, 그냥 스테이크 잘하는 집이에요."

조금 흥분한 듯 보이는 그녀의 상태에 그가 의아하다는 말투로 물었다.

"그래? 그런데 뭘 그렇게 잔뜩 들떠서 그래?"

"거기 스테이크가 진짜 맛있거든요. 엄청 맛있어서 알 만한 사람들은 다 아는 곳이에요."

가격 또한 엄청 비싼 곳이기도 하고.

그녀는 그에게 비싼 집이라는 사실을 말해야 하나 말아야 하나 살짝 고민을 했다. 모르고 있다가 당하면 바가지를 쓴 것 같아 기분이 안 좋을 테니 미리 얘기를 해야겠다고 그녀가 결심을 한 순간이었다.

"알 만한 사람들이 다 알 정도면 음식값도 장난이 아니겠구만."

그가 선수를 치고 나오자 조금은 미안한 마음이 들어 그녀는 겸연쩍은 표정으로 배시시 웃었다.

"비싸긴 하지만 그만큼 맛있어요. 후회하지 않을 정도로."

"흠. 까짓 거. 비싸게 나와 봤자 내 한 달 월급보다 작겠지, 뭐."

"그거야 당연하죠."

"어디로 가면 돼?"

그녀는 그에게 레스토랑 위치를 알려 주고 등받이에 편하게 등을 기대고 앉았다.

시내는 평일 때와 다르게 한가했다. 교통체증도 없고 차들도 많지 않아 그녀는 창밖으로 스쳐 지나가는 나무들과 그 뒤로 펼쳐진 건물들을 아무 생각 없이 바라보고 있었다.

미리 약속을 하지는 않았지만 그와 만났고, 같이 밥을 먹으러 간다.

문득 머릿속을 스쳐 지나가는 생각에 그녀는 잠시 고개를 갸우뚱거렸다.

이런 게 데이트인 걸까? 그는 어떻게 생각을 하고 있을까?

궁금증이 생겨나 그녀는 슬쩍 옆 눈으로 그를 훔쳐봤다. 운전대에 한 팔을 올리고 앞을 바라다보고 있는 승호는 편안한 표정이었다.

김준호와 이별을 한 뒤―사실대로 말하자면 일방적으로 실연을 당한 거지만― 그녀는 제대로 된 데이트 한 번 해 보지 못했다. 일이 바쁘기도 했지만 그건 핑계였고, 그녀 스스로 의식적으로 피한 탓도 있었다.

그녀는 사람을 특히, 남자를 믿지 않았다.

8장

정말 맛있다.

스테이크를 한입 크기로 썰어 입안에 넣고 씹으면서 그녀는 거의 황홀경에 빠져 있었다. 이곳까지 오는 동안 배가 고파졌기에 그 맛은 더욱 특별하게 느껴졌다.

"여기 어때요?"

어느 정도 배를 채운 뒤, 와인을 한입 마시고 그녀는 넌지시 그에게 물었다.

"음. 분위기도 괜찮고 음식도 맛있고. 마음에 드는군."

그의 대답에 그녀는 '그나마 다행이다'라는 생각에 안도의 한숨을 내쉬었다. 가격도 비싼데 그의 마음에 들지 않았다면 정말 미안해야만 하는 상황이었으니까.

"그래요. 다 좋긴 한데 비싼 게 흠이죠."

아쉽다는 표정으로 그녀가 중얼거리자 그가 피식 웃었다.

"월급도 나보다 더 많이 받는 것 같던데, 뭘 그리 약한 소릴 하고 그래."

모르시는 말씀.

아름은 그의 말에 코웃음을 치고 입술을 삐죽이 내밀었다.

그녀가 회사에서 월급을 많이 받는 건 사실이었다. 입사한 년차가 있는 데다 직함도 벌써 대리를 달았으니까. 거기다 상여금에 보너스, 잔업 수당에 야근 수당까지 합치면 꽤 많은 돈을 벌기는 한다.

하지만 문제는 월급을 받아서 그녀 혼자 다 쓰는 게 아니라는 거였다. 절반 이상, 아니 어떤 때는 거의 월급의 전부가 정 여사의 주머니로 들어간다.

다른 집들처럼 결혼자금이나 비상시에 쓰려고 그녀의 월급을 관리해 주는 거라면 감사하다고 큰절이라도 하겠다만……. 정 여사는 그녀가 갖다 바친 돈을 전부, 십 원 한 푼 남기지 않고 다 써 버렸다. 옷 사고, 가방 사고, 구두 사고, 술 마시고, 친구들과 놀러 다니고, 손도 크게 점당 만 원짜리 고스톱 치고…….

때문에 그녀는 대기업 부장 뺨칠 정도로 많은 액수의 월급을 받으면서도 매달 살아가느라 허덕였다.

그녀는 그나마 승빈이 있어 다행이라는 생각을 했다. 정 여사의 큰 씀씀이를 거의 대부분 승빈이 책임져 주고 있으니까. 또한 그녀가 어려울 때마다 도와주기도 했다.

"밑 빠진 독에 물 붓기라는 말 알죠?"

"갑자기 그게 무슨 소리야?"

"제 주변에 밑 빠진 독이 하나 있다는 말이에요."

"밑 빠진 독? 그게 누군데?"

궁금하다는 표정으로 그가 묻자 그녀는 순간 흠칫 놀라 입을 꾹 다물었다.

그와 있으면 마음이 편했다. 바라보는 것만으로도 든든하게 느껴지는 그의 모습에 그녀는 왠지 기대고 싶어진다. 그래서인지 마음속 깊이 쌓아만 놓았던 불만 등을 마구 털어놓고 싶어지게 된다. 스스럼없이 이런저런 얘기도 막 하고 싶고…….

어리광 섞인 투정을 부리듯 '나 정말 힘들어요.' 라고 하면서 미주알 고주알 얘기를 쏟아 내면 다 받아 줄 것만 같은 그의 모습에……. 그렇다고 해서 어머니인 정 여사에 대한 험담을 그에게 할 수는 없잖은 가.

정말 그가 자신의 애인이고, 결혼상대자라면 모를까 아직은 아니었다.

정신 차려라, 강아름. 그녀는 한순간 풀어질 뻔한 자신을 질책하며 나름 긴장감을 충전하려 애썼다.

표정을 굳히며 입을 꾹 다문 그녀의 모습에 그가 빙긋 미소를 지었다.

"별로 말하고 싶지는 않다는 표정이군."

"나중에 때 되면 얘기할게요. 그보다 오늘 일에 대해 얘기 좀 해요."

그가 나중에 언제 할 거냐고 캐물을까 봐 지레 겁을 먹은 그녀가 급히 말을 돌렸다.

"어떤 얘기?"

"당신 집에 가면 어른들께서 이것저것 물어볼 텐데 말을 좀 맞춰 놔야 하지 않겠어요?"

"글쎄……."

그가 심드렁한 표정으로 대꾸하자 그녀는 눈꼬리에 잔뜩 힘을 줬다.

뭐야, 이 남자? 강 건너 불구경하는 듯한 저 표정은. 지금 자기가 당할 일 아니라고 나 몰라라 하겠다 이거야? 흥! 그렇게 팔짱만 끼고 여유 부리게 놔둘 줄 알고?

적극적이지 못한 그의 태도에 살짝 삐진 그녀가 새초롬한 표정으로 말을 꺼냈다.

"예상 질문 좀 내놔 봐요."

"예상 질문? 그걸 내가 어떻게 알아?"

"전에 결혼할 뻔했다고 했죠?"

그녀의 말에 그가 뭔 소리를 하냐는 표정으로 펄쩍 뛰었다.

"내가 언제?"

"그랬잖아요. 결혼하겠다고 하도 공수표 남발해서 할머니가 이젠 당신 말 안 믿는다고."

"그건 결혼하겠다고 말을 했다는 거지. 결혼할 뻔한 건 아니지."

"그래서요? 지금까지 단 한 번도 어른들께 사귀던 여자 인사시킨 적 없다고요?"

그의 표정이 굳었다. 딱딱하게 정말 나무토막처럼 딱딱하게 굳은 그의 얼굴을 바라보던 그녀가 슬쩍 이마를 찌푸렸다.

30살도 넘은 남자가 집안에 사귀던 여자 인사시켰다는 게 뭐 그렇게 대단한 일이라고 저렇게 표정이 굳은 걸까? 혹시…… 마음에 큰 상처를 입을 정도로 안 좋은 상황이 벌어졌던 걸까?

이것저것 전부 다 궁금해졌지만 꾹 참고 그녀는 차분한 어조로 말을 이었다.

"인사를 시켰으면 그때 어른들이 하신 말씀이 있을 거잖아요. 뭐, 설마 사귀던 여자만 달랑 가서 인사한 건 아닐 테고요. 그때 들었던 것 좀 얘기해 보라고요."

"글쎄……."

그가 기억을 더듬듯 시선을 먼 곳으로 주었다. 그리고 피식 웃으며 고개를 저었다.

"별로 귀담아듣질 않아서 잘 모르겠는데?"

"하아……."

그녀의 입에서 자동적으로 한숨이 튀어나왔다.

"지금 나보고 제대로 하라는 거에요? 말라는 거에요?"

불만이 왕창 생겨난 그녀는 꼬장꼬장하게 소리쳤다.

"가장 기본적인 도움도 안 주고 정말 이럴 거에요?"

"상황 봐서 그때그때 해결해 나가면 되지. 꼭 이런 식으로 말을 맞춰야 돼? 무슨 알리바이 조작하는 것도 아니고."

불만스럽다는 듯 그가 틱틱거리자 그녀는 포크를 힘주어 잡았다.

"당신하고 나하고 말이 엇갈리면 안 되는 상황도 발생할 것 같으니까 그러는 거잖아요."

콱! 샐러드에 있는 힘껏 포크를 꽂으며 그녀가 뿌득 이를 갈았다.

"너 이런 일 해 봤다면서? 경험이 있을 거 아냐. 그 경험에 비춰서……."

그의 말을 뚝 끊으며 그녀가 답답하다는 듯 말했다.

"애인 대행. 하객 대행. 맞선 대행은 다 해 봤어도 집안 어른들께 인사하는 건 안 해 봤거든요."

"그 포크나 좀 내려놓고 말하지. 보기 민망하네."

여전히 그는 심드렁한 투로 말했고 그녀는 그의 말에 시선을 포크를 쥔 손으로 향했다.

민망하다니 뭐가? 그런 생각으로 바라보자 포크 밑에 깔린 샐러드가 이미 형체를 잃을 정도로 일그러져 있는 게 보였다. 말을 하면서 포크로 얼마나 짓뭉개 놨는지 보는 것만으로도 절로 식욕을 잃을 것 같은 모양새였다.

대번에 먹을 것에다 분풀이를 한 치사한 인간이 되어 버린 그녀는 겸연쩍은 표정으로 슬며시 포크를 식탁 위에 놓았다.

"크게 부담 가질 거 없어."

그가 낮은 어조로 말하며 그녀 앞에 놓인 잔에 와인을 따랐다.

"긴장하지도 말고."

그녀도 그럴 생각이었다, 처음에는. 그의 말을 들었을 때는 별일 아니다 여겼다. 그냥 친구 집에 놀러 가서 친구 부모님께 인사드리는 것처럼 하면 되겠다고 가볍게 생각하고 말았다. 그런데 시간이 지날수록 조금씩 무게감이 가중됐다.

아마도 그를 생각하고 좋아하는 마음이 조금씩 더해져 그의 집안에 잘 보이고 싶다는 마음이 생겨난 때문이리라. 사람 일이란 게 나중에 정말 어떻게 될지 모르는 거니까.

"내가 대충대충하면 당신이 고달파질 텐데요. 그래도 좋다는 거에요?"

"그래도 어쩔 수 없지."

그가 자신의 잔에도 와인을 따랐다.

"고달픈 일이라면 너보다 내가 당하는 게 더 낫잖아."

은근 감동적이다. 자신을 생각해 주는 그의 말에 조금 꽁했던 마음이 확 풀렸다.

그가 와인 잔을 들어 앞으로 내밀자 그녀도 와인 잔을 들었다. 챙! 맑은 소리를 내며 와인 잔을 부딪히고 그가 슬쩍 윙크를 했다.

"잘 될 테니까 걱정은 그만하고 식사나 마저 하자고."

와인으로 입가심을 하고 스테이크 한 조각을 입에 넣고 씹으며 그녀는 갑자기 생겨난 궁금증에 질문을 던졌다.

"오늘 일에 대해서 어른들께 뭐라고 말했어요?"

"뭐라고 하긴……. 인사 와서 저녁 같이 먹을 거라고 했지."

"어른들께 말씀드린 대로 그대로 얘기해 봐요. 정확하게. 토씨 하나 틀리지 말고요."

"어째 내가 취조 받는 기분이 드는데……."

"그래서 말 안 할 거라고요?"

"뭐가 그렇게 걱정이 돼서 그러는지 모르겠지만……."

그녀가 눈을 날카롭게 치뜨자 그가 두 손을 들었다.

"알았습니다. 알았어. 말합니다. 어머니께 말씀드렸지. '사귀는 사람이 있습니다. 이번 주 일요일에 집에 올 겁니다.' 라고. 어차피 할머니께는 어머니가 말씀하실 거니까 따로 얘기 안 했고."

"그게 다예요? 그래서요? 그래서 어머니는 뭐라고 하셨어요?"

'사귀는 사람이라니? 아니, 언제부터……'

놀랍다는 표정으로 그를 바라보던 김 여사가 황급히 말을 돌렸다.

'아니다. 지금 그게 문제가 아니지. 그래, 결혼할 생각으로 사귀는 거니? 아니다. 이것도 아니구나. 당연히 결혼할 생각이 있으니까 인사를 시킨다고 하는 거겠지.'

갑작스러운 그의 태도에 무척이나 당황한 듯 김 여사는 횡설수설했다.

'그래. 어떤 아가씨니? 집안은 어떻고?'

'그냥 평범한 사람입니다.'

'서로 사랑하는 거겠지?'

빙긋이 미소를 지으면서 대답하는 승호를 보며 김 여사는 목 끝까지 올라온 질문을 삼켰다. 김 여사는 혹여 할머니나 자신이 결혼해야 한다고 막무가내로 밀어붙이는 탓에 사랑하지도 않는 사람과 결혼을 결심한 건 아닌지 적잖이 걱정이 됐다.

'무슨 일을 하니? 직업은 있고? 아니, 그보다 나이는?'

와르르 쏟아지는 질문에 승호가 난처한 표정으로 대꾸했다.

'일단 만나 보세요. 어머니. 궁금한 점은 만나 보시고 물어보셔도 늦지 않으니까요.'

'그래. 그러자꾸나. 이번 주라고 했지?'

"······라고 하셨지."

가만히 승호의 말을 듣고 있던 그녀가 언짢은 표정으로 이마를 찌푸렸다.

"것 봐요."

"뭐가?"

"벌써 질문이 쏟아졌잖아요. 그런데도 아무 말도 안 해 줘요?"

풀 죽은 표정으로 어깨를 축 늘어뜨리는 그녀의 모습에 그는 의미를 알 수 없는 미소를 지었다.

"나이나 직업, 집안 환경. 그런 거야 사실대로 그냥 말하면 되는 건데 뭐. 미리 준비해 놓고 말 맞추고 할 필요는 없는 거잖아. 고민할 것도 없는 거라고."

"그건 주 검사님 생각이고요."

이럴 줄 알았다는 표정으로 한숨을 푹 내쉬는 그녀는 마치 김빠진 맥주처럼 기운이 없어 보였다.

"이런 역할 대행 할 때는요, 기본이라는 게 있어요. 먼저 상대방 집 안에 대해 어느 정도 조사를 해서 어른들 마음에 꼭 들도록 프로필을 맞춰 놔야 하는 거라고요."

"뭐, 꼭 그럴 필요 있나?"

떨떠름한 그의 대꾸에 그녀가 또다시 한숨을 내쉬었다.

"있는 사실 대로 말했다가 만약 승호 씨 어머니나 할머니 마음에 안 들어서 퇴짜라도 맞으면요? 사귀는 거 허락 안 하면요? 물론 우리야 진짜 사귀는 것도 아니니까 그런 부분에서 큰 타격을 입지 않겠지만 그 뒤의 일은 생각 안 해요? 또 맞선 보라고 들들 볶으실 텐데. 그것까지 다 감수하겠다는 거예요?"

진지해진 안색으로 팔짱을 낀 채 그는 그녀의 말을 잠자코 듣기만 했다.

"그러니까 혹시 일어날지도 모르는 불상사를 막고자 말을 맞추자고 하는 거잖아요. 이제 제 말, 무슨 뜻인지 아시겠죠?"

"아니. 모르겠는데."

툭 튀어나오는 그의 답변에 아름은 기가 막힌다는 표정을 지었다.

"모르겠다뇨? 무슨 말을 그렇게 쉽게……."

그녀의 말을 뚝 자르며 그가 날카로운 어조로 말했다.

"넌 어머니나 할머니 앞에서 거짓말을 하겠다는 거야?"

"거짓말이 아니라 역할 대행을 하는 거니까 그렇죠. 비교하자면 그런 거잖아요. 배우가 연기하는 것처럼요."

"내가 원한 건 그런 게 아닌데."

"네?"

그의 말뜻을 알 수 없어 그녀는 당황했다.

"지금…… 무슨 말을 하고 있는 거예요?"

"난 네가 있는 그대로의 모습으로 어머니와 할머니께 인사하길 원한 거였어."

"말도 안 돼……."

그녀의 어이없다는 표정에 승호의 이마가 더욱 찌푸려졌다.

"왜 말이 안 돼?"

"내가 어떻게…… 아니, 난…… 당신하고 어울린다는 생각 해 본 적 없어요."

"생각해 본 적이 없다고?"

날카롭게 솟구치는 눈매를 보아하니 그는 화가 난 듯했다. 그녀는 황급히 말을 바꿔 자신의 입장을 이해시키려 애썼다.

"아니, 그게…… 당신하고만이라면 모르겠지만 집안을 보면 어울리지가 않는다는 거죠. 그게 아무리 생각해 봐도 있는 그대로 말하면 분명 퇴짜를 맞을 건데……."

"어떤 부분에서?"

"그러니까 일단은 나이도 많고, 집안 환경도 그렇고, 직업도 어른들 보시기에 별로이고……."

"나한테 맞는 나이가 몇 살인데?"

툭하니 내뱉어지는 그의 질문에 그녀는 고개를 갸우뚱거렸다.

"글쎄요. 한 24살 정도?"

"하! 24살?"

그가 기도 안 찬다는 표정으로 코웃음을 쳤다.

"24살이면 나보다 자그만치 열 살이나 어린데, 그런 꼬맹이를 어디다 들이대는 거야? 누구 도둑놈 소리 듣게 만들 일 있어? 게다가 그 나이면 이제 막 대학이나 졸업했을 텐데 그런 미숙련자를 데려다 어쩌라고? 집안일이나 제대로 하겠어?"

"집안일은 나이로 하는 거 아니거든요? 경험으로 하는 거지. 전요 걸음마할 때부터 집안일 해서 12살 때는 주부 뺨친다는 소리까지 들었다고요."

자신의 말에 대뜸 부정적인 견해를 내보이는 그에게 화가 나 그녀는 뾰로통하게 소리쳤다.

"그리고 지금 직원 뽑아요? 뭘 할 줄 아는지 그게 왜 중요해요? 나이 좀 있는 남자들이 대부분 다 어린 여자 좋아하니까 그 정도면 적당하겠다는 생각에 얘길 한 거죠. 별걸 다 갖고 트집을 잡고 그래요? 그리고 내가 뭐 당신 어머니 앞에서 '저 24살입니다.' 그러겠다고 한 것도 아니잖아요."

말을 하면 할수록 열이 나 그녀는 결국 시근덕거리고 말았다.

"그리고 집안환경은 그렇다 쳐요. 직업은 어쩔 건데요?"

"회사 이름만 말하면 돼."

"무슨 일 하는 거냐고 물어보시면요?"

"사람들 도와준다고 하면 되지."

"정말 그렇게 생각해요?"

"음?"

그녀의 목소리가 잔뜩 가라앉았다. 무언가 이상한 느낌이 들어 승호는 그녀의 얼굴을 살피는 시선으로 봤다.

"그거 무슨 뜻으로 하는 질문이야?"

"진심으로 내가 사람들 도와주는 일 하고 있다고 생각하느냐구요."

"당연한 거 아냐?"

대번에 그녀의 표정이 활짝 펴졌다.

"그렇죠? 나 사람들 도와주고 있는 거죠? 싸움도 좀 하고 사고도 좀 치지만 다 좋은 일 하려고 그러는 거니까 잘하는 거죠? 헤헷."

"허이구……."

귀 옆을 손가락으로 긁적이면서 쑥스러운 웃음소리를 내는 아름의 모습에 그는 그저 웃고 말았다.

"그렇다고 해서 그 직업 절대 환영한다는 건 아냐."

"왜요?"

"위험한 일이니까."

"그렇긴 해요. 하지만 그렇게 따지면 주 검사님 일도 위험하긴 마찬가지 아니에요? 맨날 범죄자들만 쫓아다니니까."

"그러게나 말이야. 내가 왜 검사를 하겠다고 기를 쓰고 공부를 했을까? 지금 생각해 보면 이해가 안 돼. 차라리 변호사를 할까? 그게 더 벌이도 좋고 위험한 일도 없을 텐데 말야."

"푸훗! 호호호."

그녀가 돌연 웃음을 터트리자 그가 눈썹을 치켜 올렸다.

"왜 웃어?"

"그게요. 변호사가 되면 사람들이 '주변'이라고 부를 거 아니에요.

'주검'도 좀 그런데 '주변'은 진짜 아닌 것 같아서…… 아하하. 미안해요. 웃으면 안 되는 건데…… 푸훗!"

말은 그렇게 하면서도 웃긴지 그녀는 계속 어깨를 들썩이며 키득거렸다.

"그건 그렇지. 남들이 그렇게 부르면 듣는 내가 괴로우니까. 천생 검사나 계속해야겠군."

"아하, 아후. 진짜 미안해요. 갑자기 웃음이 멈추질 않아서……."

하도 웃어 얼굴이 벌개진 그녀가 한 손을 펼쳐 부채처럼 움직이며 사과의 말을 했다.

"너무 웃었나 봐요. 막 열이 다 나네."

그녀의 웃는 모습이 좋았다. 해맑게, 아무 근심 없이 환하게 웃는 모습을 보자 그도 덩달아 기분이 좋아지는 것만 같았다. 그녀가 계속 마음 편하게 웃을 수 있다면, 그는 어떠한 일이라도 기꺼이 할 수 있을 것만 같았다.

"뭐, 그럼 대충은 얘기 끝난 거 같으니까 슬슬 움직여 볼까?"

"아뇨. 아직 아니에요."

"뭐가 또 남았는데?"

그는 짜증 섞인 어조로 퉁명스럽게 말했다.

"우리 사귄 지 얼마나 되었다고 해요?"

"뭐 그런 것까지 물어보시겠어?"

"물어봐요."

"아닐 것 같은데."

"100% 물어보신다니까요. 어른들은 첫눈에 반하고 어쩌고 그런 거보다 얼마나 오래 사귀었느냐를 더 중요하게 생각한다고요. 그러니까 말해 봐요. 언제부터 사귀었다고 해요? 한 1년 정도 됐다고 하면 될까요?"

"그건 좀 곤란한데."

"네? 왜……."

말을 하던 그녀는 뭔가 떠오르는 생각에 입을 꾹 다물었다. 곤란하다고? 그렇다면 1년 전 그때, 그에게 여자가 있었던 거구나. 그녀의 생각이 맞다는 걸 알려 주기라도 하려는 듯 그가 낮은 목소리로 말했다.

"여자가 있었어."

갑자기 마음이 아프다. 심장이 무언가에 쿡 찔리듯 통증이 느껴졌다.

"그랬군요."

목소리가 떨려나오지 않는 걸 천만다행이라고 생각해야 할까? 답답한 기분에 아름은 한껏 숨을 들이마셨다가 내뱉은 뒤, 애써 명랑한 어조로 말했다.

"누구였는데요?"

앗! 뭐야, 이 질문은.

그녀는 당황했다. 무슨 말이라도 해야겠다, 절대 내가 충격을 받았다는 걸 눈치채이면 안 된다는 생각에 그만 엉뚱한 말이 입을 뚫고 나와 버리고 말았다.

"누구라고 말하면 네가 알기나 하고?"

어이없다는 그의 반문. 그녀는 벌게진 뺨을 한 손으로 가리고 어정쩡하게 답했다.

"혹시 내가 아는 사람일 수도 있지 않을까 싶어서 물어본 거죠. 예를 들면 뭐, 연예인이거나 이름난 운동선수거나……."

"그렇지는 않고."

"어떤 사람이었어요? 예뻤어요? 나이는요? 성격은 어땠는데요?"

아악! 또!

그녀는 엉겁결에 마구 질문을 퍼붓다 두 손으로 자신의 입을 틀어막아 버렸다.

한참을 멀뚱하니 있던 그녀가 작은 소리로 말했다.

"미안해요."

"괜찮아."

"그런데…… 사실은 그런 거 말고 정말 궁금한 게 있어요."

"뭔데?"

걱정이 가득 담긴 기색을 하고 그녀는 그를 빤히 바라보았다.

"화내지 말고 대답해요. 그 여자……. 좋아했어요?"

찬물을 끼얹은 듯 분위기가 가라앉았다. 공연한 걸 물어보았다 후회
를 하며 그녀는 그의 안색을 살폈다. 무표정하게 자신을 바라보는 그에
게서는 별다른 기색이 느껴지지 않았다. 화를 내는 것 같지도 않았고.

"저 그러니까 내 말은……."

그녀는 허둥지둥 변명을 늘어놓기 시작했다.

"사귀는 사이였으면 좋아하는 건 당연한 거지만…… 좋아했으면서
헤어졌다는 것도 좀 이상하고…… 그리고 혹시나 마음의 상처를 입은
건 아닌지……."

정말 자신이 생각해도 멍청한 말이었다. 오늘따라 다른 날과 달리
멍청한 행동만 해 대는 스스로에게 짜증이 나 그녀가 눈살을 찌푸렸을
때였다.

"좋아했지."

나지막하게 그의 음성이 들려왔다. 왜 갑자기 '총 맞은 것처럼'이라
는 노래가 떠오르는 걸까? 핼쑥해져서 고개를 슬며시 돌리는데 다시금
그의 말이 들려왔다.

"그렇다고 마음에 상처를 입을 정도로 엄청 좋아한 건 아니고."

"결혼하려고 했었다면서요?"

"난 결혼하려던 여자가 그 여자라는 말은 안 했는데?"

뭐라고? 느닷없는 그의 말에 그녀의 눈이 동그랗게 떠졌다.

"그럼, 결혼하려던 여자 따로 있었고 사귀던 여자 또 따로 있었다는 말이에요?"

"내가 나이가 몇인데 여자가 한 명밖에 없었겠어?"

이 바람둥이 같으니라고!

그녀의 생각을 읽기라도 한 듯 그가 변명조로 말을 이었다.

"그래도 한 번에 두 여자 사귀는 짓은 안 했다."

그래. 참 자랑이십니다요. 아주 떳떳하시겠군요.

떨떠름한 표정으로 그녀는 승호를 뚫어져라 바라봤다. 잘생긴 얼굴, 다부진 체격. '무늬만 금색'이라고 우기는 카드를 보면 집안도 빵빵할 게 분명하고…… 직업도 열쇠 세 개는 챙겨 가야 한다는 검사.

이렇게 보나 저렇게 보나 여자한테 걷어차일 상은 아니니 그가 먼저 헤어지자고 했을 게 분명할 터. 이 여자, 저 여자 만나면서 눈물이나 흘리게 하고…….

그런 생각들이 고스란히 얼굴에 나타났는지 돌연 그가 도끼눈을 하고 말했다.

"어이. 세상에 다시없는 파렴치한을 보는 듯한 그 눈빛 저리 치우지 못해?"

"몇 명이나 돼요?"

"뭐가?"

"지금까지 사귄 여자가 몇 명이나 되냐고요?"

"뭐야, 이건? 어째 분위기가 또 취조실 쪽으로 근접해 간다."

"똑바로 말해요. 안 그러면…….."

그녀가 눈에 힘을 주고 노려보자 그가 빙긋 미소를 지었다.

"안 그러면 어쩔 건데?"

"검찰청 앞에다 대자보 붙일 거예요. '주승호 검사는 바람둥이다' 라고 대문짝만 하게 써서."

"퍽이나 무섭겠다."

그가 코웃음을 치자 그녀가 입술을 앙다물었다.

"네가 보기에 내가 그런 거에 꿈쩍이라도 할 사람으로 보였냐?"

그러면서도 그는 잔뜩 심통이 난 그녀의 얼굴을 보고 관대한 표정으로 말했다.

"기준이 어떻게 되는데? 심각하게 사귄 정도? 아님 그냥 가볍게 만난 정도?"

염장을 지르겠다는 듯 싱글싱글 웃으면서 그가 말하자 아름이 주먹을 꽉 움켜쥐었다.

"심각하게 사귄 사람요."

"그것도 나름 기준이 있는데. 마음만 심각한 거? 아님 몸도 심각했던 거? 물론 몸 쪽으로도 기준이 있지. 포옹이나 키스만 했던 관계냐, 아님 섹스까지……."

"아! 정말!"

더는 들어 줄 수 없겠다는 생각에 그의 말을 뚝 자르며 그녀는 버럭 소리를 질렀다.

"얘기를 하겠다는 거에요, 말겠다는 거에요? 몸이고 마음이고 그냥 전부 다 심각했던 사람요."

"한 열 명 되나? 아니, 열두 명이던가?"

"허!"

많아 봤자 서너 명 되겠지 하는 생각을 하고 있던 그녀는 기가 막힌다는 듯 헛바람을 들이켜고 말았다.

"왜? 많아?"

또다시 싱글싱글 웃는 그의 안면에 주먹을 날리고 싶은 마음을 꾹 참으며 그녀가 말했다.

"많네요. 그럼 그냥 가볍게 만난 사람은요?"

"그건 더 많지. 한 스무 명 정도? 아니다. 더 많겠네. 한 삼십 명 넘으려나."

"……."

말문이 막힌다는 건 이럴 때 쓰는 게 분명했다. 심장은 저릿저릿해지고, 초조한 마음에 입술은 바짝 마른다. 그가 사귀었다던 여자들이 눈앞에 나타난다면 당장에라도 손톱을 날카롭게 세워 얼굴을 박박 긁어 놓고 싶은 심정이었다.

지금 당장도 아니고 그저 예전에 사귀었다는 여자들 얘기를 하는 것뿐인데 왜 이렇게 기분이 나쁘고 화가 날까. 설마 이런 게 질투의 감정이라는 걸까.

그녀는 여전히 미소를 지우지 못하는 승호를 노려보며 손을 뻗어 와인 잔을 움켜잡았다. 하도 억세게 잡아 잔의 가느다란 손잡이 부분이 뚝 부러질지도 모른다는 생각이 들 정도였다.

와인을 한 모금 마시고 스스로 진정하자 애를 써 가며 마구 들뛰는 감정을 다스린 그녀가 차분한 어조로 입을 열었다.

"이제 겨우 30대 초반이신 분이 어떤 만남을 가졌길래 심각하게 만난 사람이 12명이나 된다는 거예요?"

"어쩌다 보니 그렇게 됐네?"

어째 건성건성 말하는 폼이 조금 수상해 보였다.

"여자 한 명 만나서 얼마나 사귀었는데요?"

"그거야 뭐, 사람마다 다르니까 딱 잘라 말할 수는 없겠지."

"가장 오래 사귄 사람이 얼마나 되었냐구요."

"글쎄? 잘 기억이 안 나는데. 한 석 달 정도?"

점점 더 분위기가 수상해지기 시작했다.

"심각하게 사귀었다면서요? 그런데도 가장 오래 사귄 게 석 달이라구요? 그럼 그냥 가볍게 사귄 사람은요. 한 달도 안 돼 헤어졌다는 거에요?"

"그런 적도 있고."

"도대체 주승호 씨 연애감정은 뭐에요? 아무리 가볍게 사귀었다지만, 사람이 어떻게 만나서 한 달도 안 사귀어 보고 헤어질 수가 있어요?"

"계속 분위기가 취조실로 근접해 가는 게…… 나 기분 좀 별로인데."

말은 그렇게 하면서 그의 표정은 전혀 기분 나쁜 표정이 아니었다. 아니, 오히려 그녀의 반응을 즐기는 듯 입가에 미소가 사라지질 않는다. 그제야 아름은 뭔가를 깨달았다. 여태까지 그의 말에 휘둘려 뻘 짓을 하고 있었다고.

"지금 장난하고 있는 거죠?"

"어. 이제야 눈치챘어?"

싱긋 미소를 짓는 그의 얼굴에 샐러드 접시를 집어 던지지 않은 것만으로도 그녀는 자신의 참을성을 자랑스러워해야 하리라.

"난 진지해요."

어깨를 축 늘어뜨리고 풀 죽은 음성으로 그녀가 말을 이었다.

"단지 당신 과거 캐내겠다고 이런 질문 던지는 거 아니라고요."

"내가 예전에 사귀던 여자가 몇 명이었는지가 왜 중요한데?"

당신에 대해 잘 알고 싶으니까. 그녀는 차마 대답을 하지 못하고 입술을 꼭 깨물었다.

"그리고 지금 우리가 집중해야 할 문제가 내 과거인가?"

그의 말에 퍼뜩 제정신을 차린 그녀가 가볍게 눈살을 찌푸렸다.

"그래서 물어본 거잖아요. 주 검사님 과거 여자들 중에서 집에 인사한 사람이 있을 거니까."

"인사한 여자가 있는 거하고 너하고는 아무 상관없다니까."

그녀는 솔직하게 자신의 감정을 말했다.

"미안해요. 그냥 궁금했어요."

그녀는 고개를 푹 숙이며 진심을 담아 말했다.

"저 궁금한 건 잘 못 참거든요. 어떨 땐 정말 궁금해서 밥도 못 먹고, 잠도 못 자고 막 그랬거든요. 어렸을 때부터 그래서 많이 혼나긴 했는데, 그래도 궁금한 게 있으면 꼭 알아내야 직성이 풀려서……."

어정쩡하니 그녀가 말끝을 흐리자 그가 한숨을 푹 내쉬었다.

"그래. 밥도 못 먹고 잠도 못 잔다니 그 궁금증 풀어 줘야겠군. 어차피 다 지난 일이라 부끄러울 것도 없고 껄끄러운 것도 없으니까. 앞에 내가 얘기했던 건 과장이 섞인 거고. 대학 다닐 때 진지하게 한 2년 사귄 여자가 있었어."

갑작스러운 고백의 말에 그녀는 호기심 가득한 눈길로 그를 봤다.

"졸업하고 나서도 계속 사귈 거라 생각했는데, 군대 갔다 와서 복학했더니 고무신 거꾸로 신었더라."

"어머나."

"상처 좀 받았지. 꽤 예뻤거든. 그리고 한 두어 달 지나서 더 예쁜 여자를 만났지. 3년 넘게 사귀었는데 사법고시 준비하느라 데이트도 별로 못 하고 신경을 덜 썼더니 어느 순간에 선본 남자하고 결혼한다고 청첩장을 보내더군."

"그건 좀 너무한 거 같네요."

"지 딴에는 깔끔하게 헤어지려고 그랬던 것 같아. 아무튼 그때도 상처를 좀 받았고. 그리고 검사 되고 나서 만난 여자가 집에 인사를 왔던 여잔데……."

그가 말끝을 흐리자 그녀는 자연스럽게 숨을 멈췄다. 엄청나게 큰 사건 기사를 접하듯 긴장이 되었다.

"할머니가 반대하시더군. 그래서 헤어졌고. 작년에 만났다던 여자는 6개월 정도 사귀었는데 몇 번 만나지도 않고 내가 차였어. 검사라는 직업이 마음에 안 든다고 하더라고."

듣는 사람에 따라 다소 심각할 수도 있는 과거 얘기를 하면서 정작 본인인 승호는 별거 아니라는 식으로 어깨를 으쓱이고 말 뿐이었다.

"과거 연애사는 이걸로 끝. 됐지?"

아니, 안 됐다. 듣고 나니 듣기 전보다 더한 궁금증이 치솟았다.

결혼하겠다던 그 여자와는, 어떻게 할머니가 반대하신다고 헤어질 수가 있었던 거지? 결혼까지 생각했다면서? 그리고 얼마나 사귀었는지 어떻게 사귀었는지 그런 말은 왜 안 하는 거야? 다른 여자들은 다 얘기해 놓고.

두루뭉실 대충 겉만 핥는 식으로 얘기를 끝내 버리다니. 혹시 그때 마음에 상처를 많이 받았던 걸까? 그래서 그 얘긴 하고 싶지 않은 건가? 그 여자를 그만큼 많이 사랑했던 걸까? 묻고 싶은 게 한두 가지가 아니었다. 하지만…….

뭐 마려운 강아지처럼 끙끙거리는 표정의 그녀를 보고 그가 이마를 찌푸렸다.

"또 왜?"

"저기요. 그게……."

"그게 뭐?"

좀 더 자세하게 얘길 해 달라고 하면 정말 화내겠지?

좀 전과는 달리 기분 나쁘다는 티를 팍 내는 그의 얼굴을 슬쩍 쳐다보고 그녀는 궁금증을 접기로 했다. 더는 밥도 못 먹고 오늘 밤 잠도 못 잘 것처럼 궁금하긴 했지만, 차마 대놓고 물어볼 수가 없었다.

그 여자를 진심으로 사랑했느냐고. 아직까지도 그 여자 생각을 하고 있느냐고. 그래서 지금까지도 결혼하지 않은 거냐고.

그녀는 한숨을 폭 내쉬고 투덜거리듯 말을 했다.

"정작 중요한 건 하나도 얘길 안 했잖아요."

"중요한 거 뭐?"

"인사 갔을 때의 상황이요."

"강아름."

부쩍 진지해진 어투로 그가 부르자 그녀는 기합이 잔뜩 들어 뻣뻣하게 대답했다.

"네."

"좀 전에 내가 한 말 못 들었어?"

"네?"

"할머니가 반대해서 헤어졌다고 했잖아."

"들었어요. 그러니까 할머니가 반대하신 이유가 뭔지 그걸 알고 싶다는 거라니까요."

"그게 왜 알고 싶은 건데?"

"그 부분은 피해 가려고요."

당연한 거 아니냐는 식으로 그녀가 대답하자 그는 잠시 생각하는 태도를 취했다. 그리고…… 딱 잘라 대답했다.

"말하고 싶지 않아."

상처를 많이 받았구나. 아직까지도 생각하는 것만으로도 마음 아플 정도로.

"하도 어이없고 말도 안 되는 이유라 너한테 얘기하고 싶지 않다고. 할머니 흉보는 거나 마찬가지라, 그 얘길 하는 건 누워서 침 뱉기나 다름없어. 그러니까 더는 물어보지 마."

어이없고 말도 안 되는 이유라 그게 뭔지 더 궁금해졌다.

"평범한 이유가 아니었던 거에요?"

"물어보지 말라니까."

"대략적으로라도 말해 주면 안 돼요?"

"강아름!"

그가 버럭 소리를 치자 그녀는 찔끔 놀래 야단맞은 강아지 같은 모양새로 어깨를 움츠렸다.

"알았어요. 안 물어볼게요. 하지만…… 그래도……."

"오래 살고 싶으면, 아니 사람 같은 모양새로 잘 살고 싶으면 궁금증 접어."

"네……."

대답을 하면서도 뭐가 못마땅한지 그녀는 삐죽 입술을 내민 상태였다.

자신이 생각해도 꽤 궁금하긴 할 터였다. 다른 이의 과거사나 연애사란 씹고 뜯고 즐기기에 아주 좋은 이야기 거리니까.

하지만 그때 당시 느꼈던 감정과 기분이 너무 좋지 않은 것이어서 승호는 누군가에게—그 누군가가 설령 그녀일지라도— 말하고 싶은 마음이 없었다.

"그만하고 나가자. 이러다 하루 종일 여기 앉아서 이상한 얘기만 하고 있겠어."

먼저 자리에서 일어난 그가 그녀 앞으로 다가와 손을 내밀었다.

"알았어요."

마지못한 듯 그녀는 그의 손을 잡고 몸을 일으켰다. 자연스럽게 승호는 한 손을 내밀어 그녀의 허리를 당겨 안았다.

"승호 씨."

놀란 듯 그녀가 바라보자 그가 찡긋 윙크를 하며 웃었다.

"예행연습이려니 해."

예행연습은 무슨…… 결혼식 하러 가나? 그런 생각을 하면서도 그녀는 그의 손을 뿌리치지 않았다. 그가 다소 마음에 들지 않는 행동을 한다고 해도 공연히 과거 얘기를 꺼내서 그의 마음을 아프게 한 벌을 받는 거라 생각하기로 했다.

계산을 하고 식당 입구로 나서자 그녀가 질문을 던졌다.

"바로 집으로 갈 건가요?"

"아니."

그녀의 손을 잡고 주차장을 향해 걸으며 그가 대답했다.

"저녁까지는 아직 시간이 남았으니까 바로 갈 필요는 없고. 뭐 할까? 공원에 산책이라도 갈까?"

차 앞에서 걸음을 멈춘 그가 그녀의 얼굴을 보며 부드러운 미소를 지었다.

"아니면 영화라도 한 편 볼까?"

고개를 들고 자신을 바라보는 그녀의 얼굴이 고와 보였다. 예쁘다, 아름답다, 그런 말과는 견줄 수 없는 다른 무언가가 느껴졌다. 이런 게 바로 눈에 콩깍지가 씌었다는 걸까.

"영화 보기에는 시간이 너무 빠듯하지 않아요?"

"그렇긴 하지."

"그리고 제대로 집중할 수도 없을 것 같아요."

그만큼 그녀가 많이 긴장을 하고 있다는 뜻이었다. 그는 손끝으로 그녀의 뺨을 어루만졌다.

"단순하게 생각해."

"알고는 있는데 잘 안 돼요."

"자꾸 결과를 예상하려고 하니까 그렇지."

"결과를 예상한다고요?"

"그래. 잘 안 되면 어쩌나, 퇴짜 맞으면 어쩌지. 그런 생각을 하니까 계속 긴장을 하는 거잖아. 무슨 입사 시험 보러 가는 것도 아닌데 그렇게까지 긴장할 거 없어. 이건 떨어져도 그만인 거라고."

그의 말이 천둥처럼 그녀의 머리를 후려쳤다.

떨어져도 그만이다. 그는 그렇게 생각하고 있을지 몰라도 그녀는 아니었다. 만일 집안 어른들이 그들이 만나는 걸 반대한다면……

그녀에게 다시는 기회가 없을지도 모른다. 그를 사랑할 수 있는 기회가.

"아뇨. 전 잔뜩 긴장을 해서라도 꼭 잘 해낼 거예요. 제 사전에 절대 실패란 없다고요."

"그렇게 긴장하면 오히려 더 실수할 수도 있다니까."

"전요. 긴장하면 더 정신 바짝 차리는 스타일이니까 걱정할 거 없어요. 보기에야 좀 불안해 보이겠지만 마음 놓아도 돼요. 절대로 집안 어른들이 퇴짜 못 놓게끔 할 거예요. 아무렴요. 내가 누군데요. 저 강아름 이라고요. 감히 누가 절 싫다고 거부하겠어요. 안 그래요? 호호호호홋."

한 손으로 입을 가린 채 요란스러운 웃음소리를 낸 뒤, 그녀는 그의 얼굴을 슬쩍 쳐다보고 곧 두 손을 얌전히 모은 채 허리를 꾸벅 숙였다.

"죄송합니다. 어쭙잖은 자신감 표출이었어요."

"하하핫."

그가 큰 소리로 웃자 그녀의 얼굴이 붉게 달아올랐다.

"웃지 말아요. 가뜩이나 창피한데."

"아니야. 하하. 네 말이 맞아. 누가 감히 천하의 강아름을 거부하겠어?"

그의 손이 살며시 그녀의 뺨에 와 닿았다.

"이렇게나 예쁜데."

두근, 두근, 두근. 심장이 쿵덕거리면서 뛰는 소리가 들려오는 것 같다.

고개를 숙인 그가 그녀의 귓가에 나지막한 목소리로 속삭였다.

"사랑스럽기도 하고."

사, 사랑스럽다고? 손발이 마구 오그라드는 것만 같았다.

"승호 씨……."

그의 입술이 그녀의 뺨에 닿았다. 아주 가볍게. 그리고 곧 자그마한 입술에 쪽 소리가 나도록 입을 맞췄다. 그녀가 놀라 눈을 동그랗게 뜨자 그는 고개를 들어 주변을 휙 둘러보았다.

"아무도 안 봤어."

"다행이네요."

아직까지도 심장이 콩닥콩닥 뛰는 바람에 그녀는 모기 소리만 하게 중얼거릴 뿐이었다.

단지 그는 예쁘다, 사랑스럽다, 라는 칭찬을 한 것뿐인데 그녀는 마치 사랑 고백을 들은 것만 같이 어쩔 줄 모르겠는 기분이 들었다. 좋은 것도 같고, 아닌 것도 같고, 부담스러운 듯도 하고.

한 가지 확실한 건 하늘을 마구 날아오를 것처럼 기분 벅차지는 않다는 거였다. 아마도 그건 100% 제대로 된 사랑고백이 아니라는 걸 뇌가 확실하게 인지하고 있어서 그런 듯했다.

그래도 좋은 건 좋은 거였다. 그가 자신을 예쁘고 사랑스러운 사람이라 생각한다는 걸 알게 된 것만 해도 오늘의 큰 수확이었다.

한편으로는 걱정이 되기도 했다. 이런 식으로 조금씩, 조금씩 그에게 빠져드는 자신이 불안했다.

다시 사랑이란 걸 할 수 있을까. 하게 되면 이번에는 제대로 될까. 또다시 예전처럼 불행해지거나 아프게 되는 건 아닐까.

그런 생각들로 그녀는 우울한 표정을 지은 채 차 문에 손을 댔다. 문손잡이를 잡고 열려는 순간, 승호가 그녀의 손목을 잡았다.

"내가 열지."

그가 차 문을 열자 그녀는 아무 말도 없이 차에 탔다. 그가 차 앞을 돌아오는 사이에 안전벨트를 매고 그녀는 혼자만의 생각에 잠겼다.

난 뭘 어쩌려는 걸까.

문득 든 생각에 앞이 막막했다. 그를 좋아하는 건 분명한데 앞으로의 일이 불확실했다. 그리고 자신에 대한 그의 감정도……. 그건 아무리 궁금하다고 해도 쉽게 물어볼 수 있는 일은 아니었다. 얼굴에 철판 깔고 물어본다고 해도 그가 제대로 대답해 줄 거라는 보장도 없고.

만약에 그가 단지 장난으로 날 상대하고 있는 거라면 어떻게 하지? 지금 당장 사귀는 여자가 없으니까 심심풀이 땅콩으로 여기는 거라면? 나도 똑같이 대해 주면 되는 건가?

그런 생각도 들었지만 그녀는 자신이 없었다. 연애 경험도 별로 없고, 여태까지 누군가를 진지하게 사귀어 본 것도 겨우 한 번뿐이었는데.

가슴이 먹먹하고 답답해져 오자 그녀는 한숨을 푹 내쉬었다. 그리고 곧 그가 시동도 걸지 않고 운전석에 앉아만 있다는 걸 느꼈다.

"승호 씨."

그녀는 뭐 하냐는 표정으로 그를 바라보았다.

"출발 안 해요?"

"어디 갈 건지 정하지 않았잖아."

아참. 그랬구나. 혼자만의 심각한 생각에 빠져 그녀는 아직까지 행선지를 정하지 않았다는 사실을 잊었다.

"그냥…… 바람이나 쏘이러 갈까요?"

"어디로?"

"그건 당신이 정해야죠. 난 아는 데도 별로 없고, 가 본 데도 없어서 잘 몰라요. 그리고 시간도 따져 봐야 하고……."

"아름아."

그가 무게감 가득한 낮은 목소리로 그녀의 이름을 불렀다.

"네?"

그가 그녀를 돌아보았다.

"좋아해."

"네…… 네?"

그녀는 화들짝 놀라 눈을 크게 떴다. 지금 뭐라고 한 거야?

그녀의 눈에 떠오른 의문을 그가 알아챈 듯 다시금 낮은 어조로 말했다.

"널 좋아한다고."

"하아."

심장이 움직임을 멈춘 것만 같아 그녀는 가벼운 숨소리만 낼 뿐, 아무런 말도 하지 못했다.

"그러니까 내가 너한테 하는 행동에 다른 의미를 부여하지 마."

그가 손을 내밀어 그녀의 뺨을 어루만졌다.

"단지 좋아하는 감정에 그걸 주체할 수 없어서 하는 행동이야."

뭐야. 이 남자. 독심술이라도 하는 거야? 조금 전까지 그에 대해서 불안해하고 의심했던 그녀는 갑작스럽게 양심에 찔려 아무 말도 하지 못했다.

그의 입술이 다가와 그녀의 입술에 닿았다. 조금 전보다는 깊이 있는 입맞춤.

사르르, 온몸이 녹아내리는 것만 같았다.

부드럽게 이어지는 키스에 그녀는 아무런 생각도 할 수 없었다. 오직 느껴지는 거라곤 그의 호흡과 맞닿아 있는 입술뿐. 달콤했다. 이제까지 느꼈던 것보다 훨씬 더.

그가 자신을 좋아한다는 걸 알아서일까. 그녀는 과감하게 두 팔을 뻗어 그의 목을 끌어안았다. 달칵! 소리와 함께 몸을 구속하던 벨트가 풀렸다. 그녀의 머리를 한 손으로 받치고 그는 조금 더 진해진 키스를 퍼부었다.

그녀는 모든 것을 잊었다. 지금 있는 곳이 차 안이라는 것도. 잠시 후면 그의 집에 인사를 가야 한다는 것도.

오직 생각나는 거라고는 그가 자신을 좋아한다는 사실뿐이었다. 그리고 자신도 그를 좋아하고.

키스를 멈추고 입술을 떼며 그가 허스키해진 음성으로 속삭이듯 말했다.

"말해 봐."

"무슨 말을······."

"내 고백에 답을 해 줘야지."

순간 불이라도 붙은 듯 그녀의 얼굴이 발갛게 달아올랐다. 열이 나는지 화끈거리기까지 했다.

"그런 말을 어떻게······."

쑥스러워하며 그녀가 대답을 회피하자 그가 그녀의 턱에 손가락을 대고 들어 올렸다. 눈을 마주친 채 그가 사뭇 진지한 어조로 다시 질문을 던졌다.

"대답을 못 하겠다고? 왜?"

"그게······ 부끄럽잖아요."

슬며시 눈을 돌리려 하자 그가 턱을 잡은 손에 힘을 줬다.

"똑바로 봐. 눈 피하지 말고."

"승호 씨······."

그녀의 얼굴에 다시 붉은 기가 감돌자 그의 입가에 근사한 미소가 생겨났다.

"그럼 그렇다, 아니다, 둘 중에 하나로 대답해. 날 좋아해?"

"그래요."

결심을 한 듯 입술을 꼭 깨물고 두 주먹을 움켜쥔 채, 각오를 다진 그녀가 비장한 어조로 말했다.

"좋아해요, 주 검사님. 아주 많이……."

화르륵. 얼굴에 불이 붙었다. 활활 타오르는 불꽃보다도 더 시뻘개져서 그녀는 고개를 푹 숙였다. 차마 그를 똑바로 바라볼 수가 없었다.

"흐흠. 다 좋은데 그 호칭이 마음에 안 드네."

그녀는 부끄러움에 자신이 뭔 소리를 했는지도 모르는 상태였다. 얼굴은 확확 달아오르고 심장은 콩닥콩닥 뛰고. 누가 목이라도 조른 것처럼 호흡은 가빴다. 침착하게 자신이 어떤 말을 했는지 뒤돌아볼 겨를이 없었다.

"호칭이요?"

"주 검사님이라고 했잖아."

내가 그랬나? 가만히 생각해 보면 그런 것도 같고…….

"느낌이 꼭 방문 수업 나갔을 때 여중생한테 고백 받는 그런 느낌이야. '검사님, 좋아해요. 존경해요. 까악!' 뭐, 그런 느낌?"

여중생 흉내를 내며 목소리를 높여 '까악' 소리를 하는 그를 보며 그녀는 그만 피식 웃고 말았다. 이래서 이 남자하고 있으면 진지함이고 나발이고 아무런 소용이 없다는 거다.

이렇게나 중요한 고백의 순간도 한낱 유머스러움으로 덮어 버리다니. 그러니 내 주먹이 울고 폭력이 난무하게끔 되는 게 아니냐고.

그녀는 손가락에 힘을 줘 그의 팔을 꼬집었다.

"아야!"

"꼭 그렇게 하고 싶으세요? 네?"

좀 더 손가락에 힘을 주자 그가 이마를 왕창 찌푸렸다.

"아프다고!"

"아프라고 꼬집은 거니까 당연히 아파야죠."

"이 여자가 정말. 아무 때나 패고 꼬집고 그런다니까."

241

"아무 때나요? 제가 아무 때나 그랬다고요? 제가 그냥 그래요? 꼭 그럴 만한 일을 주 검사님이 만들잖아요. 지금도 그래요. 남은 힘들게 고백했는데 '꺄악' 이라뇨? 거기서 '꺄악' 이 왜 나오는데요?"

"알았어. 알았으니까 이건 좀 놓고 얘기할까?"

생각 같아서는 더 힘껏 꼬집어 주고 싶었지만 그가 정말 아픈 것처럼 보였기에 그녀는 슬그머니 손을 놓았다. 그리고 앞으로는 이런 식으로 기분 나쁘게 하지 말라는 경고조의 말을 날리려고 하는 찰나 그가 그녀의 입술에 가볍게 입맞춤을 하며 중얼거렸다.

"만약에 우리가 결혼하면 꽤 재미있게 살 거 같아."

결혼! 그 말이 벼락처럼 그녀의 뇌를 후려쳤다. 결혼. 그와 결혼을 한다. 어리둥절해진 표정으로 그녀가 눈만 데구르르 굴리고 있자 그가 또다시 피식 미소를 지었다.

"이건 그냥 상상해 보고 한 말일 뿐이니까 심각하게 생각하지는 말고."

나도 안다고! 버럭 소리를 지르고 싶었지만 상태가 별로 좋지 않은 상황이라 그녀는 그저 우물거리듯 대답하고 말았다.

"심각하게 생각 안 해요."

"안 되겠다. 어디든 가야지. 여기 계속 있다가는 더 꼬집히겠어. 이러다 말 한 번 잘못하면 물어뜯기는 거 아닌가 몰라."

너스레를 떨 듯 그가 하는 말에 그녀는 입술을 삐죽 내밀었다.

"설마 내가 물어뜯기야 하겠어요?"

"그거야 모르는 일이지."

그가 막 시동 버튼을 누르려 할 때였다. 때를 맞춘 듯 핸드폰 벨 소리가 차 안에 울려 퍼졌다. 핸드폰을 꺼내 액정을 들여다본 그가 싱긋 웃었다.

"잠깐만 기다려. 어머니야. 그새를 못 참고 전화를 하시는군."

액정을 터치한 뒤 그는 핸드폰을 귀에 댔다.

"네, 어머니."

— 승호야.

"네. 말씀하세요."

— 승호야. 어쩌면 좋으니.

불안정하게 들려오는 김 여사의 목소리에 그는 긴장했다.

"무슨 일이세요."

— 네 작은아버지가…… 쓰러지셨다는구나.

순간적으로 놀란 그는 눈을 크게 뜨며 아름에게 시선을 주었다.

"그게 무슨 말씀이세요?"

— 갑자기 쓰러지셔서 지금 수술 중이시다.

"어느 병원인지 말씀해 주세요. 제가 바로 가겠습니다."

병원 이름을 듣고 전화를 끊은 그는 잠시 멍한 상태로 있었다.

작은아버지가 쓰러지셨다. 수술을 받고 있다. 병원으로 가야 한다. 생각이 복잡하게 뒤얽혀 그는 급하게 숨을 들이마셨다. 심장이 답답해 터져 버릴 것만 같았다.

"주 검사님."

그녀는 그의 팔을 잡았다. 가볍게 흔들어 자신에게로 시선을 유도하고 작은 목소리로 속삭이듯이 물었다.

"무슨 일이에요? 병원이라니…… 누가 아픈 거에요?"

그의 눈은 불안과 혼란으로 흔들리고 있었다.

"주 검사님."

"작은아버지가…… 쓰러지셨어."

"그럼 빨리 병원으로 가 봐야죠."

"병원…… 가야지."

차에 시동을 켠 그가 딱딱하게 굳어진 표정으로 그녀를 돌아보았다.

"집에 데려다줄게."

"저도 같이 병원에 가 볼게요."

"아니야. 그럴 거 없어. 언제까지 기다려야 하는지도 모르는데, 괜한 고생이야."

"하지만……."

왠지 그 혼자 보내기에는 불안한 마음이 들어 그녀는 그의 팔을 잡은 채 말을 이었다.

"같이 가요. 난 밖이나 차에서 기다리면 돼요. 그러니까……."

"그럴 필요 없다니까."

조금은 짜증이 배인 말투. 문득 그녀는 자신이 기다리고 있으면 오히려 그가 더 부담스러울 수도 있을 거라는 생각이 들었다. 그가 원하지 않는 이상 지금은 한 발 뒤로 물러날 때였다.

"알았어요. 그럼 난 여기서 택시 불러서 타고 갈게요. 당신은 바로 병원으로 가요."

"너 데려다주고……."

그의 말을 막으며 그녀가 단호한 어조로 말했다.

"그러지 말아요. 집까지 왔다 갔다 하면 시간도 많이 걸리고 당신 더 힘들어져요. 나 어린애 아니에요. 집 잃어버리거나 하지 않으니까 그런 걱정은 말아요."

다소 편하고 가볍게 말하려 애쓰며 그녀는 그의 쪽으로 몸을 움직였다.

"작은아버지 괜찮으실 거에요. 너무 걱정하지 말아요."

그녀는 가볍게 그의 입술에 자신의 입술을 댔다. 그리고 곧 얼굴이 발갛게 달아올라 어색한 미소를 지었다.

"행운의 입맞춤이에요. 좋은 일만 생기라는……."

그의 입가에 부드러운 미소가 떠올랐다.

"그래. 좋은 일만 생겨야지."

"나 갈게요. 운전 조심해요."

고개를 끄덕이는 그를 뒤로한 채 그녀는 핸드백을 움켜쥐고 차 문을 열었다. 차에서 내려 문을 닫자 차창이 스르르 내려갔다. 허리를 숙인 그녀는 운전석에 앉아 있는 그와 눈을 맞추었다.

"정말 운전 조심해서 해요. 급하다고 막 신호 위반하고 과속하고 그러면 안 돼요. 알았죠?"

"그래. 알았어."

"전화해요."

그의 대답을 기다리지 않고 그녀는 한 발 뒤로 물러났다. 그리고 한 손을 들어 살짝 흔들었다. 차가 출발하는 모습을 보며 그녀는 크게 한숨을 내쉬었다.

주차장을 벗어난 차가 코너를 돌아 사라지는 걸 본 그녀는 그제야 그가 뭐라고 했을까 생각해 보았다. 아마도 '전화할게.' 라고 하지 않았을까.

'좋아해.' 그의 목소리가 귓가에 울리는 것 같았다. 괜히 미소가 지어졌다.

9장

　빈틈없이 책이 빼곡하게 꽂혀 있는 책장이 방의 삼면을 채우고 있다. 그리고 한쪽 벽은 베란다로 통하는 창문이었다. 열어 놓은 문에서 들어오는 바람에 아이보리 빛 커튼이 부드럽게 흩날리고 있다.

　커다란 마호가니 책상 앞 의자에 앉아 있던 승호는 문득 눈을 들어 열린 창문 바깥쪽으로 시선을 주었다. 밖은 어두워 베란다 너머에 무엇이 있는지 보이지 않았다. 하지만 그는 알 수 있었다.

　그 어둠 속에는 베란다 주위를 감싸듯 키 큰 나무들이 심어져 있었다. 한여름이 되면 베란다로 쏟아져 내리는 따가운 햇빛을 막으려 녹색의 푸르른 잎새들이 한껏 춤을 춘다는 것을.

　오늘 하루는 승호에게 끔찍한 날이었다.

　새벽부터 잠에서 깨어 이리 뒤척, 저리 뒤척이며 아름에 대한 생각을 했다. 그녀를 만나서 무얼 할지, 어떤 말을 할지에 대해서.

　그러다 전화통화가 되지 않아 초조해하며 짜증을 냈고, 드디어 만난 그녀에게 사랑하는 사람이 있다는 사실을 알게 됐다. 그 뒤로 집안에 인사를 하는 문제로 과거 연애사에 대해 추궁을 받았고……

그 와중에 좋은 일이라면 그녀도 자신을 좋아한다는 걸 알아냈다는 사실. 그렇다 해도 달라지는 건 없었다. 그녀에게는 사랑하는 사람이 있다. 자신은 단지 좋아하는 사람일 뿐.

사랑하는 사람과 좋아하는 사람. 의미가 다른 두 단어를 두고 어느 쪽에 더 비중을 둘 것인지는 안 봐도 뻔한 일이었다.

과연 누굴까. 마음 한구석에 독버섯처럼 자리를 잡고 앉은 문제에 그는 그녀와 식사를 하면서도, 웃고 떠들면서도 마음이 편치 않았다.

집안 어른들에게 인사를 드리게 해 그녀를 자신의 짝으로 인정받게 끔 하려던 일도 갑작스럽게 작은아버지가 쓰러지셨다는 소식을 받는 바람에 무산되었다. 다행인 일은 작은아버지의 수술이 잘 되었다는 거였다.

뇌졸중으로 쓰러졌지만 바로 병원으로 옮겨 수술을 받을 수 있었던 덕에 작은아버지는 목숨을 건졌다. 입이 약간 돌아가 언어장애가 생겼고, 왼쪽 팔에 마비가 왔지만 다행스럽게도 생명에는 큰 지장이 없다고 했다.

아들과 손자를 동시에 잃은 할머니는 하나 남은 아들마저 앞세워 보내는 게 아닐까 노심초사하다가 수술경과를 듣고 간신히 안정을 되찾았다. 집으로 돌아와 할머니가 잠드는 걸 보고 김 여사에게도 편히 주무시라는 말을 한 뒤 승호는 침실이 아닌 서재로 들어온 참이었다.

서재는 아버지가 생전에 즐겨 사용하던 곳이었다. 지금 그가 앉아 있는 의자와 마호가니 책상을 아버지는 무척 아꼈다. 사업보다는 학문에 관심이 많았던 아버지는 틈틈이 이 서재에 들어와 책을 벗 삼아 시간을 보내고는 했었다.

승호에게 하나밖에 없는 형인 민호도 아버지의 영향을 받았는지 책보는 걸 좋아했다. 항상 장난만 치면서 짓궂게 굴던 승호와는 전혀 달랐다.

아버지는 그들 형제를 아끼고 사랑해 주셨고, 서로 다른 성격이었지만 승호 또한 민호와 우애가 좋았다. 그랬던 아버지와 형을 승호는 하루아침에 잃었다.

막 고등학교에 진학한 승호는 주말을 맞아 아버지, 형과 함께 낚시를 하러 떠났다. 원래는 온 가족이 낚시 여행을 하러 갈 계획이었는데 할머니가 감기에 걸리는 바람에 병간호를 위해 어머니는 집에 남고, 아버지와 그들 형제만 떠나게 된 거였다.

이 차선 좁은 국도를 달리던 중, 추월을 하려던 트럭과 부딪쳐 차는 가드레일을 들이받고 야트막한 야산으로 굴러 떨어져 버렸다.

정신을 잃었던 승호는 누군가의 외침과 팔이 떨어져 나가는 것만 같은 고통에 눈을 떴다. 흐릿한 의식 속에서, 열린 차 문 밖에서 아버지가 그의 팔을 잡아당기고 있었다.

"승호야, 일어나! 어서! 차에서 나와야 해."

앞좌석과 뒷좌석 사이의 공간에 끼여 버린 그는 덮쳐드는 고통에 신음소리를 흘렸다.

"으윽! 아버지……."

"어서, 어서 움직여! 다리를…… 다리를 빼. 어서! 빨리!"

아버지의 절박한 외침에 그는 몸을 일으키려 했지만 쉽게 움직여지지가 않았다. 갖은 애를 쓰며 기다시피 차 밖으로 절반쯤 몸을 뺐을 때 승호는 앞좌석에서 피를 흘리며 정신을 잃고 있는 민호를 봤다.

"형, 형이…… 아버지. 형이……."

"알고 있다. 알고 있어. 그러니까 어서 너부터 피해……."

거친 호흡을 내뿜으면서 그를 차에서 끌어내기 위해 애쓰고 있는 아버지의 머리에도 붉은 선혈이 흘러내리고 있었다. 아버지는 있는 힘껏 승호를 차에서 끌어냈다. 어깨를 부축해 차에서 멀리 떨어진 곳까지 데려온 아버지는 그를 놔둔 채 다시 차를 향해 돌아섰다.

"아버지!"

그는 이상한 예감이 들어 아버지를 불렀다.

"네 형을 데리고 오마."

그 말만을 하고 아버지는 절뚝거리면서도 차를 향해 달려갔다.

이제 살았다. 위험한 일은 없다. 그런 생각에 안도의 한숨을 내쉬던 승호는 문득 아버지의 이마에 흐르던 피를 떠올렸다.

안 돼. 여기서 이러고 있으면 안 돼. 나도 가서 아버지를 도와야 해. 아버지도 다치셨는데 혼자서는 무리일 거야. 형은 몸집도 크고 무거우니까 아버지 혼자서는 안 될 거야.

그런 생각으로 축 늘어져 누워 있던 그가 몸을 일으키려 할 때였다.

펑! 귀가 얼얼할 정도의 폭발음이 들리고 차에서 거세게 불길이 일어났다.

"아버지!"

승호는 크게 눈을 부릅뜨고 벌떡 일어났다.

"아버지! 형!"

그는 차를 향해 달렸다. 아니, 달리려고 했을 뿐이었다. 승호는 채 두어 걸음도 걷지 못하고 쇼크가 일어나 그대로 고꾸라지고 말았다. 그리고 정신이 아득해지면서 불길에 휩싸인 차가 점점 어둡게 변했다.

그 뒤로 승호가 정신을 차린 건 병원에서였다. 지나가던 차가 거센 불길을 보고 119에 연락해 구급차가 달려왔고, 병원으로 옮겨진 그는 수술을 받았다. 3일이나 의식을 잃고 있던 그가 눈을 떴을 때, 맨 처음 보인 건 눈물로 얼룩진 할머니의 얼굴이었다.

"승호야. 어이구, 내 새끼."

"할머니, 할머니…… 아버지가, 아버지가……."

차를 향해 절뚝거리며 달려가던 아버지의 뒷모습이 떠올라 승호의 눈에 눈물이 넘쳐흘렀다.

"아버지가…… 형이…… 으허허형."

몰아치는 서글픔에 그는 말을 잇지 못하고 울음을 터트리고 말았다.

"그래. 안다, 알어. 네 맘이 어떤지 이 할미가 다 알어. 어이구, 소중한 내 새끼. 너라도 살아서 얼마나 다행인지……."

"으허허허형. 아버지. 으아아아! 아버지. 형, 민호 형! 흐흐흐흑……."

심장을 쥐어짜듯이 통곡을 하고 있는 승호에게 이미 할머니의 말은 들리지 않았다.

그 뒤로 그는 아버지와 형의 몫까지 책임지고 살아야 한다고 생각했다. 그들 대신 살아남은 인생이니까. 반듯하게 누구에게도 손가락질 받지 않고 아버지의 자랑스러운 아들로, 형의 떳떳한 동생으로 살아야 한다고. 그리고 지금까지 그는 그렇게 해 왔다. 가끔 인생이 퍽퍽하고 힘들 때도 있었지만 그는 애써 꿋꿋이 참으며 옳은 길로만 가려고 했다.

나중에, 아주 나중에 그가 이 세상을 떠나 아버지와 형을 만나게 되면 '나 정말 잘 살았지?'라고 웃으며 말할 수 있도록.

하지만 그때 일을 생각하면 그는 지금도 이해할 수가 없었다.

아버지는 왜 형이 아닌 나를 먼저 구한 걸까.

그 대답은 어쩌면 그가 평생 가도록 풀어야 하는 숙제일지도 몰랐다.

그는 가만히 눈을 감고 의자 등받이에 몸을 기댔다. 병원에서의 일을 떠올리자 설움에 휩싸인 할머니의 목소리가 들리는 듯했다.

'이 늙은이가 전생에 뭔 죄를 많이 지어서…… 아들과 손자 놈을 동시에 먼저 보내고…… 이제 또 하나 남은 아들마저 먼저 데려가려 하시다니…… 내가 너무 오래 산 거야, 너무 오래 살았어…….'

금방이라도 꺼질 것만 같던 목소리, 생기를 잃어 검게 변한 얼굴, 축 늘어진 어깨.

할머니의 그런 모습은 승호의 마음속을 칼날로 후벼 파는 것처럼 아프게 만들었다.

"후……."

깊은 한숨을 내쉰 그는 조끼 주머니에서 작은 상자를 꺼내 책상 위에 올려놓았다. 짙은 푸른색의 반지 케이스. 그 안에는 커플링이 들어 있다.

집에 도착해서 할머니를 뵙기 전에 아름에게 주려고 했던 반지였다.

'이 정도는 해야 애인이라고 믿어줄 거 아냐.'

그녀가 받지 않겠다고 하면 그런 말로 뜻을 전하려고 했었다. 그랬는데…… 모든 게 다 틀어져 버렸다.

'만약에 우리가 결혼하면 꽤 재미있게 살 거 같아.'

그 말은 그의 진심이었다.

작은아버지의 갑작스러운 수술에 할머니는 큰 충격을 받으셨다. 금방이라도 무너져 내릴 것만 같은 할머니의 모습에 김 여사와 승호 또한 크게 놀랐다.

할머니는 80살이 넘으신 탓에 자리 펴고 몸져눕기라도 하면 정말 큰일이 날 수도 있는 일이었다. 어쩌면 할머니가 돌아가실지도 모른다는 생각이 들자 그는 심장이 철렁 내려앉는 것만 같았다.

그리고 만약에라도 그런 일이 생긴다면 할머니가 생전에 여한이 없도록 바라시던 일을 이루게 해드려야 한다는 의무감도 생겨났다.

할머니가 바라시던 일은 그가 결혼해서 증손자를 안아 보는 일이었다.

증손자까지는 몰라도 결혼이야 할 수도 있는 일이었다. 오늘 같은 일이 또 생긴다면 그는 반쯤 미쳐서 무슨 짓이든 눈 하나 깜짝 안 하고 저지를 수 있을 것 같았다.

문제는 그녀였다. 강아름.

집에 인사드리는 일도 마땅치 않아 하던 그녀였다. 거의 우격다짐으로 성사시키려던 일이었는데⋯⋯.

더군다나 그녀에게는 사랑하는 사람이 있다고 한다. 그런 상황에 결혼하자고 하면 그녀가 거절할 건 뻔한 일.

어떤 식으로든 계기가 필요했다. 그녀의 진심을 알 수 있는 계기가.

♡ ♥ ♡ ♥

침대에서 몸을 일으킨 그녀는 두 팔을 위로 쭉 뻗으며 기지개를 켰다.

오늘도 상쾌한 하루를 시작해 볼까.

그런 생각으로 침대에서 벌떡 일어나 창문을 가리고 있던 커튼을 젖힌 그녀는 창밖을 보고 이마를 잔뜩 찌푸리고 말았다. 창밖은 상쾌한 아침을 보내겠다는 그녀의 생각과 정반대의 상황이 펼쳐져 있었다.

아침인데도 어두컴컴한 하늘, 소리 없이 창을 적시며 흘러내리는 작은 물방울들.

비가 오고 있었다.

어쩐지. 어젯밤부터 전에 부러졌던 팔이며 무릎이 욱신거리고 쑤시더라니.

커튼을 움켜잡은 채 그녀는 원망이 가득한 눈길로 창을 두드리는 빗방울을 바라보았다.

그녀는 비 오는 날을 좋아하지 않았다. 비를 맞는 것도 싫어했고, 우산을 들고 다니는 것도 번거로워서 싫었다. 그리고 무엇보다도 비가 오면 잔뜩 얻어맞은 것처럼 온몸이 아팠다.

오늘 하루 회사를 쉴까.

그런 생각을 하며 미적거리고 있는 참에 '카톡' 소리와 함께 메시지가 왔다.

[비 온다. 감기 걸리니까 비 맞지 말고 귀찮아도 우산 꼭 챙겨.]

승호가 보내 온 문자였다. 글자에 담겨진 마음을 읽은 그녀의 입가에 부드러운 미소가 생겨났다.

일요일 밤. 그는 너무 늦은 시간이라 전화 대신 문자를 한다면서 작은아버지의 수술이 잘 되었으니 걱정 말라는 연락을 해 왔다. 그녀는 경황이 없을 텐데도 연락을 해 준 그에게 고마운 마음이 생겨나 힘내라는 답장과 함께 하트를 5개나 찍어 보냈다. 전송 버튼을 누르고 난 뒤 바로 후회를 하긴 했지만.

그 뒤로 이틀 동안 아무 연락이 없어 그녀는 슬슬 그가 처한 상황이 어떤지 궁금해 하고 있던 참이었다.

[비 오는 날 진짜 싫어요. ㅠ.ㅠ]

카톡을 보낸 지 몇 초 되지 않아 바로 답장이 왔다.

[저녁에 연락할게.]

[바빠요?]

[회의 중이야.]

그녀의 눈길이 저절로 시계에 가닿았다.

뭐야. 아직 8시도 안 됐는데. 벌써 회의 중이라고? 무슨 큰 사건이라도 났나?

고개를 갸우뚱거린 그녀는 잠잠해진 핸드폰을 들여다보다 한숨만 푹 내쉬었다.

비가 오든 어쨌든 출근을 해야만 했다. 집을 나와 지하주차장으로 향하면서 그녀는 그나마 차가 있는 게 다행이라는 생각을 했다.

주차장에서 차를 몰고 나와 회사 지하주차장으로 골인을 하면 비를 맞을 일이 없으므로. 가끔 지갑을 축내는 고물차였지만 이럴 때는 보물단지처럼 여겨졌다.

"좋은 아침!"

사무실 문을 열고 들어서며 그녀는 큰 소리로 인사를 했다. 아침 일찍 자신을 생각해 주는 승호의 문자에 그녀의 기분은 한결 업이 되어 있었다.

"안녕하세요."

입사한 지 두어 달밖에 안 된 신참이 고개를 꾸벅 숙여 가며 인사를 했다.

"응, 안녕!"

생긋 웃으며 손까지 흔들면서 인사를 한 그녀가 자신의 책상 앞 의자에 앉았을 때였다.

"뭐 좋은 일 있어요?"

뽀르르 달려온 진우가 궁금증이 가득한 얼굴로 물었다.

"아니. 평소와 똑같은데, 왜?"

"얼굴이 활짝 폈잖아요. 밖에 비도 오는데……."

"그런 말 하는 걸 보니, 비 오는 날 내 얼굴이 우중충했었나 보네."

"비 오는 날만 되면 유독 날카롭긴 했죠. 그리고……."

진우는 잠시 뭔가를 생각하는 표정을 하더니 말을 이었다.

"여기저기 쑤시고 아프다는 말도 했고. 그런데 오늘은 아주 기분이 좋아 보이는 데요?"

"그냥 오늘 컨디션이 좀 괜찮은 것 같아. 아픈 것도 덜하고."

"다행이네요."

그녀가 진우와 마주 보고 미소를 나눌 때였다.

"모처럼 좋은 컨디션에 찬물 끼얹는 것 같아 미안한데 말야."

불쑥 김 실장이 끼어들었다.

"강 대리. 보고서 안 올리나?"

"네?"

"내 기억으로는 저번 달 것도 제대로 안 올린 것 같은데 말야."

인상을 박박 쓰면서 하는 말에 그녀는 뜨악한 표정을 지었다.

"저번 달 건 지난주에 올려 드렸는데요."

"그래? 난 받은 기억이 없는데. 다시 한 번 확인해 보도록 하고. 이
번 달 것도 작성해서 내 책상 위에 올려놓도록 해. 오늘 안으로."

오늘 안으로라니. 좋았던 기분이 푹 가라앉고 저절로 이마가 찡그려
졌다. 괜찮았던 몸도 여기저기 쑤시면서 아픈 것 같고.

"왜 대답이 없어?"

꼬장꼬장거리면서 김 실장은 그녀의 답을 재촉하고 있었다. 만약 여
기서 '오늘 안으로 힘들 것 같습니다.' 라고 한다면 분명 성격 더러운
김 실장은 그녀에게 외근을 시킬 게 뻔했다.

비 오는 날 외근을 하느니 차라리 보고서를 작성하는 편이 더 나으
리라.

"알겠습니다."

속으로 이를 북북 갈아 대면서도 그녀는 다소곳한 표정으로 대답을
했다.

"그럼 수고하라고."

얄밉게 쏘아붙인 김 실장이 사라지고 나자 진우가 안됐다는 표정으
로 그녀를 봤다.

"고생 좀 하겠네요, 누님. 이번 달에 소소한 일들 많았는데……."

"내가 김 실장 때문에 아마도 제 명에 못 살지 싶다."

"커피 한 잔 진하게 타다 드릴게 드시고 힘내세요."

"고마워, 동생. 너밖에 없다."

진우가 타다 준 커피를 마시고 그녀는 하루 종일 보고서와 씨름을
했다. 일의 진행 상황과 투입된 직원들을 기입하고 그들이 쓴 차량의
주유비와 식대 등의 경비를 영수증과 함께 정리하는 일은 생각보다도

복잡했다.

오늘 안에 다 하기는 해야 할 텐데.

그런 생각을 하면서 일을 하다가도 문득 시선이 책상 위에 놓인 핸드폰으로 향했다.

저녁에 연락한다더니 정말 저녁때까지 아무 연락도 안 할 모양이네.

컴퓨터 화면을 들여다보면서 한참 키보드를 두드리다가 그녀는 심드렁한 표정으로 핸드폰을 바라보고, 영수증을 정리하다가 또 핸드폰을 바라보고…….

먼저 연락을 해 볼까. 그런 생각이 들자 그녀는 고개를 저었다.

그도 바쁠 텐데 부담 주는 행동은 하지 말자는 생각이 들었다.

그런 와중에도 시간은 흐르고 흘러 어느덧 퇴근 시간이 되었고 그녀는 보고서 정리를 마치지 못해 직원들이 하나둘 자리를 뜰 때까지도 컴퓨터 화면 씨름을 하고 있었다.

"누나. 아직 멀었어요?"

마지막까지 자리를 지키고 있던 진우가 가방을 들고 일어서며 물었다.

"아니. 조금만 하면 돼."

"도와드려요?"

가끔 엉뚱한 짓을 하긴 하지만 진우도 알고 보면 마음 약하고 착한 남자였다. 다른 사람이 곤경에 처해 있는 걸 그냥 두고 보지 못하는 성격이니까.

"아니, 괜찮아. 다 끝나 가니까 먼저 퇴근해."

"너무 늦게까지 하지는 마세요."

"응. 알았어."

"먼저 갈게요."

진우가 사무실을 나가고 난 뒤, 그녀는 한 시간 정도 더 일을 했다.

그리고 간신히 보고서 작성을 끝내고 저장을 한 뒤, 두 팔을 위로 뻗으며 기지개를 켰다.

"아이고고. 나이 먹으니까 오래 일하는 것도 힘드네."

혹시나 하는 생각에 USB에 작업 내용을 따로 저장을 했다. 프린트를 해서 결재 서류철에 끼워 김 실장의 책상 위에 얌전히 놓아둔 후 그녀는 가방을 들고 사무실 문을 나섰다.

엘리베이터를 기다리면서 그녀는 자연스럽게 핸드폰을 켜 보았다. 하루 종일 핸드폰은 지가 시계라도 되는 양 전화 한 통, 메시지 한 통 전하지 않았다.

뭐야, 이 아저씨. 저녁에 연락한다고 하더니 왜 안 해. 많이 바쁜가.

반쯤은 부루퉁하게 부은 그녀는 지하주차장에서 차를 몰고 밖으로 나왔다.

아침나절 쏟아지던 비는 어느새 그쳐 있었다. 그녀는 차창을 열고 밤공기를 들이마셨다. 비가 와서 그런지 공기가 한결 맑게 느껴졌다.

보고서 작성한답시고 점심을 대충 먹었더니 배가 고팠다.

저녁을 뭘 먹을까? 찬장에는 컵라면밖에 없을 것이고 냉장고에도 별로 먹을 게 없을 텐데.

아파트 상점가에 들러서 먹을 것과 필요한 물품을 사서 가야겠다는 생각으로 그녀는 지하주차장이 아닌 아파트 앞 도로에 차를 댔다.

차에서 내려 차 문이 잠긴 걸 확인한 그녀가 상점 쪽으로 향할 때였다.

"아름아."

이름을 부르는 목소리를 듣자마자 그녀의 걸음이 멈췄다. 아니, 걸음만 멈춘 게 아니라 온몸이 굳었다. 굳이 기억해 내려 애쓰지 않아도 그 목소리는 그녀의 뇌리 속에 박혀 있었다. 아무리 잊으려고 애를 써도 잊을 수 없도록 아주 깊이.

그녀는 천천히 몸을 돌렸다. 그리고 자신의 앞에 서 있는 준호를 노려보았다.

"오랜만이야."

말을 하려 했지만 입이 열리지 않았다. 버럭 소리를 지르며 험한 욕설이라도 퍼부어 주고 싶은데 말이 되어 나오지 않았다. 그런 자신의 모습이 너무나도 화가 나고 너무나도 어이가 없었다.

"그동안 잘 지냈어?"

"여긴 어쩐 일이에요?"

단지 그 말만을 하고 그녀는 입술을 꼭 깨물었다.

"전에 일이 있어서 이 근처에 왔다가 널 봤거든. 이쪽에 사는 것 같길래 며칠 전부터 계속 와 봤어. 그러다 오늘 이렇게 만난 거지."

그녀는 쌀쌀맞게 쏘아붙였다.

"왜요?"

"네가 나한테 많이 화났다는 건 알아, 아름아."

알고 있으면 당장 나가 죽어 버려, 이 자식아! 꽥 소리를 치고 싶었다. 하지만 아름은 차마 그러질 못하고 가만히 서 있기만 했다.

"그래도 오랜만에 만났으니까 차라도 같이 한잔할 수 있지 않겠어?"

"아뇨."

그녀는 가까스로 거절의 뜻을 내뱉으며 고개를 저었다.

"싫어요."

"아름아. 부탁이야. 너한테 할 얘기도 있고……."

"난 할 얘기 없어요."

준호에게서 눈을 돌리고 그녀는 차가운 어조로 말했다.

"그만 돌아가요."

그녀는 휙 몸을 돌려 아파트를 향해 뛰어갔다.

"아름아. 아름아."

준호가 부르는 소리가 들렸지만 그녀는 귀를 꼭 막고 힘껏 달리기만 했다. 상점에 들려야 한다는 것도 잊은 채 아파트 현관 앞까지 쉬지 않고 달려온 그녀는 잠시 멈춰 뒤를 돌아보았다. 혹시라도 준호가 쫓아온 건 아닐까 하는 생각에 심장이 마구 쿵쾅거리면서 뛰었다.

어두운 거리에 아무도 없는 것을 확인한 그녀는 현관 안으로 달려 들어갔다. 마침 엘리베이터는 1층에 멈춰 있었다. 다행이다, 라는 생각을 하며 엘리베이터에 올랐다. 5층 버튼을 누른 후에야 그녀는 가슴에 한 손을 얹고 안도의 한숨을 내쉬었다.

어깨가 축 처진 채 집 안으로 들어온 그녀는 소파에 주저앉아 고개를 푹 떨구었다.

바보. 바보 같은 강아름. 그런 놈, 얼굴을 보자마자 귀싸대기를 날리던가, 이 단 옆차기로 보내 버렸어야지. 바보처럼 벌벌 떨기나 하고. 멍청하고, 멍청하고, 또 멍청한 것.

스스로에게 욕을 한 바가지나 쏟아부은 그녀는 무릎을 세우고 두 팔로 끌어안았다.

김준호. 그는 아름의 첫사랑이었다.

고등학교를 졸업하고 대학에 입학하면서, 그녀는 그때까지 살던 경주를 떠나 서울로 왔다. 처음 1년은 승빈이 곁에 있었기에 그녀는 어렵지 않게 생활을 할 수 있었다. 그러다 승빈이 군에 입대하고 혼자 남게 되자 그녀는 차츰 지쳐 가고 있었다.

보살펴 주는 사람도 없이 낯선 곳에서 생활하기에 그녀는 너무 내성적이고 여린 성격이었다. 자신의 감정을 솔직하게 겉으로 드러내지 못했던 그녀는 쉽게 친구를 사귀지 못했고 학교생활 또한 제대로 하지 못했다.

그런 그녀의 상황을 알 리 없는 정 여사는 전처럼, 아니 전보다 훨씬 더 심하게 횡포를 부렸다. 지금까지는 승빈이 그 모든 걸 다 책임지고 막아 왔었기에 그녀에게 큰 피해는 없었다. 하지만 이제 그 보호막이 사라지고 나자 그녀는 점점 견디기 힘들어졌다.

생활에 지치자 별의별 생각이 다 들었다.

학교를 그만두고 취직해서 돈이나 버는 게 더 낫지 않을까. 월급을 받아서 꼬박꼬박 정 여사에게 갖다 바치면 지금처럼 괴롭힘을 당하지는 않을 텐데. 오히려 예쁘다고 머리를 쓰다듬어 줄지도 모르는 일이잖아.

그런 때에 준호가 그녀에게 다가왔다. 아름은 준호와 안면이 있는 사이였다. 그녀가 고등학생일 때 대학을 다니고 있던 준호가 친구들과 경주로 동아리 MT를 왔고 집 근처에서 길을 묻던 그들과 인사를 나눴었다.

그 뒤로도 준호와 몇 번 마주쳐 인사를 했다. 그때마다 수줍어하며 얼굴이 발갛게 달아올라 그녀는 말도 제대로 하지 못했지만.

다시 만난 준호는 상냥했다. 그녀에게 지극정성으로 잘했고, 그녀는 준호가 자신을 사랑한다고 여겼다. 그래서 아낌없이 자신의 모든 것을 준호에게 주었다. 소중하게 지키고 있던 처녀성까지도.

그녀는 준호와 미래를 같이할 거라는 걸 단 한 번도 의심하지 않았다. 3년 가까이 사귀면서 그녀는 준호에게 최선을 다했다. 그런데 정말 어이없게도 준호가 먼저 그녀에게 헤어지자는 말을 했다.

그때까지도 순진하고 어리석기만 했던 그녀는 준호에게 매달렸다. 사랑하니까 자신을 버리지 말아 달라고 그녀는 애원했다. 그런 그녀를 향해 준호는 싸늘하게 말을 내뱉었다.

"난 내게 날개를 달아 줄 여자를 원해. 너처럼 겉만 멀쩡하고 속은 다 썩은 그런 여자가 아니라 정말 겉도 속도 다 부유한 여자를 원한다고."

"그게 무슨 말이에요, 준호 씨."

"경주에 있는 집 말야. 난 그 집 보고 네가 엄청 잘사는 집 아가씨인 줄 알았어. 너네 엄마 타고 다니는 차도 외제차고 옷이며 가방이며 죄다 명품이길래 부잣집인 줄 알았다고. 그런데 너네 집, 쫄딱 망하기 일보직전이라면서? 너네 엄마 허영심에 빚이 산더미처럼 쌓였다고 하더라."

망치로 뒤통수를 얻어맞는 것 같은 충격이 그녀를 감쌌다.

"지금도 삑 하면 옷 산다, 구두 산다 하고 돈 뜯어 간다면서. 그런데 어떻게 내가 너하고 계속 같이 있을 수 있겠어? 재수 없으면 나한테까지도 돈 내놓으라고 할지도 모르는 일이잖아."

"하지만 준호 씨, 나하고 결혼하겠다고 했잖아요."

"내가 미쳤어? 너랑 결혼을 하게. 그런 집에 사위로 들어가서 뭔 고생을 하라고. 유산으로 물려줄 것도 없으면서 머슴처럼 잔뜩 부려 먹기만 할 것 아냐."

펄펄 뛰면서 소리를 질러 대는 준호 앞에서 그녀는 눈물만 흘릴 뿐이었다.

"사랑한다느니 하는 소리 하면서 나 잡을 생각 하지 마. 정말 날 사랑한다면 그냥 보내 주라고. 그게 네가 나한테 해 줄 수 있는 일이야."

매몰찬 소리만 골라 한 뒤, 준호는 떠났다.

그녀는 배신감에 치를 떨었다. 그리고 어리석었던 자신을 원망했다. 청춘의 한 자락을 준호 같은 파락호한테 바쳤다는 사실에 참을 수 없을 정도로 화가 났다.

그때부터 그녀는 서서히 변하기 시작했다. 내성적인 성격을 극복하기 위해 갖은 노력을 다했고, 위험한 일에도 이를 악물고 서슴없이 뛰어들었다.

적극적인 마인드를 가지고 자신의 인생을 스스로 개척하겠다고 위험한 보디가드 일을 하다가 팔이 부러져 승빈에게 엄청 혼이 나기도 했다.

그랬는데…… 그렇게 노력했던 모든 시간들이 준호의 등장으로 한 번에 사라진 것만 같았다. 준호 앞에서의 그녀는 예전 모습 그대인 듯 했다. 소심하고 나약하고 내성적인 강아름. 그 이상도 이하도 아니었다.

아직까지도 온몸이 덜덜 떨려 왔다. 그녀는 준호가 자신의 앞에 다시 모습을 나타낼 거라 꿈에도 생각지 않았었다. 만약 조금이라도 그런 생각을 했다면 어떻게 해야겠다는 생각과 함께 그에 대한 대비책이라도 세워 놨을 텐데. 그랬다면 오늘 같은 날, 지금처럼 엉망진창으로 흔들리는 모습은 보이지 않아도 되었을 텐데.

어디선가 음악 소리가 계속해서 들려왔다. 생각에 잠겨 있던 그녀는 끊임없이 들려오는 소리에 퍼뜩 정신을 차렸다.

이게 무슨 소리지? 아, 핸드폰.

가방 안에서 핸드폰을 꺼낸 그녀는 상대가 누군지 확인도 하지 않은 채 전화를 받았다.

"여보세요."

— 어. 나야.

귓가를 적시는 것처럼 듣기 좋게 울리는 낮은 목소리. 다소 멍하니 축 늘어진 상태로 전화를 받던 그녀의 눈이 반짝 빛났다.

"승호 씨?"

— 음. 뭐 하고 있었어?

"그냥…… 지금 퇴근해서 집에 왔어요."

— 그래? 많이 늦었네.

"정리할 게 좀 남아 있어서요. 당신은요?"

— 난 지금 대전에 내려와 있어.

그의 말에 입가에 떠올랐던 미소가 저절로 사그라들었다.

"대전에요? 거긴 왜……."

— 일 때문에.

물론 일 때문이겠지. 그런데 왜 하필 지금이야. 그가 옆에 있어 주었으면 하는 이때에 왜 멀리 대전까지 가 있는 거냐고.

잔뜩 풀이 죽어 목소리마저도 힘없게 흘러나왔다.

"오래 걸리는 일이에요?"

— 좀 그럴 것 같은데. 이것저것 조사하려면 며칠은 걸리겠지.

가슴에 구멍이 뻥 뚫리는 것만 같다. 만약 내게 일이 생겼다고 하면 그는 뭐라고 대답할까? 당신이 필요하다고 하면 당장에라도 달려와 줄까? 날 좋아한다고 했으니까 남처럼, 타인인 것처럼 나 몰라라 하지는 않을 텐데.

당장에라도 입을 뚫고 나올 것 같은 말을 꿀꺽 삼키고 그녀는 예의 바른 어투로 말했다.

"타지에서 일하려면 힘드실 텐데 건강 조심하세요."

잠시 동안 그는 말이 없었다. 그리고…….

— 무슨 일 있는 건가?

깊이 있는 낮은 목소리가 그녀의 귓가를 두드렸다.

아무리 생각해 봐도 그는 촉이 너무 좋다. 검사라서 그런 건지 아니면 원래 그런 건지는 잘 모르겠지만.

그녀는 애써 평범을 가장하며 평소보다 더 밝은 어조로 말했다.

"아뇨. 아무 일도요."

— 아무 일도 아닌 게 아닌 것 같은데.

"정말 별일 없어요."

그래. 별일 아니다. 김준호가 찾아온 일 따위는 특별히 나쁘다, 안 좋다, 위험하다는 식으로 과하게 생각할 필요가 없는 일이었다.

— 그런데 왜 그렇게 기운이 없어?

밝은 음성으로 말을 한다고 했는데도 마음속 깊은 곳에 있는 그늘까지 숨기지는 못했나 보다. 그녀는 가볍게 한숨을 내쉬었다.

"글쎄요. 주 검사님이 안 보이는 곳에 있어서 그런 거 같은데요."

— 나 보고 싶었어?

은근한 말투. 그의 팔이 따스하게 온몸을 감싸 안는 것만 같은 착각이 든다.

"심심하고 마음 심란할 때마다 괴롭히던 사람이 없어져서 좀 허전하달까. 뭐, 그런 감정이네요."

— 허. 이거 좋은 뜻으로 해석해야 하는 거야. 아닌 거야?

"기왕이면 좋은 뜻으로 해석해 주세요."

— 보고 싶기는 했던 건가?

또다시 확인하는 것처럼 들려오는 질문.

"안 보여서 허전하다고 했잖아요. 그럼 당연히 보고 싶다는 말인 거 아니에요? 주 검사님은 포괄적인 의미로 말을 하면 알아들어야지 그걸 꼭 꼬집어서 확인을 하고 그래요?"

— 듣고 싶으니까 그렇지.

"어머, 그러셨어요? 그럼 잘 알아듣게 말씀을 해 드려야겠네요. 보고 싶어요. 옆에 없어서 너무 허전해요. 눈앞에 있으면 한 대 때려 주고 싶은데 그럴 수 없어서 주먹이 울어요."

— 음. 듣기 좋네. 뒤에 딸려 온 말은 별로지만 어쨌든 중요한 건 그게 아니니까. 나도 많이 보고 싶다.

울컥하며 감정이 주체를 못하고 널을 뛴다. 당장에라도 그에게 달려가고 싶었다. 그를 만나서, 그의 넓은 품에 안겨서 지금의 불안함을 모두 떨쳐내 버리고 마냥 행복하게 웃고 싶었다.

그런 마음을 숨기려고 그녀는 부러 딱딱한 어조로 말했다.

"제 꿈꾸세요."

— 흐흠, 겁나는데?

"당연히 그러시겠죠. 만나면 주먹부터 날려 드릴 생각이니까."

— 하하핫.

호탕한 웃음소리가 가라앉았던 그녀의 기분을 어루만져 주는 것만 같았다.

— 현실에서도 그럴 생각은 아니겠지?

"왜 아니겠어요? 잔뜩 벼르고 있는데."

정말 그럴 마음이었다. 지금 같아서는. 일요일 날 그렇게 헤어지고 며칠 동안 만나지도 못했는데 불쑥 전화해서 한다는 말이 대전에 가 있다는 소리이니 당연히 화가 나지 않겠는가.

— 여기 일 빨리 끝내 놓고 제일 먼저 달려갈 테니까 조금만 참아.

"위험한 일은 아닌 거죠?"

그와 주고받은 농담으로 어느 정도 가라앉았던 기분이 풀린 그녀가 그제야 걱정스러운 마음을 내비쳤다.

— 생각하기에 따라서 위험할 수도 있고, 아닐 수도 있고.

"그게 뭐에요?"

투덜거리던 그녀는 가볍게 한숨을 내쉬었다.

"위험한 상황 생기면 재빨리 피하세요. 알았죠? 폭력적인 일은 형사 분들한테 맡기고 당신은 나서지 말아요. 검사가 꼭 직접 나서서 범죄자 검거하고 그럴 필요 없으니까 절대 위험한 상황에 끼어들면 안 돼요. 알았죠?"

— 흐흐흐. 잔소리가 시어머니 급인데.

"웃지 말고요."

그녀는 걱정을 한가득 담아 다시 당부하듯 말을 이었다.

"멀쩡하게 돌아온다고 약속해요."

— 장담하기 힘든데.

"정말 어디 한 군데 부러지거나 다쳐서 오면 나 당신 안 볼 거예요!"

팩 토라진 어조로 소리치자 그제야 바라던 대답이 들려왔다.

— 알았어. 조심할게. 절대 다치거나 뼈 부러지지 않게 할 테니까 너도 위험한 일 안 한다고 약속해.

"요샌 그닥 위험한 일도 없어요. 경기가 안 좋아서 그런가 일도 별로 없고요. 맨날 사무실에 틀어박혀서 서류정리만 하고 있는 걸요."

— 그렇다면 다행이고. 대신 시간 많다고 딴짓하고 다니면 안 돼.

"딴짓이라뇨?"

— 다른 놈 만나지 말라고.

양심이 찔린다. 하지만 어차피 오늘 일은 의도한 것도 아니고, 일부러 만난 것도 아니니 별로 거리낄 것도 없었다.

"흥! 내가 무슨 누구처럼 바람둥이인 줄 아세요?"

— 그래도 난 두 여자 동시에 사귀지는 않았다니까.

"네. 잘 알고 있습니다."

— 그러니까 너도 두 남자 동시에 사귀는 짓은 하지 마.

"네? 그게 무슨……."

— 지금 나하고 사귀고 있으니까 나한테만 집중하라고.

사귄다. 사귄다. 그 소리가 계속해서 귓가에 맴돌았다. 그런데…….

"우리 사귀는 거였어요?"

— 그건 또 무슨 소리야? 그럼 사귀는 거지.

"언제 그러기로 했죠?"

— 내가 너 좋아한다고 말했고, 너도 나 좋다고 했잖아. 그리고 만나는 거면 그게 사귀는 거지 뭐야?

그의 말투가 조금은 기분 나쁘다는 듯 들려왔다.

— 너야말로 포괄적인 의미로 말하면 알아채야지. 꼭 그걸 꼬집어서 따져 봐야 해?

누가 검사 아니랄까 봐, 말은 잘해서. 그녀는 그와 말다툼을 할 때면 꼭 되로 주고 말로 받는 기분이었다.

"나 기분 나빠요."

— 뭐가? 또 왜?

"무슨 법정 싸움하는 것도 아닌데 주 검사님은 매번 내가 한 말 꼬투리 잡고 물고 늘어져요? 반복해서 써 먹으면서 잘못했다 야단치고. 정말 기분 나빠요."

— 어, 내가 그랬나? 미안해. 말투가 습관이 돼서 그런 거 같아.

그가 바로 사과를 할 거라 생각지 않았기에 그녀는 조금은 놀랐다. 또한 그가 사과를 하니 더는 화를 낼 수도 없었다.

"아니에요. 제가 좀 예민한가 봐요."

— 진짜 무슨 일 있는 거 아니지?

"아니에요. 아무 일도 없어요."

— 그래. 밥 잘 챙겨 먹고. 또 연락할게.

"네. 승호 씨도 조심하고요."

또로롱 소리와 함께 전화가 끊겼다.

핸드폰을 손에 든 채, 그녀는 창밖으로 고개를 돌렸다. 베란다로 통하는 유리창에 그녀의 얼굴이 비쳐졌다.

"강아름. 넌 이겨 낼 수 있어."

그녀는 작은 목소리로 속삭이듯 말했다.

"자신감을 가져. 넌 예전의 네가 아니야."

비장하면서도 단호한 표정을 지은 채 그녀는 이어 말했다.

"힘내. 화이팅!"

10장

점심시간에 손지갑 하나만 달랑 들고 회사를 나온 그녀는 앞을 가로 막아 서는 준호를 보고 이마를 팍 찌푸렸다.

정말 미치고 팔짝 뛰겠다.

순간적으로 치솟는 짜증에 그녀는 날카롭게 말했다.

"여기서 뭐하시는 거에요?"

"점심 같이 먹으려고 기다리고 있었어."

유들유들 뻔뻔한 표정으로 준호는 미소를 지어 가면서 말하고 있었다.

"쓸데없이 시간낭비 하셨네요."

"아름아."

"난 준호 씨하고 점심 같이 먹고 싶은 생각 없어요."

부글부글 끓어오르는 감정을 억누르며 그녀는 애써 차분한 표정으로 말을 이었다.

"너한테 할 얘기가 있어서 그래."

"그럼 지금 하세요."

"여기서 그냥 말하기는 그렇고…… 식사하기 힘들면 같이 차라도 한잔하자."

"죄송하지만 제가 많이 바빠요. 그럴 시간 없어요."

그녀는 차가운 눈빛으로 준호를 쏘아보았다.

"지금도 시간 쪼개서 밥 먹으러 나온 건데, 준호 씨 때문에 밥도 못 먹게 됐네요. 그만 안녕히 가세요."

여전히 야멸찬 어조로 말하며 그녀는 몸을 휙 돌렸다.

"그리고 다시 찾아오지 마세요. 전 준호 씨하고 할 얘기 없으니까요."

자신의 뜻을 정확히 밝히고 그녀는 입구를 향해 걸음을 옮겼다. 준호가 쫓아온다면 업어치기로 길바닥에 메다꽂아야겠다는 생각을 하면서. 건물 주변에 사람들이 많아서인지 다행스럽게도 준호는 건물 안까지 따라 들어오지는 않았다.

입맛이 뚝 떨어져, 밥 먹고 싶은 마음도 사라져 버렸다. 배는 약간 고팠지만.

휴게실 자판기에서 커피 한 잔을 빼들고 창 앞에 섰다. 어제오늘 계속해서 심난하기만 하다. 정작 보고 싶은 사람은 멀리 지방에 가 있어 볼 수 없고, 보고 싶지 않은 사람은 계속 눈앞에서 얼쩡거린다니.

도대체 우리 집이며 회사는 어떻게 알아낸 거지? 뒷조사라도 한 건가. 우리 회사가 그런 일 전문으로 하는 회산데……. 그런 생각이 들자 공연히 피식 웃음이 나왔다. 어쨌든 그 정도까지 하는 걸 보면 순순히 물러나지는 않을 것 같다.

"하아—"

땅이 꺼져라 한숨을 내리쉬는데 핸드폰에서 카톡 소리가 울린다.

[점심 먹었어?]

그가 보낸 메시지에 미소가 지어졌다.

[아뇨. 아직…….]

[왜 밥도 안 먹었어? 설마 다이어트 중?]

[어머나. 이 완벽한 몸매에 무슨 다이어트를 하겠어요?]

전송 버튼을 누른 지 3초도 지나지 않아 전화벨이 울렸다.

"여보세요."

— 나 지금 밥 먹는 중인데 체할 것 같다.

"뭐 먹는데요?"

— 갈비탕.

그걸 무슨 맛으로 먹을까나? 깍두기 맛?

평소 매콤하고 얼큰한 음식을 즐겨 먹는 그녀였다. 갈비탕보다는 육개장을 선호하고 해장국도 선지해장국보다는 뼈해장국을 더 선호했다. 그렇다고 왜 그런 걸 먹냐고 따질 순 없으니……

"맛있어요?"

— 어. 맛은 괜찮네.

"나 밥 안 먹은 거 알고도 혼자 먹으니까 맛있냐고요."

잠시 침묵. 그리고 곧 그가 은근한 어조로 물었다.

— 왜 또 심통이 나서 그래?

왜 심통이 났는지 상세하게 해명을 할 수 없어 더 속이 부글부글 끓는 것 같다.

"나도 갈비탕 먹을 줄 알거든요?"

— 아름아.

"맛있게 드세요. 체하지 않게 꼭꼭 씹어서 잘 드세요."

— 강아름!

"언제 와요?"

또다시 침묵.

"언제 올 거냐고요."

말을 해 놓고 나니 자신이 하는 짓이 신혼에 지방 출장 간 남편한테

투정 부리는 아내 꼴 같다. 왠지 머쓱해지기도 하고 은근히 부끄러움이
느껴지기도 해 그녀는 장난기가 다분한 어조로 말을 이어 나갔다.

"주승호 씨 없으니까 진짜 심심하네요. 초밥 사 주는 사람도 없고."

— 흐흠. 나보다 초밥이 더 기다려진다는 말 같네. 이거 왠지 초밥
한테 밀리는 기분인 걸.

"초밥뿐이겠어요. 말장난할 사람도 없어 정말 엄청 심심하다니까
요."

— 전화통화 할 때 하면 되지.

"지금은 일하는 중이잖아요. 일하는 사람하고 무슨 말장난을 해요?
괜히 그러다 일 잘못되면 내 탓이라고 나한테 뒤집어씌우려고 그러죠?

— 며칠 떨어져 있었다고 그새 눈치가 빨라졌네.

'보고 싶어요.' 문득 입을 뚫고 튀어나가려는 말을 그녀는 애써 참
았다.

— 거의 끝나가니까 며칠만 기다려.

며칠씩이나! 가볍게 한숨을 푹 내쉰 그녀가 애써 명랑한 어조로 말
했다.

"알았어요. 대신 올 때 초밥 사 와요."

— 초밥을 다 먹어서 없애 버리던가 해야지. 내가 이 나이에 초밥
따위한테 질투를 느낄 줄이야.

탄식처럼 들려오는 소리에 그녀는 까르르 웃음을 터트렸다.

"먹을 거한테 그런 감정 품으면 안 되죠."

— 그러게나 말야. 어쨌든 나 갈 때까지 잘 지내. 건강 조심하고.

"네. 승호 씨도요."

전화를 끊은 그녀는 한참 동안 핸드폰을 손에 쥔 채 놓지 못했다.
그의 목소리라도 들으니 그나마 마음이 편해지는 것 같았다.

"어머, 강 대리님."

갑자기 들려온 소리에 생각에 잠겨 있던 그녀는 화들짝 놀라며 고개를 돌렸다.

"이 실장님. 오랜만이에요."

이 실장은 아름의 회사와 거래관계에 있는 무역회사의 직원이었다. 적극적이고 활달한 성격의 이 실장은 그녀와 죽이 맞아 꽤 친하게 지내는 편이었다. 나이는 그녀보다 2살이나 어리지만 일찍 결혼을 해 4살이 된 아들까지 있는 커리어 우먼이었다.

"그동안 안녕하셨어요? 저번 달에도 사무실에 들렀었는데 자리에 안 계시다고 해서 못 만나 뵈었네요."

"네. 저번 달에는 외근이 많아서요. 전화를 주시지 그랬어요."

"회사 일 때문에 왔던 거라서요. 바쁠 텐데 개인적인 일로 연락하기도 뭐 하더라고요."

사람 좋은 미소를 지으며 이 실장은 그녀의 맞은편에 앉았다.

"그런데…… 강 대리님, 요새 연애하세요?"

"연애요?"

"네. 얼굴이 확 폈어요. 꼭 연애하는 사람처럼."

"아하하. 그렇게 보여요?"

그녀는 머쓱한 표정을 짓고 두 손으로 자신의 얼굴을 쓱 문질렀다.

"얼굴뿐만이 아니라 분위기도 좀 달라진 것 같은데요?"

역시 아줌마라 그런지 눈썰미가 남다르다. 승호와 사귀고 있으니 연애를 하는 건 확실하다. 조금 전까지만 해도 카톡과 통화를 하면서 소곤소곤 곰살맞게 굴었으니까.

하지만 30살이나 되어서 연애를 한다고 동네방네 자랑을 할 정도로 푼수는 아니었다. 겸연쩍은 표정을 한 채 그녀는 화제를 돌렸다.

"그나저나 요새는 어떠세요? 잘 지내세요? 애기도 많이 컸겠네요."

"네. 많이 컸죠. 식성도 좋아서 먹는 것도 어찌나 가리지 않고 잘 먹는지, 그놈 먹여 살리려면 정말 뼈 빠지게 벌어야 할 것 같아요."

"그런 말 들으면 은근히 부럽다니까요. 어휴, 난 언제 결혼해서 애를 낳을 수 있으려나 하는 생각도 들고요. 참, 남편분도 별일 없으시죠?"

"별일이야 없죠."

시큰둥한 대답에 그녀는 왠지 모를 거북함을 느꼈다.

"음. 혹시 싸우셨어요?"

"아예 상대를 안 하려 드니까 싸움도 안 돼요."

"무슨 일인데요?"

고민이 가득한 표정으로 이 실장은 물끄러미 아름의 얼굴을 봤다. 뭔가 난처한 듯도 해 보이는 이 실장의 안색에 그녀는 재촉하지 않고 말을 꺼내길 기다렸다.

"그게 좀 애매한 문제에요. 어디 가서 말하기도 그렇고."

"심각한 일인가요?"

"생각하기에 따라서 달라요. 심각하자면 그럴 수도 있고 아닐 수도 있고."

머뭇거리던 이 실장은 이내 결심을 했는지 그녀 쪽으로 윗몸을 숙이며 작은 소리로 말을 꺼냈다.

"남편이 대학 동창을 만나더라고요."

말을 멈춘 뒤, 이 실장은 주변을 휙 둘러보았다. 혹시라도 누군가 자신의 말을 듣고 있는 게 아닌가 걱정하는 듯한 행동이었다. 다행스럽게도 휴게실 안에는 그들뿐이었다.

"여자에요."

"그래요?"

"오랜만에 동창회에서 만났다고 하더라고요. 처음엔 친한 동창 몇 명이 모여서 식사를 했다는데 그 뒤로 두어 번 따로 둘만 만났나 봐요. 남편 동창 중에 저하고도 친한 사람이 있어서 얘길 들었거든요. 이상한 느낌이 들어서 남편한테 직접 물어봤어요. 그랬더니 그냥 만나서 밥만 먹고 차만 마셨다고 하더라고요. 그런데도 좀 찜찜한 기분이 들었어요. 어떻게 생각하면 대수롭지 않은 일인데 꼬치꼬치 따져 묻기도 그렇고 좀 난감하더라고요."

이럴 땐 뭐라고 해야 하나? 난감하기는 그녀도 마찬가지였다.

"제 생각에는……."

그녀는 조심스럽게 입을 열었다.

"남편분을 믿으시는 게 좋을 것 같아요."

"저도 그렇게 생각해요. 그런데 사람 마음이 참 이상하죠? 생각은 그렇게 하면서도 감정이 따라 움직이질 않아요. 공연히 기분 나쁘고 화도 나고…… 게다가 그 동창이라는 여자가 어떤 여잔지 궁금해졌어요."

이 실장은 한숨을 푹 내쉬고 고개를 저었다.

"정말 매력적인 여자면 어쩌나, 나보다 더 그 사람한테 신경 써 줄 수 있는 사람이면 어쩌나. 그런 생각이 자꾸 나니까 사람 미치겠더라고요."

그 마음 나도 안다. 아름은 이 실장과 동지의식을 느끼며 덩달아 한숨을 내쉬었다.

"그래서 아예 대놓고 한 번 만나 보려고요."

"네? 설마……."

아침 드라마에 빈번히 등장하는 장면이 아름의 머릿속에 떠올랐다. 이름 모를 여인의 머리채를 휘어잡고 악다구니를 써 대는 이 실장. 한두 번 눈을 깜박이고 앞에 앉은 이 실장을 바라보았다.

커리어 우먼으로서 확실한 자리매김을 한 이 실장은 우아하면서도 능력 있어 보인다. 도저히 머릿속 상상과 매치가 되지 않는다.

"어머, 아니에요."

자신을 바라보는 그녀의 눈길이 수상했는지, 이 실장은 무슨 생각을 하냐는 듯 눈살을 살짝 찌푸리며 손을 내저었다.

"그냥 남편 동창들 몇 명 식사에 초대하려고요. 그리고 저하고 친하게 지내는 남편 동창한테 그 여자분도 참석할 수 있도록 부탁 좀 해 보려고요. 껄끄러운 기분에 참석 안 한다 하면 어쩔 수 없지만 혹시 또 모르는 일이잖아요. 시도는 해 봐도 좋을 거라는 생각이 들어서요. 그리고 만나게 돼서 오해를 풀 수 있으면 더 좋고요."

이 실장은 조금은 느긋해진 태도로 미소를 지었다.

"계속 마음에 앙금처럼 남아 있어 남편과의 사이가 자꾸 멀어지는 것 같아서 이런 방법을 생각해 봤는데, 어때요? 강 대리님. 나쁘지는 않죠?"

당연히 나쁘지 않다. 남편 몰래 뒷조사를 해서 그 여자를 찾아가 머리채를 휘어잡는 것보다 열 배 아니, 백배는 좋은 방법이다. 물론 그 여자가 식사에 참석한다는 가정하에. 하지만 사람 일이란 생각하는 것처럼 단순하지가 않다.

만약 이 실장 남편이 그 여자와 정말 깊은 관계라면…… 오해를 풀자고 한 식사초대에 오히려 알고 싶지 않았던 진실이 드러난다면…….

그녀는 떠오르는 생각을 지우려 살짝 입술을 깨물고 주먹을 꼭 움켜쥐었다.

이쪽 일을 너무 오래 했나 보다. 갑자기 그런 생각이 들었다. 떼인 돈을 받아 내거나 사기 친 놈(혹은 년)을 잡으러 다니거나 뒷조사를 주로 하는 업무에만 매진했더니 모든 일들이 부정적으로 비쳐진다.

"괜찮은 생각이에요."

아름은 긍정적인 마인드를 가지자 스스로 되뇌이며 고개를 끄덕였다.

"하아…… 계속 마음이 무거웠었는데 강 대리님한테 말하고 나니까 홀가분해지네요. 사람들이 이래서 대화가 중요하다고 하나 봐요."

정말 마음이 편안해진 듯 이 실장은 생긋 미소를 지었다.

부러웠다. 자신의 속내를 스스럼없이 털어놓을 수 있는 이 실장이.

그녀는 고민거리가 있어도 쉽사리 말을 꺼내지 못하는 자신의 소심함이 마음에 들지 않았다. 이 실장처럼 누군가에게 속 시원히 털어놓고 어떤 식으로 해결을 해야 할 것인지 자문을 구할 수 있으면 좋을 텐데.

"어머, 시간이 벌써 이렇게 됐네요. 회사 들어가 봐야 하는데……"

이 실장이 퍼뜩 놀란 표정으로 의자에서 몸을 일으켰다. 그리고 예의 바르게 인사를 건넸다.

"바쁘실 텐데 얘기 들어 줘서 고마워요. 강 대리님."

"아니에요. 저도 좋은 시간이었어요."

"다음에 시간 맞춰서 식사 한 번 같이 해요."

"네. 그래요."

고개를 꾸벅 숙이고 인사를 한 뒤 이 실장은 휴게실을 벗어났다. 그 뒷모습을 물끄러미 보던 아름의 입에서 저도 모르게 한숨이 튀어나왔다.

결혼을 했던 안 했던 남녀 간의 문제는 항상 어려웠다. 별것 아닌 일도 생각하기에 따라서 심각해질 수도 있고…….

며칠 후면—당장 오늘일지, 내일일지 모르지만— 승호가 돌아온다. 그 전에 준호를 빨리 처리해야겠다. 문득 그런 생각이 들었다.

그녀가 원해서는 아니었지만 주변에 남자가 얼쩡거린다면 분명 그도 기분 나빠할 게 뻔했다. 그녀도 그의 주변에 여자가 있다면 기분 나쁠 테니까.

게다가 준호는 그냥 아는 남자도 아니었다. 그녀의 첫사랑이자 3년이나 사귀었던 남자다. 물론 한참이나 지난 예전 일이고 지금은 아무런 감정도 남아 있지 않지만.

더 심하게 들러붙기 전에 만나서 말을 들어 보고 어떤 식으로든 해결을 봐야만 했다.

쇠뿔도 단김에 빼랬다고, 마음먹은 김에 오늘 당장 준호를 처리해야겠다고 결심한 그녀가 사무실로 들어설 때였다. 분위기가 이상했다. 삼삼오오 모여서 뭔가를 쑥덕이던 직원들이 그녀를 보자 다들 헛기침을 하며 시선을 피했다.

뭐지? 뭐야. 뭔 일이 있었던 거야?

의아해하며 그녀는 진우에게 눈길을 돌렸다. 그녀와 눈이 마주치자 진우는 헤벌쭉 웃으면서도 뭔가 어색한 표정이다.

씩씩하게 걸음을 옮겨 그녀는 진우 앞에 섰다.

"뭐니?"

"어. 누나. 아니, 강 대리님."

주위의 직원을 보고 진우가 얼른 호칭을 바꿔 말했다.

"뭐냐고."

그녀는 인상을 박박 쓰며 진우를 추궁했다.

"뭔 얘기를 했길래 다들 날 피해?"

"피하는 건 아니고요."

그녀가 다시 눈을 부릅뜨자 진우가 헤실거리며 웃었다.

"오늘 저녁에 회식 있대요."

회식! 뜬금없이 갑자기 뭔 회식? 준호를 처리해야겠다고 마음먹은 이때, 갑작스러운 회식 소리에 그녀의 이마가 찌푸려졌다.

"한 부장님이 거하게 한턱 쏘신다고 한 명도 빠짐없이 다 모이라고 했어요. 특히 누나, 아니 강 대리님 꼭 참석하시라고요."

그런데 그게 뭔 큰일이라고 다들 내 시선을 피해? 여전히 궁금증을 감추지 못하고 그녀는 진우를 바라보았다.

"좀 전에 김 실장님이 그 얘기 하면서요……."

진우가 머뭇거리는 기색이 느껴지자 아름은 주먹을 쥐어 보였다.

"나 성질 급한 거 알지? 빨리 말해."

그녀의 얼굴과 움켜 쥔 주먹을 번갈아 본 진우가 '에라 모르겠다'

하는 표정으로 입을 열었다.

"김 실장님이 내일 누나 지각하면 다들 죽을 줄 알라고 엄포를 놓아서요."

"뭐?"

어이상실. 그녀는 황당하다는 표정을 감추지 못하고 실장실 쪽으로 시선을 돌렸다.

"술 많이 못 마시게 감시하고 여차하면 아침 일찍 집으로 쳐들어가서라도 끌고 나오라고…… 킥!"

말끝을 흐리며 진우가 웃음소리를 내뱉자 직원들도 덩달아 하나둘 숨죽인 웃음소리를 내뱉었다.

김 실장, 이 인간이.

그녀는 으드득 소리가 나도록 이를 갈았다.

분명 전에 회식 때 술 먹고 그다음 날 지각한 것에 대해 얘기한 것이리라. 그게 도대체 몇 달 전 일인데.

그 뒤로 그녀는 또다시 같은 일을 저지르지 않기 위해 무던히 애를 썼다. 술도 조금만 마시고, 지각하지 않기 위해 항상 20, 30분씩 일찍 출근하고. 그랬는데도 아직까지도 그때 일을 꼬투리 삼아 그녀의 행실에 대해 왈가왈부하고 있는 거였다.

이 뒤끝 짱 긴 인간 같으니라고. 생각 같아서는 당장 실장실로 쳐들어가 인권모독이라고 난리를 치고 싶었다만 그래 봤자 그녀만 손해였다. 어쨌든 김 실장은 갑이니까.

더러운 세상 같으니라고.

♡ ❤ ♡ ♡

머리가 아팠다. 속도 쓰리고.

어젯밤 회식 때 술을 많이 마신 탓이리라.

회식 자리에서 그녀는 대각선 방향으로 앉아 눈총을 주는 김 실장을 무시한 채 진우와 붙어 앉아 연신 부어라, 마셔라를 했다. 눈이 마주칠 때마다 김 실장을 노려보면서.

실장이면 다냐? 네가 날 인정 못하고 계속 고깝게 생각한다면 나도 마찬가지다. 말끝마다 사장님 낙하산이라고 무시하는데 스카우트 제의 받은 것도 죄냐.

다 내가 잘나서 그렇다는 건 인정 못 하겠지? 이제 한 부장님까지 날 챙기니까 아니꼽냐? 몇 달이나 지난 일까지 끄집어내 가지고 직원들 앞에서 내 험담을 하게?

몇 년만 잘 버텨라. 실적 왕창 올려서 내가 널 깔아뭉개고 그 자리에 올라설 테니까.

뒤끝 길기로는 그녀도 만만치 않았기에 이를 북북 갈아 대면서 회식이 끝날 때까지 자리에서 버텼다. 정신 바짝 차려야 한다를 무수히 속으로 외치면서 집으로 돌아와 알람도 확실하게 맞춰 놓았다. 그리고 평소처럼 출근시간 20분 전에 사무실에 도착했다.

자리에 앉아 컴퓨터를 켜고 모니터를 들여다보며, 출근하는 김 실장에게 건방진 포즈로 고개를 까딱이며 인사도 했다.

봐라. 어제 술 왕창 마셨어도 오늘 지각 안 했다. 이제 됐냐?

그런 말을 김 실장 면전에 쏟아붓고 싶은 걸 애써 참으며.

떨떠름한 표정으로 그녀를 바라보고 실장실로 들어가는 김 실장의 모습에 십 년 묵은 체증이 내려간 것만 같았다. 생각해 보면 조금 유치하기도 하지만 어쨌던 속이 후련한 건 사실이었다.

점심시간이 되자 그녀는 아무 생각 없이 진우와 회사 밖으로 나왔다. 아직까지도 더부룩하고 메슥거리는 속을 얼큰한 해장국으로 달랠 생각이었다. 그랬는데 기다렸다는 듯이 준호가 달려왔다.

아, 맞다. 이 인간 처리해야 되는데……. 김 실장 때문에 열 받아서 잠시 잊고 있었네.

아름이 걸음을 멈추자 덩달아 진우도 멈춰 섰다. 허겁지겁 달려온 준호는 그녀 옆에 서 있는 진우를 보고 머쓱한 표정을 지었다.

"아는 사람이에요?"

진우의 물음에 그녀는 고개를 끄덕였다.

"응. 예전에 알던 사람."

"저 혼자 갈까요?"

"어…… 미안. 그래야 할 것 같아."

그녀는 미안하다는 표정으로 진우를 바라봤다.

"알겠어요. 그럼 이따 사무실에서 봬요."

그녀에게 살짝 손을 흔들어 보인 진우가 걸어가기 시작하자 준호가 질문을 던졌다.

"회사 동료야?"

"네."

"인사라도 시켜 주지."

미련이 가득한 말에 그녀는 도끼눈을 하고 준호를 노려보았다.

미쳤냐? 며칠 내로 내 인생에서 아웃될 인간한테 같이 일하는 동료를 소개시켜 주게? 승호라면 몰라도 댁은 좀 아니지.

"할 얘기가 있다고요?"

"응, 그래."

"그럼 가까운 데서 차나 한잔하죠."

그녀의 말에 준호는 조금 실망한 기색을 내보였다.

"난 같이 식사라도 했으면 했는데……."

'너랑 밥 먹었다가는 내가 체할 것 같아서 못 먹겠다.' 라고 직설적으로 말을 해 줄 수도 있었지만 그녀는 꾹 참았다.

카페에 들어간 그녀는 자리에 앉자마자 카푸치노를 시켰다. 아무 말도 없이 앉아 있던 그녀는 음료가 나오자 한 모금 마시고 입을 열었다.

"할 말이 뭐예요?"

"너한테 사과하고 싶어서……."

준호는 어두운 표정으로 말끝을 흐리며 그녀의 안색을 슬쩍 살폈다.

"내가 너한테 너무 심하게 했어. 미안해."

그녀의 눈매가 날카롭게 변했다. 다 잊어버리자, 생각도 하지 말자던 과거의 일을 끄집어내는 준호가 얄밉게 느껴졌다.

"그런 말도 안 되는 이유를 대면서 헤어지자고 했으니…… 네가 많이 충격받았을 거야. 정말 미안해."

준호는 진심으로 미안해하는 기색이었다.

"사실 그땐 취업 때문에 많이 힘들었어. 오래 사귀다 보니 점점 네가 부담스럽게 느껴져서 그런 식으로라도 헤어져야 할 것 같다는 생각이 들었거든. 그래서……."

"됐어요. 이제 다 지난 일인데 그런 말 하면 뭐하겠어요."

그녀는 진심으로 그렇게 생각했다. 옛날 일을 생각하면 비참하고 우울했지만 지금은 오히려 준호와 헤어진 게 다행이었다는 생각이 든다. 아니, 오히려 준호에게 감사한 마음까지 든다.

덕분에 그녀는 소심하고 자신감 없는 성격을 고칠 수 있게 되었고, 더불어 승호를 만날 수 있었으니까.

"할 얘기가 그거뿐인가요?"

"우리, 다시 잘 지낼 수는 없을까?"

며칠씩이나 망부석처럼 회사 앞을 지키고 있는 것을 보며 그녀는 준호가 어쩌면 그런 말을 할 수도 있을 거라 예상하긴 했다. 하지만 예상하는 것과 직접 말을 듣는 것과는 느낌이 사뭇 달랐다. 준호의 말을 듣고 제일 먼저 떠오른 생각은…… '이 인간이 드디어 미쳤구나.' 였다.

"헤어진 지 몇 년이나 지났는데 왜 지금 와서 그런 말을 하는 거죠?"

"전부터 계속 생각해 봤어. 나한테 맞는 여자는 아름이, 너뿐이라고."

준호가 열성적인 어투로 말을 하자마자 그녀는 가볍게 코웃음을 쳤다.

"그 말은 좀 틀린 것 같군요. 얼마 전에도 준호 씨는, 사귀는 여자가 있었잖아요."

"아, 아니야. 그건 아름이가 잘못 알고 있는 거야."

어정쩡한 표정으로 변명을 하는 준호의 모습이 어이없다고 느껴졌다.

분명 그녀는 두 눈으로 봤다. 온통 명품으로 도배한 년하고 팔짱 끼고 백화점에서 쇼핑을 하는 모습을.

어쨌든 그거야 준호의 사생활일 뿐, 그녀가 간섭할 일은 아니다. 사귀는 사이도 아닌데 백화점에서 쇼핑을 하던 말던, 팔짱을 끼고 다니던 말던 그녀가 신경 쓸 필요가 뭐가 있을까.

"난 헤어진 뒤에도 계속 아름이 생각만 했어."

이럴 땐 뭐라고 해야 하는지 참 난감했다. 예전 감정이 눈곱만큼이라도 남아 있다면 기뻐하며 고마워했을지도 모르는 일이지만…… 이미 준호에 대한 감정은 싸늘히 식었고, 그녀가 생각하는 남자는 오직 주승호뿐이었다.

"좀 더 잘해 줄 걸 그랬다는 후회도 했고……. 다시 한 번 기회가 온다면 전보다 더 잘할 수 있을……."

더 이상 못 들어 주겠다. 그런 생각에 그녀는 준호의 말을 똑 잘랐다.

"그만해요. 준호 씨에 대한 마음, 난 이미 정리 다 했어요. 조금의 미련도 없어요. 다시 만나고 싶다는 생각도 한 적 없고요. 난 지금 생활에 만족하거든요."

미세하게 준호의 얼굴이 일그러지는 걸 보며 그녀는 조금은 통쾌함을 느꼈다.

"그리고 난 사귀는 사람이 있어요."

"사귀는 사람이 있다고?"

준호가 놀란 표정으로 되묻는다.

"네. 그 사람하고 결혼할 거예요."

아직은 희망사항일 뿐이지만.

"곧 그 사람 집에 인사하러 가기로 했어요."

공적인 일이었지만 사실이므로 그녀는 꿀릴 게 하나도 없었다.

"그러니까 준호 씨. 더 이상 내 앞에 나타나지 말아요."

준호의 표정이 엉망으로 일그러지는 걸 보며 아름은 입가에 생긋 미소를 지었다.

"혹시라도 길 가다 마주쳐도 아는 척하지 말아 주세요. 준호 씨 같은 남자 알고 지낸다고 하면 우리 그이가 싫어할 테니까요."

달콤한 어조로 속삭이듯이 말한 그녀가 자리에서 몸을 일으켰다.

"커피 잘 마셨어요. 안녕히 가세요."

멍한 표정으로 앉아만 있는 준호를 놔두고 그녀는 카페를 나왔다.

아— 속이 후련하다.

가게 앞을 지나가면서 창을 통해 슬쩍 보니 준호는 고개를 푹 숙인 채 꼼짝도 하지 않고 있었다. 아마도 고민이 많은 듯했다.

11장

배가 고프다.

읽고 있던 책을 탁자에 내려놓은 그녀는 핸드폰을 들어 시간을 확인했다.

저녁 7시 50분.

경기가 안 좋아서인지 요새 회사에 일이 별로 없었다. 덕분에 오늘 제 시간에 맞춰 퇴근을 했고, 이번 주말은 쉴 수 있었다.

그런데도 별로 기쁘지 않았다. 주말이라고 해도 딱히 할 일이 없기 때문이다. 침대에 누워 빈둥빈둥거리는 것도 체질에 맞지 않았고, 그렇다고 정 여사를 보러 경주에 가는 것도 내키지 않았다.

오빠네 집에나 쳐들어갈까? 그런 생각을 했다가 곧 마음을 바꿨다. 승빈은 일 때문에 바쁠 터였고, 제니퍼는 몸이 무거워 힘들 게 뻔하니까. 그리고 결정적으로 그 집에 가기 싫은 이유는 아직까지도 알콩달콩 신혼분위기를 풍기는 두 사람이 꼴 보기 싫어서였다.

주말 동안 그녀가 정말 하고 싶었던 일은 승호와 시간을 보내는 거였다. 그런데 하필 그는 일 때문에 지방에 가 있다.

눈 딱 감고 대전까지 쫓아가 봐? 잠깐 얼굴만 보고 오는 건 괜찮지 않을까?

그런 생각이 머릿속으로 파고든다.

안 돼. 강아름. 정신 차려라. 그렇게 매달리는 꼴 보이는 건 좋은 게 아니야.

고개를 절레절레 흔들며 떠오르는 생각을 없앤 그녀는 손안의 핸드폰을 만지작거렸다.

오늘은 어째 연락 한 번 안 하네.

많이 바쁜 듯 하루 종일 승호에게서 소식이 없다. 평소라면 점심때 카톡이라도 보냈을 텐데. 혹시 무슨 일이라도 생긴 건 아닌지 공연히 걱정이 된다.

꼬르륵. 뱃속에서 천둥치는 소리가 들려오자 그녀는 몸을 일으켜 주방으로 갔다. 뭔가 먹을 게 있나 하고 냉장고를 열어 봤지만, 있는 거라곤 반쯤 찬 물병과 캔 맥주 몇 개에 말라비틀어진 안주뿐이다. 그러고 보니 장을 안 본 지 꽤 된 듯했다. 집에서 밥을 먹는 일이 별로 없어서인지 식료품 챙기는 일도 제대로 하지 않았다.

주말 동안 집에만 있어야 한다면 당장 먹을 것부터 조달해야 할 것 같았다. 혼자 있으면 나가서 사 먹기도 그렇고 배달을 시키는 것도 마땅치 않으니까.

으이구, 귀찮다. 안 먹고도 살 수는 없을까나?

투덜거리면서 그녀는 지갑과 핸드폰을 챙겨 들고 밖으로 나왔다. 엘리베이터에서 내려 현관 입구로 나와 상점가 쪽으로 향하던 그녀는 누군가 가까이 다가오는 기척에 걸음을 멈췄다.

"놀랐지?"

빙긋이 웃으면서 말을 건네는 준호를 본 그녀의 이마가 팍 찌푸려졌다.

"이게 뭐 하는 짓이에요?"

대번에 날카로운 음성이 입을 뚫고 튀어나갔다.

놀란 건 둘째 치고 불쾌했다. 분명 길에서 마주쳐도 아는 척하지 말라고 얘길 했는데, 태연하게 집 앞에서 기다리고 있다니. 진지하게 고민하는 것처럼 보였는데 결과가 이런 식이라니 허탈한 마음까지 생겨난다.

"할 얘기가 있어서……."

네 입에서 나오는 대사는 그것뿐이냐? 이제 질린다, 질려.

아름은 노골적으로 싫은 기색을 얼굴에 잔뜩 깔고서 말했다.

"얘기 다 끝난 거 아닌가요?"

"난 이대로 포기할 수 없어."

준호의 말에 그녀는 어깨를 축 늘어뜨리며 크게 한숨을 내쉬었다.

"내가 싫다는데 준호 씨가 포기하고 말고 할 게 뭐가 있어요?"

"다시 한 번만 생각해 봐, 아름아."

"생각하고 말고 할 게 없다니까요. 왜 사람 말을 이렇게 못 알아들어요?"

생각 같아서는 업어치기로 확 바닥에 메다꽂아 버리고 싶다만…….

그녀는 솟구치는 화를 참고 냉정한 표정으로 말을 이었다.

"분명히 말했잖아요. 난 사귀는 사람 있다고요. 지금 와서 이러는 건 뭐예요? 나보고 그 사람하고 헤어지기라도 하라는 거예요?"

승호를 떠올리자 눈물이 날 것만 같았다. 무슨 일이 있어도, 어떤 일이 생긴다 해도 그를 놓치고 싶지 않았다. 헤어진다는 건 생각조차 하기 싫었다.

그렇기에 그녀는 준호가 더 얄미웠다. 이런 식으로 계속 나타나서 승호와의 사이를 훼방 놓기라도 한다면…….

짜증이 잔뜩 섞인 화가 치밀어 올라 그녀는 쌀쌀맞은 표정으로 준호를 쏘아보았다.

"이제 나한테는 너밖에 없어."

그런 말을 들어 봤자 아무런 감흥도 없다. 오히려 짜증만 더할 뿐.

"난 준호 씨 다시 만날 마음 없어요. 그러니까 이런 식으로 내 앞에 나타나지 말아요."

"아름아. 날 좀 이해해 줄 수 없어? 예전 일은 다 잊고……."

목에서 신물이 올라오는 것만 같다. 이젠 불쾌하다 못해 지겹기까지 했다. 언제까지 옛날 일 운운하면서 질척거리게 매달리려고 하는지.

이마를 확 찌푸린 그녀는 지금 있는 곳이 아파트 앞 인도라는 것도 잊고 빽 소리를 지르고 말았다.

"제발 좀 그만해요!"

"아름아……."

"마지막 경고에요. 더 이상 내 앞에 나타나지 말아요. 한 번만 더 집이나 회사로 찾아오면 신고해 버릴 거에요."

"난 많은 거 바라는 거 아니야, 아름아. 그냥 만나서 얘기 몇 마디 하고 차나 한 잔 마시고 그러면 된다고."

뭔가 각오를 다진 것처럼 비장한 표정으로 준호가 말을 이었다.

"신고한다고 해도 어쩔 수 없어. 그래도 난 널 만나야겠으니까."

오 마이 갓! 주여! 파렴치한 김준호가 어느새 거머리가 된 겁니까요.

아름은 너무나도 기가 막혀 입까지 막혀 버렸다. 대차게 쏘아붙여 줘야겠다는 생각은 드는데 할 말이 떠오르지 않았다.

그래. 어차피 말로 해서 통할 상대도 아니니까 차라리 두드려 패 버리는 게 훨 낫겠네. 쌓인 감정 주먹에 실어서 몇 방 날려 줘야겠어. 속이라도 시원해지게.

"그런 식으로 나온다면 나도 더 이상 할 말은 없네요. 하지만 그렇다고 해서 내가 준호 씨 하고 싶은 대로 그냥 놔두겠다는 소리는 아니죠."

말을 하면서 그녀는 핸드폰과 지갑을 주머니에 넣고 팔을 척척 걷어 붙였다.

"말이 안 통한다면 어쩔 수 없는 거죠."

그녀가 손을 뻗자 준호가 어깨를 움츠렸다.

"아름아. 지금 뭐 하려고……."

그녀의 손이 준호의 멱살을 움켜잡았다.

"걱정 말아요, 김준호 씨. 겉으로 표시 안 나게 잘 패 드릴 테니까. 나 운동한 여자예요. 믿어도 돼요."

그녀는 입가에 미소를 띠며 사근거리는 어조로 말했다.

"자, 조용한 데로 좀 가실까요?"

준호가 양팔을 뻗어 그녀의 어깨를 덥석 잡았다.

"이러지 마, 아름아. 난 단지 너하고 친하게 지내고 싶을 뿐이라고."

"글쎄, 난 당신하고 친하게 지내고 싶은 마음이 없다니까."

아름은 순간적으로 당황했다. 준호의 멱살을 움켜 쥔 손에 더욱 힘을 주면서 그녀는 남은 한 손으로 어깨를 잡은 준호의 팔을 떼어 내려고 했다.

서로 움켜쥐고 힘겨루기를 하고 있었지만, 남들이 볼 땐 마치 포옹이라도 하는 것처럼 보일 만한 상황이었다.

일 초라도 빨리 그와 거리를 벌려야겠다는 생각에 그녀가 막 발을 앞으로 내뻗으려 할 때였다. 갑자기 뒤쪽에서 귀에 익은 목소리가 들려왔다.

"이봐, 당신."

흠칫 놀란 아름은 얼른 준호에게서 손을 뗐다. 그리고 몸을 돌리려는데 준호가 어깨를 잡은 손에 더욱 힘을 주었다.

그녀는 도끼눈을 한 채 준호를 노려보았다.

"이거 안 놔요?"

그녀가 빽 소리를 치는데 커다란 손이 불쑥 나타나더니 준호의 손목을 움켜쥐었다.

"지금 내 여자한테 무슨 수작을 부리는 겁니까?"

승호는 남자의 손목을 움켜잡아 비틀었다.

"으윽, 너 뭐야?"

준호의 외침에 승호가 눈살을 찌푸렸다. 비릿한 미소를 입가에 띄운 그는 준호의 팔을 홱 떨쳐 버렸다. 그 힘에 뒤로 두어 걸음 물러서면서 비틀거린 준호의 얼굴이 일그러졌다.

"난 이 여자 남자입니다만, 댁은 누구십니까?"

그가 당당한 포즈로 아름의 어깨를 끌어안았다. 준호를 노려보는 그의 눈빛이 승부욕으로 활활 타오르고 있었다.

"승호 씨……."

그녀는 반가움과 당황스러움이 섞인 묘한 표정으로 그를 올려다보았다. 어깨를 안은 그의 팔에는 잔뜩 힘이 들어가 있었다.

"상대하지 말고 그냥 가요."

혹여라도 준호의 입에서 예전에 사귀던 사람이다, 라는 말이 나올까 겁나 그녀는 그의 옷깃을 잡아당기며 뒷걸음질을 쳤다.

준호를 흘깃 쏘아보고 아름에게로 시선을 돌린 그가 입가에 미소를 지었다.

"많이 놀랐나 보군. 그러지."

이대로 발길을 돌려 준호가 그저 치한인가 보다—라고 생각해 주면 얼마나 좋을까. 그런 그녀의 생각을 송두리째 뿌리 뽑은 건 어이없는 준호의 행동이었다.

"안 돼! 아름아!"

갑자기 소리를 지른 준호가 그녀에게로 달려들었다.

289

"으악!"

엉겁결에 그녀는 비명을 질렀다.

놀랐잖아, 이 인간아. 도대체 뭐가 안 된다는 거야? 황당하다는 눈빛으로 그녀가 바라보는 가운데 내뻗은 준호의 팔을 승호가 움켜쥐었다.

"아름이한테 볼일이 있으시면 내 허락을 먼저 받아야만 합니다. 이런 식으로 달려드는 건 곤란하죠."

싱긋, 그의 입은 웃고 있었지만 눈빛만은 살인이라도 할 것 같은 기세였다.

"넌 뭐야! 저리 꺼져. 아름이와 내 사이에 껴들지 말라고."

그의 손을 뿌리친 후, 시근덕거리며 준호가 냅다 소리를 질렀다.

"한 번도 뵌 적이 없는 분인 것 같은데…… 초면에 예의 없게 말이 부쩍 짧으시군요."

그가 눈을 부릅뜬 채, 어깨를 곧추세우며 목소리를 깔았다.

"나에 대해서는 조금 전에 말씀드리지 않았습니까. 아름이 남자라고. 사람 말을 제대로 알아듣지 못하다니 귓구멍이 막히기라도 한 겁니까?"

그의 표정과 말투에 섞인 빈정거림이 준호를 자극한 듯했다.

"뭐라고? 이 새끼가 죽고 싶어 환장했어?"

반말을 하는 것도 모자라 준호가 욕설을 퍼붓자 승호는 이마를 팍 찌푸렸다.

"죽고 싶어 환장을 하신 분은 그쪽인 듯합니다만……."

약을 올리는 것처럼 느릿느릿한 어조로 대꾸하는 그를 빤히 바라다보며 아름은 조마조마한 마음에 연신 입술만 깨물었다. 분위기가 심상치 않았다. 잡아먹을 것만 같은 눈길로 노려보고 있는 품이 큰 사고라도 터질 것만 같았다.

불안한 마음에 그녀가 승호의 옷자락을 잡았을 때였다.

"이 개새끼가!"

고함을 지른 준호가 주먹을 움켜쥐고 달려들었다.

"앗!"

깜짝 놀란 그녀가 눈을 부릅뜨는 순간, 가볍게 피한 그가 오히려 준호의 안면을 주먹으로 가격했다.

"주 검사님!"

그녀의 외침에 섞여 퍽! 우당탕하는 소리가 요란스럽게 들려왔다.

볼썽사납게 바닥으로 나뒹군 준호를 물끄러미 바라보던 그녀는 이내 시선을 돌려 승호를 흘끗 봤다. 검사 생활하면서 주먹싸움은 웬만큼 할 거라 예상하긴 했지만 제법 덩치가 있는 준호를 한 방에 보낼 정도라니.

걸음을 옮겨 준호 앞으로 다가간 그가 쪼그리고 앉은 뒤, 양복 안주머니에서 지갑을 꺼냈다.

"서울지검 주승호 검사입니다."

그는 쓰러진 채 끙끙 신음소리를 흘리는 준호의 옷깃에 명함 한 장을 꽂아 주었다.

"이건 엄연한 정당방위입니다. 그렇지만 억울하다고 생각되면 고소하셔도 됩니다."

화등잔만 하게 커진 눈으로 준호가 바라보자 그의 입가에 비꼬임이 가득한 미소가 떠올랐다. 이내 다리를 펴고 일어선 그가 아름을 향해 걸어왔다.

"들어가자."

무뚝뚝한 어조로 말한 그는 그녀의 손을 잡아끌었다.

"그런 말을 하면 어떻게 해요. 명함까지 주고…… 저 인간이 정말 고소라도 하면 어쩌려고요."

그녀는 승호가 걱정이 되어서 한 말이었다. 그런데 돌아온 건 싸늘한 표정과 말투뿐이었다.

"지금 그런 데 신경 쓸 때인가?"

"네?"

그녀는 얼떨떨한 표정으로 반문했다. 하지만 그는 아무런 말도 없이 아파트 건물 쪽으로 걸음을 옮겼다.

그에게 끌려가다시피 하며 그녀는 뒤를 돌아보았다. 준호는 바닥에 주저앉은 채 그의 명함을 보고 있었다.

설마 쫓아오지는 않겠지? 얻어맞기까지 했는데도 포기하지 못하고 쫓아온다면 정말 유혈사태가 벌어질지도 모른다. 혹시나 하는 생각에 마음을 졸이며 그녀는 재빠른 걸음으로 승호의 곁으로 붙어 섰다.

엘리베이터에 탈 때까지도 승호의 안색은 좋지 않았다. 찬바람이 쌩쌩 불 정도로 차가운 기색이 역력했다.

화가 많이 난 것 같은데 어쩌면 좋지? 분명 좀 전의 일에 대해 물어볼 텐데 뭐라고 대답해야 하지? 어디까지 얘길 해야 하는 거야.

크게 죄 지은 것도 없는데 공연히 불안한 마음이 들고 머리가 복잡해졌다.

엘리베이터가 움직이는 동안에 그는 한마디도 하지 않았다. 입을 꾹 다문 채 싸늘한 기운을 풍기던 그는 엘리베이터가 멈춰 서자 그녀의 손을 움켜잡았다. 마치 그녀가 도망가지 못하도록 막으려는 듯.

꽉 잡힌 손에서 잠시 통증이 느껴졌지만 그녀는 입술을 꼭 깨문 채 아무런 말도 하지 않았다.

현관문을 열고 안으로 들어서자 승호가 손을 뻗어 그녀의 허리를 끌어안았다.

"승호 씨……."

그의 입술이 그녀의 입을 막았다. 숨이 막힐 정도로 격렬하면서도 거친 입맞춤이었다.

"하아, 아야……."

힘껏 빨아 대는 통에 입술이 아릿하니 아파 왔다. 작게 신음소리를 흘리며 그녀는 그의 팔을 잡고 밀었다.

"누구야. 아까 그놈."

나지막하면서도 무거운 어조로 그가 질문을 던지자 그녀는 두 눈을 질끈 감았다.

드디어 올 게 왔다.

"그냥…… 전에 조금 알던 사람이에요."

그녀는 진우에게 했던 것처럼 두루뭉술하게 대답을 했다.

"놔줘요, 승호 씨. 나 아파요."

한껏 연약한 모습으로 속닥거리듯 말하자 그가 순순히 그녀의 몸을 결박하듯 안았던 팔을 풀었다. 그녀가 뒤로 두어 걸음 물러나는 사이 승호는 소파로 다가갔다. 무척이나 지친 표정으로 그는 소파에 털썩 주 저앉았다.

"전에 조금 알던 사람일 뿐인데 집 앞에서, 만나고 있었다고?"

그가 차가운 눈빛으로 그녀를 바라봤다.

"약속하고 만나고 그런 거 아니에요. 그냥 그 사람이 날 쫓아다닌 거뿐이에요. 나도 깜짝 놀랐다고요."

그녀는 적극적으로 변명을 했다.

"이쪽으로 와 봐."

그의 목소리가 한결 더 낮아졌다. 흠칫 놀란 그녀는 한 걸음 앞으로 다가갔다.

"앞으로 더……."

그의 말에 그녀가 한 걸음 앞으로 더 다가갔다.

"가까이 오라니까."

어쩔 수 없다는 표정으로 한숨을 폭 내쉰 그녀가 그의 앞까지 바짝 다가갔다.

그가 손을 내밀어 그녀의 손을 잡았다. 쓰다듬듯 문지르던 그는 힘을 주어 그녀의 손을 잡아당겼다.

"앗!"

생각지도 못하고 있다가 휘청거리는 그녀의 허리에 그의 팔이 감겼다. 정신을 차릴 새도 없이 그녀는 그의 무릎 위에 올라앉은 꼴이 되어버렸다.

"승, 승호 씨."

난처한 표정으로 그녀가 움찔거리자 그의 팔이 등을 감쌌다.

"내가 말했지. 다른 놈 만나지 말라고."

"만난 거 아니라니까요. 난 그 인간 만나고 싶은 마음도 없어요."

그가 한 손으로 그녀의 뺨을 감쌌다. 어둡게 가라앉은 그의 눈빛이 무섭게 느껴졌다.

"승호 씨."

그녀는 그의 눈을 똑바로 바라보며 말했다.

"화내지 말아요. 당신 화내면 나 무서워요."

최대한 가녀리게, 연약해 보이도록 애쓰며 속닥거렸다. 팔을 뻗어 과감하게 그의 목을 끌어안으며 그녀는 어떻게 해서든 이 위기를 벗어나야겠다고 생각했다.

"오랜만에 만난 건데……."

채 일주일도 되지 않은 시간이었다. 그런데도 마치 몇 달 만에 만나는 것 같은 기분이 들었다. 아마도 그가 지방에 가 있었기 때문인 듯했다.

출장 간 남편을 기다리는 아내와 같은 심정으로 보낸 날들이 떠오르자 그녀는 울적한 기분이 들어 그의 목덜미에 얼굴을 파묻었다.

"화내는 거 아니야."

여전히 낮은 목소리로 그가 그녀의 귓가에 대고 속삭였다.

그의 손이 속상한 마음을 어루만지듯 그녀의 등을 쓸었다. 고개를 돌려 그녀의 뺨에 입술을 댄 채, 그가 중얼거렸다.

"매일 네 생각만 했어."

듣기 좋자고 한 말이 아니었다. 검사가 된 뒤, 그는 일만 하고 살았다. 연애감정 따위 개나 줘 버리라는 식으로. 그랬는데 어느 순간부터 그는 그녀를 생각하고 있었다.

일을 하는 중에도 쉬는 중에도 그녀가 떠올랐다. 밥은 먹었는지 잠은 잘 자는지 걱정이 되었다.

"일도 제대로 못 할 정도로……."

그녀가 고개를 들고 바라보자 그가 살며시 입을 맞췄다. 그리고 턱 끝으로 움직인 입술이 이어 목덜미로 향했다.

"아……."

고개를 숙인 그가 그녀의 가슴께에 입을 맞췄다. 그의 손이 움직여 가디건을 벗겨 냈다. 얇은 티셔츠를 통해 그가 내뿜는 입김이 뜨겁게 느껴졌다.

"아름아."

낮은 음성으로 은근하게 그녀의 이름을 부른 그가 티셔츠를 들추고 안쪽으로 손을 밀어 넣었다. 맨살에 와 닿는 손길. 허리와 등을 쓰다듬는 그 손길에 그녀는 순간 숨을 멈췄다. 부드러우면서도 따스한 느낌.

"저기, 승호 씨."

고개를 들고 바라보는 그의 눈은 짙은 검은색으로 가라앉아 있었다. 욕망이 가득한 눈빛. 그의 눈빛을 마주하자 온몸이 조여드는 것만 같은 저릿함이 느껴졌다.

그를 만나면 그의 품에 안길 거야. 넓은 품에 폭 안긴 채, 온몸을 조여 안는 팔 힘을 느끼면서 만족감에 빠져들 거야. 어쩌면 사랑을 나누게 될지도……

그런 상상을 하곤 했다. 그리고 지금 그 상상이 현실이 되려 하고 있었다.

갑자기 아주 갑자기 불안해졌다.

"저녁은 먹었어요?"

그녀는 안개처럼 주위를 덮어 오는 은밀함을 없애고자 평범함을 가장하고 말을 걸었다.

"아직 안 먹었으면 나하고 같이 먹어요. 내가 뭐라도 만들어……"

말을 하며 그의 팔에서 벗어나고자 그녀는 어깨를 뒤틀었다. 몸을 감싼 그의 팔을 밀어내면서.

"어딜 또 빠져나가려고?"

다소 퉁명스러운 어조로 말한 그가 그녀의 등을 감싸 안아 소파에 눕혀 버렸다.

"엄, 엄마야. 승호 씨?"

소파에 등을 대고 누운 채 그녀는 눈만 동그랗게 뜨고 그를 올려다 봤다.

"오늘은 도망치게 그냥 놔두지 않아. 반드시 확인해야 할 게 있거든."

"확인을 해야 한다고요? 뭘요?"

의아하다는 표정으로 그녀가 바라보자 그가 입가에 씩 미소를 지었다.

"음. 성 기능에 이상이 있는지 없는지 확인을 해 봐야지."

나른하니 풀린 어투로 말을 하며 그는 그녀의 귓불을 잘근 깨물었다. 소름이 오스스 등줄기를 훑고 지나가자 그녀는 어깨를 살짝 움츠렸다.

"전에 꽤 강한 타격을 받아서 말야."

웃음기를 흘리며 그가 그녀의 목덜미에 입술을 문질렀다.

"그걸 왜 지금……."

그녀의 말을 뚝 자르며 그가 나지막한 어조로 말했다.

"만약에 조금이라도 이상이 있으면……."

그의 입술이 목덜미를 지나 가슴께까지 내려왔다. 뜨거운 낙인이 찍히는 것 같은 입술의 마찰에 그녀가 거친 숨을 들이마셨다.

"아름이가 책임지는 거야. 끝까지."

"무슨 책임을 지라는 거에요? 그리고 그때가 언젠데 지금 와서 그런 말을……."

아무렇지도 않다는 듯 말을 하려 했지만 쉽지 않았다. 그의 손이 가슴을 감싸듯 움켜잡자 말이 목에 걸려 입으로 나오지 않았다.

"지금까지 제대로 확인을 안 해 봤으니까 이상이 있는지 없는지 알 수가 없었지. 팔 올려 봐."

그녀는 그의 말에 얌전히 따랐다. 두 팔을 위쪽으로 올리자 그가 티셔츠를 끌어올려 머리 밖으로 벗겨 냈다.

"그대로 있어."

그녀가 팔을 내리려고 하자 그가 엄한 어조로 명령하듯 말했다. 그리고 손가락을 움직여 브래지어의 후크를 벗겨 내었다.

마른 체형과 달리 그녀의 가슴은 풍만했다. 제법 손이 큰 그가 한껏 움켜쥐어도 손가락 사이를 비집고 나올 만큼. 지그시 움켜잡았다가 손가락으로 유두를 잡고 문지르자 그녀가 허리를 비틀었다. 가쁜 숨소리가 그녀의 입술을 뚫고 흘러나오는 게 그의 귀에 똑똑히 들렸다.

입을 벌린 그는 그녀의 가슴을 한껏 베어 물었다. 아기가 어미젖을 빠는 것처럼 입안 가득 물고 혀에 와 닿는 유두를 힘껏 빨아 당겼다.

"아흑, 승호 씨……."

신음소리를 흘려내며 그녀가 더욱 허리를 뒤틀어 댄다. 물고 있던 가슴을 놓고 이번에는 혀끝으로 유두를 살살 굴렸다. 그리고 유두만을 물고 쪽쪽 소리가 날 정도로 빨았다. 이를 대고 슬쩍, 슬쩍 깨물기도 하면서.

"승호 씨, 그만요……."

그의 어깨를 움켜잡고 그녀가 숨 가쁜 소리로 말했다.

"그만하라니……."

여전히 그녀의 가슴을 물고 놓지 않으며 그가 웅얼거리듯 말했다.

"아직 시작도 안 했는데."

"제발…… 난 아직……."

그녀가 머뭇거리자 고개를 든 그가 눈을 가늘게 떴다.

"아직 뭐?"

윗몸을 일으켜 앉은 그는 느릿한 동작으로 셔츠의 단추를 풀었다.

그녀는 그에게서 눈을 떼지 못했다. 단추가 풀릴 때마다 드러나는 탄탄한 가슴과 복근을 보고 있자 제대로 숨을 쉴 수 없을 정도였다. 입 안이 바짝 마르고 목이 타는 것 같았다.

그녀는 자신도 모르게 혀를 내밀어 바짝 마른 입술을 핥았다. 그 모습을 본 승호의 눈에서 불꽃이 튀었다.

"하아, 이런……."

탄식과도 같은 한숨 소리가 승호의 입을 뚫고 나왔다. 그는 허리를 숙여 그녀의 입술에 키스를 했다. 아주 강하게.

"긴장하지 마."

위로하듯 작은 소리로 중얼거린 그가 바지 벨트에 손을 댔다. 지이익, 지퍼 내려가는 소리가 천둥처럼 크게 들렸다. 소파에 앉은 채로 바지와 속옷을 한꺼번에 벗어 버린 그가 몸을 숙이며 그녀의 허리를 잡았다. 버튼을 풀고 지퍼를 내린 후, 싱긋 입가에 미소를 지으며 그가 말했다.

"허리 들어 봐."

이마를 찌푸리면서도 그녀는 말 잘 듣는 아이처럼 살짝 허리를 들어 올렸다. 바지가 엉덩이를 벗어났다.

"다리도 들고."

이번에도 얌전히 한쪽 다리를 들어올렸다. 바지를 벗기는 그의 손길이 그녀의 허벅지와 종아리를 쓸어내렸다. 그리고 한 손으로 그녀의 발을 꼭 움켜잡았다.

"굉장히 작은데……."

발 사이즈를 재는 것처럼 발바닥에 손바닥을 맞대 본 그가 장난기 가득한 눈을 하고 웃었다. 간지러운 느낌에 그녀는 발가락을 오므렸다. 낮게 웃음소리를 낸 그가 그녀의 발을 꼭꼭 주물렀다. 안마를 하는 것처럼.

무척이나 시원했다. 며칠 동안 쌓였던 피로가 말끔히 가시는 것만 같았다. 편하고 좋은 느낌에 몽롱한 눈빛으로 가만히 있던 그녀는 그의 손이 팬티를 잡자 움찔 몸을 떨었다.

"승호 씨……."

"괜찮아."

그가 한 손을 배에 얹었다. 안심시키려는 듯 어루만지는 손길에 그녀는 작게 한숨을 내쉬었다. 팬티가 벗겨지자 부끄럽다는 생각이 들었다. 그의 눈앞에 알몸으로 누워 있다니……. 볼이 발갛게 달아오른 그녀는 눈을 질끈 감았다.

"뭐야. 얼굴이 붉어졌잖아."

그의 웃음소리가 귓가를 간지럽힌다. 그녀는 차마 그를 제대로 볼 수가 없어 고개를 옆으로 돌렸다.

"처음은 아니지?"

목덜미에 입술자국을 내던 그가 묻는다. 그녀는 가만히 고개를 끄덕였다.

"음. 그럼 좀 과격하게 해도 되겠군."

과격하게? 뭘? 얼마나?

심장이 쿵쿵 소리를 내며 뛴다. 놀라서 펄떡거리는 심장을 다스리려 애끓은 호흡만 가쁘 내쉬는데 가슴을 힘껏 움켜쥐고 그가 말했다.

"그럼…… 만진다."

만진다고? 어딜? 호기심에 슬쩍 고개를 돌리는데 그의 손이 여성에 와 닿았다.

"아아……."

가느다란 신음소리를 내며 그녀는 허리를 비틀었다.

"으음. 느낌이 아주 좋은데."

조금은 거칠게 느껴지는 신음소리를 내며 그가 중얼거렸다. 그가 혀를 내밀어 그녀의 입술을 핥았다. 키스를 하려고 턱을 들어 올리며 입술을 내밀자 약 올리듯 쪽 입맞춤만 하고 그가 멀어진다.

"아아, 승호 씨."

투정부리듯 그녀가 어깨를 뒤틀자 여성을 만지작거리던 그의 손가락의 움직임이 거세졌다.

"아, 아아…… 아흑, 으응……."

신음소리를 내지 않으려 애써 봤지만 참을 수가 없다. 그가 다시 그녀의 가슴에 입을 댔다. 그의 혀가 유두에 닿자 머릿속이 백짓장처럼 하얗게 변해 그녀는 아무 생각도 할 수 없었다.

여성 안쪽을 휘젓듯 움직이는 손가락이 주는 느낌에 반쯤 넋이 나갔다. 그저 가만히 누운 채 가쁜 신음만 흘리던 그녀가 여전히 붉어진 얼굴로 중얼거렸다.

"아, 아흑, 저기…… 승호 씨…… 난, 뭘 해야……."

"아무것도⋯⋯."

그녀의 가슴을 빨던 그가 고개를 들며 말했다.

"아무것도 안 해도 돼. 그냥 느끼기만 해. 어떤지 말로 하면 더 좋고."

말로 하라고?

그녀의 눈이 동그랗게 뜨여지자 그가 싱긋 웃으며 물었다.

"어때? 좋아?"

손가락의 움직임이 더욱 격렬하게 변하자 그녀는 몸에 힘을 주며 입술을 꼭 깨물었다.

"대답해 봐. 좋아?"

그녀가 말이 없자 그가 재촉했다.

또다시 터져 나오려는 신음을 삼키며 그녀는 간신히 한 마디만을 내뱉었다.

"네⋯⋯."

"흐음⋯⋯ 반응이 좀 그렇네. 별로 안 좋은 것 같군. 그렇다면⋯⋯."

여성을 애무하던 손을 빼고 그가 그녀의 허벅지를 잡았다.

"뭐, 뭐하려고⋯⋯."

놀라서 묻는 그녀의 말을 뚝 끊으며 그가 다부진 어조로 말했다.

"움직이지 마. 잘못하면 떨어져."

크기가 꽤 되는 소파였지만 누워서 뒹굴 만큼 넓지는 않았다. 다리를 내리며 윗몸을 일으키려는 그녀의 어깨를 꾹 누르며 그가 이마를 찌푸렸다.

"얌전히 있어. 기분 좋게 해 줄게⋯⋯."

그대로 몸을 숙인 그가 그녀의 여성에 입술을 댔다.

"으응⋯⋯ 승호 씨. 그건 싫⋯⋯."

혀가 닿고 클리토리스가 힘껏 빨리는 느낌에 그녀는 말을 끝맺지 못했다.

온몸이 녹아내리는 것만 같았다. 발바닥부터 간질간질한 느낌이 척추를 타고 올라 몸 전체로 퍼져 나갔다.

"아응…… 아아…… 아흑, 제발…… 그만……."

연이어 신음소리를 내며 그녀는 어쩔 줄을 몰라 했다. 허리가 비비 틀리고 저절로 허벅지에 힘이 잔뜩 들어갔다.

춥, 추읍. 여성을 빨고 핥아 대는 소리가 원색적으로 울려 퍼졌다.

볼록하니 고개를 내민 클리토리스를 혀끝으로 핥고 입술로 물고 빨아 대며 그는 슬쩍 그녀를 쳐다봤다. 붉어진 얼굴로 하악, 하악 가쁜 숨을 내쉬는 그녀가 너무나도 귀여워 보였다.

그는 몸을 일으켜 양손으로 그녀의 얼굴을 감쌌다. 살짝 벌어져 달콤한 숨결을 내뿜는 그녀의 입술에 우악스러울 정도로 입술을 비빈 그가 거친 신음소리를 내뱉었다.

"으음. 아아— 젠장. 이젠 더 못 참겠군."

한 팔로 그녀의 허리를 잡아 위쪽으로 살짝 들어 올리며 그가 말했다.

"이제 할 거야."

"네……."

그녀는 대답과 함께 고개를 끄덕였다. 그리고 팔을 뻗어 그의 목을 끌어안았다.

여성에 그의 남성이 닿았다. 뜨거우면서도 강한 느낌. 천천히, 아주 천천히 그의 남성이 여성을 뚫고 안쪽으로 들어왔다. 그녀의 여성은 진한 애무로 인해 충분히 젖어 있었다. 그런데도 몸이 한껏 벌어지며 둔중한 고통이 느껴졌다.

"아, 아아! 아……."

신음소리만을 흘리며 그녀는 주먹을 쥐고 그의 어깨를 두어 번 두드렸다. 들어올 때처럼 천천히 그의 남성이 빠져나갔다.

그녀의 얼굴을 쓰다듬으며 그가 묻는다.

"왜……."

"아팠어요. 조금……."

그도 약간의 통증을 느꼈다. 생각보다도 그녀의 여성이 작고 좁아서였다. 밀어 넣자마자 빽빽이 조여드는 느낌에 순간적으로 사정을 할 뻔했다.

"힘을 빼고 가만히……."

그가 다시 삽입을 시도했다.

"움직이지 말고……."

그의 말대로 그녀는 몸에 힘을 빼고 움직이지 않으려 했다. 하지만 그의 남성이 닿는 것을 느끼자 저절로 몸에 힘이 주어졌다.

"아름아."

그의 남성이 몸 안쪽으로 뚫고 들어왔다. 좀 전보다는 덜했지만 약간의 통증이 느껴졌다. 가쁜 숨을 내쉬며 몸에 힘을 주지 않으려 노력하는 그녀의 귓가에 나지막하게 그가 속삭였다.

"좋아해……."

"아아…… 승호 씨. 나도, 나도 좋아해요."

그가 천천히 움직이기 시작했다. 밀어 넣었다가 빼내고, 다시 밀어 넣고. 그녀의 입술에 키스를 하고, 머리카락을 어루만지고, 가슴을 애무하면서 그는 느릿하게 움직였다.

조금씩, 조금씩 쾌감이 차올랐다. 오히려 그의 느린 움직임이 감질나게 느껴질 정도였다. 몸 안쪽을 꽉 채웠다가 허전하게 빠져나가고 또다시 꽉 채워지는 느낌이 반복되자 조바심마저 느껴졌다.

"승호 씨……."

그녀는 한 손을 뻗어 그의 가슴에 댔다. 탄탄한 가슴을 손바닥으로 어루만지며 그녀는 수줍게 속삭이듯 말했다.

"조금만 더 움직여 봐요……."

"음? 더 움직이라고?"

또다시 그의 입가에 장난기 가득한 미소가 떠올랐다.

"난 천천히 하는 게 좋던데……."

말은 그렇게 하면서도 그의 움직임이 조금씩 빨라졌다. 뱃속을 뚫어 버릴 것처럼 강하게 밀고 들어오자 숨이 턱하니 막힐 정도였다.

"아앗! 앗! 으응…… 하아, 아흑!"

그녀는 비명과도 같은 신음을 흘렸다. 불이라도 붙은 것처럼 몸이 뜨거워지고 땀이 났다. 전기에 감전된 것처럼 발끝이 짜릿짜릿했다. 그리고 그 짜릿함이 등줄기를 타고 올라 뇌까지 다 태워 버릴 것 같았다.

"아흑, 제발…… 그만, 승호 씨……."

그녀는 이마를 잔뜩 찡그렸다. 자신의 어깨를 잡은 그의 팔을 힘껏 움켜잡고 애원의 말을 던졌다.

"승호 씨…… 제발…… 아앗! 앗!"

탁, 탁, 탁. 살이 부딪치는 소리가 요란하게 울렸다.

몸이 부들부들 떨렸다. 배 안쪽 깊은 곳이 공격당할 때마다 심장이 저릿저릿해졌다. 그녀는 알 수 있었다. 이대로라면 곧 오르가즘에 휩싸일 거라는 걸.

"승호 씨. 나 더 이상은…… 참을 수가…… 하악……."

몸 구석구석까지 퍼져 나가는 쾌감에 말조차 제대로 할 수 없었다.

그가 그녀의 가슴을 움켜쥐었다.

"참지 않아도 돼."

격렬하게 그녀를 공격하던 움직임이 다소 느려졌다. 그가 손을 뻗어 클리토리스를 문질렀다. 순간, 몸을 후려치는 것만 같은 강한 충격이 전해져 왔다. 눈앞이 하얗게 변하고 생각이 멈췄다. 배 안쪽이 욱씬욱씬 쑤시며 발가락 끝까지 잔뜩 힘이 들어갔다.

"흐음. 벌써 느껴 버리다니 너무 빠른데."

탄식처럼 중얼거린 그가 그녀를 꼭 끌어안았다. 그녀 또한 팔을 뻗어 그의 등을 감싸 안았다. 팔에 힘을 잔뜩 준 채 안고만 있자 그가 그녀의 입술에 입술을 맞댔다.

살짝 입술을 벌리자 그의 혀가 입 안쪽으로 파고들었다. 타액을 섞으며 진하게 키스를 한 그가 그녀의 이마에 흩어진 머리카락을 어루만지며 물었다.

"좋았어?"

그녀는 반쯤 풀어진 표정을 하고서 고개를 끄덕였다.

"좋았⋯⋯어요."

정말 좋았다.

아름은 오르가즘을 처음 느껴봤다. 말로만 설명한다면 어떤 건지 절대 알 수 없는 그런 느낌.

그녀의 첫 경험 상대는 준호였다. 나이도 어렸고 경험도 부족했던 그녀는 섹스에 대해 별 관심이 없었다. 물론 가끔씩 안기고 싶다는 생각은 했다.

하지만 그런 생각은 굳이 관계를 맺고 싶다는 욕망보다 신체접촉을 통한 어떤 감정을 느끼고 싶어서였다. 콕 찍어 말하자면 마음의 안정을 느끼고 힘들고 복잡한 일들에 대한 위안을 받고 싶었다고나 할까.

그런 생각들을 준호에게 얘기하지는 않았다. 평소에도 나약하고 여린 성격이었던 그녀는 자신이 원하는 것을 겉으로 쉽게 드러내지 못했으니까.

준호는 지독하게도 자기중심적이고 이기적이었다. 준호는 자신이 원할 때는 무조건 섹스를 해야 했고 거부하면 필요 이상으로 화를 냈다.

그녀에게도 '하고 싶다.', '하고 싶지 않다.'라는 감정이 있다는 걸 이해하지 못했다. 오로지 자신이 '하고 싶다.'라는 것만 생각하는 듯했다.

관계를 갖는 것에 대해 다툼이 생기자 그녀는 감정을 억눌렀다. 하고 싶지 않을 때도 준호가 원하면 섹스를 했다. 하지만 싫은 건 싫은 거였다. 게다가 준호에게는 세심함이라던가 배려심이라는 게 전혀 없는지 행위 시작 전에 애무를 하지 않았다.

항상 자신의 욕구가 먼저였다. 그녀가 미처 준비가 되지 않았을 때도 우악스럽게 달려들어 삽입을 하곤 했다. 그리고 사정을 하고 나면 바로 몸을 빼고 피곤하다면서 잠들기 일쑤였다.

그녀는 서운함과 속상함을 느꼈다. 마치 자신이 한 번 쓰고 다음에 또 쓸지 몰라 서랍 구석에 던져 둔 재활용품이 된 것 같은 기분이 들었다.

그런 관계에서 만족을 느낄 리가 없었다. 오르가즘이란 게 뭔지 알 수도 없었고 책이나 영화에서처럼 '정신이 나가 버릴 것 같은 쾌감'이라는 게 정말 있는 건지 의문이 들기도 했다.

실제로 느낄 수 있는 게 아닌 상상의 산물일 수도 있다는 생각까지 해 봤다.

그런데 오늘 그녀는 그 상상의 산물일지도 모르는 느낌을 직접 겪어 봤다. 온몸의 뼈가 다 녹아 버려 흐물흐물해져 버리는 그런 느낌. 나른하면서도 감각만 예민하게 살아 있는 그런 느낌.

"그런데……."

그녀가 말끝을 흐리며 머뭇거리자 뺨에 입술을 비비던 그가 눈을 가늘게 떴다.

"그런데?"

"금방이라도 죽을 것 같아요."

"저런······."

그의 입가에 짓궂은 미소가 떠올랐다.

"어쩌지. 난 아직인데."

그녀도 그가 사정을 하지 않았다는 걸 알고 있다. 혼자 먼저 오르가즘을 느껴 버려 미안한 마음도 있었다. 부끄러움으로 얼굴을 붉게 물들인 채 그녀가 작은 소리로 말했다.

"조금만 쉬면 돼요."

"미안하지만······."

그가 윗몸을 세우며 말했다.

"쉴 시간을 줄 수는 없을 것 같군."

그가 허리를 움직이자 그녀가 살짝 이마를 찌푸렸다.

"이놈이 움직이라고 재촉을 해서 말이야."

입가에 멋들어진 미소를 달고 그가 그녀의 허벅지를 잡았다.

"최대한 빨리 끝낼 수 있게 애써 볼 테니까 아름이도 힘내라고."

"아흑, 아, 알았어요······ 으응······."

그녀는 한 손으로 입을 막고 눈을 꼭 감았다. 한 번 절정을 느꼈던 몸은 쾌감에 대한 반응 속도가 빨랐다. 그가 움직임을 시작한 지 얼마 되지도 않았는데 그녀는 또다시 몸속 가득 차오르는 쾌감을 느꼈다.

얼마 못 가 또 오르가즘을 느낄 거라는 걸 예감한 그녀는 입술을 깨물었다. 다시금 몸이 덜덜 떨려 온다. 그나마 다행인 건 승호도 마지막을 향해 달려가고 있다는 거였다.

송글송글 이마에 땀방울이 맺히고 짐승 같은 으르렁거림이 그의 입을 뚫고 나왔다. 순간적으로 그의 남성이 폭발적인 힘을 발휘한다고 느낀 순간, 그가 그녀의 어깨를 억세게 끌어안았다.

"하아, 하아······."

가쁜 숨을 몰아쉬며 그녀는 그의 팔에 얼굴을 댔다. 그녀를 바라보고 싱긋 웃은 그가 이마에 입을 맞췄다. 그의 입술은 뺨을 지나 그녀의 입술에 닿았다. 입술을 댄 것뿐인데도 달콤했다. 아직까지도 남아 몸속을 떠돌고 있던 쾌감의 여운이 심장을 펄떡거리며 뛰게 만들 정도였다.

키스하고 싶다. 진하면서도 격렬한 키스가 하고 싶다.

그런 생각이 강하게 들자 의도하지 않았는데도 애교 가득한 음성이 튀어나왔다.

"승호 씨……."

"음?"

그녀의 눈에 떠오른 갈망을 읽었던 걸까? 말을 하지 않았는데도 그는 눈가에 웃음기를 담고 그녀의 입술에 키스를 했다. 강하면서도 격렬하게.

"하아, 아……."

다시금 몸속 세포들이 하나하나 뛰어노는 것 같은 느낌이 들었다. 맞닿아 있는 그의 몸의 감촉이 너무 좋았다.

그녀의 가슴을 한 손으로 움켜잡고 비비며 오랜 키스를 끝낸 그가 목덜미에 입술을 비볐다. 거친 숨을 내쉬던 그가 그녀의 어깨를 끌어안으며 그대로 엎어져 버렸다.

"무거워?"

나지막한 물음에 그녀는 고개를 저었다. 하나도 무겁지 않았다. 오히려 지그시 몸을 누르는 느낌이 좋다. 마치 추운 겨울날 두꺼운 솜이불을 덮은 것처럼 따스하면서도 포근한 느낌이 들었다.

얼마 동안의 시간이 지나도 그가 꼼짝도 하지 않고 있자 그녀가 작은 소리로 물었다.

"잠들었어요?"

"아니."

한쪽 팔을 세워 머리를 받친 그가 그녀를 빤히 바라보았다.

"잠 잘 시간이 아깝지."

"네? 무슨 말이에요?"

의아한 표정으로 그녀가 바라보자 그는 뜻 모를 미소를 지었다.

"2차전은 편한 곳에서 하자고."

"2차전이요?"

그가 벌떡 몸을 일으키더니 그녀의 어깨와 무릎에 손을 넣고 들어 안았다. 벌거벗은 채로 거실을 가로질러 간 그는 그녀를 안고서도 힘들이지 않고 방문을 열었다. 침대 위에 조심스럽게 그녀를 내려놓고 그도 옆에 누웠다.

"이상이 있는지 없는지 확인하는 거라고 했잖아. 한 번으로 되겠어?"

"말도 안 돼……."

"왜 말이 안 돼?"

"지금 막 끝냈잖아요."

"그래서?"

"그런데 뭘 또 하겠다는 거에요?"

그녀의 뺨을 손끝으로 만지작거리던 그가 이마를 슬쩍 찌푸렸다.

"좋았다면서?"

화르륵. 불이라도 붙은 것처럼 그녀의 얼굴이 붉어졌다.

"좋은 거하고 또 다른 문제잖아요."

붉어진 얼굴을 그의 어깨에 파묻으며 그녀가 중얼거렸다.

어깨를 어루만지고 그녀의 등을 손으로 쓸어내린 그가 소리 나게 코웃음을 쳤다.

"싫었다면 모르겠지만 좋았으면 또 해도 상관없는 일이지."

"하지만 그게……."

그가 그녀의 어깨를 잡아 자신을 보게 만들었다. 그는 짐짓 화가 난

척 인상을 쓰며 말했다.

"한 번 했으니까 그걸로 아웃이다 이거야? 두 번은 못 해 주겠다고?"

"그런 게 아니라……."

변명을 하려던 그녀의 말을 그가 뚝 잘랐다.

"아니면 됐어."

그가 덮치듯 그녀를 눕히며 몸 위쪽으로 움직였다. 그녀의 이마와 뺨을 손으로 감싼 채 키스를 해 왔다. 스르르 눈을 감으며 그녀는 열정적으로 반응했다.

"봐 봐. 이거……."

그가 자신의 몸을 그녀의 몸에 맞닿게 붙였다. 그녀는 아랫배 부근에 뜨거우면서도 딱딱한 물체가 와 닿는 느낌에 눈을 크게 떴다.

"어, 어떻게……."

믿을 수 없다는 표정으로 묻자 그가 씩 웃었다.

"한창때잖아. 지금의 내가. 게다가 계속 굶겨 놔서 이놈이 요새 정신을 못 차리고 있었거든."

"정말 그때 나 만난 뒤로 한 번도 안 했어요?"

"어."

문득 궁금해져서 예의가 아닌 걸 알면서도 그녀가 물었다.

"왜요?"

"뭐 그동안 일도 바빴고, 여자하고 헤어진 지 얼마 되지도 않았었고……."

그는 대수롭지 않은 일인 것처럼 말했지만 그 말을 들은 아름은 입술을 깨물었다.

그래. 맞아. 이 남자, 1년 전에 사귀는 여자가 있었다고 했지.

순간적으로 질투심이 치솟았다.

그 여자를 좋아했을까? 같이 잠도 잤겠지. 나한테 한 것처럼 그 여자한테도 했을까?

얼굴도 모르는 여자인데 죽여 버리고 싶다는 생각이 들었다. 그렇다고 그의 앞에서 내색을 할 수도 없고. 그녀는 감정이 표정에 나타나지 않게 하느라 무진장 애를 써야만 했다.

"그리고 무엇보다도 어떤 여자가 머릿속에 박혀서 딴 생각을 못 하게 하더라고."

"어떤 여자요?"

뭐야? 그 사이에 또 다른 여잘 사귀었단 말야? 이 바람둥이. 그런 눈빛으로 그녀는 그를 쏘아보았다.

"어. 갑자기 나타나서 폭력을 휘두르고 사라진 여자. 그것도 모자라 호텔에서 비싼 술 마시고 술값 떠넘기고 달아난 여자. 나보다 초밥을 더 좋아하는 여자."

그건 나잖아? 슬며시 그녀의 입가에 미소가 생겨났다. 그런데…….

"술값 떠넘기고 달아난 건 아니죠."

뺨에 입술을 슬슬 비비고 있던 그의 얼굴을 두 손으로 잡고 그녀가 따져 물었다.

"그때 밖에서 당신 기다렸잖아요. 그러니까 달아난 건 아니라고요. 그리고 내가 언제 당신보다 초밥이 더 좋다고 했어요?"

"내 느낌이 그렇다고."

흥! 코웃음을 날린 그녀가 그의 얼굴을 밀어내고 고개를 샥 돌려 버렸다.

"어쨌든 지금은 안 돼요. 나 힘들어요."

아직까지도 질투의 감정이 남아 있어 좋게 웃을 수가 없다. 속이 콩알만큼 좁다고 욕을 한다고 해도 어쩔 수 없었다. 그녀는 주승호라는 남자가 온전히 자신만의 남자였으면 하니까.

"많이 힘들어?"

그의 음성에 담긴 걱정스러운 기색이 그나마 공한 마음을 풀어 주었다.

"당신은 그저 오랜만이었겠지만 난 자그만치 몇 년 만이었다고요."

샐쭉한 표정으로 그녀가 이어 말했다.

"아주 죽을 것 같아요. 온몸이 다 쑤시고 아프고……."

"그래?"

그가 몸을 일으켜 그녀의 옆으로 앉았다.

"엎드려 봐."

"왜요?"

"안마해 줄게."

"괜찮아요."

"자, 말 들어."

단호한 어조로 말한 그가 그녀의 팔과 어깨를 잡아 반 강제로 엎드리게 만들었다. 그리고 어깨에 척 두 손을 얹고 힘을 주어 주물렀다. 뭉친 근육이 풀리는 느낌이 무척 시원했다.

"아, 아야. 으음……."

관계를 할 때와는 사뭇 다른 신음소리가 그녀의 입을 뚫고 흘러나왔다.

"시원해?"

"시원해요."

몸이 노골노골 풀리는 느낌이 든다. 너무 시원하고 좋아서 그대로 잠이 들 것만 같았다. 그러면서도 한편으로 그도 힘들 텐데 하는 생각이 들었다.

그의 손이 어깨를 지나 등으로 향했다. 지압을 하듯 꾹꾹 누르면서 허리까지 이동을 했다. 그리고 엉덩이를 쓰다듬듯 어루만진다.

갑자기 잠이 확 깬다. 반쯤 눈을 내리감고 슬쩍 선잠에 빠져들려던 그녀의 눈이 확 떠졌다.

"승호 씨!"

몸을 일으키려는 그녀의 허리를 그가 강한 손길로 눌렀다. 그의 손이 엉덩이를 지나 더 아래쪽으로 움직였다.

"승호 씨……."

투정을 하듯 옹얼거리던 그녀는 헛바람을 들이마시며 손으로 입을 막았다.

"아, 아흑…… 으응……."

그의 손가락이 어느새 여성에 와 닿았다. 슬슬 문지르며 클리토리스를 꾹 누르고 이내 긴 손가락이 몸 안쪽으로 침범했다.

"으……."

베개에 얼굴을 푹 박고 그녀는 신음소리를 내지 않으려 애썼다.

그가 옆으로 몸을 눕히며 그녀의 귓가에 대고 속삭였다.

"음. 이래도 안 한다고 할 거야?"

"모, 못됐어. 아아, 이 나쁜……."

그의 손가락이 거칠게 움직이자 말이 제대로 나오지 않았다.

"변태……."

툭 내쏘는 말에 그가 눈을 부릅떴다.

"변태라니. 나처럼 건전한 성생활을 즐기는 사람이 어디 있다고. 말 나온 김에 변태 짓 한번 해 봐?"

그가 엄지손가락으로 그녀의 엉덩이를 꽉 눌렀다.

"꺄악!"

비명을 지르며 허리를 뒤튼 그녀가 소리쳤다.

"아니에요. 변태 소리 안 할 테니까 하지 말아요."

"흐흐흐."

산적 두목 같은 웃음소리를 흘린 그가 그녀의 귓불을 깨물었다.

"어때? 좋아?"

두 번이나 오르가즘을 겪어서일까. 몸이 그 느낌을 기억하고 있어서인지 욕구가 생겨났다.

"좋아요."

아랫부분이 흠뻑 젖어 들고 그의 손가락이 움직일 때마다 허리가 녹아 버리는 것 같았다.

"힘들다면서? 그만둘까?"

능글맞게 중얼거리는 그를 그녀는 눈에 힘을 주고 노려보았다. 정말 얄미웠다. 한참 달아오르게 만들어 놓고 그만두겠다니.

"하고 싶지?"

싱긋 웃으며 그가 묻는다. 그녀의 목덜미에 키스를 하며.

그녀는 어쩔 수 없다는 표정으로 고개를 끄덕였다.

"'해주세요.' 라고 해."

그녀의 눈이 화등잔만 하게 커졌다.

"어떻게 그런 말을……."

그녀의 여성을 애무하면서 그가 귓가에 입을 대고 속삭인다.

"우리 둘밖에 없잖아. 말해 봐."

더 이상은 참을 수가 없었다. 뜨거운 기운이 배 안쪽에 가득 차 금방이라도 터져 버릴 것만 같았다. 이대로라면 그의 손가락만으로도 오르가즘을 느낄 것 같았다. 그리고 무엇보다도 그가 안아 주길 원했다.

"해, 해…… 주세요."

작은 소리로 간신히 말을 했다.

발갛게 변해 버린 그녀의 얼굴을 물끄러미 보던 그가 갑작스레 큰 소리로 웃음을 터트렸다.

"하하하. 정말 귀엽다니까."

그녀의 입술에 쪽 소리 나도록 입을 맞춘 그는 허리를 안아 똑바로 높게 만들었다. 그리고 그녀의 양쪽 무릎에 손을 대고 옆으로 벌렸다.

"자, 그렇다면 감사하게 하도록 하지."

한쪽 다리로만 무릎을 꿇은 그는 그녀의 엉덩이를 움켜잡아 위쪽으로 들어 올리고 삽입을 시도했다.

"아아, 으흑…… 으응……."

그는 여전히 크고 강했다. 아니 조금 전보다 더 커지고 강해진 듯했다.

그가 손을 뻗어 그녀의 가슴을 움켜잡았다.

"이번에는 천천히 가자고. 내 스타일대로."

그가 찡긋 윙크를 했다. 그가 움직이기 시작하자 그녀의 머릿속에 화려한 색깔의 별들이 반짝였다.

오늘 밤은 그녀 인생에서 최고로 긴 밤이 될 것 같았다.

12장

점심시간이 되기 전, 휴게실에서 커피를 마시던 그녀는 창밖을 바라보다 가만히 한숨을 내쉬었다.

전 주 일요일 저녁에, 그녀는 승호의 집에 인사를 갔다. '미션 수행'을 해야 한다는 문자에 살짝 삐진 채로.

하지만 곧 '어깨 쭉 펴고 나하고 사귀는 사람답게 당당하게 행동하라'는 그의 말에 기분이 업 되어 내가 언제 삐진 적이 있던가 하는 식으로 활짝 웃었다.

그런데…… 그녀와 달리 승호의 할머니와 어머니는 기분이 영 별로인 듯 느껴졌다.

그의 집에 도착하자마자 할머니에게 인사를 하고 이것저것 묻는 말에 성실하게 대답을 했다. 처음 그녀를 봤을 때, 웃으며 반갑게 대해 주던 할머니의 안색이 점점 바뀐 것도 그때쯤이었던 것 같다.

나이는 둘째 치고 집안이나 하는 일에 대해 얘기하면 어른들이 좋아하지 않을 거라 예상하고 마음을 단단히 먹었건만……. 직접 겪어 보니 생각했던 것보다 더 상처를 받았다.

어른들의 기분이 안 좋다는 걸 알리기라도 하듯 식사 시간은 내내 분위기가 무거웠다. 그래도 별 탈 없이 저녁을 먹고 거실 소파에 앉아 커피와 과일까지 먹은 뒤, 집을 나왔다.

승호와 사귀기 전이라면 '미션 수행 완수'라고 하면서 홀가분해했을 텐데.

잔뜩 무거워진 마음에 집으로 돌아오는 길에 공연히 승호에게 짜증을 내기도 했다. 그런 그녀의 마음을 다 알고 있기라도 하듯 그는 미소를 지으며 투정을 다 받아 주었다. 꼭 안아 주며 등도 토닥여 주었다.

같이 있고 싶은 마음을 억누르고 그를 보낸 뒤, 속상한 마음에 침대에 엎어져 한참을 울었다. 그리고 며칠이나 지났는데도 그의 집에서는 아무런 반응이 없다.

승호에게 은근히 물어봤지만 '별말씀 없으시던데.'라는 답변만 들었다. 그나마 더 이상 그에게 선보라는 말을 하지 않는다는 걸 다행으로 여겨야 하는 걸까.

"하아……."

커피 잔을 손에 쥐고 그녀는 또다시 땅이 꺼져라 한숨을 내쉬었다.

사실 따지고 보면 그렇게까지 크게 생각할 일도 아니다. 어른들에게 인사를 하러 간 게 결혼 허락을 받으러 간 것도 아니고 그저 선보기 싫어 사귀는 사람 있다는 표시만 낸 것뿐이니까.

더 이상 선보라는 말이 없다면 임무 완수를 한 것이요, 작전 성공을 한 것과 마찬가지니 오히려 좋아해야만 했다. 그런데도 그녀의 기분은 엉망진창이었다.

되도록 어른들에게 잘 보이고 싶다는 생각을 해서였을까. 그래서 나중에라도 승호와 더 잘 되면 그의 짝으로 인정받고 싶다는 생각 때문이었던 걸까.

"욕심이 과했어."

저도 모르게 마음속 말이 입을 뚫고 흘러나왔다.

승호를 좋아했다. 아주 많이. 만약 결혼을 해야 한다면 그와 하고 싶다는 생각도 들었다. 하지만 그건 그녀의 생각일 뿐 그는 어떨지 알 수 없는 일이다.

어쩌면 그는 결혼할 생각이 없는 건지도 모른다. 그러니까 34살이 된 지금까지도 애인을 사귀는 일이나, 선보는 일에 적극적이지 않은 거겠지.

가끔 궁금할 때도 있다. 특히 그가 사랑스럽다는 눈길로 바라보며 키스를 할 때면 나와 결혼할 마음이 있냐고 물어보고 싶은 마음이 들었다. 하지만 차마 그럴 용기가 나지 않았다.

그녀는 현재 그와 결혼을 전제로 진지하게 사귀는 게 아닌 연애를 하고 있을 뿐이다.

또다시 깊게 한숨을 내쉬고 이제 그만 사무실로 돌아가야겠다 생각했을 때, 전화벨이 울렸다.

"여보세요?"

— 아름아.

듣기 좋은 음성이 귓가에 닿자 그녀는 여태 한숨을 내리쉬던 것도 잊고 활짝 미소를 지었다.

"오빠."

— 잘 지냈어?

"나야 늘 그렇지 뭐. 오빤 많이 바빠? 요새 통 연락도 안 하고……."

그녀는 서운함이 가득 담긴 어조로 말을 이었다.

"전에 제니퍼 아니, 새언니 만나러 갔을 때도 오빠 못 보고 왔는데."

— 지금 회사 근처인데 잠깐 볼 수 있겠니?

"우리 회사 근처라고? 당연히 봐야지. 지금 바로 내려갈게."

말을 하면서 몸을 일으킨 그녀는 핸드폰을 꼭 움켜쥔 채 휴게실을 나왔다. 사무실에 들러 외출한다는 말만 전한 뒤 그녀는 곧장 엘리베이터를 타고 1층으로 향했다. 정문을 나와 잠시 기다리자 승빈의 차가 다가와 앞에 섰다.

짙은 선팅을 한 차창이 내려가고 승빈의 모습이 보였다. 그녀는 활짝 웃으며 뒷좌석 문을 열었다.

"오빠!"

차에 탄 그녀는 자신의 몸을 내던지다시피 승빈의 품에 안겼다.

"오빠. 너무 보고 싶었어."

"그랬니?"

"김 비서님도 오랜만에 뵙네요. 안녕하셨어요?"

그녀는 운전석에 앉아 있는 김 비서에게도 깍듯하게 인사를 건넸다.

"네, 아가씨. 덕분에 잘 지냈습니다."

"잘 지내셨다니 다행이네요. 물론 제 덕분은 아니겠지만……."

농담조로 말을 건네는 그녀에게 부드러운 미소를 지어 보인 김 비서가 차를 출발시켰다.

"정말 오빠 결혼하고 나니까 내가 엄청 손해 보는 느낌이야."

사실상 그렇지도 않은데 그녀는 오랜만에 만나는 승빈에게 투정을 부리듯 투덜거렸다.

"전 같으면 오빠 보고 싶을 때 집으로 그냥 쳐들어가면 됐는데 지금은 제니퍼, 아니 새언니 때문에 그럴 수도 없고. 바쁘다 소리 들으니까 아무 때나 전화하기도 어렵고. 이래저래 불편한 게 한두 가지가 아니라고."

"지금 시간 좀 되니?"

"곧 점심시간이라 괜찮긴 한데, 왜?"

그녀는 승빈을 올려다보며 눈웃음을 쳤다.

"나 맛있는 거 사 주려고?"

"같이 갈 데가 있다."

승빈의 말투와 태도가 어쩐지 이상하다 느껴져 아름은 이마를 살짝 찌푸리며 물었다.

"어디 가려고?"

"병원에."

"병원? 병원에는 왜? 오빠 어디 아퍼?"

"내가 아니고 제니퍼가 입원을 했어."

그녀는 놀라 입을 딱 벌리며 눈을 크게 떴다.

"입원을 하다니…… 어디 다친 거야? 아님 병이라도 난 거야?"

"새벽에 갑자기 진통이 와서……."

승빈은 말끝을 흐리며 침통한 표정을 했다.

"예정일 아직 남았잖아."

"그래. 나도 그래서 아직은 아니라는 생각에 안심을 하고 있었는데 예정보다 일찍 낳을 것 같다."

"낳을 것 같다고? 그럼 아직도 안 낳았단 말야? 새벽부터 진통 있었다면서?"

정확히 몇 시부터인지는 알 수 없었지만, 점심시간이 다 돼가는 지금이면 족히 6시간은 지났다. 그런데도 아직 아기를 낳지 않았다니……. 그녀는 정말 어이가 없다는 표정으로 승빈을 봤다.

"제니퍼가 널 보고 싶다고 하더라. 너 보면 힘이 절로 나서 진통도 더 잘 참을 수 있을 것 같다면서."

그녀는 아무런 대답도 없이 고개를 푹 숙였다. 요 며칠 승호와의 일로 머리가 복잡해 제니퍼에게 연락을 하지 않았다. 또 선보라고 들볶을까 싶어 피하기도 했고.

가족이 모두 미국에 있어 이곳에서 제니퍼는 혼자나 마찬가지였다.

시어머니가 두 명이나 있지만 타인의 일에 무관심한 성격 탓에 며느리 일도 신경 쓰지 않았다. 그런 사정을 뻔히 알면서, 더군다나 홀몸도 아닌데 나 몰라라 한 데 대해 미안한 마음이 들었다.

"내가 자주 연락하고 그랬어야 했는데……."

후회 가득한 그녀의 음성에 승빈이 괜찮다는 표정으로 슬며시 미소를 지었다.

"내가 옆에 있을 때 진통이 온 게 다행이라고 생각한다. 그리고 위급한 상황은 아니니까 크게 걱정하지 않아도 돼."

병원 앞에 도착하자 차에서 내린 그녀는 승빈의 팔을 붙잡았다.

"그래도 병문안 가는 건데 뭐라도 사 갖고 가야 하지 않아?"

"그냥 가도 괜찮아."

그녀는 이마를 살짝 찌푸렸다.

"빈손으로 왔다고 새언니가 뭐라 할 것 같은데? 보기보다 욕심이 많잖아, 그 아줌마가."

빙긋이 미소를 지으며 승빈이 고개를 끄덕였다.

"그래. 제니퍼가 욕심이 많긴 하지. 그렇지만 지금은 진통이 심해서 그런 거 따질 겨를이 없을 거다. 그래도 정 마음에 걸리면 김 비서한테 음료수라도 사 오라고 하지."

"그래. 오빠. 부탁해."

아름은 승빈의 팔짱을 낀 채, 병원 입구로 향했다. 가볍게 말을 주고받고 있었지만 그녀도, 승빈도 편한 안색은 아니었다. 침울하게 가라앉는 무거운 분위기를 떨치려 애써 아무렇지 않은 척하는 것뿐이었다.

"으아아! 으으으!"

병실 문을 열자 들려오는 비명소리에 아름은 화들짝 놀랐다.

"제니퍼!"

"올케!"

누가 먼저랄 것도 없이 아름과 승빈은 침대 옆으로 달려갔다.

"으으으으! 으아아아!"

머리는 산발을 한 채 제니퍼는 이를 악물고 신음을 참다가 이마를 잔뜩 찌푸리면서 비명을 질렀다. 그리고 숨이 꼴깍 넘어갈 것만 같은 소리를 냈다.

"승빈……씨. 아가씨…… 어서……와요. 으으으……."

"올케. 많이 아퍼?"

덥석 손을 잡자 제니퍼가 힘을 꾹 준다. 손가락이 부러질 것만 같은 억센 손힘에 아름은 화들짝 놀랐다.

"아파서…… 죽을 것 같아……."

간신히 말을 하고 한 호흡 삼킨 제니퍼가 또다시 이마를 찌푸렸다.

"으으으. 으아아아!"

처절한 비명소리에 그녀는 눈을 질끈 감았다. 귀를 막아 버리고 싶었다. 마치 조선시대에 고문당하는 모습을 옆에서 보는 것만 같다. 아픈 걸 뻔히 알면서 멈추게 할 수 없는 그 심정.

"진통제라도 먹으면 안 돼?"

애달픈 마음에 그녀는 승빈을 보며 물었다.

"진통제 정도로 해결이 안 돼."

"수술은? 수술하면 지금처럼 아프지 않을 거 아냐."

"절대 안 돼!"

불쑥 제니퍼가 하는 말에 아름이 눈을 동그랗게 떴다.

"왜? 이렇게나 아파하면서. 어차피 아기만 무사히 낳으면 되는 거잖아."

어느 정도 진통 주기가 지나간 듯 조금은 수월하게 제니퍼가 말했다.

"그래도 안 돼. 난…… 나중에 우리 주니어한테…… 배 아파서 나았다고 자랑스럽게…… 말할 거야."

어처구니가 없다. 당장 죽을 것처럼 비명을 지르면서 한다는 소리가……

"지금 몇 시간째 진통 겪고 있는 거라면서? 이러다 탈진해서 애 잘 못되기라도 하면 어쩌려고 그래?"

그녀가 짐짓 엄한 어조로 엄포를 놓았지만 제니퍼는 끄덕도 하지 않았다.

"정 그렇게 되면 어쩔…… 수 없지만 아직은 아니야."

그녀에게서 눈길을 돌린 제니퍼가 승빈을 봤다.

"승빈 씨. 나 물 좀……."

"어. 그래."

승빈이 옆 탁자에서 물을 따라 침대 옆으로 다가갔다. 제니퍼를 일으켜 안아 어깨를 감싸 안고 물을 마시게 해 준다. 그리고 다정한 손길로 이마의 땀을 닦아 주고 앞머리도 쓰다듬어 준다.

"승빈 씨, 회사 가 봐야 하잖아요."

"오늘은 안 가도 돼."

"요새 많이 바쁘면서……."

"아무리 일이 바빠도 지금은 당신이 더 중요해. 많이 아프지? 힘들어도 조금만 더 기운 내."

"네. 알았어요."

애정이 듬뿍 담긴 말을 주고받는 두 사람을 보면서 아름은 한숨을 푹 내쉬었다. 보통 출산 전에 진통이 오면 산모들은 남편의 머리채를 쥐어뜯거나 멱살을 잡고 욕을 퍼붓는다고 한다. 영화나 드라마에서 나오는 출산 장면도 그러니까. 그런데 이 부부는 사뭇 다르다. 욕설은커녕 서로 걱정만 한가득이니……

좀 더 진통이 심해져야 잡아 뜯고 꼬집고 하려나. 그런 걸 기대한 건 아니지만 공연히 심술이 난다. 아픈 사람 앞에서 가지면 안 되는 감정이었지만.

"나 보고 싶다고 했다면서?"

"아가씨 보면 기운이 솟아날 것 같아서⋯⋯."

"그래요. 나 실컷 보고 기운 팍팍 솟아나서 애도 잘 낳자구요."

여전히 힘이 없긴 했지만 한결 편해진 표정으로 제니퍼가 말했다.

"걱정 마요. 진통도 점점 짧아지고 있으니까 곧 낳을 수 있을 거에요."

그 말이 맞길 간절히 기다렸지만 2시간이 넘도록 제니퍼는 여전했다. 진통 간격도 그대로였고. 답답함에 승빈이 두 번이나 의사를 만나봤지만, 기다려야 한다는 대답뿐이었다. 초산인 데다가 산모가 허약한 편이라 진통도 더디고 그만큼 출산하는 데 시간이 걸린단다.

초조함에 그녀가 병실을 왔다 갔다 하고 있는데 제니퍼가 말했다.

"아가씨. 그만 가."

"같이 있을게."

"우리 주니어가 아빠 안 닮아서 꽤 느긋한 성격인가 봐. 아무래도 금방 나올 것 같지는 않아. 그러니까 아가씨, 이따가 저녁에 다시 와."

"그래도⋯⋯."

그녀가 머뭇거리자 제니퍼가 단호한 어조로 말했다.

"하도 아프니까 아가씨 얼굴 보고 싶어서 오라고 한 거야. 그렇다고 계속 여기 있을 필요 없어. 회사에도 가 봐야 되잖아."

그녀는 승빈과는 위치부터가 달랐다. 한 회사의 오너인 승빈은 개인적인 사정으로 회사를 쉴 수 있겠지만 그녀는 그럴 수 없었다.

그녀가 아이를 낳는다면 모르겠지만 새언니가 출산을 하기 때문에 회사를 쉬겠다고 할 수는 없는 일이었다.

"금방 낳을 수 있을 것 같아서 아가씨 오라고 한 건데⋯⋯ 생각한 것보다 훨씬 더 오래 걸린다잖아. 더 이상 아가씨한테 아픈 꼴 보여 주기도 싫어. 마음이 편하질 않다구."

쐐기를 박는 제니퍼의 말에 결국 아름은 퇴근 후에 들리겠다는 약속을 하고 병실을 나왔다.

"꼭 저렇게 아파 가면서 아이를 낳아야 해?"

우울한 표정으로 중얼거리는 아름의 눈꼬리에 눈물 한 방울이 매달렸다.

"아기 낳으려면 골반 뼈가 다 벌어져야 한다는데, 완전 고문 받는 거하고 뭐가 달라."

병원 입구에서 차를 기다리며 그녀는 자기 일처럼 흥분해서 시근덕거렸다.

"저렇게까지 아프면서 그래도 오빠한테 싫은 소리 안 하더라. 나 같으면 머리끄댕이 잡고 못된 놈, 나쁜 놈 하면서 욕이라도 할 텐데."

"그래. 나도 그런 소리 들을 각오했다. 그런데 그런 말은 한 마디도 안 하더라."

승빈도 우울한 표정으로 한숨을 푹 내쉬었다.

"그만큼…… 올케 언니가 오빠 사랑하니까 그런 거야……."

급기야 눈물이 또르르 뺨을 타고 흘러내렸다.

"그러니까 앞으로 더 잘해 주라고. 싸우고 다투고 그러지 말고 잘 살란 말야."

승빈이 결혼할 때도 안 한 말을 그녀는 지금에서야 했다.

"왜 네가 울고 그래?"

승빈이 그녀의 뺨으로 흘러내리는 눈물을 닦아 주었다.

"속상하니까 그렇지. 아픈 거 보면서도 아무것도 못 해 주니까 더 속상하고. 막 화도 나고."

요새 그녀의 감정 컨트롤은 엉망이었다. 승호의 집에 인사 간 일이

나 갑자기 결혼에 대한 생각이 든 것 때문에 기분이 퍽퍽했다. 그런 데다 제니퍼가 아파하는 것까지 보고 나니 참을 수 없을 만큼 짜증이 났다.

누군가에게 화풀이라도 해야 편해질 것 같은 기분에 그녀는 승빈의 어깨를 주먹으로 치며 소리쳤다.

"다 오빠 때문이야. 전부 다 오빠 때문이라고! 오빠가 잘못한 거라고!"

승빈이 팔을 내밀어 그녀의 어깨를 끌어안아 주었다.

"그래. 다 내 탓이다. 그러니까 너무 속상해하지 말고 울지도 마."

언제나 그녀한테만큼은 자상한 승빈이었다. 어렸을 때부터 그랬다. 그녀가 울면 눈물을 닦아 주었고 속상해하면 달래 주었다. 그녀에게 승빈은 부모였고 애인이었다. 언제나 항상.

차가 앞에 와 서자 승빈이 차 문을 열어 주었다. 그녀가 뒷좌석에 타고 승빈이 옆에 앉아 차 문을 닫자 김 비서가 차를 출발시켰다.

차창으로 아름은 산부인과 건물을 올려다봤다. 퇴근 후, 다시 올 때까지 부디 제니퍼가 아이를 낳았으면 하는 바람을 갖고.

♡ ♥ ♡ ♥

지금 이게 도대체 무슨 상황이지?

승호는 병원 건물이 빤히 바라다보이는 곳에 차를 세운 채 두 손으로 핸들을 꽉 움켜쥐었다.

그는 며칠 동안 아름이 초조해하고 있다고 생각했다. 또한 불안해하기도 하고. 그녀가 직접적으로 대놓고 말하지 않았지만 그는 느낄 수 있었다.

어른들 기분은 어떠냐는 등, 집 안 분위기는 괜찮냐는 등 빙 둘러

질문을 던지는 것만 봐도 집안에 인사를 한 뒤, 그녀가 느끼는 중압감이 어떤 건지 충분히 짐작하고도 남았다.

그동안 일이 바쁘다는 핑계로 길게 통화를 하지도 못했고, 만나서도 잠깐 얼굴만 보고 헤어졌기에 그는 오늘 아예 작심을 하고 검찰청을 나왔다. 큰 사건도 없었고 오전에 재판도 끝났기에 편한 마음으로 아름의 회사로 향했다.

전화를 할까 하는 생각을 하긴 했다. 그러다 전에 하지 못했던 '서프라이즈 등장'이 떠올라서 연락을 하지 않았다. 갑자기 나타나, 깜짝 놀라며 반가워하는 그녀를 보고 싶었기에.

그런 생각으로 회사 앞에 도착했을 때, 마침 아름이 건물 입구에 나와 있었다. 텔레파시라도 통한 건가 하는 생각으로 흐뭇해하며 그가 차에서 내리려는 순간이었다. 검은색 승용차가 건물 입구에 멈춰 섰고 아름이 아무런 망설임 없이 차에 타는 모습이 보였다.

차창이 짙은 색으로 선팅이 되어 있어 안에 탄 사람이 누구인지 알수 없었지만 분명 남자일 거라는 생각이 들었다.

지금이라도 전화를 할까? 하면? 어디 가냐고 물어봐? 누구하고 있는 거냐고 물어봐? 젠장!

그는 어느새 정체 모를 검은색 승용차의 뒤를 쫓고 있었다. 이상한 생각으로 머릿속이 복잡하다. 날카롭게 잘 갈려진 칼처럼 오늘따라 그의 본능이 위험하다는 경고를 계속 보내고 있었다.

일을 하면서 잠복근무도 많이 해 봤고 용의자의 차량을 뒤쫓는 일도 꽤 했었기에 승호는 어렵지 않게 검은색 승용차를 따라갈 수 있었다. 한참을 달려 차가 멈춘 곳은 어이없게도 청담동의 산부인과 병원 앞이었다. 꽤 큰 건물을 올려다보며 그는 고개를 갸웃거렸다.

산부인과라니? 왜 여길?

그런 생각이 제일 먼저 떠오른다.

아름이 차에서 내리고 이어 키가 큰 남자가 내렸다. 두 사람이 말을 주고받는 모습이 보였다. 거리가 멀어 무슨 말을 하는지 들리지 않았지만 아름은 산부인과에 가고 싶지 않은 듯 뒷걸음질을 치며 남자에게 뭐라고 말을 하고 있었다.

남자가 대답을 하고 아름이 불안한 표정으로 뒤를 돌아보는 게 보였다. 어지간히 건물 안으로 들어가고 싶어 하지 않는 듯한 태도에 그는 주먹을 꽉 움켜쥐었다. 지금이라도 당장 뛰쳐나가 아름의 팔을 잡아끌고 와야 할 것만 같은 기분이 들었다.

무슨 말을 한 건지 이내 아름과 남자가 팔짱을 끼고 건물 안으로 들어가는 모습이 보였다.

"젠장, 제기랄!"

입을 열자 저절로 욕설이 마구 튀어나왔다. 그리고 두어 시간 뒤, 남자와 같이 건물에서 나온 아름은 울고 있었다.

아니, 왜?

눈물을 흘리는 아름의 어깨를 안고 토닥거리며 위로의 행동을 하는 남자. 승호는 그놈의 멱살을 움켜잡아 길바닥에 패대기쳐 버리고 싶은 격한 감정을 느꼈다.

아름과 남자가 탄 차가 떠나고도 승호는 한참을 더 그 자리에 머물렀다. 도대체 자신이 뭘 본 건지 이해할 수가 없었다.

아름이 산부인과를 갔다. 그것도 남자와. 그 남자는 물론 아름이 말한 '내가 사랑하는 사람'일 게 뻔하고.

산부인과에서 자그마치 두 시간이 넘게 있었다.

그동안 도대체 뭘 한 거지?

그리고 밖으로 나와서 울고 있다.

어째서?

온갖 의문들이 머릿속에서 맴돌았다.

차를 몰고 한강 고수부지 공원으로 향했다. 주차장에 차를 세운 뒤 길을 따라 천천히 걸음을 옮겼다. 이곳은 머리가 복잡할 때면 곧잘 찾는 곳이었다. 흐르는 강물을 보면서 생각도 정리하고 답답한 마음을 풀고는 했었다.

보통 때였다면 다소 후련한 기분이 들 텐데 오늘은 그렇지도 않다. 커다란 바위라도 하나 들어앉은 듯 마음이 무겁고 답답하다.

차라리 정면으로 부딪혀서 해결하는 게 나을 듯했다. 그렇게 하는 게 그의 성격에도 맞는 일이고.

차에 탄 그는 이번에는 목적지를 그녀의 회사로 정했다. 회사 건물이 뻔히 보이는 지점에 차를 세우고 그는 아름에게 전화를 했다.

— 여보세요?

조금 전의 일에 대해 생각을 하고 있어서인지 그녀가 꽤 조심스러워한다 느껴졌다.

"나야."

— 네.

간결한 대답뿐, 별다른 말이 없다. 잠시의 침묵 사이에도 오만 가지 생각이 스쳐 지나간다.

"여기 아름이 회사 근처인데 좀 볼 수 있나?"

— 어머, 어쩌죠? 저 지금 회의 중이에요.

정말일까?

한 번 의심을 하자 계속해서 의심만 생겨난다.

"그렇다면 퇴근 후에 좀 만나지. 중요한 일이야."

단도직입적으로 말했다. 그녀가 다른 변명을 댈 수 없도록.

— 저…… 선약이 있는데요.

누구? 그놈하고 또 만나기로 했나?

입을 뚫고 튀어나가려는 말을 그는 어금니를 물고 참았다.

"오래 걸리는 일 아니면 기다릴게."

— 그게…… 오래 걸릴지 아닐지 나도 잘 모르는 일이라서요. 꼭 오늘이어야 해요?

"어. 오늘이어야 돼."

— 승호 씨…….

좀 봐주라는 식으로 이름을 부른다는 걸 알면서도 그는 무시해 버렸다.

"집 근처에 있을 테니까 늦게라도 와. 기다린다니까."

— 그럼 아파트에서 기다려요.

"차에서 기다려도 돼."

— 차는 불편하잖아요. 내가 신경이 쓰여서 그래요, 승호 씨.

"그래. 알았어."

— 최대한 빨리 갈게요.

전화를 끊고 핸드폰을 움켜 쥔 승호는 지긋이 이를 악물었다.

귓가에 들리는 아름의 목소리는 여전히 달콤했다. 아니, 전보다 더 달콤하게 느껴졌다. 마치 자신의 부정을 드러내지 않으려는 것처럼 상냥하면서도 사근사근한 음성.

또다시 병원 앞에서 남자의 품에 안겨 있던 아름의 모습이 떠오르자 그는 으드득 이를 갈았다.

그대로 차를 돌려 아름의 아파트로 향한 그는 현관문을 열고 들어서며 주변을 휙 둘러보았다. 집 안은 변한 것이 없었다. 한숨을 푹 내쉬고 소파에 앉은 그는 머리를 뒤로 젖히며 눈을 감았다. 또 남자와 아름의 모습이 떠오른다.

"젠장!"

거칠게 욕설을 내뱉은 그는 벌떡 몸을 일으켰다.

침실로 들어간 그는 화장대 거울에 자신의 얼굴을 비춰 보았다. 날카로워진 눈빛, 잔뜩 인상을 쓰고 있는 모습. 스스로가 봐도 마음에 들지 않는다.

조금이라도 마음을 안정시켜야겠다는 생각이 들었다. 계속 이런 상태로 있다가 그녀를 만나면 난폭한 짓을 하게 될지도 모르는 일이니까.

고개를 숙이던 그는 화장대 위에 놓여 있는 책을 발견했다.

"전부터 계속 여기 있던 책 같은데…… 어디 한 번 볼까."

중얼거리며 책을 집어 든 그는 화장대 앞 의자에 앉았다.

앞부분 몇 장을 읽어 보니 책은 미스터리물인 듯했다. 무슨 귀신이 어떻고 영혼이 어쩌구 하는 내용을 읽다가 그는 피식 웃고 말았다. 추리물을 좋아하는 그로서는 미스테리물은 영 취향이 아니었다.

건성으로 몇 장을 더 넘기던 그는 뒤쪽 표지 쪽에 끼워져 있는 사진한 장을 발견하고 눈을 가늘게 떴다.

사진을 꺼내서 한참을 들여다보던 그가 이마를 찌푸리며 입술을 깨물었다.

"제기랄. 강아름."

쾅! 기어이 참지 못하고 승호는 화장대 위를 주먹으로 내리치고 말았다.

♡ ♥ ♥ ♡

아름은 잠든 제니퍼를 물끄러미 바라보았다. 몇 시간 만에 얼굴이 반쪽이 되어 있었지만 진통을 겪으면서 아파하던 때와 달리 제니퍼는 평온한 표정이었다.

"아름아."

고개를 돌리자 병실 문 쪽에서 승빈이 손짓을 했다.

"주니어 보러 가자."

"응."

기대감 가득한 표정으로 다가간 그녀는 승빈의 팔짱을 꼈다.

신생아실에는 아기들이 많았다. 안이 훤히 보이는 유리창에 붙어 서서 아름은 나란히 누워 있는 아기들을 한 명씩 바라보았다. 한 명, 한 명 생김새도 다 다르고 표정도 달랐지만, 예뻤다. 너무나도.

"주니어다."

이름표를 보고 주니어임을 알아챈 아름은 한동안 꼼짝도 하지 않고 뚫어져라 바라보기만 했다. 자그마한 주먹을 꼭 움켜쥐고 옹알이라도 하듯 입을 오물거리고 있는 아기.

"하아……."

그녀의 입에서 의미를 알 수 없는 한숨 소리가 흘러나왔다.

"너무 예쁘다. 정말…… 너무 예뻐……."

감동스러움에 비죽이 눈물이 나올 것만 같았다.

주니어가 작은 입을 벌리고 하품을 했다.

"까아! 오빠, 주니어 하품 했어. 봤어? 응? 봤어?"

잔뜩 흥분한 그녀는 환호성을 올리며 주니어에게서 눈길을 떼지 않고 소리쳤다.

"그래. 봤다."

"귀여워……."

또다시 한숨을 푹 내쉰 그녀가 아쉽다는 눈길로 주니어를 한 번 보고 승빈에게로 돌아섰다.

"그런데……."

그녀는 마음을 차분하게 하려 애쓰며 승빈에게 물었다.

"엄마는?"

대번에 승빈의 이마가 찌푸려졌다.

"연락은 했어?"

의식하지 않았는데도 목소리가 조심스러워진다. 승빈에게 정 여사 얘길 하는 건 폭약을 지고 불구덩이로 뛰어드는 것과 비슷한 일이었으므로.

"전화는 했다."

퉁명스러운 답변에 그녀의 이마도 살짝 찌푸려졌다.

"오신다고 하셔?"

"제주도라고 하더라."

"제주도?"

그녀는 어이없음에 입을 딱 벌렸다. 봄이 되었으니 꽃구경을 가야겠다고 하더니, 기어이 여행을 떠난 모양이었다.

"일주일 일정 잡고 떠난 거라는 말만 하더라."

아름의 이마가 더욱 찌푸려졌다. 아무리 그렇다고 하더라도 하나뿐인 며느리가 출산을 했는데 들여다보지도 않다니 말이 안 되는 일이었다.

제주도가 무슨 지구 반대편에 있는 것도 아니고 비행기 타면 몇 시간 걸리지도 않는데. 불만이 생겨났지만 그녀는 꾹 참고 고개를 끄덕이고 말았다.

"그랬구나……."

지금 자신보다도 승빈의 마음이 더 안 좋을 게 뻔했다.

"어차피 기대도 안 했다."

말은 그렇게 하지만 서운하긴 한가 보다. 승빈의 안색이 어두웠다.

"엄만 눈치 보여서 그러는 걸 거야."

"변명해 줄 필요 없다. 원래 그런 분인 거 다 알고 있으니까."

"그렇지 않아. 오빠가 모르는 것도 많아."

일일이 다 설명해 줄 수 없어 안타까운 마음이 들었다.

"이젠 별로 알고 싶은 마음도 없다. 어차피 다 지나간 일이니까."

여전히 승빈은 마음의 문을 열지 않는다. 그녀는 한숨만 푹 내리쉬고 다시 시선을 주니어에게로 돌렸다.

"오빠가 조금씩 마음을 풀어. 아무리 그래도 주니어한테는 할머니잖아."

주니어를 바라보고 미소를 짓던 아름이 그제야 생각났다는 표정으로 물었다.

"참, 주니어 이름은 지었어?"

"아버지가 지어 주신다고 하시더라."

"그래? 보고 가셨어?"

"아니, 아직. 곧 오실 거야."

강 회장이 온다는 소리에 뜨끔한 아름이 엉덩이를 뒤로 뺐다.

"어, 그럼 난 그만 가 봐야겠다."

별다른 마찰도 없었는데 강 회장을 어려워하는 아름의 행동에 승빈은 피식 웃었다.

"그렇게 무섭니?"

"어. 완전 무서워. 호랑이보다 더 무서운 거 같애."

쑥스러운 표정으로 말을 하고 그녀는 승빈의 팔을 잡았다.

"올케 언니 깨면 축하한다고, 얼굴 못 보고 가서 미안하다고 전해 주고, 주니어 너무 예쁘더라는 말도 해 줘. 그럼 오빠, 나 간다."

"바래다주마."

"아니야. 나 차 가져왔어. 오빤 올케 언니하고 있어야지. 강 회장님도 오신다고 했다면서. 여기서 헤어져."

"그래. 운전 조심하고."

"알았어."

병원을 나온 그녀는 차에 타며 시계를 봤다. 예상했던 것보다 시간이 많이 걸리지 않았지만 공연히 마음이 급해졌다.

중요한 일이라던 승호의 말이 생각났다. 도대체 무슨 일일까 궁금했다. 혹시나 집안 어른들이 무슨 말을 한 건 아닐까 하는 생각이 들었다. 지금 상황에서 중요한 일이란 그 일 밖에 없으니까.

아파트에 도착한 그녀는 지하주차장에 차를 세우고 엘리베이터를 탔다.

그를 만나면 무슨 말부터 해야 할까? 그런 생각으로 현관문을 열고 들어간 그녀는 거실에 아무도 없는 걸 보고 고개를 갸우뚱거렸다. 불은 훤히 켜져 있고 그의 신발도 있다.

침실 문을 열며 그녀는 그의 이름을 불렀다.

"승호 씨?"

혹여 피곤해서 잠이 든 건 아닐까 하는 생각을 했던 그녀는 화장대 앞 의자에 앉아 있는 그를 보고 살며시 미소를 지었다.

"미안해요. 내가 너무 늦었죠?"

"아니."

무뚝뚝한 대답에 그녀의 얼굴에서 미소가 사라졌다.

"승호 씨?"

아름은 딱딱하게 굳어 있는 그의 표정을 보고 일순 의아함을 느꼈다.

"무슨 일 있었어요?"

"어디서 누구하고 뭘 했는지 말해 봐."

그의 눈빛은 차가웠다. 무겁게 가라앉은 분위기와 낯선 어투에 섬뜩함마저 느껴졌다.

그를 만나면 반가움에 끌어안고 키스를 할 거라 예상했었다. 그런데 키스는커녕 미소조차도 보여 주지 않다니……. 조금은 뾰로통해진 표정으로 그녀가 말했다.

"승빈 오빠 만났어요."

거리낌 없는 그녀의 대답에 그는 이마를 찌푸렸다.

다른 남자를, 그것도 사랑하는 사람이라고까지 한 남자를 만나고 와서 저리도 태연한 표정이라니……. 그는 아름의 태도를 이해할 수가 없었다.

그녀는 자신을 좋아한다고 했다. 사랑도 나눴다. 집안에 사귀는 사람이라고 인사까지 했다. 그런데 그런 것들이 전부 가식이었던 걸까?

마음이 불편해지자 말이 곱게 나가질 않았다.

"승빈 오빠라…… 핸드폰에 이름 있던 사람이군."

"네."

"아, 그래. 전에 듣고 그냥 흘려버렸었는데, 이 집도 오빠가 해 준 거라고 했던가?"

그의 말에서 뭔가 이상하다는 느낌이 들었지만, 그녀는 고개를 끄덕였다.

"네. 그랬죠."

"그 오빠라는 사람 만나서 뭘 했지?"

꼭 취조당하는 기분이 들어 그녀도 살짝 이마를 찌푸렸다.

사실대로 말을 해야 하는 거야? 잠시 그런 생각도 들었지만 그녀는 그를 속이고 싶지 않았다. 그래서…….

"병원에 갔었어요."

숨김없이 얘길 했는데…….

"병원. 산부인과 말이로군. 아니면 다른 병원에 또 다녀왔나?"

그녀는 순간 멍한 표정으로 그를 빤히 바라보았다.

"난 병원에 갔었다는 말만 했는데…… 산부인과라는 건 어떻게 알았어요? 당신, 날 감시한 거에요?"

"내가 너 감시하고 있을 정도로 한가한 사람인 줄 알아?"

"그럼 어떻게 안 건데요?"

"낮에 너 만나러 갔다가 봤으니까."

툭 내뱉어지는 대답에 그녀는 입술을 꼭 깨물었다.

낮에 봤단다. 날 만나러 와서 산부인과 병원에 들어가는 걸 봤다는 거면……

아름은 인상을 팍 쓰면서 목소리를 높였다.

"뭐예요? 그러니까 당신 말은, 날 미행했다는 말이에요?"

"그래. 했지."

"왜요?"

왜였을까. 그녀의 질문에 그는 잠시 그때를 떠올렸다.

사실 굳이 그녀를 미행할 필요는 없었다. 그녀가 차에 타는 걸 봤을 뿐, 남자를 만나는 걸 본 게 아니었으니까. 그런데도 그는 그녀의 뒤를 쫓았다.

왜였을까. 아마도 그건 확인하고 싶었기 때문일 거였다. 불안한 마음을 가라앉히고 싶어서……

나약하게 보일 수도 있는 자신의 마음을 그대로 드러내고 싶지 않아서 그는 말을 돌렸다.

"그래서 병원에 가서 뭐 했는데?"

자신의 질문에 대답도 없이 또다시 질문을 던지는 그를 아름은 눈에 힘을 주고 노려보았다.

"왜 내 말엔 대답 안 해요?"

"산부인과에 가서 뭘 했는지 말하라고."

그의 목소리가 필요 이상 낮아지자 으스스한 분위기가 감돌았다.

그의 태도에 약이 오르고 화가 나 그녀는 뻗대는 심정으로 말을 내뱉었다.

"내가 뭘 했는지 당신한테 일일이 보고해야 해요?"

"당연히 보고해야지."

"어째서요?"

"넌 지금 나하고 사귀는 사이야. 집안에 인사까지 했으니 공식적인 사이지. 그리고 난 양다리는 분명 안 된다고 했어. 그런데도 넌 다른 남자를 만났어. 그냥 만나기만 한 것도 아니고 팔짱 끼고 산부인과 병원까지 들락거렸다고. 그런데도 말을 못 하겠다고?"

그가 벌떡 일어나 한 발짝 앞으로 다가오자 그녀는 무의식적으로 한 발 뒤로 물러났다.

"처음에 네가 사랑하는 사람이 있다고 했을 때도 난 그냥 그럴 수도 있겠다 생각했어. 그때는 사귈 때가 아니었으니까. 하지만 나중에 나와 사귀기로 했으면, 정리를 했어야 하는 거 아닌가?"

그제야 그녀는 자신이 그에게 말실수를 했다는 사실을 떠올렸다. 그가 승빈에 대해 물었을 때 친오빠라고 솔직하게 말했어야 하는데……

승호는 오해를 하고 있었다. 그녀의 말을 곧이곧대로 믿고.

지금이라도 그의 오해를 풀어야 한다는 생각에 그녀는 가볍게 한숨을 내쉬고 입을 열었다.

"승호 씨가 생각하는 그런 거 아니에요."

"그 남자를 정리할 자신이 없었으면 나와 사귀질 말던지."

그녀의 말은 들은 척도 안 하고 그는 자신이 하고 싶은 말만 했다.

"할 짓 다 해 놓고, 지금 와서 배 째라 이거야?!"

아, 정말. 듣고 있자니 열이 받는다.

아름은 눈을 잔뜩 치켜뜨고 큰소리를 쳤다.

"할 짓 다 하다뇨. 무슨 말을 그렇게 해요? 그리고 내가 언제 배 째라고 했어요?"

"배 째라는 게 아니면 지금 네가 하는 행동은 뭐야?"

잔뜩 흥분한 그녀와 달리 그는 지극히 냉정했다. 눈초리가 날카롭게 변했을 뿐 목소리를 높이지도 않았다. 그러면서도 효과적으로 그녀를

338

공격했다.

아, 그래. 맞다. 주승호, 이 남자. 검사였지.

확인되지도 않은 범죄 사실을 놓고 자백을 강요하는 것처럼 그는 그녀를 몰아붙이고 있었다. 용의자를 추궁하듯 알리바이를 대라고 요구하고 있는 거였다.

그녀는 죄를 짓지 않았다. 그럼에도 죄를 진 것만 같은 기분이 들었다. 정말 아무것도 아닌 일을 그는 마치 큰 사건인 것처럼 말을 하고 있으므로…….

제대로 설명을 해야 하는데 정신이 하나도 없고 멍한 느낌이었다. 이래서 똑똑하지 못한 용의자는 검사한테 불려 취조실에 들어갔다가, 나올 때는 범죄자가 되어 나오는 거구나, 하는 생각이 다 들었다.

"병원에 간 건 제니퍼, 그러니까 승빈 오빠 부인이 아길 낳아서 병문안 갔던 거예요."

"부인? 뭐야. 오빠라는 그 남자, 유부남이었던 거야?"

놀란 표정으로 그가 질문을 던지자 그녀는 잠시 뜨끔했다. 하지만 곧 사실을 밝힐 거니까 문제 될 건 없다는 생각으로 그녀는 고개를 끄덕였다.

"네."

"하, 진짜 기가 막히는군. 다른 남자를 만난다는 사실만으로도 기가 막히는데 유부남이라고?"

"오빠라니까요."

"그래. 오빠. 오빠, 오빠 하다가 나중에는 아빠가 되는 오빠. 그런데 그 남자는 그런 아빠도 못 되겠군. 이미 결혼을 한 남자라니. 그런 남자한테 집도 받고 도대체 뭐 하자는 거야? 세컨드라도 되겠다는 거야?"

"무슨 말을 그렇게 심하게 해요? 그리고 승빈 오빠는 진짜 오빠라고요. 아빠가 될 오빠가 아니라 정말 내 친오빠라고요!"

새침한 표정으로 종알거리듯 말을 내뱉은 그녀를 그는 어이없다는 표정으로 보며 한동안 말이 없었다. 그의 말을 기다리던 그녀는 의아한 기분에 고개를 갸웃했다. 뭔가 알 수 없는 불안함이 스멀 스멀 등줄기를 타고 올라왔다.

"핑계를 대려거든 좀 그럴 듯한 걸로 하지."

피식 헛웃음을 내뱉으며 하는 그의 말에 그녀는 눈을 동그랗게 떴다.

"무슨 말이에요?"

"집에 인사 왔을 때 말하지 않았나? 가족은 어머니하고 둘뿐이라면서. 그런데 뜬금없이 친오빠라고? 그런 말을 내가 믿을 거라 생각했나? 더군다나 지금 이런 상황에?"

그의 집에 갔을 때 그녀는 승빈에 대해 말하지 않았다. 제니퍼와는 달리 그녀는 승빈과 혈육이라는 걸 밝혀서 이득 볼 생각은 없었다. 그리고 혹시라도 피해가 가면 안 된다는 생각에 밝히지 않은 것뿐이었다. 강 회장도 그녀가 승빈과 엮이는 걸 그다지 반가워하지 않으니까.

그런데 단지 그 자리에서 제대로 말하지 않았다는 사실이 그녀의 목을 조이고 있다.

내가 또 실수를 했구나.

그런 생각에 입술을 깨물고 이마를 찌푸린 그녀는 지금이라도 사실을 밝혀야겠다는 생각으로 말을 꺼냈다.

"친오빠 맞다니까요."

"우길 걸 우기라고."

"왜 안 믿고 그래요?"

그녀는 답답한 마음에 이마를 잔뜩 찌푸리며 투덜거렸다.

"그렇다면 이건 뭔지 설명해 봐."

그가 화장대 위에 놓아두었던 책에서 한 장의 사진을 꺼내 내밀었다.

"그게 뭔데요?"

그에게서 받아 든 사진을 보고 아름은 한숨을 푹 내쉬었다.

병원에 다녀왔다면서 제니퍼가 자랑스럽게 내놓았던 주니어의 초음파 사진.

'봐봐. 시누이. 우리 주니어 너무 예쁘지?'

아무리 들여다봐도 예쁜지 어떤지 알 수 없었지만 마냥 신기한 느낌에 초음파 사진을 붙잡고 뚫어져라 봤던 기억이 떠올랐다. 한참을 이런 저런 일들로 수다를 떨던 제니퍼가 가고 난 뒤에야 아름은 탁자 위에 초음파 사진이 그대로 놓여 있는 걸 발견했다.

'그 사진, 시누이가 갖고 있어. 난 또 달라고 하면 돼.'

전화를 해서 초음파 사진을 놓고 갔다는 걸 알리자 제니퍼는 아무렇지도 않다는 투로 말했다.

'그거 보니까 은근 자극되지? 예쁜 아기 갖고 싶지? 그러니까 하루라도 빨리 연애를 하라고, 시누이. 그래야 아기도 가질 수 있을 테니까. 오호호호.'

마녀 같은 웃음소리를 들으며 전화를 끊고 나서야 그녀는 제니퍼가 일부러 사진을 놓고 갔다는 걸 알아차렸다.

아니, 어떻게 처녀한테 초음파 사진 따위를 주고 갈 생각을 한 거야? 이 정신 나간 아줌마 같으니라고!

확 다시 갖다 주거나 아님 눈 딱 감고 버려 버릴까 하는 생각을 했다가 아름은 사진을 쓰다듬으며 한숨을 푹 내쉬었다.

사진의 주인공은 주니어다. 승빈과 제니퍼의 아기. 그리고 그녀의 조카가 될 몸. 애지중지 귀하게 여겨져야 하는 사진. 그런 생각에 그녀는 소중히 간직하기로 했었다.

"승빈 오빠 아기 사진이에요. 전에 제니퍼가 병원에 다녀와서 놓고 간……."

"그만!"

그는 지극히 차가운 목소리로 그녀의 말을 막았다.

"더는 들어 줄 수가 없군."

그녀를 바라보는 그의 시선이 불신으로 가득 차 있었다. 그때서야 그녀는 깨달을 수 있었다. 그는 그녀의 말을 전혀 믿지 않고 있다는 걸.

"그렇게 대답할 거라 예상했지. 오빠라는 사람한테 부인이 있다는 걸 말한 것도 이럴 때 써먹으려고 한 거 아닌가?"

그녀는 조금은 지쳤다. 제니퍼가 무사히 출산을 했다는 기쁨도, 예쁜 주니어의 모습을 본 감격도 미처 누리기 전에 다 사라져 버렸다. 그녀는 승호에게 조카가 생겼다는 소식을 전하며 같이 기쁨을 나누려 했었는데 전부 엉망이 되어 버렸다.

"좀 다른 참신한 변명은 없는 건가? 지금 네가 하는 말, 너무 뻔하잖아."

"승호 씨……."

"제대로 말해 봐. 다는 아니더라도 이해하려고 노력해 볼 테니까."

"난 제대로 말하고 있어요."

"난 지금 기회를 주고 있는 거야."

"승빈 오빠는 내 친오빠고 오빠 부인이 아길 낳아서 축하할 겸 산부인과로 병문안을 다녀온 거에요. 신생아실에서 주니어도 봤고. 이 초음파 사진은 주니어이고요. 뭘 더 어떻게 말하라는 거죠?"

"좋아. 네가 주장하는 건 그거라 이거지. 그렇다면 이번에는 내가 말하지. 네가 사랑하는 남자가 유부남이야. 처음부터 유부남이었는지 아니면 사귀다 다른 여자와 결혼을 한 건지는 모르겠지만 현재는 유부남이지. 그 남자가 집을 마련해 줘서 넌 숨겨진 여자가 됐어. 뭐, 여기까지는 그렇다고 쳐."

뭘 그렇다고 쳐? 이 나쁜 놈아!

그녀는 입을 뚫고 튀어나오려는 외침을 꾹 눌러 참았다.

"날 만났고 사귀기로 했어. 그러고도 넌 사랑하는 남자와 헤어지지 못했고. 아마도 헤어지지 못한 이유가 그 사진 때문인 것 같군."

그가 그녀의 손에 들린 초음파 사진을 슬쩍 쳐다보고 단정적인 어투로 말했다.

"넌 그 남자의 아이를 가진 거지. 오늘 그 때문에 산부인과에 갔던 거고."

헐! 그녀는 어이없다는 표정으로 그를 봤다.

새삼스럽게 그가 검사라는 사실을 다시 한 번 떠올렸다.

그는 검사다. 골수까지 완벽한 검사. 입이 부르터라 아무리 진실을 말해도 그가 거짓이라 여긴다면 그 거짓이 오히려 진실이 되어 버리게 만드는 검사.

그녀를 흘깃 쳐다본 뒤 그는 다시 말을 이었다.

"여기서 한 가지 궁금한 점이 생기는군. 네가 과연 왜 나와 사귄다고 했을까."

당연히 좋아해서다. 그를 좋아하니까…… 아니, 사랑하게 되었으니까. 그런데 지금 그녀는 한결같이 느끼던 그 감정에 의심을 품었다. 난 그를 정말 사랑하는 걸까? 날 믿지도 않는 이런 남자를?

그가 질문 조가 아닌 독백 조로 말을 했기에 그녀는 대답을 하지 않아도 되었다. 그 점에 안도감을 느끼며 그녀는 입을 꾹 다물고 그를 바라보기만 했다.

"내 생각엔 아이 아빠가 필요해서가 아닐까 싶은데…… 맞나?"

크리티컬! 강한 충격에 그녀는 휘청거리려는 몸에 힘을 줬다.

어떻게 저런 말을 아무렇지도 않은 표정으로 할 수 있을까? 게다가 맞느냐고 물어보는 건 또 뭐야? 자신의 생각이 맞다고 굳게 믿고 있으면서 무슨 확인이 필요하다는 걸까? 내가 아무리 아니라고 해도 전혀 믿지 않을 거면서.

그녀는 기운이 쪽 빠져 어깨를 축 늘어뜨렸다. 그녀가 여전히 대답 없이 입을 꾹 다물고만 있자 그가 다시 말을 이었다.

"그리고 한 가지 더 궁금한 게 있군. 오늘 병원에 가서 뭘 하느라 그렇게 오래 있었던 거지?"

'제니퍼 진통하는 거 지켜봤다, 왜?'라고 소리치고 싶었다.

"게다가 병원에서 나와서 울기까지 하고, 설마……."

어떤 말이 나올지 예상이 됐기에 그녀는 눈에 잔뜩 힘을 주고 그를 노려보았다.

"애를 지우거나 한 건 아니겠지?"

더블 크리티컬! 더 이상 말이 필요 없었다.

이 남자는 그녀가 임신을 했다고 굳게 믿고 있으니까. 아이 아빠는 당연히 승빈이고.

그녀는 큰 소리로 미친 듯이 웃고 싶었다. 눈물이 쏙 빠지고 허리가 꼬부라질 때까지 웃음을 터트리고 싶었다. 그런데 입술을 비집고 나온 건 피식, 하는 헛웃음뿐이었다.

"그렇게 믿고 싶어요?"

"뭐?"

당장에라도 그를 끌고 산부인과로 달려가고 싶다. 달려가서 임신한 적이 한 번도 없던 몸이라고 밝히고 싶었다. 그렇게 하면 이 남자는 뭐라고 할까나? 그땐 아마도 의사하고 짰다고 박박 우기는 건 아닐지.

그녀는 스스로의 생각에 어이없음을 느끼며 느릿하니 말을 내뱉었다.

"그러면 그렇게 믿으세요."

"강아름."

"그렇잖아요. 내가 아니라고 하면 당신이 인정할 거에요? 인정 못 하잖아요. 당신 말이 다 맞다고 우길 거 아니에요?"

그는 아무런 대답 없이 그녀를 빤히 바라보기만 했다. 마치 그녀의 표정에서 진실을 알아내려는 듯.

차가우면서도 무감정한 그 눈길에 그녀는 어깨를 으쓱해 보이고 말았다.

"애초에 날 믿지도 않으면서 무슨 진실을 말하라고 하는 거에요? 내가 무슨 말을 하든 당신 뜻에 어긋나는 말이면 다 거짓이라고 할 거면서."

그녀는 거친 숨이 튀어나오려는 걸 애써 참았다.

"당신은 전혀 날 믿지 않잖아요."

그녀는 침울한 어조로 말을 이었다.

"더 얘기하고 싶지 않아요. 그만 가세요."

그녀가 입을 다물자 침묵이 맴돌았다. 너무나도 조용해서 침을 삼키면 꿀꺽 소리가 울릴 것만 같았다.

그녀는 살짝 고개를 숙여 옷장 문을 바라봤다. 그를 보면, 그의 얼굴을 똑바로 바라보면 울음이 터질 것 같아서 일부러 시선을 피했다.

어느 정도나 시간이 흐른 걸까. 고요함을 뚫고 그의 한숨 소리가 들렸다. 그리고 들려오는 말소리.

"여기서 이대로 끝내자는 거야?"

그녀는 아무 말도 하지 않았다. 아무런 동작도 하지 않았다. 그저 그의 말을 못 들은 척, 시선 한 번 움직이지 않고 옷장 문만 뚫어져라 봤다.

망부석처럼 굳어 버린 그녀를 한동안 바라보던 그가 천천히 고개를 끄덕였다.

"그래. 답을 들은 것 같군."

그가 뭐라 해도 그녀는 반응하지 않았다. 한참을 더 바라봤지만 그녀는 정말 인형이라도 된 듯 조금도 움직이지 않았다.

잠시 후, 그가 움직였다. 그녀의 옆을 지나 방문을 나가는 소리가 들렸다. 그리고 곧 현관문이 열렸다 닫히는 소리가 들리고 뾰로롱— 하면서 문이 잠긴 걸 알리는 전자음이 울렸다.

"흐흑……."

그제야 참았던 눈물이 흐르고 입에서 흐느낌이 새어 나왔다.

그녀는 그때까지도 생명줄마냥 꼭 붙잡고 있던 핸드백의 어깨 끈을 손에서 놓았다. 툭, 소리를 내며 핸드백이 바닥에 떨어졌다. 그리고 무너지듯 그녀의 몸도 바닥으로 내려앉았다.

"으흐흐흑. 바보 같은…… 못된……."

흐느낌 사이로 원망의 말이 새어 나왔다. 한 손으로 입을 틀어막고 눈물을 흘리던 그녀가 돌연 소리쳤다.

"억울해. 억울해. 난 정말 억울하다고."

그녀는 울음을 터트리며 몸부림을 쳤다.

그는 그녀를 취조실에 불려 들어와 거짓말로 상황을 모면하려 애쓰는 범죄자처럼 취급했다.

그가 했던 말이 송곳처럼 그녀의 심장을 찔렀다. 아니, 그런 말들은 다 이해할 수 있었다. 그가 화가 나서 헛소리를 한 거라 여기면 그뿐이었다. 아직도 그를 좋아하니까.

하지만 정작 참을 수 없는 건 그가 자신을 믿지 않는다는 사실이었다.

진실을 말해도 믿지 않는다는 사실. 좋아한다면, 그녀를 진심으로 좋아한다면 아무리 이해가 안 되는 말이라 해도 믿어 줘야 했다.

믿음이 없는 관계는 아무것도 아니었으니까.

13장

내가 잘못한 게 뭐였을까?

그녀는 멍한 표정으로 창밖을 보며 생각에 잠겼다.

내가 뭘 그렇게 잘못해서 이런 아픔을 겪는 걸까?

며칠이 지났지만 아직까지도 심장 근처에 저릿 하는 통증이 느껴졌다.

그녀는 가만히 손을 가슴 부근에 대고 힘을 주어 꾹 눌러 보았다. 그럼에도 타들어가는 것만 같은 통증은 멈추지 않았다. 승호와의 일을 떠올릴 때마다 가슴속 깊은 곳에 상처를 입은 듯 아픔이 더해 가기만 했다.

그녀는 탁자 위에 놓아둔 핸드폰에 시선을 줬다.

매일 이 시간쯤에는 그가 전화를 했었다. 오늘은 뭘 하고 지냈냐, 밥은 제때 잘 챙겨 먹었냐, 보고 싶다……. 그런 말들을 하며 서로를 생각하는 마음을 확인하고는 했었다.

큰 사건이 벌어지거나 급한 일이 생겨 전화를 할 수 없을 때도 그는 짬짬이 시간을 내 카톡을 하곤 했다. 그런데 지금 그는 며칠째 아무런 연락이 없었다.

'여기서 이대로 끝내자는 거야?'

차갑게 들리던 그의 말에 그녀는 아무런 대답도 하지 않았었다. 그런 그녀의 행동을 그는 긍정으로 받아들였으리라.

사실 그때 그녀는 어떤 대답을 해야 좋을지 알 수 없었다. 그를 좋아하는 마음은 끝낼 수 없다고 외치고 있었고, 그에게 상처 입은 여린 마음은 끝내야 한다고 소리치고.

상반된 두 가지 감정이 부딪쳐 싸우자 그 어떤 결론도 내릴 수 없었다. 사실상 그런 일은 짧은 시간 내에 쉽게 결정할 수 없는 일이었으니까.

우리 정말 끝난 걸까?

그런 의문이 들었다. 그리고 믿을 수 없었다.

사람의 감정이라는 게 그렇게 단순한 걸까?

그녀는 아직도 승호를 좋아했다. 모욕적인 말을 들었지만, 사람을 좋아한다는 감정이 말 몇 마디로 쉽게 없어지는 게 아니었다. 못됐다, 밉다, 그런 생각을 하면서도 여전히 그를 좋아하는 감정이 남아 있다.

후회가 생겨났다. 그때 좀 더 적극적으로 그를 이해시키려 애썼어야 했는데 하는 생각이 들었다. 처음부터 말을 잘못한 건 그녀였으니까. 그가 오해할 수 있는 소지를 만들어 놓고 제대로 해명도 하지 않았으니까.

만약에 그가 승빈에 대해 물어봤을 때, 사실대로 말했다면…….

만약에 그의 집에 인사하러 갔을 때 오빠가 있다는 말을 했었다면…….

만약에…… 만약에…… 라는 생각이 꼬리를 물고 생각났다. 그리고 후회가 됐다.

"정말 바보 같은 건 나였구나……."

자책 어린 말이 입을 뚫고 나왔다.

털썩, 소파에 누운 그녀는 눈을 감았다.

이제 어떻게 해야 하는 걸까.

1. 뻔뻔스럽게 느껴지더라도 그에게 전화를 해서 아무 일도 없었던 것처럼 얘기를 한다.

2. 주변 사람들을 동원해서라도 적극적으로 오해를 풀도록 애쓴다.

3. 그와는 인연이 아니었다 생각하고 헤어진다.

여러 가지 방법들이 떠올랐지만 한 가지도 제대로 된 게 없었다.

오해를 풀던 다시 싸움을 하던 일단은 그를 만나야 가능한 일이었다. 그런데 겁이 났다. 솔직히 그녀는 아직까지도 마음 깊은 곳에 그에 대한 원망이 남아 있어 그의 얼굴을 똑바로 보면서 말을 할 자신이 없었다. 한심하게도.

이튿날 그녀는 침대가 아닌 소파에서 잠을 깼다. 어젯밤 소파에 누운 채 이런저런 생각을 하다가 그대로 잠이 들었던 거였다.

봄이라고는 하지만 아직까지 새벽에는 쌀쌀한 기운이 감돌았다. 잠에서 깨서 멍한 표정을 하고 있던 그녀는 으슬으슬 추운 느낌에 일어나 앉아 두 팔로 자신의 몸을 감싸 안았다.

"어우, 내가 미쳤지. 왜 여기서 잠을 자고…… 에췌!"

요란하게 재채기를 하자 몸이 부르르 떨린다.

"아, 춥다."

출근을 하면서도 몇 번이나 재채기가 나오더니 급기야 사무실 문을 열고 들어서는데도 재채기가 터져 나왔다.

"에췌!"

자신의 자리에 앉는 그녀를 향해 쪼르르 달려온 진우가 걱정스러운 음성으로 물었다.

"감기 걸렸어요?"

"어, 그런가 봐. 어제 좀 춥게 잤더니."

"더 심해지기 전에 얼른 약부터 먹어요. 어, 그런데 누나 오늘 외근 아니었어요?"

사무실로 출근한 그녀가 이상하다는 듯 진우는 고개를 갸우뚱거렸다.

"요새 일에 집중이 좀 안 돼서…… 민철이한테 떠넘겨 버렸어."

슬쩍 이마를 찌푸린 진우가 그녀를 향해 몸을 숙였다.

"조심해요. 김 실장이 누나 꼬투리 잡으려고 눈에 불을 켜고 다닌다고요."

매번 그랬기에 그녀는 그다지 신경 쓰지 않았다. 하지만 진우는 영 불안한지 실장실을 흘끔흘끔 쳐다보며 말을 이었다.

"업무 평가서나 제대로 쓰는지 모르겠네요."

"뭐. 설마 드럽게 일 못한다고 써 놓기야 하겠어?"

"하긴 누나 일 잘하는 거야 다 아니까요."

"그러니까 내 걱정은 하지 말고 너나 잘 해. 에취!"

요란하게 재채기를 한 뒤 그녀는 진우를 향해 저리 가라는 식으로 손짓을 했다.

"오늘은 되도록 나한테서 뚝 떨어져 지내라. 감기 옮을라."

"헤, 그까짓 감기쯤이야. 하나도 안 무섭네요."

말은 그렇게 하면서도 진우는 슬금슬금 자신의 자리로 돌아갔다.

일을 해야지 하는 생각으로 컴퓨터를 켰다. 하지만 화면에 나오는 글자와 숫자들이 눈앞에서 뱅글뱅글 돌며 집중이 되지 않았다.

생각은 어느새 며칠 전으로 돌아가 있었다. 어떤 식으로든 결론을 내야 하는데……. 머리만 아프고 마음만 답답해졌다.

오전 중에 어느 정도 서류 작업을 마친 그녀는 진우와 점심을 먹었다. 그리고 오후 업무를 시작하려고 할 때 그녀를 찾는 사람이 있다는 소식을 전해 들었다.

날 찾는 사람? 누굴까? 혹시…….

승호가 아닐까 하는 생각이 들었다. 내심 기대도 됐다. 하지만 승호라면 굳이 안내 데스크에서 그녀를 찾을 리가 없었다. 전화나 문자를 해도 되고 무엇보다도 그녀가 일하는 사무실을 알고 있으니까.

휴게실로 들어서던 그녀는 전혀 예상하지도 못했던 사람이 기다리고 있자 깜짝 놀라 걸음을 멈췄다.

쭈뼛거리는 태도로 다가간 그녀가 먼저 인사를 건넸다.

"안녕하셨어요?"

"그래요. 잘 지냈어요?"

미소를 지으며 그녀를 바라보는 사람은 승호의 어머니 김 여사였다.

"앉아요."

김 여사가 앞자리를 턱짓으로 가리키며 또다시 미소를 지었다.

"저, 마실 거라도……."

그녀의 말을 끊으며 김 여사는 고개를 저었다.

"아니. 난 됐어요. 좀 전에 마시고 와서."

"네."

어색한 표정을 지우지 못한 채 그녀는 김 여사의 맞은편에 앉았다.

"미리 연락을 했어야 했는데 근처에 볼일이 있어서 왔다가 들린 거라 전화도 못 했네요. 명함을 챙겨 오질 않아서……."

김 여사는 미안함이 가득한 표정으로 말을 이었다.

"불쑥 찾아와서 미안해요."

"아니에요. 괜찮습니다."

"할 얘기가 있어서 왔어요."

"네. 말씀 편하게 하세요. 저 한참 아랫사람인 걸요."

"그래도 그건 예의가 아니죠. 혹시 나중에라면 모를까 아직은 아닌

351

것 같군요."

여전히 부드러운 표정의 김 여사를 보며 그녀는 입을 뚫고 나오려는 한숨을 참았다.

나중에…… 그런 날이 올지 지금으로서는 알 수 없는 상황이었으니까.

푹 가라앉으려는 기분을 바로 잡으려 애쓰며 그녀는 궁금함이 가득 담긴 눈길로 김 여사를 봤다.

무슨 말을 하려고 여기까지 온 걸까? 분명 좋은 일은 아닐 듯했다.

"요새도 우리 승호 자주 만나요?"

뭐라고 대답을 해야 하는 걸까? 얼굴 못 본 지 며칠 되었습니다만, 이라고 대답하면 안 되겠지?

"네."

"난 아름 씨, 괜찮은 사람이라고 생각해요."

김 여사가 부드럽게 말을 건네자 그녀의 입가에 저절로 미소가 생겨났다.

"내가 봤을 때, 물론 한 번밖에 보지 않았지만, 아름 씨는 착해 보였어요. 예의도 바르고 성격도 좋아 보이고. 그리고 무엇보다 우리 승호가 좋아하는 사람이라고 하니까 더 예쁘게 보이더군요."

흐뭇한 기분으로 그녀는 인사말을 건넸다.

"예쁘게 봐 주셔서 감사합니다."

"난 승호가 좋아하고, 같이 살고 싶다고 하는 사람이라면 다른 건 안 봐도 된다고 생각해요. 두 사람 마음이 제일 중요한 거니까. 상대방 측에 큰 결점이 없는 한 반대할 생각은 없어요. 그런데 어머님, 그러니까 승호 할머님 생각은 다르더군요."

"네?"

"옛날 분이라 그런지 이것저것 따지는 게 많으시더군요."

따지는 게 많다. 무슨 말인지 알 것 같았다. 그의 집에 인사하러 가기 전에 계속해서 그녀가 걱정하던 부분이었으니까.

"아름 씨 인사하고 간 뒤부터 계속 고민을 하셨어요. 그리고 아름 씨가 승호와는 맞지 않다고 결론을 내리셨죠."

혹시나 했었는데 결국 그렇게 되는구나. 아름은 풀 죽은 표정으로 작게 한숨을 내쉬었다.

"내 의견이야 어찌 되었든 집안의 제일 큰 어른이 내린 결정이니까 따라야 하지 않겠어요? 그래서 아름 씨한테 부탁하려고 온 거에요. 승호와 헤어져 줬으면 해요."

"그건……."

승호와는 이미 헤어진 거나 마찬가지였다. 그가 계속 연락을 하지 않는다면 그녀도 연락하지 않을 생각이었기에 그렇게 시간이 흐르다 보면 자연스럽게 이별을 하게 될 게 뻔했다. 서로의 기억에서도 잊혀져 갈 테고.

아름은 크게 심호흡을 하면서 복잡해진 머릿속을 정리하려 애썼다. 지금 일은 사적인 부분이 아닌 공적인 일이었다. 승호와 사귀기 전 부탁받은 역할 대행이라는 미션을 수행하고 있을 뿐이다. 그랬기에 곧이곧대로 헤어졌다고 하거나 알았다고 대답할 수 없었다.

매뉴얼대로 절대 헤어질 수 없다고 대답한다면 어떤 상황이 벌어질까? 드라마에서 봤던 것처럼 쌍욕을 잔뜩 얻어먹으면서 머리카락을 쥐어뜯기고 두툼한 돈 봉투를 받게 될까?

여전히 부드러운 표정을 유지하고 있는 김 여사를 보면 그런 험악한 일은 일어나지 않을 것 같다. 김 여사는 품위 있는 사람이었으니까.

무슨 말을 해야 할까?

대답을 기다리는 김 여사를 물끄러미 보면서 그녀는 고민했다. 이런 일을 겪어 본 적도 없었고, 겪을 수 있다고 예상한 적도 없으니 어떤 식으로 대답을 해야 좋을지 알 수 없었다.

그녀는 김 여사의 안색을 살피며 조심스럽게 말을 꺼냈다.

"죄송하지만 전 어머니 말씀 따를 수가 없어요."

"아름 씨……."

"저 승호 씨 사랑해요."

말을 해 놓고 그녀 자신도 깜짝 놀랐다. 연기가 아닌 본심에서 한 말이었으니까. 그녀는 진심으로 승호를 사랑했다. 자신의 마음에 대못을 박고 떠난 그였지만 사랑하는 마음만큼은 아직까지 그대로였다.

그에게 먼저 연락하지 않겠다는 마음은 그녀의 고집이었고 마지막 자존심일 뿐이었다.

"지금 당장 헤어지라고 해도 쉽진 않겠죠. 며칠 더 생각해 봐요. 승호하고 진지하게 얘기도 나눠 보고."

"그렇게 말씀하셔도 전 헤어질 생각 없어요. 아니, 못 헤어져요."

"혹시 헤어질 수 없는 이유가 있는 건가요?"

"네?"

"승호 아이를 가졌다거나……."

"그런 건 아니에요."

아름은 고개를 도리도리 저었다. 그리고 간절한 표정으로 김 여사를 바라봤다.

"어머니가 제 편 되어 주세요. 어머니는 저 싫어하시는 거 아니라면서요."

"난 아무 힘 없어요."

김 여사는 허탈한 미소를 지었다.

"시집 와서 삼십 년도 넘게 어머님 모시고 살았어요. 그동안 내 주장 한 번 제대로 한 적 없었죠. 그런 삶이 무조건 좋다는 건 아니지만 그다지 싫지도 않았어요. 어렵고 힘든 일은 전부 어머님이 해결해 주셨

으니까요. 승호 아버지 저세상으로 갔을 때도 어머님이 큰 의지가 되었
어요. 그리고 의외로 어머님과 난 잘 맞는 성격이라 큰 불화도 없었고
요. 지금 와서 어머님 뜻에 어긋나는 일은 하고 싶지 않아요. 사실 그
럴 정도로 아름 씨가 내 맘에 쏙 든 건 아니니까요."

김 여사의 말을 들으니 기분이 씁쓸해졌다.

결론은 넌 별로지만 승호가 좋아한다니까 예쁘게 봐 주려고 노력해
봤다, 라는 거였다.

"사귀는 거 허락받으려면 승호 할머니를 설득해요."

말을 끝낸 김 여사가 자리에서 일어났다.

"어쨌든 오늘은 어머님과 내 생각이 그렇다는 걸 알리려고 온 거에
요. 생각 잘 해 보고 현명하게 결정하도록 해요. 이만 가 볼게요. 나오
지 않아도 돼요."

엉거주춤 몸을 일으키는 그녀를 향해 말을 한 김 여사가 몸을 돌려
휴게실을 나갔다. 나오지 않아도 된다는 말을 들었지만 어른이 가시는
데 배웅을 하지 않는 것도 말이 안 되는 일이었기에 그녀는 김 여사의
뒤를 따라 나섰다.

엘리베이터를 타고 1층까지 내려오는 동안 두 사람은 한 마디도 하
지 않았다. 각자의 생각에 잠겨 있을 뿐이었다.

건물 입구로 나오자 검은색 자가용이 대기하고 있었다. 김 여사의
모습을 보고 운전석에서 젊은 남자 한 명이 내렸다. 후다닥 달려온 남
자가 김 여사를 향해 고개를 숙였다.

"일 끝나셨습니까. 사모님."

"그래요."

김 여사가 고개를 끄덕이자 남자가 차 뒷좌석 문을 열었다. 차에 타
기 전 김 여사가 그녀를 향해 말했다.

"들어가 봐요."

그녀는 정중한 태도로 고개를 숙이며 인사를 했다.

"네. 안녕히 가세요."

김 여사가 탄 차가 출발하고 나자 그녀는 크게 한숨을 내쉬었다. 짧은 시간이었지만 잔뜩 긴장을 했는지 어깨가 결렸다. 그리고 갑자기 맥이 풀려 몸에서 힘이 쭉 빠졌다.

좋은 일이 있으면 안 좋은 일도 생기기 마련이다. 그녀도 그건 이해했다. 그렇지만 왜 안 좋은 일은 항상 꼬리를 물고 연달아 일어나는 걸까.

승호를 알게 되고 좋아하게 되었으며 사랑을 나눈 건 좋은 일이었다. 반면 그와 다투고 헤어지자는 말까지 나온 건 안 좋은 일이었다. 김 여사가 찾아와 할머니가 승호와 사귀는 걸 반대한다는 말을 전한 것도 안 좋은 일이고, 거기에 더 안 좋은 일은 김 여사가 다녀간 다음 날 승호가 득달같이 쫓아온 일이다.

[회사 앞이야. 잠깐 나와.]

정나미 뚝뚝 떨어지는 간결한 문체를 보고 그녀는 이마를 확 찌푸렸다. 게다가 완전 명령 조였다. 잠시 나와 달라고 사정을 해도 들어줄까 말까인데…….

아직 그의 얼굴을 볼 자신이 없어 싫다고 하려다가 마음을 바꿨다. 어찌 됐든 한 번은 부딪혀야 할 사람이었다. 그리고 그가 찾아온 이유가 뭔지 대충 짐작이 갔기 때문에 그녀는 반갑지 않았지만 회사 앞으로 나갔다.

차에 기대고 서 있던 승호는 자신을 향해 걸어오는 그녀를 빤히 바라보았다. 그녀의 얼굴을 보는 것만으로도 심장이 쿵쾅거리며 뛰었다. 당장에라도 달려가서 그녀를 끌어안고 싶었다.

몇 걸음 앞까지 다가온 그녀가 살짝 미간을 찌푸리며 그를 바라보았다. 며칠 밖에 지나지 않았지만 그녀는 약간 살이 빠진 것 같았다. 안색도 좋아 보이지 않았다.

어디 아픈 걸까? 그녀에 대한 걱정이 생겨났다. 그런 마음을 꾹 누르며 그는 조금은 무뚝뚝하게 말했다.

"어머니 만났다면서?"

잘 지냈냐, 인사 한 마디 없이 얼굴 보자마자 대뜸 용건부터 말하는 그의 행동에 아름은 조금 짜증이 났다. 그럼에도 아무 내색 하지 않고 순순히 고개를 끄덕였다.

"네."

"뭐라고 하셨어?"

그녀를 만났다는 말만 하고 김 여사는 다른 말은 하지 않았다. 그가 궁금해 미칠 것 같다는 눈빛으로 바라보자, 그저 할머니 말씀을 전하러 갔던 거라는 대답을 했을 뿐이다. 정작 그가 궁금해하는 내용에 대해서는 한 마디도 하지 않았다.

"당신하고 사귀는 거 허락할 수 없으니까 헤어지라고요."

"그래서 뭐라고 했어?"

여전히 표정 없는 얼굴과 무뚝뚝한 어투에 뾰로통해진 아름은 별거 아니라는 투로 어깨를 으쓱였다.

"한발 늦으셨네요. 우린 며칠 전에 벌써 헤어졌는데요……."

"뭐라고?"

그가 이마를 확 찌푸리며 버럭 소리를 질렀다.

화들짝 놀라는 그의 표정을 빤히 바라보면서 그녀는 나름대로의 사소한 복수를 했다고 생각하며 고소해했다.

"……라고 말하려다 말았어요."

여전히 이마를 찌푸린 채 그가 눈에 힘을 주며 낮은 목소리로 말했다.

"지금 장난해?"

"내 마음이 그랬다고요. 왜요? 지금이라도 다시 가서 그렇게 말씀드
릴까요?"

삐딱한 태도로 그녀가 대꾸하자 승호는 한숨을 푹 내쉬었다.

"그래서?"

"헤어질 수 없다고 했죠."

"다른 말씀은 없으셨어?"

"어머니께서 당신 아이라도 가졌냐고 물어보시더군요."

"대답했어?"

"안 가졌다고 말씀드렸죠."

그의 표정이 묘하게 변하는 걸 본 아름이 주먹을 꼭 움켜쥐었다.

"왜요? '승호 씨 아이는 아니지만 다른 남자 아이는 가졌습니다.' 라
고 대답했어야 했나요?"

그가 아무 말이 없자 그녀는 입술을 꼭 깨물었다. 승호가 무슨 생각
을 하는지 알 수 있었다. 그리고 그 생각이 그녀를 괴롭히고 있다는 것
도.

"분명히 말하지만요. 주승호 씨. 나 임신 안 했어요. 살면서 여태까
지 한 번도 아이 가져 본 적 없다고요."

"정말이야?"

여전히 의심이 가득한 눈길에 그녀는 울화통이 터질 것 같았다.

"네. 정말입니다. 정 못 믿으시겠다면 지금 당장 병원에 갈까요? 가
서 검진 받고 결과 확인시켜 드려요?"

있는 대로 짜증을 담아 그녀는 마구 말을 내뱉었다.

"아니. 그것도 안 되겠네요. 당신은 분명 의사하고 짜고 하는 말 아
니냐고 버럭 화를 낼 테니까요. 어쨌든 난 임신이니 뭐니 하는 거하고
거리가 먼 사람이니까 쓸데없는 오해는 그만하시고 이제 가 주세요."

매몰차게 쏘아붙이고 그녀는 그에게서 몸을 돌렸다.

"아름아."

심장에 저릿하는 아픔이 느껴졌다. 그녀는 자신의 이름을 부르는 그의 목소리를 좋아했다. 낮으면서도 깊이 있는 목소리로 이름을 부르면 가슴속으로 잔잔히 파문처럼 퍼져 나가는 포근함을 느끼고는 했다.

비록 지금은 별 감정 없이 무뚝뚝하게 부르긴 했지만 그래도 좋은 건 좋은 거였다.

그런 마음을 숨기려는 듯 그녀는 고개를 슬쩍 돌린 채 퉁명스럽게 대꾸했다.

"왜요?"

"그 남자하고의 관계…… 정리해."

그가 말하는 '그 남자'가 누구인지를 깨닫는 순간 그녀는 인상을 팍 찌푸렸다.

아, 정말. 주승호. 골고루 사람 속을 벅벅 긁는구나.

잔뜩 심통이 난 투로 그녀는 아무런 설명 없이 말을 툭 내뱉었다.

"안 돼요."

"왜 안 돼? 그 남자 아이를 가진 것도 아니라면서!"

흥분한 기색으로 그가 그녀 앞으로 다가왔다.

"부인도 있는 남자잖아. 그런데도 정리를 못 하겠다는 이유가 뭔데? 아파트 받은 것 때문에 그래? 그까짓 거 다시 줘 버려. 내가 더 좋은 아파트로 마련해 줄 테니까."

기가 막혀서 말도 제대로 안 나올 것 같았다. 답답함에 속이 터질 것 같아 그녀는 꽥 소리를 쳤다.

"그런 식으로 정리가 되는 관계가 아니라고요!"

"무슨 약점이라도 잡힌 거야? 뭔지 말해 봐. 내가 다 해결해 줄 테니까 말을 하라고."

"그런 거 없어요."

"그렇다면 도대체 왜 정리를 못 한다는 거야?"

갑자기 그가 손을 내밀어 그녀의 양팔을 잡았다.

"그 남자를 사랑해서? 나보다 그 남자를 더 사랑해서 그런 건가? 응? 말해 봐."

"말하면요?"

빤히 바라다보자 그의 눈에서 불꽃이 튀는 것만 같았다.

"만일 그렇다고 하면 당신이 물러날 건가요? 아무 조건 없이 깔끔하게 헤어질 수 있느냐고요."

팔을 움켜잡은 그의 손에 힘이 들어가는 걸 느낄 수 있었다.

"아름아."

고뇌가 잔뜩 섞인 낮은 목소리를 그녀는 못들은 척해 버렸다.

"그래요. 그럼 그런 식으로 생각하세요. 당신보다 승빈 오빠를 더 많이 사랑해서 도저히 정리할 수 없는 거라고 생각하라고요."

"아름아. 제발……."

간절한 어투의 말을 뚝 자르며 그녀가 외쳤다.

"제발! 제발요. 나야말로 당신한테 부탁하고 싶어요. 이제 그만해요!"

팔을 잡은 그의 손을 떨쳐 내려 그녀는 몸부림을 쳤다.

"몇 번이나 말했잖아요. 당신은 내 말을 귓등으로 듣는 거에요? 승빈 오빠는 정말 내 친오빠라고요. 피를 나눈 혈육이요. 그런데 어떻게 정리를 할 수 있어요? 내가 정리한다고 하면 그 관계가 정리가 되기나 하는 거냐구요."

그녀가 그렇게까지 말했는데도 그의 눈빛에는 의심이 가득했다. 마치 벽에다 대고 외치는 것 같았다. 아름은 지쳤다는 기색으로 고개를 저었다.

"팔 아프니까 놔줘요."

그가 붙잡고 있던 팔을 놓자 그녀는 작게 한숨을 내쉬었다.

"그만 들어가서 일해야 해요."

"일요일 날……."

또 뭔 소리를 하려나 싶어 그녀는 눈을 동그랗게 뜨고 그를 봤다.

"같이 우리 집에 가자."

그녀는 고개를 저었다.

"싫어요."

"가서 할머니 뵙고……."

그의 말을 뚝 끊으며 그녀가 쌀쌀맞게 말했다.

"아뇨. 싫어요. 말도 안 통하는 사람하고 더 이상 만나고 싶지 않아요. 공적인 일로도 사양이에요. 그러니까 당분간 연락하지 말아요."

매몰찬 표정으로 그녀는 그를 향해 고개를 숙였다.

"안녕히 가세요."

휙 소리가 날 정도로 몸을 돌린 그녀는 건물을 향해 걸음을 옮겼다.

당분간 연락하지 말아요. 당분간 연락하지 말아요.

그녀가 했던 말이 계속 머릿속에서 맴돌았다. 일도 손에 안 잡히고 밥도 제대로 목으로 넘어가지 않았다.

이대로 끝낼 거냐고 물어봤을 때 아름은 대답하지 않았다. 그랬기에 그는 그녀가 이별할 생각은 아닐 거라고 해석하고 나름 위안을 삼았었다. 그랬는데 이번에는 확실하게 연락하지 말라는 말을 들었다. 그건 분명한 절교 선언이었다.

젠장! 내가 뭘 그렇게 잘못했다는 거야?

그런 생각이 들자 혈압이 솟구치는 것만 같았다.

그의 입장에서 보면 자신과 사귀면서도 다른 남자와 깊은 관계를 맺고 있고, 그 관계를 정리할 수 없다고 소리치는 그녀가 뻔뻔스러운 거였다.

하지만 그녀가 주장하는 게 진실일 가능성도 염두에 두어야 했다. 비록 그 말을 뒷받침할 증거가 하나도 없지만.

어떻게 알아봐야 할까.

그는 이미 자신이 할 수 있는 일은 다 해 봤다. 주민등록번호 하나로 아름과 관계된 모든 서류들을 다 훑어봤으니까. 그랬는데도 '승빈 오빠'라는 사람과 연결되는 점은 하나도 찾지 못하고, 덕분에 안 봐도 될 내용만 잔뜩 봐 버렸다.

집도 오빠라는 사람이 사 줬고, 끌고 다니는 차도 중고 통차가 분명하고, 걸치고 다니는 옷이나 가진 물건 중에 명품이라고는 한 개도 없는데 도대체 어디에 쓴 건지 대출금이 천만 단위가 넘었다.

거기다 불과 3년 전에 폭행으로 조사받은 기록도 있었다. 잘못한 거 하나 없다고 펄펄 뛰면서 피해자와 합의하기를 거부하는 바람에 까딱 잘못했으면 별 하나 달고 전과자 리스트에 이름을 올릴 뻔했던 거였다.

그것뿐만이 아니었다. 그동안 뭘 하고 살았던 건지 들락날락한 지구대와 조사 받으러 왔다 갔다 한 경찰서만 해도 수십 군데였다.

아마도 회사에서 시키는 불법적인 일들을 감행하다 벌어진 일이었겠지만, 정도가 심한 건 사실이었다. 단지 위험한 일을 하고 있다고 생각하고 말 수준이 아닌 거였다.

"결혼하면 회사부터 그만두게 해야겠어."

문득 자신의 입을 뚫고 튀어 나간 말에 그는 흠칫 놀랐다.

"주 검사님, 결혼하실 겁니까?"

서류를 정리하고 있던 윤 조사관이 놀란 표정으로 그를 바라봤다.

작게 중얼거린 줄 알았는데 생각했던 것보다 자신의 목소리가 컸던 모양이었다. 조금은 뻘쭘한 표정으로 승호는 공연히 헛기침을 했다.

"결혼 생각할 때가 되지 않았습니까? 나이도 있는데."

"말씀하시는 거 보면 상대가 있으신 거 같은데요?"

윤 조사관의 말에 순간적으로 아름이 떠올랐다.

"염두에 둔 사람은 있지만 생각보다 쉽지가 않습니다."

몇 년 동안 좋은 일, 나쁜 일 같이 겪은 터라 윤 조사관은 직장 동료라기보다는 가족 같다는 느낌이 더 컸다.

"흠. 어쩐지…… 검사님이 요새 연애를 하는 거 같다는 느낌이 들긴 하더군요."

"티가…… 많이 났습니까?"

"네. 많이 티 났죠."

윤 조사관은 능글맞은 미소를 얼굴에 띄운 채, 그를 놀리듯 말을 이었다.

"전에는 일밖에 모르던 분이 핸드폰 붙잡고 시간 보내고, 가끔씩 뭘 생각하는지 멍하게 있는 거 보면서 연애를 하는구나, 감이 딱 왔죠."

"그랬군요."

달리 할 말이 없어 계면쩍은 표정만 짓는데 윤 조사관이 싱긋 웃으며 말했다.

"그렇다고 검사님이 일을 소홀히 하신다는 말은 아닙니다. 전보다 더 열심히 일하시는 거 제가 아니까 너무 신경 쓰지 않으셔도 됩니다. 그런데 요새는 안색이 영 별로시던데 싸우기라도 하신 겁니까?"

"그냥 조금 다툰 것뿐입니다."

말은 그렇게 했지만 사실 그보다 더 심각한 상황이라는 걸 그는 느끼고 있었다. 정말 한 번 실수에 영원한 이별이 될지도 모르는 일이었다.

"곧 화해하실 수 있을 겁니다. 뭐, 잘 아시겠지만 연애할 때는 사소한 문제로도 목숨 걸고 싸우고 그러잖습니까? 별것 아닌 일로도 헤어지고, 다시 만나고……."

"그렇죠."

심드렁한 어조로 대꾸하면서 그는 현재 자신이 겪고 있는 일이 윤 조사관의 말처럼 별것 아니었으면 좋겠다는 생각을 했다.

"저도 좋은 쪽으로 결론이 날 거라 기대하고……."

핸드폰 벨 소리가 울리자 승호는 하던 말을 멈추고 핸드폰 액정에 시선을 줬다.

'건달 한 부장'

이 양반이 또 무슨 일일까? 이름을 보자마자 떠오른 생각이었다.

승호는 개인적으로 한 부장을 그다지 좋아하지 않았다. 능력이 있다는 건 인정했지만 일의 진행 방식이 그와는 너무 달랐기 때문이다. 그렇다고 해서 무시할 만한 상대도 아니었기에 그는 마음을 가다듬고 전화를 받았다.

"네. 주승호입니다."

— 어이, 주검. 날세.

걸걸한 한 부장의 음성이 귀를 뚫을 것처럼 들려왔다.

— 요새 많이 바쁜가?

"평소와 다를 바 없습니다."

— 이따 오후에 나 좀 볼 수 있겠나?

별로 내키지가 않았다. 한 부장과 얽혀서 좋은 일보다는 어렵고 골치 아픈 일이 더 많았으므로. 이럴 때 재판이라도 떡 하니 잡혀 있었다면 핑계 대기 좋았을 텐데. 그런 생각을 하면서도 그는 한 부장의 요구를 거절하지 못했다.

"네. 괜찮습니다."

— 한 3시쯤에 사무실로 들려 주게나. 내 깜짝 놀랄 만한 소식을 알려 줄 테니까.

"알겠습니다. 그때 뵙죠."

전화를 끊으며 그는 잠시 고개를 갸우뚱거렸다. 뭔가 좋은 소식을 전해 줄 것처럼 말을 하니 은근히 기대감이 생기기도 했다.

윤 조사관과 점심을 먹은 후, 승호는 아름의 회사로 향했다. 엘리베이터를 타면서 그는 잠시 아름의 사무실이 있는 층에 들릴까 하다가 이내 고개를 저었다. 아무리 한 부장이 불러서 왔다지만 연락하지 말라는 말을 들은 지 채 며칠도 되지 않아 얼굴을 내미는 건 조금 아니다 싶은 생각이 들어서였다.

6층 사무실로 들어서니 한 부장이 반색을 하며 맞았다.

"어서 오게. 이리로 앉아."

그는 한 부장이 이끄는 대로 소파에 앉았다.

"요즘 경찰청 분위기는 어떤가?"

그렇게 말을 꺼낸 한 부장은 여러 가지 일들을 관심 있게 꼬치꼬치 캐물었다. 승호는 주의를 기울여 한 부장의 질문에 답했다. 혹여 실수로라도 기밀을 유출하지 않도록 잔뜩 신경을 썼다.

"하하하. 이런, 주검. 뭘 그렇게 몸을 사리고 그러나. 내가 뭐, 정보 빼내다가 팔아먹을 것도 아닌데, 그렇게 긴장할 것 없어."

승호로서는 한 부장이 정보를 팔아먹는지 안 팔아먹는지 알 수 없었으므로 조심, 또 조심하는 게 상책이었다.

"그보다 주검. 내가 깜짝 놀랄 만한 소식이 있다고 했지?"

"네. 그러셨죠."

"그 전에 확인해 볼 일이 하나 있는데 말야."

궁금증을 유발하려는 듯 뜸을 들이다 한 부장이 말을 꺼냈다.

"몇 달 전에 뽕쟁이 녀석한테 물 먹었다면서? 그게 사실인가?"

365

한 부장의 말을 듣자마자 그때의 일이 머릿속으로 주르륵 떠올랐다.

이 너구리 같은 영감이 그 일은 또 어떻게 알게 된 거야?

드러내 놓고 말하기 쪽팔린 일이라 승호는 떫은 감 씹은 표정으로 고개를 끄덕였다.

"그렇게 됐습니다. 그런데 왜 그 일을……."

"권형우랬나? 그 뽕쟁이 놈 이름이."

어떻게 이름까지 알고 있나 궁금해하며 그는 한 부장의 다음 말을 기다렸다.

"사실은 내가 잘 아는 분이 마약에 손을 댄 모양이야. 자기 말로는 호기심에 딱 한 번 해 봤다는데 이 양반이 그런 사실들이 밖으로 알려지면 좀 곤란한 자리에 있는 분이라서 말이지. 나한테 도와 달라는 말을 하더군."

밖으로 알려지면 곤란한 자리에 있는 분. 말만 들어도 딱 감이 왔다. 뒤가 구린 정치계의 인물일 게 뻔했다. 어쨌든 승호가 관심 있는 건 그분이 누구냐가 아니었다.

"그래서 조사를 하는 중인데, 약을 대 준 놈 중에 권형우, 그놈이 있더라는 말이야. 전에 경찰청에 갔을 때 그놈 관련된 사건이 있다는 말을 들었거든. 그래서 좀 알아봤더니 주검이 사건을 맡았었다고 하더군. 어때? 아직 그놈 잡을 마음 있나?"

잡을 마음이 있냐고? 그걸 말이라고 하는가. 권형우를 잡으려고 고생한 걸 생각하면 자다가도 벌떡 일어날 정도인데.

"그놈이 어디 있는지만 알게 된다면 당장이라도 잡아 들여야죠."

딱딱하게 굳은 표정으로 말하자 한 부장이 크게 웃었다.

"자네가 그렇게 나올 줄 알았지. 한 번 실패하고 접은 사건이라고 나 몰라라 할 정도로 근성 없는 사람은 아니니까. 영업부에 서류 넘긴 지 꽤 되었으니까 지금쯤이면 뭔가 하나라도 알아냈을 걸세. 김 실장을 불러서……. 아니, 그러지 말고 우리가 영업부에 내려가 보도록 하지. 나도 다른 볼일도 있으니까."

한 부장이 자리에서 일어나자 승호도 따라 몸을 일으켰다. 사무실을 나서 엘리베이터를 타면서 한 부장은 은근슬쩍 승호에게 힘을 실어 줄 것을 요구했다.

"우리 직원들이 지금 그놈 소재 파악하느라 동분서주하고 있네. 그 놈 잡으면 우리도 좋고, 자네도 좋은 거니까 지원 좀 부탁함세."

권형우에 대해 대략적인 소재파악을 한 뒤, 승호가 그쪽 관할 경찰에 언질을 해 주면 일이 한결 편해진다. 검사의 말 한마디가 한 부장이 백 번 부탁하는 것보다 더 큰 영향력을 발휘하니까.

3층 엘리베이터에서 내리며 승호는 문 옆에 붙어 있는 명찰에 시선을 줬다. 영업부. 아름이 일하는 부서였다. 명령이 떨어지면 외부로 나가 직접 몸으로 부딪히는 일만 전문적으로 하는 사람들이 근무하는 부서. 말이 영업부 직원이지 하는 일로 보자면 건달들 행동대장이나 다를 바 없었다.

문을 열고 들어서자 직원과 업무에 관한 얘기를 나누고 있던 김 실장이 환한 표정으로 한 부장을 반겼다.

"어쩐 일이십니까, 부장님?"

"어, 김 실장. 전에 내가 넘겨줬던 서류 있지. 청담동 사건."

김 실장은 조금 난처한 표정으로 고개를 끄덕였다.

"아, 네. 그 사건이요?"

"그래. 시일이 꽤 지난 것 같은데 일에 어느 정도 진척이 있나 확인하려고 들러 봤네."

"아, 그게…… 아직…… 저희 직원들도 지금 최선을 다해서 알아보고 있습니다만 워낙에 귀신같은 놈이라서요. 부장님도 아시잖습니까? 그렇게 뒤가 구린 놈들이 얼마나 잘 숨어 다니는지요."

내 잘못 아니다, 라는 뉘앙스를 말에 팍팍 실으면서 김 실장은 두 손을 마주 비볐다.

그 모습을 보던 승호는 김 실장이 마치 똥파리 같다는 생각에 피식 웃었다.

그는 사무실을 둘러봤다. 몇 번이나 회사에 온 적이 있었지만 영업부는 처음이었다. 혹시나 아름을 볼 수 있지 않을까 기대를 했었는데 그녀의 모습이 보이지 않아 실망스러웠다.

"어허, 이 사람이. 그 일 맡긴 지가 언젠데 아직까지 알아낸 게……."

똑똑. 노크 소리가 들리고 사무실 문이 열리자 한 부장은 하던 말을 멈췄다.

열린 문으로 50대 쯤 되어 보이는 여인이 안으로 들어섰다. 한 부장이 이마를 찌푸리는 모습에 안절부절못하던 김 실장은 마침 잘됐다는 심정으로 대뜸 소리쳤다.

"어떻게 오셨어요?"

여인은 김 실장을 흘끗 보고 사무실을 쓱 훑어보았다. 그런 뒤에야 대답을 했다.

"강아름을 만나러 왔어요."

"누구신데요?"

"그 애 엄마입니다."

여전히 삐딱하게 질문을 던지던 김 실장이 태도를 바꿨다.

"아이구, 어서 오십시오. 강 대리 모친이셨군요."

아름의 어머니. 승호는 깜짝 놀란 눈으로 정 여사를 봤다. 이런 곳에서 볼 거라 생각지도 못했는데. 더군다나 그녀와의 사이가 좋지 않은 때에 어머니의 등장을 어떻게 받아들여야 하는지 조금 혼란스럽기까지 했다.

우선은 사무실에 그녀도 없고, 보는 눈도 많으니 모른 척하는 게 낫겠다는 생각에 승호는 그저 멀뚱한 표정으로 서 있기만 했다.

"저는 강 대리 상사인 김 실장이라고 합니다."

"안녕하세요?"

김 실장에게 고개를 숙이며 인사를 한 정 여사의 눈길이 한 부장에게 가 닿았다. 한 부장을 대신해 김 실장이 말을 했다.

"이쪽은 저희 회사 부장님이시고……."

한 부장이 말없이 고개를 숙이자 정 여사도 마주 고개를 숙였다.

"옆에 계신 분은 한 부장님 손님이십니다. 서울지검 검사님이시죠."

거기서 스톱! 설명은 그 정도면 됐어.

승호는 혹시라도 김 실장이 오지랖을 떨어 아름과 사귀네, 어쩌네 하는 소리를 할까 싶어 가슴을 졸였다. 다행스럽게도 그와 아름의 관계를 모르는지, 김 실장은 다른 말은 하지 않았다.

정 여사의 눈길이 와 닿자 승호는 잔뜩 굳은 표정으로 고개를 꾸벅 숙였다.

"강 대리는 지금 외근을 나갔습니다만 곧 들어올 겁니다. 좀 기다리셔야 하니까 이쪽으로 앉으세요."

"네. 그러죠."

김 실장이 권한 자리 쪽을 쓱 쳐다보던 정 여사의 눈길이 다시 한 번 한 부장과 승호를 차례로 훑었다. 날카롭게 느껴지는 그 눈길에 승호는 슬그머니 눈길을 창가로 돌렸다.

"하하. 이거 강 대리 어머니를 처음 뵙는데 이런 말씀 드리기는 뭣합니다만……."

김 실장은 습관처럼 양손을 비비며 정 여사를 뚫어져라 봤다.

"강 대리가 일은 참 잘합니다. 행동력도 있고 센스도 있고. 그런데…… 사생활이 좀 마음에 걸려서……."

모두의 호기심을 자극하려는 생각으로 김 실장은 말을 끌었다. 그리고 슬쩍 한 부장과 승호를 바라봤다.

한 부장은 눈을 둥그렇게 떴고 승호는 흠칫 놀라는 표정이었다. 그리고 무엇보다 기대하고 있던 정 여사가 김 실장의 의도대로 놀란 표정으로 소리를 쳤다.

"사생활이라뇨? 무슨 말을 하는 거죠?"

"그게…… 남자관계가 좀…… 강 대리가 글쎄…… 유부남을 사귀고 있지 뭡니까?"

"뭐라고요?"

정 여사는 어이없다는 표정으로 반문했다. 그리고 정 여사보다도 더 어이없는 표정을 지은 건 승호였다.

"무슨 말도 안 되는 소리를 하고 그러세요? 우리 애가 그럴 리가 없어요."

피식 웃으며 정 여사가 고개를 젓자 김 실장이 흥분한 어조로 펄쩍 뛰었다.

"아닙니다. 제가 봤습니다. 강 대리가 유부남과 만나는 걸 봤어요. 그것도 몇 번이나요. 차를 타고 가는 것도 보고, 팔짱 끼고 걷는 것도 봤다니까요."

정 여사가 자신의 말을 믿지 않는 것 같자 김 실장은 기를 쓰고 설명을 했다.

"그리고 그 남자가 강 대리 사는 집도 들락날락했습니다."

얼마나 요란스럽게 어울려 다녔으면 동네방네 소문이 다 났을까. 아름이 유부남과 사귀고 있다는 걸 자신만 알고 있는 게 아니라는 사실에 허탈함까지 느껴져 승호는 땅이 꺼져라 한숨을 내쉬었다.

정 여사는 하늘이 무너져 내리는 기분이었다. 어이없는 건 둘째 치고 당혹스러웠다. 귀하게 공주처럼 키운 건 아니었지만 그래도 자신에게는 금쪽같은 딸이었다. 말도 잘 듣고 착한…… 그런데 그런 딸이 일하는 회사에 처음으로 찾아와서 상사라는 사람한테 듣는 말이 '당신 딸이 유부남과 사귀고 있다.' 라니.

마치 김 실장이 자신에게 '딸내미 가정교육을 그따위로밖에 못 시켰냐' 라고 손가락질을 하는 것만 같았다. 얼굴이 화끈거리고 부끄러워서 정 여사는 말조차 똑바로 할 수 없었다.

"아름이 만난다는 그 남자…… 그 남자가…… 누군지 아세요?"

"네. 압니다. 아주 잘 알죠."

김 실장은 의기양양한 표정으로 말하며 한 부장을 슬쩍 바라보았다.

전부터 김 실장은 강아름에게 유감이 많았다. 부하 직원인 주제에 자신보다 더 공을 많이 세우고, 한 부장에게도 더 이쁨을 받는 게 무척이나 아니꼬웠다.

일이나 못하면 그걸로 트집을 잡을 텐데…… 스카우트해 왔다더니 그 값어치만큼이나 똑소리 나게 일은 잘했다. 사장이고 한 부장이고 죄다 강아름 얘기만 나오면 칭찬 일색이었다. 보너스도 자신보다 훨씬 더 많이 챙겨 주는 것 같았고.

못마땅한 마음에 불만이 생길 때마다 '낙하산' 이라고 꼬집어 봐도 강아름은 끄덕도 하지 않았다. 이래저래 얄밉고 보기 싫어 무슨 흠을 잡아 내쫓을까 궁리 중이었는데, 마침 떡 하니 정 여사가 등장한 거였다. 그것도 한 부장이 사무실에 와 있을 때.

김 실장은 지금이 다시없는 기회라 여겼다. 이참에 강아름을 있는 대로 끌어내려 진흙탕에 처박아 줘야겠다고 굳게 마음을 먹었다.

"진원그룹 사장인 강승빈입니다."

김 실장의 말에 승호는 가만히 고개를 끄덕였다.

승빈이 강 씨였구나.

승호는 아름이 하도 승빈 오빠, 승빈 오빠 하길래 성이 뭔지 알아보는 것도 잊고 있었다. 아니, 그 남자에 대해 조사할 생각도 하지 않았다. 그 남자를 떠올리기만 해도 열이 확 받았으니까.

게다가 가까이에서 본 적이 없어 얼굴도 모르고 '승빈'이라는 이름만으로는 딱히 조사할 만한 것도 없었다. 승호는 '승빈 오빠'가 '진원그룹'의 강승빈일 거라 전혀 짐작하지 못했다.

만약 얼굴을 제대로 봤다면 진원그룹 사장이라는 걸 알 수 있었을 거였다. 강승빈은 언론에 노출되어 있는 사람이었다. 웬만큼 경제에 관심 있는 사람이라면 얼굴만 보고도 알아볼 수 있었을 게 분명했다.

"강승빈이라고요?"

반문하는 정 여사의 표정이 묘하게 변했다.

"네. 제가 신문이나 뉴스에서 봐서 잘 압니다. 그리고 저희 회사가 그쪽에 관련된 일을 하잖습니까? 절대 잘못 볼 리가 없습니다. 그리고 또, 제가 눈썰미 하나는 타고난지라 사람 얼굴을 한 번 보면 절대 잊어버리지……."

정 여사는 쌀쌀맞은 표정으로 김 실장을 노려보며 반문했다.

"그래서요?"

정 여사의 뜻밖의 행동에 김 실장은 조금은 어리둥절한 표정이 되었다.

"그래서라니요? 따끔하게 야단을 치셔야지요. 처녀가 유부남을 사귄다는 게 말이 되는 일입니까? 거기다 상대는 누구나 보면 유부남인 줄뻔히 아는 유명한 사람이라고요. 몇 년 전에 '모튼'사 외동딸과 결혼한다고 신문에도 떡 하니 났던……."

정 여사가 손을 슬쩍 들어 올리며 말을 막는 행동을 취하자 김 실장은 하던 말을 멈췄다.

"그래요. 나도 잘 알아요. 그 결혼식……."

돌연 정 여사가 인상을 쓰며 바드득 이를 갈았다.

"강 회장이 절대 참석하면 안 된다고 해서 그저 멀리서 보기만 했죠. 승빈이가 결혼하는 모습을 말이에요. 곱게 잘 커서 결혼하는 모습이 기쁘기도 했는데 정작 부모 자격으로 결혼식에 참석도 못 해서 얼마나 속이 상했는지……. 자리 하나 내주지 않은 강 회장, 그 인간이 갈아 마셔 버리고 싶을 정도로 미웠죠."

분노가 가득 실려 있는 정 여사의 말에 김 실장도, 한 부장도, 승호까지 어리둥절한 표정을 했다.

"네? 그게 무슨 말씀……."

"아들 결혼식에 참석도 못 한 불쌍한 어미 심정이 어떤지 얘기하고 있는 겁니다."

"아들요?"

여전히 어리둥절한 표정으로 김 실장이 반문하자 정 여사가 싸늘하게 말을 했다.

"강승빈 사장이 내 아들이에요."

"에이, 무슨 말도 안 되는 소리를 하세요? 강승빈 사장은 분명……."

"이보세요. 김 실장님!"

김 실장의 말을 끊으며 정 여사가 버럭 소리를 질렀다.

"승빈이는 분명 내 아들입니다. 내가 배 아파서 낳은 애에요."

"하지만 강 대리 가족증명서에 그런 사실은 없었는데요……."

김 실장은 정 여사가 아름의 허물을 덮기 위해 거짓말을 하고 있다고 여겼다. 그저 말 한마디로 일을 덮어 버리게 둘 수는 없다는 생각이 들어 김 실장은 인상을 쓰며 정 여사에게 대들었다.

"그리고 강 대리도 다른 가족이 있다는 말은 안 했습니다. 강승빈 사장 만나고 왔을 때 제가 슬쩍 사귀는 사람이냐고 물어봤더니 웃고 말았다고요."

"김 실장님 말씀이 너무 어이가 없어 웃었겠지요. 어쨌든 승빈일 낳은 건 나예요. 그 여우 같은 강 회장 부인이 아닌 나라고요. 그 아이 출생증명서에도 생모는 나라고 적혀 있어요. 강 회장이 승빈일 데려가면서 호적까지 바꿔 버렸지만 그렇다고 해서 핏줄이 달라지는 건 아니니까요."

매몰차게 말한 정 여사가 한 부장과 승호를 휙 돌아보고 말을 이었다.

"말을 전하려거든 확인된 사실만 전하셔야죠. 김 실장님. 우리 아름이한테 무슨 감정 있는 건가요? 결혼도 안 한 여자한테 치명적일 수도 있는 그런 일을 어떻게 아무렇지도 않게 여러 사람 앞에서 하실 수가 있죠? 그것도 사실도 아닌 일을? 이건 분명한 모함 아닌가요?"

김 실장은 황당한 표정으로 말을 하지 못했다. 이번에야말로 제대로 강아름을 물 먹일 수 있는 절호의 찬스라 생각했는데 이런 변수가 생기다니……. 김 실장은 벌겋게 변한 얼굴로 어쩔 줄을 몰라 하며 한 부장의 눈치를 봤다.

"저, 부장님. 그게……."

"이 사람이!"

한 부장은 못마땅하다는 표정을 숨기지 않은 채 김 실장을 노려봤다.

"어서 사과 말씀 드리지 않고 뭐 하나!"

한 부장의 호통에 그제야 김 실장이 정 여사에게 고개를 숙였다.

"죄송합니다. 제가 뭔가 잘못 알고 그런 말씀을 드려서……."

"김 실장님이 우리 아름이를 어떻게 생각하고 있는지 훤히 알 수 있을 것 같네요. 정말 불쾌하군요. 이런 분하고 같은 사무실에서 일해야 한다니……. 게다가 동료도 아닌 상사라니……. 우리 아름이가 얼마나 힘들지 뻔히 알겠군요."

한마디, 한마디 가시가 박힌 것처럼 날카롭고 뾰족한 정 여사의 말에 김 실장은 고개를 푹 숙인 채, 할 말을 잃었다. 그리고 또 한 사람. 옆에서 듣고 있던 승호도 고개를 숙이며 땅이 꺼져라 깊게 한숨을 푹 내쉬었다.

아름은 진실을 말했다. 그런데 승호는 증거가 없다는 것 하나만으로 그녀의 말을 거짓으로 여겼다. 아름에게 했던 자신의 말과 행동이 부끄러워 제대로 고개를 들 수조차 없었다.

"아무리 싫다고 해도 부하 직원인데 잘못을 하면 감싸 주지는 못할망정……."

그때였다. 밖에서 소란스러운 소리가 잠시 들리더니 사무실 문이 열렸다. 그리고 아름과 진우가 안으로 들어섰다.

김 실장은 아름을 보자 구세주라도 만난 듯한 표정으로 반갑게 소리쳤다.

"강 대리!"

"네. 지금 일 마치고…… 엄마?"

꾸벅. 김 실장을 향해 고개를 숙이고 시선을 돌리던 아름이 놀란 표정으로 말했다.

"여긴 어쩐 일이세요? 연락도 없이."

아름을 힐끗 본 정 여사는 여전히 분노가 가시지 않은 표정으로 김 실장을 노려보았다.

좌불안석. 불안한 표정으로 김 실장은 두 손을 마주 비볐다.

"그게…… 강 대리 어머니께서 갑자기 찾아오셔서 지금 말씀을 나누다가……."

어색해진 김 실장의 눈길이 슬며시 한 부장에게로 향했다.

"부장님도 계셨네요……."

아름의 눈길이 한 부장을 거쳐 승호에게 가 닿았다. 승호와 눈이 마주차자 흠칫 놀란 그녀는 못 볼 거라도 본 사람처럼 휙 고개를 돌려 버렸다. 그 시선에 승호는 작은 상처를 받았다. 물론 자신이 한 짓을 생각한다면 더한 대접을 받는다고 하더라도 할 말이 없었지만, 그래도 서운함이 느껴졌다.

정 여사에게 다가가 다정하게 팔짱을 끼며 그녀가 조심스럽게 말을 건넸다.

"엄마. 우리 나가서 얘기해요."

"그래. 그러자. 나도 여기 더 있고 싶은 마음이 없구나."

잔뜩 화가 난 정 여사의 표정에 아름은 작게 한숨을 내쉬었다. 분명 김 실장이 자신에 대해 싫은 소리를 한 것이리라 짐작을 하면서 그녀는 한 부장을 향해 고개를 숙였다.

"부장님. 저 잠시 나갔다 오겠습니다."

"어. 그럴 것 없이 오늘은 그냥 퇴근해요."

한 부장의 말에 아름은 '웬일이래?' 하는 표정을 지으며 김 실장을 슬쩍 봤다. 아무 말도 없이 김 실장은 고개를 끄덕이기만 했다.

"어머니하고 할 얘기도 많을 테니까 오늘은 들어가도록 해요."

"네. 감사합니다."

한 부장에게 인사를 하고 김 실장에게도 고개를 숙여 보인 아름은 승호는 싹 무시를 하고 정 여사에게로 시선을 돌렸다.

"나가요, 엄마."

"그러자. 그럼, 실례했습니다."

깍듯하게 인사말을 건넨 정 여사는 바람이 불 정도로 휙 몸을 돌렸다.

"어쩐 일로 오신 거에요? 혹시 집에 무슨 일 있는 거에요?"

엘리베이터를 타고 1층에서 내려 건물 밖으로 걸어 나오며 그녀가 묻자 정 여사는 내키지 않는다는 투로 어깨를 으쓱이며 말했다.

"승빈이 사는 집 어딘지 알지?"

"네. 알아요."

"같이 가 보자."

"지금요?"

그렇게 대답을 하면서도 그녀는 정 여사가 승빈의 집을 모른다는 사실에 살짝 의아함을 느꼈다.

"오빠 집, 한 번도 안 가 보셨어요?"

"안 가 봤다."

"오빠가…… 오란 말 안 했어요?"

"오라는 말은 들었지. 제니퍼한테."

정 여사의 표정이 어두워졌다. 그 말을 들었을 때, 가 보고 싶은 마음은 굴뚝이었다. 당장에라도 버선발로 뛰어가고 싶었다. 하지만 그래서는 안 된다는 걸 알았다. 강 회장이 대놓고 승빈과 만나지 말라고 했으니까. 만일 승빈을 만나러 오거나 그럴 상황을 만든다면 가만두지 않겠다는 협박까지 들었다.

자신에게는 어떤 해를 가하던지 상관없었다. 하지만 승빈에게 해가 가는 일은 할 수 없었다. 만일 자신의 행동으로 인해 승빈이 쫓겨나기라도 한다면……. 그런 생각이 들자 함부로 생각 없이 행동할 수가 없었다.

"그렇다고 덥석 찾아갈 수는 없잖니?"

강 회장이 정 여사에게 어떤 말을 했는지 아름은 알고 있었다. 강 회장이 그런 말을 할 때, 작은 방에 있던 그녀도 똑똑히 들었으니까. 가뜩이나 무섭게 생긴 얼굴로 그보다 더 무서운 말을 아무렇지도 않게 하는 강 회장의 모습에 그녀는 잔뜩 겁을 먹었었다.

정 여사가 '비밀'이라고 했기에 그녀는 승빈에게 그 일에 대해서 입도 벙긋하지 않았다. 하지만 언젠가는 말할 생각이었다. 계속 승빈이 정 여사를 오해하도록 두고 볼 수만은 없으니까.

"엄마. 병원에는 가 보셨어요?"

"내가 거길 뭐 하러 가니?"

툭 쏘는 대답에 아름은 그저 피식 웃고 말았다. 마음은 그렇지 않으면서도 가시 돋힌 말만 내뱉는 탓에 정 여사는 사소한 일에도 걸핏하면 오해를 사는 거였다.

"병원에 갔으면 그 여자가 떡 하니 버티고 있는 꼴이나 보고 왔을 텐데……. 그 얼굴 떠올리기만 해도 끔찍하다."

승빈을 낳은 지 얼마 안 되었을 때, 갑작스럽게 쳐들어온 강 회장의 부인에게 정 여사는 대뜸 머리채부터 잡혔다고 했다. 당장에라도 승빈을 데려갈 것처럼 사납게 구는 강 회장 부인 앞에서 정 여사는 무릎을 꿇고 빌었단다. 제발 애만 자신이 키우게 해 달라고.

아직까지도 그때 일을 생각하면 속에서 뭔가가 불쑥 솟구쳐 오르는 듯한 울화를 느낀다고 정 여사는 말했었다. 물론 이런 말도 승빈에게는 비밀이었다.

"그래도 손주 얼굴은 봐야죠."

"그래서 지금 가자고 하는 거잖니."

"네, 알겠어요."

"차 열쇠 여기 있다."

턱 하니 건네주는 차 열쇠를 받아 쥐고 아름은 살짝 눈살을 찌푸렸다.

"저, 엄마."

"왜?"

"오빠 집에서 주무실 거예요?"

그녀의 질문에 정 여사는 펄쩍 뛰었다.

"미쳤니?"

"그럼 여기로 다시 오실⋯⋯."

"집으로 바로 갈 거다."

결론은 정 여사의 차를 타고 승빈의 집에 갔다가 그녀는 대중교통을 이용해 돌아와야 한다는 소리였다. 그대로 경주로 내려갈 거면 아름이 자신의 차를 타고 앞서 가고 정 여사가 뒤쫓아 갈 수도 있다.

아니면 주소를 알려 주고 집 앞에서 만날 수도 있고. 아예 혼자 가도 되고. 그렇지만 정 여사는 그 방법 중에 하나를 택하지 않았다. 그저 자신 편한 대로 아름을 운전사로 부려 먹으려고 들었다.

피곤하고 지친 마음에 약간은 짜증도 났지만 아름은 고개를 끄덕이고 말았다.

"네. 알았어요."

그녀는 정 여사에게는 언제나 착한 딸, 좋은 딸, 말 잘 듣는 딸이어야만 했다. 아주 어렸을 때부터 그렇게 커 왔고 지금도 그랬다. 그리고 앞으로도 계속 그래야만 한다고 생각했다. 그래야 그나마 정 여사가 온전한 정신으로 버티면서 살 수 있으니까.

차에 타고 시동을 켜면서 아름은 잠시 승호를 생각했다. 그가 거기에 왜 있었던 걸까? 엄마를 봤을 텐데 혹여 무슨 말이라도 한 건 아닐까? 궁금함에 질문을 해야 할까 망설이고 있는데 정 여사가 먼저 말을 꺼냈다.

"김 실장이라는 그 사람 아주 못됐더구나."

"사람이 원래 좀 의뭉스럽긴 하죠. 그런데 왜요? 엄마한테 뭐라고 해요?"

"그래. 네가 유부남을 만나고 다닌다고 일러바치더라."

"네?"

눈이 동그래진 아름은 너무 놀라 하마터면 브레이크 페달을 힘껏 밟을 뻔했다.

"더군다나 만나는 상대가 진원그룹 강승빈 사장이라고 하더라."

"아…… 승빈 오빠요."

유부남과 사귄다는 식으로 생각하는 사람이 승호 말고 또 있다는 건 아름에게 새로운 충격이었다.

"그래서 내가 말도 안 되는 소리 하지 말라고 야단을 쳐 줬다."

아름은 그 자리에 같이 있던 승호를 염두에 두고 질문을 던졌다.

"오빠에 대해서 말했어요?"

"그래. 내가 낳은 아들이라고 큰 소리로 말해 줬지."

김 실장에게도 그리고 승호에게도 자신에 대한 오해가 풀렸으니 속이 시원해야 했는데 딱히 그렇지도 않다. 왜 그런 걸까. 마음속에 여전히 뭔가가 남아 있는 것만 같은 그런 기분이 들었다. 그게 뭔지 아무리 생각해 봐도 알 수가 없었지만…….

14장

"아유, 어머님. 좀 더 계시다가 아범도 만나 보고 아예 주무시고 가시면 좋을 텐데……."

"됐다. 맘에도 없는 말 하지 말아라."

"맘에도 없는 말이라뇨. 왜 그렇게 생각하세요. 저 너무 서운해요, 어머님."

살랑살랑 꼬리를 흔들며 제니퍼는 정 여사의 팔짱을 끼고 애교를 부렸다.

"병원에서도 저 어머님 얼마나 기다렸는데요. 오시지도 않고, 연락도 안 하시고……."

"승빈이 성질부리는 꼴 보기 싫어서 일부러 안 간 거다."

"아범도 겉으로만 툴툴거리지 마음은 안 그래요. 어머님 걱정을 얼마나 많이 하는데요."

퉁명스러운 정 여사의 말투에도 아랑곳없이 제니퍼는 입가에 미소를 띤 채 여전히 애교 어린 음성으로 말했다.

"그러니까 명절이며, 어머님 생신이며 빼놓지 않고 꼬박꼬박 챙기잖아요. 어머님 좋아하시는 거 잔뜩 사 들고서."

내 저럴 줄 알았지. 옆에서 듣고만 있던 아름은 입술을 삐죽였다. 마녀 성격 감추고 잘도 착하게 군다 했더니 결국은 생색내기용이었다.

정 여사도 말뜻을 알아챘는지 묘한 표정을 지었지만 틀린 말도 아니고 딱히 반박할 수도 없어 그냥 입을 꾹 다물고 말았다.

"어머님. 종종 시간 되실 때 놀러 오고 그러세요. 손녀 얼굴도 보시게요."

"그래. 알았다."

"운전 조심하시고 도착하시면 연락 주세요."

속이야 어쨌든 겉으로는 아무렇지도 않게 웃으면서 작별 인사를 나눴다.

정 여사가 탄 차가 출발하고 나자 제니퍼는 팔짱을 끼고 서 있는 아름을 봤다.

"왜?"

"천상 여우는 어쩔 수 없구나 싶은 생각이 들어서."

"뭐? 여우?"

"그래. 여우. 올케는 엄마가 여기서 주무시고 가신다고 하면 좋았겠어?"

"아주 웃겨요, 시누이. 그럼 얼른 가세요, 주무시고 가신다고 안 해서 정말 고맙습니다. 그래야 했어?"

"말이 과했다고. 저 서운해요. 어머님."

제니퍼의 흉내를 내면서 아름은 입술을 삐죽거렸다.

"그런 여우 짓은 안 해도 되는 거 아니었냐고."

"왜에?"

무슨 말을 하려고 그러는지 제니퍼가 눈을 가늘게 뜨며 생글거리고 웃었다.

"어머님 사랑이 아가씨한테서 나한테로 옮겨 올까 봐 걱정돼?"

"허얼……."

아름은 김빠진 맥주 같은 표정을 지으며 손을 저었다.

"아이고, 그 사랑 하나도 안 반갑네요. 그냥 올케 언니 다 가져. 아예 통째로 몽창 다 가져가. 그래서 앞으로 이런 심부름도 언니가 하시고 엄마 뒤 봐드리는 것도 언니가 다 하셔. 잘됐네. 언니가 나보다 한~참이나 부자니까 아~무 부담 없고."

아름은 다소 삐딱하니 비꼬는 투로 말했다.

"뭐야. 아가씨, 오늘 무슨 일 있었어? 평소보다 더 날카로운데…… 혹시 돈 떨어졌어?"

"떨어졌다면 줄 거야?"

"당연히 줘야지. 내가 한~참이나 부잔데. 얼마나 필요해? 응? 말해 봐."

"한 100억 정도만 있으면 좋겠어."

제니퍼가 어깨를 축 늘어뜨리며 한숨을 푹 내쉬었다.

"100억? 100억이면…… 다이나믹 스쿨 팔아도 100억은 안 나올 텐데. 지금은 안 되겠다. 시누이. 우리 대디 100살 쯤 되면 돌아가실지도 모르니까 그때 마련해 볼게."

"헐! 올케. 유산으로 받을 게 100억이나 돼?"

"100억뿐이겠어? 환율이 다르니까 우리나라 돈으로 환산하면 그것보다 더 많을걸? 거기다 주식도 있고, 건물도 있고. 와! 이제 보니까 나 진짜 엄청 부자였네."

서로가 농담을 하고 있다는 걸 뻔히 알기에 실실 웃으면서 맞장구를 치던 제니퍼가 돌연 정색을 했다.

"시누이도 지금 갈 거야?"

"응. 가야 돼."

"오빠 안 보고?"

"오빠 회의 들어갔다면서? 언제 올 줄 알고 기다려?"

"그거야 어머님 마주치기 싫으니까 핑계 댄 거겠지. 어머님 가시고 아가씨가 기다린다고 하면 바로 달려올 걸? 내가 전화해 볼게."

아름은 당장에라도 전화를 할 것처럼 주머니에서 핸드폰을 꺼내 드는 제니퍼를 말렸다.

"전화하지 마, 올케. 나도 내일 출근하려면 늦게까지 있을 수 없어. 예쁜 조카 얼굴 봤으니까 그걸로 만족하고 난 갈 거야."

"알았어. 서운하지만 어쩔 수 없네. 그보다 어머님 차 타고 온 거였다면서? 기다려 봐. 내가 차 키 가지고 올게."

"아냐. 됐어."

아름은 몸을 돌리는 제니퍼의 팔을 잡았다.

"그 차 다시 갖다 주려면 힘들어. 그냥 전철 타고 갈래. 그게 더 편해."

"대리 불러서 타고 가. 그리고 대리한테 차 다시 갖다 달라고 하면 돼."

"아유. 됐다고요."

거절을 해 봤지만 제니퍼의 고집을 당해 낼 수는 없었다.

"편하게 가라는데 왜 이리 반항이야? 돈 아까워서 그래? 걱정 마. 대리비 내가 다 낼 테니까. 그리고 계속 거부하면 다음 달부터 지원 뚝 끊어 버린다."

협박성 짙은 말에 결국 아름은 손을 번쩍 들고 말았다.

"알았어. 알았어요. 알았으니까. 언니. 용돈 많이 주세요."

헤헤 웃으며 말을 건네는 아름을 제니퍼는 얄밉다는 듯 째려보았다.

"흥! 완전 오빠 닮아서 고집이 쇠심줄이라니까. 돈 얘기 아니면 아주 꿈쩍도 안 해요. 진짜 무슨 돈 귀신이라도 붙은 건지……."

제니퍼는 어느새 그녀의 약점을 다 꿰고 있었다. 덕분에 그녀는 꼼짝도 못 하고 제니퍼가 시키는 대로 해야만 했다. 그렇다고 해서 제니퍼가 그녀에게 무리한 일이나 경우에 어긋나는 일을 시키는 건 아니었다. 물론 그런 일을 시킨다면 아무리 약점이 잡혔다고 해도, 아니, 목에 칼이 들어온다고 해도 하지 않을 생각이었다.

대리기사가 운전하는 차를 타고 집으로 돌아가는 길은 생각보다 편했다. 지하철을 탔다면 계단을 오르락내리락해야 했을 테고, 가뜩이나 퇴근시간 때라서 사람들과 부대껴야 했을 터였다.

새삼 끝까지 고집을 부려 준 제니퍼에게 고마워하면서 그녀는 지하 주차장이 아닌 아파트 앞에 차를 세워 달라고 했다.

"이쪽 길로 나가시면 다른 출구가 나와요. 거기서 큰 도로로 빠지시면 될 거예요."

대리기사에게 길을 알려 주고 차 문을 열고 내린 그녀는 살짝 고개를 숙여 인사를 하고 몸을 돌렸다. 그리고 곧 앞으로 다가와 서는 승호의 모습에 눈을 크게 떴다.

"승호 씨……."

그의 눈길은 그녀가 아닌 차로 향해 있었다.

뭐야, 이 남자? 내가 누구 차를 타고 왔는가 그게 궁금해서 그러는 거야?

쌩— 달려 나가는 차의 뒤꽁무니를 보고 있던 그녀가 새침한 표정으로 입을 열었다.

"여긴 웬일이세요?"

"할 얘기가 있어."

"난 할 얘기 없어요. 그리고 당분간 연락하지 말라고 했잖아요."

신경질적인 모습으로 말하고 그녀가 등을 돌리려는데 그의 목소리가 들렸다.

"아름아……."

심장이 찢어지는 것만 같았다. 예전처럼 부드럽고 낮은 그의 목소리가 그녀의 귓가에 들러붙어 떨어지려 하지 않았다. 마음이 흔들렸다. 몹시도.

"난 지금 피곤해요."

잔뜩 지친 기색을 내보이며 그녀가 말했다.

"할 얘기 있어도 다음에 해요."

"내가 오해했다는 걸 알았어."

"그런다고 뭐가 달라져요?"

"미안해."

낮게 가라앉은 음성이 그녀의 여린 마음을 자극했다.

침울한 그의 모습이 싫었다. 항상 당당하고 자신감 넘치던 사람이었는데…… 그녀는 공연히 화가 났다. 오해하고 화를 낸 그에게도, 그리고 자신에게도.

"당신이 미안하다고 한 마디만 하면 내 화가 풀릴 거라고 생각했어요?"

여전히 쌀쌀맞은 그녀의 말투에 승호는 할 말을 잃었다. 그도 그녀가 단번에 화를 풀 거라 생각하지는 않았다. 자신을 반가워하지 않으리라 예상도 했다. 그러면서도 마음이 아팠다.

지금 자신의 마음이 아픈 것보다 훨씬 더 그녀는 마음 아파했을 거라 짐작하지만……. 솔직히 무슨 말로, 어떤 행동으로 그녀의 마음을 풀어 줘야 할지 알 수 없어, 단지 진심을 담아 미안하다고 사과를 할 뿐이었다.

"지금 난, 많이 복잡해요. 정말 피곤하기도 하고요. 그러니까…… 다음에 얘기해요."

말을 끝낸 그녀가 몸을 돌려 걸음을 옮기는데도 그는 붙잡지 못했다. 이름도 부르지 못했다. 그저 안타까운 마음으로 그녀의 뒷모습만을 바라봤다. 그녀가 예전처럼 환하게 웃으며 자신의 품에 안기길 바라면서.

지금 당장은 결코 그런 일이 일어나지 않을 거라는 걸 알면서도 그는 미련을 버리지 못했다.

정말 바보 같은 생각이라고 스스로를 자책하면서 그는, 그렇게 건물 안쪽으로 사라지는 아름의 뒷모습에 시선을 준 채 서 있기만 했다.

— 여보세요.

"……지금 회의 중이에요. 끊어요."

짧게 자신이 할 말만 하고 아름은 전화를 끊어 버렸다. 말한 대로 회의 중이기도 했지만, 아직은 승호와 길게 통화하고 싶은 마음이 없었다.

며칠 전, 아파트 앞에서 그렇게 헤어진 뒤 아름은 그가 다음 날이라도 당장 자신을 찾아올 거라 생각했다. 그런데 바쁜 일이 생긴 건지 그는 코빼기도 비추지 않은 채, 계속 전화와 카톡만 했다.

아직까지도 꽁한 마음이 남아 전화를 받지 않으면 카톡이 울렸다.

[밥 먹었어? 바빠도 몸 상하니까 밥은 꼭 챙겨 먹어.]

마치 아무 일도 없었던 것처럼 평범하게 보낸 카톡에 그녀는 눈살을 찌푸렸다. 성질나는 대로 하자면 '너나 드세요.' 라고 답변을 보내고 싶었지만…… 그녀는 그대로 얌전히 카톡을 씹어 버렸다.

그리고 전화만 오늘로 세 번째. 이번에는 안 되겠다 싶은 생각에 전화를 받아 매정하게 끊어 버린 참이었다. 그래 놓고 잠시 후회를 했다. 너무 심하게 대하는 건가 하는 생각이 들어서였다.

회의를 끝내고 사무실로 돌아가기 위해 밖으로 나온 그녀는 복도에서 승호와 마주쳤다. 아름을 보자마자 싱긋 미소를 지은 그는 그녀가 뭐라 하기도 전에 먼저 말을 꺼냈다.

"한 부장님이 보자고 해서 온 거야."

"한 부장님이요?"

생각해 보니 그가 정 여사를 만나게 된 것도 한 부장과 같이 있어서였다. 갑자기 무슨 일인지 궁금해졌다. 하지만 대놓고 물어볼 수는 없는 일. 그녀는 새초롬한 표정으로 말했다.

"두 분이 사이가 아주 좋으시네요? 전에 말할 때는 그다지 훈훈한 사이는 아니라고 하지 않았나요?"

한 부장의 말을 빌리자면 이번 일을 영업부에 맡겼다고 했다. 그런데 그녀는 아무것도 모른다는 태도를 보였다. 약간 의아함을 느끼며 승호가 말을 꺼냈다.

"권형우. 누군지 알지?"

잠시 생각하는 표정을 짓던 그녀가 고개를 끄덕였다.

"알죠. 그 사람이 왜요?"

그가 고개를 쏙 돌려 주변을 살폈다. 회의실에서 나온 직원들은 모두 각자의 사무실로 돌아갔고, 업무 시간이라 복도에는 사람이 없었지만 그래도 마음이 놓이지 않는 듯 그가 말했다.

"잠깐 시간 되면 휴게실에라도 가지. 여기서 말하기 좀 그런데……."

왕성한 호기심에 아름은 긍정의 뜻을 표했다.

"그러죠."

휴게실로 들어서자 승호는 자판기 앞으로 걸어갔고 그녀는 창가 쪽 테이블 앞 의자에 앉았다. 커피 두 개를 빼서 들고 온 그가 그녀에게 하나를 건네주었다.

"한 부장이 맡은 사건에 권형우가 연관되어 있어."

"권형우는 마약사범이라고 하지 않았어요?"

"정확히 말하면 마약 판매책이지. 한 부장 잘 아는 사람이 마약에 손을 댔다고 하더군. 나름 주변상황 살펴야 하시는 분이……."

아름은 짐작하고도 남는다는 표정으로 고개를 끄덕였다.

"관계된 사람 잡아 달라고 한 부장님께 의뢰를 했겠군요. 그런데 당신은 왜요?"

"공권력이 필요해서. 검거하려면 아무래도 경찰 힘을 빌리는 게 편하니까. 이것저것 조사할 때 빠르기도 하고."

"그렇군요."

수긍하는 듯하던 그녀의 눈빛이 돌연 날카롭게 변했다.

"잠깐만요."

막 커피를 입에 가져가려던 그가 의아한 표정으로 물었다.

"음. 왜?"

"한 부장님이 이 일. 영업부에 맡기신 거 아니었어요?"

"그랬다고 하더군."

"언제요?"

"정확하게는 모르지만 꽤 됐다고 하던데."

"그런데 왜 난 몰랐죠?"

그녀의 질문에 그가 어리둥절한 표정을 지었다.

"그거야 나도 모르지."

"그때 사무실에 왔던 거, 그 일 때문이었어요?"

"어."

승호가 고개를 끄덕이자 그녀는 입술을 삐죽였다.

"김 실장이네요. 김 실장이 가로챈 게 틀림없어요. 일 잘 해결해서 한 부장님한테 잘 보이려고 나한테는 입도 벙긋 안 한 거에요."

"설마……."

그의 대꾸에 그녀는 눈을 부릅뜨고 목소리를 높였다.

"설마가 사람 잡는다는 소리 못 들어 봤어요? 평소에도 김 실장이 날 얼마나 견제하는데요. 그때 엄마한테 승빈 오빠 일 얘기한 것도 내 흠 잡으려고 그랬던 게 분명하다고요."

여전히 입술을 삐죽이면서 그녀는 핏대를 올렸다.

"볼 때마다 낙하산, 낙하산 하면서 깎아내리고, 조금만 실수를 해도 무슨 하늘이 무너진 것처럼 생난리를 치고…… 어휴, 내가 정말 치사해서 말을 하지 말아야지."

성질이 잔뜩 난 표정으로 열이 나는 듯 손바닥을 펼쳐 부채질을 하던 그녀가 힐끗 그를 보고 다시 새초롬하니 표정을 바꿨다.

"이렇게 아무렇지도 않게 얘기한다고 해서 나 화 난 거 풀린 거 아니에요."

"알아."

그의 목소리가 낮아졌다.

진지한 표정으로 그는 그녀를 보며 천천히 입을 열었다.

"오해했던 거 정말 미안해. 사과할게."

"전에도 말했죠? 말 한 마디로 화가 다 풀리지 않는다고."

"그래."

"사귀는 사이라면 서로 믿어야 하는 거 아니에요? 설사 내가 팥으로 메주를 쑨다고 해도 맞다고 해 줘야 하는 거잖아요."

서운함을 가득 실은 그녀의 목소리에 승호는 한숨을 내쉬었다.

"그래. 네 말이 맞아. 다 맞는데……."

그가 또다시 한숨을 푹 내쉬고 조금은 날카로운 목소리로 말했다.

"내 생각대로 감정이 움직이질 않더라고. 네 옆에 남자가 붙어 있는 모습만 봐도 확 열이 솟구치는데 어쩌라고."

그녀는 잠시 어이없다는 표정으로 그를 봤다.

"내 옆에 무슨 남자가 얼마나 붙어 있었다고 그런 소릴 해요?"

"한둘이 아니잖아. 처음에 그때도 남자 뒤쫓다가 나하고 만난 거고."

"입은 삐뚤어졌어도 말은 똑바로 하라는 말이 있죠. 당신하고 만난 게 아니라 내가 당신한테 목 졸린 거였죠."

"그 대가로 난 심각한 치명상을 입었거든."

한 마디도 지지 않는 그의 언변에 아름은 솟구치는 화를 억눌렀다.

"어쨌든 남자 뒤쫓다가 그런 일 생긴 거잖아."

"그놈은 시장통 할머니 돈 떼어먹고 도망 간 놈이에요. 할머니 부탁 받고 잡으려고 뒤쫓고 있었던 거라고요."

"김검도 있고."

"아, 김검은 한 부장님 심부름 때문에 만난 거잖아요."

"살랑살랑 꼬리치면서 웃고 그랬잖아."

"일 맡기려고 어쩔 수 없이 그런 거잖아요. 그때 말 다 끝내 놓고 지금 와서 왜 이래요?"

그녀가 짜증스럽다는 듯 소리치자 승호가 미간을 찌푸렸다.

"아파트 앞에서 덤벼든 놈도 있고."

김준호. 그놈에 대해서는 달리 할 말이 없어 그녀는 입을 꾹 다물고 승호를 노려보기만 했다.

"그랬는데 이번에는 네가 사랑하는 사람이라는 남자를 만난 걸 봤지. 내 두 눈으로. 똑똑히."

그때의 일이 생각나 승호는 저도 모르게 이를 악물었다.

"딱 보는 순간 눈이 확 돌아갔다고."

"그럼 아예 그때 쫓아와서 난리를 치지 그랬어요? 차라리 그랬으면 더 깔끔하게 상황 정리가 되었을 텐데요."

"나도 그러려고 했지. 그런데 몸이 움직이지 않더라고. 너무 크게 충격을 받아서."

아름은 그가 하는 말을 이해할 수 있었다. 만약 자신이었어도 승호가 다른 여자와 있는 모습을 본다면 손가락 하나 까딱하지 못했을 게 뻔했다. 하지만 그렇다고 해도 승빈과 그녀를 한데 묶어 불륜이라고 매도한 건 분명 잘못된 일이었다.

"뭐에요? 그래서 지금 당신이 잘했다는 거에요?"

쌀쌀맞게 다그치자 그가 고개를 저었다.

"죄 진 놈도 할 말이 있다잖아."

"그래서 지금 그걸 변명이라고 하는 거에요?"

그는 다시금 땅이 꺼져라 한숨을 내쉬었다.

"처음부터 어긋났던 거야. 내가 핸드폰에서 이름 보고 물어봤을 때 왜 강승빈을 사랑하는 사람이라고 대답한 거야?"

입이 열 개여도 할 말이 없는 부분이었다. 그렇지만 이런 식으로 얼렁뚱땅 넘어가고 싶은 마음이 없었던 그녀는 다소 흥분한 어조로 말했다.

"당신이 갑자기 쳐들어와서 내 핸드폰 막 만지고 뒤져 보고 그러니까 화가 나서 그런 거잖아요."

"사생활 침해, 뭐 그런 말을 하고 싶은 거야?"

"그땐, 우리 사귀자 소리 하기 전이었거든요?"

"난 그 전부터 사귄다는 마음을 갖고 있었는데."

처음 듣는 말에 그녀는 놀란 표정으로 눈을 둥그렇게 떴다.

"그 전부터라뇨? 언제부터요?"

"초밥 사 간 날."

짐작도 못 했던 그녀는 조금은 당황한 표정을 했다.

"그땐…… 서로 잘 알지도 못했잖아요."

392

"그날, 내가 그런 말 했지. 내 이상형은 딱 봤을 때 내 여자다, 라는 감정이 생기는 사람이라고."

"그래서⋯⋯."

그녀는 목이 콱 막히는 것 같은 느낌에 침을 꿀꺽 삼켰다.

"그게 나라고요?"

"어."

기뻤다. 무척이나. 너무나도 기뻐서 함성을 지르며 날뛰고 싶을 정도였다. 하지만 지금은 그럴 때가 아니었다.

"아니면 마음에도 없는 여자한테 키스하고 그랬겠어? 내가 뭐, 여자한테 환장한 놈도 아니고, 진짜 변태도 아닌데."

그런 생각은 해 본 적이 없었다. 그녀는 그저 그에게 호감을 느꼈을 뿐이었으니까.

"어쨌든 당신이 잘못한 건 잘못한 거잖아요. 내가 몇 번이나 말했는데도 전혀 믿지도 않고."

"원래 남자가 여자보다 더 질투가 심한 거야."

"그래서 질투 때문에 그랬다고요? 세컨드니, 아이를 가졌느니 하면서 험한 소리 한 게 전부 질투 때문이라는 거에요?"

"그런 말 한 건 미안해. 해서는 안 될 말이었어. 진심으로 반성하고 있어."

그가 무슨 생각으로, 어떤 마음으로 그런 말을 했는지 알았다고 해서 이대로 넘어갈 수는 없다는 생각이 들었다. 뭔가가 분하고 화가 났다.

아름은 턱 하니 팔짱을 끼고 그를 노려보았다.

"당신도 나 뒤끝 짱 긴 거 알고 있죠? 주승호 씨. 이런 식으로 어물쩡 넘어가는 거 난 찬성 못 해요. 확실한 방법으로 사과를 받아 내야겠어요."

"확실한 방법?"

"네. 아주 확실한 방법이요. 진심으로 나한테 미안하다고 생각한다면……."

그녀는 그에게서 눈길을 떼지 않은 채 쌀쌀맞은 음성으로 천천히 말했다.

"내 앞에 무릎 꿇고 잘못했다고 말하면 용서해 주죠. 지금 여기서!"

그의 표정이 딱딱하게 굳었다. 그리고 채 1분도 되지 않아 승호가 의자에서 몸을 일으켜 그녀 앞으로 다가왔다.

아름은 조금은 멍한 표정으로 그를 올려다봤다. 설마, 정말? 그런 생각을 하고 있던 그녀는 승호가 자신의 앞에 무릎을 꿇자 화들짝 놀랐다.

"승……승호 씨?"

너무 놀라 벌떡 일어서는 바람에 의자가 뒤로 밀리며 요란한 소리를 냈다. 하지만 아름은 그런 데 신경 쓸 정신이 없었다.

업무 시간이라 사람들은 거의 사무실에 있지만, 혹시라도 누군가 휴게실로 들어올지도 모르는 상황이었다. 그런데 그런 건 전혀 생각지도 않는다는 듯 승호는 대뜸 무릎을 꿇은 거였다.

"일어나요. 빨리요."

그녀는 허리를 숙여 승호의 팔을 잡아끌었다. 일으키려 해 봤지만 그녀의 힘으로는 어림도 없었다.

"누가 보면 어쩌려고 이래요? 빨리 일어나요. 어서요."

얼마나 당황했는지 벌겋게 달아오른 얼굴로 그녀는 그의 팔을 잡고 있는 힘껏 힘을 줬다. 하지만 승호는 여전히 꿈쩍도 하지 않은 채 그녀를 바라봤다.

"미안해, 아름아. 내 잘못이야. 너한테 했던 못된 말이나 행동 다 잊어 줘."

"알았어요. 다 잊을게요. 당신 행동 이해해요…… 다 용서한다구요. 그러니까 빨리 일어나요."

거의 울 것 같은 표정으로 그녀가 말하자 그제야 승호가 몸을 일으켰다.

"당신, 정말……."

그녀는 승호의 가슴팍을 주먹으로 때렸다.

"뭐예요? 무릎 꿇으랜다고 진짜 꿇는 사람이 어딨어요? 남자가…… 한 번쯤은 튕겨야 하는 거잖아요. 당신은 자존심도 없어요?"

그의 가슴을 주먹으로 치며 그녀는 앙탈을 부렸다. 쓸데없는 짓을 시킨 자신이 민망스럽고 화가 나 견딜 수가 없었다.

"아름이 앞에서는 자존심 따위 세우지 않기로 했어."

기어이 그녀의 눈꼬리에 눈물이 매달렸다.

"정말, 정말…… 못된 사람이에요."

아직까지도 놀란 가슴이 진정이 되지 않아 그녀는 미간을 찌푸린 채 그의 어깨에 살짝 이마를 기댔다. 훌쩍, 눈물을 삼키는 소리를 들은 그가 손을 들어 그녀의 어깨를 토닥거리듯 두드렸다.

"네가 하라는 대로 다 하도록 노력할 테니까 그만 맘 풀어. 응?"

그녀는 작게 고개를 끄덕였다. 그리고 슬며시 손을 뻗어 그의 허리를 안았다. 그녀의 어깨를 감싸고 있던 그의 팔에도 힘이 들어갔다. 얼마나 이 품에 안기고 싶었는지.

"하아……."

가볍게 안도의 한숨을 내쉰 그녀가 쑥스러워진 표정으로 말했다.

"나 들어가서 일해야 돼요."

"어. 그래. 나도 한 부장 만나 보고 검찰청 들어가야지."

이대로 계속 그의 품에 안겨 있고 싶다. 그런 생각이 들자 그녀는 입술을 꼭 깨물었다. 그의 허리를 안은 팔에 살짝 힘을 주고, 그의 가슴에 뺨을 댔다. 아주 잠깐이었지만 포근함을 느낀 그녀는 고개를 들고 한 걸음 뒤로 물러섰다.

헤어지고 싶지 않았다. 그와 계속 같이 시간을 보내고 싶었다. 하지만 지금은 그럴 수가 없었다.

푹 가라앉는 마음을 다잡은 그녀는 애써 밝은 음성으로 말했다.

"저 그만 가 볼게요. 승호 씨도 일 잘하세요."

"어. 그래."

작별의 뜻으로 살짝 고개를 숙여 보이고 그녀는 몸을 돌려 휴게실 입구로 향했다.

사무실로 향하는 발걸음이 자연스레 느려졌다. 왠지 아쉽고 허전한 기분이 들었다. 지금이라도 되돌아가서 퇴근 후에 만나자고 해 볼까? 고개를 도리도리 저어 떠오르는 생각을 떨쳐 버리려 애썼다.

화해를 했다고 해서 금세 아무렇지도 않게 다시 만나자는 말을 하기는 좀 그랬다. 쑥스럽기도 하고 뻘쭘하기도 하고. 하지만 그와 같이 시간을 보내고 싶었다. 그동안 헤어져 있으면서 마음 아프고 힘들었던 시간들을 보상받고 싶은 생각이 들었다.

어떻게 할까? 전화를 할까? 시간 괜찮으냐고 물어봐? 아님 카톡을 보낼까? 저녁이라도 하자고 해? 아니야, 아니야. 바쁜 일이 있을지도 모르는데 그런 말 하면 괜히 부담스러울 수도 있어. 그렇지만……

갈피를 잡을 수 없는 마음에 어쩔 줄 몰라 하던 그녀는 '카톡' 소리가 울리자 황급히 핸드폰을 집어 들었다. 승호가 연락을 했을 수도 있다는 생각에서였다. 그리고 그녀의 예상대로 카톡은 승호에게서 온 거였다.

[몇 시에 퇴근해? 시간 되면 같이 저녁 먹자. 아름이가 먹고 싶다는 거 다 사 줄게.]

나이스!

카톡을 확인한 아름의 표정이 환하게 밝아졌다.

이심전심이라더니. 역시 그도 그녀와 같은 생각을 하고 있었던 거였다.

[7시에 퇴근해요.]

카톡을 보내자 기다리고 있었던 것처럼 답장이 왔다.

[회사 앞에서 기다릴게.]

[알았어요.]

그를 만난다. 오늘 저녁에. 예전처럼 다정한 모습으로 그와 저녁을 먹는다. 그런 생각이 들자 저도 모르게 미소가 떠올랐다.

시간이 더디게 흘러간다. 1분이 10분 같고, 10분이 1시간처럼 느껴졌다. 후다닥 일어나 사무실을 뛰쳐나가고 싶은 마음에 엉덩이가 들썩거릴 정도였다.

7시 땡 치자마자 뛰쳐나갈 생각으로 퇴근 준비까지 완벽하게 마치고 시계만 노려보고 있던 그녀 앞에 떡 하니 김 실장이 나타났다.

"강 대리. 일거리 들어왔다."

"사양합니다."

무슨 일인지 들어보지도 않고 대뜸 거절의 말을 내뱉는 아름의 태도에 김 실장은 눈을 둥그렇게 떴다.

평소에는 다른 사람 주려던 일까지 자신이 하겠다고 나서 골치 아프게 했던 아름이었다. 그런데 지금은 일을 주겠다는데 거절을 하다니, 내일 아침에는 해가 서쪽에서 뜨겠구만, 그런 생각을 하며 김 실장은 이마를 팍 찌푸렸다.

"무슨 일인지 들어 보지도 않고 거절을 해? 요새 아주 먹고 살 만해졌나 보구만."

"당연하죠. 오빠가 재벌인데 뭔들 아쉽겠어요?"

새침하니 쏘아붙이는 아름의 말에 김 실장의 얼굴이 벌겋게 달아올랐다.

"어, 저기…… 그게, 그러니까…… 강 대리. 그때 일은 말야. 내가 잠시 착각을 해서……."

"착각이라고요?"

"그래. 난 정말 강 대리하고 강승빈 사장이 남매일 거라 생각도 못 했어. 두 사람이 하도 다정해 보여서 이상하다는 생각만 했지."

"이상한 생각이 들었으면 저한테 먼저 말을 했어야죠."

"미안해, 강 대리."

참 오늘 미안하다는 말 많이 듣네.

한바탕 난리를 쳐 줘야겠다는 생각을 하고 있던 아름은 잔뜩 풀 죽은 표정의 김 실장을 보고 마음을 고쳐먹었다. 이미 지나간 일 들춰내면 뭐 하겠는가.

그리고 따지고 보면 승호와 빨리 화해를 할 수 있었던 것도 김 실장 덕분인 듯했다. 그때, 김 실장이 그런 말을 하지 않았었다면 오해를 풀기까지 오랜 시간이 걸릴 수도 있는 일이었다.

"좋아요. 실장님이 사과하시니까 그 일은 잊도록 하죠."

너그러운 표정으로 말한 아름은 시계를 흘끗 본 뒤, 가방을 들고 일어섰다.

"7시 넘었네요. 전 그만 퇴근할게요."

"강 대리. 일은 어떻게 하고?"

김 실장이 빽 소리를 치자 아름은 새초롬한 표정을 지었다.

"저 오늘 선약 있어요."

언제는 약속 있어도 걷어차고 일에 매달리던 인간이……. 김 실장은 저번 일로 아름이 자신을 골탕 먹인다는 생각이 들어 이를 바득바득 갈았다.

"정말이에요, 김 실장님. 오늘 약속은 진짜 중요한 거라서 취소할 수가 없어요."

"그럼 당장 이 일은 어떻게 하라고……."

김 실장의 말을 뚝 자르며 진우가 앞으로 나섰다.

"그 일. 제가 한번 해 보도록 하겠습니다."

싱글싱글 웃으면서 진우는 김 실장과 아름을 번갈아 바라봤다.

"강 대리님 오늘 중요한 약속 있으시다잖습니까, 김 실장님. 그러니까 그 일은 제가 하겠습니다. 무슨 일인데요? 야근이에요? 아님 잠복입니까? 자세히 말씀 좀 해 주세요."

진우는 김 실장의 팔을 잡고 자신 쪽으로 끌어당겼다. 슬쩍 아름을 바라보며 찡긋, 의미 있는 윙크를 하는 것도 잊지 않았다.

'고마워.' 입 모양만으로 진우에게 인사말을 건넨 그녀는 부리나케 사무실 문 쪽으로 향했다.

"어어…… 강 대리, 저거……."

"아이고, 김 실장님. 제가 일 한다니까요. 제가 그렇게 못 미더우세요? 왜 자꾸 강 대리님만 찾고 그러세요. 일 얘기는 저하고 하시고……."

유들거리는 진우의 말을 들으며 아름은 사무실 밖으로 나간 뒤 문을 닫았다. 그리고 급한 걸음으로 엘리베이터를 향해 갔다. 김 실장과 말씨름을 하느라 벌써 7시에서 10분이나 지나 있었다. 승호가 기다리고 있을 거라 생각을 하니 공연히 마음이 급해졌다.

15장

뚫어져라 건물 입구를 보고 있던 승호는 환한 미소를 지으면서 아름이 달려 나오자 저도 모르게 앞으로 걸어가며 두 팔을 벌렸다. 달려오던 기세 그대로 그녀가 승호의 품에 안겼다.

"너무 늦었죠. 많이 기다렸어요? 미안해요."

가쁜 숨을 내쉬며 그녀가 사과의 말을 건넨다.

뛰어와서일까. 발갛게 달아오른 그녀의 얼굴을 보며 승호는 자신의 내부에서 욕망이 춤을 추는 걸 느꼈다. 저녁이고 뭐고 이대로 그녀를 끌어안고 아무도 없는 곳으로 사라지고 싶었다.

그리고 그곳에서 밤새도록, 아니 날이 밝는다 해도 계속 사랑을 나누고 싶었다.

"승호 씨?"

그가 아무런 말이 없자 아름이 눈을 동그랗게 뜨며 물었다.

"내가 늦어서 화났어요?"

"응? 아니야."

"그런데 왜 아무 말도 없어요?"

그런 생각을 하고 있었다고는 말할 수 없는 일. 승호는 싱긋, 웃음으로 대답을 대신 한 뒤, 몸을 돌려 차 문을 열었다.

"자, 타시죠."

다행스럽게도 그녀는 더 따지지 않고 차에 탔다.

"어디 갈 거에요?"

그가 운전석에 앉자 그녀가 궁금하다는 듯 물었다.

"저녁부터 먹을까 하는데…… 뭐 먹고 싶어?"

"글쎄요. 지금은 별생각 없는데요. 그보다……."

살짝 고개를 돌려 그를 흘끔 바라본 그녀가 주저하듯 말을 이었다.

"저기, 우리…… 앞으로 어떻게 해야 되는 거에요?"

"어떻게 해야 되냐니? 그게 무슨 말이야?"

승호는 그녀의 말을 이해할 수 없다는 표정이었다.

"집안 어른들이 우리 사귀는 거 반대하시잖아요."

고개를 숙인 그녀의 표정이 우울하게 변했다.

"난 당신 생각을 알고 싶어요."

"할머니를 설득해야지."

"쉽게 설득당하실 분 같지는 않던데요."

"한 고집 하시기는 하지. 그렇다고 해도 옛말에 자식 이기는 부모 없다고 했어. 내가 끝까지 좋다고 하면 허락해 주실 거야."

"끝까지 좋아할 자신은 있어요?"

도전적인 그녀의 말투에 승호는 미간을 살짝 찌푸렸다.

"글쎄…… 자신이 있다, 없다 말하려면 아름이가 말하는 끝이 어디까지인지 그걸 알아야 할 것 같은데."

"나, 비밀 많은 여자에요. 아직 승호 씨한테 말 안 한 것도 많아요."

진지한 표정으로 그녀가 승호의 얼굴을 똑바로 바라봤다.

"물론 일부러 속이고 끝까지 얘기 안 하겠다는 건 아니에요. 다만,

속에 있는 말 다 하기에는 우리가 알고 지낸 시간도 짧았고, 오해의 시간도 있었으니까요."

"그런 건 앞으로 알아 가면 되는 거야. 나라고 뭐든지 다 너한테 얘기했겠어?"

"그래요? 그럼 승호 씨도 비밀이 있다는 말?"

정곡을 찌르는 그녀의 말에 그는 이마를 팍 찌푸렸다.

"세상에 한두 가지쯤 비밀 없는 사람도 있나?"

"그러니까 그런 거 다 알고 나서도 좋아할 자신 있냐구요."

"아름아."

그의 목소리가 낮아졌다. 그녀의 눈을 바라보며 그가 차분한 어조로 말했다.

"가볍게 저녁 먹자고 만난 거야. 화해의 기념으로. 그런데 꼭 그런 심각한 얘길 해야겠어?"

"당신이 자신 없다고 하면……."

그녀의 목소리가 가볍게 떨렸다.

"시작도 안 하려고요."

"아름아."

"나, 이번에 상처 많이 받았어요. 겉으로 내색하지 않으려고 애썼지만 정말 힘들었다고요. 또 이런 일 생기면 난……."

그가 손을 뻗어 그녀의 뺨을 어루만졌다.

"다시는 이런 일 없어. 쓸데없이 오해하고 질투하고 그러지 않을게. 약속해."

그의 손에서 느껴지는 온기에 살풋 미소를 지으며 그녀가 입을 열었다.

"내 주변에 남자들이 바글바글 들끓어도요?"

"그래."

"그 남자들하고 밥 먹고, 술 마시고 같이 놀러 다니고 그래도요?"

생각만 해도 화가 나고 열이 받는다. 만일 그런 꼴을 본다면 헐크처럼 광분해서 이리 뛰고, 저리 뛰고, 것도 모자라 그녀 옆에 붙어 있는 놈들은 다 죽여 버리겠다고 소리치면서 난리, 난리를 치겠지.

하지만 진심이 그렇다고 해서 그대로 말을 할 정도로 그는 멍청한 남자가 아니었다.

"그렇대도."

"그건 또 나름대로 기분 나쁘네요."

그녀는 고개를 갸우뚱거리며 이마를 찡그렸다.

"어떻게 보면 내가 하는 일에 관심이 없다는 거잖아요. 네가 누구랑 뭔 짓을 하든 신경 쓰지 않겠다, 뭐, 그런 뜻 아니에요?"

"그건 아니지. 신경을 안 쓴다는 게 아니라, 신경이 쓰여도 널 믿으니까 참겠다는 거지."

"정말 그럴 수 있겠어요? 그 성격에?"

아름은 오늘 그의 성질을 벅벅 긁으려고 작정을 한 듯했다. 자신의 입으로 뒤 끝 짱 길다고 하더니……. 길긴 정말 긴 것 같다.

몇 시간 지나지도 않았는데 벌써 교묘하게 반격을 가하고 있으니 말이다. 그는 속으로만 한숨을 푹 내쉰 뒤, 겉으로는 빙긋 미소를 지었다. 포커페이스. 지금은 그게 최선이었다.

"내 성격이 뭐가 어때서?"

"솔직히 좀 그렇잖아요……."

"뭐가 좀 그러냐고……."

그녀의 뺨을 감쌌던 손이 스르르 목으로 향했다. 커다란 손으로 가녀린 목을 잡은 채 그는 엄지손가락을 세워 그녀의 턱을 문질렀다.

더럽다느니, 지랄 맞다느니 하는 소리를 했다가는 대번에 목을 졸릴 것만 같은 위기감에 그녀는 배시시 미소를 지으며 말을 바꿨다.

403

"다른 사람보다 강한 편이라고요. 고집도 있고."

"흐흠. 머릿속으로는 안 좋은 단어들만 떠올렸으면서 입으로는 예쁘게 말하네."

목을 잡은 손에 힘을 줘 앞으로 끌어당긴 그가 그녀의 이마에 자신의 이마를 마주 댔다.

"솔직히 말해 봐. 무슨 생각했어?"

"다 아시면서 뭘 묻고 그래요?"

그녀가 배시시 웃자 그의 입가에도 빙긋 미소가 생겨났다.

"내가 생각하는 그런 단어들을 너도 생각했다, 이거지?"

"아마 거의 비슷할 걸요?"

말장난을 하듯 상글거리고 웃으며 그녀가 중얼거리자 그의 미소가 더욱 진해졌다.

"그런 생각을 하면서 그냥 조용히 넘어갈 거라 생각한 건 아니겠지?"

"조용히 넘어가지 않으면 어쩌시려고요?"

"도전이야? 화해의 장을 열기도 전에 한 판 뜨자고?"

"도전이라면 뭘 어쩌실 건데요?"

그녀의 눈가에 슬며시 웃음기가 떠오르는 순간이었다. 그가 재빠르게 그녀의 입술에 키스했다. 순식간에 벌어진 일에 당황한 아름의 눈이 동그랗게 커졌다.

"승호 씨?"

"도전이라면서?"

"그래도 이건 아니죠. 여기 회사 앞이라고요."

"차창 썬팅 돼서 밖에서는 안 보여."

말이 끝남과 함께 그가 또다시 짧게 그녀의 입술을 훔쳤다.

"하지 말아요."

그의 손에서 빠져나가려 몸에 힘을 주며 그녀가 이마를 찌푸렸다.

"내가 키스하는 게 싫어?"

"그런 게 아니라……."

그녀는 얼굴이 벌겋게 달아오른 채 난처한 표정을 했다.

"퇴근 시간이잖아요. 사람들도 많이 오고 가는데…… 신경 쓰인단 말이에요."

투정부리듯 말을 하자 그가 쿡쿡 숨죽인 웃음소리를 내뱉었다.

"밖에서는 안 보인다니까 왜 자꾸 의식하고 그래?"

"그래도……."

그가 다시 그녀의 입술에 짧게 키스하며 말했다.

"그럼 아무도 안 보는 곳으로 갈까?"

"승호 씨……."

목소리가 가늘게 떨렸다.

"아파트로 가는 건 어때? 먹을 거 잔뜩 사 가지고. 영화라도 보면서 저녁도 먹고 얘기도 하자고. 단둘이서……."

은밀하게 속삭이는 말에 흥미가 생겨났다. 30살이 되도록 여태 한 번도 해 본 적 없는 일. 기분이 어떨지, 어떤 느낌일지 궁금해졌다. 그러면서도 뭔가 조금은 찜찜한 기분이 들어 그녀는 어정쩡한 태도로 말했다.

"그럴……까요?"

"OK. 지금 바로 가자고."

싱긋 미소를 보인 그가 그녀를 잡았던 손을 놓고 몸을 돌려 앉았다. 버튼을 눌러 시동을 켠 그가 그녀를 바라보았다.

"아무리 가까운 거리여도……."

그녀 쪽으로 쓱 팔을 내민 그가 안전벨트를 잡았다.

"위험할 수도 있으니까 벨트는 매야지."

벨트를 매 준 뒤, 그는 손가락 끝으로 가볍게 그녀의 뺨을 톡톡 쳤다.

"절대 잊어버리지 말라고. 안전이 제일 중요한 거니까."

"알았어요."

머쓱한 표정으로 대꾸한 그녀는 공연히 입술을 삐죽거렸다.

"나도 벨트 매려고 했었어요. 당신이 한발 빨랐던 것뿐이죠."

"내 차에 탈 때는 잊어버려도 돼. 내가 매 주면 되니까."

부드러운 미소를 내보인 그가 왼손은 운전대에 얹은 채, 오른손을 뻗어 그녀의 손을 잡았다.

"한 손으로만 운전하는 게 더 위험한 거 아니에요?"

"그럴지도……."

"그럼 손 놓고 똑바로 운전하세요."

"싫어."

"승호 씨!"

정면을 보고 있던 그가 슥 고개를 돌려 그녀를 바라봤다.

"손 놓으면 네가 사라져 버릴 것 같은 기분이 들어서 그래."

서늘한 감정 하나가 가슴을 찌른다.

가끔, 아주 가끔 그녀도 그런 생각이 들 때가 있었다. 그가 눈앞에 있는데도, 빤히 바라보고 있는데도, 손을 내밀면 잡을 수 있는 거리에 있는데도 마치 신기루처럼 사라져 버릴지도 모른다는 생각이 들 때가 있었다. 그래서 가슴 한구석이 서늘해지고 심장이 멈춰 버릴 것처럼 아팠을 때가…….

지금, 승호가 그런 감정을 느끼고 있는 듯했다.

"피, 지금 여기 차 안인데 사라지긴 어디로 사라진다는 거예요? 꼼짝도 못 하니까 손 놔도 돼요."

"아니. 이렇게 잡고 있어야 안심이 될 것 같아."

그가 손에 더욱 힘을 주어 꼭 움켜잡았다.

"승호 씨……."

"뭐 사 가지고 갈까? 아름인 뭐 먹고 싶어?"

분위기를 바꾸려는 듯 그가 밝은 어조로 물었다.

"음…… 초밥?"

고개를 갸우뚱거리며 생각하는 척하던 그녀가 말을 뱉자마자 그가 소리 나게 코웃음을 쳤다.

"그 말 나올 줄 알았지. 아무리 봐도 넌 나보다 초밥을 더 좋아하는 게 확실해."

"치, 좋아하면 어때요? 어차피 음식인데……."

"만약에 누군가가 주승호 내다 버리고 오면 평생 초밥 먹게 해 준다, 라고 하면 어쩔 거야?"

"어……."

"어쭈?"

그가 이마를 확 찌푸리며 그녀를 슬쩍 노려보았다.

"말 나오자마자 절대 그럴 수 없다고 해야지, 뭘 망설이고 있는 거야? 뭐야? 설마 진짜로 초밥하고 날 바꾸겠다는 건 아니지?"

"만약에요. 승호 씨……."

그녀가 애매한 표정을 지은 채 이름을 부르자 그의 눈이 가늘어졌다.

"만약에 뭐? 무슨 말 하려고?"

"내가 당신을 선택하면요. 평생 초밥 먹게 해 줄 거에요?"

그는 기가 막힌다는 표정을 지었다.

"왜에? 평생 초밥 못 먹을 수도 있다고 하면, 나 버리고 초밥 먹여 준다는 사람한테 가려고?"

"대답부터 해요."

"잠깐만, 생각 좀 해 보고."

큰길을 벗어난 차가 아파트 단지 안으로 들어섰다. 대형마트가 빤히 보이는 길가에 차를 세운 그가 심각한 표정으로 그녀를 돌아보았다.

"당신이야말로 무슨 생각을 해요? 당장에 그런다고 대답해야 되는 거 아니에요?"

심히 기분 나쁘다는 투로 따지고 드는 그녀를 그는 진지한 눈빛으로 바라봤다.

"이거 대답은 다음으로 미뤄야 할 것 같은데?"

"왜요?"

"평생 초밥 먹게 해 주겠다는 말, 프러포즈 같잖아."

은근히 결혼을 염두에 두고 말을 했던 터라 뜨끔해진 그녀는 순간 당황했다.

"프러포즈라고요?"

"음. 이런 데서 아무런 준비도 없이 얼렁뚱땅하고 싶지 않아. 그러니까 다음으로 미루자고."

심장이 두근두근 뛰기 시작했다. 그녀는 기대가 담긴 눈빛으로 그를 바라봤다.

"프러포즈…… 할 거에요?"

"해야지. 아, 물론 언제, 어떤 식으로 할 거냐고 묻지는 마. 그건 답해 줄 수 없으니까."

"그럼…… 나하고 결혼할 거에요?"

"당연하지. 왜 그런 말을 해? 아니, 그럼 넌 결혼할 생각도 없이 우리 집에 인사하러 간 거였어?"

"그건 미션이었잖아요. 당신이 부탁해서 했던 일이었으니까…… 그런데, 정말, 정말 나하고 결혼할 거에요?"

목소리가 가늘게 떨려 나오자 그녀는 두 손을 마주 움켜잡았다. 주책맞게도 눈물이 나올 것 같았다.

"전에 얘기했잖아. 내 마음에 딱 드는 여자 만나면 결혼할 거라고."

"난…… 승호 씨는……."

공연히 심통이 났다. 그렇다면 아예 처음부터 딱 부러지게 말했으면 얼마나 좋았을까. 그랬다면 쓸데없이 맘 졸이는 일도 없었을 텐데. 입술을 삐죽 내민 채 반쯤 토라진 표정으로 그녀는 말했다.

"그런데 승호 씨는 내 마음에 딱 들지 않아요."

"뭐?"

"2% 아니, 10% 이상 모자란다고요."

"헐……."

그가 어이없다는 투로 중얼거렸다.

"10%씩이나?"

"아무리 생각해도 내가 아깝다고요."

"그래서 날 걷어차겠다고?"

그는 상처받았다는 듯 어깨를 축 늘어뜨린 채 그녀 앞으로 얼굴을 디밀었다.

"나 걷어차고 누구랑 잘 먹고 잘 살려고? 초밥집 사장이라도 꼬시려고 그러시나?"

"풋!"

참지 못하고 웃음소리를 내뱉고만 그녀가 진지한 어투로 말했다.

"좋아해요, 승호 씨. 초밥보다 당신을 훨씬 더 좋아해요. 정말이에요."

"으흠. 밥 안 먹어도 배부른 느낌이군. 속에 만족이 꽉 찼어."

승호는 잔뜩 신이 난 표정이었다.

"좋아. 기분이다. 오늘 저녁은 초밥으로 하지. 아무리 질투심이 솟구쳐도 눈 딱 감고 먹어 주겠어."

아름은 아무 말 없이 그를 가만히 바라보았다. 마냥 여유 있어 보이는 그의 표정에 마음이 놓였다. 비 온 뒤 땅이 굳는다더니. 작은 오해로 시작된 다툼이 오히려 그와의 사이를 더욱 가깝게 만들어 준 것만 같은 느낌이 들었다.

이제 정말 그와 사귀는 거다. 결혼을 얘기할 정도로. 저절로 흐뭇해 져서 미소가 생겨난다. 그러면서도 한편으로 조금은 불안한 기분이 들 기도 했다.

그녀는 고개를 살짝 저어 잡생각들을 전부 떨쳐 버리려 애썼다.

그래. 지금 당장은 승호만 생각하면 돼. 그와 같이 있다는 것만. 다른 건 생각하지 말자.

"차에서 기다리겠어? 아님 같이 갈까?"

"같이 가요."

안전벨트를 풀고 차에서 내린 그녀는 승호가 다가오는 모습을 바라 보았다. 가까이 다가온 그는 싱긋 미소를 보이더니 손을 내밀었다. 자 연스럽게 그의 손을 잡고 나란히 마트로 걸음을 옮겼다.

식품관에서 초밥을 산 뒤 매장을 걸어가며 물건을 둘러보던 그가 말 했다.

"밥만 먹기엔 좀 아쉬우니까 술도 사 갈까?"

"응. 그래요. 어떤 술 마실 거에요? 초밥엔 뭐가 어울리죠? 정종? 아님 백세주?"

장난스럽게 대꾸하는 그녀의 말에 그가 피식 웃었다.

"거창하게 무슨. 그냥 간단하게 맥주나 마시자고."

"그래요."

선뜻 고개를 끄덕인 그녀는 주류 코너로 향했다.

"안주는 어떤 걸 살까요? 승호 씨, 뭐 좋아해요?"

6개가 한 묶음으로 되어 있는 캔 맥주를 카트에 싣던 그가 눈가에 장난기를 가득 담고 답했다.

"나? 난 아름일 제일 좋아하지."

능청스러운 그의 대답에 그녀의 얼굴이 확 붉어졌다.

"술안주로 뭘 먹을 거냐고 물어본 거잖아요."

거침없는 그의 말에 심장이 콩닥콩닥 뛰면서 기분이 좋아졌지만, 그녀는 부러 화가 난 표정으로 앙탈을 부렸다.

"승호 씨 눈에는 내가 술안주로 보여요?"

"어. 네가 같이 있으면 술안주가 따로 필요 없지. 앞에 앉혀 놓고 술 한 잔 마시고 쳐다보고, 또 술 한 잔 마시고 쳐다보고…… 그럴 생각이었는데?"

"하아, 정말 말도 안 되는……."

순식간에 자린고비 씨네 굴비가 되어 버린 그녀는 고개를 저으며 한숨을 푹 내쉬었다.

"알았어요. 그럼 당신은 그렇게 해요. 술안주는 내가 좋아하는 걸로만 살 테니까."

무슨 생각을 하고 있는지 속을 알 수 없는 표정을 하고 그는 싱글거리며 웃었다. 그런 그를 얄밉다는 표정으로 쓱 흘겨본 그녀는 꿋꿋하게 마른안주와 땅콩 등을 챙겨 카트에 넣었다.

"컵라면도 살까요? 먹을래요?"

"난 너만 있으면 된다니까……."

"아우, 정말……."

눈꼬리를 홱 치켜 올리는 그녀를 보며 그가 낄낄 웃었다. 불쑥 얄밉다는 생각이 들어 그녀는 주먹을 쥐고 그의 어깨를 툭 쳤다. 그러자 반항이라도 하겠다는 듯 그가 어깨로 슬쩍 그녀의 머리를 밀었다.

"에이, 씨. 진짜……."

약이 오른 그녀는 손가락으로 그의 옆구리를 푹 찔렀고, 곧 볼을 꼬집히는 반격을 당했다.

카트 손잡이를 나란히 잡고 천천히 걸음을 옮기면서도 계속 그와 투닥거리던 그녀는 갑자기 선뜻한 느낌이 들어 우뚝 걸음을 멈췄다.

서늘한 한기가 등을 훑고 지나가는 듯한 그런 느낌.

"왜 그래?"

그의 물음에는 대답도 없이 그녀는 불안한 눈빛으로 주변을 훑어봤다.

"아름아."

별다른 것도 없고 특별히 눈에 띄는 것도 없었지만 여전히 지워지지 않는 선뜻한 느낌에 그녀는 그의 팔을 잡았다.

"승호 씨. 나……."

그때였다. 언뜻 그녀의 눈 끝에 스친 인물 하나.

준호였다. 급한 동작으로 사람들을 헤치고 사라지는 옆모습뿐이었지만 분명 김준호였다.

왜 김준호가 여기에 있는 거지? 우릴 따라온 건가? 왜? 어째서?

그의 팔을 잡은 그녀의 손에 잔뜩 힘이 들어갔다.

"무슨 일이야?"

"으응…… 아무것도 아니에요. 아는 사람을 본 것 같아서……."

고개를 돌려 차분한 승호의 눈빛과 마주하자 불안함이 사라졌다. 그와 같이 있다는 생각만으로도 안심이 되었다. 그러면서도 한편으로는 준호에 대해 그에게 말하지 못한 점이 마음에 걸렸다.

말해야 할까? 아님 말하지 말까? 이대로 그냥 넘어갈 수 있을까? 그러다 만약 저번처럼 오해가 생길 만한 일이 일어나면 어쩌지? 말하면? 말했다가 그가 기분 나빠하면 어떻게 해?

승호와 화해를 하게 돼서 기쁜 와중에 새로운 문제점이 생겨났다.

나쁜 놈. 김준호, 왜 자꾸 내 주위를 맴도는 거야? 그렇게나 싫다고 분명하게 말했는데. 사귀는 남자 있다고까지 얘기했는데. 전에 부딪쳤을 때 승호에게 얻어맞기까지 하고서…… 설마, 그때 얻어맞은 분풀이를 하려고 기회를 엿보고 있는 건 아닐까?

아름은 마음이 편치 않았다. 겉으로는 아무렇지도 않은 척 웃고 떠들면서도 한편으로는 걱정이 되었다.

아파트 주차장에 도착해 차에서 내린 뒤 그녀는 습관적으로 또 주변을 둘러봤다. 혹시나 김준호가 뒤따라오지는 않았을까 하는 생각에…….

집까지 들어오는 동안에도 그녀는 긴장을 늦추지 않았다. 어디선가 갑자기 김준호가 툭 튀어나와 엉뚱한 소리를 할지도 모른다는 상상에 시달렸다.

"음. 일단 맥주는 냉장고에 넣어 놔야겠지?"

"아. 내가 할게요."

주방으로 들어가는 그의 뒤를 따라 걸음을 옮기려는데 핸드폰에서 딩동 소리와 함께 문자가 왔음을 알렸다. 핸드폰을 꺼내 액정을 본 그녀는 이마를 찌푸렸다.

[꽤 행복해 보이네?]

처음 보는 번호였다. 누군가 장난을 치는 건가 하는 생각이 들자마자 불쾌감이 느껴졌다.

"초밥은 지금 먹을 거지?"

주방 안에서 그의 목소리가 들려온다.

"아, 네."

딩동. 또다시 소리가 울렸다.

[그 남자하고 결혼하겠다고? 과연 그게 잘될까?]

문자를 보낸 건 김준호였다.

16장

내 번호는 어떻게 알아낸 거지?

순간적으로 당황한 그녀는 주방 쪽으로 시선을 돌렸다.

그와 같이 있는데…… 어떻게 하면 좋지?

핸드폰을 잡고 있는 손이 덜덜 떨렸다.

그냥 꺼 버릴까?

또다시 딩동 소리가 울렸다. 막 전원 버튼에 손가락을 대던 그녀의 동작이 그대로 멈춰 버렸다.

[너와 결혼하게 되면 너네 집 머슴이 된다는 사실, 그 남자도 알고 있어?]

그녀는 석상처럼 그대로 굳어 버렸다. 핸드폰을 양손으로 꽉 쥔 채 입술을 꼭 깨물고 눈을 감아 버렸다.

미친 놈. 죽여 버리고 싶다.

살의가 뭉게뭉게 피어올랐다. 김준호가 눈앞에 있다면 당장 목을 졸라 버릴 것만 같았다.

"핸드폰 붙잡고 뭐해?"

"네?"

화들짝 놀라 고개를 드는데 핸드폰에서 또다시 딩동 소리가 울렸다.

동그랗게 커진 눈에 액정에 적힌 글자가 선명히 떠오른다.

[내가 대신 말해 줄 수도 있는데…… 네 어머니가 어떤 사람인지, 너네 집안이 얼마나 콩가루 같은 집안인지 아주 자세하고 정확하게 말야.]

전원 버튼을 꾹 눌렀다. 도로로롱 음악 소리와 함께 핸드폰이 꺼졌다.

"무슨 일인지 말해 봐."

평소와 다른 그녀의 모습에 그냥 넘어갈 주승호가 아니었다.

"저기…… 그게……."

그녀는 어정쩡한 표정으로 말끝을 흐렸다.

"말하고 싶지 않은 일인가?"

한 손에는 초밥상자를 또 한 손에는 컵과 물병이 담긴 쟁반을 든 채, 그는 슬쩍 고개를 기울여 그녀의 얼굴을 봤다.

일 때문이라고 핑계를 댈 수도 있었다. 아님 광고나 스팸 문자 때문에 짜증이 나서라고 둘러댈 수도 있었다. 하지만 그녀는 지금이 아니면 다시는 얘기할 기회가 없을 거라 판단하고 마음을 굳게 먹었다.

"전에 아파트 앞에서 싸운 남자 기억나요?"

"음. 기억나."

"아까 마트에서 봤어요."

조금은 겁먹은 표정으로 그녀는 말을 이었다.

"아무래도 우릴 쫓아온 거 같아요."

"그래?"

"사실은 그 남자……."

그녀는 크게 심호흡을 했다. 그리고 그가 뭐라 하기 전에 후닥닥 말을 뱉어 냈다.

"전에 사귀었던 사람이에요."

그가 뚫어져라 바라본다. 얼굴에 구멍이 날 정도로. 아무렇지도 않은 표정을 하려던 그녀는 슬그머니 뺨이 붉어지는 걸 느꼈다. 조금씩, 아주 조금씩 얼굴이 화끈거렸다.

아무 말도 없이 소파 앞으로 다가간 그가 들고 있던 초밥 상자와 쟁반을 탁자에 내려놓았다. 그리고 윗옷을 벗고 넥타이를 풀어낸 뒤, 셔츠 바람으로 소파에 앉으며 한다는 말이 이랬다.

"그래?"

응? '그래?' 라니. 뭔 대꾸가 저래?

마치 자신과 아무 상관도 없는 말을 들었다는 반응이다. 그녀는 나름 잔뜩 긴장을 하고, 크게 야단맞을 각오까지 하고서 한 말이었는데.

"전에 사귀었던 남자라니까요?"

"그래. 들었어. 알았다고."

"알았다면서 반응이 뭐 그래요?"

어깨를 으쓱하면서 그는 별일 아니라는 표정으로 대답했다.

"내 반응이 뭐?"

저렇게 물어보니 할 말이 없다. 전에 사귀었던 남자가 아파트 앞까지 쫓아와 실랑이를 벌이고, 그것도 모자라 오늘 마트에서 봤다는 말까지 했는데 어쩌면 아무렇지도 않은 표정일까. 왠지 김새고 맥 빠지는 기분이다.

"정말 아무렇지도 않아요?"

"아예 아무렇지도 않은 건 아니지. 그런데 알고 있었거든."

"네?"

"그때 두 사람이 하는 말 들었어."

"아!"

그때의 일이 떠올라 그녀는 이마를 찌푸렸다. 그리고 곧 준호가 했던 말이 생각났다. 이대로 포기할 수 없다, 나한테는 너밖에 없다, 친하게 지내고 싶다, 뭐, 대충 그런 식으로 똥 밟는 말을 했었지.

"그런데 그 작자가 왜? 그때 상황 다 끝난 거 아니었나?"

조르륵, 컵에 물을 따르며 그가 지나가는 투로 물었다.

"나도 끝난 거라고 생각했어요. 그런데……."

그녀가 소파 끝에 걸터앉자 그가 초밥 상자의 뚜껑을 열었다.

"앙심을 품었나 봐요. 이상한 문자를 보냈어요."

"이상한 문자? 어떤 거?"

"그게…… 그냥 협박하는 것 같은 그런 문자인데……."

"흠. 간이 배 밖으로 나왔군."

승호의 눈매가 매서워졌다.

"어떻게 해 줄까?"

뜬금없는 승호의 말에 그녀는 눈을 동그랗게 떴다.

"네?"

"잡아서 콩밥을 먹여 줄까? 아님 취조실에 끌고 들어가서 선방을 날려 줄까? 그것도 모자라다면 밤새 가면서 물고문이나 전기고문, 그런 걸 해 줄 수도 있는데. 아름인 어떤 걸 원해?"

에휴, 그녀는 한숨을 푹 내쉬었다. 도대체가 진지함이라고는 국을 끓여 먹은 건지…… 자신은 한참 심각해 죽겠는데 한다는 말이라니.

"검사직 짤리고 싶어서 그러죠?"

"뭐 그 정도를 갖고 검사직까지 짤리고 그러겠어? 요새 그것보다 더 하는 검사들이 얼마나 많은데."

"나 심각해요."

"나도 심각해."

그런 말을 하면서 그녀를 바라보는 그의 표정은 하나도 안 심각해 보였다. 아니 오히려 지금의 상황을 즐기고 있는 듯 입가에 미소마저 띠고 있다.

하아, 아름은 크게 심호흡을 하고 두 손을 꼭 맞잡았다.

"정말 심각한 건 그 남자 때문이 아니고요."

그의 눈치를 슬쩍 보고 그녀는 눈 딱 감고 말을 내뱉었다.

"우리 엄마요."

그는 사뭇 이해하기 힘들다는 표정으로 그녀를 봤다.

"전에 그런 말 한 적 있을 거예요. 내 주변에 밑 빠진 독이 하나 있다고. 그 밑 빠진 독이 바로 우리 엄마예요."

그녀는 차분한 표정으로 그에게 설명을 했다. 자신의 어머니인 정 여사가 어떤 사람인가를. 처음 말을 하기가 어려웠을 뿐, 한 번 얘기를 꺼내고 나니 그다음은 쉬웠다. 어머니에 대한 것에 이어 김준호에 대한 것도 얘기했다. 어떤 관계였는지 왜 헤어졌는지.

"……그랬어요. 난 부끄럽기도 하고 창피스럽기도 해서 엄마나 우리 집안에 대해서 당신한테 얘기하는 건 되도록 뒤로 미루려고 했거든요. 그랬는데 못된 그 인간이 그런 부분을 건드린 거예요. 엄마나 집안에 대한 일들이 나한테는 약점이라는 걸 알고 있으니까……."

그가 그녀를 향해 손을 내밀었다.

"핸드폰 줘 봐."

거부의 말도 하지 못하고, 반항의 몸짓 한 번 하지 않은 채, 그녀는 순순히 핸드폰을 그의 손에 들려 줬다. 그가 전원 버튼을 누르자 디로롱 소리가 울린 뒤, 요란스럽게 딩동, 딩동 문자 알림음이 흘러나왔다.

그 뒤로도 계속 김준호가 문자를 보낸 듯했다. 도대체 뭐라고 보낸 걸까. 궁금하기도 했지만 확인하고 싶지 않다는 마음도 들었다.

[그 남자가 얼마나 잘사는 집 자식인지는 몰라도 너네 집안을 다 감당하기에는 좀 벅찰걸?]

[사랑만으로 먹고 살 수는 없잖아. 나중에 눈물 흘리지 말고 그만 포기하는 게 어때?]

[지금이라도 생각을 바꾼다면 너그러운 마음으로 받아 줄게.]

한참 문자를 들여다보던 승호는 피식 웃었다.

"생각하는 수준이 완전 초딩이군."

나지막한 어조로 말을 내뱉은 그는 통화 버튼을 꾹 눌렀다. 몇 번 신호가 간 뒤, 반가움에 휩싸인 남자의 목소리가 들려왔다.

— 아름아!

마치 전화를 할 줄 알고 있었다는 듯한 그 목소리를 듣는 순간 승호는 입가에 비릿한 미소를 머금었다.

"미안하군요. 기다리던 사람이 아니라서."

— 너, 넌 누구야?

"한 번 만난 적 있지 않습니까? 아름이 아파트 앞에서?"

슬쩍 시선을 돌리니 아름이 조마조마한 표정으로 그를 바라다보고 있었다.

"아름이 남자라고 그때 확실하게 대답해 드렸습니다만. 기억력이 나쁜 겁니까? 아님 내가 우습게 보인 겁니까?"

— 뭐야. 당신이 왜 전화를 한 거야? 아름이 바꿔.

버럭 소리를 지르는 준호의 말에 승호의 눈빛이 날카롭게 변했다.

"그건 안 되겠습니다. 분명하게 말하지만 아름인 이제 내 여자입니다. 내가 아끼고 보호해야 할 사람이라는 겁니다. 그러니까 이제 당신은 물러나십시오. 아름이도 더 이상 당신과 연관되는 걸 싫어하니까."

— 하. 웃기는군. 당신이 아름이에 대해서 뭘 안다고……

"그녀에 대해 알아야 할 건 다 알고 있습니다. 아, 그러고 보니 오히려 당신한테 고맙다고 해야겠군요."

— 뭐라고?

419

"그녀는 당신이 이상한 문자를 보내는 바람에 내게 사실대로 전부 말하기로 결심한 겁니다."

대꾸할 말을 찾지 못한 듯 수화기 너머에서는 시근덕거리는 숨소리만 들려왔다. 승호는 소파 등받이에 몸을 기대며 한결 느긋해진 어조로 말을 이었다.

"이제 그만 아름이한테서 신경 끄시죠. 만약 앞으로 계속 그녀한테 집적댄다면 정말 매운 맛이 어떤 건지 알게 해 드리겠습니다."

— 뭐, 뭐야? 당신이 뭔데 그런 말을…….

호기롭게 소리치는 듯했지만, 이미 상대방의 기가 팍 죽었다는 사실을 승호는 목소리만 듣고도 알아냈다.

"여러 번 얘기하게 하지 마시기 바랍니다. 난 상황에 따라서 착한 검사도 나쁜 검사도 될 수 있는 사람이니까요. 그럼, 이만 끊겠습니다."

전화를 끊은 그는 생각에 잠긴 듯 아무 말 없이 앉아만 있었다.

한동안 정적이 흘렀다. 공기가 무겁게 짓누르는 것만 같아 그녀는 불안한 감정에 휩싸였다. 무슨 말이라도 해야 하는 게 아닐까…… 답답함에 그녀가 입을 열려는 순간 딩동, 문자가 왔다는 알림음이 울렸다.

문자를 확인한 승호가 핸드폰을 내밀었다.

[그동안 못난 꼴 보여서 미안해. 행복해라.]

준호의 문자를 보자 무거운 짐을 내려놓은 것처럼 어깨가 가벼워졌다.

"됐지?"

승호의 말에 할 말을 잃은 그녀는 어정쩡하게 고개를 끄덕였다.

"아, 네……."

"그럴 일은 없겠지만 혹시 모르니까 앞으로 이 작자가 괴롭히면 즉시 나한테 말해."

"네."

그에게 미안하다는 감정을 느꼈다. 또한 적극적인 그의 행동에 조금 놀라기도 했다. 공연히 기가 팍 죽기도 했고.

더는 문제 일으킬 만한 일을 만들면 안 되겠다는 생각이 들다가도 '딱히 내가 크게 잘못한 건 없는데.' 그런 생각이 들기도 했다.

"은근히 겁이 나네요."

그녀의 말에 승호는 싱긋 미소를 지었다.

"뭐가 겁이 나? 내가?"

"네. 전형적인 못된 검사의 일면을 본 것 같아서요."

"흠. 뭐 이 정도를 갖고 그런 말을 하고 그래."

승호는 몸을 앞으로 숙이며 무릎 위에 두 팔을 얹었다. 두 손을 맞잡아 깍지를 끼고 슬쩍 고개만 들고 그녀를 바라봤다.

"생각 같아서는 꼬투리 잡아서 먼지 나도록 탈탈 털어 버리고 싶지만. 널 봐서 참는 거야."

"날 봐서 참는다니 그게 무슨 말이에요?"

"전 남친이었잖아. 혹시 알아? 너무 심하게 당하면 불쌍하다는 생각에 잘해 주고 싶어질지."

"그럴 일 절대 없거든요."

"사람 마음은 모르는 거잖아."

그녀는 싸늘한 눈빛으로 그를 노려보고 정색을 했다.

"그럼 승호 씨는 예전에 사귀던 사람이 전화해서 죽는 소리 하면, 달려가서 돌봐줄 생각이 있다는 거에요?"

"얘기가 왜 또 그쪽으로 빠지는 거야?"

"대답해 봐요. 그럴 생각 있어요?"

"뭐. 어떤 일로 죽는 소리를 하느냐에 따라 다르겠지."

화르륵. 질투의 불꽃이 피어올랐다.

"사기나 폭행 같은 범죄적인 일에 연루되어서 도움을 청하는 거면 달려갈 수도 있을 테고."

"뭐라고요?"

아름은 두 주먹을 꼭 움켜쥐고 벌떡 자리에서 일어났다. 인상을 팍 쓰면서 입술을 꼭 깨문 그녀는 걸음을 옮겨 그의 앞에 버티고 섰다.

"내가 그래도 명색이 검사인데 그런 일이 일어났다고 하면 모른 척할 수는 없는 거잖아."

"그래서 달려가서 사건 해결도 해 주시고 위로도 해 주시겠다. 뭐, 그런 말을 하는 거에요?"

팔짱을 끼면서 그녀는 잔뜩 빈정대는 어조로 말했다.

"많이 놀랬냐, 힘들었겠다, 이제 내가 왔으니 걱정 말아라, 그런 말하면서 어깨도 안아 주고 좋은 감정 느껴 보시겠다고요?"

"어, 그건 비약이 좀 심한데? 설마 내가 그렇게까지 하겠어?"

"충분히 하고도 남으실 분 같으니까 하는 소리잖아요."

아름이 토라진 어투로 쏘아붙이자 그가 벌떡 일어나 그녀의 허리를 끌어안았다.

"이거 놔요."

"충분히 하고도 남는다니. 내가 어딜 봐서 그런 사람으로 보여?"

물론 승호가 그럴 사람이 아니라는 건 그녀도 잘 알고 있다. 하지만 한 번 불붙은 질투는 쉽사리 사그라들지 않았다.

게다가 혹시 정말 그가 그렇게 행동하면 어쩌지? 라는 의심마저 생겨나 농담이었다고 하면서 대충 웃어넘길 수가 없었다. 그녀는 속상한 마음에 저도 모르게 이마를 찌푸렸다.

"인상 쓰지 마. 고운 얼굴 다 망가지겠네."

손가락 끝으로 그녀의 이마를 문지르며 그가 낮은 어조로 말했다.

"네가 걱정할 만한 일 없어. 예전에 사귀던 여자한테 연락 와도 절대 만나거나 하지 않을 테니까."

"정말이에요?"

"그래."

"사고 났다고 울고, 불고 해도요?"

"다른 검사 연락처 알려 주면 되지. 나보다 훨씬 유능한 사람으로."

그녀는 두 팔을 뻗어 그의 목을 안았다. 발뒤꿈치를 올리며 그의 입술에 자신의 입술을 겹쳤다. 자진해서……

"약속한 거에요?"

아름이 수줍은 듯 뺨을 붉히며 작은 목소리로 속삭이자 그의 눈빛이 변했다. 검은 눈동자 안에서 욕망의 불꽃이 번뜩였다. 두 팔로 옥죄듯 그녀의 허리를 바짝 끌어안고 그가 뜨거운 숨결을 내뱉었다.

"그래. 약속해."

그의 입술이 단번에 그녀의 입술을 집어삼켰다. 삼켜 버릴 듯 강하게 빨아들이는 키스에 아름은 흠칫 놀라 몸을 굳혔다.

"하아, 아…… 아파요……."

강렬한 접촉으로 인해 그녀의 입술이 발갛게 부어올랐다.

승호는 혀를 내밀어 그녀의 입술을 핥은 뒤, 불만 섞인 한숨을 내쉬었다.

"넌 너무 약해. 피부도……."

커다란 손으로 그녀의 머리를 감싼 그가 귓가에 입술을 들이댔다. 도톰한 귓불을 깨물 것처럼 입안으로 빨아들이며 혼잣말을 하듯 계속 중얼거렸다.

"만지면 금세 멍이 들고……."

손가락이 저절로 꼬였다. 가만 놔두면 얽히다 부러질 것 같아 그녀는 그의 머리카락 속으로 양손을 찔러 넣었다. 결 좋은 머리카락을 어루만지는 느낌은 퍽 좋았다.

여태까지 누군가에게 약하다는 소리를 들은 적은 없었다. 소심하고 사람 낯가리던 예전에도 그녀는 생김새만으로 강한 여자라는 말을 자주 들었었다. 그런데 그에게서 약하다는 말을 듣자 자신이 정말 연약한 소녀인 것처럼 느껴진다.

"피부는 그럴지 몰라도……."

여전히 손끝으로 그의 머리카락을 만지작거리며 그녀는 입술을 삐죽였다.

"뼈는 통뼈라 튼튼하다고요."

"세게 잡으면 뚝 하고 부러질 것처럼 생겨서 강한 척은……."

"강한 척하는 게 아니에요. 나 운동한 여자라고요. 보기보다 엄청 튼튼하다니까요? 그리고…… 아…… 지금 뭐 하는…… 응……."

말하는 동안 그의 입술이 턱을 지나 목 쪽으로 향하자 그녀는 숨이 막히는 느낌에 저도 모르게 입술을 깨물었다.

"승호 씨……."

고개를 든 그의 눈이 검은 빛으로 번쩍였다. 말을 하지 않아도 무슨 생각을 하는지 알 수 있을 것만 같았다. 서서히 차오르는 흥분으로 그녀는 가쁜 숨을 내쉬었다.

그녀의 허리를 꼭 끌어안고 그가 걸음을 옮겼다. 침실 쪽으로.

그녀도 별다른 반항 없이 그와 보조를 맞추듯 다리를 움직였다.

방 안으로 들어선 그는 그녀의 손을 잡아 침대에 앉게 했다. 두 손으로 그녀의 뺨을 감싸며 입술을 겹쳐 부드러우면서도 달콤한 키스를 연달아 퍼부었다.

"눈 감아."

그녀는 그의 말대로 눈을 감았다. 모든 것이 어둠에 잠기고 청각, 후각, 촉각 등 감각만이 예민하게 살아났다. 자신의 등을 끌어안는 그의

팔의 힘. 입술 끝에 달콤하게 퍼부어지는 입맞춤. 옷깃을 스치는 손가
락⋯⋯.

흥분으로 인해 달아오른 살결에 닿는 그의 손이 시원하게 느껴졌다.

하악, 하악, 가쁜 숨을 내쉬던 그녀는 문득 그가 어떤 표정을 하고
있는지 궁금해졌다. 자신처럼 흥분했을지, 아니면 욕망만을 취하려는
사람처럼 차가울지. 슬며시 눈을 뜨자 뚫어져라 자신을 보고 있는 그의
눈과 마주쳤다.

"눈 감으라니까."

"싫어요."

도리도리 고개를 저은 그녀는 손을 뻗어 그의 팔을 잡았다.

"나도 승호 씨 볼 거에요."

"하하. 이거 갑자기 부끄러워지는데⋯⋯."

뻘쭘한 표정을 연출한 그가 와이셔츠의 단추를 하나씩 풀었다. 적당
히 근육이 붙은 가슴이 드러나자 그녀가 손을 뻗었다. 손바닥으로 문지
르듯 쓰다듬자 그의 호흡이 가빠졌다.

"움직이지 말고 가만히 있어."

허리띠를 풀며 그가 말하자 그녀는 얄미운 어조로 맞받아쳤다.

"싫어요."

그의 가슴을 쓰다듬고 이어 손을 내려 매끈한 복부까지 만졌다.

"아⋯⋯ 젠장. 가만히 좀 있으라니까."

거친 어조로 말한 그가 후다닥 바지와 속옷을 한꺼번에 벗어 버렸
다. 와이셔츠를 벗지도 못하고 팔에 끼운 채 그가 그녀에게 달려들었
다.

"승호 씨. 옷⋯⋯ 꺄악!"

그의 몸에 떠밀려 침대에 누우며 그녀는 비명을 질렀다. 치마를 확
잡아 벗기는 동작에 화들짝 놀란 그녀는 두 손을 내저으며 그를 피하

려고 했다.

"어딜 또 도망가려고……."

흐흐. 악당 같은 웃음소리를 내며 그는 그녀의 허리를 움켜잡았다. 그리고 팬티를 반쯤 끌어내린 후 그녀의 여성에 코를 박았다.

"아…… 하지 마요, 승호 씨. 하지 말라니까……."

"하지 말라고 하면……."

그가 날름 혀를 내밀어 핥자 그녀는 숨을 멈췄다. 짜릿함이 순식감에 머리끝까지 차올랐다.

"더 하고 싶은 게…… 사람이거든."

자신의 말이 맞다는 걸 증명이라도 하려는 듯 그는 더욱 거세게 그녀의 여성을 애무했다.

"아…… 아흑…… 그만…… 그만해요……."

허벅지가 조여지고 온몸이 덜덜 떨려 왔다. 허리를 비틀어 피하려고 하자 그가 그녀의 허벅지를 꽉 움켜잡았다. 그의 손에 의해 무릎을 세우고 다리를 벌린 채로 그녀는 입술을 꼭 깨물었다. 음란한 신음소리가 더 이상 입 밖으로 나가지 못하도록.

하지만 그런 노력도 모두 허사였다. 입술과 혀에 가세해 손가락까지 더해지자 아름은 자신을 붙잡고 있던 이성을 놓아 버렸다.

"제발, 승호 씨. 그만해요…… 나 죽을 것 같아요…… 아아…… 그만……."

간절한 애원에 그의 움직임이 멈췄다.

쾌락으로 흐릿해진 그녀의 눈에 와이셔츠를 벗는 승호의 모습이 보였다.

그가 윗몸을 숙이며 그녀의 입술에 키스를 했다. 황급히 팔을 뻗어 그의 목을 끌어안으며 그녀는 허겁지겁 그가 주는 키스의 달콤함을 받아들였다.

426

온몸이 욱신거리며 쑤셨다. 다리 사이 맞닿은 부분이 참을 수 없을 정도로 저려 왔다.

"승호 씨. 하아…… 승호 씨……."

"그래."

그의 손이 가슴을 움켜쥐었다. 손가락 끝으로 유두를 잡고 만지작거리자 등줄기가 쭈뼛거렸다. 아름은 저도 모르게 허리를 비틀며 그의 어깨를 잡았다.

그의 남성이 여성에 닿는 느낌에 그녀는 또 한 번 부르르 몸을 떨었다. 곧 다가올 쾌락의 느낌을 떠올리는 것만으로도 온몸이 달아올랐다. 그런데…….

그는 삽입을 하지 않고 자신의 남성으로 그녀의 여성을 문질러 대기만 했다. 그런 그의 태도에 아름은 애가 탔다.

그의 남성이 자신의 몸속 깊은 곳으로 파고들길 바라고 있었는데, 끝부분만 슬쩍 슬쩍 건드려 대니 조바심이 나기도 했고, 달아오른 몸이 참을 수 없을 정도로 괴롭기까지 했다.

"승호 씨……."

애타는 어조로 그의 이름을 부르며 그녀는 엉덩이를 움직였다. 그의 어깨와 팔을 움켜잡고 잡아당기기도 했다. 그랬는데도 그는 여전히 삽입은 하지 않고 문지르는 동작만 계속했다.

"승호 씨……."

재차 독촉을 하자 그가 싱긋 미소를 지었다.

"왜……."

왜라니? 그렇게 물어보면 뭐라고 대답을 한단 말인가. 어서 빨리 하란 말이야! 라고 소리라도 질러야 하는 건가. 난처함에 그녀가 울 것 같은 표정으로 그를 바라봤다.

"푸훗! 아, 정말 귀여워……."

그의 말에 그녀의 얼굴이 붉어졌다.

"장난도 못 치겠네."

그녀의 입술에 쪽 소리가 나도록 입을 맞추고 그는 허리를 움직였다.

"아…… 아흑!"

그의 남성이 밀고 들어오자 온몸이 벌어지는 느낌이 들었다. 그리고 안쪽으로 꽉 찬 느낌도.

순식간에 쾌감이 상승곡선을 그리며 온몸에 힘이 들어갔다.

"아웅…… 아!"

입술을 살짝 깨물며 그녀는 신음소리를 냈다.

"아퍼?"

걱정스러운 기색으로 그가 물었다. 그녀는 살짝 눈을 찡그린 채 고개를 도리도리 저었다.

"괜찮아요."

그가 고개를 숙여 그녀의 가슴에 입을 댔다. 흥분으로 오뚝하니 솟아오른 유두를 입안으로 빨아들이며 그는 낮게 만족스러운 신음을 흘렸다.

가쁜 숨소리와 이마에 송글송글 맺히는 땀방울. 쾌락에 절은 신음소리. 아름은 제정신을 차릴 수가 없었다. 그가 조금씩 움직임을 빨리 하자 금세 오르가즘에 도달할 수 있을 것만 같았다.

그의 팔을 움켜잡은 손에 힘을 주며 그녀는 목 졸린 신음을 내뱉었다.

"으응…… 아…… 승호 씨. 좋아요……."

이성이 마비되어 통제가 안 되는 듯 평소라면 하지 않을 말이 저절로 그녀의 입을 뚫고 나왔다.

"아아…… 조금만, 조금만 더요……."

몸에 힘을 잔뜩 준 채 막 다가오는 오르가즘을 붙잡으려 할 때였다. 돌연 그가 움직임을 멈췄다.

"으응?"

오르가즘을 느끼지 못했다는 아쉬움보다도 승호에게 무슨 문제라도 생긴 건 아닐까 하는 걱정으로 그녀는 화들짝 놀랐다.

"승호 씨. 괜찮아요?"

"후우……."

그가 깊게 숨을 내쉬며 슬며시 고개를 흔들었다.

"왜 그래요? 표정이……."

잠깐이었지만 무섭게 변했던 그의 표정이 뇌리에 남았다. 그녀는 손을 뻗어 그의 얼굴에 댔다. 조금 겁을 집어먹은 탓인지 손끝이 가늘게 떨렸다.

"그대로……."

그가 그녀의 손을 잡아 입술에 댔다. 손바닥 안쪽에 입을 맞추며 낮은 음성으로 중얼거렸다.

"끝낼 뻔했어."

"네?"

그녀는 솔직히 당황스러웠다. 그가 무슨 말을 하는지 선뜻 이해할 수 없어 더 그랬다.

"자세를 좀 바꾸자고."

그가 그녀의 등을 감싸 안아 일으켰다. 얼굴을 마주 보게 되자 그녀의 입술에 부드럽게 키스를 했다.

"이대로 끝내 버리기엔 너무 아쉽잖아. 계속 몇 번이고 할 수 있는 것도 아닌데."

"저기, 승호 씨. 그럼 그 끝날 뻔했다는 게……."

그녀의 눈길이 슬쩍 허리 아랫부분으로 향했다.

"음. 아니면 이 상황에 달리 뭐가 있겠어?"

그에게 무슨 일이 생긴 건 아니라는 생각에 안심이 되면서도 오르가즘을 느끼기 직전에 멈췄다는 데에 아쉬운 마음이 들었다.

"깜짝 놀랐어요. 당신 어디 아픈 줄 알고."

"아니야."

한 손으로 그녀의 가슴을 움켜잡고 그가 뒤로 누웠다.

"어맛?"

그를 타고 올라앉은 자세가 되자 그녀는 부끄러움에 얼굴을 확 붉혔다.

그의 눈이 번쩍 빛을 발하며 붉어진 그녀의 얼굴과 탐스럽게 치솟은 가슴을 훑어보았다.

"움직여 봐."

그가 나른하니 풀린 어조로 말하자 그녀의 얼굴이 더욱더 붉어졌다.

"승호 씨."

"어서. 제대로 안 하면 비명소리 나게 해 줄 거야."

또다시 그의 짓궂음이 발동된 것 같다. 아름은 어쩔 수 없다는 표정으로 하아, 한숨을 내쉬고 슬쩍 허리를 움직였다.

"으음, 정말 좋은데……."

목 깊은 곳에서 신음소리를 울리며 그가 지긋이 눈을 감았다.

욕망에 충실한 남자의 얼굴이 멋있게 느껴진 건 승호가 처음이었다. 그것도 자신에 의해 변할 수 있다는 사실에 그녀는 살짝 자부심을 느끼기까지 했다.

계속해서 허리를 움직이자 그의 호흡이 거칠어졌다. 멀리 사라져 버린 줄 알았던 오르가즘이 소리 없이 옆에 와 있다.

그와 손을 맞잡고 하악, 하악, 거친 숨을 내쉬며 그녀는 허리를 움직였다. 머리카락이 사방으로 흩날리고 가슴이 무겁게 출렁거렸다. 천천히, 혹은 빠르게…… 그녀는 자신이 하고 싶은 대로 움직였다.

"으…… 으윽. 음……."

깊게 신음소리를 내뱉은 그가 그녀의 허리를 양손으로 꽉 움켜잡았다.

그가 허리를 튕겨 올리자 밑에서부터 치고 올라오는 강한 느낌에 그녀는 비명을 질렀다.

"아흑."

몇 번 더 그가 그렇게 움직이자 오르가즘이 찾아왔다. 그녀는 윗몸을 숙이며 그의 어깨에 손을 짚고 부들부들 몸을 떨었다. 허리에 잔뜩 힘이 들어가고 손가락 끝, 발가락 끝이 저절로 오므라들었다.

움직임을 멈춘 그가 엎드린 그녀의 등을 힘껏 끌어안았다.

한참을 쾌락의 물결 속에서 허우적거리던 그녀는 등을 쓰다듬는 그의 손길에 조금씩 정신을 차렸다.

또 혼자만 절정을 느꼈다는 사실에 그녀는 부끄러웠고 그에게 미안함도 느꼈다.

"승호 씨……."

그녀가 다른 말을 하기도 전에 그가 몸을 잡은 손에 힘을 줬다. 그리고 앗! 소리를 낼 사이도 없이 옆으로 뉘어졌다. 그는 그녀의 허벅지를 끌어당겨 자신의 허리에 얹었다.

"긴장하라구."

"네?"

"비명소리 나오게 해 줄 테니까."

찡긋, 윙크를 하며 그가 장난스럽게 말했다.

"아, 저기…… 나, 제대로 못한 거예요?"

애교스럽게 중얼거리자 그가 이를 드러내며 으르렁거렸다.

"크흑! 아니, 너무 잘했지. 너무 잘해서 상으로 비명소리 나게 해 주겠다고."

말을 하며 그가 움직이기 시작하자 그녀의 입에서 숨죽인 신음소리
가 흘러나왔다.

"아, 아……, 아흑, 그런 게…… 어딨어요…… 아흑, 승호 씨. 너무
해……. 아앙……."

그가 강하게 움직일 때마다 비명소리와 신음소리가 섞여서 흘러나왔
다.

"흠. 소리가 너무 약한데? 그렇다면……."

"으흑……."

그의 남성이 쓱 빠져나가는 느낌에 그녀는 신음을 흘리며 입술을 깨
물었다. 손톱이라도 세워 그의 얼굴을 할퀴어 줘야겠다. 그런 생각을
하고 있는 그녀의 어깨를 그가 잡아 돌아눕게 만들었다.

"뭐, 뭐하는 거에요?"

"이번엔 정말 각오해."

귓가에 나지막하게 달디단 음성이 들려왔다. 그리고 한쪽 다리가 치
켜 올려지고 뒤쪽으로부터 그의 남성이 파고들었다. 묵직하고 강한 그
느낌에 그녀는 비명소리도 지르지 못하고 이를 악물었다.

반쯤 엎어지다시피 한 그녀를 등 뒤에서 끌어안고 풍만한 가슴을 움
켜쥐며 그가 뒤쪽에서 공격을 해 왔다.

"아, 아앗! 앗! 승호 씨. 아으……. 그, 그만……."

퍽퍽퍽. 요란한 소리가 방 안에 울렸다.

또다시 오르가즘이 빠르게 찾아왔다.

"그만요. 승호 씨. 살려 주세요…… 아앙, 나 정말 죽어요……."

"거의 다 왔어."

헉헉, 가쁜 숨을 그녀의 귓가에 내뿜으며 그가 중얼거렸다. 그리고
그녀의 몸 안쪽에 폭발하듯 강한 충격을 주며 사정을 했다.

정신이 혼미해질 정도로 격렬한 정사였다. 멍한 정신으로 그에게 안겨 그녀는 쾌감의 여운을 즐겼다. 등 뒤로 느껴지는 든든한 그의 가슴. 자신의 가슴을 어루만져 주는 그의 손길. 귓가에 내뿜어지는 그의 호흡까지. 모든 게 달콤했다.

사랑해요.

그녀는 그렇게 말하고 싶었다.

사랑해요. 승호 씨.

"배고프지 않아?"

그의 질문에 사랑한다는 말이 쏙 들어갔다.

그러고 보니 저녁도 먹지 못했다. 그의 말 한마디에 엄청나게 허기가 졌다. 체력 소모가 심해서인지 그 어떤 때보다도 더 배가 고팠다.

대답할 기운도 없어 그녀는 고개만 끄덕였다.

"잠깐 누워 있어."

일어나 앉아 있으라고 해도 그럴 수 없는 상태에 그녀는 눈으로만 그에게 감사의 뜻을 전달했다.

그가 침대 밑으로 내려서더니 팬티를 입었다. 방 밖으로 나가는 그를 그녀는 그저 멍한 눈으로 봤다. 뭘 하려고 그러나. 궁금하기는 했지만 너무 나른해져서 꼼짝도 할 수가 없었다.

그다지 오랜 시간이 지나지는 않았다. 그 사이에 샤워를 했는지 머리카락이 젖은 채 방으로 들어오는 그의 손에는 거실 탁자에 놔두었던 초밥 상자와 물병이 담긴 쟁반이 들려 있었다.

"자. 저녁이 준비되었습니다."

침대 옆 협탁에 쟁반을 내려놓고 그는 그녀를 보며 싱긋 웃었다.

축 늘어지는 몸에 힘을 주며 그녀는 이불을 둘둘 말고 일어나 앉았다. 그녀와 적당히 간격을 벌리고 앉은 그는 초밥 상자를 중간에 놓고 뚜껑을 열었다. 그리고 초밥 한 개를 손으로 집어 그녀의 입에 가져다 댔다.

아— 입을 벌리자 초밥이 입안으로 쏙 들어왔다.

"꼭꼭 씹어서 먹어. 체하지 않게."

우물우물 초밥을 씹어 삼킨 그녀는 어린애처럼 감탄사를 연발했다.

"아, 정말 맛있다."

하하. 소리 내어 웃은 그가 초밥 한 개를 더 먹여 줬다.

"승호 씨도 먹어요."

문득 그녀는 팬티만 입고 앉아 있는 그를 보고 풋— 웃음을 터트렸다.

"왜?"

초밥을 입에 집어넣으며 그가 물었다.

"웃기잖아요. 옷도 안 입고 앉아서 밥 먹고 있고. 나 이런 거 처음이 거든요."

"나도 처음이야."

"정말이에요?"

그녀는 승호가 자신보다 나이도 많고 연애 경력도 많았기에 이런저런 일들을 많이 해 봤을 거라 짐작했었다.

"여자 사귀어 본 적 많다면서요?"

"흠. 거의 다 점잖게 사귀어서."

"하긴, 지금 상황은 그닥 점잖다고 할 수는 없네요. 푸훗! 점잖기는 커녕 누가 볼까 겁이 나네요."

까르륵 웃음을 터트린 그녀는 범죄모의라도 하듯 고개를 앞으로 숙이며 소곤거렸다.

"현관문은 잘 잠겨 있겠죠?"

"걱정 마. 들어오면서 확인했으니까."

"호호훗. 이거 정말 스릴 있네요."

연신 즐겁게 초밥을 나눠 먹은 후, 그녀는 그의 품에 안겨 침대에 누웠다.

"나, 졸려요."

"그럼 자."

그가 어깨를 토닥거려 준다.

"영화 보기로 했는데……."

"나도 좀 피곤하니까 한잠 자고 일어나서 보자."

"우웅. 그래요……."

한동안 가만히 그가 주는 따스한 온기를 느끼며 그녀는 졸음에 눈을 깜박였다. 그는 벌써 잠이 든 듯 등 뒤로 느껴지는 심장 박동이 규칙적이었다. 가슴을 감싸고 있던 손도 힘이 풀렸고.

나른하면서도 편안한 기분으로 그녀는 잠에 빠져들었다.

17장

호호. 깔깔.

휴게실에서 요란한 웃음소리가 들려왔다.

"언니도 봤죠? 진짜 잘생겼죠?"

"잘생기긴 했는데 솔직히 내 스타일은 아니더라."

"그럼 언니는 어떤 스타일을 좋아하는데요?"

"그 왜 있잖아. 가끔 한 부장님 찾아오는 검사님."

"아, 주 검사님이요."

서류를 들고 막 휴게실을 지나치려던 아름은 들려오는 소리에 걸음을 멈췄다.

"응. 그래. 그 검사님, 스타일 진짜 괜찮지 않아?"

"괜찮기야 하죠. 하지만 그러면 뭐해요? 임자 있는 몸인데."

"맞다. 그분, 영업부 강 대리님하고 사귀는 사이였지. 아, 아까워라."

뭐야? 벌써 회사에 소문 다 난 거야?

당혹감과 부끄러움에 얼굴을 붉게 물들이고 아름은 서둘러 휴게실을 지나쳤다.

사무실로 들어온 그녀는 책상 앞 의자에 앉으며 한숨을 푹 내쉬었다. 요 며칠 사이에 회사 근처에서 승호와 만나기는 했지만 특별히 남들 보기에 이상한 행동을 한 기억은 없다.

그런데도 회사에 사귄다는 말이 나돌다니. 이건 분명 누군가가 그들에 대한 말을 하지 않고서는 일어날 수 없는 일이었다.

누구지? 진우인가? 아님 입 싼 김 실장? 그것도 아니면 혹시 한 부장님?

자신에게 의혹의 눈길을 보내던 사람들을 죽 떠올리던 그녀는 이내 고개를 저었다. 소문이 나면 어떻고 알려지면 어떻겠는가. 승호와 사귄다는 사실이 헛소문도 아니고 감추고 싶은 비밀도 아닌 것을. 마음 편하게 있자.

막 그런 생각을 했을 때였다. 다소 거칠게 문을 열고 들어온 진우가 인상을 박박 쓰며 말을 꺼냈다.

"에이, 진짜. 여자들이란 하나같이…… 어? 누나, 사무실에 있었네요?"

"그래. 있었다."

그녀는 삐딱한 표정으로 진우를 흘겨봤다.

"잘됐네요. 그렇잖아도 누나한테 할 말이 있었는데."

"그보다 좀 전에 그게 무슨 말이야? 여자들이 하나같이 뭐?"

"아, 그거요?"

진우가 겸연쩍은 표정으로 뒷머리를 긁었다. 그리고 이내 심퉁맞은 표정으로 입술을 죽 내밀었다.

"인사과 이혜진 씨 말이에요. 잘생긴 남자만 보면 혹해 가지고 정신을 못 차린다니까요. 거기다 경리과 지현 씨까지 한통속이 되어서는 호들갑 떨며 야단법석을……"

437

그녀는 손을 들어 진우의 말을 막았다.

"잠깐, 스톱!"

휴게실에서 들렸던 목소리 중 한 명은 지현이었다. 친하게 지냈기에 지현의 목소리는 들으면 바로 알 수 있었다.

지금 진우의 말을 들어 보면 지현이 언니라고 부른 사람은 인사과의 이혜진인 거다. 그렇다면 그 둘이 입을 모아 잘생겼다고 하는 사람은…….

궁금증에 그녀는 질문을 던졌다.

"그 잘생긴 남자가 누군데?"

"그 얘길 하려고 누날 찾은 거에요."

날 찾았다고? 왜?

"하도 꺅꺅거리면서 난리를 치길래 누군가 보러 갔었어요. 그런데 하, 어이없게도 그놈이 김명훈이더라고요."

"뭐? 김명훈?"

그녀는 깜짝 놀라 자리에서 벌떡 일어났다.

"그놈이 어디 있는데?"

"시장통 할머니네 야채 가게요."

"하!"

그녀는 기가 막혀서 아무 말도 못하고 입을 떡 벌렸다.

"잘생겼네, 어쩌네 난리를 치더만. 그놈이 뭐가 잘생겼어요? 아니, 그리고 잘생기기만 하면 뭐해요? 인성이 개판인데. 저 여자들은 그놈이 사기치고 돌아다니는 놈이라는 거 알고나 좋다고 하는 건지…….."

"그놈이 왜 거기 있는 건데?"

"그거야 나도 모르죠."

진우의 대답에 그녀는 이마를 확 찌푸렸다.

"뭐야? 그럼, 넌 그놈을 보고 그냥 왔단 말야."

"할머니하고 같이 앉아서 밥 먹고 있는 걸 뭐 어쩌라고요?"

밥을 먹어? 그것도 할머니하고 같이?

갑자기 머리가 띵— 하는 느낌이 들었다.

"할머니가 옆에 있으니까 뭔 말도 못 하겠던데…… 어?"

잔뜩 심통이 난 표정으로 말하던 진우는 벌떡 일어나 문을 향해 달려가는 아름의 뒤통수에 대고 소리쳤다.

"누나 어디 가요?"

"할머니네."

쾅 소리가 나도록 문을 닫고 나온 그녀는 곧장 시장을 향해 뛰었다. 할머니네 야채 가게 앞까지 달려와서야 걸음을 멈췄다. 가쁜 호흡을 다스리며 안쪽을 보니 명훈이 보였다.

사람 좋은 미소를 띤 채 앞에 선 아주머니에게 시금치를 들어 보이는 명훈을 노려보며 그녀는 이를 악물었다

어휴, 저걸 그냥!

야채가 놓여 있는 좌대를 지나, 가게 안으로 들어서자 고개도 들지 않고 명훈이 인사말을 건넸다.

"어서 오세요."

검은 비닐봉지에 시금치를 담아 앞에 선 아주머께 건네주고 고개를 돌리던 명훈이 그녀를 보고 눈을 동그랗게 떴다.

"너 여기서 뭐하냐?"

"장사하잖아."

명훈은 뻔히 보면 모르겠냐는 표정으로 답하며 그녀를 흘겨보았다.

"그러니까 네가 왜 여기서 장사를 하고 있냐고."

"할머니 마실 가셔서……."

"총각. 양파는 얼마야?"

아주머니의 질문에 명훈은 하던 말을 멈추고 즉각적으로 반응했다.

"한 바구니에 2,500원입니다."

"아유, 비싸다."

"요새 양파가 많이 올라서 그래요. 두 바구니 사시면 한 개 더 드릴게요."

능숙하게 물건을 파는 명훈을 보며 아름은 놀라움에 입을 딱 벌렸다.

"그래? 그럼 두 바구니 줘."

"네. 시금치까지 7,500원입니다."

능숙한 손길로 양파를 검은 봉지에 넣어 아주머니에게 건네고 명훈은 만 원을 받아 들었다.

계산대로 쓰는 책상 앞으로 다가간 명훈이 돈 통을 열고 거스름돈을 꺼내는 걸 본 아름의 인상이 더욱 구겨졌다.

"고맙습니다. 안녕히 가세요."

아주머니가 가게를 나가자 명훈이 그녀를 노려보며 말했다.

"뭐. 왜?"

"왜? 왜 소리가 나오냐?"

"니 말대로 와서 할머니한테 죄송하다고 말했어. 무릎 꿇고 싹싹 빌었다고."

"그래. 그건 잘했다. 그런데 왜 여기 계속 있는 거냐고."

"그게…… 할머니하고 같이 살려고."

"뭐?"

그녀는 '하늘이 무너졌다'라는 말을 들은 것처럼 펄쩍 뛰며 놀랐다.

"야, 이 미친놈아. 그게 말이 돼?"

"아, 왜 말이 안 돼? 할머니도 나이 드셔서 힘드니까 내가 장사 도와주면서 같이 살겠다는 건데."

"헐!"

명훈은 억울한 표정으로 씩씩거리며 눈에 힘을 잔뜩 주고 그녀를 노려보았다.

"할머니도 혼자라 의지할 곳 생겼다고 좋아하셨어."

"너 전에 여기 와서 며칠 있을 때도 그렇게 말했다며? 일 도와드릴 테니 재워 주고 밥만 먹여 주면 된다고. 그래 놓고 할머니 꼬드겨서 쌈짓돈 들고 뛴 거잖아! 안 그래?"

"그땐 그때고 지금은 다르다고!"

"다르긴 뭐가 달라? 이번에도 며칠 있다가 돈 통 들고 튈지 누가 아냐고!"

"안 그런다니까!"

그녀는 손을 내밀어 버럭 소리를 지르는 명훈의 멱살을 움켜잡았다.

"이 미친놈이 어디서 소리를 바락 바락 질러? 너 한 번 정말 죽어 볼래?"

힘을 줘 움켜잡으며 그녀는 눈을 부릅떴다.

"이 나이도 어린 노무 시키가 꼬박 꼬박 반말에 말대꾸하면서 대들어?"

막 그녀가 명훈을 패대기쳐야겠다고 마음먹었을 때였다. 입구 쪽에서 인기척이 들렸다.

"어서 오세요."

반사적으로 명훈이 인사말을 했고, 그녀는 뻘쭘한 표정으로 멱살을 잡았던 손을 놓았다.

"콩나물 있어요?"

"네. 있습니다."

후다닥 손님 쪽으로 달려가는 명훈을 보며 아름은 고개를 설레설레 저었다.

저놈을 정말 믿어도 되는 거야?

한쪽 구석에 놓여 있는 의자에 앉아 명훈이 하는 꼴을 지켜보고 있던 중에 할머니가 가게 안으로 들어왔다. 아름은 벌떡 일어나 고개를 꾸벅 숙였다.

"할머니. 안녕하셨어요?"

"오, 아름이 왔구나. 오랜만에 보네."

그러고 보니 가게에 찾아온 것도 몇 달 만이었다.

느릿한 걸음으로 다가와 앞에 놓인 의자에 앉는 할머니의 동작이 조금은 부자연스러워 보였다.

어디가 아프신 걸까?

전에 봤던 것보다 10년은 더 늙어 보이는 할머니의 모습에 순간적으로 미안한 마음이 생겨났다. 승호와의 일로 마음이 번잡해 본의 아니게 할머니에게 무관심했다. 명훈을 잡아오겠다고 큰소리를 쳐 놓고 정작 아무것도 하지 못했다는 사실에 죄책감마저 들었다.

"그렇게 서 있지만 말고 앉아."

엉거주춤 의자에 엉덩이를 붙이며 그녀는 조심스럽게 말을 꺼냈다.

"자주 찾아뵈었어야 하는데…… 죄송해요. 제대로 신경 쓰지도 못하고……."

"아니야. 그런 말 하지 마. 아름이 덕분에 저놈이 정신을 차린 거니까."

인자하게 웃으며 할머니는 고개를 돌려 손님을 상대하고 있는 명훈을 봤다.

"그냥 내쫓아 버리지 그러셨어요."

타박하듯 그녀가 말하자 할머니가 손을 내저었다.

"저놈한테 뭐라고 할 거 없어. 내가 같이 있자고 붙잡은 거니까."

"네? 할머니가 잡으셨다고요? 아니, 왜요?"

정말 이해할 수 없다는 생각이 먼저 들어 아름은 눈을 동그랗게 뜨

며 물었다

"나이를 더 먹으니까 돈보다 옆에 사람을 두고 싶다는 생각이 들어. 이렇게 혼자 살다 죽어도 아무도 모르게 되면 그만큼 서러운 일도 없을 것 같아서."

문득 할머니가 가엾게 느껴졌다. 가족도 없고, 일가친척도 없이 혼자 외롭게 지내는 게 안쓰럽다 생각되었다. 오죽하면 생판 남인 명훈과 같이 살겠다 생각을 했을까. 그것도 전에 못된 짓을 한 놈을.

아름은 폭 한숨을 내쉬고 불안감을 드러냈다.

"그래도 할머니. 저놈은 좀 위험하잖아요. 전에도 돈 들고 튀었는데, 또 그러면 어쩌려고요."

"내가 마음을 비우면 돼. 내 아들놈이다 생각하면…… 그깟 돈 가져가도 상관없겠다 싶었어. 어차피 죽을 때 다 끌어안고 가지도 못하는데, 뭘."

그게 과연 가능할 일일까? 그런 생각이 들었지만 그녀는 내색하지 않았다. 당사자인 할머니가 괜찮다는데 옆에서 공연히 감 놔라, 배 놔라 할 필요는 없는 일이었다.

"그렇게 말씀하시면 어쩔 수 없는 일이지만, 그래도 조심하세요. 옛말에 제 버릇 개 못 준다는 말도 있잖아요. 그리고 혹시라도 저놈 수상한 짓 하면 저한테 말씀하시고요."

"그래. 이렇게 신경 써 줘서 고마워."

"아니에요. 저도 자주 들러 보고 할 테니까 항상 조심하세요."

그녀는 찜찜한 기분을 털어 버리려 애쓰며 의자에서 몸을 일으켰다.

"저 그만 가 볼게요. 건강하세요."

"그래. 고마워."

가게 입구로 나간 그녀는 좌대 옆 의자에 앉아 있는 명훈에게 다가갔다.

"개과천선했다고?"

"그렇다니까."

"정말 그러길 바란다."

그녀의 말에 명훈이 버럭 성질을 부렸다.

"아이, 씨. 맘잡고 살겠다는데 자꾸 초 칠래?"

"네 본심이 뭔지 그게 궁금해서 그러는 거잖아! 이 썩을 놈아."

뭔가 꿍꿍이가 있는 게 분명하다고 여긴 그녀가 눈을 내리깔고 나지막한 어조로 다그치듯이 말했다.

"확실하게 말해 봐. 뭐야?"

"경기도에 땅이 있대."

갑자기 웬 땅? 그녀가 의심쩍은 눈길로 쳐다보자 명훈이 뻘쭘한 표정으로 뒷목을 긁적였다.

"착실하게 잘 살면 돌아가실 때 그 땅을 물려주시겠다고 하더라고. 이 가게하고……."

그럼 그렇지. 아무 조건 없이 네놈이 이런 가게에 박혀 있을 인간이 아니지.

그녀는 나지막하게 혀를 찼다. 그러면서도 한편으로는 잘된 일이라는 생각도 했다. 할머니는 혼자 외롭게 살지 않아도 될 테고, 명훈은 원하던 재물을 얻게 될 테니까.

"할머니한테 잘 해 드려."

"잔소리 안 해도 알고 있어."

끝까지 뻗대는 명훈을 한 대 쥐어 패고 싶은 걸 간신히 참으며 그녀는 가게를 벗어났다.

"내가 항상 지켜보고 있다는 것도 잊지 마라. 아, 그리고 혹시나 해서 하는 말인데 전처럼 돈 들고 튈 생각 하지 마라."

"그럴 생각 없다고!"

하긴 바보가 아닌 이상 번듯한 가게와 경기도 땅을 놔두고 돈 통 들고 튀지는 않겠지. 그런 생각을 하면서도 안심이 되지 않아 그녀는 슬쩍 웃으며 다짐을 뒀다.

"할머니한테 못된 짓 하는 그 순간부터 넌 죽은 목숨 되는 거야. 나한테 쫓겨 다녀 봐서 알지?"

"에이, 씨. 맘잡고 산다니까 정말!"

그녀는 성질을 부리며 벌떡 일어나는 명훈의 어깨를 툭툭 쳤다.

"알았으니까 그렇게 열 내지 마. 나 간다."

뛰쳐나갈 때와는 정반대로 그녀는 느긋한 걸음으로 사무실로 돌아왔다. 걸어오는 동안 계속 할머니와 명훈에 대한 생각을 했다.

서로 이해관계가 맞아서 같이 살게 된 건 다행이지만…… 전혀 다른 성격의 두 사람이 몇 년이 될지도 모르는 시간을 살면서 아무런 충돌 없이 잘 살 수 있을까. 그런 생각이 들자 조금 우울해졌다. 걱정스러운 마음도 들었고.

사무실에 들어와 자신의 의자에 앉으며 아름은 저도 모르게 한숨을 내쉬었다.

"만나 봤어요?"

쪼르르 달려온 진우가 묻는다.

"응. 만났어."

"뭐라고 해요?"

진우는 퍽이나 궁금하다는 표정으로 질문을 던졌다.

"맘 잡고 할머니 모시고 잘 살겠다더라. 할머니 대신 장사하면서."

"에? 그럼 그놈, 거기 계속 있는 거예요?"

예상보다도 훨씬 더 펄쩍 뛰는 진우의 행동이 의아했다.

"그런다고 하던데. 왜?"

말을 해 놓고 나니 휴게실에서 떠들던 두 사람이 머릿속으로 떠올

445

랐다.

"아하! 송진우. 너 여직원들 때문에 그러는구나."

"꼭 그런 건 아니고요."

"걔네들 그러는 거 하루 이틀도 아닌데 뭘 그렇게 신경을 쓰고 그래? 너, 혹시, 설마 둘 중에 한 명한테 관심 있는 거야?"

"아니에요!"

진우가 놀란 표정으로 버럭 소리를 질렀다. 강한 부정은 긍정이라는 말이 왜 갑자기 생각나는 걸까?

"둘 중에 누구야? 지현이? 아님 이혜진 씨야?"

"그런 거 아니라니까요. 그냥 회사 내에서 생긴 것 같고 시끄럽게 구니까 꼴 보기 싫어서 그러죠. 그보다 참, 누나. 그럼 이제 김명훈이 찾으러 다니는 건 안 해도 되겠네요?"

"그렇지."

"잘됐네요. 그러고 보니 올해는 일이 잘 풀리네요. 김명훈은 제 발로 걸어 들어왔고, 권형우는 한 부장님이 잡아들였으니까…… 결과적으로 누나가 개인적으로 받은 일은 다 해결된 셈이잖아요."

그녀도 며칠 전에 승호에게서 들었다. 한 부장에게 일을 의뢰한 '나름 주변상황 살펴야 한다는 분'이 나서서 권형우를 잡는 일에 도움을 줬다고. 사건을 해결한 덕분에 마음이 한결 가벼워졌다면서 승호는 크게 웃었었다.

"에휴, 그런데 난 왜 이리도 마음이 무겁다냐."

아름은 한숨을 푹 내쉬었다. 아마도 자신이 직접 일을 해결한 게 아니어서 그런 것 같다. 그것도 아니라면 김명훈을 믿을 수 없어서일지도…….

"너무 크게 걱정하지 말아요, 누나. 세상에 악인들만 있는 것도 아니니까."

정말 진우의 말대로였으면…….

♡ ♥ ♥ ♥

수요일 오전, 김 여사에게서 호출이 왔다. 나긋나긋한 목소리로 김 여사는 퇴근 후, 집으로 들리라는 말을 전했다.

무슨 일일까? 왜 날 부르는 걸까?

짐작하건대 헤어지라는 말을 할 것 같았다. 더 이상 승호와 어울려 다니는 꼴 볼 수 없다는 말을 들을 것 같은 느낌이다.

그와 헤어진다는 건 생각해 본 적 없다. 그의 모진 말에 상처 입고 아파할 때도 헤어져야겠다고 마음먹은 적 없었다. 하지만…… 어른들이 헤어지라고 강요하면 뭐라 말을 해야 할까. 무슨 말로 설득을 해야하나.

눈앞이 깜깜했다. 마음도 무거웠고.

그는 알고 있을까? 얘길 해야 하나?

알려야 할까, 말아야 할까 걱정을 하고 있던 때에 그가 전화를 했다.

— 어머니께 얘기 들었어. 집으로 부르셨다면서?

"네. 퇴근 후에 들리라고 하셨어요."

— 내가 데리러 가야 하는데, 일이 좀 늦을 것 같아.

"괜찮아요. 혼자 갈 수 있어요."

— 너무 긴장하지 말고. 나도 끝나는 대로 바로 갈 테니까.

"알았어요. 걱정하지 말아요."

말은 그렇게 했지만 사실 그녀는 어른들을 설득할 자신이 없었다.

그저 승호를 사랑한다고. 앞으로 잘 하겠다는 그런 말 밖에 할 수 없을 터였다.

마음이 답답했다.

승호의 집에 도착한 뒤에도 아름은 차에서 내리지 못하고 한참을 앉아만 있었다.

　그냥 이대로 도망갈까? 그런 생각도 들었다. 하지만 그렇게 되면 다시는 승호와 만날 수 없을지도 몰랐다. 그 사실이 그녀에게 새롭게 용기를 주었다.

　그래. 눈 딱 감고 들어가는 거야. 못 오를 나무는 쳐다보지도 말라는 말도 있지만, 열 번 찍어 안 넘어가는 나무 없다는 말도 있다. 또한 자식 이기는 부모 없다 했으니 그 말에 기대를 걸고 부딪혀 보는 수밖에.

　아름은 크게 숨을 들이마셨다가 내뱉었다.

　초인종을 누르려는데 손끝이 달달 떨렸다.

　"긴장하지 말자. 제발. 강아름. 긴장하지 말자고."

　스스로에게 주문을 걸듯 입 밖으로 소리 내어 말한 그녀는 손끝에 힘을 줘 초인종을 눌렀다.

　— 누구세요?

　"안녕하세요? 강아름입니다."

　별다른 말없이 철컹— 요란한 소리와 함께 문이 열렸다.

　'정말 이 집은 올 때마다 기가 팍 죽네.'

　서울 한복판, 땅값 비싸기로 유명한 연희동에 자리 잡은 승호의 본가는 한눈에 다 훑어보기에도 버거울 정도로 큰 저택이었다.

　차 두세 대는 너끈히 들어갈 정도로 넓은 차고, 탱크도 드나들 정도로 큰 대문, 잔디가 곱게 깔린 드넓은 마당. 베란다까지 딸린 복고풍의 2층 건물. TV 드라마에 흔히 나오는 전형적인 부잣집의 모습이다.

　현관 앞에서 옷매무새를 다시 한 번 점검한 아름은 또다시 크게 심호흡을 하고 현관문을 열었다. 안으로 들어선 그녀는 앞에 선 김 여사에게 꾸벅 고개를 숙였다.

　"안녕하세요?"

"그래요. 잘 지냈어요?"

여전히 인자한 표정으로 상냥한 미소를 띠며 김 여사가 그녀를 맞았다.

아름은 그 미소에 잠시 마음을 놓았다.

승호와 사귀는 걸 반대한다고 했으면서도 어른들은 아직까지는 적극적인 행동은 하지 않았다. 돈 봉투를 받은 적도 없고, 머리끄댕이를 잡힌 적도 없다.

헤어지지 않으면 가만두지 않겠다는 식의 협박성 어린 멘트도 들어 보지 못했다. 아니, 오히려 그녀가 찾아오면 승호의 친구에게 하듯 편하게 대해 줬다.

아마도 지금까지 어른들은 '니들이 그러다 말겠지' 하는 생각을 하고 있었던 듯하다. 그리고 이제 본격적으로 그녀와 승호를 갈라놓으려 하는 걸 테고.

"들어와요. 어머님께서 기다리고 있어요."

"네."

얌전히 대답한 그녀는 김 여사의 뒤를 따라 할머니의 방으로 향했다.

"어머님. 강아름 씨 왔어요."

아직까지도 김 여사는 그녀를 '강아름 씨'라고 불렀다. 편하게 말을 놓지도 않고. 거리를 두는 김 여사의 말과 행동에 서운함이 느껴지기도 하고, 절대 내 가족으로 인정할 수 없다는 고집스러움을 엿본 것 같아 당황스럽기도 하다.

"들어가요."

김 여사는 문을 열어 주며 아름에게 친절한 어투로 말했다.

"네. 감사합니다."

김 여사에게 고개를 숙여 보인 후, 그녀는 방 안으로 향했다.

"안녕하셨어요, 할머니?"

"연락한 지가 언젠데 이제야 오는 거여? 젊은 것이 파닥파닥 뛰어와야지."

김 여사와는 정반대로 승호의 할머니는 그녀를 손녀딸 대하듯이 했다. 야단도 치고 화도 내고.

그녀는 분명 퇴근 후에 오라는 말을 들었다. 잠시 망설이는 바람에 좀 늦기는 했지만…… 그랬기에 이런 식의 불호령이 떨어질 줄은 몰랐다. 그렇다고 해서 김 여사가 바로 오라고 하지는 않았다고 말할 수는 없으니까…….

"죄송합니다."

사죄의 말을 했다.

"이쪽으로 와 앉아."

얌전히 걸음을 옮겨 작은 탁자 앞에 앉았다.

"승호는 퇴근이 좀 늦을 것 같다고 하더군요. 어머님, 먼저 말씀 나누세요."

말을 마친 김 여사가 방문을 닫았다.

"승호와 결혼을 해야겠다고?"

할머니는 다른 말 일절 없이 돌직구부터 날렸다.

"네."

"내가 허락을 안 해도?"

"허락해 주실 때까지 기다리겠습니다."

"나 죽을 때까지 기다리겠다, 뭐, 그런 소리여?"

허걱! 뒤통수를 한 대 딱! 얻어맞은 것 같은 느낌에 그녀는 흠칫 놀라 눈을 크게 떴다.

"아니에요, 할머니."

"하긴 다 늙은 노친네, 앞으로 십 년을 살지, 낼모레 당장 죽을지 모르는 일이니 것도 나쁜 방법은 아닐 거여."

아름은 황급히 손을 내저어 가며 말했다.

"아뇨, 아닙니다, 할머니. 저 그런 생각 한 적 없어요."

정말, 한 번도, 단 한 번도 그런 식으로 생각해 본 적은 없었다.

그녀는 억울하다는 표정을 했다.

"승호 씨도, 저도 할머니 건강하게 오래 사시길 바라고 있어요. 진심이에요."

"어쨌든 됐고, 네가 승호와 결혼을 하게 되면 어떤 일이 생길지 알고는 있냐?"

"네? 그게 무슨 말씀이세요?"

영문을 몰라 어리둥절해하는 그녀에게 할머니는 탁자 위에 있던 서류를 내밀었다.

"읽어 봐라."

그녀는 얼떨떨한 표정으로 서류를 받아 들었다.

"이게 뭐에요?"

"혼전 계약서라는 거다."

있는 집에서 결혼하기 전에 작성한다는 혼전 계약서. 여태 말로만 들었을 뿐 실제로 본 적도 없는 혼전 계약서를 받게 될 줄이야⋯⋯.

아름은 차분히 마음을 가라앉히려 애쓰며 서류의 내용을 살펴봤다.

1. 주승호는 결혼 후, 본가의 지원 및 모든 재산 상속에서 제외된다.

2. ＿은 결혼 후, 퇴사하고 가정생활에만 충실해야 한다.

3. ＿은 결혼 후, 취득한 재산에 대해 소유권을 주장하지 않는다.

4. ＿은 결혼 후, 다툼이 있을 시, 그것이 즉시 이혼 사유가 된다는 것에 동의한다.

서류를 뚫어져라 바라보던 그녀는 다소 멍한 표정으로 할머니를 바라봤다.

"무슨 내용인지 이해하겠냐?"

"네. 대충은……."

"대충 정도로는 부족해. 확실하게 알아 둬야지."

손을 휙휙 내저은 할머니는 무척이나 재미있다는 표정으로 말했다.

"우선, 너하고 결혼하게 되면 승호는 쪽박 차고 쫓겨나게 된다는 소리다."

"쫓겨난다니…… 저기, 저희는 결혼하면 할머님과 어머님 모시고 살려고 했는데요."

"무슨 말도 안 되는 소리를 하고 있는 게야?"

딱딱하게 표정을 바꾸며 할머니가 소리쳤다.

"마땅찮은 애하고 결혼하겠다는 거 허락해 주는 걸로도 모자라서 데리고 살기까지 하라는 게야? 것도 먹여 주고 재워 주고 하면서?"

"아, 저기, 그런 게 아니라……."

"아니긴 뭐가 아니야. 요새 젊은 것들, 어른 모시고 산다 소리 함부로 하는데, 그게 어딜 봐서 모시고 사는 거냐? 지들이 얹혀사는 거지."

"그럼 저희도 생활비를 내고……."

그녀의 말을 툭툭 잘라 가며 할머니는 계속 역정을 냈다.

"그러니까 나가서 그 돈으로 너희끼리 살라는 말이다. 알겠냐?"

순간적으로 서운한 마음이 들었다. 자신을 마땅치 않은 애라고 지칭하는 것도 참을 수 있고, 얹혀산다 뭐라 하는 것도 참을 수 있었다. 하지만 나가 살라니…….

자신을 맘에 들어 하지 않는다는 건 진작부터 알고 있었다. 그래서 아름은 결혼 후 본가에 들어와 살겠다 결심했다. 같이 살면서 좋은 모습, 예쁜 모습을 많이 보여 줘야 친해질 수 있고, 서먹했던 감정도 덜

할 거라는 생각에서였다.

승호도 그녀의 의견에 반대하지 않았다. 그런데 정작 당사자인 할머니가 싫단다. 그들을 내쫓겠다 선언한 거였다.

"그리고 결혼하는 대로 승호가 가진 건 다 압수다."

"네?"

이건 또 무슨 소리인가 싶어 아름의 눈이 동그랗게 떠졌다.

"널 선택하는 대가로 그 녀석이 여태까지 누리고 살던 모든 건 내려놓고 가야 한다는 말이다. 자동차, 카드, 소유한 주식까지. 승호가 이 집에서 가져갈 건 제 월급 통장뿐이야."

숨을 쉴 수 없을 정도로 답답하고 힘들었다. 자신으로 인해 승호가 힘들어질 거라는 말을 아무렇지도 않게 받아들일 수가 없었다.

"너무하세요, 할머니."

"그것뿐인 줄 알어? 거기 적혀 있는 것 봤지? 승호 상속권도 뺏을 거다. 너도 알고 있겠지만, 내가 죽고 나면 승호 앞으로 돌아갈 몫이 꽤 된다. 이 집도 그렇고, 땅도 꽤 있고, 승호 작은 애비 회사 주식도 많어. 그런 것들 다 한 푼도 안 물려줄 거다."

아름은 아랫입술을 깨물고 아무 말도 하지 못했다.

"앞으로 승호한테 경제적인 지원은 절대 없을 거다. 그 말인즉슨 넌 오로지 승호 월급만으로 생활을 해야 한다는 거다. 사는 거 어렵다고 찡찡거려도 나나 승호 어미는 일절 신경 쓰지 않을 거다. 그래도 결혼하겠다면, 그래. 허락해 주마."

그녀는 잠시 망설였다.

그는 알고 있을까? 날 선택하면 어른들에게 버림받은 자식 취급을 받게 될 거라는 걸. 지금까지 그가 누려 왔던 풍족한 생활을 더 이상할 수 없게 된다는 것도.

아니, 앞으로도 결코 여유 있게 살 수 없다는 사실을. 알면서도 나와 결혼하겠다고 한 걸까.

"할머니."

그녀는 비장한 표정으로 입을 열었다.

"저한테 뭘 어떻게 하시던 상관없어요. 전 괜찮으니까요. 하지만 승호 씨까지 힘들게 하시는 건 정말 너무하다는 생각이 들어요."

"승호도 제가 선택한 일에 대한 책임을 질 줄 알아야지. 어른들이 반대할 때는 그만한 이유가 있으니까 반대한다는 걸 왜 몰라."

"그렇다면 반대하는 이유가 뭔지 알려 주세요."

다소 당돌한 감이 있었지만 그녀는 더 이상 참을 수 없다는 생각에 두 눈을 똑바로 뜨고 질문을 던졌다.

"네가 마음에 안 든다."

그 말뿐이었다. 혹시나 다른 말이 나올까 한참 기다려 봤지만 할머니는 고집스럽게 입을 꾹 다물고 아무런 말이 없었다.

단지 마음에 들지 않는다고만 하면 어쩌란 말인가. 어떤 점이 마음에 들지 않는지 알기라도 해야 고치려고 노력이라도 해 볼 텐데.

말을 나눌수록 마음은 더 무거워지고 답답해진다.

이러지도 못하고 저러지도 못하고 어쩔 줄 몰라 하고 있을 때 노크 소리가 들렸다.

"할머니. 저, 승호입니다."

문이 열리고 그가 들어섰다.

그의 얼굴을 보니 울컥하는 감정이 들었다. 그의 앞으로 쪼르르 달려가 '할머니가 나한테 이랬어요, 저랬어요.' 하면서 어린애처럼 엉엉 울음을 터뜨리고 싶었다.

만약 정말 그렇게 한다면 그는 어떤 식으로 반응할까?

"좀 늦었습니다."

그가 그녀 옆에 앉았다. 그가 옆에 있다는 것만으로도 든든했다. 아무리 모진 소리를 들어도 아무렇지도 않을 것만 같았다. 그만큼 승호는 그녀에게 큰 의지가 되어 주는 사람이었다.

그의 시선이 작은 탁자 위에 놓인 종이에 가 닿았다.

"할머니."

소름끼치도록 낮은 어조로 그가 조용히 입을 열었다.

"이건 또 왜 꺼내셨어요?"

"왜 꺼내긴. 필요하니까 꺼낸 게지."

"이딴 건 필요 없습니다."

승호의 손이 종이를 움켜잡는 순간, 할머니도 거의 동시에 종이를 잡았다. 두 사람 다 종이를 잡은 손을 놓을 생각이 없는 듯 서로 노려보기만 하고 있다.

저러다 찢어질 텐데.

힘을 잔뜩 줘 벌써 다 구겨진 종이를 아름은 조마조마한 마음으로 바라봤다.

조금만 더 버티다간 할머니의 매운 손이 승호의 머리통을 후려갈길 것만 같았다. 그런 생각이 들자마자 그녀는 급히 입을 열었다.

"말, 말로 하세요. 두 분 다."

그녀를 쓱 쳐다보고 승호가 손을 폈다. 할머니도 마땅치 않은 표정을 하긴 했지만 손을 놓았다. 종이가 볼품없는 모양새로 탁자 위로 떨어졌다.

아름은 탁자 위에 떨어진 종이를 보고 승호를 바라봤다. 그리고 다시 고개를 돌려 종이에 시선을 주었다.

그는 종이에 어떤 내용이 적혀 있는지 아는 듯했다. '또 왜 꺼냈냐.'라는 질문을 하는 걸로 보아 이전에도 쓰인 적이 있는 게 분명했다.

아마도 그와 결혼하겠다고 찾아온 여자한테 보여 줬겠지. 그리고 그 여자가 저 내용을 보고 결혼하지 않겠다고 한 걸 테고.

그 정도는 쉽게 짐작할 수 있었다.

그녀는 눈길을 돌려 다시 그를 바라봤다.

전에 그때의 일에 대해 물어봤을 때 승호는 하도 어이없고 말도 안 되는 이유라 얘기하고 싶지 않다고 했었다. 할머니 흉보는 것과 마찬가지라고.

지금 생각해 보니 어쩌면 승호의 말이 맞는 것 같다. 혼전 계약서를 내밀면서 가진 거 다 뺏고 내쫓겠다니 어떤 여잔들 덥석 결혼하겠다고 할까. 정말 그를 사랑한다면 자신 때문에 불행해지는 꼴을 그냥 두고 볼 수만은 없는 일이었다.

"그래. 승호도 왔으니 이제 대답해 봐라. 넌 어떻게 할 거냐?"

"전……. 저는……."

짧은 순간 동안 많은 생각이 들었다. 자신으로 인해 그가 가진 걸 다 잃게 된다는 건 생각만으로도 끔찍했다. 그럼에도 그와 함께 하고 싶은 마음은 변함없었다. 하지만 앞으로 살아가면서 힘들어질 때마다 지금의 결정을 후회할 수도 있다.

선뜻 대답을 할 수가 없었다. 그녀는 망설임이 가득한 눈빛으로 그를 바라봤다.

그는 무슨 생각을 하고 있을까? 내가 어떤 결정을 내리길 바라고 있을까? 자신의 모든 걸 내놓으면서까지 날 선택할까? 그럴 정도로 내가 그에게 가치 있는 사람일까?

확신이 들지 않았다.

그녀는 그가 자신을 진심으로 사랑하는지도 알지 못했다. 그에게 사랑한다는 말을 들은 적 없으므로. 물론 그가 자신을 아끼고 좋아한다는 건 알지만 뭔가가, 아주 조금의 뭔가가 부족했다.

아름은 성급했다고 판단했다. 지금 당장 결혼하지 않는다 해도 그와의 사이가 틀어지거나 세상이 뒤바뀌는 건 아니다. 조금 더 시간을 갖고 어른들을 설득해도 될 것 같다는 생각이 들었다.

자신이 노력해서 승호의 짝이 되기에 부끄럽지 않은 모습을 보이면, 그때쯤이면 저런 종잇조각 없이도 결혼 허락을 받을 수 있지 않을까?

마음을 정하고 할머니에게 대답을 하려는 순간, 승호가 그녀의 손을 잡았다. 그리고 당당하게 어깨를 펴고 할머니를 바라봤다.

"전 이제 어른입니다, 할머니. 물론 할머니가 보시기에는 아직 한참 애인 것 같겠지만요."

그녀의 손을 잡은 그의 손에 잔뜩 힘이 들어갔다. 잡힌 손이 아플 정도로.

"할머니 유산 안 물려주셔도 됩니다. 그거 바라고 산 적 없으니까요. 그리고 가진 거 다 뺏는다고 협박하셔도 저 꿈쩍도 안 할 겁니다."

"뭬야? 이놈이 지금 뭐라고 하는 거야?"

"예전 같은 방법은 통하지 않는다는 말씀을 드리는 겁니다, 할머니."

그가 그녀를 보며 싱긋 웃었다.

"알고 계실지 모르겠지만, 할머니. 제 자동차 제 월급으로 산 겁니다. 할머니가 사 주신 차는 재작년에 고장 나서 폐차시켰어요. 그리고 카드 가져가실 거면 가져가세요. 전 새로 발급받으면 됩니다. 직업 멀쩡하고 신용도 높은 편이니까 쓸 만큼 한도 나오겠지요."

"이, 이놈이……."

할머니의 노기 어린 음성을 뚝 끊으며 그가 차분한 어조로 입을 열었다.

"쫓아내신다면 나가겠습니다. 그동안 모아 놓은 월급이면 살 만한 아파트 전세는 얻을 수 있으니까요. 아, 정 여의치 않으면 그냥 아름이 아파트로 들어가 살아도 되겠네요."

뭘 어쩌겠다고?

그녀는 매서운 눈으로 그를 노려보았다.

자신의 집을 신혼집으로 만들겠다는 데에는 불만 없었지만, 그걸 할머니를 압박하는 무기로 쓰는 건 반대였다.

"누가, 내 집 내놓는데요?"

그녀가 쌀쌀맞은 어투로 말하자 그가 흠칫 놀라는 시늉을 해 보였다.

"뭐라고?"

"약속했잖아요. 결혼하면 할머니하고 어머니하고 같이 살겠다고."

"그랬지. 하지만 할머니가 싫다잖아."

그녀는 할머니의 눈치를 슬쩍 보고 그의 허벅지를 손가락으로 쿡 찔렀다.

"싫다고 하셔도 설득할 생각을 해야죠. 같이 맞서면 어쩌라는 거에요?"

"막무가내로 내쫓는다는데 설득이고 뭐고 뭔 소용이 있어?"

"그렇다고 대뜸 그렇게 덤벼요? 할머니한테?"

그녀의 말투가 날카로워지자 승호가 이마를 팍 찌푸렸다.

"뭐야, 지금. 너 우리 결혼 못 하게 하는 할머니 편들고 있는 거야?"

편을 들어? 이런 유치한 인간 같으니라고. 아니, 뭐 지금 애들 골목대장 싸움하는 것도 아닌데 웬 편?

"이게 편들고 말고 할 문제는 아니잖……."

"아! 시끄러워!"

불만에 가득 차서 시근덕거리려던 그녀는 할머니의 역정 어린 음성에 하던 말을 꿀꺽 삼켰다.

"이것들이 어디서 싸움질이야?"

할머니가 버럭 소리를 지르는 바람에 그녀는 어깨를 움츠렸다.

"아직 결혼도 안 한 것들이 벌써부터 티격태격 싸우고 앉았어? 그러면서 잘 살겠다는 말을 해? 허이구, 잘도 살겠다. 아주 안 봐도 훤하네, 훤해."

"할머니."

"할머니…… "

그녀와 승호가 동시에 불렀지만 할머니는 여전히 노기를 가라앉히지 못하고 큰 소리를 쳤다.

"내가, 네놈들 그런 꼴 보기 싫어서 쫓아내는 거다. 젊은 것들이 인내심이라고는 눈곱만큼도 없어서 조그마한 일에도 성질부터 부리고. 이 못된 것들……."

"잘못했습니다."

그녀가 고개를 꾸벅 숙이며 용서를 빌자 승호도 마지못한 듯 고개를 숙였다.

"죄송합니다."

"꼴도 보기 싫으니까 둘 다 나가."

"네?"

"할머니."

"나가라니까 이것들이 왜 뭉그적거리고 앉아 있어?"

할머니가 언성을 높이자 승호가 일어났다.

"알았습니다. 나가요. 나갑니다. 그러니까 소리 좀 고만 지르세요."

"저놈이……."

할머니는 확 팔을 휘둘러 승호를 한 대 때릴 것 같은 동작을 취했다.

"일어나."

승호가 손을 내밀었다.

그의 손을 잡고 일어나려던 아름은 순간 다리가 저려 이마를 찌푸렸다. 한동안 쪼그린 자세로 불편하게 앉아 있었더니 제대로 움직이기가 힘들었다. 찌르르 통증을 전하는 다리에 억지로 힘을 준 그녀는 그의 손에 의지해 똑바로 섰다.

"그럼, 나가 보겠습니다."

"저도 가 볼게요. 할머니."

다소곳하게 허리를 숙이며 인사를 한 그녀는 승호의 뒤를 따라 방을 나왔다.

"잠깐 얘기 좀 하자."

그의 말에 그녀는 고개를 끄덕였다.

"밖으로 나갈까?"

"네."

그의 뒤를 따라 현관문을 나서며 아름은 불안한 감정을 느꼈다. 조금 전 할머니의 질문에 대답을 망설였던 게 마음에 걸렸다. 혹시라도 그가 그녀의 마음을 오해하는 건 아닐까 하는 생각이 머릿속에서 떠나질 않는다.

승호는 성큼 정원 쪽으로 발을 내디뎠다.

아직 한여름은 아니었지만 정원의 나무들은 어느새 가지마다 녹색 이파리를 잔뜩 달고 건강함을 뽐내었다. 그 나무 밑에 파라솔을 떠받친 탁자가 놓여 있었다. 승호는 탁자 앞 의자를 끌어내 앉으며 고개를 들고 그녀를 올려다보았다.

"아까는 왜 그랬어?"

앉으라는 말도 없이 그가 퉁명스럽게 질문을 던졌다. 딱딱하게 굳은 표정이 그가 화가 났다는 걸 알려 주고 있었다.

"내가 빈털터리가 될 거다 생각을 하니 마음이 바뀐 건가?"

비아냥거리는 말투가 거슬렸다. 생각 같아서는 한 대 후려쳐 주고 싶었지만 자신이 오해할 만한 행동을 했다고 생각하자 참을 수 있었다. 또한 지금 그의 마음도 복잡하고 힘들 거다 생각하니 쉽사리 화를 낼 수가 없었다.

"그래요. 바뀌었어요."

"뭐?"

그녀의 대답에 그가 무섭게 인상을 썼다.

"나하고 결혼 안 하겠다는 거야?"

벌떡 일어선 그는 평소와 달리 버럭 소리를 쳤다.

"꼭 지금 당장 안 해도 될 것 같다는 말이에요."

여전히 심각한 표정으로 그가 다그치듯이 물었다.

"뭐야? 지금 나하고 장난하자는 거야?"

"할머니가 그러시더군요. 제가 마음에 안 들어서 싫다고요. 그래서 시간을 더 갖고 마음에 드시게끔 애써 보려고요. 그리고 나서 결혼 허락받으면……."

"그게 얼마나 걸릴 줄 알고?"

"지금 당장 결혼 안 한다고 무슨 일 나는 거 아니잖아요. 당신하고 내 마음만 변함없으면 언제 해도 상관없는 거 아니에요?"

최선의 방어는 공격이다. 아름은 마음을 독하게 먹고 눈꼬리에 힘을 준 뒤, 쌀쌀맞은 어투로 말했다.

"왜요? 지금 결혼 못 하고 시간 더 지나면 마음 변해서 다른 여자와 결혼하고 싶어질 것 같아서 그래요?"

"무슨 말도 안 되는 소리를 하는 거야?"

그는 땅이 꺼져라 한숨을 푹 내쉬었다.

"지금 당장 결혼 허락 못 받으면 내가 죽을 것 같아서 그래."

그는 어깨를 축 늘어뜨리며 한 손으로 이마를 짚었다. 또다시 그의 입에서 한숨 소리가 튀어나왔다.

"하루라도 빨리 너와 같이 있고 싶다고. 다른 사람들한테 '네가 내 부인이다.' 라고 떳떳하게 말하고 싶고. 한 지붕 밑에서 한솥밥 먹으며 생활하고 싶다고. 지금 당장이라도."

그의 격한 어조에 아름은 숨을 멈추며 입술을 꼭 깨물었다.

그녀 또한 그와 같은 생각이었다. 단 한 순간도 그와 떨어져 있고 싶지 않았다. 하지만······.

"그렇다고 해서 지금 당장 결혼하겠다고 할 수는 없잖아요."

"왜 안 된다는 건데?"

"나 때문에, 당신이 가진 걸 다 뺏기는 꼴을 어떻게 봐요? 나 때문에 당신이 힘들어지면 그땐 어쩌라고요. 난, 난······ 아무것도 해 줄 수가 없는데······. 그래서 당신이 불행해지면 어떻게 해요? 나중에, 살다가 지금 한 선택을 후회하면요? 그때 괜히 그랬다, 그런 생각이 들면요? 그래서 내가 싫어지면······ 꼴도 보기 싫을 정도로 미워지면······."

숨 쉬기가 힘들었다. 가슴이 꽉 막힌 것처럼 답답하고 울렁거린다. 심장이 으스러질 것처럼 아프다. 눈물이 차올라 눈앞이 뿌옇게 흐려져 그의 얼굴이 제대로 보이지 않는다.

"하아, 승호 씨······."

그녀는 두 손으로 자신의 얼굴을 감쌌다. 불안해하고 힘들어하는 모습을 그에게 보이기 싫어서.

"아름아."

그가 낮은 어조로 그녀의 이름을 부른다. 두 손을 내밀어 그녀의 손목을 잡고 끌어내렸다. 눈물이 그렁그렁 맺혀 있는 눈가를 손끝으로 쓸어 주며 그가 부드러운 어조로 말했다.

"바보같이, 쓸데없는 걱정이나 하고."

그가 팔을 벌려 그녀를 품 안에 안았다.

"나도 내가 바보 같다는 거 알아요. 하지만 나 때문에 당신이 버린 자식 취급당하는 건 정말 싫다고요."

"할머니 때문에 많이 놀랐구나."

다 이해한다는 듯 그는 그녀의 등을 어루만져 주며 나지막한 어조로 말을 이었다.

"내가 생각이 짧았어. 넌 혼전 계약서 본 것도 처음이고 할머니 말도 처음 들은 걸 텐데. 네가 충격받을 수도 있다는 사실을 미처 깨닫지 못했어. 미안해."

다정한 그의 행동에 그녀의 마음이 가라앉았다. 불안감으로 마구 널을 뛰던 심장이 그제야 차분해졌다.

"난 이전에도 한 번 겪어 본 일이라 그렇게까지 놀랍지도 않았거든."

살며시 그녀의 어깨를 잡아 자신을 보게 한 뒤 그가 싱긋 미소를 지었다.

"오히려 바보 같은 건 아름이가 아니라 나였던 것 같군. 그때처럼 안 좋은 말을 들을지도 모르겠다는 생각이 들어서 좀 짜증스럽긴 했어."

왕성한 호기심의 소유자인 아름이 눈을 동그랗게 뜨며 물었다.

"무슨 말을 들었는데요?"

"내가 빈털터리가 돼서 쫓겨나게 될 줄 미리 알았다면 나와 사귈 생각도 안 했을 거라고 하더군."

갑자기 빡 치는 느낌에 아름이 벙찐 표정을 했다.

"뭐예요? 그 여자. 어떻게 그런 말을 해요? 미친 거 아니에요? 정말 어이가 없어서……."

성질을 내며 그녀가 주먹을 움켜쥔 채 부르르 떨자 갑자기 그가 웃음을 터트렸다.

"앞에 있으면 한 대 칠 기세구만."

"한 대만 치겠어요? 엎어 놓고 두드려 패도 분이 안 풀릴 거예요."

시근덕거리던 그녀는 문득 떠오르는 생각에 흘끗 승호를 노려보았다.

"그래서, 당신은 나도 그 여자처럼 그럴지도 모르겠다— 생각을 했다고요?"

"어, 아니. 꼭 그런 건 아니고……."

그녀가 계속해서 노려보자 그가 별것 아니라는 투로 어깨를 으쓱였다.

"잠깐, 아주 잠깐 그런 생각이 스쳐 지나갔다, 뭐, 그런 말을 하고 싶다는…… 아, 아야."

그녀는 손가락에 힘을 줘 그의 팔을 꼬집었다.

"아프다고."

"엄살 부리는 거 다 알아요. 어쩌면 그렇게 못됐어요?"

다른 쪽 팔을 한 번 더 꼬집으며 그녀는 이를 바드득 갈았다.

"진짜 아프다니까."

"난 심장 좋여 가면서 어떻게 해야 하나 그런 걱정을 하고 있었는데, 당신은 그런 말도 안 되는 상상이나 하고 있었다고요? 세상에 정말 믿을 사람 하나도 없네요. 어떻게 당신이 나한테 이럴 수가 있어요? 흐흑……."

그녀는 조금 전처럼 두 손으로 얼굴을 가리고 우는 소리를 냈다.

"아름아. 아름아? 나 좀 봐 봐."

그가 안절부절못하며 그녀를 불렀다.

"내가 잘못했다. 이상한 상상한 거 다 잘못했어. 미안해. 그러니까 아름아. 울지 말고. 응? 나 좀 봐 봐. 아름아."

"당신 꼴도 보기 싫어요. 힝……."

"그러지 말고. 아름아. 네가 하라는 대로 다 할 테니까……."

눈을 가린 손가락을 살짝 벌려 충분히 난처해하고 있는 승호를 본 그녀의 입가에 배시시 미소가 생겨났다.

"정말이죠? 약속할 수 있어요?"

"그래. 정말이야. 약속해."

한 번 약속한 일은 목에 칼이 들어와도 지키는 승호였다. 그 사실을 잘 알고 있는 아름은 그제야 손을 내리고 그를 향해 방긋 웃었다.

그녀의 눈가가 멀쩡한 걸 본 그의 어깨가 축 늘어졌다.

"안 울었지?"

"안 울었어요."

"놀라서 심장이 벌렁거리잖아."

얄밉다는 듯 중얼거리는 그의 허리를 두 팔로 안았다. 넓은 가슴에 얼굴을 파묻고 그녀는 애교 섞인 음성으로 말했다.

"난요. 승호 씨를 정말 좋아하나 봐요."

그도 팔을 벌려 그녀의 등을 감싸 안았다. 힘을 줘 꼭 끌어안으며 그는 그녀의 이마에 살포시 입을 맞췄다.

"나도 아름이 아주 많이 좋아하나 봐."

"우린 진짜 천생연분이에요. 그렇죠?"

눈웃음을 치며 올려다보는 아름에게 막 키스를 하려 했을 때였다.

드르륵 소리와 함께 거실 창이 열리고 조금은 어둡게 느껴지던 정원에 밝은 빛이 쏟아졌다. 그리고 날아온 고함소리.

"아니, 이것들이 어디서 함부로 애정 행각을 펼치고 있어?"

할머니의 목소리에 흠칫 놀란 승호와 아름이 부리나케 떨어졌다.

"이 젊은 것들이 어른들 있는 데서 뭔 짓들을 하고 있는 거여? 부끄러운 줄도 모르고?"

천둥 치는 것처럼 큰 소리에 승호는 뻘쭘한 표정을 했고, 아름의 뺨은 붉게 달아올랐다.

"그런 짓은 니들 신혼집에 가서나 하고. 어여 들어와 밥이나 먹어!"

신혼집? 눈이 동그래진 아름이 승호를 봤다. 승호 또한 어리둥절한 표정으로 그녀를 바라봤다.

"할머니. 저희 결혼 허락하시는 겁니까?"

승호의 질문에 할머니의 뺨이 마땅치 않아하듯 실룩거렸다.

"그려. 어른이 말을 하면 한 번에 제까닥 알아들을 것이지. 뭘 또 묻고 그래?"

생각지도 못했던 기쁨에 아름은 손으로 입을 막으며 감탄사를 내뱉었다.

"와!"

"허락해 줬다고 해도 같이 살 생각은 꿈에도 하지 말어."

여전히 무뚝뚝한 표정으로 할머니는 소리쳤다.

"계속 거기 그렇게 서 있을 거여? 밥 안 먹을 거여?"

"들어가겠습니다. 감사합니다, 할머니."

승호의 말이 끝나자마자 탁! 소리와 함께 거실 창문이 닫혔다.

"드디어 할머니가 마음을 바꿨네. 잘 됐다, 아름아."

환히 웃는 승호를 보자 그녀의 얼굴에도 미소가 생겨났다.

"정말 잘 됐어요."

맞장구를 쳐 준 그녀는 그의 팔에 팔짱을 꼈다.

"어서 들어가요. 늦으면 할머니 또 화내실 거에요."

"늦을 땐 늦더라도 하다 만 건 해야지."

"네? 무슨……."

빤히 바라다보는 그녀의 눈에 시선을 준 채 그가 고개를 숙였다. 그리고 달콤하게, 너무나도 달콤하게 그녀의 입술에 입을 맞췄다.

"승호 씨……."

고개를 든 그의 입가에는 바라보기만 해도 심장이 멎을 정도로 멋진 미소가 걸려 있다.

"들어가자."

그녀의 손을 잡고 그가 걸음을 옮겼다.

걸음을 옮기며 그녀는 여전히 콩닥콩닥 뛰어 대는 심장에 마냥 뺨을 붉혔다. 처음 하는 입맞춤도 아닌데 그녀에게는 늘 새로웠다. 입맞춤만이 아니라 그와 함께 하는 모든 것이 그랬다. 하나씩 의미 부여를 할 만큼 소중하고 값졌다.

이제 그와 하나로 묶일 수 있다는 사실만으로도 그녀는 행복했다. 하늘로 날아오를 만큼 기뻤다. 한 발짝씩 걸음을 옮기고 있지만 그녀는 허공을 둥둥 떠다니고 있는 것만 같았다. 현실에 있는 것 같지 않은 느낌. 그때 윗몸을 살짝 숙인 그가 그녀의 귓가에 낮은 어조로 속삭였다.

"사랑해. 강아름."

—The end

에필로그

어릴 때 보던 동화책에는 '두 사람은 오래, 오래 행복하게 살았습니다.'라고 적혀 있다. 그 글을 보면서 그는 생각했었다. 여기서 말하는 오래는 얼마나 되는 기간을 말하는 걸까. 10년? 아니면 20년? 설마 죽을 때까지는 아니겠지.

어린 나이에도 또래보다 조숙했던 그는 영원한 행복이 없다는 걸 알았다. 성인이 된 지금은 더했고.

그렇다고 해서 그녀와 결혼한 걸 후회한다거나 하는 건 아니다. 그녀와 결혼한 일은 그가 선택한 것 중에 제일 잘한 일이니까. 문제는 그 결혼 생활이 항상 행복하기만 한 건 아니라는 거였다.

마음 깊이 사랑해서 한 결혼이었지만 전혀 다른 성격의 두 사람이 살아가는 일은 연애할 때와 또 달랐다. 연애할 때도 투닥거리고 싸우고 했는데, 결혼한 후에 전혀 싸우지 않는다는 건 말이 되지 않는 일이었다.

사소한 말 한마디로 감정이 상하기도 했고, 작은 일로 다투기도 했다. 물론 얼마 지나지 않아 화해하고 그런 일이 언제 있었냐는 듯 끌어안고 낄낄대고 웃기는 했지만.

결혼한 후, 좋은 점은 사랑하는 사람과 함께 할 수 있는 거였다. 밤이 늦어도 작별인사를 할 필요가 없다. 일을 끝낸 후, 집에 돌아가면 항상 같이 있을 수 있었다.

특히 아침에 어깨를 흔들며 자신의 이름을 부르며 잠을 깨워 주는 그녀의 목소리가 좋았다.

"승호 씨. 일어나요."

지금은 말고.

"으음. 십 분만……."

김장철 소금에 잘 절여진 배추마냥 피곤에 늘어져 그는 베개를 끌어안고 눈도 뜨지 않았다.

"얼른 일어나요. 이러다 늦겠어요."

도대체 몇 시나 됐는데 벌써 깨우는 거야?

눈 감고 잠든 지 5분도 되지 않은 것 같은데 일어나라는 소릴 들으니 불만감이 가득 차올랐다. 심퉁맞게 볼을 부풀리고 침대 머리맡의 시계를 본 승호는 이마를 잔뜩 찌푸렸다.

"뭐야. 열 시밖에 안 됐잖아."

이불을 확 끌어당겨 어깨를 덮으며 그가 퉁명스럽게 말했다.

"점심 먹으러 가는 건데 뭘 이렇게 서둘러?"

"미리 가서 준비를 해야죠. 시간 맞춰 가서 다 차려진 밥상에 앉기만 할 수는 없잖아요."

졸음을 이기지 못해 머리가 제대로 돌아가질 않았다.

"젠장."

투박하게 욕설을 내뱉고 그는 이불을 머리 위까지 덮어썼다.

"몰라. 난 지금 못 일어나니까 삶아 먹든 볶아 먹든 알아서 해."

침대 옆에 팔짱을 끼고 선 채로 아름은 승호를 노려보았다.

어제 그와 통화할 때 회식을 한다는 말에, 그녀는 너무 늦지 말라고 당부했었다. 알았다고 대답을 한 그가 집에 들어온 건 새벽 4시가 넘어서였다.

무관심하다고 해야 하는 건지, 무책임하다고 해야 하는 건지.

오늘의 일이 있는데도 회식이라는 핑계를 대고 새벽까지 놀다 온 승호가 얄미웠다.

술에 잔뜩 취해 들어와서 곤히 잠든 그녀를 끌어안고 '아름아. 우리 부인. 우리 마누라.' 하면서 잠도 못 자게 한참 동안이나 들볶은 것도 얄미웠다. 그리고 지금 잠에 취해―사실은 술이 안 깨서 저러는 거겠지만― 일어나지도 않으니 더 얄미웠다.

"지금 당장 안 일어나면 나 먼저 갈 테니까 그렇게 알아요."

선전포고를 했는데 대꾸도 없다.

흥! 그렇다면야 어쩔 수 없지.

그녀는 휙 하니 몸을 돌려 방을 나갔다.

설마 그럴 리가. 그런 생각을 하면서 승호는 몸에 힘을 쫙 빼고 여유 있게 눈을 감았다. 깨우는 사람도 없고 주위도 조용하니 오랫동안 푹 잠이 들어야 정상인데. 뭐에 놀라기라도 한 듯 그의 눈이 번쩍 떠졌다.

"아름아."

윗몸을 일으켜 앉으며 그녀의 이름을 불렀다. 아무 대답이 없자 이번에는 조금 더 큰 소리로 불러 봤다.

"강아름. 부인!"

대답은 들려오지 않고 시계 초침 소리만 울린다.

갑자기 등골이 서늘해지는 느낌에 그는 벌떡 자리에서 일어났다. 성큼성큼 걸음을 옮겨 방 밖으로 나간 그는 곧장 현관으로 향했다. 현관 앞, 바닥에는 그의 신발만이 놓여 있다.

"이런, 젠장. 뭐야? 진짜 혼자 간 거야?"

투덜거리며 고개를 돌린 그는 거실 벽에 걸린 시계를 봤다.

11시 10분.

"으헉!"

저절로 목 졸린 신음소리가 터져 나왔다.

"난 죽었다."

그때부터 그는 바빠졌다. 후다닥 욕실로 뛰어 들어가 양치를 하고 세수를 했다. 머리 감고, 샤워를 할 겨를도 없었다. 얼굴의 물도 제대로 닦지 못하고 침실로 달려가 옷장 문을 열었다.

"어으. 강아름. 진짜, 그런다고 깨우지도 않고 혼자 가냐."

투덜거리면서 와이셔츠의 단추를 채우던 그가 고개를 갸웃거렸다.

아니다. 그 뒤로도 그녀가 몇 번 깨운 것 같기는 했다. 확실히 멱살이 잡힌 기억이 나는 걸 보니. 어쨌든 지금 당장은 그게 중요한 게 아니었다.

바지를 입고 윗옷을 집어 든 그는 현관으로 달려 나가 차 키를 집어 들었다. 밖으로 나와 엘리베이터를 타고 나서야 그는 손가락으로 빗을 대신해 머리카락을 정돈했다.

지하주차장으로 내려온 그는 차의 시동을 걸며 그녀에게 전화를 했다.

— 지금은 전화를 받을 수 없으니…….

종료 버튼을 누르고 그는 엑셀을 힘껏 밟았다.

다행스럽게도 교통체증이 심하지 않고 신호도 안 걸린 탓에 그는 12시 전에 본가에 도착할 수 있었다.

"왔어요?"

앞치마를 두른 아름이 그를 보고 생글거리며 웃었다.

"아슬아슬하게 세이프네요."

그녀에게 고개를 숙이며 승호는 으드득 이를 갈았다.

"너, 내 목 졸랐지?"

"별걸 다 기억하셔."

얄밉게 대꾸하고 몸을 돌리려는 그녀의 팔을 그가 잡았다.

"한 번만 더 그래 봐. 아주 비명소리 나게 해 줄 테니까!"

으르렁거리며 그가 윽박지르듯 말하자 아름이 정색을 하며 말했다.

"두 가지 중에서 하나만 고르세요."

"뭘?"

"주걱으로 **뺨** 맞을래요? 아니면 할머니 손에 등짝 맞을래요?"

"뭐라고?"

여전히 생글거리고 웃으며 그녀는 말했다.

"당신 어제 철야 때문에 늦게 들어와서 아직 자고 있다고 그랬거든
요? 일 때문에 많이 피곤해서 늦는 거라고. 그랬는데 내가 사실을 말하
면 어떻게 될까요?"

그가 기가 막힌다는 투로 콧방귀를 뀌었다.

"허! 이젠 아주 협박을 하네?"

"왜요? 못 할 거 같아요?"

그녀의 눈이 반짝, 하고 빛을 발했다. 그리고 곧 할머니 방 쪽으로
고개를 돌리며 소리쳤다.

"할머니~ 승호 씨 어제요……."

"야!"

화들짝 놀란 표정으로 그가 아름의 입을 막았다. 커다란 손으로.

"우으읍?"

"강아름."

"오읍?"

승호는 눈에 힘을 잔뜩 주고 그녀를 째려보다가 돌연 뺨에 쪽— 소
리가 나도록 **뽀뽀**를 했다.

"살려 주세요. 아름 씨."

진지하게 그가 말하자 그녀의 눈이 둥글게 휘어졌다. 키득거리는 웃

음소리가 그의 손에 막힌 입에서 새어 나왔다.

"오늘 점심은 뭘 먹을 거야?"

입을 막은 손을 뗀 그는 그녀를 끌어안고 이마에 입술을 댔다.

"갈비찜 했어요."

"그래? 맛있겠다!"

"그리고 내가 좋아하는 초밥도 있어요."

"음. 그건 좀 별론데."

"왜요? 초밥이 얼마나 맛있는······."

"뭐하냐. 늬들?"

꼭 끌어안고 속닥거리고 있던 두 사람은 별안간 들려오는 소리에 화들짝 놀라서 뚝 떨어져 섰다.

"할머니."

"이것들이······."

할머니는 못마땅하다는 눈길로 그들을 훑어봤다.

"아무 데서나 애정 행각 벌이지 말라고 말했잖냐?"

할머니가 야단을 치는데도 승호는 흐흐, 웃어 보였다.

"늬들 좋을 대로 끌어안고 뽀뽀하라고 나가 살라 했더만, 왜 여기와서까지 끌어안고 난리를 치는겨?"

"좋아서 그러는 겁니다."

승호의 말에 할머니의 눈매가 사나워졌다.

"아무리 좋아도 어른들 있는 데서 행동 함부로 하는 거 아니다."

엄한 할머니의 어조에 아름이 먼저 고개를 꾸벅 숙였다.

"잘못했습니다, 할머니. 앞으로 조심할게요."

"그래. 알았다."

아름을 향해 고개를 끄덕인 할머니가 승호를 봤다.

"너는?"

"죄송합니다만 할머니 말씀대로 하기 힘들 것 같습니다."

"뭐여?"

"그게…… 아름이만 보면 저절로 손이 움직여서요. 차라리 보기 싫으시면 매달 모이는 거 두세 달에 한 번씩만 모이는 걸로 하시던지요."

"승호 씨!"

그의 말에 제재를 가하려 그녀가 소리치는데 할머니가 손을 번쩍 들어 올렸다.

"이놈이……."

"할머니, 참으세요."

할머니의 팔을 움켜잡으며 그녀는 사정 조로 말했다.

"승호 씨 말, 새겨듣지 마세요. 제가 더 자주 찾아뵙고 할게요."

"너만 뻔질나게 드나들면 뭐 하냐? 저놈은 바쁘다고 코빼기도 제대로 안 보이는데. 오늘만 해도 다 늦게 나타나서 한다는 소리가, 뭐? 두세 달에 한 번으로 미루자고? 이놈아. 네가 그러고도 내 손주여?"

"어차피 할머니는 이젠 저 찾지도 않으시잖습니까? 솔직히 집안에 뭔 일 있어도 아름이한테만 연락하시고요. 그저 아름이만 이쁘다고 물고 빨고 하시면서 뭘 새삼스럽게 그러세요?"

"저놈이…… 말이나 못하면……."

지난 1년간 사실이 그랬기에 할머니는 그의 말에 반박하지 못했다.

"들어가 밥이나 먹어. 아름이도 배고플 텐데 어여 들어가자."

흠! 헛기침을 하고 할머니가 주방으로 들어가자 그녀는 승호의 옆구리를 푹 찔렀다.

"왜 그래요? 술 덜 깬 거예요?"

"내가 뭐. 틀린 말했어?"

"오늘따라 왜 이렇게 삐딱하실까?"

잔뜩 화가 났다는 듯 승호는 고개를 팩 돌려 버렸다. 아름은 그런 그의 팔을 잡아 주방으로 끌면서 작은 소리로 중얼거렸다.

"다 큰 남자가 질투하는 것도 아니고……."

"다 들린다."

"어머, 쏘리. 자, 기분 푸시고 밥 먹으러 가요."

생긋 웃은 그녀는 승호의 등에 두 손을 대고 밀었다.

두 사람이 막 주방으로 들어섰을 때, 찌개 그릇을 들고 김 여사가 식탁으로 다가왔다.

"어머니, 제가 할게요."

"다 됐어. 나머지는 아주머니께 하라고 하면 되니까 아름이도 자리에 앉아. 승호도 앉고."

"네, 어머니."

얌전히 자리에 앉은 그녀는 할머니와 김 여사가 먼저 수저를 들 때까지 기다렸다.

"다들 많이 먹어라."

수저를 들면서 할머니가 말하자 모두 '네' 합창하듯 대답했다.

"아름이 요새 몸이 좀 부실해 보이는구나. 얼굴도 까칠하고."

"걱정 마세요. 저 건강해요, 할머니."

"승호 저놈이 속 썩이는 건 아니지?"

막 숟가락을 들던 승호가 이마를 팍 찌푸렸다.

"저 아름이한테 완전 잘 해 줍니다."

"정말이냐?"

"네. 승호 씨 저한테 잘 해 줘요."

방긋 웃으며 그녀가 대답했지만 할머니는 여전히 걱정스럽다는 안색으로 그녀를 봤다.

"근데 어째 내 눈에는 좋아 보이지가 않어. 얘가 봄을 타나? 보약이라도 한 첩 먹을겨?"

"그렇잖아도 어머님 보약 지으면서 아름이 것도 한 첩 지어 놓으라 했어요."

김 여사가 말하자 할머니는 티 나게 반색을 했다.

"그래. 잘했다."

말없이 밥을 먹던 승호가 툭 질문을 던졌다.

"제 거는 없습니까?"

"미안하다, 승호야. 넌 다음에 해 주마."

김 여사의 말에 승호의 입이 댓 발은 튀어나왔다.

"강아름."

그의 부름에 그녀는 조마조마한 마음으로 대답했다.

"네?"

"네가 결혼 전에 나한테 그랬지. 너 때문에 어른들한테 버린 자식 취급받게 될까 봐 걱정이라고."

저 남자가, 어른들도 다 있는 자리에서 그런 말을 꺼내면 어쩌라는 거야? 대답을 안 할 수도 없고, 그런 말 한 적 없다고 딱 잡아뗄 수도 없고.

난처함에 얼굴이 벌겋게 달아오른 그녀는 어렵사리 말을 꺼냈다.

"네. 그런 말을 한 것 같기도 한데…… 그 말을 왜 지금……."

"어. 지금에서야 그 말이 피부에 와 닿아서."

조금은 삐딱한 태도로 그가 말을 이었다.

"할머니나 어머니나 전부 너만 생각하고 잘 해 주잖아. 이게 버린 자식 된 거 아니면 뭐겠냐고…… 으악!"

"이놈이!"

철썩! 소리도 요란하게 할머니가 승호의 어깨를 후려 팼다.

"할머니, 고정하세요. 말이 그렇다는 겁니다. 말이……."

"너 이놈 자식. 말이면 다인 줄 알아? 승호, 너 별것도 아닌 일로 아

476

름이 구박하면 혼날 줄 알아."

할머니의 노기 서린 음성에 승호는 고개를 푹 숙였다.

"네, 알겠습니다."

"아름이도 승호가 괴롭히면 할미한테 바로 말하거라. 아주 혼구녕을
내 줄 테니까."

"네."

얌전하니 대답한 아름이 승호를 바라봤다.

괜찮아요? 눈으로만 묻자 그가 싱긋 웃어 보인다.

'괜찮아.' 그의 눈이 그렇게 대답하는 것 같았다. 특유의 짓궂음을
가득 담고서.

"아름이 초밥 좋아하지?"

김 여사가 초밥 접시를 그녀 앞으로 옮겨 주었다.

"네. 고맙습니다, 어머니."

"그래. 천천히 꼭꼭 씹어서 먹어. 체하지 않게."

김 여사의 부드러운 미소에 마음이 푸근해졌다.

그녀는 어린아이처럼 헤헤 웃으며 젓가락을 들었다.

"잘 먹겠습니다."

명랑하게 인사를 한 그녀는 초밥을 집어 입에 넣었다.

달큰한 회와 짭쪼름한 밥이 입안에 가득 차며 만족감을 전해 준다.
그리고 그런 그녀를 뿌듯하다는 표정으로 바라보는 세 사람.

그녀는 새삼 느꼈다.

난 정말 행복해.

작가의 말

겨울입니다. 추운 겨울. 흰 눈이 날리고 크리스마스가 있는 겨울.

사실 전 겨울을 별로 좋아하지 않습니다. 추운 건 딱 질색이거든요.

그러면서도 글의 배경에는 겨울을 곧장 쓰고는 합니다. 한여름에도 겨울을 배경으로 글을 쓴 적이 많습니다.

겨울은…… 왠지 운치 있고, 포근해진다는 말이 어울리는 그런 계절이니까요.

이 글의 배경도 겨울입니다. 아니, 겨울에 시작해서 봄으로 간다는 말이 더 어울릴 것 같습니다.

여주인공인 '강아름'은 힘든 어린 시절을 보내고 첫사랑에도 실패한 조금은 불행한 캐릭터입니다. 그런 여주인공이 히어로처럼 짠— 나타난 남주인공과 사랑을 이루게 되죠.

모든 로맨스 소설이 그렇듯 결론은 한 가지입니다.

그들은 사랑했다.

순탄하지만은 않은 그들의 사랑 이야기를 쓸 수 있다는 데 저는 자부심을 느낍니다. 그리고 이 글을 읽는 분들이 같이 공감할 수 있다면 작가로서 더 바랄 바가 없다고 생각합니다.

한동안 글을 놓고 쉬고 있던 저를 채찍질해 주신 '뿔미디어' 담당자님. 감사합니다. 님이 잊고 계셨으면 전 아마도 이 글을 완성하지 못했을 겁니다.

내 오래된 친우 K씨. 님과의 대화는 항상 소중합니다. 님의 글 또한 소중하고요. 그러니까 님도 빨리 탈고해서 출간하세요(은근한 독촉임).

하나밖에 없는 딸. 엄마가 처져 있을 때마다 항상 힘을 줘서 고마워. 나중에 삽화 꼭 그려 주길 부탁해.

그리고 이 글을 읽으실 독자님들. 사랑합니다.

2015년의 끝자락에서 이예인 드림.

인

하

트

초판 1쇄 찍음 2016년 1월 29일
초판 1쇄 펴냄 2016년 2월 4일

지은이 | 이예인
펴낸이 | 정 필
펴낸곳 | **(주)뿔미디어**

기획 · 편집 | 안리라

출판등록 | 2002년 9월 11일 (제1081-1-132호)
주소 | 경기도 부천시 원미구 소향로 17, 303(두성프라자)
전화 | 032)651-6513 / 팩스 | 032)651-6094
E-mail | dahyangs@naver.com
블로그 | http://blog.naver.com/dahyangs
홈페이지 | http://bbulmedia.com

값 9,000원

ISBN 979-11-315-6960-3 03810

www.bbulmedia.com

www.bbulmedia.com